WALHALLA

DU MÊME AUTEUR

RENFLOUEZ LE TITANIC, J'ai Lu, 1979.

VIXEN 03, Laffont, 1980.

L'INCROYABLE SECRET, Grasset, 1983.

PANIQUE À LA MAISON BLANCHE, Grasset, 1985.

CYCLOPE, Grasset, 1987.

TRÉSOR, Grasset, 1989.

DRAGON, Grasset, 1991.

SAHARA, Grasset, 1992.

L'OR DES INCAS, coll. « Grand Format », Grasset, 1995.

CHASSEURS D'ÉPAVES, Grasset, 1996.

ONDE DE CHOC, coll. « Grand Format », Grasset, 1997.

RAZ DE MARÉE, coll. « Grand Format », Grasset, 1999.

SERPENT *(en collaboration avec Paul Kemprecos)*, coll. « Grand Format », Grasset, 2000.

ATLANTIDE, coll. « Grand Format », Grasset, 2001.

L'OR BLEU, coll. « Grand Format », Grasset, 2002.

CLIVE CUSSLER

WALHALLA

roman

Traduit de l'américain
par

FRANÇOIS VIDONNE

BERNARD GRASSET
PARIS

L'édition originale de cet ouvrage a été publiée par G.P. Putman's sons, à New York, en 2001, sous le titre :

VALHALLA RISING

J'aimerais exprimer mon immense reconnaissance à Penn Stohr, Gloria Farley, Richard DeRosset, Tim Firme, U.S. Submarines, Inc. et aux pompiers locaux pour leurs conseils et leur compétence.

CAP SUR LE NÉANT

LES VIKINGS DANS LE FJORD

Juin 1035,
quelque part en Amérique du Nord

TELS des spectres, ils s'avançaient à travers la brume du matin, silencieux et inquiétants, à bord de leurs vaisseaux fantômes. Leurs proues et leurs poupes, hautes et travaillées en courbes gracieuses, étaient couronnées de dragons gravés dans le bois, les dents menaçantes découvertes en un grondement, comme si leurs yeux perçaient la vapeur à la recherche de proies. Conçus pour effrayer les équipages ennemis, les dragons, croyaient-ils, les protégeaient des esprits du mal qui peuplaient les océans.

Le petit groupe d'immigrants venait de traverser une mer hostile dans ces bateaux élancés à coque noire, aux formes élégantes, qui frôlaient les vagues avec l'aisance et la stabilité d'une truite dans un paisible ruisseau. De longues rames s'étiraient hors des ouvertures percées aux flancs des navires et plongeaient dans l'eau sombre pour les arracher à la houle. Les voiles carrées à rayures rouges et blanches pendaient, inertes, dans l'air que ne troublait pas un souffle de vent. Des embarcations de six ou sept mètres de long, assemblées à clin et contenant les surplus de cargaison, étaient amarrées aux poupes et remorquées.

Ces gens étaient les précurseurs de ceux qui allaient un jour débarquer là, bien plus tard : des hommes, des femmes et des enfants, avec leurs maigres biens, et du bétail. Des routes empruntées par les Scandinaves pour traverser l'océan, aucune n'était aussi dangereuse que celle de la grande traversée de l'Atlantique

Nord. Malgré les périls de l'inconnu, ils s'étaient élancés avec hardiesse à travers les banquises, s'étaient battus contre des lames monstrueuses et avaient essuyé de terribles orages soudain surgis du sud-ouest. La plupart avaient survécu, mais la mer s'était emparée de son dû. Deux des huit navires partis de Norvège étaient perdus à jamais.

Les colons épuisés par les éléments finirent par atteindre la côte ouest de Terre-Neuve, mais plutôt que de mouiller dans l'Anse aux Meadows, sur le site du premier camp de Leif Eriksson, ils étaient déterminés à pousser au sud, dans l'espoir de trouver un climat plus chaud pour leur nouvelle colonie. Laissant derrière eux une île aux dimensions imposantes, ils mirent le cap au sud-ouest, jusqu'à un long bras de terre qui se recourbait vers le nord. Ils contournèrent deux îles plus basses, puis longèrent pendant deux jours d'affilée une immense plage de sable blanc, source d'émerveillement pour ces gens qui avaient passé leur vie sur d'interminables côtes de rochers déchiquetés.

En virant au bout de ce qui semblait être une étendue de sable sans fin, ils découvrirent une vaste baie. Sans hésiter, la flottille pénétra dans les eaux calmes et mit cap à l'ouest, aidée par la marée montante. Un banc de brouillard les enveloppa et couvrit les eaux d'une chape humide. Plus tard dans la journée, le soleil se transforma en une boule d'une teinte orange diffuse, alors qu'il commençait à baisser, à l'ouest, sur un horizon invisible. Les commandants tinrent une conférence entre bateaux, par cris échangés, et il fut convenu de mouiller là jusqu'au matin, en espérant que le brouillard se dissipe.

Lorsque les premières lueurs apparurent, celui-ci cédait la place à une brume légère, et les colons s'aperçurent que la baie se rétrécissait en un fjord qui s'écoulait dans l'océan. Les hommes plongèrent les rames dans le courant tandis que femmes et enfants contemplaient, calmes, les hautes palissades de roche qui émergeaient sur la rive ouest du cours d'eau et surplombaient, menaçantes, les mâts des navires. Les terres vallonnées, derrière les crêtes, étaient recouvertes d'arbres qui ressemblaient à d'incroyables géants. Les colons ne détectèrent aucun signe de vie, mais ils se doutaient que des yeux humains les observaient, cachés au cœur de la végétation. Chaque fois qu'ils s'étaient rendus à terre pour chercher de l'eau, ils avaient été harcelés par des Skraelings – terme qu'ils utilisaient pour désigner les indigènes des pays qu'ils souhaitaient coloniser. Les Skraelings ne s'étaient guère montrés amicaux et, plus d'une fois, avaient déchaîné des pluies de flèches contre les bateaux.

Le chef de l'expédition, Bjarne Sigvatson, tenait à garder sous sa ferme férule la nature guerrière de ses hommes, et il ne les autorisa pas à répliquer. Il savait fort bien que d'autres colons de Finlande et du Groenland avaient eux aussi subi les assauts des Skraelings, car les Vikings avaient assassiné plusieurs indigènes innocents par simple amour barbare de la tuerie. Cette fois-ci, Sigvatson comptait exiger que les natifs soient traités de façon amicale. Il était vital pour la colonie, il le sentait, de pouvoir troquer des biens bon marché contre des fourrures et autres articles de première nécessité, sans effusion de sang. Contrairement aux expéditions de Thorfinn Karlsefni et de Leiv Eriksson, qui avaient fini par être chassées par les Skraelings, celle-ci était armée jusqu'aux dents et ses troupes se composaient de Norvégiens aguerris, vétérans de nombreuses batailles contre leurs ennemis jurés, les Saxons. L'épée en bandoulière, une main serrée sur une longue lance, l'autre tenant une énorme hache, ils étaient les meilleurs combattants de leur époque.

Les effets de la marée montante étaient sensibles loin en amont du cours d'eau, et aidaient les rameurs à progresser dans le courant, modéré par la faible inclinaison du sol. La rivière ne faisait guère plus de cinq cents mètres d'une rive à l'autre, mais elle s'élargit bientôt pour atteindre plus de trois kilomètres. A l'est, une flore luxuriante verdissait les berges escarpées.

Sigvatson, debout, le bras passé autour du grand dragon qui ornait la proue du drakkar de tête, scrutait le lointain à travers la brume mourante. Il désigna une ombre qui venait de se découper sur les parois à pic, au détour d'une légère courbe.

— Mettez le cap sur la rive gauche, commanda-t-il aux rameurs. Il semble y avoir une ouverture dans les falaises ; nous pourrons nous y abriter pour la nuit.

Tandis qu'ils approchaient, l'entrée sombre et inhospitalière d'une grotte inondée grossit devant eux jusqu'à offrir une largeur suffisante pour laisser passer un navire. Sigvatson inspecta l'intérieur lugubre et s'aperçut que le couloir s'enfonçait profond sous les murailles à pic des falaises. Il ordonna aux autres navires de s'immobiliser pendant que l'on démontait et affalait le mât, afin de pouvoir pénétrer sous l'arche basse du seuil de la grotte. Le courant du fjord tourbillonnait au niveau de l'ouverture, mais les robustes rameurs guidèrent sans problème le bateau à l'intérieur, rentrant légèrement les rames afin d'éviter qu'elles ne heurtent les parois de la caverne.

A l'instant du passage, les femmes et les enfants se penchèrent par-dessus le bord et leurs regards plongèrent dans une eau d'une surprenante transparence, où des bancs de poissons évoluaient, clairement visibles au-dessus du fond rocheux, une bonne quinzaine de mètres sous la surface. Ce ne fut pas sans appréhension que les colons se retrouvèrent à l'intérieur d'une salle haute de plafond, assez vaste pour abriter une armada trois fois plus importante que leur modeste flottille. Leurs ancêtres avaient embrassé le christianisme, mais les vieilles traditions païennes avaient la vie dure. Les grottes naturelles étaient considérées comme les lieux d'habitation des dieux.

Les parois, formées par le refroidissement des roches en fusion deux cents millions d'années plus tôt, étaient sculptées et polies par les vagues venues se jeter contre les couches volcaniques, extensions des montagnes proches. Elles s'élançaient en arc pour former au sommet un dôme vierge de toute végétation. De façon surprenante, nulle chauve-souris ne hantait les lieux. L'espace semblait sec. L'eau s'arrêtait au niveau d'un replat qui grimpait ensuite d'environ un mètre et s'étendait vers l'intérieur de la grotte sur une distance de presque soixante-dix mètres.

En criant par l'entrée de la caverne, Sigvatson ordonna aux autres navires de le suivre. Ses rameurs relâchèrent leur effort et laissèrent l'embarcation dériver jusqu'à ce que son étrave vienne heurter légèrement le bord du sol de la seconde salle de la grotte. Lorsque les autres bateaux arrivèrent au point de débarquement, on installa des passerelles de bois et tous se précipitèrent sur la terre ferme, heureux de se dégourdir les jambes pour la première fois depuis des jours. La tâche urgente consistait à servir un repas chaud, ce que chacun attendait depuis un précédent débarquement à terre, à des centaines de milles plus au nord. Les enfants s'éparpillèrent dans les galeries de la grotte à la recherche de bois flotté, en courant le long des rebords sculptés dans la roche par les milliards d'années. Bientôt, les femmes allumaient des feux et faisaient cuire le pain, tout en préparant du porridge et des ragoûts de poisson dans d'imposantes marmites de fer. Des hommes se mirent au travail pour réparer les avaries dues aux épreuves du voyage, tandis que d'autres jetaient des filets et attrapaient des bancs entiers de poissons dont le fjord regorgeait. Les femmes n'étaient que trop heureuses de trouver un abri aussi confortable contre les éléments. Les hommes, quant à eux, étaient de grands gaillards à la tignasse ébouriffée, habitués au grand air, et des marins qui appréciaient peu de se trouver confinés dans un environnement obstrué par la roche.

Après avoir mangé, avant de s'installer pour la nuit dans leurs sacs de couchage en cuir, deux des jeunes enfants de Sigvatson, un garçon de onze ans et une fille, d'un an sa cadette, accoururent vers leur père en criant, tout excités. Ils saisirent ses mains massives et l'entraînèrent dans la partie la plus profonde de la caverne. Ils allumèrent des torches, puis le conduisirent dans un long tunnel, juste assez haut pour que l'on puisse s'y tenir debout. C'était un passage cylindrique formé à une époque où il se trouvait encore sous la surface des eaux.

Ils grimpèrent sur des rochers tombés à terre, en contournèrent d'autres, puis ils entamèrent une ascension d'une soixantaine de mètres. Les enfants s'arrêtèrent alors, avant de se diriger vers une petite fissure.

— Regardez, père, regardez ! s'écria la petite fille. Ce trou donne sur le dehors. On peut voir les étoiles !

Sigvatson s'aperçut que le trou était trop petit et étroit pour que même des enfants puissent s'y faufiler, mais en effet, il put distinguer le ciel nocturne. Le lendemain, il ordonna à plusieurs hommes d'aplanir le sol du tunnel pour en faciliter l'accès et d'élargir la brèche qui donnait sur l'extérieur. Lorsque l'ouverture devint assez grande pour qu'un homme puisse la franchir sans se baisser, ils se retrouvèrent sur une vaste prairie bordée d'arbres massifs. Rien là qui ressemblât aux terres nues du Groenland... Les réserves de bois de construction semblaient sans limites. La terre était couverte d'un épais tapis de fleurs sauvages et d'herbe qui servirait de pâture au bétail. Là, sur cette terre généreuse qui dominait le superbe fjord bleu où abondaient les poissons, Sigvatson allait fonder sa colonie.

Les dieux avaient montré la voie aux enfants, qui avaient eux-mêmes conduit les adultes vers ce qui allait devenir, tous l'espéraient, leur nouveau paradis.

*
* *

Les Scandinaves se distinguaient par une grande soif de vivre. Ils travaillaient avec acharnement, vivaient et mouraient à la dure. La mer était leur élément. Pour eux, un homme sans bateau était un homme enchaîné. Ils avaient recomposé l'Europe, même si, tout au long du Moyen Age, ils s'étaient fait craindre en raison de leurs instincts barbares. Les hardis immigrants se battaient et s'établissaient en Russie, en Espagne et en France ; ils devenaient négociants ou mercenaires, renommés pour leur courage et leur habileté au maniement de l'épée et de la hache d'armes. Rollon conquit la Normandie, ainsi appelée d'après le nom des Scandinaves – les Normands. Son descendant Guillaume, quant à lui, conquit l'Angleterre.

Bjarne Sigvatson était l'image même du Viking flamboyant. Ses cheveux blonds étaient assortis à sa barbe. Il n'était pas grand, mais large d'épaules, et fort comme un bœuf. Bjarne était né en 980 dans la ferme de son père en Norvège, et à l'instar de la plupart des jeunes Vikings, il avait grandi avec un désir impatient de découvrir ce qui se cachait au-delà de chaque nouvel horizon. Curieux et intrépide, mais réfléchi, Bjarne était un marin, un pillard mûri par les combats, et il possédait assez de butin pour construire un bel et bon navire et organiser ses propres expéditions. Il avait épousé Freydis, une solide beauté de caractère indépendant, aux longs cheveux d'or et aux yeux bleus. C'était une heureuse union. Ils s'harmonisaient comme le soleil et le ciel.

Après avoir amassé une vaste fortune en pillant villes et villages du nord au sud de l'Angleterre, Bjarne, qui arborait les cicatrices de nombreuses batailles, mit un terme à ses rapines et se lança dans le négoce de l'ambre, le diamant de l'époque. Cependant, au bout de quelques années, il commença à montrer des signes d'impatience, surtout lorsqu'il entendit la saga épique des explorations d'Erik le Rouge et de son fils Leiv Eriksson. L'attrait des terres étranges, loin vers l'ouest, se faisait de plus en plus fort, et forgea sa détermination à monter sa propre expédition vers l'inconnu pour fonder une nouvelle colonie. Il rassembla rapidement une flotte de dix navires capables d'emporter trois cent cinquante hommes avec familles, bétail et matériel agricole. Un bateau, seul, transportait la fortune de Bjarne en butin et en ambre, afin de servir de monnaie d'échange avec des navires convoyant des biens provenant de Norvège et d'Islande.

La caverne formait un abri à bateaux et un entrepôt idéals, aussi bien qu'une forteresse contre toute attaque des Skraelings. Les fins vaisseaux furent hissés sur des rondins et installés sur le rebord rocheux grâce à des bers taillés dans le bois. Les Vikings construisaient de fabuleux navires, véritables merveilles pour leur époque. Ce n'étaient pas seulement des outils maritimes incroyablement performants, mais aussi des chefs-d'œuvre de sculpture aux proportions magnifiques, décorés avec opulence de figures complexes, tant à la poupe qu'à la proue. Depuis, bien peu de navires ont su rivaliser avec la pure élégance de leurs lignes.

Le vaisseau long était le bâtiment utilisé pour opérer les raids partout en Europe. Très rapide et polyvalent, il pouvait être manœuvré par cinquante rameurs. Cependant, le *knarr* était le véritable outil de base des explorateurs vikings. Long de dix-huit à vingt mètres et large de cinq mètres au moins, le *knarr* pouvait embarquer sur de longs parcours quinze tonnes de cargaison. Pour la pleine mer, il disposait d'une grande voile carrée, mais il pouvait compter sur dix rames pour naviguer dans des eaux moins profondes, près des côtes.

Ses ponts avant et arrière étaient séparés par un grand espace ouvert qui servait à entreposer des cargaisons diverses ou du bétail. L'équipage et les passagers souffraient en plein air, protégés par leurs seules couvertures en peaux. Il n'existait aucun quartier réservé pour les maîtres tels que Sigvatson ; les Vikings naviguaient en marins égaux, leur chef assurant le commandement lorsque des décisions importantes devaient être prises. Le *knarr* était à son aise dans les mers agitées. Par des vents violents et des houles imposantes, il savait tracer sa route à travers les pires éléments que les dieux puissent lui envoyer et cependant filer droit devant à cinq ou sept nœuds, en couvrant cent cinquante milles par jour.

Construites par d'extraordinaires charpentiers de marine vikings, qui travaillaient d'une main et d'un œil sûrs et modelaient le bois à la hache, les quilles étaient découpées d'un seul tenant dans un tronc de chêne pour obtenir une poutre en forme de « T » qui accroissait la stabilité dans les eaux mouvementées. Ensuite, ils taillaient, en suivant le grain du bois, de fines planches de chêne qui se recourbaient avec grâce avant de se rejoindre au niveau de l'étrave et de l'étambot. Formant ce que l'on nomme une coque assemblée à clin, les planches supérieures recouvraient partiellement celles des niveaux inférieurs. On les calfatait alors avec des poils d'animaux mélangés à du goudron. Si l'on excepte les traverses qui renforçaient la structure de la coque et soutenaient les ponts, pas une seule pièce à bord n'était disposée en ligne droite. L'ensemble paraissait trop fragile pour les tempêtes de l'Atlantique Nord, mais sous cette apparente folie se cachait une véritable méthode. La quille pouvait fléchir et la coque se déformer, permettant aux navires de glisser en affrontant une moindre résistance de l'eau, ce qui en faisait les bâtiments les plus stables du Moyen Age. De plus, grâce à leur faible tirant d'eau, ils étaient capables de ricocher comme un galet plat sur d'énormes vagues.

Le gouvernail constituait lui aussi un chef-d'œuvre de construction nautique. Il était formé d'une rame de direction fixée à tribord, et son axe vertical était manœuvré par le timonier qui se servait d'une barre horizontale. Le gouvernail était toujours monté sur le côté droit de la coque ; on l'appelait le *stjornbordi* (ce mot devait plus tard se transformer en « starboard » – tribord). Le barreur gardait toujours un œil sur la mer et l'autre sur une girouette de bronze au motif compliqué, installée sur l'étrave ou sur le mât. En étudiant les caprices du vent, il manœuvrait en choisissant les bordées les plus favorables.

Le pied du mât était installé sur un gros bloc de chêne qui servait de carlingue. Le mât lui-même mesurait une dizaine de mètres de hauteur et retenait une voile qui s'étendait sur plus de cent mètres carrés, découpée en un rectangle à peine plus large qu'un carré. Cette voile était tissée en laine grossière, cousue en double épaisseur pour offrir plus de résistance, puis teinte en diverses nuances de rouge et de blanc, et le plus souvent ornée de motifs en forme de bandes ou de losanges.

Les Vikings n'étaient pas seulement des marins et des constructeurs de tout premier plan ; ils étaient aussi d'exceptionnels navigateurs. Leur génie en ce domaine semblait inné. Un Viking savait interpréter les courants, les nuages, la température de l'eau, les vents et les vagues. Il observait les migrations des poissons et des oiseaux. La nuit, il relevait la position des étoiles. Le jour, il se servait d'une sorte de tableau pour étudier le soleil et les ombres, sorte de cadran solaire en forme de disque muni d'un axe que l'on pouvait déplacer verticalement afin de mesurer l'angle du soleil en repérant les ombres grâce aux lignes gravées sur l'appareil. Les calculs de latitudes des Vikings étaient d'une étonnante exactitude. Il était rare qu'un navire perde totalement son cap. Leur maîtrise de la mer était complète et incontestée.

*
* *

Au cours des mois qui suivirent, les colons construisirent de longues maisons en bois aux murs épais, où des poutres massives soutenaient des toits couverts de mottes de terre mélangée à de l'herbe. Pour préparer les repas et disposer d'un lieu de rencontre, ils aménagèrent une grande salle communautaire, équipée d'un âtre imposant, et qui servait aussi d'entrepôt et d'abri pour les bêtes. Avides de terres généreuses, les Scandinaves ne perdaient pas de temps en semailles. Ils récoltaient des baies et leurs filets, lancés dans le fjord, leur fournissaient du poisson en abondance. Les Skraelings se montrèrent curieux, mais plutôt amicaux. On échangea des colifichets, de l'étoffe et du lait de vache contre de précieuses fourrures et du gibier. Avec sagesse, Sigvatson ordonna à ses hommes de conserver leurs armes de métal, épées, lances et haches, hors de vue. Les Skraelings maîtrisaient l'arc et la flèche, mais leurs grossières armes de poing étaient encore en pierre. Sigvatson comprit que bientôt, les armes supérieures en qualité des Vikings seraient volées ou exigées en troc.

Vers l'automne, ils étaient préparés à affronter un hiver rigoureux. Pourtant, cette année-là, le temps resta doux, avec peu de neige et peu de gel. Les colons s'émerveillèrent des journées ensoleillées, bien plus longues qu'en Norvège ou que pendant leur court séjour en Islande. Avec le printemps, Sigvatson se prépara à envoyer une importante expédition de reconnaissance explorer cet étrange et nouveau pays. Il décida de demeurer lui-même sur place afin d'assurer les devoirs et les responsabilités de la direction de la petite communauté, désormais florissante. Il choisit son frère cadet, Magnus, pour conduire l'expédition.

Sigvatson choisit une centaine d'hommes pour un voyage qu'il prévoyait long et pénible. Après des semaines de préparatifs, on hissa les voiles de six navires, parmi les plus petits, tandis qu'hommes, femmes et enfants adressaient des gestes d'adieu à la petite armada qui s'apprêtait à remonter la rivière. L'expédition de reconnaissance, qui n'était censée durer qu'une soixantaine de jours, se transforma en un voyage épique de quatorze mois. A la voile ou à la rame, sauf lorsqu'ils devaient haler leurs embarcations à terre pour emprunter un nouveau cours d'eau, les hommes de Magnus voguaient sur de larges rivières et traversaient des lacs immenses qui leur semblaient aussi étendus que la grande mer du Nord. Ils naviguèrent le long d'une rivière bien plus vaste que tout ce qu'aucun d'eux avait pu voir en Europe ou sur le pourtour méditerranéen. Après l'avoir parcourue sur trois cents milles, ils gagnèrent la rive et établirent un campement dans une forêt épaisse. Ils camouflèrent les bateaux et se lancèrent dans une randonnée d'un an à travers les collines vallonnées et les pâturages sans fin.

Les Scandinaves découvrirent d'étranges animaux inconnus. De petites créatures semblables à des chiens, et qui hurlaient la nuit, de grands chats à la queue courte, et de gigantesques bêtes au poil touffu et à la tête énorme ornée de cornes. Ils les tuèrent avec leurs lances et trouvèrent leur viande aussi délicieuse que celle du bœuf.

Les Scandinaves ne s'attardaient jamais longtemps au même endroit, aussi les Skraelings ne les considéraient-ils pas comme une menace, et ne leur causèrent aucun ennui. Les explorateurs étaient à la fois fascinés et amusés par les différences entre les diverses tribus de Skraelings. Certains arboraient des poses fières et possédaient une allure noble, tandis que d'autres ne semblaient guère valoir mieux que des animaux repoussants.

Bien des mois plus tard, ils firent halte lorsqu'ils aperçurent les cimes d'immenses montagnes qui s'élevaient au loin. Emerveillés par ce pays qui paraissait infini, ils décidèrent cependant de rebrousser chemin et de regagner la colonie avant les premières neiges de l'hiver. Lorsque les voyageurs fourbus atteignirent le camp vers le milieu de l'été, réjouis d'avance par l'accueil qui les attendait, ils ne découvrirent pourtant que ruines et dévastation. La colonie tout entière avait été brûlée jusqu'au dernier rondin, et de leurs camarades, leurs épouses et leurs enfants, ne restaient que des ossements épars. Quel terrible conflit avait pu pousser les Skraelings à se livrer à un tel carnage ? Quel événement dramatique s'était donc produit pour réduire ainsi à néant la coexistence entre les deux peuples ? Nulle réponse n'était à attendre des morts.

Magnus et les Scandinaves survivants, affligés et furieux, s'aperçurent que l'ouverture du tunnel qui menait à la caverne avait été couverte de rochers et de broussailles par les derniers Scandinaves et cachée à la vue des Skraelings. Les colons étaient parvenus à dissimuler les trésors et les reliques sacrées pillés par Sigvatson au cours de ses jeunes années, ainsi que leurs biens les plus précieux, en les enfouissant au fond des navires pendant l'attaque des Skraelings.

Les guerriers, sous le choc, auraient pu tourner le dos au carnage et prendre le large, mais ce genre de comportement n'était pas inscrit dans leurs gènes. Ils n'aspiraient qu'à la vengeance, tout en sachant que celle-ci les mènerait sans nul doute à la mort. Pour un Viking, périr au combat représentait une fin glorieuse, d'une grande élévation d'esprit. Ils envisageaient ainsi une terrible possibilité : leurs femmes et leurs filles avaient peut-être été réduites en esclavage par les Skraelings.

Fous de chagrin et de rage, ils rassemblèrent les restes de leurs proches, les descendirent dans la caverne par le tunnel, et les déposèrent à l'intérieur des navires. Leur cérémonial traditionnel leur imposait d'envoyer les morts vers un au-delà glorieux, le Walhalla. Ils identifièrent le cadavre mutilé de Bjarne Sigvatson, l'étendirent dans son navire, enveloppèrent son corps d'une cape et l'entourèrent des dépouilles de ses deux enfants et des trésors amassés tout au long de sa vie, ainsi que de réserves de nourriture pour le voyage. Ils auraient souhaité que son épouse Freydis repose à son côté, mais on ne put rien retrouver d'elle, et il ne restait plus de bétail pour le sacrifice. Tout avait été emporté par les Skraelings.

Selon la tradition, les vaisseaux et les morts auraient dû être brûlés, mais c'était impossible. Magnus et ses hommes craignaient que les Skraelings profanent les sépultures et pillent leurs disparus. Les guerriers fous de douleur taillèrent à coups de marteau une énorme pierre, au-dessus de l'entrée de la grotte, et la poussèrent jusqu'à ce qu'elle tombe en une chute spectaculaire, avec des tonnes d'autres rochers de taille plus modeste, et bouche ainsi toute entrée depuis la rivière. Les roches s'amalgamèrent dans le cours d'un rapide, un ou deux mètres sous la surface, laissant invisible un vaste passage sous-marin.

Une fois la cérémonie terminée, les Scandinaves se préparèrent au combat.

L'honneur et le courage étaient pour eux des qualités sacrées. Sachant la bataille proche, ils se trouvaient dans un état d'euphorie.

Au plus profond de leur âme, ils désiraient le combat, le fracas des armes, et l'odeur du sang. Cet état d'esprit faisait partie intégrante de leur culture, et ils avaient été élevés et entraînés par leurs pères à devenir des guerriers, experts dans l'art de tuer. Ils aiguisèrent les épées et les haches d'armes forgées par les meilleurs artisans germains – objets chéris, précieux et vénérés. Ils donnaient des noms à leurs armes, comme s'il s'agissait d'êtres de chair et de sang.

Ils revêtirent leurs magnifiques cottes de mailles, afin de protéger leur torse, et leurs simples casques coniques, parfois agrémentés d'un prolongement protecteur pour le nez. Ils prirent leurs boucliers en bois peint de couleurs vives, où un gros rivet central était fixé à une sangle de maintien pour le bras. Tous portaient des lances aux pointes acérées. Certains brandissaient des épées à double tranchant d'un mètre de long, tandis que d'autres restaient fidèles à la hache d'armes.

Lorsque tous furent prêts au combat, Magnus conduisit sa troupe vers un gros village de Skraelings, à un peu moins de cinq kilomètres du lieu du massacre. En réalité, il s'agissait d'une cité primitive de quelques centaines de huttes qui abritaient presque deux mille Skraelings. Les Vikings ne tentèrent aucune ruse, aucune embuscade. Ils jaillirent des bois en hurlant comme des chiens enragés pour donner l'assaut, et pulvérisèrent la courte clôture de pieux qui entourait le village, prévue pour empêcher les animaux d'entrer plutôt que pour se défendre d'une attaque.

Cette attaque fracassante occasionna de lourdes pertes parmi les Skraelings pétrifiés, qui furent abattus comme du bétail. Au cours de cet assaut inattendu, d'une sauvagerie féroce, presque deux cents d'entre eux furent massacrés avant même de comprendre ce qui leur arrivait. Très vite, par groupes de cinq ou de dix, ils commencèrent à se défendre. Ils maîtrisaient le maniement de la lance et des grossières haches de pierre, mais leur arme de guerre préférée était l'arc, et une grêle de flèches ne tarda pas à traverser le ciel. Les femmes se joignirent au chaos général en lançant une pluie de pierres dont l'efficacité se borna à bosseler les casques et les boucliers vikings.

Magnus chargeait à la tête de ses guerriers, se battant des deux mains, sa lance dans l'une, sa gigantesque hache d'armes dans l'autre, les deux ruisselantes de sang écarlate. Il était ce que les Vikings appelaient un *beserkr*, un mot qui allait se transformer au cours des siècles pour se changer en « berserk » (fou furieux) pour désigner un homme en proie à une folie apparente et résolu à frapper de terreur l'esprit de ses ennemis. Il hurlait comme un possédé en se jetant sur les Skraelings et les tournoiements de sa hache en abattaient un grand nombre.

La férocité brutale des Scandinaves subjugua les Skraelings. Ceux qui tentaient de leur résister en combat singulier étaient repoussés avec des pertes terribles. Pourtant, même s'ils semblaient décimés, leur nombre ne diminuait jamais. Des émissaires s'éparpillèrent dans les villages proches et revinrent rapidement avec des renforts, et les Skraelings purent se replier pour se regrouper et compenser leurs pertes.

Pendant la première heure, les vengeurs s'étaient frayé un passage pavé de cadavres à travers le village, tout en guettant le moindre signe de la présence de leurs femmes, mais ils n'en découvrirent aucune. Ils ne trouvèrent que des débris d'étoffe de leurs robes, portés en guise de parure par les femmes skraelings. Au-delà de la colère, il existe la rage, et au-delà de la rage, l'hystérie. Frénétiques, les Vikings supposèrent que leurs filles et épouses avaient été dévorées par des Skraelings cannibales, et leur fureur se changea en une démence froide. Ils ignoraient que les cinq survivantes du massacre de la colonie n'avaient pas été tuées ni blessées, mais offertes en tribut aux chefs d'autres villages. La férocité des Vikings se multiplia et la terre, à l'intérieur du village skraeling, fut bientôt inondée de sang, mais les renforts continuaient à affluer et la situation commença à s'inverser.

Affaiblis par les blessures et épuisés, les Vikings virent leur nombre se réduire jusqu'au moment où ils ne furent plus que dix à tenir le terrain autour de Magnus Sigvatson. Les Skraelings avaient cessé de mener des assauts frontaux contre les haches et les épées mortelles de leurs ennemis. Ils ne craignaient plus les lances des Scandinaves, brisées ou éparpillées sur le champ de bataille. Une armée grandissante, qui se battait désormais à cinquante contre un, se regroupait hors de portée des hommes du Nord. Ils lancèrent de puissantes volées de flèches contre le petit groupe de survivants, tapis sous leurs boucliers hérissés de traits qui évoquaient les épines d'un porc-épic. Cependant, les Vikings continuaient à se battre ; ils attaquaient, et attaquaient encore...

Alors, les Skraelings se levèrent comme un seul homme et, avec une désinvolte témérité, vinrent se jeter contre les boucliers vikings. L'immense marée engloutit la petite grappe des hommes du Nord et se mit à tournoyer autour des guerriers pour lesquels l'heure de l'ultime résistance avait sonné. Les rescapés se tenaient dos à dos ; ils se battirent jusqu'à la fin, sous une avalanche de coups de haches.

Leurs dernières pensées se tournèrent vers leurs femmes et leurs filles disparues et vers la mort glorieuse qui les attendait. Ils combattirent jusqu'au bout, leur hache et leur épée à la main. Magnus Sigvatson fut le dernier à tomber, et sa mort fut la plus tragique. Avec lui mourait, pour les cinq siècles à venir, le dernier espoir de coloniser l'Amérique du Nord. Il laissa un héritage qui allait coûter cher à ceux qui allaient enfin finir par suivre ses pas. Avant le coucher du soleil, tous, parmi la centaine de braves Scandinaves, avaient trouvé la mort, ainsi que plus d'un millier de Skraelings, hommes, femmes et enfants. De la façon la plus atroce qui soit, les Skraelings en étaient venus à constater que les étrangers à la peau blanche venus de l'autre côté des mers n'étaient que des maraudeurs ; ils représentaient une menace qui ne pouvait être combattue que par la force brute.

Une chape d'horreur s'étendit sur les nations skraelings. Aucune bataille entre elles ne s'était jamais soldée par pareille hécatombe, sans parler des atroces blessures et mutilations. La grande bataille n'était pourtant qu'un prélude aux guerres effroyables à venir...

Pour les Vikings demeurés en Islande ou en Norvège, le destin de la colonie de Bjarne Sigvatson devait demeurer un mystère. Personne ne survécut pour témoigner, et aucun autre colon ou explorateur ne suivit leurs traces sur les mers impétueuses. Les colons ne sont plus désormais qu'une note de bas de page oubliée dans la saga des âges anciens.

LE MONSTRE DES PROFONDEURS

LE MYSTÉRIEUX SUBMERSIBLE

Le 2 février 1894,
dans la mer des Antilles

PERSONNE à bord du *Kearsarge*, vieux navire de guerre à coque en bois, n'aurait pu prévoir la catastrophe imminente. Arborant la bannière étoilée, le bâtiment, gardien des intérêts des Etats-Unis dans les Antilles, effectuait un voyage de Haïti au Nicaragua lorsque ses vigies détectèrent une forme étrange sous l'eau, à un mille de la proue par tribord. La visibilité sous ces cieux clairs s'étendait jusqu'à l'horizon, la mer était calme, et la houle ne dépassait guère les soixante centimètres, du creux à la crête. On distinguait clairement à l'œil nu le dos à bosse noire d'une étrange espèce de monstre marin.

— Qu'en dites-vous ? demanda le capitaine Leigh Hunt à son second, le lieutenant James Ellis, en scrutant la mer de ses jumelles de laiton.

A l'aide d'un télescope qu'il maintenait appuyé contre le bastingage pour l'immobiliser, Ellis étudiait l'objet au loin.

— A première vue, je dirais qu'il s'agit d'une baleine, mais je n'ai encore jamais vu de cétacé se déplacer dans l'eau avec une telle régularité, sans montrer sa queue ni plonger sous la surface. Et puis, il y a cette étrange protubérance légèrement vers l'avant...

— Ce doit être quelque espèce rare de serpent de mer, dit Hunt.

— Aucune bête dont l'histoire m'évoque le moindre souvenir, murmura Ellis, impressionné.

— Je ne peux pas croire que ce soit un bâtiment créé par l'homme.

Hunt était un homme mince aux cheveux grisonnants. Son

visage tanné et ses yeux bruns enfoncés dans leurs orbites trahissaient les longues heures passées au vent et au soleil. Une pipe le plus souvent éteinte était coincée entre ses mâchoires. Hunt était un professionnel de la marine militaire ; son expérience de l'océan couvrait un quart de siècle et il jouissait d'une réputation d'excellence et d'efficacité. Trop jeune pour avoir combattu pendant la guerre de Sécession, Hunt avait obtenu son diplôme de l'Académie navale en 1869 et servi à bord de huit bâtiments différents en gravissant les échelons de la hiérarchie jusqu'au moment où il se vit proposer le commandement du *Keasarge*.

Le vénérable navire tenait son nom d'une épique bataille navale, trente ans plus tôt, au cours de laquelle il avait ravagé, puis coulé le tristement célèbre navire confédéré l'*Alabama*, au large de Cherbourg, en France. Les deux bateaux étaient de force égale, mais le *Keasarge* avait réduit l'*Alabama* à l'état d'épave moins d'une heure après le début de l'engagement. Son commandant et son équipage furent fêtés en héros par l'Union reconnaissante après leur retour à leur port d'attache.

Au cours des années qui suivirent, le *Keasarge* effectua plusieurs voyages dans le monde entier. Long de plus de soixante-cinq mètres et large de dix, avec un tirant d'eau de onze mètres, ses deux moteurs et son équipage pouvaient le propulser à une vitesse de onze nœuds. Ses canons furent remplacés dix ans après la guerre par une nouvelle batterie, qui comprenait deux canons lisses de onze pouces, quatre canons lisses de neuf pouces, et deux canons à tubes rayés de vingt livres. Il emportait à son bord un équipage de cent soixante hommes. Aussi ancien qu'il puisse être, il représentait encore une grosse puissance de feu.

Ellis abandonna son télescope et se tourna vers Hunt.

— Allons-nous vérifier sur place, *sir* ?

— Ordonnez un changement de cap de dix degrés à tribord, répondit Hunt en hochant la tête. Que l'ingénieur en chef Grible mette les machines en avant toute et que les hommes gagnent leurs postes aux canons. Doublez les vigies. Je ne veux pas perdre ce monstre de vue.

— *Aye, sir.*

Ellis, un homme de haute stature à la calvitie naissante, le menton orné d'une barbe taillée avec soin, transmit les ordres et très vite, le respectable bâtiment accrut sa vitesse en courant contre le vent, tandis que son étrave fendait les vagues dans des gerbes d'écume. Sa cheminée vomissait un panache de lourde fumée noire accompagné d'une pluie d'étincelles. Alors que débutait la poursuite, les ponts du vieux vétéran tremblaient d'impatience.

Bientôt, le *Keasarge* commença à rattraper l'étrange objet dont la vitesse semblait immuable. Une équipe de canonniers enfonça une charge et un obus dans le tube d'un canon de vingt livres, puis recula d'un pas. L'officier artilleur leva les yeux vers Hunt, qui se tenait près de l'homme de barre.

— Canon numéro deux chargé, prêt à tirer, *sir*.

— Envoyez une salve cinquante mètres devant le museau de ce monstre, monsieur Merryman, cria Hunt dans son porte-voix.

D'un geste, Merryman accusa réception de l'ordre reçu. Il hocha la tête en direction de l'homme qui se trouvait près du canon, le cordage en main, et de celui qui réglait le pas d'élévation sur la culasse.

— Vous avez entendu le commandant. Placez votre tir à cinquante mètres en avant de la bête.

La visée effectuée, l'homme tira sur la corde, et le canon rugit et bondit en arrière en tirant sur l'épais cordage de retenue qui passait par un anneau fixé à son fût. Ce fut un tir proche de la perfection, et l'obus plongea droit devant la bosse qui glissait dans l'eau sans effort apparent. Bête ou machine, l'objet ignora l'intrusion et maintint sa route sans la moindre déviation.

— Notre artillerie ne l'impressionne guère, commenta Ellis avec un léger sourire.

Hunt le fixa de derrière ses verres de lunettes.

— J'estime sa vitesse à dix nœuds, contre douze pour nous.

— Nous devrions pouvoir l'accoster d'ici dix minutes.

— Lorsque nous ne serons plus qu'à trois cents mètres, tirez une nouvelle salve, à trente mètres, cette fois-ci.

Tous les hommes d'équipage, excepté ceux des machines, étaient alignés contre le bastingage et observaient le monstre qui se rapprochait de la proue à chaque minute. On ne distinguait que des ondulations en surface, mais une écume blanche tourbillonnante était visible sous l'eau, dans son sillage. Soudain, la protubérance dorsale s'alluma et se mit à étinceler.

— J'aurais juré que le soleil se réfléchissait sur une sorte de vitre ou de hublot, dit Hunt.

— On ne trouve de parties de verre sur aucun monstre marin, murmura Ellis.

Les canonniers rechargèrent et tirèrent une autre salve qui vint frapper l'eau entre cinq et sept mètres en avant du monstre. Toujours pas de réaction. Il poursuivit sa course comme si le *Keasarge* n'était qu'un simple désagrément passager. Il était désormais assez proche pour que le capitaine Hunt et son équipage puissent distinguer au sommet un habitacle triangulaire équipé de gros hublots de quartz.

— C'est un appareil construit de main d'homme, haleta Hunt, le souffle coupé par la stupéfaction.

— Je ne parviens pas à y croire, dit Ellis d'un ton vague. Qui aurait pu construire un engin aussi incroyable ?

— S'il n'est pas américain, il doit s'agir d'un bâtiment d'origine britannique ou allemande.

— Qui sait ? Il n'arbore aucun pavillon.

Pendant qu'ils l'observaient, le curieux objet s'enfonça avec lenteur sous les vagues jusqu'à disparaître au regard. Le *Keasarge* passa droit au-dessus du point où il venait de plonger, mais l'équipage ne put détecter aucun signe de sa présence dans les profondeurs.

— Il est parti, commandant, cria l'un des hommes à l'adresse de Hunt.

— Gardez les yeux bien ouverts, lui répondit Hunt. Que quelques-uns d'entre vous grimpent sur les gréements et essaient de le repérer.

— Que ferons-nous s'il réapparaît ? demanda Ellis.

— S'il refuse de mettre en panne et de s'identifier, nous lâcherons une bordée au but.

Les heures passèrent et le coucher du soleil arriva, tandis que le *Keasarge* voguait en cercles larges dans l'espoir toujours plus mince de retrouver le monstre. Le commandant était sur le point d'abandonner la poursuite lorsqu'une vigie poussa un cri.

— Monstre à mille mètres environ de la proue, à bâbord ! Il vient vers nous !

Les officiers et l'équipage se précipitèrent vers le bastingage à bâbord. Il faisait encore assez clair pour que l'on distingue l'objet avec netteté. Il paraissait faire route droit sur le *Keasarge* à une vitesse très rapide.

Tout au long de la poursuite, les canonniers avaient attendu avec patience, canons chargés et prêts au feu. Ceux qui se trouvaient en poste à bâbord donnèrent rapidement du mou aux cordages de retenue et se préparèrent à viser.

— Tenez compte de sa vitesse et visez cette bosse, derrière l'étrave, leur ordonna Merryman.

On procéda à des ajustements et les bouches des canons s'abaissèrent tandis que le monstre surgissait dans le viseur.

— Feu ! hurla Hunt.

Six des huit canons de *Keasarge* grondèrent, et leurs charges explosives déchirèrent l'air tandis que de la fumée jaillissait de leurs gueules. A travers ses jumelles, Hunt vit les obus des deux pièces pivotantes de onze pouces fracasser les flots de chaque côté du déconcertant appareil. Les projectiles des pièces de neuf pouces se joignirent aux geysers qui jaillissaient autour de la cible. Enfin, il distingua l'obus du canon de vingt livres qui percutait le dos du monstre avant de rebondir et de ricocher comme un galet plat.

— Il est blindé, dit-il, stupéfait. Notre obus a ricoché sur sa coque sans même l'érafler.

Imperturbable, l'engin tourna sa proue droit sur le milieu de la coque du *Keasarge*, accrut sa vitesse et rassembla tout son élan.

Les canonniers rechargèrent en toute hâte, mais lorsqu'ils furent prêts pour une nouvelle salve, le bâtiment était trop proche et ils ne pouvaient abaisser suffisamment les canons pour l'atteindre. Le détachement de Marines présent à bord se mit à tirer au fusil sur l'assaillant. Plusieurs officiers se tenaient au bastingage, s'accrochant au gréement d'une main et déchargeant leurs revolvers de l'autre. La nuée de balles rebondit sur la coque blindée sans causer de dommages.

Hunt et son équipage contemplaient, incrédules, le cauchemar d'acier qui se préparait à les éperonner. Paralysé par la vision du long bâtiment en forme de cigare, Hunt étreignit le bastingage pour se préparer à l'inévitable collision.

Le choc attendu ne se produisit jamais. L'équipage ne sentit qu'un léger frisson sous les ponts. L'impact ténu ne différait guère de celui d'une coque contre un quai. Ils n'entendirent rien d'autre que le faible craquement du bois déchiqueté. En cet instant comme suspendu dans le temps, l'objet surnaturel s'était taillé un passage entre les grandes membrures de chêne du *Keasarge*, net et précis comme le coup de couteau d'un assassin, loin dans la coque, juste derrière la salle des machines.

Hunt demeura bouche bée. Il apercevait un visage derrière le grand hublot transparent de l'habitacle pyramidal, au sommet du sous-marin. Hunt crut distinguer une expression de tristesse et de mélancolie sur le visage barbu, comme si l'homme éprouvait du remords après le désastre causé par son étrange navire.

Soudain, le mystérieux bâtiment fit machine arrière et sombra dans les profondeurs.

Hunt savait que le *Keasarge* était condamné. En bas, tout au fond, l'eau de mer s'engouffrait dans la soute et dans les cuisines. La blessure béante formait une ouverture concave presque parfaite dans les bordages de la coque, deux mètres sous la ligne de flottaison. Le torrent augmenta encore son débit au moment où le *Keasarge* commença à donner de la bande à bâbord. Seules les cloisons lui permirent d'échapper au naufrage immédiat. Conformément au règlement naval, Hunt avait ordonné qu'elles soient fermées, comme si le navire se préparait au combat. Le flux d'eau s'en trouva contenu, mais encore fallait-il qu'elles résistent à la formidable pression de l'eau.

Hunt regarda autour de lui et repéra une île corallienne sans relief, à mille cinq cents mètres de distance. Il se tourna vers le timonier.

— Cap sur ce récif, à tribord ! cria-t-il.

Il ordonna ensuite à la salle des machines de faire route à pleine vitesse. Son principal souci consistait à estimer pendant combien de temps les cloisons seraient à même d'empêcher le torrent d'eau de pénétrer dans la salle des machines. Les chaudières pouvaient encore produire de la vapeur, et peut-être aurait-il le temps de mener le navire à terre avant le naufrage.

Avec lenteur, la proue effectua son virage, tandis que le bateau prenait de la vitesse pour gagner des eaux peu profondes. Le second, Ellis, n'attendit pas les ordres de Hunt pour préparer les canots de sauvetage et le canot du commandant. Tous les membres d'équipage, sauf ceux des machines, étaient rassemblés sur le pont. Comme un seul homme, ils concentraient leurs regards sur le récif corallien bas et nu qui s'approchait avec une lenteur désespérante. L'hélice brassait l'eau tandis que les chauffeurs remplissaient les chaudières avec une hâte frénétique. Ils pelletaient le charbon, un œil rivé sur la fournaise et l'autre sur les cloisons gémissantes, seul rempart contre une mort horrible.

L'unique hélice continuait à broyer les flots, propulsant le navire vers ce que tous espéraient être leur salut. Le timonier héla quelques hommes pour l'aider à maîtriser le gouvernail, car le *Keasarge* devenait difficile à manœuvrer en raison du poids croissant de l'eau embarquée, et la gîte à bâbord atteignait désormais six degrés.

L'équipage se tenait près des canots, prêt à abandonner le *Keasarge* sur l'ordre, que chacun pensait imminent, du commandant. Mal à l'aise, ils se déplaçaient sur le pont qui penchait de manière menaçante. On envoya un sondeur à la proue pour jeter un poids et évaluer le fond.

— Vingt brasses, et ça diminue toujours !

Il fallait encore une élévation d'une trentaine de mètres avant que la quille du *Keasarge* ne heurte le fond. Hunt ne pouvait s'empêcher de songer que le navire s'approchait du mince ruban de corail à la vitesse d'un escargot ivre.

Le *Keasarge* s'enfonçait plus profond dans l'eau à chaque minute. Sa gîte était maintenant de dix degrés, et il était presque impossible de maintenir un cap égal. Le récif approchait. Les hommes d'équipage distinguaient les vagues qui venaient heurter le corail et éclataient en gerbes scintillantes sous le soleil.

— Cinq brasses ! cria le sondeur. Le fond s'élève rapidement !

Hunt ne tenait pas à mettre en danger la vie de ses hommes. Il était sur le point de donner l'ordre d'abandonner le navire lorsque celui-ci s'enfonça dans le sol corallien ; sa quille et sa coque creusèrent un passage à travers le récif jusqu'au moment où il s'arrêta brusquement et s'inclina, puis se stabilisa à un angle de gîte de quinze degrés.

— Que Dieu soit loué, nous sommes sains et saufs, murmura le timonier, toujours agrippé à la barre, le visage rougi par l'effort, les bras engourdis par l'épuisement.

— Il est solidement échoué, dit Ellis à Hunt. La marée descend. Il ne risque pas de bouger.

— C'est vrai, reconnut Hunt d'une voix chargée de tristesse. Ce serait dommage que l'on ne puisse le sauver.

— Des remorqueurs pourront le tirer des récifs, si le fond n'a pas été arraché.

— C'est ce monstre de l'enfer qui en porte toute la responsabilité. S'il existe un Dieu, il paiera pour son forfait.

— C'est peut-être déjà fait, dit Ellis d'un ton calme. Il a plongé très vite après la collision. Il a dû endommager son étrave et présente sans doute une voie d'eau.

— Je ne comprends pas. Pourquoi ne s'est-il pas contenté de mettre en panne et d'expliquer les raisons de sa présence ?

Songeur, Ellis contempla les eaux turquoise de la mer des Antilles.

— Je crois me souvenir d'avoir lu quelque chose, un jour, au sujet d'un de nos navires, le *Abraham Lincoln*, et de sa rencontre avec un étrange monstre de métal, il y a de cela une trentaine d'années. L'engin lui avait arraché son gouvernail.

— Où cela s'était-il passé ? demanda Hunt.

— Je crois que c'était dans la mer du Japon. Et au moins quatre bâtiments de la flotte britannique ont disparu dans des circonstances mystérieuses au cours des vingt dernières années.

— Le Département de la Marine ne croira jamais ce qui s'est passé ici, dit Hunt, qui contemplait son bateau naufragé avec une colère croissante. J'aurai de la chance si je ne passe pas en cour martiale ; je risque d'être révoqué de la Marine.

— Nous avons ici cent soixante témoins qui vous soutiendront, le rassura Ellis.

— Aucun commandant ne souhaite perdre son navire, et certainement pas par la faute de quelque monstruosité mécanique inconnue. (*Il se tut un moment pour scruter la mer en contrebas, tandis que son esprit se concentrait sur les tâches immédiates.*) Commencez à charger des vivres à bord des canots. Nous allons débarquer et attendre des secours sur la terre ferme.

— J'ai vérifié les cartes, *sir*. Ce récif s'appelle *Roncador Reef*.

— Triste endroit, et triste fin pour un navire aussi prestigieux, commenta Hunt d'un ton mélancolique.

Ellis lui adressa un salut rapide et se mit en devoir d'organiser l'équipage et de mettre en place un système de navette pour emmener vivres, tentes et objets personnels sur le récif de corail. Eclairés par une demi-lune, ils travaillèrent toute la nuit, puis toute la journée du lendemain, et installèrent le camp avant de préparer leur premier repas à terre.

Hunt fut le dernier à quitter le *Keasarge*. Juste avant de descendre l'échelle pour gagner son canot, il s'arrêta pour balayer du regard les eaux mouvantes. Il emporterait jusqu'à la tombe l'image de cet homme barbu qui le dévisageait de l'intérieur de son monstre noir.

— Qui êtes-vous ? murmura-t-il. Avez-vous survécu ? Et si tel est le cas, quelle sera votre prochaine victime ?

Au cours des années qui suivirent, lorsqu'il tombait sur un rapport mentionnant un vaisseau de guerre perdu corps et biens, Hunt ne pouvait s'empêcher de se demander si l'homme du monstre d'acier en était ou non responsable.

*
* *

Les officiers et les hommes du *Keasarge* survécurent à terre, sans grandes privations, pendant deux semaines, jusqu'au moment où quelqu'un repéra une traînée de fumée à l'horizon. Hunt envoya un canot, à bord duquel se trouvait son second ; l'embarcation arrêta un vapeur de passage qui recueillit Hunt et son équipage et les déposa à Panamá.

Fait exceptionnel, il n'y eut aucune commission d'enquête à leur arrivée aux Etats-Unis, comme si le secrétaire à la Marine et les amiraux souhaitaient passer discrètement l'affaire sous silence. A la grande surprise du capitaine Hunt, il monta en grade et devint capitaine de vaisseau en titre avant de prendre une retraite honorable. Le second Ellis fut lui aussi promu ; on lui confia le commandement de la plus récente canonnière de la Navy, le *Helena*, et il eut l'occasion de servir dans les eaux cubaines pendant la guerre américano-espagnole.

Le Congrès vota un crédit de quarante-cinq mille dollars pour renflouer le *Keasarge* et le remorquer jusqu'à un chantier naval, mais on s'aperçut que des indigènes venus des îles proches y avaient mis le feu afin de récupérer le cuivre, le laiton et l'acier qui s'y trouvaient. On le désarma, et les sauveteurs revinrent au port en laissant sa coque se désintégrer lentement dans sa tombe de corail.

PREMIÈRE PARTIE

L'enfer

LE DAUPHIN D'ÉMERAUDE
LE DAUPHIN D'ÉMERAUDE

Chapitre 1

Le 15 juillet 2003,
dans l'océan Pacifique Sud

MÊME planifié des mois à l'avance avec le maximum de jugement et de subtilité, le désastre n'aurait pu être plus complet. Tout ce qui pouvait aller de travers alla *vraiment* de travers, au-delà de toute imagination. Le *Dauphin d'Emeraude*, un luxueux navire de croisière, était en feu, et personne à bord n'avait eu le moindre présage, la moindre prémonition, pas même le plus léger soupçon qui soit, quant au danger. Pourtant, les flammes dévoraient l'intérieur de la chapelle, au centre du navire, juste en avant du somptueux « village commerçant ».

Sur le pont, les officiers de quart assuraient leur veille sans se douter du désastre imminent. Aucun des systèmes automatiques d'alarme d'incendie n'avait décelé le moindre problème, pas plus que les installations de secours. La console de navigation, qui affichait le profil du bâtiment tout entier, et montrait chacun des détecteurs d'incendie présents à bord, ressemblait à une mer de petites lumières vertes. Celle-là même qui aurait dû révéler l'existence d'un incendie dans la chapelle n'avait pas viré au rouge.

A quatre heures du matin, les passagers dormaient dans leurs cabines particulières. Le bar et les salons, le superbe casino et la salle de danse étaient vides, et le *Dauphin d'Emeraude*, en provenance de Sydney, en Australie, et en route pour Tahiti, fendait les mers du Sud à la vitesse de vingt-quatre nœuds. Lancé l'année précédente et complètement aménagé depuis, le *Dauphin d'Eme-*

raude accomplissait son voyage inaugural. Il ne possédait pas les lignes douces et élégantes des autres paquebots. Sa coque évoquait plutôt une chaussure de randonnée géante ornée d'un énorme disque en son centre. Toute la superstructure, comprenant six ponts, était ronde ; son périmètre dépassait de cinquante mètres – en diamètre et en hauteur – les deux côtés de la coque, et dominait la proue et la poupe de dix-sept mètres. S'il fallait trouver une ressemblance, on aurait pu dire que le *Dauphin d'Emeraude* évoquait plutôt le vaisseau spatial *Enterprise*. On ne distinguait de l'extérieur aucune cheminée.

Fierté de la Blue Seas Cruise Lines, le nouveau navire aurait sans conteste mérité six étoiles et l'on s'attendait à ce qu'il rencontre un grand succès, en particulier grâce à ses aménagements intérieurs, dignes des plus fastueux hôtels de Las Vegas. Pour sa première croisière, toutes les cabines particulières étaient occupées. Avec une longueur de deux cent cinquante mètres et une jauge brute de cinquante mille tonneaux, il transportait mille six cents passagers dans un cadre opulent, servis par neuf cents hommes d'équipage.

Les architectes navals du *Dauphin d'Emeraude* s'étaient surpassés en créant un décor clinquant et ultramoderne pour les cinq salles à manger, les trois bars et salons, le casino, la salle de danse, le théâtre et les cabines. Les éléments en verre de couleurs audacieusement contrastées abondaient dans toutes les parties du bateau. Le chrome, le laiton et le cuivre étincelaient sur les surfaces des murs et des plafonds. Tous les meubles provenaient d'ateliers d'artistes contemporains et de décorateurs renommés. Un éclairage d'un type unique créait une atmosphère céleste, ou tout au moins conforme à l'idée que son concepteur pouvait se faire du ciel. La marche était réduite au minimum, sauf sur les ponts promenade extérieurs, car de nombreux escalators, des passerelles et tapis roulants parcouraient l'intérieur du bâtiment. Des ascenseurs aux cages de verre étaient répartis le long des ponts, à courte distance les uns des autres.

Le pont dévolu au sport offrait un parcours de golf à quatre trous, une piscine olympique, un terrain de basket-ball et une immense salle de gymnastique et de remise en forme. Une galerie commerçante, que l'on aurait pu croire tout droit sortie de la *Cité d'Emeraude* d'*Oz*, et longue comme deux immeubles, s'élevait sur trois ponts superposés.

Le navire était aussi un musée flottant dédié à l'art abstrait et à l'expressionnisme. Des tableaux de Jackson Pollock, Paul Klee, Willem De Kooning et autres peintres illustres étaient suspendus dans l'ensemble des zones réservées aux passagers. Des sculptures de bronze de Henry Moore étaient présentées dans des niches ou sur des piédestaux de platine, dans la salle à manger principale. La collection à elle seule était évaluée à soixante-dix-huit millions de dollars.

Les cabines particulières étaient circulaires, sans aucun angle aigu. Toutes étaient spacieuses et de taille identique – il n'y avait pas de cabine exiguë sans hublot ni de grande suite particulière à bord du *Dauphin d'Emeraude*... Les concepteurs ne croyaient pas aux distinctions de classes sociales. Les meubles et la décoration évoquaient un film de science-fiction. Les lits étaient surélevés, pourvus de matelas extrêmement souples, et éclairés par la lumière douce des appliques. Pour ceux qui effectuaient une première ou une seconde lune de miel, des miroirs recouvraient discrètement les plafonds. Les salles de bains disposaient de réservoirs intégrés qui vaporisaient une légère brume, des gouttelettes, de la pluie ou de la vapeur sur une jungle de plantes tropicales en fleurs qui paraissaient avoir été cultivées sur une autre planète. Une croisière à bord du *Dauphin d'Emeraude* était une expérience unique.

Les concepteurs du navire savaient d'où viendraient leurs futurs passagers, aussi avaient-ils façonné leur ouvrage à l'image d'une jeunesse cossue. Parmi les passagers, beaucoup étaient médecins, avocats et chefs d'entreprises, modestes ou importantes. La plupart voyageaient en famille. Les passagers célibataires étaient minoritaires. On observait cependant la présence d'un groupe assez nombreux de personnes du troisième âge, qui paraissaient en mesure d'acheter tout ce que l'argent peut offrir de meilleur.

Après dîner, tandis que les jeunes couples dansaient au son des succès du moment joués par un orchestre, arpentaient le night-club où l'on donnait un spectacle, ou jouaient au casino, les familles assistaient à une représentation du dernier grand succès de Broadway, *Sonofagun from Arizona*. A trois heures du matin, les ponts étaient déserts. Aucun des passagers qui allèrent se coucher ce soir-là n'aurait pu songer que la sinistre Faucheuse se préparait à frapper de sa lame le *Dauphin d'Emeraude*.

*
* *

Le capitaine Jack Waitkus procéda à une brève inspection des ponts supérieurs avant de se retirer dans sa cabine. A cinq jours de son soixante-cinquième anniversaire, Waitkus était un homme âgé selon les critères en vigueur dans le monde des croisières. Il ne se berçait pas d'illusions quant à sa carrière maritime après ce voyage. Les directeurs l'avaient averti qu'il se retrouverait à quai dès le retour du navire à Fort Lauderdale après son périple inaugural. En réalité, Waitkus attendait sa retraite avec impatience. Il vivait avec sa femme sur un superbe yacht de quatorze mètres. Depuis des années, ils prévoyaient d'effectuer une tranquille croisière autour du monde. Waitkus travaillait déjà à établir un itinéraire qui le ferait traverser l'Atlantique avant de se lancer en Méditerranée.

Il avait été nommé commandant du *Dauphin d'Emeraude* en raison des éminents services rendus à sa compagnie. C'était un homme corpulent dont l'allure enjouée évoquait Falstaff – sans la barbe. Ses yeux bleus luisaient comme ceux d'un lutin, et ses lèvres semblaient toujours esquisser un sourire chaleureux. Contrairement à beaucoup de commandants de paquebots, qui ne tiennent pas à se mélanger aux passagers, le capitaine Waitkus appréciait leur fréquentation. A sa table, il régalait ses invités d'histoires, leur racontait qu'il s'était enfui pour prendre la mer alors qu'il n'était qu'un jeune garçon de Liverpool, leur décrivait ses voyages à bord de vieux rafiots dans les mers orientales, et leur expliquait comment il avait, pas à pas, gravi les échelons de la hiérarchie. Il avait travaillé dur pour suivre ses études avant de réussir ses examens d'officier maritime, puis de recevoir enfin son brevet de capitaine. Il servit la Blue Seas Cruise Lines pendant dix ans en tant que deuxième lieutenant, puis comme second, avant de se voir offrir le commandement du *Dauphin d'Emeraude*. Il était très populaire et c'est à regret que ses supérieurs se sépareraient de lui, mais la politique de la compagnie était stricte, et ne tolérait pas d'exceptions.

Waitkus se sentait fatigué, mais il ne s'endormait jamais sans avoir lu quelques pages de l'un de ses livres, qui traitaient des trésors sous-marins. Il tenait particulièrement à rechercher au cours de sa retraite une épave, chère à son cœur, qui contenait une cargaison d'or ; le navire avait sombré au large des côtes marocaines. Il appela une dernière fois la passerelle avant de s'enfoncer dans le sommeil. Tout était normal, lui répondit-on.

*
* *

A quatre heures dix, le deuxième lieutenant Charles McFerrin crut déceler une odeur de fumée alors qu'il effectuait une ronde de routine. Il huma l'air et en conclut que les relents étaient plus puissants vers l'une des extrémités de la galerie marchande où se situaient boutiques et magasins de cadeaux. Rendu perplexe par l'absence de tout signal d'alarme, il suivit le parfum âcre de la fumée le long de la galerie jusqu'au moment où il se trouva devant la porte de la chapelle matrimoniale. Il perçut de la chaleur de l'autre côté et poussa la porte.

L'intérieur de la chapelle était un brasier ardent. Stupéfait, McFerrin recula en chancelant loin de la chaleur intense et appela la passerelle sur sa radio portable.

— Réveillez le capitaine Waitkus. Nous avons un incendie dans la chapelle. Faites donner l'alarme, activez le programme informatique d'évaluation des dégâts et enclenchez les systèmes anti-incendie.

Le second Vince Sheffield se tourna aussitôt vers la console. Toutes les lumières étaient vertes.

— Vous êtes sûr, McFerrin ? Nous n'avons aucune alerte ici.

— Croyez-moi ! cria McFerrin dans son poste. C'est l'enfer, ici ! La situation est incontrôlable !

— Les asperseurs d'eau sont-ils activés ?

— Non. Quelque chose ne tourne pas rond. Le système d'extinction ne fonctionne pas et les capteurs de chaleur n'ont pas déclenché l'alarme.

Sheffield se sentait perdu. Le *Dauphin d'Emeraude* était équipé du plus sophistiqué des systèmes de détection et de lutte contre l'incendie. Sans ce matériel, il ne restait plus aucun choix possible. Les yeux rivés sur la console qui l'assurait que tout allait bien à bord, il gaspilla quelques précieuses secondes à hésiter, pétrifié par l'incrédulité. Il se tourna vers un officier subalterne du nom de Carl Harding, qui se trouvait avec lui sur la passerelle.

— McFerrin fait état d'un incendie dans la chapelle. La console ne signale aucun sinistre. Descendez et vérifiez.

C'est ainsi que l'on perdit encore du temps, alors que McFerrin combattait avec frénésie la conflagration sans cesse croissante à l'aide d'extincteurs ; il aurait tout aussi bien pu tenter de combattre un incendie de forêt en agitant un sac de toile. Pendant qu'il luttait, seul, les flammes s'étendaient déjà au-delà de la chapelle. Il n'arrivait tout simplement pas à croire que les asperseurs d'eau refusent de fonctionner. Il était impossible d'arrêter l'incendie, à moins que des hommes d'équipage n'accourent rapidement et ouvrent les vannes d'arrivée d'eau afin de contrer le feu avec des lances, mais seul Harding apparut, descendant la galerie marchande d'un pas tranquille.

Harding se figea de stupéfaction lorsqu'il constata l'étendue du désastre, et plus encore lorsqu'il vit McFerrin livrer seul un combat perdu d'avance. Il appela aussitôt la passerelle.

— Sheffield, pour l'amour du ciel ! Un incendie fait rage, ici en bas, et nous n'avons que des extincteurs portatifs pour le combattre. Rassemblez l'équipe des pompiers du bord et enclenchez les systèmes anti-incendie !

Toujours incrédule, Sheffield hésita avant de mettre en marche manuellement le système de lutte contre le feu dans la chapelle.

— Système enclenché, annonça-t-il aux deux hommes.

Encore hébété, Sheffield finit par annoncer la nouvelle à l'officier commandant l'équipe des pompiers du bord, puis il réveilla le capitaine Waitkus.

— On me signale un incendie dans la chapelle, *sir*.

Waitkus se réveilla en un instant.

— Est-ce que les systèmes de lutte anti-incendie s'en occupent ?

— Selon les officiers McFerrin et Harding, qui sont présents sur les lieux, ils ne fonctionnent pas. Ils tentent de contenir le sinistre à l'aide d'extincteurs portables.

— Appelez l'équipe des pompiers du bord et ordonnez-leur de brancher les lances.

— Je m'en suis déjà occupé, *sir*.

— Que les hommes responsables des embarcations de sauvetage rejoignent leurs postes.

— Bien, *sir*, tout de suite.

Waitkus s'habilla en hâte. Il ne pouvait concevoir une situation d'urgence telle qu'il lui faille évacuer deux mille cinq cents passagers et son équipage à bord des embarcations de sauvetage, puis abandonner son navire, mais il était décidé à prendre toutes les précautions possibles. Il se précipita vers la passerelle et examina aussitôt la console de détection des incendies. Elle était toujours constellée de lumières vertes. S'il y avait un incendie à bord, aucun des systèmes sophistiqués ne le détectait, ni ne se déclenchait pour y mettre fin.

— Vous êtes certain de ce que vous dites ? demanda-t-il, sceptique.

— McFerrin et Harding m'assurent qu'un incendie fait rage dans la chapelle.

— C'est impossible.

Waitkus prit le combiné du téléphone et appela la salle des machines.

Ce fut l'ingénieur en chef adjoint Joseph Barnum qui lui répondit.

— Salle des machines. Joseph Barnum à l'écoute.

— Ici le commandant. Est-ce que vos systèmes de détection et de lutte anti-incendie vous indiquent un feu quelque part à bord ?

— Un moment. *(Barnum se tourna vers un large panneau électronique qu'il consulta avec soin.)* Non, *sir*, je n'ai que des lumières vertes. Pas le moindre signe d'incendie.

— Tenez-vous prêt à activer manuellement les systèmes antifeu, ordonna Waitkus.

Un homme d'équipage arriva soudain en courant sur la passerelle. Il s'adressa aussitôt au commandant.

— *Sir*, je préférais vous en avertir, j'ai senti une odeur de fumée en passant sur le pont promenade, à bâbord.

Waitkus saisit le combiné.

— McFerrin ?

Le second lieutenant entendit à peine la sonnerie au milieu du crépitement des flammes.

— Qu'est-ce que c'est ? aboya-t-il d'une voix dure.

— Capitaine Waitkus à l'appareil. Sortez de la chapelle, vous et Harding. Je vais fermer les portes d'acier antifeu et isoler la chapelle.

— Faites vite, *sir*. Je crains que l'incendie ne gagne la galerie marchande.

Waitkus appuya sur le bouton qui devait déplacer les portes antifeu dérobées au regard et permettre d'isoler l'ensemble de la chapelle. Il s'immobilisa, perplexe, lorsque les lampes témoins refusèrent de s'allumer.

— Les portes antifeu se sont-elles fermées ?

— Non, *sir*. Aucun mouvement.

— C'est impossible, murmura Waitkus pour la seconde fois en deux minutes. Je ne peux pas croire que tout le système soit hors d'usage. Barnum, rugit-il dans le combiné, utilisez votre commande manuelle et fermez les portes antifeu autour de la chapelle.

— Fermeture des portes, confirma Barnum. Le tableau n'indique aucun mouvement, reprit-il quelques instants plus tard. Je ne comprends pas. Le système de portes antifeu ne fonctionne pas.

— Bon Dieu ! haleta Waitkus, avant de hocher la tête à l'adresse de Sheffield. Je descends vérifier tout cela moi-même.

Le second ne revit jamais son commandant. Waitkus pénétra dans l'ascenseur, descendit jusqu'au pont « A » et s'approcha de la chapelle du côté opposé à celui où les hommes combattaient le brasier. Sans réfléchir, inconscient de l'énormité du danger, il ouvrit toute grande la porte située derrière l'autel. Un torrent de flammes jaillit dans l'embrasure et l'engloutit. Presque instantanément, ses poumons furent atteints par le feu et il se transforma en torche vivante. Il recula en titubant et tomba mort dans une gerbe de feu avant même de heurter la surface du pont.

Le capitaine Waitkus ne sut jamais que son navire, lui aussi, vivait ses derniers instants.

*
* *

Kelly Egan s'éveilla de son cauchemar. C'était un de ces rêves qui la hantaient souvent, et dans lesquels elle était poursuivie par une sorte d'animal ou d'insecte impossible à décrire. Cette nuit-là, dans son sommeil, elle nageait et un énorme poisson venait la frôler. Elle laissa échapper une plainte et ouvrit soudain les yeux, ne percevant que la lueur de la veilleuse de la salle de bains.

Elle fronça le nez et s'assit dans son lit ; elle prit peu à peu conscience de la persistance d'une légère odeur de fumée. Elle inspira pour tenter d'en détecter l'origine, mais il ne s'agissait que d'un vague relent. Satisfaite de constater que cela ne provenait pas de sa cabine, elle se recoucha et se demanda, déjà à moitié rendormie, s'il s'agissait d'un pur effet de son imagination. Cependant, après quelques minutes, l'odeur parut plus forte. Elle se rendit aussi compte que la température de la cabine augmentait. Elle rejeta ses couvertures et posa ses pieds nus sur la moquette. Celle-ci paraissait anormalement chaude. La chaleur semblait provenir du pont inférieur. Kelly grimpa sur une chaise et posa la main sur le plafond décoré de cuivre. Il était froid.

Soucieuse, elle enfila un peignoir et traversa à petits pas la moquette pour gagner la porte qui donnait sur la cabine attenante, occupée par son père. Le docteur Elmore Egan dormait d'un profond sommeil, comme l'indiquaient ses ronflements. Lauréat d'un prix Nobel, ce génie de la mécanique voyageait à bord du *Dauphin d'Emeraude* car celui-ci fonctionnait avec les nouveaux moteurs révolutionnaires conçus et développés par ses soins, et il profitait du voyage inaugural pour étudier leur comportement en situation réelle. Il était tellement absorbé par sa géniale création qu'il quittait rarement la salle des machines, et Kelly l'avait à peine vu depuis leur départ de Sydney. Il avait fallu attendre la veille au soir pour qu'il prenne le temps de s'asseoir à table avec elle le temps du dîner. Egan commençait à se détendre après avoir constaté par lui-même que ses énormes moteurs à réaction magnétique, alimentés à l'eau, fonctionnaient de façon satisfaisante.

Kelly se pencha sur le lit de son père et lui secoua doucement l'épaule.

— Réveille-toi, papa.

Egan avait le sommeil léger. Il ouvrit aussitôt les yeux.

— Que se passe-t-il ? demanda-t-il en contemplant la silhouette fantomatique de sa fille. Tu es malade ?

— Je sens de la fumée, répondit Kelly. Le sol est chaud.

— Tu es sûre ? Je n'ai pas entendu d'alarme.

— Vérifie toi-même.

Parfaitement éveillé, Egan se pencha hors du lit et posa ses deux paumes sur la moquette. Il leva les sourcils, puis renifla l'air ambiant. Après un instant de réflexion, il se tourna vers sa fille.

— Habille-toi. Nous allons nous rendre sur le pont.

Lorsqu'ils quittèrent leurs cabines et atteignirent l'ascenseur, l'odeur de fumée était de plus en plus forte.

*
* *

Dans la galerie marchande du pont « A », vers la chapelle, l'équipage battait en retraite. Les extincteurs portatifs étaient vides.

Tous les systèmes de lutte contre l'incendie s'avéraient inopérants et, pour ajouter encore à la rage et à l'impuissance des marins, il était impossible de brancher les lances, car les capuchons des vannes étaient coincées à bloc et ne pouvaient être dévissés à la main. McFerrin envoya un homme à la salle des machines pour qu'il en ramène une clef de la dimension voulue, mais ce fut en pure perte. La force conjuguée de deux hommes ne suffisait pas à décoincer les capuchons. Comme s'ils avaient été soudés...

Pour les hommes qui luttaient contre le feu, la frustration se changea en terreur au fur et à mesure que la situation empirait. Si les portes antifeu refusaient de se fermer, il n'existait plus aucun moyen d'isoler la fournaise. McFerrin appela la passerelle.

— Dites au commandant que nous perdons le contrôle des événements. Le feu s'est frayé un passage par le pont des salons et a pénétré dans le casino.

— Pouvez-vous l'empêcher de s'étendre ? demanda Sheffield.

— Et comment ? hurla McFerrin. Rien ne marche ! Nous n'avons plus d'extincteurs, il est impossible de brancher les lances, et les asperseurs restent secs. Peut-on actionner manuellement le système et fermer les portes depuis la salle des machines ?

— Négatif, répondit Sheffield d'un ton où perçait l'angoisse. Tout le programme anti-incendie est en rade. Les ordinateurs, les portes antifeu, les asperseurs, l'installation tout entière – rien ne fonctionne.

— Pourquoi n'avez-vous pas fait sonner l'alarme ?

— Je ne veux pas inquiéter les passagers sans ordre du commandant.

— Où est-il ?

— Il est descendu se rendre compte lui-même de la situation. Vous ne l'avez pas vu ?

Surpris, McFerrin fouilla la zone du regard, mais il ne vit aucune trace du commandant.

— Il n'est pas là.

— Dans ce cas, il ne devrait pas tarder à regagner la passerelle, répondit Sheffield, de plus en plus mal à l'aise.

— Pour la sécurité des passagers, donnez l'alarme et conduisez-les vers les embarcations de sauvetage pour évacuation.

Sheffield était horrifié.

— Ordonner à mille six cents passagers d'évacuer le *Dauphin d'Emeraude* ? Cela me semble excessif.

— Vous n'avez pas idée de ce qui se passe ici en bas. Agissez maintenant, avant qu'il ne soit trop tard.

— Seul le capitaine Waitkus peut donner un tel ordre.

— Pour l'amour du ciel, donnez l'alarme et prévenez les passagers avant que le feu n'atteigne le pont des cabines.

Sheffield était ravagé par l'indécision. Jamais il n'avait eu à faire face à une telle situation d'urgence en dix-huit ans de navigation. C'est pourquoi il ne souhaitait pas commander un navire. Il n'avait jamais voulu assumer cette responsabilité. Pourquoi le ferait-il ?

— Vous êtes certain que la situation exige des moyens aussi drastiques ?

— Si vous ne parvenez pas à rendre le système anti-incendie opérationnel d'ici *cinq minutes*, ce bâtiment et tout ce qu'il transporte est *condamné* ! hurla McFerrin.

Sheffield se sentait de plus en plus désorienté. Une seule pensée occupait son esprit : sa carrière en mer était en danger. S'il prenait maintenant les mauvaises décisions...

Et les secondes passaient.

Son inaction allait finir par coûter une centaine de vies.

Chapitre 2

Les hommes qui tentaient de contenir le brasier étaient bien entraînés à la lutte contre les incendies maritimes, mais ils combattaient les mains liées. Vêtus de combinaisons ignifugées et coiffés de casques intégraux, réservoirs d'oxygène attachés dans le dos, ils se sentaient en proie à une frustration croissante. Tous les systèmes étant en panne, ils ne pouvaient qu'assister impuissants à l'incendie. En l'espace de quinze minutes, l'ensemble du pont « A » fut dévoré par le feu. Les flammes consumaient la galerie marchande et gagnaient le pont des canots de sauvetage tout proche. Les hommes d'équipage qui se tenaient prêts à mettre les embarcations à l'eau s'éparpillèrent pour sauver leurs vies lorsqu'un torrent de feu jaillit soudain par-dessus les canots, à bâbord comme à tribord.

Le signal d'alarme ne résonnait toujours pas.

Sheffield persistait à nier l'évidence. C'était avec une répugnance craintive qu'il prenait le commandement du *Dauphin d'Emeraude*, incapable d'accepter l'éventualité de la perte du capitaine Waitkus, et de reconnaître que tous, équipage et passagers, se trouvaient en danger mortel. Comme tous les navires de croisière modernes, le *Dauphin d'Emeraude* était conçu pour résister au feu. Le fait que les flammes se soient propagées aussi vite était en parfaite contradiction avec l'installation conçue par les architectes navals.

Sheffield perdit un temps précieux en envoyant deux hommes chercher le commandant, et en attendant leur retour – Waitkus demeurait introuvable. Il entra dans la salle des cartes et étudia l'itinéraire du navire sur un plan de vastes dimensions. Les dernières données GPS, inscrites par le troisième lieutenant moins d'une demi-heure plus tôt, indiquaient comme terre la plus proche l'île de Tonga, à plus de deux cent milles au nord-est. Il regagna ensuite la passerelle et sortit prendre l'air sur l'aileron. Une bourrasque s'abattait sur le navire et le vent s'était levé, accroissant jusqu'à deux mètres la hauteur des vagues qui frappaient l'étrave.

Il tourna la tête et jeta un regard en arrière, stupéfait de voir de la fumée s'échapper du centre du bateau et des flammes gagner les embarcations de sauvetage. L'incendie semblait vouloir tout anéantir sur son passage. Pourquoi tous les systèmes de sécurité étaient-ils tombés en panne ? Le *Dauphin d'Emeraude* était l'un des bateaux les plus sûrs au monde. Il était impensable qu'il puisse finir par le fond. En plein cauchemar, Sheffield se décida enfin à donner l'alarme.

Le casino s'était désormais transformé en un enfer rougeoyant. L'incroyable intensité de la chaleur, aggravée par l'absence totale de système de lutte contre l'incendie et de matériel pour ralentir la progression du feu, faisait fondre ou consumait en quelques secondes tous les objets qui se trouvaient sur son passage. Les flammes s'engouffrèrent à l'intérieur du théâtre et le changèrent bientôt en un véritable incinérateur, les rideaux de la scène explosant en une douche ardente comme un feu d'artifice, puis elles avancèrent encore et ne laissèrent derrière elles qu'une coquille noircie et fumante. Le foyer d'incendie ne se trouvait plus qu'à deux ponts en dessous des premières cabines.

Les cloches sonnèrent et les sirènes mugirent dans toutes les parties du navire – c'était visiblement le seul système en état de marche. Abrutis de sommeil, mille six cents passagers se réveillèrent en pleine confusion. Ils réagirent avec lenteur, rendus perplexes par le déclenchement du système d'alarme à quatre heures vingt-cinq du matin. Au début, la plupart d'entre eux se comportèrent avec calme et s'habillèrent de vêtements confortables et pratiques. Ils enfilèrent leurs gilets de sauvetage avant de se rendre vers les embarcations de secours, ainsi qu'ils avaient appris à le faire au cours des exercices de simulation d'incendie. Seuls les quelques passagers qui eurent la curiosité de sortir sur leur véranda pour voir ce que signifiait ce remue-ménage se trouvèrent confrontés à la réalité.

Eclairés par les flots de lumière du navire, ils aperçurent des tourbillons d'épaisse fumée et des langues de feu qui s'engouffraient sur les ponts inférieurs par les hublots fondus ou brisés. Le spectacle était aussi éblouissant qu'effrayant. C'est à partir de ce moment-là que la panique commença à se répandre. Elle devint totale lorsque les premiers passagers à atteindre le pont des canots de sauvetage se trouvèrent bloqués par une muraille de feu.

*
* *

Le docteur Egan venait d'arriver avec sa fille près de l'ascenseur le plus proche ; ils montèrent jusqu'au pont d'observation, sur la partie supérieure de la superstructure, d'où ils pouvaient jouir d'une vue générale du navire. Les pires appréhensions du docteur furent confirmées lorsqu'il vit la conflagration rouler du centre du bateau jusque sept ponts plus bas. De sa position élevée, il pouvait observer la fournaise qui s'attaquait aux deux ponts où les embarcations de secours étaient attachées à leurs bossoirs. A la poupe, des hommes d'équipage fiévreux jetaient des boîtes métalliques contenant des radeaux de sauvetage à la mer ; ceux-ci étaient éjectés des boîtes et gonflés automatiquement. La scène évoqua à l'esprit d'Egan quelque sketch oublié des Monty Python. L'équipage semblait oublier que le *Dauphin d'Emeraude* voguait toujours à sa vitesse de croisière, et les radeaux flottèrent bientôt loin derrière le sillage du navire.

Le visage taché de cendre, abasourdi par ce qu'il avait vu, le docteur s'adressa à sa fille d'une voix chargée d'émotion.

— Va au café en plein air sur le pont « B », et attends-moi là-bas.

— Tu ne viens pas avec moi ? demanda Kelly, vêtue seulement d'un dos-nu et d'un short.

— Je dois aller chercher des documents dans ma cabine. Pars. Je te rejoindrai dans quelques minutes.

Les ascenseurs étaient bondés, surchargés par la masse des passagers des ponts inférieurs. Il était impossible de descendre du pont d'observation, aussi Kelly et son père durent-ils se forcer un passage dans l'escalier parmi des hordes de voyageurs en proie à la panique. La foule s'engouffrait dans tous les couloirs, tous les ascenseurs, comme des termites dans un monticule de terre attaqué par un cryptérope. Des gens habitués à un mode de vie responsable et discipliné se transformaient soudain en une pitoyable populace accablée par la peur de la mort. Certains avançaient en chancelant à l'aveuglette, sans savoir vers où ils se dirigeaient. Beaucoup marchaient, hébétés, perdus dans la cacophonie ambiante. Les hommes juraient, les femmes hurlaient. Le drame commençait à ressembler à une scène de *L'Enfer* de Dante.

L'équipage, les officiers, les stewards et les femmes de chambre, tous œuvraient au maximum pour contrôler le chaos généralisé, mais c'était là une cause perdue. La seule alternative pour les passagers privés du refuge des canots de sauvetage consistait à se jeter par-dessus bord. L'équipage et les officiers parcouraient la foule effrayée, vérifiaient que les gilets étaient bien attachés et annonçaient l'arrivée imminente de navires de secours.

C'était un espoir sans fondement. Encore paralysé par le cours des événements, Sheffield n'avait pas envoyé de S.O.S. Le chef radio avait quitté sa salle de transmissions à trois reprises pour lui demander s'il devait envoyer un message de détresse et entrer en contact avec tous les navires présents dans la zone, mais Sheffield ne s'était pas résolu à agir.

Encore quelques minutes, et il serait trop tard. Les flammes n'étaient qu'à une quinzaine de mètres de la salle de radio.

*
* *

Kelly lutta pour se frayer un passage dans la folie ambiante jusqu'au café à ciel ouvert du pont « B », à la poupe du *Dauphin d'Emeraude*, et le trouva déjà grouillant de passagers. Ils paraissaient perdus, ahuris. Aucun officier n'était présent pour maintenir le calme. Les gens toussaient en inhalant la fumée qui tourbillonnait, poussée par le vent qui balayait la poupe tandis que le navire poursuivait sa route à la vitesse de vingt-quatre nœuds.

Par miracle, la plupart des passagers, ayant quitté tranquillement leurs lits avant que les flammes ne bloquent les couloirs, les escaliers et les ascenseurs, avaient échappé à la mort dans leurs cabines. Au début, ils refusèrent de prendre la situation au sérieux, mais l'angoisse s'était brusquement accrue lorsqu'ils s'étaient aperçus que les embarcations de sauvetage étaient hors de portée. Les officiers et les hommes d'équipage faisaient preuve d'un courage exceptionnel en guidant les passagers vers les ponts de l'arrière du bateau, où ils pouvaient se rassembler à l'abri – provisoire – des flammes.

Des familles entières se trouvaient là : des pères, des mères et des enfants, dont un grand nombre portaient encore leurs pyjamas. Quelques enfants gémissaient de terreur, alors que d'autres ne voyaient là qu'un grand jeu, jusqu'à ce qu'ils décèlent la peur dans le regard de leurs parents. Des femmes échevelées en peignoir en côtoyaient d'autres qui, refusant de céder à la panique, s'étaient maquillées, vêtues avec élégance en emportant leur sac à main. Les hommes arboraient toutes sortes de vêtements. Plusieurs portaient des vestes en tweed sur leur bermuda. Seul un jeune couple se préparait à sauter. Ils portaient tous deux leur maillot de bain, mais ce qu'ils partageaient avant tout, c'était leur commune peur de mourir.

Kelly joua des coudes parmi la foule jusqu'au moment où elle atteignit le bastingage, auquel elle s'agrippa avec désespoir. Il faisait encore sombre alors qu'elle contemplait en contrebas l'écume tourbillonnante fouettée par les hélices du navire. Dans la pénombre qui précède l'aube, un sillage de deux cents mètres était visible. Au-delà, la mer d'une teinte noire se mêlait à l'horizon encore saupoudré d'étoiles. Kelly se demanda pourquoi le *Dauphin d'Emeraude* poursuivait ainsi sa course.

Une femme gémissait, hystérique.

— Nous allons être brûlés vifs ! Je ne veux pas mourir !

Avant que quiconque ne puisse l'en empêcher, elle escalada le bastingage et sauta à la mer. Les passagers, le visage pétrifié, ne captèrent qu'une vision fugitive de sa tête lorsqu'elle refit un instant surface avant de disparaître dans les flots noirs.

Kelly commençait à s'inquiéter pour son père. Elle songeait à aller le chercher vers leurs cabines lorsqu'il apparut soudain, une mallette de cuir marron à la main.

— Papa ! s'écria-t-elle. J'avais peur de t'avoir perdu !

— C'est le cirque ! Un véritable cirque ! haleta-t-il, hors d'haleine, le visage rouge. On dirait un troupeau de buffles piétinant tout sur son passage !

— Que pouvons-nous faire ? demanda Kelly, angoissée. Où pouvons-nous aller ?

— Dans l'eau, répondit Egan. C'est notre seul espoir de rester en vie aussi longtemps que nous le pourrons.

Avec gravité, il plongea son regard dans les yeux de sa fille, qui étincelaient comme des saphirs à la lumière. Egan ne pouvait jamais s'empêcher de s'émerveiller de la ressemblance de Kelly avec sa mère, Lana, lorsqu'elle avait le même âge. Leur taille, leur poids, leurs formes étaient identiques : grandes, dotées d'une silhouette bien dessinée, avec des proportions proches de la quasi-perfection des modèles professionnels. Les cheveux de Kelly, longs, lisses, d'un brun caramélisé, encadrant un visage résolu aux pommettes hautes, aux lèvres sculpturales et au nez parfait, le renvoyaient eux aussi à l'image de sa femme. La seule différence entre la mère et la fille résidait dans la souplesse de leurs bras et de leurs jambes. Kelly était plus athlétique, alors que sa mère incarnait la grâce et la douceur. Père et fille s'étaient trouvés anéantis lorsque Lana était morte à la suite d'une longue bataille contre un cancer du sein. A présent, alors qu'il se trouvait à bord d'un navire en feu, son cœur éprouvait un sentiment indescriptible de chagrin à l'idée que Kelly risquait elle aussi de se voir ôter prématurément la vie.

— Nous avons au moins la chance de nous trouver dans les tropiques ; l'eau sera assez chaude pour une séance de natation, lui dit-elle en souriant avec courage.

Egan lui étreignit les épaules, puis scruta les flots qui couraient le long de la coque massive, dix-sept ou dix-huit mètres plus bas.

— Tant que le navire poursuit sa route, il est inutile de sauter, dit-il. Nous attendrons la toute dernière minute avant de plonger. D'autres bateaux vont sans aucun doute se porter à notre secours.

*
* *

Sur l'aileron de passerelle, le second Sheffield s'accrochait à la rampe et fixait la lueur rouge qui se réfléchissait sur les vagues comme les motifs d'un kaléidoscope. Toute la partie centrale du *Dauphin d'Emeraude* était en feu, et les flammes se déversaient comme des torrents sauvages hors des vitrages et des hublots qui explosaient sous l'effet de la chaleur. Il entendait le gémissement de protestation du puissant navire à l'agonie. Il lui paraissait impensable que d'ici une heure, le *Dauphin d'Emeraude*, fierté de la Blue Seas Cruise Lines, se transforme en une coque calcinée dérivant, sans vie et sans but, sur la mer turquoise. Son esprit s'était depuis longtemps déjà fermé à toute préoccupation concernant la vie des mille six cents passagers et des membres d'équipage.

Il contemplait sans la voir la mer obscure. Peut-être y avait-il des lumières en provenance d'autres bâtiments, mais il ne voyait rien. Il se tenait toujours dans la même position lorsque McFerrin arriva en trombe sur la passerelle. Le visage du deuxième lieutenant était noir, son uniforme roussi, ses sourcils et une bonne partie de ses cheveux brûlés. Il attrapa Sheffield par l'épaule et le força d'un geste brusque à se retourner.

— Le navire maintient sa vitesse de croisière directement contre le vent, qui nourrit le feu comme un soufflet de forge géant. Pourquoi n'avez-vous pas donné l'ordre de mettre en panne ?

— Cette prérogative n'appartient qu'au commandant.

— Et *où* est le commandant ?

— Je ne sais pas, répondit Sheffield d'un ton vague. Il est parti et il n'est pas revenu.

— Dans ce cas, il a dû mourir dans l'incendie, murmura McFerrin, comprenant qu'il était désormais inutile de tenter de communiquer avec son supérieur. Il prit le téléphone et appela l'ingénieur en chef.

— Chef, McFerrin à l'appareil. Le capitaine Waitkus est mort. Le feu échappe à notre contrôle. Arrêtez les moteurs et faites monter vos hommes. Vous ne pourrez pas sortir par le milieu du navire, il vous faudra trouver un passage par la proue ou par la poupe. Vous m'avez compris ?

— L'incendie en est vraiment à ce point ? demanda l'ingénieur en chef Raymond Garcia, abasourdi.

— Pire encore.

— Pourquoi ne pas se rendre directement aux canots de sauvetage ?

De la pure folie, songea McFerrin. Personne sur la passerelle n'avait averti la salle des machines que le feu avait déjà détruit la moitié du bâtiment.

— Tous les canots ont été incendiés. Le *Dauphin d'Emeraude* est condamné. Partez tant que c'est encore possible. Laissez tourner les générateurs ; nous aurons besoin de lumière pour évacuer le navire et guider d'éventuels bateaux de secours.

L'ingénieur en chef Garcia ne gaspilla pas son temps en vaines paroles. Il donna aussitôt l'ordre de stopper les moteurs. Peu de temps après, son équipe abandonna la salle des machines et se fraya un chemin vers la proue parmi les cales et les soutes à bagages.

Garcia fut le dernier à partir. Il s'assura que les générateurs fonctionnaient avant de s'enfoncer dans la coursive la plus proche.

— Des navires ont-ils répondu à notre S.O.S. ? demanda McFerrin à Sheffield.

Celui-ci se tourna vers lui, le regard vide.

— Un S.O.S. ?

— Vous n'avez pas donné notre position et demandé une assistance immédiate ?

— Oui, oui, il faut que nous envoyions une demande d'assistance... marmonna Sheffield.

McFerrin décela aussitôt la note d'incohérence dans le ton du second, et il se sentit soudain horrifié.

— Oh, mon Dieu, il est sans doute trop tard. Les flammes ont déjà dû atteindre la salle de radio.

Il saisit brusquement le combiné du téléphone et appela la radio, mais il n'entendit que des parasites. Epuisé, en proie à la douleur causée par ses brûlures, McFerrin s'affaissa contre la console de bord.

— Plus de deux mille personnes vont périr brûlées vives ou noyées sans espoir de salut, murmura-t-il, et nous n'avons d'autre choix que de les rejoindre.

Chapitre 3

DOUZE milles plus au sud, deux yeux vert opale contemplaient le ciel qui s'illuminait à l'est ; ils se tournèrent ensuite vers le nord et se focalisèrent sur une lueur rouge à l'horizon. Concentré, l'homme quitta la passerelle et pénétra dans la timonerie du navire d'observation océanographique de la NUMA, le *Deep Encounter*. Il saisit une paire de grosses jumelles posée sur la console et ressortit. Avec lenteur, posément, il régla les lentilles et pointa l'appareil vers le lointain.

C'était un homme de grande taille – environ un mètre quatre-vingt-dix pour soixante-quinze kilos. Tous ses mouvements paraissaient étudiés avec soin. Ses cheveux noirs étaient ondulés, en broussaille, et une touche de gris commençait à lui marquer les tempes. Son visage était celui d'un homme qui connaît la mer sous toutes ses facettes, sur l'eau et sous l'eau. La peau hâlée et les traits taillés à coups de serpe révélaient son amour de la vie en plein air. De toute évidence, il s'agissait de quelqu'un qui passait beaucoup plus de temps sous le ciel et le soleil que sous les éclairages phosphorescents des bureaux.

L'air du petit matin tropical était chaud et humide. L'homme portait un short en jean et une chemise à fleurs hawaïenne aux couleurs vives. Ses pieds étroits, droits comme des piquets, étaient chaussés de sandales. C'était l'uniforme de Dirk Pitt lorsqu'il travaillait sur un programme de recherches en eaux profondes, surtout à moins d'un millier de milles de l'équateur. Directeur des Programmes Spéciaux pour la National Underwater and Marine Agency (Agence Nationale Marine et Sous-marine), il passait neuf mois par an en mer et dirigeait à présent une étude géologique du fond de la Fosse de Tonga.

Après avoir étudié le rougeoiement lointain pendant trois minutes, Pitt regagna la timonerie et passa la tête à l'intérieur de la salle de radio. L'opérateur de l'équipe de nuit leva vers lui un regard endormi.

— Le dernier bulletin météo par satellite prévoit de violentes bourrasques dans notre direction, avec des vents de cinquante kilomètres à l'heure et des vagues de deux mètres, annonça-t-il d'un ton monocorde.

— L'idéal pour jouer au cerf-volant, commenta Pitt en souriant, avant d'arborer une mine plus sérieuse. Avez-vous capté des signaux de détresse au cours de l'heure écoulée ?

— J'ai eu une brève conversation avec l'opérateur radio d'un porte-conteneurs britannique vers une heure. Pas de signal de détresse.

— J'ai aperçu un gros navire loin au nord ; on dirait qu'il est en feu. Voyez si vous pouvez établir le contact avec lui.

Pitt se retourna et toucha l'épaule de Leo Delgado, l'officier de service.

— Leo, j'aimerais que tu mettes cap au nord, à pleine vitesse. Je crois que nous avons un navire en feu. Réveille le capitaine Burch et demande-lui de me rejoindre sur la passerelle.

Pitt était chef de projet et son rang surclassait celui de Burch, mais celui-ci commandait le bateau. Kermit Burch arriva presque aussitôt, vêtu seulement d'un short à pois.

— Qu'est-ce que c'est que cette histoire de bateau en feu ? demanda-t-il en étouffant un bâillement.

Pitt sortit sur l'aileron et lui tendit les jumelles. Burch scruta l'horizon, marqua une pause, puis essuya les lentilles des jumelles sur son short avant de reprendre son observation.

— Tu as raison. Il flambe comme une torche. Il me semble qu'il s'agit d'un navire de croisière. Un gros.

— C'est étrange qu'il n'ait pas envoyé de S.O.S.

— Très étrange, en effet. Son opérateur radio doit être blessé.

— J'ai demandé à Delgado de détourner notre route et de mettre le cap sur ce bateau à pleine vitesse. J'espère que tu ne m'en veux pas d'avoir empiété sur tes prérogatives. J'ai pensé que cela nous ferait gagner quelques minutes.

— J'aurais donné le même ordre, répondit Burch avec un sourire en s'approchant du téléphone de bord. Salle des machines ? Virez-moi Marvin de son lit. Je veux qu'il fasse cracher les moteurs au maximum. *(Burch se tut un instant pour écouter la voix qui lui parlait à l'autre bout de la ligne.)* Pourquoi ? Parce que nous allons droit vers un incendie. Voilà pourquoi.

*
* *

Aussitôt les nouvelles connues, le navire tout entier revint à la vie, et on assigna à chacun des scientifiques et des hommes d'équipage des tâches spécifiques. Les deux embarcations destinées aux recherches scientifiques, longues de douze mètres, furent bientôt prêtes à être mises à l'eau. On fixa des élingues aux grues de pont télescopiques qui servaient à mouiller et à hisser les submersibles et le matériel de recherche, afin de pouvoir tirer des rescapés hors de l'eau. On prépara toutes les échelles, tous les cordages du navire pour qu'ils soient prêts à être lancés par-dessus bord, ainsi que des nacelles pour soulever et embarquer enfants et personnes âgées.

Le médecin du bord, avec l'aide des scientifiques, improvisa une infirmerie et une salle d'urgences dans le réfectoire. Le coq et son aide de cuisine apprêtèrent des bouteilles d'eau, du café et des cuves entières de soupe. Tout le monde y alla de sa contribution personnelle en offrant des vêtements pour les rescapés qui en auraient besoin. Les officiers donnèrent des instructions pour que certains membres de l'équipage canalisent les passagers et les conduisent dans les diverses parties du bâtiment – les survivants devaient être soignés, mais aussi servir de lest. Avec une longueur totale de soixante-seize mètres et une largeur de presque dix-sept, le *Deep Encounter* n'était pas conçu pour voler au secours de deux mille passagers, et encore moins pour les prendre à son bord. Si la horde attendue n'était pas répartie de façon stratégique afin d'équilibrer le bâtiment, celui-ci pouvait fort bien prendre trop de gîte et chavirer.

La vitesse maximale du *Deep Encounter* était seulement de seize nœuds, mais l'ingénieur en chef Marvin parvint à extraire chaque once de puissance de ses deux moteurs diesel à propulsion électrique de 3 000 chevaux. De dix-sept nœuds, il passa à dix-huit, puis dix-neuf, et l'étrave finit par s'élancer à travers les flots à la vitesse de vingt nœuds. La proue bondissait presque hors de l'eau en s'élançant à l'assaut de la crête des vagues. Personne à bord n'aurait cru le *Deep Encounter* capable de filer à une telle allure.

Vêtu de pied en cap, le capitaine Burch faisait les cent pas sur le pont, distribuait les ordres concernant les mille et un détails à organiser en urgence dans l'attente de l'invasion des naufragés. Il ordonna à l'opérateur radio d'entrer en contact avec les autres navires présents sur la zone, de leur dresser un rapport sommaire de la situation, de demander leur position et l'estimation de leur heure d'arrivée. Deux navires seulement voguaient dans un rayon de moins de cent milles. L'un d'eux était le *Earl of Wattlesfield*, le porte-conteneurs britannique mentionné par l'opérateur radio. Son commandant répondit rapidement ; il se dirigeait à pleine vitesse vers le sinistre, mais se trouvait encore à trente-sept milles à l'est. Le second était une frégate lance-missiles australienne qui venait de changer de cap et fonçait vers la position indiquée par Burch en venant du sud. Il lui restait encore soixante-trois milles à parcourir.

Satisfait de constater que les problèmes les plus urgents étaient réglés, Burch rejoignit Pitt sur l'aileron. Les hommes et les femmes auxquels aucune tâche particulière n'était assignée étaient accoudés au bastingage et observaient la lueur rouge qui illuminait le ciel. Le navire se rapprochait à marche forcée du bâtiment en feu. Les conversations à voix haute se changeaient en murmures au fur et à mesure que se dévoilait la terrible étendue du désastre. Quinze minutes plus tard, tous se tenaient dans une même posture figée, comme en transes, confrontés à l'incroyable drame qui se jouait devant eux. Ce qui était encore quelques heures plus tôt un luxueux palace flottant peuplé de gens joyeux et heureux de vivre n'était plus désormais qu'un bûcher funéraire ardent.

Le tourbillon de flammes s'était emparé de soixante-dix pour cent du bâtiment, dont la superstructure n'était déjà plus qu'un enchevêtrement bouillonnant de métal chauffé au rouge qui le coupait littéralement en deux. Les couleurs de sa coque – émeraude et blanc – étaient noircies et calcinées. Les cloisons de soutien internes s'étaient tordues en une masse indescriptible de métal brûlé et fondu. Les canots de sauvetage, ou ce qu'il en restait, pendaient à leurs bossoirs, méconnaissables.

Il ne restait plus qu'un monstre grotesque, au-delà de l'imagination de l'écrivain le plus torturé.

Tout en examinant le *Dauphin d'Emeraude* qui dérivait sur leur flanc alors que le vent se levait et que la mer commençait à s'agiter, Pitt et Burch demeuraient sidérés, et se demandaient si le *Deep Encounter*, son équipage et ses scientifiques allaient pouvoir faire face à l'énormité de la tragédie.

Les flammes rugissaient et se dressaient vers le ciel en se reflétant comme des créatures diaboliques à la surface de l'eau. Le navire agonisant ressemblait à une torche monstrueuse. Un hurlement déchirant, ou plutôt un cri plaintif, se fit entendre lorsque les ponts inférieurs s'effondrèrent. Les passagers du *Deep Encounter* auraient pu croire que quelqu'un venait d'ouvrir les portes d'un haut-fourneau. Le temps était désormais assez clair pour que l'on distingue les débris calcinés disséminés autour du navire de croisière en feu, et qui flottaient sur une couverture de cendres grises et blanches. Au début, on aurait pu croire que personne n'avait survécu à l'holocauste, mais la foule des passagers massés sur cinq des ponts extérieurs de la poupe devint rapidement visible. Lorsqu'ils aperçurent le *Deep Encounter*, beaucoup d'entre eux se jetèrent à la mer en un flux régulier et tentèrent de rejoindre le bâtiment à la nage.

Burch tourna ses jumelles vers la surface de l'eau, près de la poupe.

— Des gens sautent des ponts inférieurs comme des lemmings ! s'exclama-t-il. Ceux qui sont regroupés plus haut semblent paralysés.

— Je ne peux guère les blâmer, commenta Pitt. Les ponts supérieurs se situent à une hauteur qui correspond à neuf ou dix étages. Vue de là-haut, la mer doit leur paraître lointaine de plus d'un kilomètre.

Burch se pencha par-dessus le bastingage et cria un ordre à l'équipage.

— Que les embarcations appareillent ! Recueillez ceux qui nagent avant qu'on ne les perde de vue.

— Pourrais-tu amener le *Deep Encounter* sous la poupe ? demanda Pitt.

— Accoster le paquebot, c'est ce que tu veux dire ?

— Oui.

Burch paraissait sceptique.

— Je ne pourrai pas approcher assez près pour que les rescapés sautent à bord.

— Plus le feu s'approchera d'eux, et plus ils se jetteront à l'eau. Des centaines d'entre eux vont mourir avant que nous puissions les hisser à bord. Si nous nous rapprochons de sa poupe, leur équipage pourra lancer des cordages afin qu'ils se laissent glisser sur notre pont.

— Avec cette mer, répondit Burch en regardant Pitt, nous risquons de sacrés dégâts en nous approchant de ce monstre. Les panneaux de coque vont s'écraser et laisser passer l'eau. Nous pourrions très bien sombrer nous-mêmes.

— Mieux vaut couler en l'accostant que ne rien tenter, fit remarquer Pitt avec philosophie. Pour ma part, je prends l'entière responsabilité du bateau.

— Tu as raison, bien entendu, admit Burch.

Il prit la barre et régla les instruments de contrôle des deux « Z-Drive » * multidirectionnels et des propulseurs d'étrave, tout en s'apprêtant à frôler par tribord la coque massive du *Dauphin d'Emeraude*.

*

* *

Au fur et à mesure que les passagers parvenaient à trouver un abri provisoire sur les ponts arrière, la terreur et la panique laissaient la place aux sentiments moins exceptionnels que sont la peur et l'appréhension. Les officiers et hommes d'équipage, surtout les femmes, circulaient parmi la multitude grouillante, calmaient ceux qui étaient au bord de la crise de nerfs, et rassuraient les enfants. Jusqu'à ce que le *Deep Encounter* surgisse de nulle part, la plupart d'entre eux s'étaient résignés à l'idée de devoir sauter par-dessus bord plutôt que de périr brûlés.

Au moment où tout espoir paraissait désormais futile, la vision du navire de recherches couleur turquoise de la NUMA, creusant la mer de son étrave dans la lumière de l'aube, apparut comme un miracle divin. La foule de plus de deux mille âmes entassée sur les ponts arrière se mit à applaudir et agiter les bras avec frénésie. Le salut paraissait à portée de main. Ils péchaient malheureusement par optimisme. Les officiers comprirent cependant très vite que le bateau de la NUMA était trop petit pour embarquer ne serait-ce que la moitié des passagers qui s'accrochaient encore à la vie.

---

* Z-Drive : type de montage du moteur sur un bateau ; l'hélice n'est pas dans l'axe horizontal du moteur comme avec un arbre d'hélice classique, ni vertical comme sur un moteur hors-bord, mais placée en « Z » par rapport à celui-ci.

McFerrin, qui ne saisissait pas encore les intentions de Pitt et de Burch, se débattit pour quitter la passerelle et atteindre la poupe avec un mégaphone. Il héla le *Deep Encounter.*

— Au bateau qui accoste à notre poupe ! N'approchez pas ! Il y a des passagers à la mer !

Parmi les hommes et les femmes qui se massaient sur les ponts arrière, Pitt était incapable de distinguer qui le hélait. Il prit son propre mégaphone.

— Bien reçu ! Notre navire va les recueillir aussi vite que possible. Attendez un peu, nous allons accoster et nous amarrer. Préparez votre équipage à assurer nos aussières.

McFerrin resta sous le coup de la surprise. Il ne parvenait pas à croire que le commandant et l'équipage d'un navire de la NUMA soient prêts à risquer leur propre vie et leur bâtiment dans une opération de sauvetage.

— Combien de passagers pouvez-vous prendre à votre bord ? demanda-t-il.

— Combien en avez-vous ?

— Plus de deux mille. Peut-être deux mille cinq cents.

— Deux mille, grommela Burch. Avec deux mille passagers empilés sur le pont, nous allons couler comme un caillou.

— D'autres navires sont en route, annonça-t-il à McFerrin, qu'il venait de repérer sur le pont supérieur. Nous prendrons tous les passagers si nous le pouvons. Que votre équipage lance des cordages pour les faire descendre.

Burch manœuvra doucement les instruments de contrôle de propulsion, déplaçant légèrement le bateau vers l'avant, maniant ensuite les propulseurs d'étrave d'une main habile pour approcher du paquebot, centimètre par centimètre. Tous à bord du *Deep Encounter* levaient des regards impressionnés vers l'immense poupe qui surgissait au-dessus de leurs têtes. Soudain, ils entendirent le son caractéristique de raclement de l'acier contre l'acier. Trente secondes plus tard, les deux bâtiments étaient solidement arrimés l'un à l'autre.

L'équipage envoya des aussières, tandis que celui du paquebot déroulait des cordages et les lançait par-dessus bord ; les scientifiques tendaient les mains pour les attraper et les arrimer au premier objet fixe qui leur tombait sous les yeux. A l'instant même où tous les cordages étaient installés, Pitt cria à l'équipage du *Dauphin d'Emeraude* de commencer l'évacuation.

— Les familles avec des enfants, pour commencer ! ordonna McFerrin à l'équipage en hurlant dans son mégaphone.

La vieille tradition – les femmes et les enfants d'abord – est le plus souvent ignorée des marins modernes, qui lui préfèrent la formule consistant à préserver l'unité des familles. Après le naufrage du *Titanic*, où la plupart des hommes avaient coulé avec le navire, laissant derrière eux des veuves et des orphelins, des esprits pratiques ont considéré qu'il valait mieux que les familles vivent ou meurent unies. A quelques exceptions près, les jeunes gens, les célibataires et les personnes du troisième âge reculèrent non sans courage et regardèrent l'équipage aider maris, épouses et enfants à descendre jusqu'au pont du *Deep Encounter*, parmi les engins submersibles, les véhicules sous-marins robotisés et le matériel de recherche hydrographique. Les plus âgés suivirent ; les membres d'équipage devaient souvent les forcer à enjamber le bastingage, non parce qu'ils avaient peur, mais parce qu'ils pensaient que les jeunes, ayant encore la vie devant eux, méritaient la priorité.

De façon surprenante, les enfants qui descendaient le long des cordages semblaient peu sensibles à la peur. Le directeur de croisière, les membres de l'orchestre du bord et la troupe de théâtre se mirent à jouer et chanter des morceaux extraits de spectacles de Broadway. Pendant un moment, certains passagers chantèrent même à l'unisson, tandis que l'évacuation paraissait se dérouler sans anicroches ni embouteillages ; pourtant, lorsque le feu se rapprocha, que la chaleur devint de plus en plus intense et que les émanations de fumée rendirent l'air irrespirable, la foule replongea dans son état de terreur antérieur. Soudain, une course folle se déclencha ; certains passagers décidèrent qu'il était préférable de tenter leur chance en se jetant à l'eau plutôt que de descendre en tremblant de vertige le long d'un cordage jusqu'au pont du *Deep Encounter*. Ceux qui sautèrent étaient pour la plupart des gens assez jeunes, qui se lançaient des ponts inférieurs. Ils tombaient comme des pierres, et venaient heurter ceux qui flottaient déjà dans l'eau. Plusieurs évaluèrent mal leur trajectoire, et tombèrent sur le pont du *Deep Encounter*, au prix de graves blessures ; certains connurent une mort horrible. D'autres dégringolaient entre les deux navires et périssaient écrasés lorsque la houle rapprochait les deux coques.

L'équipage du *Dauphin d'Emeraude* s'efforçait de conseiller les passagers pour qu'ils puissent réussir leur saut. S'ils heurtaient les flots les mains sur la tête, l'impact risquait de leur arracher leur gilet de sauvetage par le haut, les laissant ainsi démunis. Ceux qui ne prenaient pas soin d'agripper le col du gilet et de le tirer vers le bas au moment de l'impact risquaient de se rompre le cou.

Peu de temps après, un petit groupe de cadavres dérivait déjà parmi les débris le long des deux bâtiments.

*
* *

Kelly avait peur. Le petit navire de recherches scientifiques paraissait si proche et si lointain à la fois... Il ne restait qu'une dizaine de passagers devant eux à devoir descendre à l'un des cordages arrimés au *Deep Encounter*. Le docteur Egan était déterminé à supporter la chaleur et la fumée en attendant son tour et celui de sa fille, mais la course chaotique de la foule toussante et suffocante le pressa contre le bastingage. Un homme de lourde stature, aux cheveux roux et au visage barré d'une moustache qui traversait ses joues pour rejoindre ses rouflaquettes, émergea brusquement du torrent humain et tenta de lui arracher sa valise des mains. D'abord interloqué, l'ingénieur s'agrippa avec l'énergie du désespoir à sa valise et refusa de lâcher prise.

Frappée d'horreur, Kelly observait la lutte entre les deux hommes. Un officier à l'uniforme immaculé et repassé avec soin contemplait la scène avec une expression de totale indifférence. C'était un Noir au dur visage d'obsidienne et aux traits anguleux finement ciselés.

— Faites quelque chose ! lui hurla Kelly. Ne restez pas planté là ! Aidez mon père !

L'officier noir l'ignora. Il fit un pas en avant et, à la grande surprise de Kelly, commença à prêter main-forte au rouquin.

Poussé par la puissance physique combinée des deux hommes, Egan perdit l'équilibre, tituba en arrière et heurta le bastingage. Ses pieds se soulevèrent du pont et il bascula par-dessus bord la tête la première. Pris de court, l'officier noir et le rouquin se figèrent, puis s'égaillèrent parmi la foule. Kelly poussa un cri et se rua vers le bastingage, juste à temps pour voir son père heurter l'eau dans une énorme gerbe d'éclaboussures.

Kelly retint son souffle ; elle attendit pendant ce qui lui parut être une éternité – moins de vingt secondes, en réalité – avant que la tête de son père apparaisse enfin à la surface. Son gilet de sauvetage avait disparu, arraché de son corps par l'impact. Elle se sentit bouleversée lorsqu'elle constata qu'il paraissait inconscient. Sa tête roulait mollement plongée en avant.

Soudain, sans qu'elle se soit doutée de rien, Kelly sentit des mains autour de son cou, et des doigts qui la serraient, implacables. Stupéfaite, sous le choc, elle lança une ruade frénétique tout en tentant en pure perte de desserrer l'étreinte autour de sa gorge. Par chance, son pied atteignit l'agresseur à l'aine. Elle entendit une soudaine inspiration et la pression des doigts se relâcha. Elle se retourna aussitôt et reconnut son assaillant : l'officier noir, encore lui.

Tout à coup, le rouquin écarta l'officier de son passage et se jeta sur Kelly, mais celle-ci agrippa l'encolure de son gilet et bondit par-dessus bord, le plus loin possible du bastingage et tomba dans le vide, juste au moment où le rouquin s'apprêtait à la rattraper.

Tout se brouilla autour d'elle pendant sa chute, qui lui parut ne durer qu'une seconde. En un clin d'œil, elle s'écrasa dans l'eau, le souffle coupé par le choc. De l'eau salée s'engouffra dans ses narines, et elle dut lutter contre le besoin d'ouvrir la bouche pour respirer et cracher.

Elle sombra dans une explosion de bulles tandis que la mer se refermait autour d'elle. Lorsque son élan se ralentit, elle leva les yeux et aperçut la surface scintillante sous les éclairages des deux navires. Elle nagea vers le haut, aidée par son gilet, avant d'apparaître enfin à l'air libre. Elle prit plusieurs inspirations profondes et regarda autour d'elle à la recherche de son père. Elle le vit flotter, inerte, à une dizaine de mètres de la coque roussie du navire de croisière.

Une vague le submergea soudain et Kelly le perdit de vue. Déroutée, elle nagea avec l'énergie du désespoir vers l'endroit où elle l'avait vu pour la dernière fois. Soulevée par la crête d'une vague, elle le repéra à nouveau, à six ou sept mètres de distance. Elle parvint à le rejoindre, lui passa un bras autour des épaules et le saisit par les cheveux pour ramener sa tête en arrière.

— Papa ! cria-t-elle.

Les yeux d'Egan papillonnèrent avant de s'ouvrir et il la regarda. Son visage était déformé, comme s'il souffrait d'une douleur intense.

— Kelly, sauve ta vie, lui dit-il d'une voix hachée. Je ne pourrai pas y arriver.

— Tiens bon, papa, l'encouragea-t-elle. Un bateau va bientôt nous recueillir.

Toujours agrippé à sa valise marron, Egan la poussa vers elle.

— Je l'ai heurtée lorsque je suis tombé à l'eau. J'ai dû me briser le dos. Je suis paralysé, je ne peux pas nager.

Un cadavre qui flottait, face tournée vers le fond, vint dériver tout près de Kelly, et elle dut réprimer un haut-le-cœur en le repoussant au loin.

— Accroche-toi à moi, papa. Je ne te laisserai pas. Nous pouvons nous servir de ta valise comme bouée.

— Prends-la, murmura-t-il en la forçant à saisir le bagage. Garde-la en sécurité jusqu'au moment opportun.

— Je ne comprends pas.

— Tu le sauras...

Les mots peinaient à franchir ses lèvres. Son visage se tordit dans l'agonie et s'affaissa soudain.

Kelly se sentit révoltée par le défaitisme de son père, jusqu'au moment où elle s'aperçut qu'il était en train de mourir devant elle. Egan, quant à lui, savait que la mort était là, mais il ne ressentait ni terreur, ni panique. Il acceptait son destin. Son plus grand regret n'était pas la perte de sa fille, car il savait qu'elle survivrait. Il regrettait seulement de ne pas savoir si sa plus récente découverte, qui ne fonctionnait encore qu'en laboratoire, allait devenir opérationnelle à plus grande échelle. Il plongea son regard dans les yeux bleus de Kelly et lui offrit un faible sourire.

— Ta mère m'attend, chuchota-t-il.

Désespérée, Kelly lançait des regards de tous côtés, à la recherche d'une embarcation de sauvetage. La plus proche se trouvait à moins de soixante-dix mètres. Elle lâcha son père, parcourut quelques mètres à la nage, et agita les bras en hurlant.

— Ici ! Venez par ici !

Une femme qui menaçait de couler sous le choc des vagues, et soudain réveillée par les inhalations de fumée, aperçut Kelly juste au moment où on la hissait elle-même hors de l'eau. Elle la désigna à un des marins, mais les sauveteurs étaient trop occupés à se porter au secours d'autres rescapés, et ils ne la virent pas. Kelly se retourna et nagea sur le dos pour rejoindre son père, mais il avait disparu. Seule flottait la valise de cuir.

Egan l'avait lâchée et s'était laissé glisser sous les vagues. Kelly attrapa le bagage et cria, mais au même moment, un adolescent qui venait de sauter du pont supérieur plongea droit sur elle ; son genou la frappa à la nuque et l'envoya dans un océan de ténèbres.

Chapitre 4

Les passagers, au début, embarquaient à bord du *Deep Encounter* en un flux régulier, mais ce fut bientôt un véritable torrent humain qui submergea les membres d'équipage et les scientifiques, qui n'étaient pas en nombre suffisant pour maîtriser la situation. Les cinquante et un hommes et les huit femmes présents à bord travaillaient dur et vite, mais ils étaient débordés.

En dépit du sentiment d'angoisse et de frustration qu'ils ressentaient à la vue de tant de morts et d'agonisants perdus dans les flots, les sauveteurs se refusèrent à relâcher leur effort. Plusieurs des océanographes et des ingénieurs système, au mépris du danger, attachèrent des cordages autour de leur corps et se lancèrent à l'eau pour saisir deux rescapés en même temps, tandis que leurs camarades les ramenaient au *Deep Encounter* et les hissaient à bord. Leur ardeur et leur courage allaient devenir une légende dans les annales de l'histoire maritime.

L'équipage du navire de recherches scientifiques manœuvrait les embarcations auxiliaires et repêchait aussi vite que possible les passagers qui, de plus en plus nombreux, se jetaient à l'eau. La surface de la mer, sous la poupe, se peupla vite d'hommes et de femmes qui hurlaient, mains tendues vers les embarcations, de crainte de passer inaperçus.

Les hommes demeurés à bord du *Deep Encounter* manœuvraient les grues pour mouiller des radeaux et des filets, afin que les nageurs puissent s'y accrocher avant d'être hissés à bord. Ils lancèrent même des lances d'incendie et fixèrent des escabeaux au bastingage pour que les rescapés parviennent à grimper sur le pont. Pourtant, aussi déterminés qu'ils fussent, ils étaient submergés par le nombre des survivants qui se débattaient dans l'eau. Plus tard, la vision de ceux qu'ils virent se noyer et périr tout près d'eux n'allait cesser de les hanter.

Les femmes de l'équipe scientifique prenaient le relais à l'arrivée des naufragés, les accueillaient et les réconfortaient avant de s'occuper des brûlés et des blessés. Beaucoup étaient aveuglés par les émanations et la fumée ; il fallait alors les conduire à l'infirmerie ou à la salle des urgences, installée dans le réfectoire. Aucune des scientifiques n'était formée à traiter les effets des inhalations toxiques, mais toutes apprenaient vite et on ne sut jamais combien de vies purent être sauvées grâce à leurs soins dévoués.

Elles guidèrent ceux qui étaient indemnes vers les cabines et compartiments prévus, et les répartirent de telle sorte que l'équilibre et la stabilité du bateau soient maintenus. Elles improvisèrent une aire de réunion pour les passagers, dans le but de dresser la liste des survivants et de les aider à retrouver parents et amis perdus dans la confusion ambiante.

Pendant la première demi-heure, plus de cinq cents personnes furent hissées hors de l'eau par les embarcations auxiliaires du *Deep Encounter*. Deux cents autres purent gagner les radeaux alignés le long de la coque et furent embarquées à leur tour grâce aux élingues reliées à des treuils. Les sauveteurs ne concentraient leurs efforts que sur les vivants. Les passagers repêchés morts étaient rendus à la mer afin de laisser place à ceux qui s'accrochaient encore à la vie.

Avec à leur bord un nombre de passagers deux fois plus important que celui autorisé par les réglementations maritimes, les embarcations se rejoignirent sous la poupe du *Deep Encounter*, d'où elles furent rapidement soulevées par l'une des grues. Les survivants purent alors mettre pied sur le pont sans devoir escalader la coque ; on installa aussitôt les blessés sur des brancards et on les emmena à la salle de soins ou aux urgences. Ce système, conçu par Pitt, s'avéra fort efficace et permit de vider et de renvoyer les embarcations à la mer en deux fois moins de temps qu'il n'en aurait fallu pour extraire les passagers exténués et les soulever un par un jusqu'au pont.

Burch ne pouvait se permettre de laisser le sauvetage monopoliser son esprit. Il lui fallait se concentrer afin d'éviter que le *Dauphin d'Emeraude* n'enfonce sa coque. Il considérait qu'il était de *son* devoir d'empêcher son bâtiment de se fracasser contre le mastodonte. Il aurait donné son bras gauche pour avoir mis en route plus tôt le GPS, mais avec les deux bâtiments dérivant au gré des vents et du courant, cela n'était plus d'aucune utilité.

Tout en observant d'un air las la hauteur croissante de la houle, il faisait passer toute la puissance des moteurs vers les propulseurs et les « Z-Drive » à chaque fois que l'un d'eux menaçait de pousser le *Deep Encounter* contre la poupe massive du *Dauphin d'Emeraude*. C'était une bataille qu'il ne gagnerait pas à coup sûr. Il grimaçait en sachant fort bien que les panneaux de coque se tordaient et se voilaient. Nul besoin d'être un voyant pour se douter que l'eau commençait à s'engouffrer par les brèches. A deux mètres de lui dans la timonerie, Delgado analysait les paramètres de poids et de gîte à l'aide d'un ordinateur tandis que des tonnes, au sens littéral du terme, de rescapés s'accumulaient sur les ponts comme une lame de fond sans fin. Les marques de franc-bord, qui indiquaient le niveau de charge maximal sur la coque, se trouvaient déjà à quarante-cinq centimètres sous l'eau.

Pitt s'était attelé à l'organisation et à la direction de l'opération de sauvetage. Aux yeux de ceux qui se démenaient pour sauver plus de deux mille personnes, il paraissait être partout à la fois, donnant des ordres sur sa radio portative, sortant des rescapés de l'eau, dirigeant les embarcations vers ceux qui dérivaient plus loin dans l'eau, actionnant les grues lorsque l'on remontait les canots pour les décharger. Il guidait les survivants vers les bras tendus des scientifiques ou il les portait lui-même par-dessus le bastingage. Il attrapait des enfants dont les bras et les mains étaient engourdis par l'effort et qui lâchaient prise trois mètres au-dessus du pont. Non sans appréhension, il s'aperçut soudain que le navire était dangereusement surchargé, alors qu'il restait encore un millier de passagers à secourir.

Il se précipita vers la timonerie afin de vérifier la répartition de la charge avec Delgado.

— Ça se passe comment ? demanda-t-il.

Delgado leva les yeux de son ordinateur et hocha la tête d'un air morose.

— Mal. Un mètre de plus et nous allons nous transformer en sous-marin.

— Il reste encore un millier de gens à tirer de là.

— Avec cette mer, si nous embarquons cinq cents personnes de plus, les vagues vont bientôt passer par-dessus les lisses de plat-bord. Dis à tes scientifiques qu'il faut maintenant répartir les gens plutôt vers la proue. Nous avons trop de poids vers la poupe.

Pitt digéra la nouvelle en observant la multitude des rescapés qui descendaient le long des cordages et ceux que l'on récupérait sur le pont. Il abaissa ensuite le regard vers le pont de travail où un canot débarquait soixante naufragés supplémentaires. Il était hors de question d'abandonner des centaines de personnes à une mort certaine en refusant de les embarquer. Une solution, quoique partielle, se fit jour dans son esprit. Il se hâta vers le pont de travail et rassembla plusieurs membres d'équipage.

— Il faut alléger le bateau, leur dit-il. Coupez les ancres et les chaînes, et laissez-les filer. Passez les submersibles par-dessus bord ; ils dériveront, et nous pourrons les retrouver plus tard. Tout élément de matériel de plus de cinq kilos doit être jeté à la mer.

Après que les submersibles eurent été mouillés et abandonnés à la dérive, les hommes démontèrent et jetèrent par-dessus bord l'énorme châssis de poupe métallique en « A », qui servait à mettre à l'eau et à récupérer le matériel océanographique. Malheureusement, il ne flottait pas ! Il dégringola droit au fond, suivi de plusieurs treuils et de leurs kilomètres de câbles épais. Pitt se réjouit de constater que la coque remontait de presque quinze centimètres.

Afin d'alléger le *Deep Encounter*, il prit vite une autre décision, qu'il expliqua aux hommes des canots qui venaient accoster.

— Notre surcharge atteint un point critique. Lorsque vous aurez embarqué votre dernier chargement de naufragés, restez près du bateau, mais n'envoyez plus personne à bord.

Tandis que les timoniers viraient de cap afin de rejoindre la masse des survivants qui se débattaient en mer, les marins firent comprendre d'un geste qu'ils avaient bien reçu le message.

Pitt leva les yeux. McFerrin le hélait depuis le haut du *Dauphin d'Emeraude*. De son perchoir, le second du paquebot ne pouvait manquer de s'apercevoir que le *Deep Encounter* s'enfonçait toujours dangereusement bas, en dépit du largage de tout le matériel lourd.

— Combien de personnes pouvez-vous encore prendre à votre bord ?

— Combien vous en reste-t-il ?

— Quatre cents, à peu près. Surtout des membres d'équipage ; la plupart des passagers ont déjà fui l'incendie.

— Envoyez-les, dans ce cas, répondit Pitt. C'est tout ?

— Non, répondit McFerrin. La moitié de l'équipage s'est réfugiée à la proue.

— Vous avez une idée de leur nombre ?

— Quatre cent cinquante de plus, lança McFerrin tout en observant le grand gaillard qui, depuis le pont du *Deep Encounter*, semblait diriger l'évacuation avec une efficacité incroyable. Puis-je connaître votre nom, *sir* ?

— Dirk Pitt, directeur des Programmes Spéciaux pour la NUMA. Et vous-même ?

— Officier en second McFerrin.

— Où est votre commandant ?

— Le capitaine Waitkus est porté disparu. Nous pensons qu'il est mort.

Depuis le pont du *Deep Encounter*, Pitt pouvait distinguer les brûlures dont souffrait McFerrin.

— Dépêchez-vous de descendre, Charlie ! J'ai une bouteille de tequila qui n'attend que vous !

— Je préfère le scotch !

— J'en distillerai une bouteille rien que pour vous !

Pitt se retourna et leva les bras pour saisir une petite fille et la tendre à Misty Graham, l'une des trois spécialistes en biologie marine du *Deep Encounter*. La mère et le père suivirent, et l'on conduisit la famille sous le pont. Quelques instants plus tard, Pitt soulevait déjà des nageurs trop épuisés pour grimper à bord des embarcations de sauvetage.

— Faites le tour et passez à bâbord du paquebot, ordonna-t-il à l'homme de barre. Recueillez tous les naufragés qui ont pu dériver dans le courant et les vagues.

L'homme de barre, les traits marqués par l'épuisement, leva les yeux vers Pitt, et parvint à esquisser un faible sourire.

— Je n'ai pas encore reçu de pourboire !

— Je veillerai à ce qu'ils l'ajoutent plus tard sur l'addition, répondit Pitt en lui rendant son sourire. Eh bien, allons-y avant que...

Le cri perçant d'un enfant sembla jaillir de sous leurs pieds. Pitt se précipita vers le bastingage et examina la mer le long de la coque. Une petite fille de huit ans à peine était suspendue à un filin qui se balançait sur le flanc du bateau. Elle avait sans doute dû tomber après avoir été recueillie, et dans la confusion régnante, personne ne s'en était aperçu. Pitt se pencha en avant; il attrapa la fillette par les poignets à la crête d'une vague. Il la saisit et la déposa sur le pont.

— Ça va, tu as bien nagé ? lui demanda-t-il afin de l'apaiser.

— C'est trop dur, répondit-elle en frottant ses yeux gonflés par la fumée.

— Tes parents sont-ils arrivés en même temps que toi ?

La gamine hocha la tête.

— Ils sont sortis du bateau de sauvetage avec mes deux frères et ma sœur. Je suis tombée à l'eau et personne ne m'a vue.

— Il ne faut pas leur en vouloir, lui dit Pitt d'une voix douce, tandis qu'il la conduisait vers Misty Graham. Je suis sûr qu'ils sont malades d'inquiétude à ton sujet.

Misty sourit et prit la petite par la main.

— Viens avec moi, nous allons trouver ton papa et ta maman.

Au même moment, un reflet de cheveux châtain clair, étendus sur la surface bleu-vert de l'eau comme des fils de dentelle sur un drap de satin, attira le regard de Pitt. Le visage demeurait invisible, mais une main esquissait un geste, comme si la personne tentait avec maladresse de rester à flot. Ce semblant de mouvement n'était-il dû qu'à l'effet des vagues ? Pitt courut sur le pont afin de s'en assurer, espérant contre toute raison que cette femme – ces cheveux étaient ceux d'une femme, il en était certain – n'était pas déjà noyée. La tête s'éleva légèrement au-dessus de l'eau, assez cependant pour que Pitt aperçoive deux beaux et grands yeux bleus, qui paraissaient à la fois languissants et hébétés.

— Sortez-la de l'eau ! ordonna Pitt à l'homme de barre de l'embarcation de sauvetage.

Mais le canot contournait la poupe du *Dauphin d'Emeraude* et arrivait déjà à mi-course, et l'homme de barre ne l'entendit pas. Pitt s'aperçut que la femme regardait sans le voir dans sa direction.

Sans hésiter une seconde, il grimpa sur le bastingage, prit un instant pour assurer son équilibre, puis il plongea. Il ne remonta pas tout de suite à la surface, mais nagea avec puissance sous l'eau, tel un champion olympique après un plongeon. Lorsque ses mains et sa tête apparurent enfin à l'air libre, il éprouva des difficultés à repérer le visage de la femme, qui menaçait de couler à pic. Il nagea six ou sept mètres, l'atteignit enfin, et la força à sortir sa tête de l'eau en la tirant par les cheveux. Elle évoquait l'image d'un rat mouillé, mais il constata qu'il s'agissait d'une très séduisante jeune femme. Ce n'est qu'alors qu'il remarqua qu'elle agrippait la poignée d'une sorte de mallette qui s'était remplie d'eau et la tirait vers le fond.

— Ne soyez pas stupide ! aboya-t-il. Lâchez-la !

— Non ! siffla-t-elle avec une brusquerie et une détermination qui surprirent Pitt. Je ne la lâcherai pas !

Soulagé de voir que la jeune femme n'était pas à l'article de la mort, il ne discuta pas, mais l'attrapa par son dos-nu et commença à la remorquer vers le *Deep Encounter*. Lorsqu'elle atteignit le flanc de la coque, des mains secourables se tendirent vers elle et l'empoignèrent. Déchargé du poids de la naufragée, Pitt grimpa à bord par une échelle de corde. L'une des scientifiques enveloppa la jeune femme d'une couverture ; elle s'apprêtait à l'accompagner dans une coursive lorsque Pitt l'arrêta.

— Vous avez failli vous noyer à cause de cette mallette. Que contient-elle de si précieux ? demanda-t-il en plongeant son regard dans les yeux bleus de la naufragée.

Elle le regarda d'un air las.

— Il y a là le travail de toute une vie. Celle de mon père.

Pitt contempla l'objet avec un respect nouveau.

— Savez-vous si votre père a été secouru ?

Elle secoua lentement la tête et se tourna avec tristesse vers la mer couverte de cendres, où flottaient encore de nombreux corps.

— Il est là, au fond, murmura-t-elle.

Elle se retourna alors d'un mouvement brusque et disparut le long de la coursive.

*
* *

Les canots avaient recueilli autant de passagers qu'il leur était possible. On transféra ceux qui devaient recevoir des soins sur le *Deep Encounter*, puis les embarcations s'écartèrent, sans trop s'éloigner, contribuant ainsi à alléger le navire de recherches en gardant à leur bord le maximum de naufragés.

Pitt prit sa radio et s'adressa à leurs équipages.

— Nous contournons le paquebot pour atteindre la proue. Nous allons recueillir d'autres rescapés. Suivez notre sillage !

Le *Deep Encounter* était aussi surpeuplé qu'une fourmilière lorsque l'on tira hors de l'eau le dernier naufragé. Les survivants de l'incendie étaient entassés dans la salle des machines, les réserves des scientifiques, les laboratoires, ainsi que dans les quartiers des chercheurs et ceux de l'équipage. Les coursives étaient bondées. Cinq familles s'empilaient dans la cabine du capitaine Burch. La timonerie, la salle des cartes et la salle de radio étaient noires de monde. Le pont de travail principal de trois cent quinze mètres carrés évoquait une rue rendue invisible par la masse des piétons agglutinés.

La ligne de flottaison du *Deep Encounter* était si basse que l'eau de mer passait au-dessus des lisses de plat-bord lorsqu'une vague de plus d'un mètre venait heurter la coque. L'équipage du *Dauphin d'Emeraude* ne faillit pas à l'honneur. Ses hommes, dont beaucoup souffraient de brûlures, attendirent que le dernier passager ait quitté la poupe du paquebot pour fuir les flammes et gagner les canots.

A peine avaient-ils posé pied sur le pont que les plus valides d'entre eux aidèrent les scientifiques débordés à s'occuper des autres rescapés serrés les uns contre les autres. La mort était présente, elle aussi, à bord du *Deep Encounter*. Plusieurs des blessés et des brûlés succombèrent. Leur mort était accompagnée de prières murmurées et de pleurs ; on disposait ensuite des corps en les rendant à la mer. L'espace était une denrée précieuse pour les vivants.

Pitt envoya les officiers du *Dauphin d'Emeraude* au rapport à la timonerie, où se trouvait le capitaine Burch. D'un même élan, ils proposèrent leurs services, qui furent acceptés de bonne grâce.

McFerrin fut le dernier à embarquer.

Pitt l'attendait. Il prit le bras de l'officier épuisé et couvert de brûlures afin de l'empêcher de trébucher et de tomber. Il jeta un regard sur la chair des doigts de McFerrin, meurtrie par le feu.

— Quel dommage de ne pouvoir serrer la main d'un homme courageux, lui dit-il.

McFerrin examina ses mains comme si elles appartenaient à quelqu'un d'autre.

— Oui, je crois que ce ne sera pas possible de sitôt. *(Son visage s'assombrit soudain.)* Je n'ai pas la moindre idée du nombre des survivants, s'il y en a, parmi tous les malheureux qui se sont réfugiés vers la proue.

— Nous allons bientôt le savoir, répondit Pitt.

McFerrin balaya du regard le *Deep Encounter* ; les vagues assaillaient le pont de travail.

— Il semblerait que vous vous soyez mis dans une situation tout à fait périlleuse, commenta-t-il d'un ton calme.

— Nous essayons de faire au mieux, plaisanta Pitt avec un sourire sombre.

Il envoya McFerrin à l'infirmerie, puis se retourna et héla Burch sur l'aileron de passerelle.

— C'était le dernier rescapé de la poupe, commandant ! Les autres se sont réfugiés à la proue.

Burch se contenta d'un hochement de tête et abandonna la console de contrôle des propulseurs.

— Je te laisse manœuvrer, dit-il à l'homme de barre. Contourne le navire de croisière bien tranquillement jusqu'à la proue. Nous ne pouvons pas prendre le risque d'endommager encore plus notre coque.

— Je manœuvrerai avec la légèreté d'un papillon, le rassura le jeune homme.

Burch se sentait grandement soulagé d'éloigner son bateau du paquebot. Il envoya Delgado sonder la coque à la recherche de panneaux voilés et d'éventuelles voies d'eau. En attendant le rapport, il appela l'ingénieur en chef Marvin House dans la salle des machines.

— Marvin, comment ça va dans votre secteur ?

Marvin House, installé dans le passage qui séparait en deux parties le compartiment des machines, contemplait le flot d'eau de mer qui coulait autour des socles de fixation.

— A mon avis, nous avons une importante avarie structurelle quelque part vers la proue, sans doute dans l'une des soutes aux vivres. Je fais fonctionner les pompes principales à plein rendement.

— Vous parvenez à endiguer le flot ?

— J'ai ordonné à mes hommes de mettre les pompes auxiliaires et les lances en marche. *(Marvin House marqua une pause et observa les naufragés du* Dauphin d'Emeraude*, qui occupaient le moindre centimètre carré de son repaire.)* Où en êtes-vous, là-haut ?

— Nous avons autant de monde qu'à Times Square le soir de la Saint-Sylvestre.

Delgado rentra alors dans la timonerie, et Burch comprit en voyant l'expression sinistre du visage de l'officier que son rapport n'aurait rien de réjouissant.

— Plusieurs panneaux de coque sont tordus et laissent passer l'eau, haleta-t-il, hors d'haleine. Le flot pénètre à une vitesse inquiétante. Les pompes parviennent à le contenir, mais ce ne sera plus le cas si l'état de la mer empire. Si les vagues dépassent deux mètres cinquante, on ne pourra plus répondre de rien.

— L'ingénieur en chef a mis en route les pompes auxiliaires.

— J'espère seulement que cela suffira, dit Delgado.

— Rassemblez l'équipe chargée des avaries et mettez-vous au travail sur la coque. Etayez et renforcez les panneaux du mieux que vous le pourrez. Prévenez-moi immédiatement de tout changement, en bien ou en mal, concernant les voies d'eau.

— Bien, *sir*.

Burch examinait non sans crainte les nuages gris maussades qui s'amoncelaient au sud-ouest, lorsque Pitt revint à la timonerie. Il suivit le regard du commandant.

— Quoi de neuf pour la météo ? demanda-t-il.

Burch sourit et désigna à travers une claire-voie le dôme de quatre mètres de diamètre qui abritait un système de radar à effet Doppler.

— Je n'ai pas besoin qu'un ordinateur dernier cri vienne me fournir minute par minute les prévisions météorologiques pour savoir que nous allons recevoir un bon coup de tabac d'ici deux heures, tout au plus.

Pitt contempla les nuages qui se rassemblaient à moins de dix milles du *Deep Encounter*. Le jour était levé, mais le soleil demeurait masqué par les nuées menaçantes.

— Il passera peut-être plus loin.

Burch se lécha un doigt et le maintint un instant en l'air. Il secoua la tête.

— Ce n'est pas l'avis de *mon* ordinateur personnel. Nous ne pourrons jamais rester à flot... ajouta-t-il d'un air sombre.

Pitt s'essuya le front de son bras nu.

— Si l'on évalue la moyenne de poids des hommes, femmes et enfants à environ cinquante-cinq kilos, le *Deep Encounter* est en surcharge de plus de dix tonnes, sans compter l'équipage et les scientifiques. Il faut que nous restions à flot assez longtemps pour pouvoir transférer la majorité des naufragés à bord d'un autre bâtiment ; c'est notre seule chance de salut.

— Impossible de gagner un port, ajouta Burch. Nous coulerions avant même d'avoir parcouru un mille.

Pitt entra dans la salle de radio.

— Vous avez des nouvelles des Australiens et du porte-conteneurs ?

— D'après le radar, le *Earl of Wattlesfield* n'est plus qu'à dix milles. La frégate australienne fait route à bonne vitesse, mais elle est encore à trente milles.

— Dites-leur de forcer l'allure, répondit Pitt, le visage grave. Si la tempête éclate avant leur arrivée, il n'y aura peut-être plus personne à secourir.

Chapitre 5

L'INTÉRIEUR du *Dauphin d'Emeraude* se désintégrait, les cloisons se renversaient les unes sur les autres, les ponts s'effondraient. Moins de deux heures après le début de l'incendie, les aménagements grandioses du navire étaient entièrement consumés. Toute la superstructure s'était transformée en un enfer terrifiant. La décoration fastueuse, l'élégante galerie commerçante et ses boutiques hors de prix, la collection d'œuvres d'art à soixante-dix-huit millions de dollars, le casino, la salle à manger et les salons somptueux, les luxueuses cabines et les opulentes installations sportives ou de loisirs, tout était réduit à l'état de cendres fumantes.

Les naufragés et les membres d'équipage qui se pressaient sur les ponts s'arrêtèrent tous, laissant leur tâche en plan, pour contempler le sinistre avec un sentiment mêlé de peine et de fascination, tandis que le capitaine Burch contournait la poupe du gigantesque navire.

Le *Dauphin d'Emeraude* n'évoquait plus maintenant une monstrueuse boule de feu ; il fondait et se consumait en un brasier mourant. Les flammes s'étaient lancées à l'attaque de toutes les matières inflammables, tous les objets combustibles, et elles ne trouvaient désormais plus rien à détruire. Les canots en fibre de verre pendaient, tordus et grotesques, méconnaissables. Les grands ponts circulaires s'affaissaient autour de la coque comme les ailes en décomposition d'un vautour mort. Le salon d'observation haut perché et la plus grande partie du pont supérieur qui l'entourait étaient tombés par l'intérieur et avaient purement et simplement disparu, comme avalés par un monstrueux abîme. Presque tous les éléments de verre, fondus dans l'incendie, se refroidissaient et durcissaient en formant d'improbables configurations.

Consumée par le brasier, la totalité de la superstructure s'était effondrée et recroquevillée sur elle-même sous un manteau tourbillonnant de fumée. Alimentées par des explosions dans les tréfonds du navire, de nouvelles flammes jaillirent soudain des ouvertures de la coque. Le *Dauphin d'Emeraude* frissonna comme une énorme bête torturée. Il refusait pourtant de mourir et de se laisser glisser sous les vagues et dérivait avec obstination sur une mer toujours plus grise et méchante. Il ne resterait bientôt plus de lui qu'une carcasse ravagée. Jamais plus il ne résonnerait des pas, des conversations et des rires des passagers joyeux et excités. Jamais plus il ne voguerait, majestueux, vers les ports exotiques du monde entier, plus fier qu'aucun autre bâtiment ayant jamais pris la mer. S'il parvenait à rester à flot une fois le feu éteint et refroidi, on le remorquerait vers son dernier port, puis vers un chantier naval où l'on achèverait de dépecer sa dépouille.

Pitt observait avec une peine profonde le navire de légende réduit à l'état de ruine. Il sentait la chaleur des flammes traverser les eaux et venir frôler sa peau. Il se demanda pourquoi des bâtiments d'une telle beauté devaient mourir, pourquoi certains voguaient sur les océans pendant trente ans sans incidents avant de partir pour la ferraille, tandis que d'autres, comme le *Titanic* ou le *Dauphin d'Emeraude* lors de leur voyage inaugural, connaissaient une fin aussi triste et prématurée. Certains navires étaient chanceux, d'autres étaient destinés à voguer vers le néant.

Il était penché sur le bastingage, perdu dans ses pensées, lorsque McFerrin vint le rejoindre. L'officier demeura étrangement silencieux alors que le *Deep Encounter* longeait la scène macabre. Les canots chargés de naufragés suivaient son sillage.

— Comment vont vos mains ? demanda Pitt avec sollicitude.

McFerrin les leva devant lui et lui montra ses bandages, qui ressemblaient à des moufles blanches. Son visage, à la peau rougie et brûlée, était barbouillé de lotion antiseptique et évoquait un affreux masque d'Halloween.

— Ce n'est pas une partie de plaisir que d'aller aux toilettes, croyez-moi.

— Je peux l'imaginer, répondit Pitt en souriant.

McFerrin, au bord d'une rage qui lui faisait monter des larmes aux yeux, contemplait, comme ensorcelé, l'atroce sépulcre.

— Cela n'aurait jamais dû arriver, dit-il d'une voix tremblante d'émotion.

— Quelle est la cause de la catastrophe, selon vous ?

McFerrin détourna son regard de la coque rougeoyante et tordue, le visage tendu par la colère.

— Ce n'était pas un accident, je peux vous l'assurer.

— Vous pensez qu'il pourrait s'agir d'un acte terroriste ? lui demanda Pitt, incrédule.

— Je n'ai aucun doute à ce sujet. L'incendie s'est propagé trop vite. Aucun des systèmes de détection et de lutte contre l'incendie n'a fonctionné, et lorsque nous avons voulu les actionner manuellement, ils ont refusé tout service.

— Ce qui me laisse perplexe, c'est le fait que votre commandant n'ait pas envoyé de signal de détresse. C'est seulement lorsque nous avons aperçu la lueur de l'incendie à l'horizon que nous avons fait route vers vous. Toutes les demandes d'informations que nous vous avons envoyées par radio sont restées sans réponse.

— Le second Sheffield ! cracha McFerrin. Il était incapable d'assurer le commandement. Lorsque je me suis aperçu qu'aucun message n'avait été envoyé, j'ai aussitôt appelé la salle de radio, mais il était trop tard. Le feu était déjà là et les opérateurs avaient fui.

Pitt désigna d'un geste la proue inclinée vers le ciel.

— J'aperçois des rescapés, là-haut.

Un groupe important d'hommes et de femmes agitaient les bras avec frénésie à la proue du paquebot. Une bonne cinquantaine de passagers et la majeure partie de l'équipage s'étaient frayé un chemin vers le coqueron à ciel ouvert installé à la proue. Par chance, celle-ci se trouvait à plus de soixante-dix mètres des cloisons avant de la superstructure, protégée des flammes et des fumées acides qui s'étaient élancées vers la poupe.

McFerrin se redressa ; d'une main, il se protégea les yeux de l'éclat du soleil levant, et observa les minuscules silhouettes qui gesticulaient au-dessus de la proue.

— Ce sont surtout des hommes d'équipage, et quelques passagers. Je crois d'ailleurs qu'ils sont en sécurité pour un petit moment. Le feu se dirige de l'autre côté.

Pitt prit une paire de jumelles et scruta les flots autour de l'étrave.

— Je crois que personne ne s'est jeté à l'eau. Je ne vois pas trace de corps ou de nageurs.

— Tant qu'ils restent abrités du feu, dit Burch, qui sortait de la timonerie, mieux vaut les laisser là où ils sont, en attendant qu'un autre bateau arrive ou que le temps se calme.

— Il est évident que nous ne pourrons nous maintenir à flot avec quatre cents passagers supplémentaires à bord, confirma Pitt. Nous sommes déjà à deux doigts de chavirer et de couler.

Le vent commençait à se jeter sur eux, sa vitesse passant de quinze à près de cinquante kilomètres à l'heure. La mer lançait des moutons d'écume blanche et la houle marcha sur le navire comme une armée irrésistible, atteignant désormais une hauteur de trois mètres. Ce n'était qu'un prélude à la furie qui ne tarderait pas à déferler.

Pitt sortit de la passerelle avec précipitation ; en criant, il donna aux scientifiques et à l'équipage l'ordre d'évacuer autant de monde que possible du pont de travail et de bien protéger ceux qui resteraient avant que les vagues ne balayent le pont et les fassent passer par-dessus bord. La bousculade sur les ponts inférieurs était déjà infernale, mais il n'existait pas d'alternative. Laisser des centaines de personnes exposées aux éléments pendant une tempête équivalait à signer leur arrêt de mort.

Pitt observa les équipages des deux embarcations de sauvetage qui suivaient le sillage du *Deep Encounter*. Il commençait à se préoccuper sérieusement de leur situation. La mer était trop agitée pour qu'ils puissent accoster le navire et débarquer leurs passagers. Il se tourna vers Burch.

— Commandant, je vous suggère de changer de cap et de nous mettre à l'abri du vent le long du paquebot ; il nous protégera de la tempête. Si nous ne pouvons pas embarquer les hommes d'équipage et les naufragés des canots, il faut tout de suite les amener vers des eaux plus calmes, sinon, il sera trop tard.

— Sage recommandation, admit Burch en hochant la tête. Pour nous aussi, c'est peut-être la seule chance de salut.

— Vous ne pourrez pas embarquer ceux qui sont encore à la proue du *Dauphin d'Emeraude* ? demanda McFerrin.

— Cent personnes de plus sur ce bateau suffiraient à le faire couler, répondit Burch.

McFerrin tourna son regard vers lui.

— Nous ne pouvons nous substituer à Dieu.

— Nous le pouvons, si la vie des passagers qui sont déjà à bord est en jeu, répondit Burch, dont le visage exprimait un profond tourment.

— Je suis d'accord, intervint Pitt d'une voix ferme. Ils seront plus en sécurité protégés du gros de la tempête sur le *Dauphin d'Emeraude* qu'à notre bord.

Burch contempla le pont, en contrebas, pendant quelques instants, et évalua toutes les options possibles. Il finit par hocher la tête d'un air las.

— Nous garderons les embarcations amarrées assez près de notre poupe pour le cas où la situation deviendrait critique. *(Il se retourna alors et observa le mur de nuages sombres qui filait au-dessus de la mer comme une épaisse nuée de sauterelles.)* J'espère seulement que Dieu nous donnera la chance de nous battre.

*
* *

La tempête s'avançait en rugissant vers le petit navire. Quelques minutes encore, et elle les envelopperait comme un drap mortuaire. Le soleil avait disparu depuis longtemps, emportant avec lui toute trace de bleu du ciel. Les crêtes des vagues tourbillonnaient comme des derviches et envoyaient des flots d'écume et d'embruns. L'eau verte et tiède venait s'écraser sur le pont de travail en inondant ceux qui n'avaient pu trouver de place sur les ponts inférieurs. On avait poussé le plus grand nombre possible de naufragés vers les coursives où ils s'entassaient comme des banlieusards dans un bus à l'heure de pointe.

Forcés de s'approcher du paquebot, les passagers des embarcations de sauvetage souffraient plus de la chaleur qui émanait de l'incendie que du vent et des vagues qui les bousculaient sur les eaux houleuses. Pitt et Burch surveillaient de près leur situation, prêts à les hisser à bord au premier signe de danger.

Si des secours n'arrivaient pas très vite et si le *Deep Encounter* venait à sombrer avec sa précieuse cargaison humaine, les survivants risquaient d'être peu nombreux...

— Savez-vous si quelqu'un là-haut dispose d'une radio ? demanda Pitt à McFerrin.

— Tous nos officiers ont une radio portable.

— Quelle est leur fréquence ?

— Vingt-deux.

Pitt garda la radio tout près de sa bouche et la couvrit d'un pan de sa vareuse pour masquer le bruit du vent qui se transformait peu à peu en un véritable hurlement.

— *Dauphin d'Emeraude*, ici le *Deep Encounter*. Y a-t-il un officier à bord qui puisse me capter ? Terminé.

Il dut répéter sa demande à trois reprises, gêné par de bruyants parasites, avant qu'une voix lui parvienne enfin.

— Je vous reçois, *Deep Encounter*, répondit une voix féminine. Mal, mais suffisamment pour vous comprendre.

— J'ai une femme en communication, dit Pitt en se tournant vers McFerrin.

— Il doit s'agir d'Amelia May, notre commissaire de bord.

— L'incendie provoque des interférences. Je parviens à peine à la comprendre.

— Demandez-lui combien de personnes se trouvent encore à la proue, ordonna Burch.

— Etes-vous Amelia May ? demanda Pitt.

— Oui, c'est moi. Comment se fait-il que vous connaissiez mon nom ?

— Votre officier en second se trouve à mes côtés.

— Charles McFerrin ? s'exclama Amelia May. Dieu soit loué ! Je pensais que Charlie était mort dans l'incendie.

— Pouvez-vous me donner une estimation du nombre de passagers et d'hommes d'équipage présents à bord ?

— Il doit rester environ quatre cent cinquante membres d'équipage et soixante passagers. Quand pourrons-nous commencer à évacuer le navire ?

Burch contemplait la proue avec une expression de profonde consternation.

— Il est impossible de les embarquer, répéta-t-il avec un tremblement dans la voix.

— Quel que soit le point de vue, dit Pitt, c'est une situation sans issue. La vent et la houle s'accroissent à une vitesse alarmante. Nos embarcations ne peuvent pas les recueillir, et s'ils se jetaient à l'eau pour tenter de nager jusqu'à nous, cela équivaudrait à un suicide.

Burch approuva en hochant la tête.

— Notre seul espoir, c'est que le porte-conteneurs britannique arrive d'ici une demi-heure. Ensuite, nous pourrons nous en remettre aux mains du Créateur.

— Amelia May, appela Pitt. Ecoutez-moi, je vous en prie. Notre bâtiment est chargé bien au-delà de ses capacités. Nous risquons également de sombrer en raison des avaries de notre coque. Vous devez tenir jusqu'à ce que le temps se calme ou qu'un autre navire arrive. Vous comprenez ?

— Oui, je comprends, lui répondit-elle en écho. Le vent renvoie les flammes vers l'arrière et la chaleur est supportable.

— Cela ne durera pas, l'avertit Pitt. Le *Dauphin* est en train de virer et va sans doute bientôt dériver par le travers, contre le vent et le courant. Le feu et la fumée vont s'approcher et s'étendre dans votre direction par bâbord.

Il y eut un silence.

— Je suppose qu'il ne nous restera plus qu'à rôtir des brochettes de guimauve, répondit enfin Amelia d'un ton résolu.

Pitt leva les yeux vers la proue en plissant les paupières pour se protéger des embruns jetés par le vent.

— Vous êtes une femme courageuse. J'espère que nous aurons l'occasion de nous rencontrer lorsque tout cela sera terminé. Le dîner sera pour moi.

— Peut-être... répondit-elle, hésitante. Il faut d'abord que vous me donniez votre nom.

— Je m'appelle Dirk Pitt.

— Un nom qui sonne net et fort. J'aime ça. Terminé.

McFerrin sourit d'un air las.

— Amelia est une créature splendide, Pitt. Et très indépendante en ce qui concerne les hommes.

Pitt lui retourna son sourire.

— Aucune autre attitude ne saurait mieux me convenir.

*
* *

La pluie s'abattit en un soudain déluge, tel un mur solide et luisant. Pourtant, le *Dauphin d'Emeraude* brûlait toujours. Ses flancs luisaient d'un rouge ardent tandis que les gouttes venaient heurter le brasier et enveloppaient le navire incendié d'un gigantesque nuage de vapeur.

— Amenez le *Deep Encounter* à soixante, soixante-dix mètres de la coque, tout doux, ordonna Burch à l'homme de barre.

Le commandant s'inquiétait du tangage et du roulis de son navire malmené par des vagues de plus en plus hautes. Son anxiété s'accrut encore lorsque l'ingénieur en chef Marvin House appela la passerelle.

— Le bâtiment reçoit de sérieux coups de boutoir, ici en bas, annonça-t-il. Les voies d'eau s'élargissent. Je ne peux pas vous dire jusqu'à quand les pompes pourront contenir le flot, même avec l'aide des auxiliaires.

— Nous sommes à l'abri de la coque du paquebot, lui expliqua Burch. J'espère que sa masse nous protégera du gros de la tempête.

— Tout ce qui peut nous aider est bon à prendre...

— De votre côté, faites au mieux.

— Ce ne sera pas facile, grommela Marvin House, d'autant plus que nous devons enjamber des naufragés serrés comme des anchois dans un bocal.

Burch se tourna vers Pitt, qui observait la lueur humide du paquebot avec ses jumelles.

— Aucun signe du porte-conteneurs ou de la frégate australienne ?

— Avec ces fortes pluies, la visibilité est réduite au minimum, mais le radar a repéré le porte-conteneurs dans un rayon de mille mètres.

Burch prit son vieux bandana et s'épongea le cou et le front.

— J'espère que son commandant est bon marin ; il va lui falloir toute l'expérience dont il dispose.

*
* *

Le capitaine Malcolm Nevins, commandant du porte-conteneurs *Earl of Wattlesfield*, de la Collins and West Shipping Lines, était assis sur un fauteuil tournant surélevé, les pieds posés sur le tableau de bord de la passerelle. Il étudiait l'écran radar. Dix minutes plus tôt, le navire incendié était encore visible, mais la tempête s'était rapprochée avec une vivacité phénoménale et le déluge avait bloqué toute visibilité. Avec une expression d'indifférence étudiée, il sortit un étui à cigarettes de platine de la poche de son pantalon, et en tira une Dunhill qu'il plaça entre ses lèvres. Curieusement, il se servit pour l'allumer d'un vieux briquet Zippo rayé et cabossé qu'il portait toujours sur lui depuis qu'il avait servi dans la Royal Navy pendant la guerre des Malouines.

Son visage rougeaud, en général plissé et plein d'humour, était tendu par la concentration ; ses yeux gris limpides cillaient et paraissaient inquiets. A quel enfer allait-il être confronté ? Les rapports alarmants émis par la radio du navire de recherches américain mentionnaient le fait que plus de deux mille naufragés tentaient de s'échapper du paquebot en feu. En trente ans de navigation, il n'avait connu aucune catastrophe d'une telle ampleur.

— Là-bas ! s'exclama son second, Arthur Thorndyke, en désignant à travers la vitre de la passerelle un point situé au loin, à bâbord de la proue.

Les nappes de pluie s'ouvrirent un instant comme des rideaux, révélant le bâtiment incendié nimbé de fumée et de vapeur.

— Vitesse réduite, ordonna Nevins.

— *Yes, sir.*

— Les équipages des canots sont-ils à leurs postes ? demanda Nevins alors que le *Dauphin d'Emeraude* se matérialisait à travers la pluie.

— Equipages parés à amener les canots, répondit Thorndyke. Je dois avouer que je ne les envie pas de flotter sur une mer pareille, avec une houle de quatre mètres.

— Nous allons nous approcher au plus près pour gagner du temps et de la distance. *(Nevins saisit une paire de jumelles et scruta les flots autour du paquebot.)* Je ne vois personne nager, et aucun canot de sauvetage, constata-t-il.

Thorndyke hocha la tête en observant les épaves calcinées des canots du *Dauphin d'Emeraude*.

— Il est certain que personne n'a pu quitter le bâtiment à leur bord.

Nevins se figea, tandis que son esprit lui dressait le tableau d'une épave embrasée transportant à son bord des milliers de cadavres.

— Les pertes en vies humaines doivent être terribles, dit-il d'un air sombre.

— Je ne vois pas le navire de recherches américain.

Nevins comprit aussitôt la situation.

— Contournez le navire. Les Américains se sont sans doute mis à couvert de l'autre côté.

Le *Earl of Wattlesfield* traça sa route avec régularité à travers le chaos des vagues, comme s'il méprisait les menaces terrifiantes de la mer et défiait les éléments de lancer toutes leurs forces contre lui. Avec ses soixante-huit mille tonneaux, il était aussi long qu'un bloc d'immeuble et ses ponts s'empilaient sur plusieurs étages, avec des unités cloisonnées chargées de fret. Il naviguait depuis dix ans sur toutes les mers du monde sans avoir perdu une seule vie ni un seul conteneur. On disait qu'il avait la chance avec lui, et ses propriétaires, auxquels ses bons et loyaux services avaient fait gagner des millions de livres, étaient les premiers à le confirmer.

A dater de ce jour, le *Earl of Wattlesfield* allait devenir aussi célèbre que le *Carpathia*, le navire qui s'était porté au secours des naufragés du *Titanic*.

Le vent approchait de la force huit et les vagues se creusaient, mais elles ne semblaient pas troubler l'imposant porte-conteneurs. Nevins entretenait peu d'espoir de sauver des passagers ou des membres d'équipage. Ceux qui ont pu échapper à la mort par brûlures, songea-t-il, ont dû sauter par-dessus bord et se sont sans doute noyés dans ces eaux agitées. Alors que son navire contournait la haute proue inclinée du paquebot, il leva les yeux vers les lettres peintes en vert : *Dauphin d'Emeraude*. Il se sentit perdre courage, car il se souvenait avoir vu le superbe bâtiment quitter le port de Sydney, mais il se trouva brusquement confronté, incrédule, à un spectacle inattendu.

Le *Deep Encounter* tanguait lourdement sur l'eau illuminée par les reflets de l'incendie, sa coque enfoncée presque jusqu'aux lisses de plat-bord, ses ponts grouillant de silhouettes entassées les unes contre les autres. A moins de vingt mètres derrière sa poupe, deux embarcations apparaissaient et disparaissaient au cœur de la houle, remplies elles aussi de naufragés. Le *Deep Encounter* semblait à chaque instant vouloir disparaître sous la surface.

— Seigneur Dieu ! murmura Thorndyke. On dirait qu'il va couler.

L'opérateur radio sortit la tête de sa salle de travail.

— *Sir*, je suis en contact avec un responsable du bateau américain.

— Branchez le haut-parleur.

Quelques secondes plus tard, une voix forte retentit, relayée par les amplificateurs.

— Au commandant et à l'équipage du porte-conteneurs ; vous ne pouvez imaginer à quel point nous sommes heureux de vous voir arriver !

— Ici le capitaine Nevins. Etes-vous le commandant du navire ?

— Non. Le capitaine Burch s'occupe de vérifier les voies d'eau dans la salle des machines.

— Qui êtes-vous, alors ?

— Dirk Pitt, directeur des Programmes Spéciaux pour la NUMA.

— Dans quel état se trouve votre bâtiment ? On dirait que vous êtes sur le point de sombrer.

— Nous n'en sommes pas très loin, c'est vrai, répondit Pitt avec franchise. Les panneaux de coque ont été enfoncés lorsque nous nous sommes amarrés à la poupe du paquebot pour recueillir les passagers et l'équipage. L'eau rentre trop vite pour que les pompes puissent endiguer le flot.

— Combien de naufragés avez-vous embarqués ? demanda Nevins, encore abasourdi par le nombre de personnes qui se débattaient sur le pont pour ne pas passer par-dessus bord.

— Environ mille neuf cents, et à peu près une centaine à bord des embarcations de sauvetage.

— C'est incroyable ! commenta Nevins d'une voix lente, stupéfaite, presque un murmure. Vous me dites que vous avez recueilli deux mille naufragés ?

— A une cinquantaine près, oui.

— Où diable les avez-vous installés ?

— Vous devriez venir à bord et voir par vous-même, lui répondit Pitt.

— Ce n'est pas étonnant que votre bâtiment ressemble à une oie qui aurait avalé des haltères !

— Il reste encore à secourir près de cinq cents passagers et membres d'équipage à la proue. Nous ne pouvions tout simplement pas les recueillir sans mettre en danger la vie de tous les autres rescapés.

— Vous ne craignez pas qu'ils aient pu périr, victimes des flammes ?

— Nous sommes en contact avec leurs officiers de bord ; selon eux, il n'y a pas de péril immédiat, expliqua Pitt. Si je peux me permettre une suggestion, capitaine, il faudrait d'abord transférer le plus de monde possible à votre bord, tant que nous sommes à flot. Nous vous serions très reconnaissants si vous pouviez recueillir en premier ceux qui se trouvent dans les embarcations de sauvetage. Ce sont eux qui souffrent le plus de la tempête.

— Bien entendu, c'est ce que nous allons faire. Nous allons mouiller nos canots et transférer les naufragés à notre bord. Nous disposons certainement de plus de place que vous pour tous ces gens. Une fois nos canots déchargés, ils pourront recueillir ceux qui se trouvent encore à la proue du paquebot ; nous installerons des cordages pour qu'ils puissent descendre.

— C'est devenu pour nous un exercice de routine, presque une science !

— Nous ferions mieux de nous y mettre, dans ce cas.

— Croyez-moi, capitaine Nevins, ajouta Pitt, vous ne pouvez imaginer à quel point votre arrivée opportune est une bénédiction pour nous !

— Je suis heureux que nous ayons croisé dans les parages au bon moment...

Nevins, dont l'expression le plus souvent teintée d'humour reflétait encore la stupéfaction, se tourna vers Thorndyke.

— C'est un miracle qu'ils aient pu recueillir tant de rescapés à bord d'un bâtiment aussi petit.

— En effet, c'est bien un miracle, murmura Thorndyke, tout aussi interloqué. Comme le disait Churchill, « Jamais dans le champ des conflits humains, tant de gens n'ont dû autant à si peu * ».

* Winston Spencer Churchill, à propos des pilotes de la Royal Air Force et de la bataille d'Angleterre.

Chapitre 6

KELLY était assise sur le sol de l'une des cabines du *Deep Encounter*, le menton posé sur ses genoux. Elle avait l'impression d'avoir été transportée dans le Trou Noir de Calcutta, tant les naufragés étaient serrés dans le petit compartiment, au point que seules les femmes pouvaient s'asseoir, tandis que les hommes devaient demeurer debout. Ses mains couvraient son visage et elle pleurait, mais personne ne semblait y prêter la moindre attention. Elle était submergée par le chagrin. Elle se sentait douloureusement impuissante et accablée de douleur, après avoir vu son père perdre la vie alors qu'il était encore à portée de ses bras.

Pourquoi était-ce arrivé ? Qui était ce rouquin et pourquoi s'en était-il pris à son père ? Et cet officier noir ? Pourquoi n'était-il intervenu que pour prêter main forte à l'agresseur ? De toute évidence, ils voulaient s'emparer de la mallette. Kelly baissa les yeux vers le bagage de cuir taché d'eau salée qu'elle tenait bien serré contre sa poitrine. Son contenu était-il donc important au point que son père accepte de perdre la vie pour le sauver ?

Elle tenta d'oublier son épuisement et se força à demeurer éveillée, pour le cas où le rouquin apparaîtrait à nouveau et essaierait de lui reprendre son bien, mais avec la proximité chaude et humide de tant de corps, et le système d'air conditionné défaillant, aussi efficace qu'un glaçon dans un four brûlant, elle se sentit vite somnolente, et s'assoupit enfin avant de plonger dans un sommeil agité.

Elle se réveilla brusquement, toujours assise au même endroit, le dos appuyé contre une armoire métallique. La cabine était déserte. Une femme qui s'était plus tôt présentée à elle comme une spécialiste de biologie marine était penchée vers elle et éloignait d'un geste doux, comme si Kelly était une enfant, une mèche de cheveux humides de ses yeux. Le visage et le regard de la femme paraissaient fatigués, vidés, mais elle parvint à adresser à Kelly un sourire bienveillant.

— Il faut partir, maintenant, dit-elle doucement. Un porte-conteneurs britannique vient d'arriver et nous y transférons tous les passagers.

— Je vous suis très reconnaissante, à vous, à tout l'équipage, et surtout à l'homme qui a plongé pour me sauver de la noyade.

— J'ignore qui c'était, répondit la femme, une jolie rousse aux yeux marron.

— Ne puis-je pas rester à bord de ce bateau ? demanda Kelly.

— Je crains que non. Des voies d'eau se sont ouvertes dans la coque, et nous ne sommes même pas sûrs de rester à flot dans la tempête, dit la jeune femme en aidant Kelly à se relever. Il vaut mieux vous dépêcher, car vous risquez de manquer le canot qui doit vous emmener.

Le femme rousse quitta alors la cabine pour guider d'autres naufragés vers les hauts du navire où attendaient les embarcations du porte-conteneurs. Demeurée seule, Kelly se dressa avec vivacité ; elle était restée trop longtemps assise sur la surface dure du sol, et son dos la faisait souffrir. Elle était sur le point d'atteindre la porte lorsqu'un homme de carrure épaisse l'arrêta soudain. Elle hésita, leva les yeux, et se trouva face au visage glacial de l'homme aux cheveux roux qui s'était battu avec son père. Il entra dans la cabine et referma la porte d'un geste lent.

— Que voulez-vous ? murmura-t-elle d'une voix craintive.

— La mallette de votre père, répondit l'homme d'un ton grave et calme. Si vous me la donnez, il ne vous arrivera rien. Sinon, je devrai vous tuer.

La détermination se lisait dans les yeux froids, noirs et morts, du rouquin ; et aussi la certitude que cet homme allait la tuer, qu'elle lui cède la mallette ou non.

— Les papiers de mon père ? Pourquoi les voulez-vous ?

L'homme haussa les épaules.

— Je fais mon travail, qui consiste à livrer la mallette et son contenu. C'est tout.

— La livrer... à qui ?

— Peu importe, répliqua l'homme, d'un ton où perçait l'impatience.

— Vous allez m'abattre ? demanda Kelly, qui cherchait avec désespoir à gagner la moindre seconde de vie.

— Je n'utilise ni arme à feu ni arme blanche, répondit-il en souriant et en levant ses mains, énormes et calleuses. Je n'ai besoin de rien d'autre.

Kelly sentit l'aiguillon de la panique la transpercer, et elle commença à reculer. L'homme s'approcha d'elle. Kelly aperçut ses dents blanches sous la moustache rousse tandis que ses lèvres se retroussaient en un sourire malveillant. Ses yeux brillaient d'une lueur de satisfaction, comme ceux d'un animal qui voit sa proie prise au piège, impuissante. Sa panique se mua en terreur, son cœur se mit à cogner, elle haletait pour retrouver son souffle. Ses jambes la trahirent et vacillèrent sous elle. Ses longs cheveux lui barrèrent le visage, et ses larmes commencèrent malgré elle à couler.

Bras en avant, les mains comme des pinces, l'homme la serra soudain. Kelly poussa un cri strident qui se réverbéra sur les cloisons métalliques de la petite cabine. Elle s'arracha à l'étreinte du rouquin et se retourna. On eût dit qu'il l'avait relâchée de manière délibérée, afin de pouvoir jouer avec elle comme un chat s'amuse avec une souris avant de la dévorer. Incapable de résister, elle manqua défaillir, s'affaissa sur le sol, tapie dans un coin de la cabine, et se mit à frissonner sans pouvoir se contrôler.

Elle ne pouvait que le fixer de ses immenses yeux bleus devenus vitreux, alors qu'il marchait lentement vers elle. Il se pencha, la saisit sous les bras et la releva sans le moindre effort apparent. Son expression froide et meurtrière avait cédé la place à un regard de malsaine convoitise. Comme au ralenti, il pressa ses lèvres contre celles de Kelly. Les yeux de la jeune femme s'élargirent et elle tenta à nouveau de hurler, mais elle ne put émettre que des sanglots étouffés. Il s'écarta d'elle et lui sourit.

— Oui, dit-il d'un ton à la fois dur et indifférent. Crie autant que tu le veux. Avec la tempête, personne ne t'entendra. J'aime quand une femme hurle. Je trouve cela excitant.

Il la souleva du sol comme un mannequin de mousse, puis la plaqua contre une cloison et ses mains commencèrent à parcourir son corps avec des gestes frustes, durs, qui lui meurtrirent la peau. Hébétée de terreur, Kelly sentit ses forces l'abandonner et versa des larmes, les larmes de toutes les femmes, de toute éternité.

— Je vous en prie, vous me faites mal !

Les mains énormes montèrent jusqu'à sa gorge et la serrèrent.

— Je vous le promets, dit-il d'un ton aussi chaleureux qu'un bloc de glace. La mort sera rapide et indolore.

Il raffermit son étreinte, et un nuage noir tomba sur le regard de Kelly.

— Non, je vous en conjure, supplia-t-elle, alors que sa voix n'était plus qu'un murmure rauque.

— Fais de beaux rêves, ma chérie.

— Votre technique de séduction laisse quelque peu à désirer, prononça une voix derrière le rouquin.

Le tueur relâcha la pression sur la gorge de Kelly et se retourna en un mouvement d'une rapidité féline. Une silhouette indistincte se tenait dans l'embrasure de la porte, une main tendue posée avec nonchalance sur la poignée ; un visage sombre se découpait à la lumière de la coursive. Très vite, le tueur adopta une posture d'art martial, les mains levées, et projeta son pied vers l'intrus.

Sans que Kelly et son agresseur puissent s'en douter, Pitt avait entendu les cris et ouvert la porte en silence. Il était resté immobile quelques brèves secondes, le temps d'évaluer la situation et d'improviser une tactique. Le temps manquait pour aller chercher de l'aide. La fille serait morte avant que quiconque puisse accourir à la rescousse. Il comprit immédiatement qu'il avait affaire à un individu dangereux, à qui le meurtre n'était pas étranger. Un tel homme devait sans nul doute avoir une raison concrète de tuer ainsi une femme sans défense. Il se prépara à l'attaque imminente.

D'un bond, il s'élança dans la coursive, au moment où le tueur lui décocha un coup de pied. Le coup manqua Pitt de quelques centimètres pour aller heurter l'encadrement de porte. L'os de la cheville se cassa net avec un craquement clairement audible.

Tout autre homme se serait tordu de douleur, mais le rouquin, véritable masse de muscles entraînée à ignorer la souffrance, ne cilla pas. Il parcourut la coursive du regard afin de s'assurer que Pitt était seul, puis il s'avança ; ses gestes trahissaient une parfaite maîtrise des arts martiaux. Il bondit alors vers sa proie, les mains fendant l'air comme des haches.

Pitt feignit la peur et demeura pétrifié jusqu'au dernier dixième de seconde. Il se laissa soudain tomber et roula vers son assaillant, que son élan déstabilisa et envoya valdinguer ; le rouquin s'écrasa sur le plancher. Pitt fondit sur lui en un éclair. Il concentra tout son poids pour immobiliser l'homme par terre et lui enfonça son genou dans le dos, puis lui plaqua violemment ses mains sur les oreilles.

Les tympans du rouquin éclatèrent comme si un pic à glace venait de lui traverser la tête. Il hurla, se tourna d'un mouvement convulsif sur le côté, et jeta Pitt contre une porte fermée. Pitt était stupéfait de la force brutale du tueur et de sa résistance. Il tenta d'envoyer un coup de pied magistral dans l'entrejambe du rouquin, mais il atteignit sa cheville brisée, qu'il écrasa à nouveau.

L'homme ne poussa aucun cri, mais il gronda et siffla entre ses dents serrées. Son visage se tordit en une horrible grimace, tandis que ses yeux brillaient d'un éclat féroce. Il était blessé, *vraiment* blessé. Cependant, il continuait à se comporter en agresseur ; il avança vers Pitt en traînant son pied broyé derrière lui. Il parut se décider pour un changement de tactique, et rassembla ses forces pour se lancer dans une nouvelle attaque.

Pitt savait qu'il ne faisait pas le poids contre un tueur aguerri dont le corps évoquait un boulet de démolition monté sur une grue. Il recula, conscient du fait que son seul avantage résidait dans la rapidité de ses pieds, maintenant que le tueur devait se contenter d'une seule jambe, ce qui l'empêchait de lui lancer un mauvais coup à la tête.

Pitt ne s'était jamais entraîné aux arts martiaux. Il avait pratiqué la boxe au cours de ses années passées à l'Ecole de l'Armée de l'Air, mais il avait connu autant de victoires que de défaites. Il s'était initié à diverses tactiques de mêlée générale après avoir survécu à un certain nombre de rixes de bars. La première leçon, la plus tôt apprise, consistait à ne jamais se battre en position rapprochée avec les poings. Il fallait se servir de sa cervelle et utiliser n'importe quel objet susceptible d'être lancé contre son assaillant – bouteille, chaise, ou tout autre ustensile... Coincé dans une pièce, on avait beaucoup moins de chances de s'en sortir indemne.

Kelly apparut soudain dans l'embrasure de la porte, derrière le tueur. Elle tenait sa mallette comme s'il s'agissait d'une excroissance de sa propre poitrine. L'exécuteur aux cheveux roux se concentrait tellement sur la personne de Pitt qu'il ne décela même pas sa présence.

Pitt y vit une chance à saisir.

— Courez ! cria-t-il à Kelly. Prenez les escaliers et montez sur le pont !

Le tueur hésita. Il se demanda si Pitt essayait de lui jouer le bon vieux coup de bluff éculé, mais c'était un professionnel, qui étudiait avec soin ses victimes. Il remarqua un minuscule changement dans le regard de Pitt et il se retourna brusquement tandis que Kelly courait vers les escaliers qui menaient au pont de travail découvert. Concentré sur sa cible principale, il se lança derrière elle en claudiquant, tout en luttant contre la douleur atroce qui fusait de sa cheville brisée.

Précisément le mouvement qu'attendait Pitt...

C'était maintenant à lui d'attaquer. Il se jeta en avant et bondit sur le dos du tueur. Il lui fit un brutal plaquage de football américain qui utilisait l'élan combiné des deux corps afin de le faire chuter tout en lui frappant le crâne et le visage contre le sol.

Pitt entendit la tête de son assaillant heurter le sol avec un bruit sourd écœurant, suivi d'un craquement, puis il sentit le corps se relâcher. Si le crâne n'est pas fracturé, songea Pitt, l'homme a dû pour le moins subir une commotion cérébrale. Il demeura un moment planté sur le dos de l'homme en respirant bruyamment, jusqu'à ce que les battements de son cœur ralentissent enfin. Il battit des paupières lorsqu'il sentit des gouttes de sueur couler en lui piquant les yeux, puis il se frotta le visage de sa manche de vareuse.

Ce fut alors qu'il remarqua que la tête du rouquin était tordue en une position anormale et que ses yeux ouverts semblaient aveugles.

Il se pencha et appuya ses doigts contre la veine jugulaire. Pas le moindre signe de pouls. Le tueur était mort. Sa tête devait être penchée au moment de l'impact, et il s'était rompu le cou, conclut Pitt. Il s'assit sur le sol, appuya son dos contre la porte du compartiment où étaient entreposées les batteries, et réfléchit à la situation. Rien ne paraissait logique. Tout ce dont Pitt était sûr, c'est qu'il était arrivé au moment où l'homme tentait d'assassiner la jeune femme sauvée de la noyade... Et maintenant, il était assis là, à contempler le cadavre d'un étranger qu'il venait de tuer accidentellement.

— Je ne suis pas moins pourri que toi, murmura-t-il en plongeant son regard dans les yeux aveugles du mort.

Il songea soudain à la jeune femme.

Il se leva, enjamba le corps étendu du rouquin et monta en hâte les escaliers pour gagner l'air libre. Le pont de travail grouillait de naufragés qui se tenaient aux cordages de sûreté tendus par l'équipage du *Deep Encounter*. Ils attendaient sans se plaindre tandis que la pluie leur fouettait le visage et les épaules, et faisaient la queue pour embarquer à bord des canots.

Pitt parcourut la file à la recherche de la jeune femme, mais elle ne faisait pas partie du groupe qui s'apprêtait à partir. Elle semblait s'être évanouie dans le néant. Il jeta un coup d'œil à un autre canot qui revenait vers le *Deep Encounter* après avoir déposé ses passagers sur le *Earl of Wattlesfield*; impossible, elle n'avait pas pu quitter le navire. Elle était forcément à bord.

Il fallait qu'il la trouve. Sinon, comment pourrait-il expliquer au capitaine Burch la présence du cadavre ? Et comment parviendrait-il enfin à comprendre ce qui se passait à bord ?

Chapitre 7

La situation du *Deep Encounter* commençait tout de même à s'améliorer. Vers la fin de l'après-midi, tous les passagers du *Dauphin d'Emeraude*, mis à part une centaine, dont dix trop gravement blessés pour être évacués, avaient été transférés à bord du porte-conteneurs. Déchargé de la horde des rescapés, le navire de recherches passablement éprouvé se redressa d'un peu moins de deux mètres hors de l'eau. L'équipage se mit au travail, étaya les panneaux de la coque sévèrement endommagée, et parvint à contenir le flot.

La frégate lance-missiles australienne arriva sur ces entrefaites, joignit ses canots à l'opération de transfert et recueillit les naufragés qui s'étaient laissés descendre le long des filins depuis la proue du *Dauphin d'Emeraude* ; l'équipage épuisé des canots du *Deep Encounter* s'en trouva grandement soulagé. Grâce à Dieu, la tempête s'évanouit aussi vite qu'elle était apparue et les vagues cédèrent la place à d'inoffensifs clapotis.

McFerrin fut le dernier à quitter le navire de recherches. Avant d'embarquer à bord d'un des canots du porte-conteneurs, il remercia en personne l'ensemble de l'équipage et des scientifiques.

— Le sauvetage de tant d'âmes par vos soins restera dans les annales de l'histoire maritime, déclara-t-il devant une assemblée dont les visages ne trahissaient qu'un modeste embarras.

— Je regrette que nous n'ayons pas pu tous les sauver, lui dit Burch d'un ton calme.

— Ce que vous avez accompli tient déjà du miracle, lui répondit McFerrin avant de se retourner et de poser ses mains bandées sur les épaules de Pitt. Dirk, ce fut un honneur de vous rencontrer.

Votre nom sera toujours prononcé avec un profond respect chez les McFerrin. J'espère sincèrement que nous nous reverrons.

— Il le faut, dit Pitt d'un ton enjoué. Je vous dois une bouteille de whisky.

— Adieu, *ladies and gentlemen* de la NUMA. Que Dieu vous bénisse !

McFerrin grimpa à bord du canot et salua une dernière fois tandis que l'embarcation filait vers le *Earl of Wattlesfield*.

— Et maintenant ? demanda Pitt au commandant.

— Tout d'abord, commençons par récupérer les submersibles, car sinon, l'amiral Sandecker risque de nous décapiter sur les marches du Capitole, répondit Burch, en faisant allusion au directeur en chef de la NUMA. Ensuite, cap sur Wellington, le plus proche parmi les ports équipés de chantiers navals et de cales sèches. Nous y réparerons nos avaries.

— Si nous ne parvenons pas à retrouver l'*Ancient Mariner*, ce ne sera pas dramatique ; c'est un vieil engin déjà largement amorti, mais l'*Abyss Navigator* est un outil dernier cri, tout droit sorti de l'usine, et il a coûté douze millions de dollars. Nous ne pouvons pas nous permettre de le perdre.

— Nous le trouverons. Son signal de radiobalise nous parvient de façon nette et claire.

Il lui fallait presque crier pour se faire entendre par-dessus le vacarme. Le ciel grouillait d'avions venus de Nouvelle-Zélande, des îles Fidji, Tonga, et Samoa. La plupart étaient affrétés par la presse et les télévisions internationales pour couvrir ce qui resterait comme la plus belle opération de sauvetage en mer des annales maritimes. Les radios des trois bâtiments étaient inondées de messages des gouvernements, des familles des naufragés, en proie à une folle inquiétude, des dirigeants de la *Blue Seas Cruise Lines*, et des représentants des assureurs du *Dauphin d'Emeraude*. Les ondes étaient tellement saturées que les communications entre les trois navires devaient s'effectuer par radio portative ou par signaux clignotants.

Burch soupira en se relaxant dans son fauteuil surélevé de commandant, et alluma une pipe ; ses lèvres esquissèrent un léger sourire.

— Tu crois que l'amiral risque de piquer une crise lorsqu'il apprendra ce que nous avons fait de son navire de recherches ?

— Compte tenu des circonstances, le vieux loup de mer va presser le citron publicitaire jusqu'à la dernière goutte.

— Tu as pensé à la manière dont nous pourrions expliquer aux autorités la présence de ce cadavre sur le pont inférieur ?

— Je ne peux raconter que ce que je sais.

— Dommage que la fille ne puisse pas témoigner.

— Je n'arrive pas à croire que j'aie pu la manquer pendant l'évacuation.

— A vrai dire, ton problème est déjà résolu, Dirk, dit Burch avec un sourire malin.

Pitt le dévisagea un long moment.

— Résolu ?

— J'aime commander un navire propre et bien tenu, expliqua Burch, et j'ai flanqué en personne ton ami par-dessus bord. Il est parti rejoindre les pauvres diables du *Dauphin d'Emeraude*. En ce qui me concerne, l'affaire est close.

— Commandant, répondit Pitt, les yeux pétillants, tu es un type bien. Et je me fiche de ce que tous les autres peuvent penser de toi.

L'opérateur harcelé émergea de la salle de radio.

— *Sir*, un message du capitaine Harlow, de la frégate lance-missiles australienne. Si vous souhaitez appareiller, il restera sur place pour recueillir les corps jusqu'à ce que les remorqueurs arrivent et conduisent l'épave au port.

— Accusez réception et exprimez ma profonde gratitude au commandant et à son équipage pour leur vaillante assistance.

Une minute plus tard, l'opérateur apparut à nouveau.

— Le capitaine Harlow vous souhaite bon vent et mer calme !

— J'imagine que c'est la première fois dans l'histoire qu'une frégate lance-missiles recueille à son bord cinq cents passagers civils, fit remarquer Pitt.

— En effet, répondit Burch d'une voix lente, tout en se retournant pour contempler le géant naufragé.

Les chutes de pluie n'avaient guère contribué à diminuer l'intensité du sinistre. Des flammes vacillaient encore et de la fumée montait en spirale vers le ciel. Mis à part un espace réduit autour de la proue, la navire tout entier était noirci et calciné. Les panneaux d'aciers étaient gondolés et la superstructure du bâtiment n'était plus qu'un labyrinthe d'éléments carbonisés, déformés et tordus. Il ne restait rien des divers matériaux intégrés. Tout ce qui pouvait brûler s'était transformé en tas de cendres. Les architectes navals et les constructeurs juraient que ce navire ne pouvait en aucun cas être détruit par le feu. Partout, ils s'étaient servis de matériaux retardateurs d'incendie, mais sans prendre en compte la chaleur dynamique qui s'était nourrie d'elle-même pour se muer en une tempête de flammes capable de faire fondre le métal.

— Encore un des grands mystères de la mer, commenta Pitt, d'une voix distante.

— Les incendies maritimes éclatent avec une fréquence alarmante chaque année, dans le monde entier, fit remarquer Burch, comme s'il s'adressait à une classe. Pourtant, je n'ai jamais entendu parler d'une catastrophe aussi incompréhensible que celle-ci. Sur un bâtiment aussi vaste, le feu n'aurait pas dû pouvoir se propager aussi vite.

— McFerrin a laissé entendre que le feu était devenu incontrôlable parce que les systèmes d'alarme et de lutte contre l'incendie ne fonctionnaient pas.

— Tu penses qu'il pourrait s'agir d'un acte de sabotage ?

Pitt hocha la tête en direction de la carcasse fumante et saccagée.

— Si la cause de l'incendie résidait dans une série de coïncidences malheureuses, cela défierait toute logique.

— Commandant, l'interrompit l'opérateur radio, le capitaine Nevins, du *Earl of Wattlesfield*, aimerait vous dire quelques mots.

— Branchez le haut-parleur.

— Vous pouvez parler, *sir*.

— Ici le capitaine Burch.

— Capitaine Nevins. Je voulais vous dire que si vous voulez faire route vers Wellington, je serai ravi de vous accompagner, car c'est le port le plus proche pour débarquer les naufragés.

— C'est très aimable de votre part, commandant, répondit Burch. J'accepte votre offre. Nous allons en effet mettre le cap sur Wellington. J'espère que nous ne vous ralentirons pas trop.

— Il serait tout de même dommage que les héros du moment sombrent en cours de route !

— Grâce à nos pompes, nous parvenons à aveugler les voies d'eau. Nous devrions arriver sains et saufs à Wellington, si un typhon ne nous tombe pas sur le coin de la figure.

— Dès que vous serez prêts à appareiller, nous vous suivrons.

— Comment vous organisez-vous avec mille huit cents passagers à votre bord ? lui demanda Pitt.

— La plupart d'entre eux sont installés dans deux de nos cales de fret. Les autres sont disséminés un peu partout, certains ont même trouvé de la place dans des conteneurs à moitié vides. Nous avons suffisamment de vivres en cuisine pour un vrai repas. Ensuite, tout le monde, y compris l'équipage et moi-même, devra suivre un régime strict jusqu'à Wellington. Oh, à propos, poursuivit Nevins après un instant de silence, si vous pouviez passer entre la frégate australienne et mon bâtiment, nous aimerions vous faire nos adieux. Terminé.

Burch semblait perplexe.

— Des adieux ?

— Ils veulent peut-être nous faire coucou et nous envoyer des serpentins, dit Pitt en riant.

Burch empoigna le téléphone de bord.

— Chef, êtes-vous prêt à appareiller ?

— Je vous accorde huit nœuds, pas un de plus, répondit Marvin House. Plus vite, nous prendrions l'eau comme un vieux seau rouillé.

— Eh bien, allons-y pour huit nœuds !

*
* *

Le simple fait de devoir se remettre sur pied constitua une rude épreuve pour l'équipage et pour les scientifiques exténués, vidés, après douze heures de fatigues physiques et morales ininterrompues. Ils le firent pourtant, et se tinrent droits et fiers tandis que Pitt les alignait sur le pont de travail. L'équipage était rassemblé d'un côté du pont et les chercheurs, hommes et femmes mêlés, de l'autre. Personne ne manquait à l'appel. Burch insista pour que tous les hommes de la salle des machines soient présents. L'ingénieur en chef rechignait à laisser les pompes sans surveillance, mais l'avis du commandant prévalut. Seul l'homme de barre demeura dans la timonerie, et guida le navire de recherches entre le *Earl of Wattlesfield* et la frégate lance-missiles australienne, que séparait une distance de moins de deux cents mètres.

Le petit navire scientifique ressemblait à un nain entre les deux gros bâtiments. Il voguait pourtant avec fierté, le drapeau de la NUMA flottait au-dessus du mât de radar et une immense bannière étoilée claquait au mât du pavillon de beaupré.

Pitt et Burch, debout l'un à côté de l'autre, levèrent les yeux, surpris de voir l'équipage de la frégate se rassembler sur le pont comme pour une parade. Soudain, alors que le *Deep Encounter* pénétrait dans le couloir d'eau qui séparait les deux navires, l'air silencieux des tropiques résonna des sonneries d'une fanfare et des acclamations de plus de deux mille naufragés assemblés contre le bastingage de la frégate et celui du porte-conteneurs. Le vacarme se répandit sur les flots. Hommes, femmes et enfants agitaient les bras avec frénésie et poussaient des cris qui se perdaient dans la clameur générale. En guise de confettis, ils lançaient des morceaux de journaux et de magazines déchirés. Ce ne fut qu'alors que tout le personnel du *Deep Encounter* put comprendre ce que leur magnifique exploit avait permis de réaliser.

Ils ne s'étaient pas contentés de se porter au secours de plus de deux mille naufragés; ils avaient prouvé en même temps qu'ils étaient prêts à sacrifier leurs vies pour sauver celles d'autres êtres humains. Les larmes coulèrent sans retenue sur leurs joues.

Bien longtemps après, les hommes et les femmes du *Deep Encounter* ne pourraient toujours pas décrire la scène avec précision. Trop bouleversés qu'ils étaient pour intégrer l'événement dans sa globalité. Même l'immense effort de sauvetage leur apparaissait comme un cauchemar venu d'un lointain passé. Ils ne l'oublieraient sans doute jamais, mais il leur était impossible d'en exprimer la réalité par de simples mots.

Soudain, d'un seul mouvement, tous tournèrent la tête et contemplèrent une dernière fois la vision pitoyable de ce qui, vingt-quatre heures plus tôt, était encore l'un des plus beaux navires à avoir jamais vogué sur les océans. Pitt joignit son regard à ceux de ses compagnons. Aucun homme de mer n'aime voir un navire mourir dans d'aussi épouvantables conditions. Il ne pouvait s'empêcher de se demander qui était responsable d'un tel forfait. Et quel en était le mobile...

— Cela vaut-il la peine de te creuser ainsi la cervelle ? lui demanda Burch.

Pitt le regarda, ébahi.

— Me creuser la cervelle ?

— Je parierais toutes les perles du rosaire de ma grand-mère que tu es dévoré de curiosité.

— Je ne te suis pas.

— Nous nous posons tous la même question, répondit Burch. Quel motif pousserait un fou à vouloir assassiner deux mille cinq cents hommes, femmes, et enfants sans défense ? Cependant, dès que le navire de croisière aura été remorqué jusqu'au port de Sydney, une armée d'enquêteurs au service des compagnies d'assurances maritimes viendra passer au crible les moindres cendres et trouvera la réponse.

— Il ne reste pas grand-chose à passer au crible...

— Il ne faut pas les sous-estimer, rétorqua Burch. Ces gars sont des pros. S'il est humainement possible de découvrir les raisons de ce drame, ils le feront.

Pitt se retourna et sourit à Burch.

— J'espère que tu as raison, commandant. Pour ma part, je suis heureux de ne pas avoir cette responsabilité sur les épaules.

Pitt allait être détrompé avant la fin de la semaine. Jamais il n'aurait pu prévoir que c'était à lui qu'allait incomber d'éclaircir le mystère.

Chapitre 8

Le remorqueur *Audacious*, de la Quest Marine Offshore Company, fut le premier à arriver près du *Dauphin d'Emeraude*. Long de plus de soixante mètres et large de vingt, c'était l'un des plus gros remorqueurs de haute mer au monde. Grâce à ses doubles moteurs diesel Hunnewell, ses unités de propulsion disposaient d'une puissance de 9 800 chevaux. Il était stationné à Wellington, le port le plus proche, et c'est ainsi qu'il avait pu coiffer au poteau deux autres remorqueurs de Brisbane.

Le commandant de l'*Audacious* ne l'avait pas ménagé, et l'avait mené, comme un lévrier géant à la poursuite d'un gibier, vers les positions fournies par la frégate lance-missiles australienne. Pendant toute la traversée du Pacifique Sud, il s'était tenu au silence radio complet, vieux stratagème connu des commandants de remorqueurs en route vers le même bâtiment, car le vainqueur de la course recevait le Lloyd's Open Form – le contrat de sauvetage – ainsi que vingt-cinq pour cent de la valeur du navire naufragé.

Lorsque le capitaine Jock McDermott fut en vue du navire de croisière fumant et de la frégate australienne, il prit contact avec les responsables de la Blue Seas Cruise Lines qui, après trente minutes de marchandage, acceptèrent un contrat avec obligation de résultat (*No cure, no pay*, selon le jargon du métier). La Quest Marine fut donc confirmée dans ses droits d'entreprise de sauvetage principale.

Au fur et à mesure qu'ils approchaient du bâtiment encore rougeoyant, McDermott et ses hommes étaient frappés de stupeur devant l'étendue du désastre. Le tas de décombres calcinés, noircis, tordus, flottant sur une mer turquoise, évoquait une photographie d'Hiroshima après la tempête de feu de la bombe atomique.

— Il vaut pas plus que le prix de la ferraille, cracha le second de l'*Audacious*, Herm Brown, un ancien rugbyman professionnel devenu marin après que ses genoux l'eurent trahi. Une tignasse blonde encadrait son visage, et ses jambes massives saillaient sous son short ; sa chemise déboutonnée, trop étroite pour ses épaules, laissait apparaître une poitrine velue.

McDermott baissa ses lunettes sur le bout de son nez et regarda par-dessus la monture. C'était un Ecossais aux cheveux roux et aux yeux d'un vert vague. Son nez ressemblait à un bec. Il naviguait depuis trente ans à bord de remorqueurs de haute mer. Si ce n'était un menton proéminent et un regard aussi perçant qu'un rayon lumineux, on aurait pu le confondre avec Bob Cratchit, le commis de Scrooge dans *Un Chant de Noël*, de Charles Dickens.

— Les patrons de la compagnie ne seront pas à la fête, c'est certain. Je n'aurais jamais cru qu'un bâtiment de cette taille puisse brûler à ce point.

Le téléphone du bord sonna et McDermott répondit.

— Au commandant du remorqueur. Ici le capitaine Harlow, commandant la frégate qui se trouve à tribord de votre bâtiment. A qui ai-je l'honneur ?

— Capitaine Jock McDermott, commandant du remorqueur *Audacious*, de la Quest Marine.

— Puisque vous êtes là, capitaine McDermott, je vais pouvoir appareiller pour Wellington. J'ai à mon bord cinq cents survivants impatients de poser le pied sur le plancher des vaches.

— Vous n'êtes pas resté inactif, capitaine Harlow, répondit McDermott. J'aurais cru que vous seriez déjà parti depuis deux jours.

— Nous avons repêché les corps des passagers qui se sont noyés. J'ai aussi demandé à la Commission Maritime Internationale de rester dans les parages et de relever régulièrement la position de l'épave, puisqu'elle a été classée « danger pour la navigation maritime ».

— Elle ne ressemble même plus à un navire.

— Quel dommage, dit Harlow. C'était l'un des plus superbes bâtiments que j'aie jamais vu naviguer. Pouvons-nous vous aider pour mettre l'épave en remorque ?

— Non merci, répondit McDermott. Nous pouvons nous débrouiller.

— Il semble mal assuré sur l'eau. J'espère qu'il restera à flot jusqu'au moment où vous atteindrez le port.

— Tant que j'ignore les dégâts causés à la coque par la chaleur, je préfère ne pas engager de paris à ce sujet.

— L'intérieur a entièrement brûlé, ce qui l'a beaucoup allégé. Avec une telle flottaison, le remorquage ne devrait pas vous poser trop de problèmes.

— Il n'existe pas de remorquage facile, commandant. Préparez-vous à rencontrer un comité d'accueil et une meute de journalistes à votre arrivée à Wellington.

— Je meurs d'impatience, répondit Harlow d'un ton sec. Bonne chance.

McDermott se tourna vers son second.

— Je crois que nous ferions bien de nous mettre au travail.

— La mer est calme, c'est déjà un point positif, répondit Brown en hochant la tête vers les flots, à l'extérieur de la passerelle.

McDermott étudia l'épave pendant plusieurs secondes.

— J'ai l'impression qu'à part une mer calme, nous n'aurons pas grand-chose en notre faveur.

*
* *

McDermott ne perdit pas de temps. Après avoir fait le tour de l'épave et vérifié que l'angle du gouvernail était bien réglé à zéro degré, il s'approcha à une centaine de mètres de la proue du *Dauphin d'Emeraude*. Il espérait que le gouvernail resterait en place. S'il se déplaçait, la coque serait déviée et l'ensemble deviendrait impossible à manœuvrer.

On mit alors à l'eau la vedette du remorqueur. Brown et quatre membres d'équipage firent route vers l'épave et s'arrêtèrent droit sous la proue qui les surplombait de toute sa masse. De nombreux visiteurs étaient présents. Les eaux autour de la coque grouillaient de requins. Sans doute avertis par quelque instinct primitif, ils savaient que si le navire coulait, de goûteuses denrées flotteraient à la surface.

Monter à bord de l'épave n'était pas une tâche aisée. La coque était encore trop chaude pour que l'on puisse atteindre la partie centrale, mais la proue avait échappé au plus fort du brasier. Au moins une trentaine de cordages pendaient du bastingage. Par chance, deux d'entre eux étaient des échelles de corde équipées de barreaux en bois. La vedette se mit en position sous l'une d'elles, tout en gardant l'étrave face aux vagues afin de mieux contrôler sa stabilité.

Brown monta le premier. Sans cesser de surveiller les requins d'un regard circonspect, il planta fermement les pieds sur les lisses de plat-bord et assura son équilibre. Il saisit l'échelle, qu'il tira vers lui. Au moment où la vedette atteignait la crête d'une vague, il mit le pied sur un barreau et grimpa d'un mouvement régulier, franchissant à la verticale plus de seize mètres en moins de trois minutes. Parvenu au sommet, il agrippa le bastingage et se hissa sur la proue. Il balança ensuite un des cordages jetés par les naufragés vers la vedette, jusqu'à ce qu'un de ses hommes parvienne à le saisir. On amarra alors le premier cordage à l'extrémité d'un second, qui reliait la vedette au remorqueur.

Trois hommes rejoignirent Brown à la proue, puis ils tirèrent l'aussière et la firent passer autour d'une bitte de remorquage énorme, dont les constructeurs n'auraient sans doute jamais imaginé qu'elle puisse être utilisée en de telles circonstances. L'extrémité du cordage fut alors à nouveau lancée vers la vedette, où un homme d'équipage l'amarra. Brown surveillait la vedette qui revenait vers le remorqueur ; on récupéra la corde pour la fixer au bout d'un câble enroulé autour du treuil gigantesque de l'*Audacious*. Avant de donner par radio l'ordre d'actionner le treuil, il vérifia que l'un des hommes restés à bord du *Dauphin* appliquait de la graisse autour du bollard.

Le *Dauphin d'Emeraude* ne disposait plus d'aucun moyen de propulsion, et ce n'était pas une partie de plaisir que de hisser à son bord le gros câble de huit pouces de l'*Audacious*, dont chaque section de trente mètres pesait près d'une tonne. Les hommes se servirent de la bitte de remorquage en guise de poulie ; le treuil se mit en marche et commença à enrouler le cordage sur un petit tambour. Un câble de deux pouces, qui avait été attaché à une extrémité, se glissa autour du bollard avant de repartir vers le remorqueur. L'autre extrémité fut reliée au gros câble de huit pouces, qui fut enfin tiré jusqu'à la proue du *Dauphin d'Emeraude* et assuré grâce à des étriers métalliques aux chaînes d'ancre, car la proue du navire n'était pas équipée d'un cabestan. Celui-ci était installé sur un pont inférieur incendié, hors d'atteinte des marins.

— Câble amarré, annonça Brown à McDermott par radio. Nous revenons à bord.

— Reçu.

Le plus souvent, une petite équipe demeurait sur l'épave remorquée, mais comme on ignorait à quel point la coque avait été endommagée par le feu, il était dangereux de laisser des hommes sur le *Dauphin d'Emeraude*. Si le bâtiment devait soudain basculer vers le fond, ils n'auraient peut-être pas le temps de s'échapper et risquaient alors de sombrer avec lui.

Brown et ses hommes redescendirent sur la vedette. Dès leur retour, McDermott donna l'ordre de mettre en vitesse « avant très lente ». Brown, qui manœuvrait l'énorme treuil de remorquage, laissa filer le câble jusqu'à ce que le paquebot se trouve à un bon quart de mille de sa poupe. Il engagea alors le frein, le câble se tendit, le treuil prit le poids à sa charge, et l'*Audacious* se mit à avancer.

Tous les hommes à bord retinrent leur souffle en attendant de voir comment allait réagir l'épave. Avec lenteur, centimètre par centimètre, semblable à un éléphant guidé par une souris, sa proue commença à fendre l'eau. Aucun des hommes, encore anxieux, ne fit un geste, mais l'immense paquebot se plaça droit comme une flèche dans le sillage tourbillonnant du remorqueur, et il conserva son cap. A la vue de la carcasse encore fumante qui suivait l'*Audacious* sans dévier sa route, l'équipage commença enfin à se relaxer.

*
* *

Dix heures plus tard, les moteurs de l'*Audacious* remorquaient l'énorme épave à la vitesse respectable de deux nœuds. L'incendie était presque éteint. Seules quelques flammes vacillaient encore dans l'enchevêtrement tordu de la superstructure. La lune était absente, et de sombres nuages couvraient le ciel. Il faisait nuit noire ; on ne savait où commençait le firmament et où se terminait la mer.

Le gros projecteur de l'*Audacious*, braqué sur le *Dauphin d'Emeraude*, illuminait la proue éventrée. L'équipage se partagea les quarts afin de s'assurer que le paquebot continuait à suivre le remorqueur. Après minuit, le maître coq prit le sien. Il s'installa dans une chaise longue qu'il emportait toujours afin de profiter du soleil lorsqu'il n'était pas de service. Il faisait trop chaud et trop humide pour boire du café, aussi se décida-t-il pour du Pepsi, dont il nicha quelques canettes dans un seau rempli de glace. Son breuvage à la main, il alluma une cigarette et s'enfonça dans son siège tout en observant la lourde masse qui suivait la poupe du remorqueur.

Deux heures plus tard, à peine éveillé, il tenta de chasser sa somnolence en fumant une dixième cigarette et en buvant un troisième soda. Le *Dauphin d'Emeraude* était toujours à sa place. Le cuisinier se redressa et pencha un peu la tête lorsqu'il entendit ce qui ressemblait à un grondement sourd provenant de l'épave. Le bruit lui rappela celui du tonnerre ; il ne s'agissait pas d'une seule, mais bien de *plusieurs* détonations, comme si elles étaient programmées pour se succéder à quelques secondes d'intervalle. Il se leva et plissa les yeux. Il allait mettre l'incident sur le compte de son imagination lorsqu'il s'aperçut que quelque chose avait changé. Il lui fallut un moment pour se rendre compte que le niveau de flottaison du paquebot avait baissé.

Le navire calciné dériva légèrement par tribord avant de reprendre sa course normale. Un énorme panache de fumée, illuminé par le projecteur de l'*Audacious*, sortait des décombres, un peu en avant du centre du bâtiment, et grimpait en spirale vers l'obscurité du ciel, hors de portée du projecteur.

Le *Dauphin d'Emeraude* sombrait, et il semblait couler *vite*.

Sous le choc, le cuisinier rejoignit la passerelle en criant :

— Il coule ! Sainte Mère de Dieu, il est en train de s'enfoncer !

McDermott entendit le vacarme et jaillit de sa cabine. Il ne posa aucune question. Un regard lui suffit pour comprendre que s'ils ne relâchaient pas le câble de remorquage, le paquebot entraînerait l'*Audacious* et son équipage par six ou sept mille mètres de fond. Brown se précipita à ses côtés et comprit lui aussi, en un instant, la gravité de la situation. Ils coururent ensemble jusqu'au treuil géant.

Avec frénésie, ils se débattirent pour desserrer le frein et donner du mou au câble massif. Ils le regardèrent filer dans les profondeurs abyssales en passant presque de l'horizontale à la verticale tandis que le *Dauphin d'Emeraude* plongeait sa proue dans l'eau. Le grand câble fixé au tambour du treuil se déroula de plus en plus vite, jusqu'à devenir flou au regard. McDermott et Brown ne pouvaient qu'espérer que le câble s'arracherait de ses attaches. Si tel n'était pas le cas, l'*Audacious* allait être entraîné au fond par la poupe.

Le paquebot coulait avec une rapidité surprenante. Déjà, sa

proue plongeait sous la surface. Le bâtiment sombrait à un angle de quinze degrés, mais il descendait vite. La coque meurtrie fit entendre un affreux gémissement alors que ses cloisons torturées par le feu se déformaient, se tordaient et finissaient par céder sous la tension. Le gouvernail et les propulseurs à réaction se soulevèrent de l'eau pour rester suspendus dans l'air de la nuit. La poupe demeura quelques secondes immobile, puis elle suivit lentement la proue dans les eaux noires, vite, toujours plus vite, jusqu'à ce que le navire s'enfonce enfin à pic et disparaisse, ne laissant derrière lui qu'un renflement bouillonnant de bulles d'air.

Il ne restait qu'une section de trente mètres de câble autour du tambour du treuil, mais soudain, il se tendit et la poupe du remorqueur plongea brutalement, tandis que la proue jaillissait hors de l'eau. L'équipage était pétrifié et les regards, hantés par une mort désormais si proche, se concentrèrent sur le tambour. Celui-ci tourna une dernière fois, et le bout du câble s'arracha soudain de sa fixation et fendit l'air avant de plonger sous la surface. Délivrée de la tension, la proue revint heurter les flots; le remorqueur se redressa et tangua un moment sur sa quille avant de recouvrer son équilibre. Après avoir frôlé de si près la catastrophe, l'équipage resta muré dans un silence sidéré.

— Je n'aurais jamais cru qu'un navire puisse sombrer en un clin d'œil, murmura Brown, alors que le stress des derniers instants s'estompait peu à peu.

— Moi non plus, admit McDermott. Comme si le fond de la coque était tombé d'un seul coup...

— Et un câble d'un million de livres parti à l'eau... Les directeurs de la compagnie vont être furieux.

— Nous n'avons rien pu faire. Tout s'est passé trop vite. *(McDermott se tut soudain et leva la main.)* Ecoutez! dit-il d'un ton brusque.

Tout les hommes fixèrent du regard l'endroit où venait de disparaître le *Dauphin d'Emeraude*.

— A l'aide! criait une voix surgie de la nuit.

McDermott crut d'abord que l'un de ses hommes était passé pardessus bord dans l'excitation générale, mais un rapide regard lui confirma que tous étaient présents. Le cri retentit à nouveau, faible, à peine perceptible.

— Il y a quelqu'un là-bas, s'exclama le cuisinier en pointant le bras dans la direction d'où venait la voix.

Brown se précipita vers le projecteur et le fit pivoter. Le rayon lumineux balaya la surface de l'eau. On pouvait à peine distinguer le visage sombre d'un homme sur le noir d'ébène de la mer, à moins de trente mètres de la poupe.

— Pouvez-vous nager jusqu'ici ? hurla McDermott.

Il n'y eut pas de réponse, mais l'homme ne paraissait pas épuisé. Il nagea vers le remorqueur en une brasse puissante et régulière.

— Lancez-lui une corde ! ordonna Brown, et hissez-le à bord avant que les requins ne s'en prennent à lui !

Un cordage fut jeté par-dessus bord. Un des hommes s'en saisit, et deux membres d'équipage le soulevèrent jusqu'à la poupe et l'embarquèrent.

— C'est un aborigène, dit Brown. Un indigène d'Australie.

— Non, pas avec ces cheveux frisés, fit observer McDermott. On dirait plutôt un Africain.

— Il porte un uniforme d'officier de marine.

Surpris de découvrir un naufragé si longtemps après le drame, McDermott examina l'homme d'un regard interrogateur.

— Puis-je vous demander d'où vous venez ?

Le large sourire de l'étranger dévoila deux rangées de dents blanches.

— Je croyais que c'était évident. Je suis, ou plutôt, j'étais l'officier chargé des relations avec les passagers à bord du *Dauphin d'Emeraude*.

— Comment se fait-il que vous soyez resté à bord après le départ de tous les passagers ? demanda Brown, qui admettait avec difficulté le fait que cet homme ne soit pas blessé. Mis à part son uniforme trempé, il semblait n'avoir nullement souffert de son expérience.

— Je suis tombé et je me suis cogné la tête pendant que j'aidais les passagers à évacuer le navire. Tout le monde a dû me croire mort, et on m'a abandonné. Lorsque je me suis réveillé, vous remorquiez déjà le *Dauphin d'Emeraude*.

— Vous avez dû rester inconscient pendant la plus grande partie des dernières vingt-quatre heures, remarqua McDermott d'un air sceptique.

— Oui, sans doute.

— C'est incroyable que vous n'ayez pas péri dans les flammes.

— J'ai eu beaucoup de chance. Je suis tombé dans une coursive épargnée par le feu.

— Vous parlez anglais avec un accent américain.

— Je viens de Californie.

— Quel est votre nom ? demanda Brown.

— Sherman Nance.

— Eh bien, monsieur Nance, dit McDermott, vous feriez mieux de quitter cet uniforme trempé. Vous faites à peu près la même taille que monsieur Brown, mon second. Il vous prêtera des vêtements, et ensuite, vous irez en cuisine. Vous devez être déshydraté et affamé après toutes ces épreuves. Je veillerai à ce que le cuisinier vous donne à boire et vous prépare un repas substantiel.

— Je vous remercie, capitaine...

— McDermott.

— J'ai *vraiment* soif, en effet.

Après le départ de Nance, escorté par le cuisinier, Brown se tourna vers le commandant.

— Il est étrange que cet homme ait pu survivre à un incendie de cette ampleur sans se brûler ne serait-ce qu'un doigt ou un sourcil.

McDermott se frotta le menton d'un air dubitatif.

— En effet, c'est étrange. Mais ceci n'est pas de notre ressort, ajouta-t-il après un soupir. Il me reste une tâche déplaisante à accomplir : annoncer à nos administrateurs que nous avons perdu notre remorque et un câble hors de prix.

— Cela n'aurait pas dû se passer ainsi, grommela distraitement Brown.

— Comment ça ?

— Il flottait bien haut sur l'eau, et l'instant d'après, il dégringolait vers le fond. Il n'aurait pas dû couler aussi vite. Ce n'est pas normal.

— Je suis d'accord avec vous, confirma McDermott en haussant les épaules, mais ce n'est plus notre affaire, désormais.

— Les assureurs maritimes vont regretter qu'il ne leur reste aucune base d'enquête.

McDermott hocha la tête avec une expression de lassitude.

— En l'absence de tout élément de preuve, cette affaire restera l'un des grands mystères de la mer.

Il s'approcha alors du projecteur, qu'il éteignit, plongeant ainsi le linceul liquide du paquebot dans les ténèbres profondes.

*
* *

Dès l'arrivée de l'*Audacious* à Wellington, l'homme sauvé par McDermott disparut. Les fonctionnaires de l'immigration installés sur les docks jurèrent qu'il n'avait pas pu quitter le remorqueur par la passerelle de coupée, car ils l'auraient forcément retenu pour les formalités de l'enquête sur l'incendie et la perte du paquebot. Après réflexion, McDermott conclut qu'il avait quitté le bâtiment en sautant par-dessus bord au moment de l'entrée au port.

Lorsque McDermott présenta son rapport aux enquêteurs des compagnies d'assurances, on lui annonça qu'aucun homme du nom de Nance n'était inscrit sur les listes et n'avait servi à bord du *Dauphin d'Emeraude*.

Chapitre 9

ACCOMPAGNÉ par le *Earl of Wattlesfield*, le *Deep Encounter* se dirigea vers les signaux de radiobalise des submersibles à la dérive et les hissa à son bord. Une fois que l'équipage les eût amarrés, le capitaine Burch prévint le capitaine Nevins, et les deux bâtiments reprirent leur route vers Wellington.

Epuisé après avoir installé les deux engins, Pitt se mit en devoir de ranger sa cabine abandonnée par la quarantaine de naufragés qui s'y étaient entassés. Ses muscles le faisaient souffrir, symptôme qui, il l'avait remarqué, ne s'améliorait pas avec l'âge. Il jeta ses vêtements dans un sac à linge et pénétra dans la douche. Il ouvrit le robinet d'eau chaude de telle sorte qu'elle coule dans un coin du réduit pendant qu'il s'installait, allongé sur le dos, ses longues jambes remontées jusqu'au porte-savon. Il garda cette position, s'assoupit rapidement et resta endormi une vingtaine de minutes. Lorsqu'il se réveilla, bien revigoré, mais encore endolori, il se savonna et se rinça avant de se sécher, puis il sortit et contempla son reflet dans le miroir qui surplombait le lavabo de laiton.

L'image que lui renvoyait la glace lui faisait apparaître un visage et un corps qui n'étaient plus les mêmes que dix ans auparavant. Il ne montrait encore aucun signe de calvitie. Ses cheveux étaient toujours épais, noirs et ondulés, mais le gris gagnait du terrain sur les tempes. Les yeux vert perçant, sous les sourcils bien fournis, ne perdaient rien de leur éclat. Hérités de sa mère, ils possédaient une sorte de pouvoir d'hypnose qui semblait atteindre l'âme même des gens avec qui il entrait en contact. Les femmes, en particulier, y étaient sensibles. Elles décelaient en eux une certaine aura, qui révélait chez lui un caractère solide, digne de confiance.

Le visage, pourtant, trahissait l'inexorable progression des ans.

Des rides d'expression de plus en plus profondes s'étendaient de chaque côté de ses yeux. La peau ne possédait plus l'élasticité de ses jeunes années et prenait peu à peu un aspect tanné. Ses traits anguleux, vers les joues et le front, paraissaient plus accentués. Le nez semblait raisonnablement droit et préservé de tout dommage, même s'il avait été cassé à trois reprises. Ce n'était pas une beauté à la manière d'Errol Flynn, mais sa forte présence incitait les gens à regarder dans sa direction lorsqu'il entrait dans une pièce. La forme de son visage lui venait du côté maternel de sa famille, alors que sa vision du monde pleine d'humour et son corps mince et élancé lui avaient été légués par son père et les ancêtres de son père.

Il parcourut d'un doigt léger les cicatrices disséminées sur son corps, qui lui rappelaient quelques-unes des nombreuses aventures vécues au cours de ses deux décennies de service à la NUMA. Il avait étudié à l'Ecole de l'Armée de l'Air, et conservait toujours le grade de commandant, mais il s'était précipité sur l'occasion qui lui était offerte de servir sous les ordres de l'amiral James Sandecker, qui dirigeait alors la toute nouvelle agence océanographique de recherche scientifique marine. Toujours célibataire, il avait cependant frôlé de près le mariage au cours d'une longue relation entretenue avec Loren Smith, membre du Congrès, mais leur vie était devenue trop compliquée. Son travail à la NUMA et celui de Loren au Congrès étaient trop exigeants pour qu'ils puissent envisager une véritable vie commune.

Il avait aimé deux autres femmes, mortes dans des circonstances tragiques, Summer Moran dans un tremblement de terre sous-marin dévastateur, près de Hawaï, et Maeve Fletcher, abattue par sa sœur au large des côtes tasmaniennes.

Summer n'avait jamais cessé de hanter ses rêves. Il la voyait encore nager vers les profondeurs à la recherche de son père prisonnier d'une grotte sous-marine ; son corps adorable et ses cheveux roux flottants s'évanouissaient dans les eaux vertes du Pacifique. Plus tard, lorsqu'il était remonté à la surface pour s'apercevoir qu'elle avait disparu, il avait voulu plonger à nouveau, mais les hommes du bateau accouru à leur secours savaient que c'était inutile, et ils l'empêchèrent de retourner vers le fond.

Depuis lors, il ne vivait que pour son travail, sur l'eau et sous l'eau. La mer était devenue sa maîtresse. Quand il n'était pas dans sa maison construite à partir d'un ancien hangar dans un coin de l'aéroport Ronald Reagan de Washington, et qui abritait sa collection d'automobiles et d'avions, il n'était jamais aussi heureux que lorsqu'il sillonnait les océans.

Il soupira, enfila un peignoir en tissu-éponge et s'étendit sur son lit. Il s'apprêtait à se réfugier dans un sommeil bien mérité lorsqu'une idée lui traversa soudain l'esprit. Le souvenir de la fille à la mallette semblait s'être enraciné dans son cerveau ; plus il y réfléchissait, moins il comprenait qu'elle ait pu quitter le navire à bord d'une embarcation sans qu'il s'en aperçoive. D'un seul coup, la vérité lui apparut, évidente.

Elle n'était pas partie. Elle se cachait quelque part à bord du *Deep Encounter*.

Pitt ignora l'appel du sommeil ; il se leva et s'habilla en hâte. Il débuta ses recherches cinq minutes plus tard par la plate-forme de cale, vers la poupe, et examina chaque coin et recoin de la salle du générateur, de celle du treuil, de celle des moteurs de propulsion et celle du matériel scientifique. C'était un long travail, car il existait un grand nombre de refuges possibles parmi les réserves.

Il vérifia le local réservé aux pièces de rechange et au matériel de réparation, et faillit négliger un détail essentiel. Il remarqua enfin plusieurs bidons d'un gallon de diverses huiles lubrifiantes, proprement rangés sur un établi. Rien à première vue qui sorte de l'ordinaire. Il savait cependant que ces bidons auraient dû se trouver à l'intérieur d'une caisse en bois. Il se dirigea à pas de loup vers celle-ci et ouvrit le couvercle.

Kelly Egan, épuisée, dormait d'un sommeil si profond qu'elle ne s'aperçut même pas de la présence de Pitt. La mallette de cuir était installée contre l'une des parois de la caisse, et Kelly y avait posé son bras. Pitt sourit, et alla chercher un porte-bloc à pince suspendu à un crochet sur une cloison. Il arracha une page et écrivit un message.

Chère Madame,
Lorsque vous serez réveillée, voulez-vous passer me voir dans ma cabine, au Numéro 8, pont numéro 2 ?
Dirk Pitt

Après un instant de réflexion, il ajouta quelques mots pour appâter la jeune femme :

De la nourriture et de la boisson vous y attendront.

Il posa le message sur la poitrine de Kelly, referma le couvercle avec douceur et quitta la pièce d'un pas tranquille.

*
* *

Peu après dix-neuf heures, Kelly frappa quelques petits coups brefs à la porte de la cabine de Pitt. Celui-ci ouvrit et l'aperçut dans la coursive, les yeux baissés, l'air penaud, toujours agrippée à sa mallette de cuir. Il prit la jeune femme par la main et la fit entrer.

— Vous devez être affamée, lui dit-il avec un large sourire, afin de lui prouver qu'il n'était ni fâché, ni contrarié.

— Vous êtes Dirk Pitt ?

— Oui, et vous êtes...

— Kelly Egan. Je suis navrée de vous avoir causé tant de...

— Pas du tout, l'interrompit-il avant de se diriger vers un bureau où étaient disposés un plateau de sandwichs et une cruche de lait. Ce n'est pas vraiment un repas gastronomique, mais le maître-coq ne pouvait pas faire mieux avec ce qu'il lui restait de vivres. *(Il lui tendit un chemisier et un short.)* L'une de nos scientifiques a deviné à peu près votre taille et m'a gentiment prêté quelques vêtements. Mangez d'abord, et prenez une douche. Je serai de retour dans une demi-heure. Ensuite, nous parlerons.

*
* *

Lorsque Pitt revint comme prévu, Kelly avait pris sa douche et elle était déjà venue à bout d'une pile de sandwichs au jambon et au fromage. Le pichet de lait était quasiment terminé, lui aussi. Il s'assit sur une chaise en face d'elle.

— Alors, de retour parmi les humains ?

Kelly sourit et hocha la tête. Elle ressemblait à une écolière qui vient de commettre une bêtise.

— Vous devez vous demander pourquoi je n'ai pas quitté le navire ?

— Je me suis posé la question, en effet.

— J'avais peur.

— Peur de quoi ? De l'homme qui vous a attaqués, vous et votre père ? Je suis heureux de vous annoncer qu'il a rejoint les malheureux naufragés qui se sont noyés.

— Il y en avait un autre, dit Kelly d'un ton hésitant. Un officier du bord. Ce devait être un complice de l'homme aux cheveux roux qui a tenté de me tuer. Ensemble, ils ont voulu s'emparer de la mallette de mon père, et je pense qu'ils voulaient aussi l'assassiner, mais quelque chose est allé de travers pendant la bagarre, et ils n'ont réussi qu'à pousser mon père par-dessus bord...

— ... Avec la mallette, conclut Pitt.

— Oui. *(Revivant la mort de son père, Kelly eut les larmes aux yeux. Pitt fouilla l'une de ses poches et lui tendit un mouchoir. Elle s'essuya les yeux.)* Je ne savais pas que les hommes en utilisaient encore, ajouta-t-elle en regardant le carré de tissu. Je pensais que tout le monde se servait de mouchoirs en papier.

— Je suis un homme de la vieille école, répondit Pitt calmement. On ne sait jamais quand l'on risque de croiser une dame triste.

Elle lui lança un regard curieux et ses lèvres formèrent un faible sourire.

— Je n'ai jamais rencontré quelqu'un de votre genre.

— Mon « genre » n'a jamais vraiment développé d'instinct grégaire, rétorqua-t-il avant de revenir à un sujet plus sérieux. Pouvez-vous décrire cet officier ?

— Oui. C'était un homme grand, de race noire, américain, je suppose, puisque le *Dauphin d'Emeraude* appartenait à une compagnie américaine et que la plupart des membres d'équipage venaient eux aussi des Etats-Unis.

— C'est étrange qu'ils aient attendu que le navire soit en feu pour agir.

— Ce n'était pas la première fois que l'on s'en prenait à papa, dit-elle avec colère. Il m'a confié qu'il avait été menacé à plusieurs reprises.

— Quelle peut être cette chose importante au point que votre père doive mourir pour elle ? demanda Pitt en désignant la mallette posée sur le sol aux pieds de Kelly.

— Mon père... mon père était le docteur Elmore Egan, un homme brillant. Il était à la fois ingénieur chimiste et ingénieur en mécanique.

— Je connais son nom, dit Pitt. Le docteur Egan était un inventeur très respecté, n'est-ce pas ? Le créateur de plusieurs types de moteurs à propulsion hydraulique ? Si ma mémoire est bonne, il a aussi conçu un carburant diesel à haut rendement, largement utilisé dans l'industrie des transports.

— Vous savez tout cela ? demanda Kelly, impressionnée.

— Je suis moi-même ingénieur naval, admit Pitt. J'aurais obtenu zéro sur vingt à mes examens si je n'avais jamais entendu parler de votre père.

— Son travail le plus récent portait sur le développement de moteurs magnéto-hydrodynamiques.

— Comme les unités de propulsion du *Dauphin d'Emeraude*...

Kelly hocha la tête en silence.

— Je dois avouer mon ignorance en ce qui concerne les moteurs magnéto-hydrodynamiques, poursuivit Pitt. Le peu que j'ai pu lire à ce sujet laissait entendre qu'il faudrait encore une trentaine d'années pour maîtriser cette technique. C'est pourquoi j'ai été surpris d'apprendre que le *Dauphin d'Emeraude* était équipé de ce type de moteurs.

— Tout le monde a été surpris, mais papa avait accompli une réelle percée. Il s'agissait d'une technique révolutionnaire. Il isolait l'électricité contenue dans l'eau de mer, puis il la faisait passer par un tube hautement magnétisé dont la température était maintenue au zéro absolu par de l'hélium liquide. Le courant électrique produisait alors une force énergétique capable de pomper l'eau et de la réinjecter dans les propulseurs.

Pitt écoutait, attentif, et les derniers mots de Kelly le firent dresser l'oreille.

— Etes-vous en train de me dire que ce moteur fonctionne avec de l'eau de mer comme seule source extérieure de carburant ?

— Les solutions salines possèdent un très faible champ électrique. Mon père avait découvert un système permettant de l'intensifier à un degré incroyable, de telle sorte qu'elles pouvaient produire de l'énergie.

— Il est difficile d'imaginer un moyen de propulsion basé sur une source de carburant inépuisable.

La visage de Kelly trahissait la fierté que lui inspirait son père.

— Ainsi qu'il me l'expliquait...

— Vous ne travailliez pas avec lui ? la coupa Pitt.

— Si peu ! répondit-elle en riant pour la première fois. Je l'ai beaucoup déçu, je le crains. Je suis incapable de penser en termes abstraits. La conquête de l'algèbre n'est pas mon fort. Pour ce qui est des équations, j'étais vraiment nulle. J'ai suivi des études commerciales à Yale, où j'ai obtenu ma maîtrise. Je travaille comme analyste produits pour un cabinet-conseil ; nos clients se recrutent parmi les grands magasins et les solderies.

Les lèvres de Pitt esquissèrent un sourire.

— Ce n'est pas aussi excitant que de créer de nouvelles formes d'énergie.

— Peut-être pas, répliqua Kelly avec un mouvement de tête qui dispersa un nuage de cheveux brun clair sur son cou et ses épaules, mais je gagne bien ma vie.

— Quelle découverte a donc conduit votre père à perfectionner cette technologie des moteurs magnéto-hydrodynamiques ?

— A l'époque où il commençait à développer ses nouvelles techniques, il s'est trouvé confronté à un obstacle. Son moteur expérimental dépassait ses prévisions en termes d'énergie et de puissance, mais il rencontrait de très importants problèmes dus au frottement. Au-delà d'un certain nombre de tours / minute, la durée de vie des moteurs ne dépassait pas quelques heures, et ils s'arrêtaient brusquement, définitivement bloqués. Avec l'aide d'un ingénieur chimiste associé et ami de la famille, Josh Thomas, il conçut alors une nouvelle huile cent fois plus efficace que n'importe quel autre produit disponible sur le marché. Mon père disposait là d'un nouveau lubrifiant susceptible de faire fonctionner des moteurs sans usure notable pendant des années.

— La « super huile » est donc l'élément essentiel qui a permis à votre père de faire passer son moteur magnéto-hydrodynamique du tableau noir à la réalité...

— C'est exact, reconnut Kelly. Après le succès des essais du prototype, la Blue Seas Cruise Lines a contacté mon père pour lui demander de construire et d'installer ses moteurs à bord du *Dauphin d'Emeraude*, alors en cours de construction dans un chantier naval de Singapour. Ils construisaient aussi un submersible de croisière haut de gamme dont j'ai oublié le nom. Ils lui ont accordé l'exclusivité pour la construction des moteurs.

— La formule de cette huile peut-elle être reproduite par d'autres ?

— La formule, oui, mais pas le processus. Il n'existe aucun moyen de répéter exactement le processus de production.

— Je suppose qu'il a fait breveter sa découverte ?

Kelly hocha la tête avec vigueur.

— Oh, oui ! Lui et Josh Thomas ont obtenu au moins trente-deux brevets pour la conception du moteur.

— Et en ce qui concerne la formule de cette huile ?

Kelly hésita, puis secoua la tête.

— Il préférait la garder pour lui. Il ne faisait pas totalement confiance à l'Institut national de la propriété industrielle.

— En négociant des royalties à la fois sur les moteurs et sur la formule de son huile, le docteur Egan aurait pu devenir un homme très riche !

— Papa était comme vous, il ne suivait pas le même chemin que la plupart des gens. Il tenait à ce que le monde profite de sa découverte, et il était prêt à la révéler publiquement. Il s'occupait d'ailleurs d'un autre projet. Il m'a dit qu'il travaillait sur un programme encore plus important, et qui aurait un impact énorme sur l'avenir.

— Vous a-t-il révélé de quoi il s'agissait ?

— Non, répondit Kelly. Il était très discret, et selon lui, il valait mieux que je ne sois pas au courant.

— Voilà qui donne à réfléchir, dit Pitt. Il tenait à vous protéger de ceux, quels qu'ils fussent, qui cherchaient à lui arracher ses secrets.

Une expression de tristesse désespérée envahit le regard de Kelly.

— Mon père et moi n'avons jamais été très proches après la mort de ma mère. C'était un bon père, affectueux, mais son travail passait avant tout le reste et il y restait plongé quasiment en permanence. Je pense que s'il m'avait invitée à l'accompagner pour ce voyage inaugural du *Dauphin d'Emeraude*, c'était pour nous rapprocher l'un de l'autre.

Pitt demeura pensif pendant près d'une minute, puis il hocha la tête en direction de la mallette de cuir.

— Il est peut-être temps de l'ouvrir, vous ne croyez pas ?

Kelly se cacha le visage derrière les mains pour masquer sa confusion.

— Je voudrais bien, répondit-elle, hésitante, mais j'ai peur.

— Peur de quoi ? demanda Pitt d'une voix calme.

Kelly rougit, non par gêne, mais parce qu'elle craignait de savoir ce qu'elle allait découvrir.

— Je ne sais pas.

— Si vous pensez que je suis un malfaiteur prêt à m'enfuir avec les précieux papiers de votre père, n'y pensez plus. Je resterai tranquillement assis à l'autre bout de la cabine pendant que vous regarderez. Avec le couvercle ouvert, je ne pourrai rien voir.

Tous ces mystères parurent soudain ridicules à Kelly. La mallette sur les genoux, elle se mit à rire doucement.

— Vous savez, je n'ai pas la moindre idée de ce que je vais y trouver. Peut-être son linge, ou des notes indéchiffrables.

— Vous ne risquez rien en jetant un coup d'œil.

Kelly hésita un long moment puis, avec des gestes très lents, comme si elle ouvrait une boîte contenant un diable monté sur un ressort, elle ouvrit les serrures et souleva le couvercle.

— Oh, mon Dieu ! haleta-t-elle.

— Qu'y a-t-il ? demanda Pitt en se redressant.

Lentement, Kelly retourna la mallette vers lui et la laissa tomber sur le sol.

— Je ne comprends pas, murmura-t-elle. Je ne l'ai pas quittée une seule seconde.

Pitt se pencha et examina l'intérieur du bagage.

Il était vide.

Chapitre 10

A DEUX cent milles au large de Wellington, les prévisions météorologiques annonçaient des mers calmes et des cieux clairs. Le *Deep Encounter* n'était plus en danger immédiat, aussi le capitaine Nevins décida-t-il de prendre de l'avance pour atteindre le port de Wellington dès que possible. Le plus tôt serait le mieux. Avec presque deux mille passagers à son bord, les réserves de vivres du *Earl of Wattlesfield* atteignaient un seuil critique.

Au moment où le grand porte-conteneurs dépassait le *Deep Encounter* à vive allure, les passagers et les membres d'équipage du *Dauphin d'Emeraude* se regroupèrent pour lui faire leurs adieux. Une voix entonna une chanson de Woody Guthrie, très vite rejointe par plus d'un millier d'autres, rendant ainsi hommage aux hommes et aux femmes du petit navire de recherches. *So long, It's been good to know yuh...*

L'émotion culmina lorsque les passagers chantèrent la dernière strophe du refrain : *And I've got to be Drifting along...* Moins d'une heure plus tard, la coque du *Earl of Wattlesfield* disparaissait déjà derrière l'horizon.

Le capitaine Nevins arriva à Wellington avec six heures d'avance sur le *Deep Encounter* et reçut un accueil à la fois joyeux et solennel. Des milliers de personnes, massées sur le front de mer, regardaient en silence ou en échangeant des propos à voix basse le porte-conteneurs se glisser à son poste de mouillage. Le cœur de la Nouvelle-Zélande tout entière battait pour les survivants du pire incendie de l'histoire maritime.

Un débordement spontané de sympathie balaya le pays. Les portes des maisons s'ouvrirent en grand. Vivres et vêtements affluèrent. Les fonctionnaires des douanes firent passer les rescapés en leur posant un minimum de questions, car la plupart des passeports avaient été perdus ou brûlés au cours de l'incendie. Les compagnies aériennes affrétèrent des appareils supplémentaires pour que les passagers rejoignent leurs foyers aussi vite que possible. Des membres de haut rang du gouvernement néo-zélandais, ainsi que l'ambassadeur des Etats-Unis, formèrent un comité d'accueil. Des nuées de journalistes et de reporters assiégèrent les rescapés impatients de débarquer et d'entrer en contact avec leur famille et leurs proches. C'était l'événement médiatique le plus important de l'histoire récente du pays, et nul récit ne connut plus de succès que celui de l'héroïque opération de sauvetage menée par l'équipage et les scientifiques du *Deep Encounter*.

Une enquête était déjà lancée. Presque tous les passagers se portèrent volontaires pour répondre aux questions et apporter leur témoignage sur le comportement des marins pendant la catastrophe. Les membres d'équipage survivants, à qui les avocats des compagnies d'assurances avaient demandé de garder le silence jusqu'à nouvel ordre, en attendant leur interrogatoire et leur éventuelle déposition dans le cadre de l'enquête, se virent attribuer des quartiers réservés.

Si l'arrivée du *Earl of Wattlesfield* était empreinte d'un sentiment de tristesse, l'accueil du *Deep Encounter* prit très rapidement l'allure d'une fête débridée et un peu folle. Lorsque le navire de recherches franchit le détroit de Cook et mit le cap sur Wellington, il se trouva vite accompagné d'une petite flotte de yachts privés, qui se mua en une véritable armada de centaines d'embarcations de toutes sortes lorsque sa proue pénétra dans le port. Des bateaux-pompes l'escortèrent à quai, et de leurs lances jaillirent des nappes d'eau qui s'élancèrent vers le firmament en formant des arcs-en-ciel sous le soleil éclatant.

La foule ne pouvait manquer de remarquer la peinture écaillée et les panneaux de coque mutilés, là où le navire avait heurté la carcasse du *Dauphin d'Emeraude* pendant le sauvetage. Le capitaine Burch dut se servir d'un mégaphone pour transmettre les ordres d'amarrage malgré les cris et les applaudissements, le mugissement d'un millier de klaxons, les volées de cloches des églises et les hurlements des sirènes, tandis qu'une pluie de confettis et de serpentins s'abattait sur le pont.

L'équipage et les scientifiques ignoraient qu'ils étaient devenus du jour au lendemain des célébrités internationales et des héros encensés par les médias. Stupéfaits, ils assistaient à cette retentissante réception, incapables de croire qu'elle leur était destinée. Ils ne ressemblaient plus du tout à des marins et des chercheurs dépenaillés et épuisés. Dès qu'ils avaient aperçu les bateaux qui les attendaient au large du port, ils s'étaient tous pomponnés avant d'enfiler leurs plus beaux vêtements. Les femmes portaient des robes, les scientifiques de sexe masculin des pantalons et des vestes en tweed, et les membres d'équipage étaient revêtus de leurs uniformes de la NUMA. Ils s'étaient tous rassemblés sur le pont de travail débarrassé de tout matériel, excepté les deux submersibles, et ils répondaient aux saluts et aux acclamations.

Kelly était perchée près de Pitt sur l'aileron de passerelle, à la fois transportée de joie et attristée ; elle aurait aimé que son père assiste avec elle à la scène. Elle se tourna vers Pitt et plongea son regard dans le sien.

— Je suppose que le temps des adieux est arrivé.

— Vous allez prendre un vol pour les Etats-Unis ?

— Oui, dès que je pourrai réserver une place pour rentrer chez moi.

— Qu'entendez-vous par « chez moi » ?

— New York, répondit-elle en attrapant un serpentin qui dérivait dans l'air au-dessus d'elle. J'ai une maison dans l'Upper West Side.

— Vous vivez seule ?

— Non, dit-elle en souriant. J'ai un chat tigré, Zippy, et un basset qui répond au nom de Shagnasty.

— Je ne vais pas souvent à New York, mais la prochaine fois, je vous appellerai et nous dînerons ensemble.

— Avec grand plaisir, répondit Kelly, qui nota son numéro de téléphone sur un morceau de papier qu'elle tendit à Pitt.

— Vous allez me manquer, Kelly Egan.

La jeune femme comprit que Pitt était sincère. Le sang lui monta aussitôt au visage et elle sentit faiblir ses genoux. Elle s'agrippa au bastingage en se demandant ce qui lui arrivait. Stupéfaite de se voir ainsi perdre tout contrôle, elle se mit sur la pointe des pieds, passa brusquement ses bras autour de la tête de Pitt, l'attira vers elle et pressa longtemps ses lèvres contre les siennes. Ses yeux étaient clos, mais ceux de Pitt s'agrandirent, brillant d'un sentiment d'intense et agréable surprise.

Lorsqu'elle s'écarta de lui, elle s'efforça d'adopter une attitude plus réservée.

— Merci, Dirk Pitt, pour m'avoir sauvé la vie, et bien d'autres choses encore. *(Elle fit quelques pas, puis se retourna.)* La mallette de mon père...

— Oui ? demanda Pitt, perplexe.

— Elle est à vous.

Sur ces mots, Kelly descendit l'échelle qui menait au pont de travail. Aussitôt la passerelle de débarquement installée, elle mit pied à terre et se trouva happée par un essaim de journalistes.

*
* *

Pitt laissa les plaisirs de la gloire à Burch et aux autres. Tandis que tous assistaient aux banquets improvisés à la hâte dans la ville, il demeura à bord et, grâce à son téléphone Globalstar, put transmettre un rapport complet à l'amiral Sandecker, au quartier général de la NUMA, à Washington.

— Le *Deep Encounter* a beaucoup souffert, expliqua-t-il à son supérieur. Je me suis arrangé pour que le chantier naval le prenne en cale sèche dès demain matin. Selon le contremaître, il faudra compter trois jours pour réparer les avaries.

— Les journaux et la télévision nous repassent en boucle l'histoire du sauvetage, matin, midi et soir, répondit Sandecker. Un avion a pris de fabuleuses photographies du paquebot en feu et de l'*Encounter*. Le standard téléphonique de la NUMA est paralysé par les appels de félicitations, et l'immeuble tout entier grouille de journalistes. Je vous dois, à vous et à tous ceux qui se trouvaient à bord du *Deep Encounter*, un sincère discours de remerciement.

Pitt imaginait fort bien l'amiral dans son bureau, débordant de fierté et savourant chaque seconde de célébrité. Il voyait les cheveux roux flamboyants teints avec soin pour ôter toute trace de gris, la barbiche assortie et taillée en pointe, les yeux bleus qu'une satisfaction non feinte devait faire briller comme des néons. Pitt parvenait presque à sentir l'odeur âcre des cigares personnalisés que Sandecker se faisait envoyer de l'étranger.

— Cela signifie-t-il que nous aurons droit à une augmentation ? demanda Pitt d'un ton sarcastique.

— N'allez pas vous mettre pareille idée en tête, aboya l'amiral. La gloire ne se monnaye pas.

— L'octroi d'une prime constituerait un beau geste de votre part.

— Ne tentez pas trop le sort. Vous avez déjà de la chance : les frais de réparation de l'*Encounter* ne seront pas déduits de votre paye.

Pitt ne se laissa pas duper une seule seconde par l'attitude bourrue de l'amiral. Celui-ci jouissait parmi les employés de la NUMA d'une réputation de générosité. Pitt aurait pu parier qu'il était déjà en train de calculer les montants des chèques de primes, et il aurait gagné son pari. Non que Sandecker fût exempt de tout esprit mercantile lorsqu'il s'agissait de sa NUMA bien-aimée... Pitt n'avait pas besoin d'une boule de cristal pour savoir que l'amiral prévoyait déjà la manière dont il allait exploiter le sauvetage et ses retombées médiatiques afin d'obtenir du Congrès une rallonge de cinquante millions de dollars pour le budget de l'année suivante.

— Il y a peut-être autre chose que vous aimeriez déduire, ajouta Pitt non sans malice. Pour pouvoir nous maintenir à flot, nous avons dû jeter tout notre matériel par-dessus bord.

— Y compris les submersibles ? demanda Sandecker, dont la voix avait retrouvé tout son sérieux.

— Nous les avons largués, mais nous sommes passés les reprendre par la suite.

— Tant mieux, car vous allez en avoir besoin.

— Je ne vous suis pas, Amiral. La moitié de notre matériel de recherche sous-marine gît par le fond, et il nous est tout à fait impossible de mener à bien, comme prévu, notre mission d'étude de la fosse de Tonga.

— Je ne vous demande pas de procéder à un relevé topographique de la fosse de Tonga, répliqua Sandecker, mais de plonger sur le *Dauphin d'Emeraude*. Votre nouvelle mission consiste à repérer et analyser tous les éléments de preuves possibles en ce qui concerne l'incendie et la disparition beaucoup trop rapide de l'épave. *(L'amiral marqua quelques instants de pause.)* Vous *saviez* que le *Dauphin* avait coulé de façon inexplicable au cours du remorquage...

— C'est vrai. Nous avons entendu, le capitaine Burch et moi-même, les communications passées entre le remorqueur et le siège de sa compagnie.

— Le *Deep Encounter* est le seul bâtiment capable de réaliser cette mission dans un rayon d'un millier de milles.

— Explorer un immense paquebot depuis un submersible, par six ou sept mille mètres de fond, c'est autre chose que de fouiller les cendres d'une maison après un incendie... Et puis nous avons dû aussi nous défaire de la grue.

— Achetez ou louez-en une. Faites au mieux et revenez avec des résultats. Quoi que vous puissiez trouver, l'industrie des croisières risque de souffrir, et les compagnies d'assurances ne demandent qu'à indemniser la NUMA pour ses efforts.

— Je ne suis pas un enquêteur de compagnie d'assurances. Que suis-je censé rechercher, au juste ?

— Ne vous inquiétez pas, dit Sandecker. Je vais vous envoyer un homme d'expérience. C'est aussi un expert en véhicules sous-marins de grande profondeur.

— Je le connais ? demanda Pitt.

— Vous devriez le connaître, en effet, ironisa Sandecker. Il s'agit de votre assistant à la direction des Programmes Spéciaux.

— Al Giordino ! s'exclama Pitt, rayonnant. Je croyais qu'il travaillait encore dans l'Antarctique sur le projet Atlantis.

— Plus maintenant. Il se trouve à bord d'un avion et devrait atterrir à Wellington demain matin.

— Vous n'auriez pas pu faire un meilleur choix.

Sandecker se réjouissait toujours de jouer au chat et à la souris avec Pitt.

— En effet, dit-il d'un ton entendu. Je pensais bien que vous seriez de cet avis.

Chapitre 11

ALBERT Giordino franchit d'un pas lourd la passerelle qui séparait le bord de la cale sèche du pont du *Deep Encounter* en trimbalant une malle de steamer démodée sur son épaule puissante. Les côtés du bagage étaient couverts d'étiquettes colorées d'hôtels et de pays du monde entier. Une main maintenait la sangle de cuir de sa malle métallique, dont la partie supérieure et le fond étaient garnis de lattes de bois, tandis que l'autre portait une sacoche de cuir tout aussi antique. Il s'arrêta au bout de la passerelle et laissa choir son chargement sur le pont vide, qu'il balaya du regard. Il leva ensuite les yeux vers l'aileron de passerelle inoccupé. Seuls quelques ouvriers du chantier naval travaillaient à réparer les avaries de la coque. Le navire paraissait désert.

La largeur des épaules de Giordino était presque égale à sa taille. Avec son mètre soixante-trois et ses quatre-vingts kilos, Giordino était tout en muscles. Son teint hâlé, ses cheveux noirs frisés et ses yeux noisette trahissaient son ascendance italienne. Jovial, sociable et sarcastique, son humour cinglant provoquait selon les cas des éclats de rire ou des grincements de dents.

Amis depuis leur enfance, Pitt et Giordino jouaient sur les mêmes terrains de football américain lorsqu'ils étaient au lycée et, plus tard, à l'Ecole de l'Armée de l'Air.

Où l'un allait, l'autre suivait. Lorsque Pitt entra à la NUMA, Giordino ne se fit pas prier pour lui emboîter le pas. Leurs aventures marines et sous-marines faisaient désormais partie de la légende. Contrairement à Pitt qui habitait un hangar rempli de voitures anciennes, Giordino vivait dans un appartement qui aurait poussé un décorateur d'intérieur au suicide. Pour ses déplacements, il conduisait une vieille Corvette. En dehors de son travail, il nourrissait une passion pour les femmes, et ne voyait aucun mal à jouer les gigolos.

— Ohé, du bateau ! hurla-t-il.

Alors qu'il s'apprêtait à pousser un autre cri, une silhouette émergea de la timonerie pour rejoindre l'aileron de passerelle, et des yeux familiers le dévisagèrent.

— Tu ne peux donc pas t'empêcher de beugler ? lança Pitt d'un ton faussement sérieux. Nous n'apprécions pas beaucoup que des barbares embarquent à bord de cet élégant navire.

— Tu as de la chance, dans ce cas, répondit Giordino avec un sourire radieux. Il faut bien un mauvais garçon comme moi pour animer un peu ce rafiot.

— Ne bouge pas. Je descends.

Moins d'une minute plus tard, les deux hommes s'étreignaient sans la moindre gêne, comme les vieux amis qu'ils étaient. Giordino était trois fois plus fort que Pitt, mais Pitt s'amusait toujours autant à soulever son copain plus petit que lui.

— Qu'est-ce qui t'a retenu ? Sandecker m'avait dit que tu arriverais hier matin.

— Tu connais l'amiral. Il s'est montré trop radin pour me laisser prendre un jet de la NUMA, et j'ai dû prendre un vol régulier. Comme d'habitude, tous les avions étaient en retard et j'ai loupé ma correspondance à San Francisco.

Pitt gratifia son ami d'une tape sur l'épaule.

— Je suis content de te voir, mon pote. Je pensais que tu bossais sur le projet Atlantis dans l'Antarctique. *(Pitt se recula d'un pas et examina Giordino d'un air interrogateur.)* Tu n'étais pas fiancé, la dernière fois que je t'ai vu ?

Giordino leva les mains en signe de désespoir.

— Sandecker m'a obligé à larguer mon boulot dans l'Antarctique et ma fiancée m'a largué, elle aussi. Elle a fichu le camp sans moi.

— Que s'est-il passé ?

— Nous ne voulions ni l'un ni l'autre quitter notre job et emménager dans une maison en banlieue. Et puis on lui a proposé un boulot en Chine pour déchiffrer des documents anciens ; elle en a au moins pour deux ans, mais comme elle ne voulait pas laisser passer l'occasion, elle a pris le premier vol en partance pour Pékin.

— Je suis heureux de constater que tu sembles tout à fait apte à essuyer un refus.

— C'est encore pire que d'être fouetté, de se faire clouer la langue sur un arbre et d'être balancé dans le coffre d'une Nash Rambler 1951.

Pitt se baissa pour prendre la sacoche, mais ne fit aucun effort pour soulever la malle.

— Allons, suis-moi, je vais te montrer ta suite.

— Ma *suite* ? Le dernière fois que j'ai navigué à bord du *Deep Encounter*, les cabines n'étaient pas plus spacieuses que des placards à balais.

— Seuls les draps ont été changés.

— Cette vieille coque ressemble à un tombeau, remarqua Giordino en arpentant le bâtiment désert. Où sont les autres ?

— Je suis seul à bord avec l'ingénieur en chef. Les autres sont logés dans les meilleurs hôtels de la ville. On les bichonne, on les monte en épingle, ils donnent des interviews et acceptent des distinctions honorifiques.

— Si ce que j'ai entendu est vrai, l'homme du jour, c'est toi !

— Ce n'est pas mon genre, répondit Pitt, modeste, en haussant les épaules.

Giordino lui lança un regard de respect et d'admiration sincère.

— Cela peut se comprendre. Tu joues toujours au modeste. C'est ce que j'apprécie chez toi. Tu es le seul type que je connaisse à ne pas collectionner les photos de sa petite personne en compagnie de célébrités et à ne pas afficher tous ses trophées et ses récompenses dans sa salle de bains.

— Qui les verrait ? Je n'organise pas souvent de fêtes chez moi. Et d'ailleurs, qui cela pourrait-il intéresser ?

Giordino secoua doucement la tête. Pitt ne changera jamais, songea-t-il. Si le président des Etats-Unis voulait lui remettre la plus haute distinction du pays, Pitt enverrait un mot pour s'excuser et prétendrait avoir contracté la typhoïde.

*
* *

Giordino défit ses bagages et installa ses affaires. Il se dirigea ensuite vers la cabine de Pitt. Son ami était assis devant un petit bureau et étudiait les plans des ponts du *Dauphin d'Emeraude*. Giordino posa une caisse en bois sur la pile de documents.

— Tiens, voilà un cadeau pour toi !

— Déjà Noël ? s'exclama Pitt en riant. *(Il ouvrit la caisse et poussa un soupir.)* Tu es un homme bon, Albert. Une bouteille de tequila Réserve Don Julio à l'agave bleu...

— Nous pourrions peut-être y goûter afin de nous assurer que cette bouteille satisfait à nos exigences ? suggéra Giordino en tendant à Pitt deux gobelets en argent.

— Que dirait l'amiral ? Songerais-tu à enfreindre son dixième commandement sur l'interdiction de tout alcool à bord des navires de la NUMA ?

— Si je n'ingurgite pas quelque alcool médicinal à brève échéance, je crains de trépasser rapidement.

Pitt déboucha la bouteille et versa le liquide brun clair. Les deux amis levèrent leurs gobelets et trinquèrent.

— Buvons à nos plongées fructueuses sur l'épave du *Dauphin d'Emeraude*, lança Pitt.

— Et à une remontée réussie vers la surface ! Où a-t-il coulé, exactement ? demanda Giordino après avoir avalé une gorgée de tequila.

— Sur le versant ouest de la fosse de Tonga.

— Plutôt profond, commenta Giordino en levant les sourcils.

— A mon avis, l'épave doit reposer par six mille mètres de fond, au moins.

Les yeux de Giordino suivirent le mouvement de ses sourcils.

— Quel submersible penses-tu utiliser ?

— L'*Abyss Navigator*. Il est conçu pour ce type de boulot.

Giordino demeura un instant silencieux, et son visage prit une expression maussade.

— Bien entendu, tu sais que sa profondeur maximale de plongée est d'à peine plus de six mille mètres, et qu'il n'a jamais été testé aussi profond en situation réelle ?

— C'est l'occasion ou jamais de vérifier si ses concepteurs connaissent leur boulot, répliqua Pitt, désinvolte.

Giordino lui tendit son gobelet vide.

— Je crois que tu devrais me verser un verre. Peut-être même dix ou douze, car sinon, je ne fermerai pas l'œil avant que nous arrivions à Tonga. Je n'arrêterai pas de faire des cauchemars et de rêver à des implosions de submersibles.

Les deux compères restèrent assis dans la cabine de Pitt jusqu'à minuit, occupés à siroter la bouteille de tequila et à faire revivre les aventures vécues au fil des années. Pitt raconta la découverte du

Dauphin d'Emeraude en feu et l'opération de sauvetage, l'arrivée à point nommé du *Earl of Wattlesfield*, le rapport du commandant de l'*Audacious* faisant état du naufrage final du navire de croisière, le sauvetage de Kelly et la mort de l'assassin.

Lorsqu'il eut terminé, Giordino se leva pour regagner sa propre cabine.

— Tu n'as pas perdu ton temps !

— Je n'aimerais guère revivre tout cela.

— Quand notre coque sera-t-elle réparée, selon le chantier naval ?

— Nous espérons, le capitaine Burch et moi, être prêts à appareiller après-demain et arriver sur zone quatre jours plus tard.

— C'est largement suffisant pour que je puisse récupérer le bronzage perdu dans l'Antarctique.

Giordino remarqua soudain la mallette de cuir posée dans un coin.

— Est-ce la mallette du docteur Egan, dont tu me parlais tout à l'heure ?

— Oui.

— Et tu m'as dit qu'elle était vide ?

— Comme un coffre de banque après le départ de Butch Cassidy.

Giordino ramassa le bagage et parcourut des doigts la surface de cuir.

— Joli grain. Assez ancienne. Fabrication allemande. Ce docteur avait bon goût.

— Tu la veux ? Prends-la !

Giordino se rassit et posa la mallette sur ses genoux.

— J'ai un faible pour les bagages anciens.

— J'avais remarqué.

Giordino ouvrit les serrures, souleva le couvercle... et presque deux litres d'huile inondèrent ses genoux et la moquette qui recouvrait le sol. Une fois remis du choc, il gratifia Pitt d'un regard peu amène.

— Je ne te connaissais pas ce talent pour les farces de mauvais goût.

Le visage de Pitt trahissait la plus complète surprise.

— Ce n'est pas une farce, répondit-il.

Il jaillit de son siège et traversa la cabine pour examiner l'intérieur de la mallette.

— Crois-moi, poursuivit-il. Je n'ai rien à voir avec ça. J'ai encore vérifié hier, et elle était vide. Mis à part l'ingénieur en chef et moi, personne n'est monté à bord au cours des dernières vingt-quatre heures. Je ne comprends pas pourquoi quelqu'un prendrait la peine de se faufiler jusqu'ici et de remplir cette mallette d'huile. Pour quoi faire ?

— Mais alors, d'où vient cette huile ? Elle ne s'est pas matérialisée par miracle !

— Je n'en ai pas la moindre idée, répondit Pitt, dont le regard exprimait un sentiment indéfinissable. Mais je te parie que nous allons le savoir avant la fin de cette traversée.

Chapitre 12

PITT et Giordino durent vérifier et tester le matériel et les systèmes électroniques du *Sea Sleuth* (le *Limier des Mers*), le véhicule sous-marin autonome du *Deep Encounter*, et le mystère de l'huile demeura entier. Au cours de la traversée vers la sépulture marine du *Dauphin d'Emeraude*, ils eurent l'occasion de discuter de la procédure de recherche de l'épave avec le capitaine Burch et les ingénieurs maritimes embarqués à bord. Tous se trouvèrent d'accord sur un point : pour des raisons de sécurité, on mouillerait l'AUV * en premier, plutôt que d'utiliser d'emblée l'*Abyss Navigator*, le submersible habité.

Le *Sea Sleuth* n'offrait au regard aucune ligne moderne ou élégante. L'engin se distinguait par une conception entièrement utilitaire. Il aurait pu faire passer un robot motorisé de la recherche spatiale pour une œuvre d'art. Avec ses deux mètres trente de hauteur et de longueur et ses deux mètres de largeur, il pesait un peu moins de trois tonnes deux. Il était recouvert d'une épaisse carapace de titane et, vu de loin, ressemblait à un œuf énorme, ouvert sur les côtés, et posé sur des patins de luge. Une protubérance circulaire sur son sommet abritait ses deux caissons de flottabilité. Des barres de soutien parcouraient l'intérieur de l'engin, sous les caissons.

Des appareils photographiques, des caméras vidéo, des boîtiers informatiques, des détecteurs de salinité, de température et d'oxygène étaient installés au cœur du véhicule, comme des éléments d'un jeu de Lego éparpillés par un enfant. La propulsion était assurée par un moteur à courant continu et à transmission

* AUV : Autonomous Underwater Vehicle.

directe adapté à la pression, alimenté par un puissant système de batteries alcalines au manganèse. Des transducteurs hautement sophistiqués envoyaient les signaux et les éléments d'imagerie à travers les profondeurs jusqu'au navire, loin de là, à la surface ; le *Deep Encounter* retournait des ordres et des signaux de contrôle. Le passage du *Sea Sleuth* était illuminé par le déploiement d'une dizaine de lampes extérieures.

Semblable à quelque monstre mécanique sorti d'un film de science-fiction, un bras robotisé très complexe, ou manipulateur, puisque tel était son nom, saillait d'un côté du véhicule. Il était doté d'assez de force pour soulever une ancre de près de deux cents kilos et d'assez de sensibilité pour saisir une tasse à thé sans la briser.

Contrairement à d'autres véhicules robotisés plus anciens, le *Sea Sleuth* fonctionnait sans « cordon ombilical » relié au poste de contrôle de la timonerie du navire. Il était parfaitement autonome, même si son système de propulsion et ses caméras vidéo étaient gérés depuis la salle de commandement du *Deep Encounter*, des milliers de mètres plus haut.

Un homme d'équipage s'approcha de Pitt, qui aidait Giordino à ajuster le bras robotisé.

— Le capitaine Burch vous informe que nous ne sommes plus qu'à trois milles de la cible.

— Merci, répondit Pitt. Veuillez annoncer au commandant que Giordino et moi-même allons le rejoindre incessamment.

Giordino jeta deux tournevis dans une boîte à outils, se leva et s'étira les muscles du dos.

— Il est aussi prêt qu'on peut l'être.

— Allons donc sur la passerelle, et nous verrons à quoi ressemble le *Dauphin d'Emeraude* sur le sonar à écho latéral.

Burch et plusieurs ingénieurs et scientifiques de la NUMA étaient réunis dans la salle de commandement, juste derrière la timonerie. L'éclairage du plafond jetait des reflets violacés sur les visages et les mains de tous les hommes et les femmes présents. Des expérimentations récentes démontraient qu'il était plus facile de lire les données des instruments de mesure avec une bande d'ondes lumineuses rouge bleu.

Tous étaient regroupés autour de l'écran informatique de l'enregistreur Klein System 5 000, et regardaient se dérouler devant leurs yeux les fonds marins, six mille mètres plus bas.

L'image polychrome révélait un fond plutôt lisse qui dégringolait brusquement vers d'insondables abîmes. A l'arrivée de Pitt et de son ami, Burch se retourna et désigna l'écran de visualisation du GPS, qui indiquait à quelle distance se trouvait la cible.

— Il devrait apparaître d'ici un mille environ, commenta-t-il.

— Est-ce la position GPS indiquée par le remorqueur ?

— C'est l'endroit où le paquebot a coulé, au moment où le câble de remorquage s'est décroché, confirma Burch en hochant la tête.

Tous les regards se concentraient sur l'écran Klein. Le fond, loin sous le détecteur que le *Deep Encounter* remorquait au bout d'un câble, prenait la forme d'une surface plate, désertique, couverte d'un limon d'un brun-vert défraîchi. On ne voyait ni collines sous-marines, ni roches déchiquetées. Aucune terre abandonnée n'eût pu sembler aussi désolée. L'image était pourtant fascinante, car chacun attendait avec impatience qu'un objet se matérialise et envahisse peu à peu l'écran.

— Cinq cents mètres, annonça Burch.

Les hommes d'équipage et les scientifiques se turent. La salle de commandement devint aussi silencieuse qu'une crypte. Pour la plupart des gens, une telle attente eût été pleine d'angoisse, mais pas pour ces hommes et ces femmes qui dédiaient leurs vies à la recherche maritime et sous-marine. Ils étaient patients, et habitués à passer des semaines à scruter leurs instruments de contrôle dans l'attente d'un objet digne d'intérêt, épave ou formation géologique inhabituelle, mais se contentaient en général de scruter des fonds d'apparence interminable et stérile.

— Quelque chose apparaît, annonça Burch, qui était le mieux placé pour étudier l'écran.

Avec lenteur, l'enregistreur révéla une image de bonne définition qui prit vite l'aspect d'une construction d'origine humaine. La silhouette paraissait irrégulière, comme déchiquetée. Elle semblait trop petite, et ne correspondait guère à la vision d'un immense paquebot telle qu'ils l'attendaient.

— C'est bien lui, confirma Pitt d'une voix ferme.

Burch souriait comme un jeune marié.

— Nous l'avons repéré dès le premier passage !

— La position indiquée par le remorqueur était exacte au centimètre près !

— Il ne correspond pas à la taille du *Dauphin d'Emeraude*, fit remarquer Giordino d'un ton monocorde.

Burch désigna l'écran de l'index.

— Al a raison. Nous ne voyons qu'une partie du bâtiment. En voici une autre.

Pitt étudia l'écran, la mine songeuse.

— Il s'est brisé, soit en coulant, ou sous l'effet de l'impact lorsqu'il a touché le fond.

Une partie importante de ce que Burch identifia comme étant la poupe surgit sur l'écran. Un vaste champ de débris, entre les fragments de l'épave, révéla la présence d'objets non identifiables, petits ou grands, qui paraissaient avoir été dispersés par une tornade.

Giordino prit un carnet et esquissa quelques croquis rapides de ce qu'il voyait sur l'écran.

— Je pense qu'il a dû se rompre en trois morceaux.

Pitt examina les croquis et les compara aux images de l'écran du sonar.

— Ils reposent à environ un quart de mille de distance les uns des autres.

— Il s'est sans doute désintégré au cours de sa descente, intervint Burch, car sa structure interne était très affaiblie par l'incendie.

— Ce ne serait pas la première fois, dit un membre de l'équipe scientifique. Le *Titanic* s'est brisé en deux en coulant.

— Mais il avait plongé à un angle extrême, précisa Burch. J'ai parlé au commandant du remorqueur qui s'occupait du *Dauphin d'Emeraude*. Selon lui, le bâtiment a plongé vite, et à un angle très faible, pas plus de quinze degrés. Le *Titanic* a coulé à un angle de quarante-cinq degrés.

Giordino contemplait la mer à travers la vitre.

— Le scénario le plus logique voudrait qu'il ait coulé intact, avant de se briser sous l'impact. Sa vitesse devait probablement se situer entre trente et quarante milles à l'heure.

— Si tel était le cas, objecta Pitt, les restes de l'épave seraient concentrés sur une zone plus réduite. Ainsi que nous pouvons le constater, on trouve des débris un peu partout.

— Qu'est-ce qui aurait pu provoquer sa rupture ? demanda Burch, sans s'adresser à quelqu'un en particulier.

— Avec un peu de chance, conclut Pitt, nous trouverons les réponses si le *Sea Sleuth* se montre digne de son nom.

*
* *

Un soleil orange aveuglant se leva au-dessus de l'horizon plat et bleu ; le *Sea Sleuth* était suspendu à une nouvelle grue qui remplaçait celle larguée au cours du sauvetage. Elle avait été installée au chantier naval, et l'équipage avait achevé la fixation du câble à son treuil quelques heures plus tôt. Un sentiment d'attente impatiente régnait à bord tandis que l'on hissait l'AUV au-dessus de la poupe. La mer était plutôt calme et les vagues ne dépassaient guère un mètre de hauteur.

Le second dirigea la mise à l'eau de l'engin. Il adressa un signe aux hommes qui manœuvraient le treuil lorsque le véhicule se trouva à distance suffisante du bord de la poupe. Il les avertit alors que la voie était libre et le *Sea Sleuth* fut amené juste au-dessus de la surface. Après une dernière vérification des systèmes électroniques, il se posa doucement sur les eaux bleues du Pacifique. Dès qu'il fut à flot, on appuya sur un bouton, la pince électronique se desserra, et le câble de levage se dégagea.

Dans la salle de commandement, Giordino était assis devant la console avec une manette semblable à un joystick de jeu vidéo, équipée de divers leviers et interrupteurs. C'est lui qui allait piloter le *Sea Sleuth* pendant son voyage dans les abîmes. Il avait contribué à la conception des programmes informatiques de l'engin, et était également l'ingénieur en chef chargé de sa production. Peu d'hommes connaissaient autant que lui les excentricités du pilotage d'un AUV à six kilomètres de la surface de l'océan. Tout en gardant les yeux fixés sur l'image de l'engin, libre de toute attache avec le navire, il activa les valves des caissons de flottabilité et regarda l'appareil descendre sous les vagues avant de disparaître.

Installé à ses côtés, Pitt était assis devant le clavier et faisait passer les ordres à l'ordinateur embarqué de l'AUV. Pendant que Giordino prenait en charge la propulsion du véhicule et les données de sa position, Pitt manœuvrait les caméras et les systèmes d'éclairage. Derrière eux, sur le côté de la pièce, Misty Graham étudiait, assise à une table, une copie des plans de construction du *Dauphin d'Emeraude* envoyée par avion par ses architectes navals. Les autres concentraient leur regard sur la batterie d'écrans qui allait relayer les images prises par les caméras du *Sea Sleuth*.

Misty était une femme menue, au caractère bien trempé et qui ne s'en laissait pas compter. Avec ses cheveux noirs, coupés court pour ne pas la gêner dans ses activités, elle aurait presque eu l'air d'un garçon manqué, mais ses formes bien galbées lui gardaient une allure féminine. Ses yeux brun clair brillaient au-dessus d'un nez coquin et de lèvres douces. Misty ne s'était jamais mariée. C'était une scientifique zélée et l'une des meilleures spécialistes de la biologie marine parmi toute l'équipe de la NUMA, et elle passait beaucoup plus de temps en mer que dans son appartement de Washington ; elle ne disposait que de fort peu de loisirs pour sa vie sentimentale.

Elle leva les yeux de son plan et s'adressa à Burch.

— Si l'épave s'est enfoncée, le *Sea Sleuth* aura bien du mal à trouver des éléments dignes d'intérêt.

— Tant qu'il n'est pas à l'œuvre, nous ne pouvons rien dire.

Comme dans toutes les missions de recherches subaquatiques, les conversations allaient bon train dans la pièce. L'engin submersible était en route, et les trois ou quatre heures d'attente avant qu'il n'atteigne le fond faisaient partie d'une morne routine. Il n'y avait pas grand-chose à voir, sauf lorsqu'un représentant des étranges espèces des grands fonds passait devant les lentilles des caméras.

Le public trouve en général les recherches sous-marines particulièrement excitantes, mais elles sont en réalité tout à fait ennuyeuses. On passe beaucoup d'heures à attendre que quelque chose (un « événement », dans le jargon du métier) survienne, et cependant, tout le monde anticipe avec optimisme une découverte ou une anomalie qui se révélera peut-être enfin sur l'écran du sonar ou celui des caméras.

Par malheur, il arrive trop souvent que l'on ne trouve rien. Pourtant, la vision des fonds agissait comme un hypnotique puissant, et les membres d'équipage et les scientifiques ne pouvaient détacher leurs regards des moniteurs. Heureusement, les restes de l'épave, après sa chute de plus de six mille mètres vers le fond, à la position GPS indiquée par le remorqueur, furent enfin repérés à l'intérieur d'un périmètre de la taille d'un stade de football.

La progression du *Sea Sleuth* s'affichait sur le moniteur de contrôle ; des affichages digitaux indiquaient en bas de l'écran sa direction et le relief du fond. Une fois le véhicule posé, il suffirait à Giordino de l'envoyer droit au but sans gaspiller de temps en recherches plus poussées.

Il annonça à voix haute les données de l'altimètre.

— Huit cent trente-cinq mètres.

Il procédait à cette lecture toutes les dix minutes, tandis que le *Sea Sleuth* poursuivait sa descente dans le néant obscur, bien loin sous la quille du navire. Enfin, deux heures et demie plus tard, les détecteurs commencèrent à transmettre des chiffres indiquant que la distance entre l'engin et le fond se réduisait très vite.

— Fond à cent soixante-cinq mètres. Il continue à se rapprocher.

— Eclairage de profondeur allumé, répondit Pitt.

Giordino ralentit la vitesse de descente du *Sea Sleuth* jusqu'à soixante centimètres par seconde, pour le cas où il descendrait tout droit au-dessus de l'épave. Il eût été dramatique de voir l'engin piégé, puis perdu dans les débris tordus du *Dauphin d'Emeraude*. La vase grise du fond apparut bientôt sur les écrans. Giordino stoppa la progression de l'AUV et le laissa suspendu à un peu plus de trente mètres du fond.

— Quelle est la profondeur ? demanda Burch.

— Six mille quatre cent quatre-vingts mètres, répondit Al. Visibilité excellente. Presque soixante-dix mètres.

Giordino prit alors le contrôle effectif du *Sea Sleuth*. Il scrutait les moniteurs et manœuvrait les contrôles comme s'il était aux commandes d'un simulateur de vol. Le fond de l'océan défilait avec une pénible lenteur. En raison de la pression extrême, les propulseurs du *Sea Sleuth* peinaient à le faire avancer à une vitesse supérieure à un nœud.

Pitt pianotait sur son clavier et envoyait ses ordres à l'ordinateur embarqué de l'AUV, afin de régler et d'ajuster les caméras montées à la proue et sous la quille, et qui permettaient de voir devant et directement sous l'engin. A sa gauche, Burch, assis devant la console de guidage, vérifiait la position de l'AUV et s'assurait que le *Deep Encounter* reste juste au-dessus de l'épave.

— Quel cap ? demanda Giordino au capitaine Burch.

— Poursuivez sur un cap de dix-huit degrés. Vous devriez arriver droit dessus à cent trente mètres.

Giordino varia le cap selon les indications du commandant. Dix minutes plus tard, une forme fantomatique surgit devant l'AUV. La masse sombre s'élevait et s'étendait bien au-delà du champ des caméras.

— Cible droit devant, annonça-t-il.

Peu à peu, certains éléments de l'épave devinrent plus distincts.

Ils apparaissaient, légèrement au-delà de la proue, à tribord, près de l'ancre. Contrairement à celles des bâtiments plus anciens, les ancres du *Dauphin* étaient nichées plus en arrière de la proue et moins loin de la ligne de flottaison.

Pitt alluma les puissants phares avant qui percèrent l'obscurité et illuminèrent presque toute la proue.

— Caméras et bande d'enregistrement activées.

Les découvertes d'épaves étaient souvent saluées par des cris et des applaudissements, mais ce ne fut pas le cas ce jour-là. Tous demeurèrent aussi silencieux que s'ils se recueillaient devant une tombe. Soudain, comme attirés et liés par un ruban adhésif géant, ils se rassemblèrent autour des écrans. Ils purent alors constater que le *Dauphin d'Emeraude* ne reposait pas tout à fait droit sur le fond. Il était posé sur la vase à un angle de vingt-cinq degrés, et le bas de sa coque était exposé presque jusqu'à la quille.

Giordino fit glisser le *Sea Sleuth* le long du navire, tout en cherchant à repérer les obstacles éventuels. Sa prudence calculée s'avéra payante. Il stoppa l'AUV à seulement trois mètres d'une importante cavité de la coque, dont les panneaux tordus avaient pris des formes déchiquetées et méconnaissables.

— Voyons cela de plus près, dit Giordino à Pitt. Fais un zoom.

Le clavier de Pitt transmit l'ordre et les lentilles des caméras embarquées du *Sleuth* se braquèrent vers le trou selon des angles différents. Pendant ce temps, Giordino manœuvrait l'engin de telle sorte que sa proue vienne se positionner juste en face de la cavité béante.

— Maintiens ta position, dit Pitt. Voilà qui paraît intéressant.

— Ce trou n'a pas été causé par l'incendie, dit l'un des membres d'équipage.

— L'explosion venait de l'intérieur, fit remarquer Pitt.

Burch se frotta les yeux et scruta les écrans.

— L'explosion d'un réservoir de carburant, peut-être ?

Pitt secoua la tête.

— Les moteurs magnéto-hydrodynamiques ne sont pas alimentés par des carburants fossiles inflammables, affirma-t-il avant de se tourner vers Giordino. Al, longe le paquebot jusqu'à ce que nous arrivions à l'endroit où la partie centrale a cédé.

Giordino s'exécuta et manipula son joystick de façon à faire suivre à l'AUV une route parallèle à la coque du paquebot. Soixante mètres plus loin, ils découvrirent une seconde cavité, aux dimensions encore plus importantes. Ses caractéristiques impliquaient elles aussi une explosion interne qui avait déchiqueté les panneaux en projetant les déchirures vers l'extérieur.

— L'intérieur de la brèche correspond à l'emplacement du système de conditionnement d'air, leur apprit Misty. Je ne vois rien ici qui aurait pu causer de tels dégâts, conclut-elle après avoir à nouveau consulté ses plans.

— Moi non plus, admit Pitt.

Giordino fit monter légèrement le *Sea Sleuth* jusqu'à ce que le pont du navire apparaisse sur les écrans. Plusieurs des embarcations de sauvetage calcinées s'étaient détachées de leurs bossoirs pendant la descente. Celles qui étaient encore en place étaient brûlées et fondues au-delà de toute description. Il paraissait impossible qu'à bord du navire le plus sophistiqué au monde sur le plan technologique, tous les canots aient pu être rendus inutilisables aussi vite.

L'AUV contourna ensuite la partie dévastée de la coque qui s'était séparée du reste du bâtiment. Des canalisations, des poutrelles tordues et des tôles de revêtement de pont écrasées s'étalaient à partir de l'arrière comme les ruines d'une raffinerie de pétrole incendiée. On aurait pu croire que le *Dauphin d'Emeraude* s'était trouvé broyé par une force gargantuesque.

La section centrale ne ressemblait plus d'aucune manière à une partie quelconque d'un navire. Il ne restait qu'un immense tas de décombres noircis et déformés. Les écrans quittèrent cette intolérable vision lorsque l'AUV poursuivit sa route au-dessus du paysage sous-marin désolé.

— Quel cap pour atteindre la poupe ? demanda Giordino au commandant.

Celui-ci examina l'affichage digital des données, en bas de son écran de guidage.

— A trois cents mètres. Cap quatre-vingt-dix degrés ouest.

— Quatre-vingt-dix degrés ouest, répéta Giordino.

Le fond était maintenant parsemé de toutes sortes de débris dont la plupart étaient impossibles à identifier. Seuls des objets en céramique semblaient avoir survécu. Des tasses, des plats et des saladiers, dont beaucoup étaient encore empilés les uns sur les autres, étaient répartis sur la surface de vase comme un jeu de cartes sur un tapis de feutre gris. Aux yeux des observateurs présents dans la salle de commandement, la scène prenait une dimension macabre ; comment ces objets si fragiles avaient-ils pu subir un terrible incendie et une chute de plus de six mille mètres vers les abîmes sans se transformer en milliers d'éclats ?

— Nous approchons de la poupe, annonça Giordino tandis que le champ de décombres disparaissait dans le sillage des propulseurs du *Sea Sleuth*.

La dernière partie de l'épave se matérialisa peu à peu sous les éclairages puissants de l'engin. Le terrible cauchemar reprenait forme ; les hommes et les femmes qui s'étaient consacrés avec tant de courage à l'opération de sauvetage contemplaient à nouveau les ponts arrière où s'étaient regroupés les survivants avant d'abandonner le navire.

— Je n'aurais jamais cru devoir regarder cela une fois de plus, murmura l'une des scientifiques.

— Ce n'est pas une chose facile à oublier, reconnut Pitt. Fais demi-tour et remonte jusqu'à l'avant, là où la poupe s'est séparée du milieu, ajouta-t-il à l'adresse de Giordino.

— Demi-tour.

— Descends jusqu'à un mètre cinquante de la vase. J'aimerais jeter un coup d'œil à la quille.

Le *Sea Sleuth* obéit aux ordres de Giordino et contourna lentement le bas de la poupe qui se tenait presque droite sur le fond. Avec une extrême prudence, en contournant ou en survolant les débris, Giordino arrêta le véhicule et le laissa planer à un endroit où l'arrière du navire était entièrement éventré. La massive quille d'acier était dégagée de la couche de vase. Il était clair qu'elle était voilée et tordue vers le bas, là où elle s'était sectionnée.

— Seuls des explosifs ont pu provoquer cela, commenta Pitt.

— Je commence en effet à penser que le fond de la coque a explosé, renchérit Giordino. Sa structure interne, affaiblie par l'incendie et par le souffle de l'explosion, s'est cassée avec la pression croissante pendant sa descente vers le fond.

— Ce qui expliquerait qu'il ait coulé si brusquement, ajouta Burch. Selon les dires du commandant de l'*Audacious*, il est descendu si vite qu'il a failli emmener le remorqueur avec lui.

— Ce qui nous amène à la conclusion suivante : quelqu'un avait un solide motif pour mettre le feu au navire et le couler ensuite au plus profond de l'océan, afin que personne ne puisse examiner l'épave.

— C'est un raisonnement sensé, intervint Jim Jakubek, le spécialiste en hydrographie de l'équipe scientifique, mais disposons-nous d'une preuve irréfutable ? Comment prouver nos allégations devant un tribunal ?

— La réponse est simple : c'est impossible, reconnut Pitt en haussant les épaules.

— Que faire, alors ? demanda Misty.

Pitt contempla les écrans d'un air songeur.

— Le *Sea Sleuth* a accompli sa mission et démontré que le *Dauphin d'Emeraude* ne s'est pas détruit tout seul, pas plus qu'il ne s'agissait d'un acte divin. Il faut creuser plus loin et ramener assez de preuves pour qu'une enquête soit diligentée, et cette preuve nous conduira jusque chez le dangereux salaud qui a causé la perte de ce navire et la mort de plus de cent passagers.

— Creuser plus loin ? interrogea Giordino en souriant comme s'il connaissait déjà la réponse. Mais comment ?

Pitt se tourna vers son ami, une lueur machiavélique dans le regard.

— Toi et moi, nous allons descendre jusqu'à l'épave à bord de l'*Abyss Navigator* et nous ramènerons ces preuves.

Chapitre 13

— NOUS sommes libres, dit Giordino en adressant par la vitre épaisse un signe de la main au plongeur qui venait d'ôter le croc et le câble de l'œillet de levage de l'*Abyss Navigator*. Avant de remplir les caissons de flottaison et entamer la descente, il attendit que le plongeur procède à une ultime inspection du submersible. Quelques minutes plus tard, la tête et le masque apparurent derrière l'un des quatre hublots et l'homme leva le pouce en l'air.

— Parés pour la plongée, annonça Pitt aux membres d'équipage qui allaient les suivre depuis la salle de commandement.

— Tout semble prêt de notre côté, répondit Burch. Quand vous voudrez...

— Remplissage des ballasts, dit Giordino.

Pour descendre vers le fond, l'*Abyss Navigator* devait remplir d'eau de mer son caisson de flottabilité supérieur. Une fois rendu au terme de son parcours, la pression était beaucoup trop importante pour que les pompes parviennent à l'expulser, aussi fallait-il larguer les poids de lestage fixés sous l'engin pour pouvoir remonter et flotter à la surface.

Le centre névralgique de l'*Abyss Navigator*, prévu pour embarquer quatre hommes, était une sorte de boule en alliage de titane qui abritait le pilote et le technicien chargé du contrôle des systèmes de vie, des éclairages extérieurs, des caméras et des deux bras manipulateurs. Ceux-ci étaient installés sous la coque arrondie et faisaient saillie, comme les bras à effets spéciaux d'un robot de film de science-fiction. Un panier métallique suspendu sous les doigts mécaniques permettait de recueillir n'importe quel objet découvert sur le fond marin. Des boîtiers protégés de la pression, qui abritaient les systèmes électroniques, les batteries et le matériel de communication, étaient reliés à la structure tubulaire de l'habitacle. L'*Abyss Navigator* et le *Sea Sleuth* étaient tous deux conçus pour des emplois similaires et équipés de manière plus ou moins identique, mais ils se ressemblaient autant qu'un saint-bernard et une mule. Le saint-bernard est censé porter avec lui un tonnelet de cognac, tandis que la mule sert à transporter un ou plusieurs êtres humains.

Pour cette mission, trois personnes s'étaient embarquées à bord de l'*Abyss*. Deux raisons avaient poussé Misty Graham à accompagner Dirk et Al. D'une part, quel que soit le projet sur lequel travaillait Misty, elle s'y consacrait corps et âme. Elle avait passé tous ses instants de liberté à étudier les plans du *Dauphin d'Emeraude*, et connaissait chacune de ses parties mieux que quiconque. D'autre part, cette mission était pour elle une chance unique de pouvoir étudier les organismes marins des profondeurs.

Dès que Pitt eut chargé et vérifié les caméras, il contrôla le fonctionnement des systèmes de vie avant d'installer un siège réglable pour sa longue carcasse. Il s'assit et commença un jeu de mots croisés pour l'aider à oublier la longue et ennuyeuse descente vers le fond. De temps à autre, il levait la tête et scrutait les eaux par un hublot tandis que les lumières de la surface perdaient peu à peu leurs teintes rouges, vertes et jaunes et disparaissaient dans une masse bleu sombre, puis d'un noir d'encre. Il alluma l'un des éclairages extérieurs, mais il n'y avait rien à voir. Aucun être marin curieux ne se souciait d'examiner l'étrange intrus qui venait de sombrer dans son royaume aquatique.

Le submersible atteignit l'univers noir, à trois dimensions, de la zone intermédiaire, une contrée hors du temps, entre cent cinquante mètres de la surface et cent cinquante mètres du fond. C'est là que les passagers de l'*Abyss* reçurent leur premier visiteur.

Pitt délaissa ses mots croisés pour se tourner vers le hublot, et il se trouva nez à nez avec une lotte de mer qui descendait à la même allure que le *Navigator*. Peu de poissons sont aussi laids et grotesques que cet animal. Avec ses yeux de fouine gris perle, il arborait une sorte de hampe qui s'élevait à la verticale de son museau. La petite lueur qui irradiait au bout de l'appendice était un leurre destiné à attirer les proies qui constituaient son repas vers les profondeurs de l'infinie obscurité.

Dépourvu d'écailles, contrairement à ses lointains cousins qui vivent plus près de la surface, il était caparaçonné d'une peau brune fripée qui évoquait l'aspect d'un parchemin pourrissant. Une gueule énorme, qui traversait la partie inférieure de sa tête comme une caverne béante, dévoilait des centaines de dents minuscules et effilées comme des aiguilles. En dépit de la similitude de taille (une dizaine de centimètres, plus ou moins), un piranha confronté à une lotte de mer dans une zone sombre aurait tôt fait d'opérer un demi-tour et de détaler la queue basse.

— « Un visage que seule une mère peut aimer » ; ce poisson est une illustration parfaite du vieux cliché !

— Si on la compare à d'autres habitants des grands fonds, remarqua Misty, la lotte de mer est d'une incroyable beauté !

La curiosité du petit carnivore sans charme finit par se lasser, et il s'éloigna de la lumière pour regagner son obscur domaine.

Lorsqu'ils eurent dépassé six mille mètres de profondeur, ils pénétrèrent dans le monde étrange des créatures appelées siphonophores, prédateurs gélatineux de toutes formes et tailles (parfois moins de trois centimètres, alors que d'autres s'étirent jusqu'à quarante mètres). Leur territoire couvre quatre-vingt-quinze pour cent des mers du globe, et ils constituent encore un mystère pour les scientifiques, car on les voit rarement et on ne les capture quasiment jamais.

Misty était dans son élément ; elle observait, fascinée, les siphonophores, d'une remarquable beauté. Comme leurs cousines les méduses, les siphonophores ont un aspect transparent et délicat, et leurs couleurs luminescentes spectaculaires varient selon les caractéristiques des individus. Leurs corps sont modulaires et dotés de multiples organes internes, avec parfois plus d'une centaine d'estomacs, souvent visibles à travers leur substance diaphane. De nombreuses espèces possèdent de longs tentacules d'aspect éthéré qui peuvent dépasser trente mètres de longueur. Les tentacules d'autres espèces sont plus duveteux, et offrent parfois l'aspect des franges d'un balai. Comme une araignée qui tisse sa toile, les siphonophores les déploient comme des filets pour y attraper les poissons.

On nomme « cloches » les têtes de la plupart des siphonophores. Elles n'ont ni yeux ni gueules, mais servent à se déplacer. Le système est d'une efficacité incroyable : l'eau est pompée par une série de valves, puis rejetée par des contractions musculaires, propulsant ainsi la gluante créature dans n'importe quelle direction, selon les valves utilisées.

— Les siphonophores se tiennent à l'écart des lumières vives, expliqua Misty à Pitt. Pouvez-vous baisser l'intensité des projecteurs ?

Pitt s'exécuta et réduisit la puissance des phares jusqu'à obtenir une lueur diffuse qui permettait aux créatures de faire admirer leurs arcs-en-ciel bioluminescents.

— Une *Apolemia uvaria*, murmura soudain Misty d'un ton empreint de respect, en contemplant la créature qui disparaissait avec une glissade, tout en déroulant ses tentacules de trente mètres en un filet de pêche mortel.

Le spectacle se poursuivit encore sur plusieurs centaines de mètres de descente, et Misty notait avec acharnement ses observations sur un bloc-notes. Sous le contrôle de Pitt, caméras vidéo et appareils à vues fixes étaient entrés en action. Le nombre des siphonophores diminuait, ceux qui subsistaient étaient de plus en plus petits. Ils survivaient malgré l'énorme pression, car l'intérieur de leurs corps possédait une force équivalente à celle qui provenait de l'extérieur.

Pitt était tellement absorbé par le spectacle qu'il ne songea même pas à reprendre ses mots croisés. Il ne s'écarta que lorsque Giordino le poussa du coude.

— Nous approchons du fond.

A l'extérieur, l'eau se remplissait de « neige marine », ces minuscules particules gris clair composées d'organismes morts et de déchets produits par les créatures vivant au-dessus du fond. Les passagers du *Navigator* auraient pu se croire à l'intérieur d'une voiture par temps de brume. Pitt se demanda quel phénomène sous-marin expliquait le fait que la « neige » paraissait plus lourde que la veille, lorsqu'elle était éclairée par les phares du *Sea Sleuth* et enregistrée par ses caméras embarquées.

Il alluma tous les éclairages et regarda à travers le hublot installé sur le sol du submersible. Comme une terre qui se matérialiserait à travers le brouillard, le fond marin prenait forme sous les patins et l'ombre du *Navigator* apparaissait sous les éclairages de la quille.

— Nous atteignons le fond, prévint-il.

Giordino stoppa la descente en larguant deux poids, neutralisant ainsi la flottaison jusqu'à ce que la progression de l'engin soit presque imperceptible, et il s'arrêta à seulement six ou sept mètres du parterre marin. Tel un pilote d'avion effectuant un atterrissage parfait, Giordino avait manœuvré avec adresse le submersible de telle sorte qu'il s'immobilise exactement au point prévu.

— Beau travail, le complimenta Pitt.

— Cela fait partie de mes nombreux talents, répondit Giordino d'un ton grandiloquent.

— Nous sommes au fond, pouvez nous donner un cap ? demanda Pitt au capitaine Burch, plus de six kilomètres plus haut.

— Deux cents mètres devant, sud-est, répondit le commandant. Suivez un cap à cent quarante degrés et vous devriez tomber sur la partie arrière de la section de proue, là où elle a été arrachée.

Giordino mit les propulseurs en marche et, à l'aide du « manche à balai », dirigea le *Navigator* selon le cap indiqué par Burch. Les décombres correspondant à l'endroit où le navire s'était brisé apparurent quatorze minutes plus tard. Ce fut un choc pour les trois passagers de constater *de visu*, plutôt que sur un écran vidéo, les effets dévastateurs de l'incendie. Aucun élément du paquebot n'était identifiable. Ils éprouvaient le sentiment de contempler l'intérieur d'une grotte monstrueuse encombrée de débris calcinés. Seule la silhouette de la coque évoquait encore la forme d'un navire.

— Vers où nous dirigeons-nous ? demanda Giordino.

Misty prit le temps d'étudier les plans des ponts intérieurs et de procéder à des relevés. Elle entoura une zone précise d'un cercle et tendit le document à Giordino.

— Tu veux voir à l'intérieur ? demanda-t-il à Pitt, tout en sachant que la réponse risquait de ne guère lui plaire.

— Oui, aussi loin que possible, répondit Pitt. Si nous le pouvons, j'aimerais pénétrer à l'intérieur de la chapelle où l'incendie a éclaté, selon les rapports de l'équipage.

Giordino lança un regard sceptique vers l'intérieur noirci et menaçant de l'épave.

— Nous pourrions facilement nous retrouver coincés, par ici.

— Dans ce cas, j'aurai le temps de terminer mes mots croisés, répliqua Pitt en souriant.

— C'est ça, grogna Al. Tu auras toute l'éternité devant toi.

Son attitude sarcastique n'était que pure comédie. Il se serait volontiers jeté du Golden Gate Bridge en compagnie de Pitt. Il agrippa le manche à balai et posa doucement la main sur la commande d'accélérateur.

— Explique-moi *où* et dis-moi *quand*.

Misty essayait d'ignorer l'humour sardonique des deux hommes, mais l'idée de mourir abandonnée à jamais dans les profondeurs de l'océan ne lui souriait guère.

Avant de donner l'ordre d'avancer, Pitt appela le *Deep Encounter* pour rendre compte de la situation du *Navigator*. Personne ne répondit.

— Curieux, commenta-t-il, perplexe. Personne en ligne...

— Un mauvais fonctionnement du système de communication, sans doute, dit Giordino d'un ton calme.

Pitt renonça à contacter la salle de commandement. Il vérifia les jauges d'oxygène. Il leur restait une heure de plongée.

— Allons-y, ordonna-t-il.

Giordina hocha légèrement la tête et manœuvra les commandes pour conduire avec une extrême lenteur le submersible dans l'ouverture de la coque.

Des formes de vie sous-marine s'étaient déjà lancées dans l'exploration de l'épave. Ils repérèrent une espèce particulière de crevettes grises, plusieurs grenadiers, et des créatures que l'on ne pouvait décrire qu'en évoquant des limaces de mer qui auraient réussi à pénétrer parmi les ruines saccagées à force de contorsions.

L'intérieur carbonisé de l'épave paraissait menaçant. Un courant léger subsistait, mais il était trop faible pour mettre en danger la stabilité du *Navigator*. La silhouette indistincte des ponts et des cloisons sortit peu à peu de l'ombre. Pitt, dont le regard passait sans cesse des plans au hublot, cherchait à savoir quel pont emprunter pour se rendre à la chapelle.

— Il faut monter jusqu'au quatrième pont, indiqua Misty. Il conduit à la chapelle en passant par une galerie marchande.

— Nous allons essayer, dit Pitt.

Avec lenteur, Giordino dirigea le submersible vers le haut sans larguer de lest, par la seule puissance des propulseurs. Dès que le *Navigator* eut atteint le quatrième pont, il le laissa planer une minute ; les deux hommes contemplèrent l'intérieur de l'épave, illuminée par les quatre éclairages de l'avant. Des câbles électriques et des tuyaux fondus pendaient comme des tentacules difformes. Pitt mit en marche les caméras et commença à enregistrer le chaos ambiant.

— Nous n'allons jamais pouvoir contourner ce fouillis, dit Giordino.

— Le contourner, non, rétorqua Pitt, mais nous pouvons le traverser. Nous allons enfoncer notre proue dans tous ces tuyaux, là-bas.

Sans prendre la peine d'argumenter, Giordino fit glisser le submersible dans un labyrinthe de canalisations et de tuyaux fondus qui menaçaient de dégringoler du plafond, et se désagrégeaient comme s'ils étaient faits de mauvais plâtre en répandant des nuages de cendre à travers lesquels le submersible se glissait avec aisance.

— Tu n'avais pas tort, remarqua Giordino.

— Je pensais bien qu'ils allaient s'effriter, après avoir été soumis à une telle chaleur.

Ils s'engagèrent dans les ruines de la galerie marchande. De l'avenue qui s'étendait sur trois ponts ouverts et des boutiques luxueuses, il ne restait rien. Seules, des cloisons noircies et tordues indiquaient les anciens emplacements des magasins. Giordino, avec prudence, contournait ou survolait des tas de débris semblables à des collines couvertes de roches volcaniques déchiquetées.

Misty éprouvait un sentiment d'irréalité, plus encore que les deux hommes ; elle savait qu'ils évoluaient dans un espace où des hommes s'étaient promenés, détendus, où des femmes avaient fait leurs emplettes ; des enfants avaient ri, crié, couru devant leurs parents... Misty imaginait presque leurs fantômes rôder dans la galerie. La plupart des passagers étaient parvenus à échapper à la mort et s'apprêtaient désormais à regagner leurs foyers, emmenant avec eux des souvenirs qui allaient les hanter jusqu'à la fin de leurs jours.

— Il n'y a pas grand-chose à voir, constata Giordino.

— Aucun pilleur d'épave ne viendrait perdre son temps et son argent dans ces ruines, approuva Pitt.

— Je n'en suis pas si sûr. Tu sais comment ça se passe. D'ici vingt ans, quelqu'un ira raconter que le navire a coulé avec un million de dollars en liquide dans le coffre du commissaire de bord. Cinquante ans plus tard, la somme sera passée à cinquante millions en argent. Dans deux siècles, ils prétendront qu'il s'agissait d'un milliard en or.

— C'est curieux, si l'on considère qu'au cours du siècle dernier, les sommes dépensées pour chercher de l'or sous les mers ont été bien plus importantes que celles que l'on a effectivement découvertes.

— Seules, les épaves de l'*Edinburgh*, de l'*Atocha* et du *Central America* ont été des affaires rentables.

— Des exceptions à la règle, dit Pitt.

— Il y a bien des trésors dans la mer qui valent plus que l'or, fit remarquer Misty.

— C'est vrai, acquiesça Pitt. Des trésors qui restent à découvrir, et qui ne proviennent d'aucune activité humaine...

Plusieurs poutrelles tombées au sol bloquèrent soudain le passage et tous trois se turent. Avec d'infinies précautions, Giordino se faufila dans le labyrinthe, éraflant au passage la peinture des patins du submersible.

— Trop près, soupira-t-il. Le problème sera de savoir comment sortir de là dans l'autre sens.

— Nous arrivons sur le site de la chapelle, les avertit Misty.

— Comment parvenez-vous à vous y retrouver dans ce chambardement ? demanda Pitt.

— Il reste encore quelques traces d'équipements que j'arrive à repérer sur les plans, répondit-elle, le visage concentré. Avancez encore de dix mètres et arrêtez-vous.

Pitt était étendu sur le ventre et regardait par le hublot placé au sol de l'engin. Giordino parcourut la distance indiquée par Misty et mit en panne. Le *Navigator* demeura suspendu comme s'il lévitait au-dessus de l'espace autrefois occupé par la chapelle. Seules, les fixations métalliques fondues des bancs, sur le sol, prouvaient qu'ils se trouvaient effectivement au bon endroit.

Pitt se pencha sur la console qui regroupait les instruments de contrôle du bras manipulateur. Par touches légères sur les boutons et les interrupteurs, il fit descendre le bras qui se mit à fouiller et explorer de ses doigts mécaniques les restes carbonisés.

Après avoir passé au crible une surface de trois mètres carrés sans rien découvrir qui soit digne d'intérêt, Pitt se tourna vers Giordino.

— Avance encore un peu. Moins de deux mètres.

Giordino lui obéit, puis attendit avec patience que Pitt lui ordonne d'explorer un autre quadrant. Chacun se consacrait à sa tâche, et les trois passagers parlaient peu. Trente minutes plus tard, Pitt avait exploré la majeure partie de la chapelle. Comme par hasard, ce ne fut qu'en fouillant le dernier quadrant qu'il trouva enfin ce qu'il cherchait. Quelque chose d'aspect étrange reposait sur le sol en formant un minuscule bloc tout tordu. L'objet – ou la substance –, qui mesurait moins de quinze centimètres de long et cinq de large, ne présentait pas l'aspect brûlé et fondu de tout ce qui l'entourait. Il semblait plutôt arrondi et lisse. Ses couleurs étaient curieuses : au lieu d'être noires ou grises, comme tous les objets brûlés, elles présentaient des nuances verdâtres.

— Il est temps, avertit Giordino. Il nous reste juste assez d'oxygène pour remonter en toute sécurité.

— Nous avons peut-être trouvé ce que nous sommes venus chercher, annonça Pitt. Laisse-moi encore cinq minutes.

Avec des gestes presque tendres, Pitt manœuvra les doigts robotisés pour les positionner lentement au-dessus de l'étrange matériau à moitié enfoui sous les cendres. Une fois l'objet saisi avec délicatesse, il jongla avec les instruments de contrôle pour l'extraire des gravats incinérés. Il fit ensuite reculer le manipulateur qui déposa avec prudence son chargement dans le panier métallique. Alors seulement, il desserra les doigts mécaniques, qu'il replaça ensuite en position de verrouillage.

— Allons-y, rentrons.

Giordino opéra un lent virage à cent quatre-vingts degrés et se positionna pour traverser à nouveau la galerie marchande.

Soudain, il y eut un bruit sourd et le submersible s'arrêta avec une secousse. Pendant un moment, personne ne prononça un mot. Prise d'une peur subite, Misty joignit ses mains sur sa poitrine. Pitt et Giordino se contentèrent d'échanger un regard et ruminèrent un instant sur la sombre perspective de demeurer ainsi piégés pour l'éternité dans cet endroit atroce.

— Je pense vraiment que tu as dû heurter quelque chose, dit Pitt d'un ton dégagé.

— C'est bien possible, répondit Giordino, guère plus nerveux qu'un singe déçu par le goût d'une banane.

Pitt avança la tête pour regarder par le hublot du sommet de l'habitacle.

— Je crois qu'un caisson de ballast est resté suspendu à une poutrelle.

— Je l'aurais vu.

— La poutrelle n'était pas à cet endroit-là lorsque nous sommes arrivés. Je suppose qu'elle a dû s'affaisser après notre passage.

Effrayée, Misty peinait à comprendre comment les deux hommes pouvaient prendre à la légère une situation aussi dramatique. Elle ignorait qu'au cours de leur longue amitié, Pitt et Giordino s'étaient déjà trouvés en plus mauvaise posture. L'humour était un mécanisme qui leur permettait de se dégager l'esprit de la peur insidieuse de la mort.

Giordino fit doucement reculer le *Navigator* en le rapprochant du sol. Un affreux crissement résonna dans l'habitacle, puis le submersible se dégagea et le vide irréel retrouva le silence.

— Le caisson ne me paraît pas en bon état, constata Pitt, stoïque. Il est bosselé et enfoncé sur la partie supérieure.

— Il est déjà plein d'eau de mer ; il ne risque pas de fuir.

— Par chance, nous n'en avons pas besoin pour remonter à la surface.

En apparence, Giordino était aussi serein qu'une mer d'huile, mais au fond de lui-même, il se sentit grandement soulagé lorsqu'il s'échappa du labyrinthe de décombres en suspension et put enfin piloter le *Navigator* dans des eaux dégagées. Une fois à l'écart de l'épave, il lâcha du lest pour permettre au submersible de remonter, et Pitt appela le *Deep Encounter*. Il prit une expression pensive en constatant qu'il ne recevait aucune réponse.

— Je ne comprends pas pourquoi le téléphone refuse de fonctionner, dit-il lentement. De notre côté, le système marche, et ils sont beaucoup mieux équipés que nous pour résoudre une panne éventuelle.

— La Loi de l'Emmerdement Maximum peut frapper partout, à n'importe quel moment, commenta Giordino avec philosophie.

— Je ne pense pas qu'il s'agisse d'un problème bien grave, intervint Misty, soulagée de se trouver sur le chemin du retour vers la surface et le soleil.

Pitt renonça à contacter le *Deep Encounter*. Il éteignit les caméras et les éclairages extérieurs afin de conserver assez d'énergie dans les batteries en cas d'urgence. Il se détendit enfin sur son siège et se replongea dans ses mots croisés. Il eut bientôt terminé, mis à part le vingt-deux vertical qui lui posait problème. Il décida de tuer le temps en faisant un somme.

Trois heures plus tard, les couleurs du spectre réapparurent et l'eau commença à virer du noir au bleu profond. Les passagers apercevaient la surface mouvante de la mer qui scintillait et chatoyait au-dessus d'eux. Moins d'une minute plus tard, l'*Abyss Navigator* arriva à l'air libre. Ils furent heureux de constater que la houle ne dépassait guère soixante centimètres, du creux à la crête des vagues. Le submersible, dont la masse était encore immergée d'un bon mètre sous les flots, se contentait de rouler et de tanguer légèrement.

Une nouvelle tentative de communication avec le *Deep Encounter* se solda par un échec. Misty, Pitt et Giordino ne voyaient pas le navire de recherches, car tous les hublots, sauf un, se trouvaient sous le niveau de flottaison. Celui du plafond n'offrait aucune visibilité horizontale ; l'équipage du submersible ne pouvait que regarder droit en l'air. Ils attendirent que les plongeurs viennent accrocher le câble de levage, mais au bout de dix minutes, personne n'avait encore donné signe de vie. Quelque chose allait de travers.

— Toujours pas de contact, annonça Pitt. Pas de plongeurs. Se seraient-ils endormis ?

— La navire a peut-être coulé, plaisanta Giordino entre deux bâillements.

— Ne dis pas ça, le réprimanda Misty.

Pitt lui sourit.

— C'est d'ailleurs peu probable, dans des eaux si calmes.

— Les vagues ne passent pas par-dessus l'habitacle. Pourquoi ne pas ouvrir et jeter un coup d'œil ? proposa Giordino.

— C'est une proposition sensée, approuva Misty. J'en ai assez d'inhaler ces odeurs de mâles.

— Vous auriez dû nous le signaler plus tôt, répondit Giordino de façon cavalière, avant de saisir une bombe de désodorisant de voiture et d'en vaporiser l'intérieur de l'engin. Fuis donc, air vicié ! conclut-il.

Pitt ne pouvait s'empêcher de rire en se redressant dans le tunnel étroit qui traversait le caisson de ballast endommagé. Il se demandait non sans inquiétude si la poutrelle n'avait pas bloqué l'écoutille, mais après avoir tourné le volant qui la maintenait fermée, elle s'ouvrit sans difficulté sur ses gonds. Il se hissa vers le haut, maintint sa tête et ses bras à l'extérieur, et respira l'air frais de la mer en scrutant les eaux à la recherche du navire et des canots de l'équipe de plongée. Son regard fit un tour d'horizon complet.

Il serait vain de vouloir décrire le flot d'incrédulité et d'émotion qui s'empara alors de lui. Ses réactions passèrent de la stupéfaction la plus totale à l'état de choc pur et simple.

La mer était déserte. Le *Deep Encounter* s'était évanoui. Comme s'il n'avait jamais existé.

Chapitre 14

ILS arrivèrent à bord au moment où Pitt tentait d'établir le contact, alors que l'*Abyss Navigator* venait d'atteindre le fond sous-marin. L'équipage vaquait à ses tâches pendant que les scientifiques, dans la salle de commandement, surveillaient la mission d'exploration de Pitt et de Giordino. Le détournement se déroula si vite, de façon si inattendue, que personne à bord du *Deep Encounter* n'eut le temps de comprendre ce qui se passait.

Burch, appuyé contre le dossier de son siège, les bras repliés sur la poitrine, surveillait les moniteurs lorsque Delgado, tout proche du système radar, remarqua un spot qui se déplaçait rapidement sur l'écran.

— Sans doute un bâtiment de guerre, commenta Burch sans se détourner des moniteurs. Nous sommes à plus de deux mille des voies de navigation commerciale.

— Il ne ressemble guère à un navire de guerre, répondit Delgado. Il avance plutôt vite, et met le cap droit sur nous.

Burch leva les sourcils. Sans répondre à Delgado, il prit une paire de jumelles et sortit sur l'aileron de passerelle. Il scruta la mer au loin à travers ses lentilles de 7 sur 50, et aperçut un bateau blanc et orange vif dont la silhouette grossissait en fendant les flots en direction du *Deep Encounter*. Tout trace d'appréhension s'évanouit. Le bâtiment ne semblait pas représenter la moindre menace.

— De quel genre de navire s'agit-il, selon vous ? demanda Delgado.

— C'est un transporteur à usages multiples d'une compagnie pétrolière, et un gros. Il est rapide, si l'on en juge par l'écume qui gicle par-dessus sa proue. Il file sans doute ses trente nœuds.

— Je me demande d'où il vient. Il n'y a aucune plate-forme pétrolière dans un rayon d'un millier de milles.

— Je me demande surtout pourquoi il s'intéresse à nous.

— Voyez-vous son nom ou celui de sa compagnie sur la coque ?

— C'est étrange, répondit lentement Burch. Les noms du bateau et de la compagnie ont été recouverts.

Comme si on venait de lui en souffler l'idée, l'opérateur radio les rejoignit soudain sur l'aileron.

— Je suis en communication avec le commandant du transporteur, annonça-t-il à Burch.

Burch ouvrit un boîtier étanche et mit en marche le haut-parleur de passerelle.

— Capitaine Burch, commandant le *Deep Encounter*, de la NUMA, à l'écoute.

— Capitaine Wheeler, du *Pegasus*, *Mistral Oil Company*. Avez-vous un médecin à bord ?

— Affirmatif. Quel est votre problème ?

— Nous avons un blessé grave.

— Venez nous accoster et je vous enverrai notre médecin.

— Peut-être vaudrait-il mieux l'embarquer à votre bord. Nous n'avons pas d'installations médicales ni de matériel ou de médicaments.

Burch se tourna vers Delgado.

— Vous avez entendu ?

— Voilà qui est très étrange, répondit Delgado.

— Je suis bien de votre avis. On peut comprendre qu'il n'y ait pas de médecin à bord d'un transporteur de ce type, mais aucun matériel, aucun médicament ? Quelque chose ne colle pas.

Delgado se dirigeait déjà vers l'escalier de passerelle.

— Je vais rassembler une équipe qui se tiendra prête à hisser un brancard à bord.

Le transporteur mit en panne à une cinquantaine de mètres du navire de recherches. Quelques minutes plus tard, il mouilla un canot où était installé un homme enveloppé de couvertures, étendu sur un brancard disposé entre les sièges. Quatre hommes prirent place à bord de l'embarcation qui dansa bientôt sur les vagues près de la coque du *Deep Encounter*. Contrairement à toute attente, trois des hommes sautèrent à bord et hissèrent le blessé sur le pont après avoir repoussé sans ménagement les membres d'équipage du *Deep Encounter*.

Soudain, les visiteurs arrachèrent les couvertures, saisirent les armes automatiques qu'elles dissimulaient, et les braquèrent sur les hommes de Burch. Le « blessé » étendu sur le brancard se remit sur pied d'un seul bond, attrapa une arme qu'un acolyte lui tendait, et courut vers l'escalier de tribord qui conduisait à la passerelle.

Burch et Delgado comprirent aussitôt qu'il s'agissait d'un détournement. Sur un navire de commerce ou un yacht privé, ils se seraient précipités vers l'armurerie et auraient procédé à la distribution de fusils, mais les lois internationales interdisaient aux navires de recherches de transporter des armes. Ils n'avaient d'autre choix que d'assister impuissants à l'invasion du pont.

L'intrus, dépourvu de jambe de bois, de bandeau sur l'œil ou de perroquet, ne ressemblait pas à un pirate. Son allure évoquait plutôt celle d'un cadre supérieur. Ses cheveux étaient trop gris pour son âge, et son visage brun. Il n'était pas plus grand que la moyenne, et son estomac semblait légèrement plus large que son tour de taille. Son attitude était celle d'un homme à l'aise dans l'exercice de son autorité, et il était vêtu non sans élégance d'une chemise de golf et d'un bermuda. Comme par courtoisie, il ne braquait son arme ni sur Burch, ni sur Delgado, mais se contentait de maintenir le canon levé vers le ciel.

Pendant un moment, les trois hommes s'étudièrent avec méfiance. L'intrus ignora Delgado et se tourna vers Burch, à qui il s'adressa en anglais, avec un accent américain.

— Capitaine Burch, je suppose ?

— Qui êtes-vous ?

— Peu importe mon nom, répondit le pirate d'un ton râpeux qui évoquait le contact d'une lime contre l'acier. J'espère que vous ne nous opposerez aucune résistance.

— Que diable êtes-vous venu faire sur mon navire ?

— Nous le réquisitionnons, répliqua l'intrus d'un ton dur. Il ne sera fait de mal à personne.

Burch le dévisagea, incrédule.

— Ce navire appartient au gouvernement des Etats-Unis d'Amérique. Rien ne vous autorise à monter à bord et à procéder à une réquisition.

— Bien sûr que si, répondit l'homme en levant son arme. Ceci nous autorise à réquisitionner votre bateau.

Tandis qu'il prononçait ces mots, ses trois complices commençaient à regrouper les membres d'équipage sur le pont de travail.

Le canot du transporteur revint rapidement avec à son bord dix autres hommes armés, qui se disséminèrent à l'intérieur du bâtiment.

— C'est de la folie, rugit Burch, indigné. Qu'espérez-vous, en vous livrant à cet acte criminel ?

L'homme à la peau sombre sourit avec condescendance.

— Je crains qu'il vous soit impossible de comprendre nos buts.

Un pirate armé s'approcha.

— *Sir*, nous nous sommes assurés du navire entier ; tous les membres d'équipage et les scientifiques sont sous bonne garde dans le réfectoire.

— La salle des machines ?

— Elle attend vos ordres.

— Eh bien, préparons-nous à appareiller. A pleine vitesse.

— Aussi vite que vous alliez, vous finirez par être rattrapés, dit Delgado. Ce navire ne dépasse pas les dix nœuds.

— Dix nœuds ? s'exclama le pirate en riant. Vous faites honte à votre navire, *sir*. Je n'ignore pas que vous avez atteint une vitesse deux fois supérieure en vous portant au secours du *Dauphin d'Emeraude*. Cependant, vingt nœuds, c'est encore trop lent pour moi. *(Il se tut un instant et désigna la proue, où le transporteur se positionnait en sorte de pouvoir prendre le* Deep Encounter *en remorque.)* Avec nos deux bâtiments, nous devrions réussir à dépasser les vingt-cinq nœuds.

— Où nous emmenez-vous ? demanda Delgado, dans une colère dont Burch l'aurait cru incapable.

— Cela ne vous concerne pas, grinça négligemment le pirate. Ai-je votre parole, commandant ? Vous et votre équipage ne tenterez pas de résister ou de désobéir à mes ordres ?

— Vous avez les armes. Nous n'avons que nos couteaux de cuisine.

Pendant qu'ils parlaient, un câble de remorquage fut remonté à bord et enroulé autour du bollard avant du *Deep Encounter*. Les yeux de Burch prirent soudain une expression de désarroi non déguisé.

— Nous ne pouvons pas appareiller, dit-il brusquement. Pas encore !

Le pirate le dévisagea, tentant de détecter une ruse éventuelle. Il ne décela pas le moindre signe de tromperie dans le regard de Burch.

— Vous discutez déjà mes ordres ?

— Vous ne comprenez pas, intervint Delgado. Nous avons un submersible en plongée, avec une femme et deux hommes à bord. Nous ne pouvons pas les abandonner.

Le pirate haussa les épaules d'un air indifférent.

— Quel dommage. Ils devront gagner la terre par leurs propres moyens.

— C'est impossible. Ce serait un meurtre.

— Ne peuvent-ils pas communiquer avec l'extérieur ?

— Ils ne disposent que d'une petite radio portative et d'un système de téléphone acoustique sous-marin, expliqua Delgado. Ils ne peuvent entrer en contact avec un navire ou un avion que dans un rayon de deux milles.

— Nom d'un chien, monsieur, plaida Burch, lorsqu'ils remonteront et constateront que nous avons disparu, il ne leur restera aucun espoir de sauvetage. Nous sommes trop éloignés des voies de navigation commerciale. Vous signeriez leur arrêt de mort.

— Ce n'est pas mon problème.

Pris de rage, Burch fit un pas vers le pirate, qui leva son arme d'un geste vif et lui poussa le canon contre la poitrine.

— Il serait déraisonnable de vous opposer à moi, commandant.

Les poings serrés, Burch dévisagea l'homme à la peau noire comme s'il s'agissait d'un fou, puis il se retourna et contempla la mer, à l'endroit où il avait vu pour la dernière fois l'*Abyss Navigator*.

— Que Dieu vous vienne en aide si cette femme et ces hommes meurent, dit-il d'une voix tranchante comme l'acier. Car vous paierez.

— S'il existe un châtiment, ce n'est pas vous qui serez chargé de le faire exécuter.

Vaincus, abattus à la pensée du sort qui attendait Pitt, Giordino et Misty, ils n'étaient pas en mesure de négocier quoi que ce soit. Ils ne purent que se laisser conduire jusqu'au réfectoire par un garde en armes.

Bien avant que l'*Abyss Navigator* n'apparaisse à la surface, le *Deep Encounter* avait déjà disparu au nord-est, derrière l'horizon.

Chapitre 15

SANDECKER travaillait, assis à son bureau. Il était si absorbé qu'il ne s'aperçut pas tout de suite que Rudi Gunn venait d'entrer et s'était installé en face de lui. Gunn était un petit homme cordial. Ses dernières mèches étalées au sommet de son crâne, ses épaisses lunettes à monture d'écaille et sa montre-bracelet bon marché suggéraient le bureaucrate terne et ennuyeux, toujours occupé à trimer dans son box près du distributeur d'eau fraîche.

Pourtant, Gunn était tout sauf insignifiant. Toujours premier de sa classe à Annapolis, il s'était distingué dans la Marine avant de rejoindre les rangs de la NUMA en tant que directeur adjoint et chef des opérations. Connu pour son esprit brillant lié à un instinct pragmatique, il gérait les opérations quotidiennes de la NUMA avec une efficacité inconnue dans les autres agences gouvernementales. Gunn était un ami proche de Pitt et de Giordino. Il lui arrivait souvent de soutenir leurs projets aventureux et un peu fous, qui allaient parfois à l'encontre des directives de Sandecker.

— Je suis navré de vous interrompre, amiral, mais nous avons un sérieux problème.

— De quoi s'agit-il, cette fois ? demanda Sandecker sans lever les yeux. Encore un projet qui dépasse le budget ?

— Bien pire que cela, je le crains.

Sandecker s'arracha enfin à la lecture de ses documents.

— Je vous écoute.

— Le *Deep Encounter* a disparu corps et biens.

Sandecker ne montra aucun signe de surprise. Aucune expres sion d'interrogation. Il ne répéta pas le mot « disparu ». Il conserva un calme glacé en attendant que Gunn s'explique.

— Toutes nos demandes de rapports de situation sont restées sans réponse, que ce soit par radio ou par satellite... commença Gunn.

— Des centaines de raisons peuvent expliquer une panne des systèmes de communication, le coupa Sandecker.

— Ils ont des systèmes de secours, répondit Gunn avec patience. Ils ne peuvent pas *tous* tomber en panne.

— A quand remonte leur dernière réponse ?

— Dix heures, dit Gunn, tout en se préparant à l'éclat qui n'allait pas manquer de se produire.

Sandecker, cette fois-ci, réagit conformément aux prévisions de Gunn.

— Dix heures ! Mes ordres sont clairs : tous les navires d'étude et de recherche en mission doivent transmettre leur rapport de situation au département des communications toutes les deux heures.

— Vos instructions ont été suivies à la lettre. Le *Deep Encounter* a transmis ses rapports comme prévu.

— Qu'est-ce que vous me racontez là ?

— Un homme qui prétendait être le capitaine Burch a établi un contact toutes les deux heures et a transmis des rapports de situation actualisés. Nous savons que cet homme n'était pas le commandant, car le système d'enregistrement vocal des communications n'a pas accepté les données de sa voix. Cette personne tentait d'imiter Burch. Ce n'était pas du très bon boulot, d'ailleurs.

Sandecker écoutait avec toute son attention, tandis que son esprit affûté jaugeait les conséquences des propos de Gunn.

— Vous êtes certain de ce que vous dites, Rudy ?

— En toute honnêteté, oui, j'en suis certain.

— Je ne puis croire que le navire et tous ses occupants se soient volatilisés !

Gunn hocha la tête.

— Lorsque le département des communications m'a alerté, j'ai pris la liberté de demander à un ami de la NOAA, la National Oceanic Atmospheric Agency, d'analyser les photographies météo par satellite de la zone où se trouvait le *Deep Encounter*. Les agrandissements ne montrent aucun signe du navire dans un rayon de cent milles.

— Quelles étaient les conditions météorologiques ?

— Ciel clair, vents de seize à dix-huit kilomètres à l'heure, mer calme.

Sandecker tentait de s'y retrouver parmi les doutes qui l'assaillaient.

— Le navire n'a pas pu sombrer sans raison. Il ne transportait aucun produit chimique qui aurait pu provoquer sa destruction. Il n'a pas pu non plus être victime d'une explosion qui l'aurait réduit en morceaux. Une collision avec un autre bâtiment, peut-être ?

— Il était à l'écart des voies de navigation habituelles et aucun bâtiment ne se trouvait dans les parages.

— Une voix bizarre qui transmet des rapports actualisés... dit Sandecker en fixant Gunn d'un regard perçant. Si je vous suis, Rudy, il s'agirait d'un détournement ?

— Cela commence à y ressembler, reconnut Gunn. A moins qu'il ait été coulé par quelque sous-marin indétectable, mais c'est une théorie pour le moins tirée par les cheveux... On a dû s'emparer du bateau et l'éloigner de la zone avant le passage des caméras des satellites météo.

— S'il a été détourné, où l'ont-ils emmené ? Comment a-t-il pu disparaître en moins de deux heures ? Je sais par expérience que la vitesse maximale du *Deep Encounter* dépasse à peine quinze nœuds. Il n'aurait pas pu franchir plus de cent cinquante milles nautiques depuis son dernier rapport.

— C'est de ma faute, dit Gunn. J'aurais dû demander que le champ des caméras par satellite soit élargi, mais lorsque j'ai adressé ma requête, je n'étais pas encore au courant de ces communications truquées, et l'idée qu'il puisse s'agir d'un détournement ne m'était même pas venue à l'esprit.

Sandecker s'enfonça dans son fauteuil et enfouit sa tête entre ses mains pendant un instant. Il se redressa soudain.

— Pitt et Giordino travaillaient sur cette mission.

Il s'agissait plus d'une constatation que d'une question.

— Selon le dernier rapport transmis par le capitaine Burch lui-même, Pitt et Giordino étaient à bord de l'*Abyss Navigator*. Ils se préparaient à plonger sur le site de l'épave.

— C'est de la folie ! aboya Sandecker. Qui oserait détourner un bâtiment du gouvernement des Etats-Unis en plein Pacifique Sud ? Il n'y a pas de guerre ni de révolution en cours dans cette partie du monde. Je ne vois vraiment aucun motif possible.

— Moi non plus.

— Avez-vous pris contact avec les gouvernements australien et néo-zélandais, et demandé à ce que l'on procède à des recherches approfondies ?

— Ils m'ont assuré de leur pleine coopération, confirma Gunn en hochant la tête. Tous les navires présents sur zone, qu'il s'agisse de bâtiments de commerce ou militaires, ont proposé de dévier de leur cap et de commencer les recherches.

— Il faut obtenir de n'importe quelle source, NOAA ou autre, des photographies par satellite agrandies d'une zone de quadrillage d'un millier de milles carrés dans cette partie du Pacifique Sud. Pas un centimètre carré ne doit nous échapper. Le *Deep Encounter* se trouve *forcément* quelque part dans le coin. Je me refuse à croire qu'il a pu être envoyé par le fond.

Gunn se leva et se dirigea vers la porte.

— Je m'en occupe.

Sandecker demeura quelques instants immobile à contempler la galerie de photos qui couvrait l'un des murs. Son regard se fixa sur un cliché en couleurs qui montrait Pitt et Giordino près d'un submersible. Les deux hommes buvaient une bouteille de champagne pour célébrer la découverte et la récupération d'un bateau contenant un trésor et appartenant au gouvernement chinois dans le lac Michigan. Sandecker remarqua aussi que Giordino fumait un cigare provenant de sa propre réserve privée.

Une forte amitié unissait les trois hommes. Pitt et Giordino représentaient les enfants que l'amiral n'avait jamais eus. Même en laissant libre cours à son imagination la plus débridée, il ne pouvait imaginer la mort des deux hommes. Il fit pivoter son fauteuil et regarda par la fenêtre de son bureau du dernier étage de l'immeuble de la NUMA, qui donnait sur le Potomac, en contrebas.

— Quelle histoire stupide, murmura-t-il dans un souffle. Dans quel guêpier vous êtes-vous encore fourrés ?

Chapitre 16

Contraints d'accepter la disparition du *Deep Encounter* dans l'immensité vide de l'océan, Pitt, Giordino et Misty s'installèrent dans l'espace étroit du submersible et se consacrèrent à une unique tâche : rester vivants. Ils ne découvrirent aucun débris flottant, aucun résidu de carburant à la surface, et leur optimisme reprit le dessus ; ils se dirent que pour une raison quelconque, le navire de recherches était parti et qu'il ne tarderait pas à revenir.

Une première nuit passa, puis le soleil se leva et se coucha, deux fois encore... Le navire ne revenait toujours pas. L'inquiétude regagna du terrain, et ils commencèrent à soupçonner le pire, tandis qu'heure après heure, ils scrutaient l'horizon infini sans rien voir d'autre quc la mer verte et le ciel bleu. Pas un seul bateau, pas même un avion à réaction à haute altitude n'apparut. D'après les données du système GPS, ils avaient dérivé au-delà de la ligne internationale de changement de date et se trouvaient loin au sud des voies de navigation. Les chances de sauvetage se réduisaient.

Ils nc sc berçaient d'ailleurs pas d'illusions. Il aurait fallu qu'un éventuel navire de passage vienne droit sur eux pour pouvoir repérer le minuscule habitacle de l'*Abyss Navigator*. Leur radiobalise portait jusqu'à vingt milles, mais son signal était programmé pour n'être capté que par l'ordinateur de navigation du *Deep Encounter*. Il était peu probable qu'un avion ou un navire le détecte. Il leur restait l'espoir qu'un bâtiment croise dans un rayon de deux milles et capte leur petite radio de bord.

L'eau était la première priorité. Par bonheur, les bourrasques de pluie étaient fréquentes. Les trois passagers étendirent et fixèrent le tapis de vinyle qui couvrait le sol de l'habitacle au-dessus de l'écoutille. Il recueillait la pluie et la versait par le creux d'un pli à l'intérieur des bouteilles d'eau qu'ils avaient emportées avec eux. Après avoir mangé leurs sandwichs, ils mirent au point un système pour attraper du poisson. Grâce aux outils destinés aux réparations d'urgence, Pitt confectionna une série d'hameçons, tandis que Misty se fiait à ses talents artistiques pour préparer des leurres aux couleurs vives avec les matériaux dont elle disposait. Pour fabriquer des lignes de pêche, Giordino défit des branchements électriques et attacha les hameçons et les leurres aux fils ainsi obtenus. Il décidèrent de lancer plusieurs lignes, et s'en trouvèrent récompensés par la capture de trois petits poissons que Misty identifia comme étant des auxides. On les découpa en hâte pour servir d'appâts. En l'espace d'une dizaine d'heures, les naufragés se constituèrent un petit stock de poisson cru que Misty écailla et vida d'une main experte. Ils les mangèrent en guise de sushi, jusqu'à la dernière miette. Ce n'était guère savoureux, mais personne ne songea à se plaindre ; c'était de la nourriture.

Après s'être lancés dans des conjectures sans fin quant au sort du *Deep Encounter*, de son équipage et des scientifiques, la frustration l'emporta et ils philosophèrent, discutèrent et débattirent d'à peu près tous les sujets possibles, de la politique à la technologie maritime en passant par la gastronomie. Tout était bon pour tromper l'ennui : pendant que l'un grimpait vers l'écoutille pour recueillir la pluie ou faire un tour d'horizon à la recherche d'un bateau, les autres calculaient la dérive du *Navigator* ou lançaient les lignes de pêche.

Peu après leur remontée, ils avaient soigneusement ôté du panier métallique la substance recueillie à bord de l'épave et l'avaient disposée dans un sac de plastique. A défaut d'autres occupations, ils passèrent des heures interminables à spéculer sur sa composition chimique.

— Jusqu'où avons-nous dérivé ? demanda Misty pour la centième fois, en se protégeant les yeux de l'éblouissement, car elle s'adressait à Pitt, qui se trouvait à ses pieds, sous l'écoutille.

— Presque trente-deux milles sud sud-est quart sud depuis hier à la même heure.

— A cette allure, il nous faudra six mois pour atteindre les côtes de l'Amérique du Sud, commenta-t-elle d'un ton amer.

— Là ou l'Antarctique... murmura Giordino.

— Nous y sommes déjà allés, dit Pitt. Je n'aime pas trop passer deux fois des vacances au même endroit.

— Je ne manquerai de faire connaître tes préférences aux vents et aux courants.

— Peut-être pourrions-nous hisser une voile avec le tapis de sol, suggéra Misty.

— Quatre-vingt-quinze pour cent de la masse des submersibles est immergée, et ils n'ont pas la réputation de très bien tenir le vent.

— Je me demande si l'amiral Sandecker est au courant de la situation, se demanda Misty, presque à voix basse.

— Connaissant l'amiral, je parie qu'il remue ciel et terre pour organiser une opération de secours.

Giordino, blotti sur son siège, rêvait d'un châteaubriant épais et cuit à point.

— Je donnerais volontiers un an de salaire pour savoir où se trouve le *Deep Encounter* en ce moment.

— Ça ne sert à rien de ressasser le problème, dit Pitt. Nous n'aurons pas la moindre idée de ce qui s'est passé tant que nous n'aurons pas été repêchés.

Le quatrième jour se leva sous un ciel morose. La routine se perpétuait, immuable. Recueillir de l'eau, si possible, attraper du poisson, si possible, et scruter l'horizon. Les conditions de vie ne s'amélioraient pas plus qu'elles n'empiraient. La tourelle du submersible n'émergeait que d'un peu plus d'un mètre, et celui qui se trouvait de quart était en général trempé par la houle qui venait en heurter le sommet. Giordino largua tout le lest, mais la masse imposante tendait à tirer l'appareil sous la crête de la plupart des vagues. Le petit submersible était pris d'un écœurant roulis, mais par bonheur, les trois membres d'équipage avaient passé presque la moitié de leur vie en mer, et ils étaient depuis longtemps vaccinés contre le mal de mer.

Pitt confectionna un fer de lance en sculptant à l'aide de son couteau suisse le dos d'un bloc en plastique dont Misty se servait pour rédiger ses notes. Pendant le quart de veille de Giordino, il harponna un petit requin corail long d'un mètre. D'insipides agapes furent improvisées, arrosées de leur dernière pinte d'eau.

Alors que Misty était de quart, elle aperçut un avion qui volait à moins d'un mille du submersible à la dérive.

— C'était un appareil de sauvetage, cria-t-elle, retenant à peine son émotion. Il nous a survolés et il ne nous a même pas vus !

— Nous sommes difficiles à repérer, lui rappela Pitt.

Giordino exprima son accord en hochant la tête.

— A plus de deux cents mètres d'altitude, ils ne pourront pas nous voir. La tourelle est trop petite. Vus de là-haut, nous ne sommes guère plus visibles qu'une chiure de mouche sur une porte de grange.

— Ou qu'une pièce d'un penny sur un parcours de golf, ajouta Pitt.

— Comment parviendront-ils à nous trouver, dans ce cas ? demanda Misty, dont la résolution commençait à faiblir.

Pitt lui adressa un sourire de réconfort et la serra dans ses bras.

— La loi des probabilités. Ils nous trouveront forcément.

— Et puis nous avons de la chance, intervint Giordino. Pas vrai, mon pote ?

— Assez pour que l'on soit sûrs de vite les voir arriver.

Misty essuya ses yeux luisants, défroissa son chemisier et son short et passa la main dans ses cheveux coupés court.

— Je vous demande pardon. Je ne suis pas aussi endurcie que je le croyais.

Au cours des deux jours qui suivirent, Pitt et Giordino eurent bien du mal à conserver leur attitude fanfaronne. Trois avions les survolèrent sans les repérer. Pitt tenta de les contacter par radio, mais ils étaient hors de portée. Il était démoralisant de se dire que des sauveteurs ratissaient toute la zone et les touchaient presque sans parvenir à les localiser. Ils savaient pourtant, et c'était le seul point encourageant, que l'amiral Sandecker usait de toute son influence pour mettre sur pied une opération de grande envergure.

Les nuages gris qui les avaient suivis à la trace toute la journée se dissipèrent au coucher du soleil. Les couleurs du crépuscule s'approfondissaient, passant d'un orange profond vers l'ouest à un bleu velouté à l'est. Giordino assurait son quart, penché au bord de la tourelle. Il s'habituait à faire des sommes intermittents, piquait du nez pour se réveiller un quart d'heure plus tard, presque à la minute près. Il balaya l'horizon pour la dixième fois et, en l'absence de toute lumière, retomba dans son éphémère royaume des rêves.

Lorsqu'il revint à lui, il s'éveilla au son d'une musique. Au début, il se crut le jouet d'une hallucination. Il se pencha, prit un peu d'eau de mer dans le creux de la main et s'en aspergea le visage.

La musique était toujours là.

Il distinguait maintenant la mélodie. C'était une valse de Strauss qui surgissait de la nuit. Il reconnut les *Contes des Forêts viennoises*. Soudain, il aperçut une lumière. Il aurait pu croire qu'il s'agissait d'une étoile, mais elle se déplaçait d'avant en arrière à l'horizon, en un arc réduit, à l'ouest. De nuit, il était presque impossible d'évaluer la distance sur l'eau, mais Giordino était quasiment certain que la musique et la lumière mouvante n'étaient pas éloignés de plus de quatre cents mètres.

Il dégringola en hâte de la tourelle, saisit une lampe torche et remonta aussitôt. Il distinguait maintenant la vague silhouette d'un bâtiment de petite taille, et des lumières diffuses qui brillaient à travers des vitres carrées. Il fit clignoter sa lampe aussi vite que son pouce le lui permettait, et se mit à hurler comme un damné.

— Ohé ! Par ici ! Ohé !

— Que se passe-t-il ? demanda Pitt, plus bas, dans l'habitacle.

— Un bateau, lui répondit Giordino en criant. Je crois qu'il a mis le cap sur nous.

— Envoyez une fusée éclairante ! lança Misty d'une voix excitée.

— Nous n'avons pas de fusées à bord, Misty. De façon générale, nous plongeons de jour et remontons à la surface bien en vue du navire, lui expliqua Pitt d'une voix ferme.

D'un geste calme, il prit la radio portative et tenta de lancer un appel sur différentes fréquences.

Misty mourait d'envie de voir ce qui se passait, mais il n'y avait de place que pour une seule personne dans la tourelle. Il lui fallait se contenter de s'asseoir et d'attendre avec angoisse, pendant que Pitt essayait d'entrer en contact avec le navire, que Giordino leur dise s'ils étaient ou non sur le point d'être sauvés.

— Ils ne nous ont pas vus, grogna ce dernier après avoir poussé des cris et agité sa lampe dans tous les sens.

Le rayon lumineux luisait à peine. Les piles étaient sur le point de rendre l'âme.

— Ils vont nous passer sous le nez, ajouta-t-il.

— Allô, allô ! Répondez, je vous en prie, implorait Pitt dans le micro de la radio.

Seuls des parasites lui répondirent.

La déception tomba sur le submersible comme une couverture trempée. Giordino contemplait les lumières qui s'estompaient dans l'obscurité. Personne à bord du bâtiment ne les avait aperçus, et il ne pouvait que le regarder, le cœur en plein désarroi, poursuivre sa route vers le nord-ouest.

— Si proche, et pourtant si lointain, murmura-t-il, découragé.

Soudain, une voix crachota dans le haut-parleur.

— A qui suis-je en train de parler ?

— Des naufragés ! aboya Pitt. Vous venez de passer devant nous. Pouvez-vous virer de cap ?

— Tenez bon. Je fais demi-tour !

— Ils changent de cap ! lança Giordino, au comble du bonheur. Ils reviennent !

— Où vous situez-vous par rapport à ma proue ? cria la voix.

— Al ! hurla Pitt en direction de la tourelle. Il veut une position !

— Dis-lui de gouverner à vingt degrés sur bâbord.

— Gouvernez à vingt degrés sur bâbord et vous devriez nous trouver, relaya Pitt.

— Voilà, je vous ai ! reprit la voix après une minute de silence. Une pâle lueur jaune, droit devant, à une centaine de mètres.

Le bâtiment alluma une batterie de lampes extérieures. Parmi celles-ci, un gros projecteur balaya la surface avant d'arrêter sa course sur la silhouette de Giordino, qui agitait toujours sa lampe comme un fou sur la tourelle.

— Ne vous inquiétez pas, poursuivit la voix. Je vais passer au-dessus de vous et mettre en panne lorsque votre tourelle sera alignée sous ma poupe. J'ai installé une échelle pour que vous puissiez monter à bord.

Pitt éprouvait quelques difficultés à saisir le sens des propos de leur sauveteur.

— Passer au-dessus de nous ? Je ne vous suis pas.

Il n'y eut pas de réponse.

— Je pense qu'il a l'intention de nous éperonner ! s'écria Giordino, stupéfait.

Pitt songea tout d'abord qu'ils venaient d'être découverts par quelqu'un qui cherchait à les tuer, peut-être même les complices de l'homme qui avait tenté d'assassiner Kelly Egan. Il prit Misty dans ses bras.

— Accrochez-vous à moi pendant la collision, et précipitez-vous vers l'écoutille avant que nous ne plongions. Je vous aiderai à passer.

Misty voulut dire quelque chose, mais elle se contenta d'enfouir son visage sur la poitrine de Pitt, qui l'étreignait de ses bras puissants.

— Préviens-nous dès que la collision sera imminente, cria-t-il à Giordino, et mets-toi aussitôt à l'abri !

Giordino se prépara à s'élancer hors de la tourelle, tout en observant, horrifié, le bâtiment brillamment éclairé qui se ruait droit sur lui. Le navire ne ressemblait à aucun yacht de sa connaissance. Ses formes évoquaient celles d'une raie de taille imposante, un diable de mer par exemple, avec sur le devant des nageoires céphaliques qui encerclaient son énorme gueule dévoreuse de plancton. A la proue, un vaste pont en pente s'élevait et s'élargissait autour d'une grande baie vitrée voûtée et se poursuivait au-delà de la timonerie circulaire.

Giordino passa vite d'une extrême appréhension à un sentiment de profond soulagement lorsque les deux coques du catamaran passèrent de chaque côté du submersible, avec plus d'un mètre d'espace de chaque côté. Impressionné, il observa le dessous de la partie centrale qui s'avançait lentement au-dessus de lui, jusqu'au moment où le submersible se trouva droit sous la poupe, entre les deux coques.

Alors seulement, il pensa à prévenir Pitt et Misty.

— Ne vous inquiétez pas ! C'est un catamaran. Nous sommes juste sous sa poupe !

Il disparut aussitôt après.

Misty jaillit de l'écoutille comme un bouchon de champagne, stupéfaite à la vue de l'incroyable bâtiment qui la surplombait. Sans même se souvenir d'avoir escaladé l'échelle, elle se retrouva sur le luxueux pont arrière équipé d'une table et de banquettes.

Pitt réinitialisa le signal de radiobalise du submersible, puis referma et verrouilla l'écoutille avant de grimper sur le catamaran. Ils demeurèrent un moment seuls sur le pont arrière. Aucun homme d'équipage ou passager ne les accueillit. La bateau continuait d'avancer tandis que l'homme de barre l'éloignait du submersible. Après avoir franchi deux cents mètres, il ralentit et se laissa dériver. Une silhouette sortit de la timonerie.

C'était un homme grand, de la même taille que Pitt, mais avec six ou sept kilos de plus. Il était également son aîné de trente ans. Sa barbe et ses cheveux gris lui donnaient l'apparence d'un vieux loup de mer. Ses yeux bleu-vert semblaient étinceler, et il sourit de bonne grâce en observant le résultat de sa pêche.

— Et vous êtes trois ! lança-t-il, visiblement surpris. Je pensais que ce petit radeau ne pouvait pas abriter plus d'une seule personne.

— Ce n'est pas vraiment un radeau, expliqua Pitt. C'est un engin submersible de recherches en eaux profondes.

Le vieil homme sembla vouloir dire quelque chose, puis en écarter l'idée.

— Puisque vous le dites, se contenta-t-il de commenter.

— Nous explorons l'épave d'un paquebot, ajouta Misty.

— Oui, le *Dauphin d'Emeraude*. J'en ai entendu parler. Une terrible tragédie. C'est un miracle que tant de personnes aient pu survivre.

Pitt ne mentionna pas leur rôle dans le sauvetage, mais résuma brièvement les circonstances qui les avaient conduits à se perdre ainsi en mer.

— Votre navire n'était plus là lorsque vous avez fait surface ? demanda le vieil homme d'un ton sceptique.

— Il avait disparu, confirma Giordino.

— Nous devons absolument contacter notre quartier général à Washington et prévenir le directeur de la NUMA que nous venons d'être recueillis à votre bord.

— Bien entendu, répondit le vieil homme en hochant la tête. Venez avec moi dans la timonerie. Vous pouvez utiliser la radio de communications navire-terre ou le téléphone par satellite. Vous pouvez même envoyer un e-mail si vous le désirez. Le *Periwinkle* possède le système de communication le plus complet qui soit.

Pitt dévisageait le vieil homme.

— Nous nous sommes déjà rencontrés, je crois.

— Je le pense aussi, en effet.

— Je m'appelle Dirk Pitt, se présenta-t-il avec de se tourner vers ses compagnons. Et voici mes camarades de bord, Misty Graham et Al Giordino.

Le vieil homme leur serra la main avec chaleur, puis il se tourna vers Pitt en souriant.

— Je m'appelle Clive Cussler.

Chapitre 17

PITT observait l'homme avec curiosité.

— Vous voyagez donc beaucoup ?

— Nous avons vraiment eu de la chance que vous croisiez dans les parages, ajouta Misty, folle de joie à l'idée d'avoir enfin quitté le submersible exigu.

— Je fais le tour du monde, expliqua Cussler. Mon dernier port était Hobart, en Tasmanie. Je me dirige vers Papeete, à Tahiti, mais je crois que je ferais mieux de changer de cap et vous déposer dans la première île équipée d'un aéroport.

— De quelle île s'agit-il ? demanda Giordino.

— Rarotonga.

Pitt jeta un regard circulaire sur le luxueux catamaran.

— Je ne vois pas d'équipage.

— Je navigue seul, répondit Cussler.

— Sur un yacht de cette taille ?

— Le *Periwinkle* n'est pas un yacht ordinaire. Avec ses ordinateurs et ses systèmes automatisés, il peut naviguer sans l'aide de personne, et c'est d'ailleurs ce qu'il fait, en général.

— Je pourrais peut-être profiter de votre offre et utiliser votre téléphone par satellite ? demanda Pitt.

— Bien entendu.

Cussler mena la marche et prit l'escalier de la timonerie. Jamais aucun des trois naufragés n'avait vu semblable installation. Les vitres teintées étaient disposées en cercle, sur trois cent soixante degrés, afin d'offrir une vision panoramique complète. L'agencement ne présentait aucun trait traditionnel. Il n'y avait aucune jauge, aucun instrument conventionnel, pas de barre ni de manette des gaz. Un énorme fauteuil de bureau largement rembourré était disposé en face de sept écrans LCD à cristaux liquides. L'accoudoir droit du siège était équipé d'une souris d'ordinateur et celui de gauche d'un joystick. Les écrans étaient encastrés dans des logements en ronce de noyer. Le poste de pilotage était au moins aussi élégant que la passerelle du *Starship Enterprise*.

D'un geste, Cussler invita Pitt à s'asseoir dans le fauteuil.

— Le téléphone Globalstar est installé sur le panneau qui se trouve à votre droite. Appuyez sur le bouton bleu ; vous pourrez écouter votre correspondant et lui parler.

Pitt le remercia et composa le numéro de la ligne privée de Sandecker au quartier général de la NUMA. L'amiral, fidèle à son habitude, répondit dès la première sonnerie.

— Sandecker.

— Ici Dirk Pitt, amiral.

Il y eut un silence éloquent. La réponse arriva enfin, prononcée d'une voix lente.

— Vous êtes sain et sauf ?

— Affamé et quelque peu déshydraté ; sinon, tout va bien

— Et Al ?

— Il est à mon côté, en compagnie de Misty Graham, du *Deep Encounter*.

Pitt perçut le soupir de soulagement et de plaisir de l'amiral à l'autre bout de la ligne.

— Rudi est ici, dans mon bureau. Je vais brancher le haut-parleur.

— Dirk ! s'écria Rudi Gunn. Si tu savais à quel point je suis heureux de vous savoir tous les trois parmi nous ! Nous avons envoyé toutes les unités de sauvetage d'Australie et de Nouvelle-Zélande à votre recherche.

— Nous avons eu la chance d'être recueillis par un yacht de passage.

— Vous n'êtes pas à bord du *Deep Encounter ?* demanda Sandecker d'une voix tendue.

— Nous avons passé plusieurs heures au fond, à explorer l'épave du *Dauphin d'Emeraude*, et lorsque nous sommes remontés à la surface, le navire et son équipage s'étaient volatilisés.

— Vous ne savez rien, alors ?

— Savoir quoi ?

— Nous ne pouvons en être certains, mais il semblerait que le *Deep Encounter* ait été détourné.

— Qu'est-ce qui vous fait croire une chose pareille ?

— Ce n'est qu'hier à cette heure-ci que nos systèmes de sécurité ont détecté une anomalie dans les paramètres vocaux du capitaine Burch, pendant les rapports de situation adressés au quartier général de la NUMA. Jusqu'alors, les rapports étaient authentifiés. Nous n'avions aucune raison de nous méfier.

— Tout était normal lorsque nous avons quitté le navire.

— Selon le dernier rapport du *vrai* capitaine Burch, l'*Abyss Navigator* s'apprêtait à plonger. Nous savons désormais que les pirates sont montés à bord pendant que vous étiez au fond.

— Avez-vous la moindre idée de l'endroit où ils auraient pu emmener le navire ? demanda Giordino.

— Non, répondit Sandecker avec franchise.

— Il n'a pas pu s'évaporer, intervint Misty. Il n'a tout de même pas été emporté dans l'espace par des extra-terrestres !

— Ce que nous craignons par-dessus tout, dit Sandecker d'un ton qui ne laissait rien présager de bon, c'est qu'il ait été volontairement envoyé par le fond.

L'amiral omit d'ajouter que dans ce cas, tout l'équipage l'avait sans doute rejoint.

— Mais pourquoi ? demanda Giordino. Qu'est-ce que des pirates pourraient bien faire d'un navire de recherches océanographiques ? Il n'y a pas de trésor à bord, et ce n'est pas un bâtiment que l'on peut utiliser pour la contrebande. Il est trop lent et trop aisément reconnaissable. Quelles sont donc leurs motivations ?

— Leurs motivations...

Pitt laissa le mot s'échapper de sa bouche et planer dans la timonerie du yacht. Ces mêmes gens qui ont mis le feu au *Dauphin d'Emeraude* avant de le couler... songea-t-il. Ils veulent nous empêcher de découvrir la preuve qu'il s'agissait d'un incendie criminel.

— Vous avez pu examiner l'épave ? demanda Gunn.

— Il ne subsiste aucun doute ; le fond de la coque du *Dauphin d'Emeraude* a été arraché par des explosions, en au moins six endroits différents, et c'est ce qui l'a envoyé au fond de la fosse de Tonga.

— Selon mes informations, dit Sandecker, il a failli emporter le remorqueur dans sa chute.

— Six mille cinq cents mètres de fond... remarqua Giordino d'une voix lente, ils ont trouvé une cachette plutôt efficace.

— Cette ordure d'assassin ne se doutait pas de la présence dans la zone d'un navire de la NUMA équipé de deux submersibles capables de descendre jusqu'à plus de six mille cinq cents mètres.

— Ce qui nous conduit à envisager la possibilité atroce que tous les membres de l'équipage et les scientifiques aient été tués au cours de l'opération, dit Misty, le regard voilé par la détresse.

Le silence tomba sur le yacht et seize mille kilomètres plus loin, dans le bureau de l'amiral, à Washington. Tous auraient préféré ne pas évoquer le pire. Ils savaient pourtant que des hommes dépourvus de conscience au point de pouvoir noyer ou brûler vifs tous les passagers d'un paquebot n'auraient pas hésité une seconde à envoyer par le fond le *Deep Encounter* et tous les hommes et les femmes présents à son bord.

L'esprit de Pitt commençait à évaluer les tenants et aboutissants de la situation. Il considéra chacune des éventualités et fit raisonnablement le pari que les pirates n'avaient pas encore exécuté leur sinistre projet.

— Rudi ?

Gunn ôta ses lunettes et se mit en devoir d'en essuyer les verres.

— Oui ?

— Les pirates auraient tout aussi bien pu envoyer l'*Encounter* par le fond dès sa capture, mais selon vous, ils ont imité la voix de Burch pour transmettre les rapports de situation qui étaient programmés. Pourquoi auraient-ils pris la peine d'essayer d'écarter tout soupçon si le navire était déjà coulé ?

— Nous ne pouvons pas affirmer qu'ils ne l'ont pas coulé.

— Peut-être, mais nous n'avons décelé aucun signe de débris ou de traces de carburant en remontant à la surface. Nous n'avons pas non plus entendu les échos acoustiques que produit un navire lorsqu'il se désagrège en subissant la pression extrême des grands fonds. A mon avis, et c'est mon plus fervent espoir, ils ont emporté le bateau et ses occupants et les ont cachés afin de les utiliser comme monnaie d'échange pour le cas où leur plan tournerait mal.

— Et s'il s'avère que tout fonctionne comme ils l'ont prévu et qu'ils ne sont pas pourchassés, poursuivit Gunn, ils se débarrasseront de la preuve de leur crime ?

— Nous ne pouvons pas les laisser faire, intervint Misty, bouleversée. Si ce que vient de nous exposer Dick est exact, nous ne disposons que de fort peu de temps pour sauver nos amis.

— Le problème est de savoir *où* chercher, dit Sandecker.

— Vous n'avez pas la moindre trace de l'*Encounter* ? demanda Misty.

— Aucune.

— Et le bâtiment des pirates ?

— Non plus, admit Sandecker, désespéré.

— Je crois que je sais comment trouver ces deux navires, annonça Pitt d'une voix assurée.

A Washington, Sandecker et Gunn se regardèrent, interloqués.

— Dans quelles eaux allez-vous donc encore pêcher ? demanda l'amiral avec prudence.

— Nous allons étendre notre grille de recherche, répondit Pitt.

— Je ne vous suis pas, objecta Gunn.

— Supposons que le bateau des pirates et l'*Encounter* se trouvent hors de portée des caméras par satellite, qui sont concentrées sur une voie de navigation assez étroite.

— Nous pouvons considérer cela comme un fait avéré, admit Sandecker.

— Je présume que vous avez élargi leur champ de recherche pour l'orbite suivante ?

— En effet, reconnut Sandecker.

— Et vous n'avez rien trouvé de plus ?

— Rien.

— Ainsi, nous ne savons pas où se trouve l'*Encounter*, mais nous savons où il n'est *pas*.

Sandecker tirait sur les poils de sa barbe fraîchement taillée.

— Je vois où vous voulez en venir, mais votre théorie ne tient pas.

— Je dois reconnaître que l'amiral a raison, dit Gunn. Le *Deep Encounter* ne dépasse pas les quinze nœuds. Il n'aurait jamais pu sortir assez vite du champ de surveillance des caméras, sur la première orbite.

— L'ingénieur en chef House est parvenu à atteindre vingt nœuds lorsque nous avons mis le cap sur le *Dauphin d'Emeraude*, lui expliqua Pitt. Cela peut paraître un peu exagéré, mais s'ils disposaient d'un bâtiment rapide, les pirates ont pu prendre le nôtre en remorque et accélérer ainsi sa vitesse de quatre ou cinq nœuds.

— Cela ne change rien, objecta Sandecker, dubitatif. Même après avoir accru la portée et le champ des caméras par satellite, nous n'avons rien trouvé de plus.

Pitt décida de jouer son joker.

— C'est vrai, mais vos recherches étaient limitées à la mer.

— Où aurions-nous pu chercher, sinon en mer ? demanda Sandecker, intrigué.

— Dirk n'a pas tort, admit Gunn. Nous n'avons pas pensé à concentrer les caméras sur la terre ferme.

— Je suis désolé de poser une telle question, intervint Giordino, mais *quelle* terre ? La terre la plus proche du site du naufrage du paquebot est la pointe nord de la Nouvelle-Zélande.

— Non, rétorqua Pitt d'un ton tranquille. Les îles Kermadec sont à moins de deux cent milles nautiques au sud, ce qui représente un voyage de huit heures au plus à une vitesse de vingt-cinq nœuds. *(Il se tourna vers Cussler.)* Vous connaissez bien les îles Kermadec ?

— J'ai navigué dans les parages, répondit Cussler. Il n'y a pas grand-chose à y voir. Trois petites îles et le rocher de l'Espérance. L'île Raoul est la plus grande, mais ce n'est qu'un tas de rochers de trente-quatre kilomètres carrés, avec des falaises de lave qui grimpent jusqu'au mont Mumukai.

— Y a-t-il des habitants ou des installations quelconques ?

— Une petite station de communication et de météorologie, mais elle est entièrement automatisée. Des scientifiques s'y rendent une fois tous les six mois pour vérifier et réparer le matériel. Les seuls résidents permanents sont les chèvres et les rats.

— Existe-t-il un port assez grand pour qu'un petit navire puisse y mouiller ?

— Il s'agit plutôt d'une sorte de lagon, répondit Cussler, mais c'est un point d'ancrage assez sûr pour deux, voire trois petits bâtiments.

— Y trouve-t-on du feuillage pour un éventuel camouflage ?

— L'île Raoul est très boisée, avec une végétation luxuriante. Ils pourraient fort bien recouvrir deux bateaux de dimensions modestes et tromper quelqu'un qui procéderait à une recherche sommaire.

— Vous avez entendu ? demanda Pitt à ses interlocuteurs de Washington.

— J'ai bien entendu, confirma Sandecker. Je vais faire en sorte que le prochain satellite de passage au-dessus de cette partie du Pacifique braque ses caméras sur les Kermadec. Comment puis-je vous contacter ?

Pitt s'apprêta à demander à Cussler son code de communications, mais le vieil homme venait d'inscrire les chiffres sur un morceau de papier qu'il lui tendit. Pitt les transmit à Sandecker et coupa la communication.

— Vous serait-il éventuellement possible de faire un détour par les îles Kermadec ?

Les yeux bleu-vert de Cussler étincelèrent.

— Quelle idée tortueuse avez-vous donc en tête ?

— Vous n'auriez pas une bouteille de tequila à votre bord ?

Cussler hocha la tête d'un air solennel.

— Si. Une caisse, et du meilleur... Un doigt occasionnel d'agave bleu me maintient vif et alerte.

Une fois les verres remplis de tequila Porfirio – Misty préféra boire une margarita –, Pitt expliqua son idée au vieux marin, mais sans lui révéler plus que nécessaire. Après tout, songea-t-il en balayant du regard l'élégant bâtiment, aucun homme doté de toutes ses facultés ne prendrait le risque de détruire un aussi beau navire en se lançant dans un projet désespéré.

Chapitre 18

Le vert malachite de la mer se mêlait au vert péridot du passage qui menait au lagon niché entre les falaises de lave de l'île Raoul. Une fois arrivé dans la passe étroite, le lagon s'élargissait pour se muer en un point de mouillage de dimensions modestes, mais tout à fait convenables. Plus loin, on apercevait l'embouchure d'un ruisseau qui dégringolait des pentes déchiquetées du mont Mumukai pour venir se jeter dans le lagon. La plage de sable en forme de fer à cheval était constellée de rochers de lave polis par la mer, et encadrée par un défilé de palmiers.

Depuis la mer, seule une partie minuscule du lagon était visible entre les falaises qui s'élevaient de chaque côté de la passe. C'était un peu comme si l'on observait au télescope une fente étroite et lointaine. Tout au sommet du côté ouest de l'entrée, plus de cent mètres au-dessus des vagues qui venaient s'écraser contre le rivage, était perchée une petite cabane de feuilles de palmier, dangereusement proche du bord. Son apparence « indigène » n'était qu'une façade trompeuse. Derrière les feuilles se trouvaient des murs de béton. L'intérieur disposait de l'air conditionné, et les vitres étaient teintées. Un garde de sécurité assis à l'intérieur de la confortable petite maison observait la vaste étendue de l'océan à l'aide d'une paire de grosses jumelles montées sur un trépied, à la recherche de l'éventuelle présence d'un bateau. Il était installé dans un fauteuil de bureau bien capitonné en face d'un ordinateur, d'une radio, et d'un magnétoscope accompagné d'un poste de télévision. Fumeur invétéré, il avait déjà rempli à ras bord un cendrier de mégots. A l'autre bout de la pièce, bien rangés sur une étagère fixée au mur, se trouvaient quatre lance-missiles et deux fusils automatiques. Avec cet arsenal, il aurait pu tenir en respect une petite flotte désireuse de pénétrer en force dans le lagon.

Agé de trente ans, sec et nerveux, en bonne forme physique, le garde observait la mer brillante d'un regard presque vide en frottant d'une main une barbe de quelques jours. Ce blond aux yeux bleus était un vétéran des Forces Spéciales. Le service de sécurité intérieure d'un important empire commercial, dont il connaissait peu de choses et se souciait encore moins, louait ses services. Ses affectations couvraient le monde entier et l'obligeaient parfois à recourir à l'assassinat, mais il était payé, et bien payé. C'est tout ce qui comptait à ses yeux.

Il bâilla et changea les disques du chargeur de la platine CD. Ses goûts étaient éclectiques et allaient du classique au rock FM. Il venait d'appuyer sur le bouton « Play » lorsque son regard capta un mouvement autour de l'affleurement rocheux qui se trouvait en contrebas, en face de la cabane. Il tourna les jumelles et les braqua sur un objet brillant bleu et blanc, qui glissait sur l'eau à une vitesse très rapide.

C'était un yacht, et le plus étrange qu'il lui ait été donné de voir jusqu'à présent. Il ne s'agissait pas d'un voilier, mais d'un catamaran à double coque motorisé, et il fendait les eaux où dansaient les rayons de soleil à une allure qu'il évalua à près de quarante nœuds. Il se frotta les yeux et reprit son observation à travers les lentilles de ses massives et puissantes jumelles.

Le bâtiment mesurait bien dans les vingt-cinq mètres, se dit-il. Il ne parvenait pas à décider s'il aimait ou détestait ses lignes. Pourtant, plus il l'examinait, plus il paraissait élégant et exotique. Ses formes lui rappelaient deux patins à glace découpés et moulés ensemble, puis surmontés d'une timonerie circulaire. Sur le pont supérieur ouvert, deux personnes, un homme et une femme, se prélassaient dans un Jacuzzi en buvant dans de grands verres et en riant. Toutes les vitres du bâtiment étaient teintées, et il ne percevait pas le moindre signe de présence d'autres membres d'équipage ou de passagers.

Il se tourna vers la radio, et alluma l'émetteur.

— Ici Pirate. Un yacht privé approche par le nord-est.

— Le nord-est, dites-vous ? répondit une voix dont le son évoquait le frottement du papier de verre.

— Sans doute des gens en croisière de Tahiti vers la Nouvelle-Zélande.

— Des armes, ou des membres d'équipage armés ?
— Non.
— Le bâtiment ne semble pas représenter de menace ?
— Sauf si l'on considère que deux personnes nues dans un Jacuzzi constituent une menace.
— Se dirigent-ils vers la passe ?
Le garde étudia la direction prise par les deux coques du yacht.
— On dirait qu'ils passent droit devant sans l'emprunter.
— Restez en ligne et prévenez-moi au moindre mouvement suspect. S'ils s'engagent dans la passe, vous savez ce qu'il vous reste à faire.
Le garde jeta un regard vers l'un des lance-missiles.
— Ce serait dommage de détruire un si beau bateau.
Il fit pivoter son fauteuil et reprit son observation, plutôt satisfait de voir le yacht renoncer à emprunter la passe. Il continua à regarder à travers les jumelles jusqu'à ce que le bâtiment ne soit plus qu'un point minuscule dans le lointain. Il se tourna à nouveau vers la radio.
— Ici Pirate. Le yacht est parti. Il a dû aller mouiller dans le lagon ouvert, à la pointe sud de l'île Macaulay.
— Il est inoffensif, dans ce cas.
— C'est ce qu'il me semble.
— Surveillez leurs lumières après la tombée du jour et assurez-vous qu'ils restent tranquilles.
— Je pense qu'ils se sont installés pour la nuit. Les passagers et l'équipage vont sans doute se faire griller des steaks sur la plage. Ils ressemblent vraiment à des yachtmen en croisière dans le Pacifique Sud.
— Je vais envoyer l'hélicoptère procéder à un vol de reconnaissance, et nous verrons si c'est le cas.

*
* *

Misty et Giordino n'étaient pas nus dans le Jacuzzi. Ils portaient des maillots de bain prêtés par Cussler et buvaient des *Tom Collins* tandis que le yacht glissait le long des falaises escarpées de l'île Raoul. Cussler et Pitt étaient moins chanceux. Le vieil homme était installé dans la timonerie, une carte sur les genoux ; il surveillait le sondeur de profondeur en examinant au fond les récifs de corail capables de trancher les doubles coques du *Periwinkle* comme une lame de rasoir découpe un morceau de carton. Pitt était le plus mal loti. Etendu sur le sol, il transpirait sous une pile d'oreillers et de serviettes sur le pont-salon inférieur, et enregistrait en vidéo le poste de garde qui surplombait l'entrée de la passe.

Une fois le yacht ancré, ils s'installèrent tous dans le salon principal et observèrent l'écran pendant que Pitt leur passait la cassette sur le magnétoscope. Le téléobjectif, combiné à la qualité de l'enregistrement vidéo, révélait la présence du gardien derrière les fenêtres du poste de garde ; l'image était à peine brouillée, mais cependant assez claire pour qu'ils puissent le voir tandis qu'il les observait grâce à ses énormes jumelles. En plus des images, ils percevaient la conversation entre le garde et son collègue à la voix râpeuse, captée par le système de communications sophistiqué de Cussler.

— Nous les avons bernés ! lança spontanément Misty.

— Dieu merci, nous n'avons pas tenté d'emprunter la passe tous pavillons au vent ! fit remarquer Giordino en pressant une bouteille de bière glacée contre son front.

— Ils ne donnent pas l'impression de beaucoup apprécier les étrangers, reconnut Pitt.

Comme pour confirmer ses propos, le bruit sourd de rotors et le rugissement d'un échappement de moteur envahirent la cabine tandis qu'un hélicoptère survolait le yacht.

— L'homme à la radio disait qu'il allait envoyer un appareil en reconnaissance, dit Pitt. Pourquoi ne pas sortir et leur faire signe ?

Un hélicoptère rouge et jaune, son numéro d'immatriculation et le nom de son propriétaire camouflés sous une couche de chatterton, faisait du surplace à moins de trente mètres d'altitude, légèrement à l'écart de la proue du *Periwinkle*. Deux hommes portant des chemises à fleurs se penchèrent pour observer le bâtiment.

Pitt était étendu sur une banquette du pont-salon tandis que Giordino, en grande partie dissimulé sous l'avancée de pont, enregistrait les évolutions de l'hélicoptère grâce à la caméra cachée sous son aisselle, et masquée par sa chemise. Misty et Cussler, debout à côté du Jacuzzi, adressaient de grands signes de la main aux deux hommes. Pitt leva un verre dans leur direction et les invita par un signe à venir les rejoindre à bord. La vision d'une femme et d'un homme plus âgé, à la barbe et aux cheveux gris, endormit sans doute leur méfiance. Le pilote de l'appareil leur rendit leur salut et vira autour du yacht avant de remettre le cap sur l'île Raoul, satisfait de constater que les touristes ne représentaient aucune menace.

Dès que l'engin disparut à l'horizon, ils regagnèrent tous le salon. Giordino éjecta une cassette de la caméra qui se trouvait sous sa chemise et l'inséra dans le magnétoscope. Le téléobjectif montrait clairement un homme aux cheveux blond roux et à la barbe grisonnante aux commandes de l'hélicoptère et un Noir à la place du copilote.

— Désormais, nous pouvons mettre des visages sur ce complot, commenta Giordino, l'air songeur.

Cussler prit la télécommande et éteignit l'appareil.

— Et maintenant ?

— Dès la nuit tombée, nous construirons un petit radeau et nous y fixerons des éclairages pour qu'il ressemble à un bateau, vu de loin. Nous le laisserons ici et ensuite, nous nous rendrons à couvert près de la passe, cachés par les falaises, hors de vue du garde posté tout en haut. La vidéo ne montre aucun signe de matériel radar, aussi serons-nous indétectables. Nous plongerons, Al et moi, et nous nagerons en remontant la passe jusqu'au lagon. Juste une petite expédition pour voir ce qui se passe là-bas... Si nous avons raison, et si le *Deep Encounter* y est camouflé, nous nous faufilerons à bord, maîtriserons les pirates, libérerons nos amis et il ne nous restera plus qu'à mettre les voiles...

— C'est *ça* ton plan ? demanda Giordino, qui plissait des yeux comme s'il était victime d'un mirage.

— C'est ça, répondit Pitt en écho.

Misty paraissait interloquée.

— Ce n'est pas sérieux ? Vous deux, contre cinquante pirates armés, ou plus encore ? C'est le plan le plus dingue dont j'aie jamais entendu parler !

— J'ai peut-être simplifié de manière outrancière, répondit Pitt en haussant les épaules, mais je ne vois pas d'autre moyen de procéder.

— Nous pourrions contacter les Australiens et leur demander d'envoyer des Forces Spéciales, suggéra Cussler. Ils peuvent arriver d'ici vingt-quatre heures.

— Il n'est pas sûr que nous puissions attendre. Si les pirates n'ont pas déjà coulé le *Deep Encounter* et ses occupants, ils risquent de le faire après la tombée de la nuit. Encore vingt-quatre heures, et il sera peut-être trop tard.

— C'est de la folie que de sacrifier ainsi vos vies ! insista Misty.

— Nous n'avons pas le choix, affirma Pitt d'un ton ferme. Le temps ne joue pas en notre faveur.

— Et les armes ? demanda Giordino aussi simplement que s'il se renseignait sur le prix d'un cornet de glace.

— Je possède deux fusils automatiques, que je garde à bord pour ma protection, intervint Cussler, mais j'ignore comment ils se comporteront, ainsi que les munitions, après avoir parcouru un mille nautique sous l'eau.

— Merci, répondit Pitt en secouant la tête, mais il vaut mieux ne pas s'encombrer. En ce qui concerne les armes à feu, nous verrons en temps voulu.

— Et le matériel de plongée ? J'ai quatre bouteilles pleines et deux gilets stabilisateurs.

— Moins nous serons équipés, et mieux cela vaudra. Le matériel de plongée ne ferait que nous retarder une fois à terre. Nous atteindrons le lagon avec masque et tuba. A six ou sept mètres, personne ne pourra nous repérer.

— Vous aurez une longue distance à parcourir à la nage, fit remarquer Cussler. Du lieu de mouillage jusqu'à l'intérieur du lagon, il y a plus d'un mille.

— Nous aurons de la chance si nous arrivons vers minuit, murmura Giordino.

— Je peux vous aider à diviser le temps nécessaire par deux.

— Comment ? demanda Pitt en se tournant vers Cussler.

— J'ai un propulseur de plongée qui vous aidera à avancer sous l'eau. Vous pourrez même l'utiliser en tandem.

— C'est une aide appréciable, merci beaucoup.

— Je ne peux donc rien dire qui vous fasse abandonner cette idée insensée ? s'exclama Misty.

— Non, lui répondit Pitt, donc les lèvres esquissèrent un sourire de réconfort. Il faut que nous le fassions. Le dispositif de surveillance à l'entrée de la passe ne serait pas là s'il n'y avait rien à cacher à l'intérieur. Nous devons découvrir s'il s'agit ou non du *Deep Encounter*.

— Et si vous aviez tort ?

Le sourire disparut soudain, et le visage de Pitt prit une expression tendue.

— Si nous avons tort, alors nos amis du *Deep Encounter* mourront parce que nous n'aurons pas réussi à les sauver.

*
* *

Les trois hommes, au travail dès le coucher du soleil, mirent trois heures à lier trois troncs de palmiers pour en faire un radeau, puis à lui donner la silhouette approximative du *Periwinkle* à l'aide d'une structure de branches et de brindilles empruntées à des arbres qui dérivaient dans l'eau. Pour lui donner une touche finale de vraisemblance, ils connectèrent une petite batterie à une guirlande d'ampoules installée sur la structure du camouflage. Ils mouillèrent ensuite le radeau près du *Periwinkle*, côté rivage.

— Ce n'est pas une mauvaise imitation, si je puis me permettre un tel jugement, approuva Cussler.

— Ce n'est pas très joli, dit Giordino, mais cela devrait suffire à tromper la vigilance du garde, dans le taudis qui lui sert de perchoir.

Pitt s'éclaboussa le visage d'eau de mer afin d'en ôter la sueur causée par l'humidité.

— Nous allumerons les lumières du radeau au moment même où nous éteindrons celles du yacht.

Quelques minutes plus tard, Cussler mit en marche les puissants moteurs du *Periwinkle*, appuya sur l'interrupteur du treuil pour remonter l'ancre et s'engagea en avant. Il alluma les éclairages du radeau et plongea le yacht dans l'obscurité. Il dépassa le récif de corail en gardant un œil sur le sondeur de profondeur, tout en évaluant le niveau du corail tapi sous la surface telle une armée de dents assassines, impatientes d'entraîner le yacht vers le fond.

A l'aide du radar, il mit le cap sur l'île Raoul, tout en s'assurant avec soin que son navire ne soulevait aucune phosphorescence dans son sillage. Il maintint une vitesse inférieure à dix nœuds, heureux de constater que la lune était absente du ciel parsemé d'étoiles. Pitt le rejoignit à la timonerie en compagnie de Misty, enfin résignée à la nécessité de l'opération, et qui venait de préparer des en-cas dans la cuisine du bord. Elle les distribua et s'installa près de Giordino, qui tentait d'imiter, coiffé d'un casque stéréo, la voix râpeuse enregistrée au cours de la conversation du garde de sécurité.

Cussler étendit devant lui la carte de la zone et braqua ses deux coques jumelles dans l'axe de la lumière minuscule du poste de garde, au sommet de la falaise.

— Je vais nous conduire jusqu'à l'affleurement des rochers, juste en face de la passe, expliqua-t-il. A partir de là, il faudra vous en remettre au propulseur. Restez à l'écart des vagues qui viennent s'écraser sur les falaises jusqu'à ce que atteigniez des eaux calmes.

Pour la première fois, le comportement de Cussler trahissait une certaine appréhension. Son regard ne traversait presque jamais la vitre pour se plonger dans la nuit noire. Concentré sur la boussole, il dirigeait le yacht presque uniquement au sondeur et au radar, assis dans une position extravagante, une main sur la manette et l'autre sur la souris d'ordinateur. Il ouvrit soudain une vitre coulissante et on entendit des vagues se briser contre la roche.

Ils se trouvaient derrière un affleurement de rochers, hors du champ de vision du garde. L'eau, au-delà de la ligne des vagues, était d'un calme irréel. Cussler appuya sur le bouton du joystick qui tenait lieu de manette des gaz et mit la vitesse en marche lente. Satisfait de constater qu'il était aussi proche des rochers qu'il pouvait raisonnablement l'espérer, il mit en panne et se tourna vers Pitt. Son regard semblait dire « Ce n'est pas une bonne idée », mais aucun mot ne franchit ses lèvres.

Tout en étudiant grâce au sondeur le fond irrégulier, à seulement cinq mètres des coques jumelles du *Periwinkle*, et en contemplant d'un air pensif les données indiquant sa dérive, Cussler mouilla l'ancre. Une fois le yacht ancré, sa double proue plongée dans la marée montante, il hocha la tête.

— Je ne peux pas aller plus loin.

— Combien de temps pouvez-vous rester ? demanda Pitt.

— J'aimerais pouvoir vous dire que j'attendrai votre retour, mais le prochain changement de marée aura lieu dans trois heures et vingt minutes. Si je ne veux pas perdre le bateau, il faudra alors que je m'éloigne du rivage et que je contourne l'île pour rester hors de vue du garde.

— Comment parviendrons-nous à vous trouver dans l'obscurité ?

— Je dispose d'un émetteur radio sous-marin que j'utilise pour étudier les réactions des poissons à différents types de sons. Je mettrai un morceau de « Meat Loaf » dans deux heures.

Misty dévisagea le vieil homme.

— Vous écoutez « Meat Loaf » ?

— Un vieux coq comme moi n'a-t-il pas le droit d'écouter du rock ? répondit Cussler en riant.

— Cette musique attire-t-elle les requins ? demanda Giordino d'un air méfiant.

— Non, répondit Cussler en secouant la tête. Ils préfèrent des crooners comme Tony Bennett...

Pitt et Giordino enfilèrent les palmes et mirent les masques empruntés à Cussler. Celui-ci amena l'échelle de poupe et recula d'un pas. Il donna une tape sur l'épaule des deux hommes.

— N'oubliez pas de vous tenir à l'écart des rochers, vers l'entrée de la passe. Attendez que les vagues vous amènent à l'intérieur. Inutile d'épuiser la batterie du propulseur en pure perte. *(Il marqua une pause et prit une expression presque solennelle.)* Bonne chance. J'attendrai aussi longtemps que possible.

Dans un léger éclaboussement, les deux hommes plongèrent dans l'eau tiède d'un noir d'encre et s'éloignèrent du yacht, Giordino dans le sillage de Pitt. Celui-ci évaluait la température de l'eau à vingt-cinq degrés au moins. Une petite brise soufflait du large et un léger clapotis arrivait avec la marée. Après avoir nagé quelques minutes, ils s'arrêtèrent pour regarder derrière eux. Lorsqu'ils eurent franchi une trentaine de mètres, le yacht devint invisible. Pitt leva le poignet et examina l'aiguille phosphorescente et les marques des degrés sur la boussole prêtée par le vieil homme. Il tapota la tête de Giordino et lui montra d'un geste la direction qu'ils devaient prendre. Giordino attrapa les jambes de Pitt et s'y accrocha tandis que son ami mettait le propulseur en marche. Le moteur vrombit et les petites hélices les emportèrent à une vitesse de presque trois nœuds.

Les seuls éléments de navigation dont disposait Pitt étaient la boussole et le bruit des vagues qui se jetaient sur les falaises avec un grondement grave et monotone. Les rochers menaçants étaient peut-être à deux cents mètres, ou à cent mètres seulement ; dans l'obscurité, il était impossible de le savoir.

Soudain, Pitt distingua deux grondements distincts, comme si les vagues venaient frapper de chaque côté de la passe. Il détourna le propulseur et se laissa mener vers l'île jusqu'au moment où le fracas des vagues, encore audible de chaque côté, se tut devant eux. Ainsi que le lui avait recommandé Cussler, il stoppa le propulseur et laissa les vagues les emmener au-delà de l'entrée de la passe. Le conseil était sage.

Aucun brisant géant ne se tapissait entre les parois escarpées des falaises. En raison de la profondeur de l'eau entre les deux rives de la passe et de l'absence d'obstacles, les vagues se roulaient sans s'amonceler les unes sur les autres ni former de rouleaux et ils passèrent sains et saufs à travers les rochers comme de simples bouchons de liège.

Pitt flottait la tête en bas, les jambes écartées, aussi détendu qu'une tortue à la surface. Il respirait par son tuba avec lenteur et régularité. Grâce au propulseur, les deux hommes n'étaient nullement épuisés. Giordino venait de lâcher prise et dérivait aux côtés de Pitt.

Ni celui-ci ni son ami ne se retournèrent pour voir s'ils avaient été repérés. S'il leur était impossible de distinguer un garde au bord de la falaise, alors ce même garde ne pouvait les voir dans les eaux sombres, loin en contrebas. Pitt se demanda quelque peu tardivement si les pirates avaient posté des gardes autour du lagon. Il ne les croyait pas si obsédés de leur sécurité. Il était quasiment impossible d'escalader dans l'obscurité les falaises qui entouraient l'île, puis de pénétrer dans la jungle épaisse tout en marchant sur les roches volcaniques déchiquetées. Il était presque sûr que les seuls yeux à l'affût d'éventuels intrus étaient ceux du garde.

D'après le rapide aperçu qu'il en avait eu quelques heures plus tôt à travers la passe, lorsque le *Periwinkle* en avait franchi l'entrée, le lagon semblait s'étendre en ligne droite à un tiers de mille environ de la mer. Pitt sentit l'élan des vagues se relâcher; elles ne dépassaient guère plus d'une soixantaine de centimètres. Il fit signe à Giordino de s'accrocher à lui et démarra le propulseur.

En moins de quinze minutes, les étoiles s'épanouirent et s'étendirent à travers le ciel en passant les hautes falaises pour se refléter dans le lagon. Pitt braqua le propulseur vers la plage et laissa le moteur en marche jusqu'à ce qu'il sente le sable sous ses pieds. Alors seulement, il l'arrêta.

On ne voyait sur la plage aucune trace de structure habitée, mais le lagon était loin d'être désert. Deux navires y étaient ancrés côte à côte. On ne pouvait distinguer leurs formes ni leurs silhouettes dans l'obscurité. Ainsi que Pitt le soupçonnait, ils avaient été camouflés. Mis à part quelques lumières de faible intensité qui traversaient les hublots, ils étaient méconnaissables. Dans l'obscurité, il était impossible de s'assurer de la présence du *Deep Encounter* sans aller voir de plus près.

— Enlève ton masque, murmura Pitt à Giordino. La lumière risque de se refléter sur les verres.

Ils abandonnèrent le propulseur sur la plage et nagèrent vers le plus important des deux bâtiments. Sa proue, inclinée avec grâce, et semblable à celle du *Deep Encounter*, faisait face à la passe, mais ils devaient s'assurer qu'il s'agissait bien du navire de recherches. Sans la moindre hésitation, Pitt ôta ses palmes, les tendit à Giordino, et se mit à escalader la chaîne d'ancre. Elle était humide, mais dépourvue de rouille ou de traces visqueuses. Il se hissa jusqu'au moment où il se trouva au niveau de l'écubier de mouillage ; il resta ainsi suspendu un instant.

Grâce à la lumière que diffusait un hublot ouvert, il pouvait tout juste distinguer le nom du bâtiment en lettres de métal sur la proue.

C'était bien le *Deep Encounter*.

Chapitre 19

L'ÉCUBIER de mouillage se trouvait à plus de trois mètres du plat-bord de proue. Sans cordage et sans grappin, il était impossible à Pitt et Giordino de monter sur le pont avant. Le reste de la coque ne leur laissait guère plus de possibilités. Aucune saillie ou protubérance n'offrait la moindre facilité d'accès. Pitt se maudit intérieurement de n'avoir pas prévu ce genre de difficulté.

Il redescendit le long de la chaîne.

— C'est bien le *Deep Encounter*, annonça-t-il d'un ton calme à Giordino.

Celui-ci leva les yeux en l'air, et son visage éclairé par la lumière sourde prit une expression perplexe.

— Comment allons-nous monter à bord sans passerelle ni échelle ?

— Nous ne montons pas.

— Tu as pensé à un plan de rechange ? demanda Giordino d'un ton mécanique.

— Bien sûr.

— Annonce-moi tout de suite les mauvaises nouvelles.

Le léger sourire de Pitt se perdit dans l'obscurité.

— Le bateau des pirates est plus petit. Nous pourrons sans doute escalader la poupe, puis nous arranger pour passer à bord du *Deep Encounter*.

Pitt se sentait à l'aise, désormais plus rassuré. Son pari s'était avéré juste. Le bâtiment des pirates n'était pas un navire de croisière hérissé de canons, mais un navire de travail à usages multiples ; non seulement sa poupe était assez basse pour leur permettre de se hisser à bord, mais elle leur facilitait grandement les choses en leur offrant les services d'une échelle d'embarquement pour les plongeurs et d'une petite plate-forme.

— J'espère que nous allons trouver une longueur suffisante de bon vieux tuyau, histoire de pouvoir fracasser quelques têtes. Avec seulement mes mains, j'ai l'impression d'être tout nu.

— Cela ne m'inquiète guère, lui répondit Pitt. J'ai déjà vu ce que tu pouvais faire avec ces jambons qui te servent de mains. Oublie ça... Nous avons l'avantage de la surprise. Ils ne s'attendent pas à ce que des visiteurs, surtout des personnages aussi peu recommandables que nous, viennent s'infiltrer comme des rôdeurs par la porte de service.

Pitt était en train d'escalader le bastingage de poupe lorsque les doigts de Giordino s'enfoncèrent dans son bras.

— Que se passe-t-il ? murmura Pitt en frottant son avant-bras meurtri.

— Quelqu'un fume une cigarette près du rouf arrière, chuchota Giordino.

Pitt baissa lentement la tête jusqu'à ce que son regard puisse embrasser l'ensemble du pont de travail. La remarquable vision nocturne de Giordino ne s'était pas trouvée prise en défaut. La silhouette à peine visible d'un homme se découpait par moments dans l'obscurité, lorsqu'il aspirait la fumée de sa cigarette en se penchant sur le bastingage pour profiter de l'air tropical. Il ne paraissait pas sur ses gardes, mais plutôt perdu dans ses pensées.

Aussi calme qu'un spectre, Giordino enjamba le bastingage, tout en espérant que l'homme ne puisse entendre les gouttes qui dégoulinaient de son corps par-dessus la brise légère qui agitait les feuillages des palmiers ; il traversa le pont à pas feutrés et agrippa de ses grosses mains le cou de l'homme, bloquant tout passage d'air vers les poumons. Il y eut une brève lutte, puis le corps du garde devint inerte. Sans plus de bruit qu'un simple murmure, Giordino traîna le pirate jusqu'à la poupe et le déposa derrière un gros treuil.

Pitt le fouilla. Il découvrit dans ses vêtements un imposant couteau pliant et un revolver au museau court.

— Nous voici dans le vif du sujet, commenta-t-il.

— Il respire encore, dit Giordino. Qu'allons-nous faire de lui ?

— Installe-le à l'abri des regards, sur la plate-forme de plongée.

Giordino hocha la tête et souleva sans effort le pirate qu'il bascula par-dessus bord avant de le laisser tomber en vrac sur la plate-forme d'où, à quelques centimètres près, il faillit passer à l'eau et se noyer.

— Et voilà expédié le sale boulot...

— Espérons qu'il reste au pays des songes pendant au moins une heure.

— Pas de souci à ce sujet, répondit Giordino dont les yeux plongèrent dans l'obscurité pour sonder les ponts découverts. Combien sont-ils, selon toi ?

— La NUMA possède deux bâtiments multi-usages d'une taille similaire. Ils abritent un équipage de quinze hommes, mais ils peuvent transporter plus de cent passagers.

Pitt tendit le couteau à Giordino, qui l'examina d'un air morose.

— Pourquoi ne puis-je pas avoir le revolver ?

— C'est bien toi qui regardes toujours les vieux films avec Errol Flynn !

— Il se servait d'une épée, pas d'un cran d'arrêt minable.

— Tu n'auras qu'à faire semblant.

Giordino cessa de se plaindre et les deux hommes traversèrent le pont de chargement d'un pas régulier, sans hâte, jusqu'à une écoutille de la cloison arrière. Le panneau de l'écoutille était fermé, afin de ne pas gaspiller l'air frais du système de ventilation du navire. L'instant se prêtait fort bien à la peur de l'inconnu, mais une telle pensée n'était pas acceptable pour les deux amis. Seule subsistait la crainte glaçante d'arriver trop tard pour sauver l'équipage du *Deep Encounter*. Le cerveau de Pitt enregistra la possibilité du pire, mais il l'écarta, tout comme il écartait le souci de sa propre vie.

Ils s'arrêtèrent avant d'atteindre la planche de débarquement qui reliait les deux bâtiments et risquèrent un œil à travers un hublot d'où sourdait une lumière. Pitt compta vingt-deux pirates installés dans un vaste réfectoire et occupés à jouer aux cartes, à lire, ou à regarder la télévision par satellite. Les armes disséminées autour de la salle auraient suffi à fomenter une révolution. Personne ne semblait se méfier d'éventuels visiteurs indésirables ; ils ne paraissaient pas non plus craindre que leurs prisonniers cherchent à s'échapper. Cette simple vision mit Pitt très mal à l'aise. L'attention des pirates était relâchée, bien trop relâchée pour des gens censés détenir une cinquantaine d'otages.

— Rappelle-moi de ne pas louer les services d'un de ces types pour veiller sur les quelques biens matériels dont je dispose ici-bas, marmonna Giordino.

— Ils sont habillés comme des mercenaires plutôt que comme des pirates d'eau douce, murmura Pitt.

D'un haussement d'épaules, il chassa l'envie de se venger des pirates sur leur propre navire. Un revolver à six coups et un couteau contre plus de vingt hommes armés, les chances de succès n'étaient pas au rendez-vous... Leur principal objectif était de vérifier si les hommes et les femmes du *Deep Encounter* étaient toujours en vie et, dans la mesure du possible, de les sauver. Les deux amis s'aplatirent pendant un moment contre la paroi qui soutenait le hublot, tout en écoutant et en observant à travers l'obscurité. Ils n'entendirent ni ne virent rien de menaçant, et se déplacèrent sans un bruit jusqu'au moment où Pitt s'arrêta brusquement.

Giordino se figea à son côté.

— Tu as vu quelque chose ? chuchota-t-il.

Pitt désigna la grande plaque de carton peint grossièrement attachée sur le côté de la superstructure.

— Allons voir ce que cela cache.

Lentement, avec d'infinies précautions, Pitt arracha le chatterton qui maintenait le carton sur le flanc du navire. Lorsqu'il eut presque tout ôté, il replia le bout et examina l'inscription à peine visible sous la faible lumière qui filtrait des hublots.

Il distinguait à peine l'image stylisée d'un chien à trois têtes avec un serpent en guise de queue. Juste en dessous était inscrit le mot « Cerbère ». Le nom ne lui évoquait rien, aussi remit-il le carton en place avant de recoller le chatterton.

— Tu as vu quelque chose ? lui demanda Giordino.

— Suffisamment.

Ils s'avancèrent avec prudence sur l'étroite passerelle jetée entre les deux navires, s'attendant presque à voir les pirates jaillir de l'ombre et les arroser de rafales d'armes automatiques.

Ils atteignirent le pont du *Deep Encounter* sans encombre, et se tapirent à l'abri. Pitt se trouvait désormais en terrain familier. Il connaissait chaque centimètre carré du *Deep Encounter* et aurait pu arpenter tous ses ponts les yeux bandés.

Giordino mit les mains en cornet et chuchota à l'oreille de son ami :

— Nous pouvons nous séparer, si tu veux ?

— Non, murmura Pitt. Mieux vaut rester ensemble. Commençons par la timonerie avant de descendre.

Ils auraient pu gagner la timonerie en passant par les escaliers extérieurs, mais ils préférèrent demeurer hors de vue des pirates qui auraient pu sortir du réfectoire et les apercevoir. Ils se glissèrent à l'intérieur du navire par une écoutille et empruntèrent un escalier qui les mena à la timonerie, quatre ponts plus haut. L'endroit était sombre et désert. Pitt passa dans la salle de radio et ferma la porte pendant que Giordino montait la garde à l'extérieur. Il prit le téléphone Globalstar et composa le numéro du radiotéléphone de Sandecker. Pendant que s'établissait la communication, il consulta sa montre de plongée Doxa à façade orange. Vingt-deux heures et deux minutes. Il se livra à un rapide calcul mental pour déterminer le décalage avec l'heure de Washington. Il devait être six heures du matin, là-bas. L'amiral devait faire son jogging quotidien de sept kilomètres.

Sandecker répondit aussitôt. Il venait de parcourir cinq kilomètres, mais sa respiration était régulière. Pitt ne disposait pas d'assez de temps pour rester dans le vague et ainsi égarer quiconque souhaiterait localiser l'appel ; il livra à Sandecker un rapport concis sur la découverte du *Deep Encounter*, dont il donna la position exacte.

— Mon équipage et mon équipe scientifique ? demanda Sandecker, comme s'il s'agissait de membres de sa propre famille.

— « Le problème est encore en suspens », répondit Pitt en citant le fameux message de Devrieux juste avant la chute de l'île de Wake. Je vous contacterai dès que j'aurai une réponse certaine.

Il coupa aussitôt la communication et sortit de la salle de radio.

— Tu as vu ou entendu quelque chose ?

— Non, l'endroit est aussi calme qu'une tombe.

— J'aimerais que tu évites de prononcer le mot « tombe », répliqua Pitt d'un ton maussade.

Les deux hommes quittèrent la timonerie et gagnèrent le pont inférieur. Scénario identique... Les cabines et l'infirmerie étaient aussi silencieuses qu'une morgue. Pitt entra dans sa cabine, fouilla dans un tiroir et constata avec surprise que son fidèle vieux Colt automatique était toujours à l'endroit où il l'avait laissé. Il le glissa sous la ceinture de son short et tendit l'autre revolver à Giordino, qui le lui prit sans un mot. Pitt sortit ensuite du tiroir une petite torche électrique ; il l'alluma et un rayon lumineux fit le tour de la cabine. Rien n'avait été déplacé, sauf un seul objet : la mallette de cuir du docteur Egan, qui était posée, grande ouverte, sur le lit.

Giordino découvrit une scène similaire dans sa propre cabine. Ses affaires personnelles n'avaient été ni fouillées ni déplacées.

— Rien ne semble logique avec ces types, commenta-t-il d'un ton calme. Ces pirates ne semblent même pas intéressés par le pillage !

Pitt braqua le rayon de sa lampe vers la coursive.

— Allons-y, continuons.

Ils descendirent l'escalier jusqu'au pont suivant, où se trouvaient huit autres cabines, le réfectoire, la cuisine, la salle de conférences et le salon. De la vaisselle contenant des aliments en décomposition était encore posée sur la table de service du réfectoire, des magazines étaient éparpillés sur les tables et sur les canapés du salon, comme s'ils venaient d'être abandonnés par leurs lecteurs. Des cigarettes brûlées jusqu'au filtre reposaient dans les cendriers de la salle de conférences. Des marmites et des casseroles trônaient sur le fourneau de la cuisine, et leur contenu avait pris une teinte verdâtre. Les occupants du navire semblaient s'être volatilisés.

Pitt et Giordino n'auraient pas su dire combien de temps ils avaient passé à la recherche du moindre signe de vie. Peut-être cinq minutes, peut-être dix... Attendaient-ils d'entendre une voix, un son, n'importe quel son, ou bien craignaient-ils seulement de ne trouver aucune réponse ? Pitt tira le Colt .45 de sa taille et le porta à son côté ; il se méfiait d'un coup de feu accidentel qui pourrait alerter les pirates.

Au moment où ils atteignaient la salle des machines et des groupes électrogènes, Pitt commençait à croire que ses pires craintes s'étaient réalisées. Si des prisonniers se trouvaient bel et bien à bord, alors quelqu'un aurait dû monter la garde. Et cette pénombre... Des gardiens ne seraient pas restés ainsi tapis dans l'obscurité. Son découragement ne fit qu'augmenter jusqu'au moment où ils dépassèrent les cabines du pont des machines et aperçurent de la lumière dans le bureau de l'ingénieur en chef.

— Enfin ! murmura Giordino.

La porte qui donnait sur la salle se trouvait au bout de la coursive. Pitt et Giordino prirent position l'un en face de l'autre le long de la cloison et s'approchèrent. A trois mètres de distance, ils commencèrent à distinguer un faible murmure de voix. Leurs yeux se croisèrent un bref instant. Pitt colla l'oreille contre la porte métallique et écouta. Les voix semblaient railleuses et lourdes de mépris. Un rire éclatait de temps à autre.

Pitt poussa la longue poignée de métal d'un centimètre ou deux. Elle pivota sans bruit. Il songea qu'il lui faudrait féliciter l'ingénieur en chef pour avoir régulièrement fait huiler les gonds. Il baissa alors la poignée avec une infinie lenteur afin que nul ne remarque quoi que ce soit de l'intérieur. Lorsqu'elle atteignit la fin de sa course, il entrouvrit tout doucement, comme si une douzaine de monstres venus d'un autre univers et affamés de chair humaine étaient tapis derrière la cloison.

Ils entendaient clairement les voix, désormais. Quatre voix. Deux d'entre elles étaient inconnues, mais les deux autres lui étaient aussi familières que la sienne. Son cœur fit un bond dans sa poitrine. Les quatre personnages ne tenaient pas une aimable conversation de salon. Les deux voix inconnues semblaient se moquer des autres.

— Vous n'aurez pas à attendre longtemps avant de voir quel effet cela peut faire de mourir noyé.

— C'est bien vrai, rien de tel qu'un petit somme dans l'océan, insista méchamment son acolyte. Vous aurez l'impression que des pétards explosent dans votre tête, de plus en plus nombreux. Les yeux vous sortent du visage. Vos oreilles éclatent comme si on les perçait au pic à glace. Vous croirez que l'on vous arrache la gorge et que l'on frotte vos poumons à l'acide nitrique. Vous allez bien vous marrer !

— Espèce d'ordurc, vous êtes malade !

— Le fait de parler ainsi en présence de femmes prouve seulement que vous n'êtes qu'une bande de dégénérés, intervint une voix, celle de House, l'ingénieur en chef.

— Hé, Sam, tu savais que tu étais dégénéré ?

— Pas jusqu'à la semaine dernière, en tout cas !

Cette dernière remarque fut suivie d'un grand éclat de rire.

— Si vous nous tuez, lança Burch avec colère, toutes les forces d'investigation seront à vos trousses et vous n'arriverez jamais à sauver vos fesses.

— Sauf s'il n'existe aucune preuve d'un crime, répondit avec un sourire de mépris le pirate qui répondait au nom de Sam.

— Vous ferez simplement partie des naufragés de ces milliers de navires qui ont sombré corps et biens.

— Je vous en prie, supplia l'une des scientifiques du *Deep Encounter*. Nous avons tous des proches, des gens que nous aimons. Vous ne pouvez pas commettre un tel forfait !

— Je suis désolé, chère madame, répondit Sam d'un ton froid, mais pour les gens qui nous payent, vos vies ne valent pas dix *cents*.

— Notre équipage devrait monter à bord d'ici une demi-heure, ajouta le partenaire de Sam avant de marquer une pause et de regarder au-delà du champ de vision de Pitt. Deux heures plus tard, vous serez aux premières loges pour étudier les spécimens des fonds marins.

De son poste qui lui offrait une vue limitée par la porte entrouverte, Pitt put constater que les pirates tenaient à la main des armes automatiques prêtes à faire feu. Il hocha la tête à l'adresse de Giordino ; les deux hommes se concentrèrent pour l'attaque, ouvrirent la porte et pénétrèrent dans la salle des machines, épaule contre épaule.

Les deux pirates sentirent le mouvement derrière eux, mais ils ne se retournèrent même pas, persuadés qu'il s'agissait de leurs amis un peu en avance pour l'exécution.

— Vous êtes là bien tôt. Pourquoi tant se presser ? demanda Sam.

— On nous a ordonné de mettre le cap sur Guam, répondit Giordino, en une imitation passable du pirate à la voix rauque.

— Et voilà ! lança Sam en riant. Vous feriez mieux de réciter vos prières. Vous n'allez pas tarder à rencontrer votre créateur...

Il ne put finir sa phrase. Giordino l'agrippa par les cheveux et l'envoya s'écraser contre une cloison, tandis que Pitt, armé du Colt .45, fracassait la mâchoire de l'autre garde, qui s'écroula.

Ce fut alors une vraie *fiesta*. Un véritable samedi soir endiablé. Seuls manquaient les ballons et le champagne.

Ils étaient tous là. Tous les membres d'équipage et les scientifiques du *Deep Encounter* étaient assis autour des générateurs, les jambes enchaînées comme des galériens. Leurs chevilles étaient enfermées par des fers reliés à une longue chaîne, elle-même attachée au socle de fixation du générateur principal. Pitt procéda à un comptage rapide, tandis que tous demeuraient sous le choc en voyant les deux hommes qu'ils avaient cru disparus à jamais. Burch, House, les membres d'équipage et les scientifiques paraissaient évoluer comme dans un rêve. Ils se remirent cependant sur pied et étaient à deux doigts de se lancer dans un concert d'acclamations lorsque Pitt les arrêta.

— Silence, pour l'amour du Ciel ! siffla-t-il. Restez tranquilles, ou nous allons voir débarquer un régiment de gardes armés.

— Mais d'où diable sortez-vous ? demanda Burch.

— D'un yacht très luxueux, répondit Giordino, mais c'est une autre histoire. *(Il se tourna vers House.)* Vous avez quelque chose pour couper cette chaîne ?

House désigna un local de rangement.

— Dans la salle d'outillage. Vous trouverez une cisaille accrochée à la cloison.

— Commence par libérer l'équipage, dit Pitt. Il faut appareiller avant que les pirates ne remontent à bord.

Giordino revint trente secondes plus tard et se mit en devoir de cisailler la chaîne. Pendant ce temps, Pitt s'était précipité sur le pont extérieur afin de s'assurer que l'opération était passée inaperçue. Les ponts du navire pirate étaient toujours déserts. Pour autant qu'il puisse en juger, ses hommes se trouvaient toujours dans le réfectoire à se lécher les babines comme des hyènes à l'idée d'envoyer le *Deep Encounter* et tous ses occupants par le fond.

Lorsqu'il revint dans la salle des machines, l'ingénieur en chef House et son équipe s'occupaient déjà du poste de manœuvre principal en vue de l'appareillage.

— Voilà tout ce que je peux faire pour vous, annonça enfin House au capitaine Burch.

Le commandant resta bouche bée. Giordino lui-même se tourna vers Pitt et lui adressa un regard surpris.

— Un garde est en poste dans une baraque au sommet de la falaise qui domine l'entrée de la passe. Je suppose que mis à part le fait de surveiller les intrus, il dispose d'assez de puissance de feu pour empêcher n'importe quel navire de quitter le lagon.

— Qu'est-ce qui vous amène à une telle conclusion ? demanda Giordino.

— Nous sommes bien placés pour savoir que ces pirates ne sont pas là pour empêcher des chevreuils en maraude de saccager leur jardin botanique. Deux hommes pour en garder cinquante, pendant que leurs copains restent traîner comme s'ils étaient en vacances ? C'est peu probable. Il sont sans doute sûrs que ce navire ne pourra jamais gagner le large dans le cas où l'équipage parviendrait à en reprendre contrôle. La passe est profonde de presque cent cinquante mètres en son centre. Si le *Deep Encounter* était envoyé par le fond, il se pourrait très bien qu'on ne le découvre jamais, et le navire des pirates disposerait de largement assez d'eau sous sa quille pour quitter le lagon.

— La nuit est sombre, fit observer Burch. Nous pourrions peut-être nous glisser vers le large sans être repérés.

— Non, rétorqua Pitt. A l'instant même où nous appareillerons, les pirates, à bord de leur navire, s'en rendront compte et nous donneront la chasse. Ils seront au courant dès que nous lèverons l'ancre et que nous mettrons les moteurs en marche. Leur premier réflexe sera de prévenir le garde. Il faut que j'y aille ; nous devons éliminer cette menace.

— Je t'accompagne, déclara Giordino d'un ton ferme.

Pitt secoua la tête.

— Tu es le mieux placé pour repousser d'éventuels abordeurs avant l'appareillage.

— Horacius Cocles sur le pont Sublicius – me voilà !

— Vous n'arriverez jamais là-haut à temps, objecta House. Il faut grimper plus de huit cents mètres à travers la jungle.

— Voilà qui me permettra de trouver mon chemin, répondit Pitt en désignant sa petite lampe-torche. Je suppose d'ailleurs que les pirates disposent d'un sentier bien aménagé entre ici et le poste de garde.

Giordino serra la main de son ami.

— Bonne chance, mon pote.

— Bonne chance à toi aussi.

Pitt disparut aussitôt.

Chapitre 20

Ce fut étrange de constater à quel point l'équipage vaquait à ses devoirs avec célérité, mais en demeurant aussi calme que s'il s'apprêtait à quitter le port de San Francisco. Personne ne perdit de temps en vaines paroles. Fait tout aussi curieux, personne n'évoqua non plus le danger qui les menaçait. Pas de peur, pas de mauvais pressentiments. Les scientifiques, soucieux de ne pas gêner l'équipage, regagnèrent leurs cabines.

Le capitaine Burch était accroupi très bas sur l'aileron de passerelle, et essayait de distinguer le navire pirate à travers l'obscurité. Il éleva le téléphone portable du bord à ses lèvres et dit à voix basse :

— Prêt quand vous voulez, chef.

— Remontez l'ancre, répondit House. Prévenez-moi dès qu'elle aura décollé du fond et je ferai cracher aux moteurs tout le jus dont ils disposent.

— Restez en ligne, dit Burch.

Autrefois, des hommes d'équipage remontaient l'ancre en manœuvrant poulies et leviers. Grâce au système moderne dont était équipé le *Deep Encounter*, il suffisait au commandant d'entrer un code sur le clavier de l'ordinateur de bord. Ensuite, tout était automatique. Pourtant, ni lui ni personne n'aurait été en mesure d'étouffer le grincement et le fracas métallique de l'ancre soulevée à travers le conduit d'écubier jusqu'au puits aux chaînes.

Ses années d'expérience permirent à Burch de déterminer l'instant exact où l'ancre se détacha du fond.

— OK, chef. En avant toute. Emmenez-nous vite hors d'ici !

Tout en bas, en son royaume, les mains de House jouaient sur le panneau de commande. Il sentit monter en lui un sentiment de satisfaction réjouie lorsqu'il sentit les hélices mordre l'eau et tirer la poupe vers le fond tandis que le navire s'élançait en avant.

*
* *

Giordino prit les armes automatiques raflées aux deux pirates et se posta derrière la lisse de plat-bord, à deux mètres environ de la passerelle qui donnait accès au navire des pirates. Il resta étendu sur le pont, un des fusils au creux de son bras. L'autre était posé près de lui sur le pont, à côté du revolver. Il ne se berçait pas d'illusions quant à la possibilité de sortir vainqueur d'un échange nourri de coups de feu, mais sa ligne de tir lui permettrait de tenir des abordeurs hors de portée du navire de recherches aussitôt après l'appareillage. Il aurait pu simplement pousser la passerelle de débarquement à l'eau entre les deux bâtiments, mais il jugea plus sage de ne provoquer aucun bruit inutile. La passerelle tomberait d'elle-même dès le départ du *Deep Encounter*.

Il sentit les vibrations du pont lorsque l'ingénieur en chef House mit en marche les gros générateurs et poussa les diesels électriques à plein régime. Deux hommes d'équipage du *Deep Encounter* rampèrent le long du pont, sous la tôle protectrice de la lisse de plat-bord, et détachèrent à tribord les amarres qui reliaient le navire à celui des pirates, avant de revenir se mettre à l'abri.

C'est maintenant que nous allons nous amuser, songea Giordino en entendant le cliquetis de la chaîne de l'ancre. Pour les passagers du *Deep Encounter*, le vacarme était aussi assourdissant qu'une vingtaine de marteaux frappant une enclume. Comme il était prévisible, trois des pirates se précipitèrent hors du réfectoire pour découvrir l'origine du bruit.

L'un d'entre eux, constatant que l'ancre était levée, mais ignorant que ses complices avaient été maîtrisés, se mit à crier d'une voix suraiguë :

— Arrêtez ! Arrêtez ! Vous ne pouvez pas appareiller maintenant ! Pas sans équipage !

Il n'était pas dans la nature de Giordino de se tenir coi.

— Pas besoin d'équipage ! lança-t-il de la même voix rauque qu'il avait imitée auparavant. Je m'en occuperai moi-même !

Des pirates de plus en plus nombreux se massaient sur le pont dans une confusion croissante. Une voix éraillée retentit soudain.

— Qui êtes-vous ?

— Sam !

— Vous n'êtes pas Sam. Où est-il ?

Giordino sentit la pulsation des moteurs augmenter tandis que le navire se mettait en marche. Encore quelques secondes et la passerelle s'effondrerait, privée de point d'appui.

— Vous savez ce qu'il vous dit, Sam ? s'égosilla-t-il. Vous n'êtes qu'un fichu crétin incapable de relever un siège de chiottes !

Des cris et des jurons fusèrent tandis qu'une foule de pirates se précipitait vers la passerelle. Deux d'entre eux parvinrent à la rejoindre et ils étaient déjà à mi-parcours lorsque Giordino visa avec soin et les atteignit aux genoux. L'un retomba en arrière sur le pont du navire et l'autre s'affaissa et s'agrippa à la rampe de la passerelle en hurlant de douleur. Juste à ce moment, le bout de celle-ci s'échappa alors que le *Deep Encounter* entamait sa course vers la passe.

Les pirates se ressaisirent en un clin d'œil. Avant que le *Deep Encounter* ait eu le temps de parcourir cent mètres, le navire pirate leva l'ancre et sa poupe plongea dans l'eau tandis qu'il bondissait à sa poursuite. Une salve de détonations résonna, dont l'écho se réverbéra sur les collines de lave ; Giordino y répondit en tirant à plusieurs reprises par la vitre ouverte de la passerelle.

Lorsqu'il amorça la courbe qui menait à la passe, le navire de recherches se trouva provisoirement hors de portée des armes des pirates. Giordino profita du répit pour grimper quatre à quatre les échelons jusqu'à la timonerie.

— Ce ne sont pas des plaisantins, dit-il à Burch, qui tenait la barre.

— Leurs balles rebondissent sur notre coque, répondit le commandant qui tenait entre ses dents serrées une pipe tournée à l'envers. Ils ne nous aborderont pas aussi facilement que la dernière fois.

House faisait tourner les diesels avec toute la puissance dont ils étaient capables. La passe ressemblait à un puits noir. Seules les formes vagues des falaises qui s'élevaient au-dessus d'eux leur permettaient de s'orienter, mais Delgado, penché sur l'écran radar, indiquait d'une voix tranquille les changements de cap. Tous ceux qui se trouvaient dans la timonerie jetaient des regards anxieux par les hublots arrière vers les lumières du transporteur pirate qui apparaissaient à l'entrée de la passe.

Le bâtiment arrivait à une vitesse presque deux fois supérieure à celle du *Deep Encounter*. Noir et sinistre dans la nuit, il se détachait, menaçant, contre les silhouettes déchiquetées des palmiers, sur le rivage. Alors, tous les yeux se levèrent vers les falaises abruptes et la lumière minuscule qui brillait dans la cabane de surveillance du garde. Tous se demandaient si Pitt y parviendrait avant que le navire de recherches n'atteigne l'entrée de la passe. Seul Giordino semblait conserver une attitude confiante tout en tirant le reste de ses munitions sur le transporteur qui se rapprochait rapidement.

*
* *

Le sentier, si l'on pouvait l'appeler ainsi, mesurait à peine trente centimètres de large et suivait une pente sinueuse qui s'élevait au flanc des falaises. Pitt courut aussi vite que possible. La course sur les roches volcaniques soumettait au martyre ses pieds, qui commençaient à saigner. Ses chaussettes étaient réduites en lambeaux. Il courait d'une foulée rapide et sèche, son rythme cardiaque augmentait à chacune d'elles, mais pas une fois il ne ralentit l'allure. La sueur dégoulinait en torrents le long de son visage et de son torse.

Il masqua de la main le rayon lumineux de sa torche, afin d'éviter d'être repéré par le garde, au sommet de la falaise. C'était en de tels instants qu'il regrettait de ne pas avoir participé à plus de programmes de remise en forme. Un homme comme Sandecker aurait effectué la même course sans s'essouffler, mais ce n'était que dans le cadre de sa vie professionnelle que Pitt prenait vraiment de l'exercice. Il haletait et éprouvait la sensation de marcher sur des charbons ardents. Il jeta un rapide coup d'œil par-dessus son épaule lorsqu'il entendit des tirs. Il était suffisamment confiant en son ami pour être sûr que celui-ci ne laisserait jamais aucun assaillant dépasser la passerelle de coupée. Il comprit en observant les mouvements de lumière provenant des hublots et qui se reflétaient sur l'eau que le *Deep Encounter* avait levé l'ancre. En entendant les coups de feu dont le son se réverbérait sur les murailles rocheuses, il en déduisit également que le bâtiment des pirates se lançait à sa poursuite. Les détonations reprirent de plus belle au moment où Giordino commença à assaisonner de projectiles la passerelle de son poursuivant.

Il se trouvait à moins de cinquante mètres du poste de garde. Il se mit au pas et se figea lorsqu'il aperçut une ombre fugitive devant la lumière qui filtrait d'une fenêtre. Le garde était sorti de la maison. Il se tenait maintenant au bord de la falaise et observait le navire de recherches qui entrait dans la passe. Pitt s'avança sans tenter de se cacher. Il courut, ramassé sur lui-même, derrière le garde tout entier concentré sur les événements qui se déroulaient en contrebas. La porte du poste était ouverte, et la lumière de l'intérieur était suffisante pour que Pitt distingue une arme dans les mains de l'homme. Peut-être les échanges de tirs avaient-ils attiré son attention, ou alors il avait été prévenu par radio que l'équipage de la NUMA était parvenu à fausser compagnie au transporteur et tentait de gagner le large.

Pitt s'approcha, et il se tendit soudain en constatant que l'arme du garde était un lance-missiles. Une petite caisse de bois posée à côté de lui contenait une réserve de missiles. Il observa le garde qui levait l'arme pour l'épauler.

Pitt oublia aussitôt tout souci de discrétion. Il craignait de ne pouvoir couvrir la distance et bousculer l'homme sans se faire repérer, même protégé par l'obscurité. Son élan fut un acte de désespoir. Si le garde tirait un missile sur le *Deep Encounter* avant qu'il ne l'atteigne, cinquante innocents allaient mourir, y compris son ami le plus proche. Sans souci du danger, il se jeta en avant pour parcourir les dix derniers mètres.

Pitt se matérialisa hors de la nuit comme un ange de la mort, et courut avec toute la détermination dont il était capable. La douleur atroce qui torturait ses pieds coupés et blessés s'envola dans l'effort tandis qu'il franchissait les derniers mètres. Sans faiblir ni fléchir, il s'élança. Trop tard, le garde prit conscience de l'attaque de Pitt. Il était en train d'activer le mécanisme de mise à feu du lance-missiles lorsqu'il se rendit compte qu'une silhouette se jetait sur lui. Pitt bondit et vint heurter le garde juste au moment où celui-ci tirait son missile.

Le souffle du recul passa par-dessus Pitt et lui brûla les cheveux alors qu'il enfonçait sa tête et son épaule dans la poitrine du garde. Ils roulèrent au sol tandis que le projectile, dont la trajectoire était déviée par l'impact du corps du Pitt contre le pirate, partait comme un éclair pour aller heurter le flanc d'une falaise, une quinzaine de mètres plus haut, légèrement en arrière de la poupe du *Deep Encounter*. L'explosion projeta des éclats de roche volcanique à travers la passe ; certains fragments atterrirent en pluie sur le navire de recherches, mais ne blessèrent personne et ne causèrent que peu de dégâts.

Le garde, deux côtes brisées sous le choc, lutta pour se remettre sur pied et envoya de ses deux mains jointes un brutal revers de judo ; il manqua le cou de son assaillant, mais le frappa au sommet du crâne. Pitt fut à deux doigts de perdre connaissance, mais il recouvra ses esprits en un instant, se mit à genoux et envoya son poing droit, avec toute la force qu'il put rassembler, dans le ventre du garde, juste au-dessus de l'entrejambe. L'air s'échappa de la bouche de l'homme qui se plia en deux en grognant. Pitt empoigna alors le lance-missiles et le balança comme un club de golf. L'engin frappa l'homme de côté, à la hanche. Le garde était coriace, et son corps sans doute durci par des années d'entraînement spécialisé, car malgré ce qu'il venait de subir, il roula sur lui-même, se redressa et se précipita sur Pitt comme un ours blessé.

Celui-ci, préférant l'usage de la cervelle à celui du muscle, se remit sur pied avec vivacité et fit un pas de côté. Le garde passa à côté de lui, trébucha et tomba du haut de la falaise. Sa défaite inattendue survint si vite qu'il ne poussa même pas un cri. Seul un éclaboussement lointain se fit entendre plus bas. Avec une froide efficacité, Pitt sortit en hâte un missile de la caisse de bois, l'installa sur l'arme et visa le navire pirate qui s'élançait dans la passe à un peu plus de cent mètres du *Deep Encounter*. Dieu merci, l'engin ne nécessitait pas une mise au point aussi complexe que celle d'un missile Stinger. La procédure de mise à feu était assez simple pour des terroristes attardés. A sa seule vue, il dirigea le corps de l'arme vers le transporteur et appuya sur la détente.

Le missile jaillit avec un son strident dans la nuit et frappa le bâtiment dans la partie centrale, juste au-dessus de la ligne de flottaison. Pendant une seconde, le bruit parut insignifiant, mais l'engin avait perforé les plaques de la coque avant d'exploser dans la salle des machines. Dans un enfer hurlant et rugissant de flammes, le transporteur se déchira soudain. La passe tout entière se trouva illuminée, tandis qu'une boule rouge-orange brillante peignait les parois imposantes des falaises. La détonation avait provoqué la rupture des réservoirs de carburant, et le transporteur se transforma en un enfer déchaîné. La superstructure sembla se soulever de la coque comme un jouet démantelé par une main invisible. Alors, l'illumination s'estompa et l'obscurité enveloppa la passe. Seuls quelques débris en flammes retombaient à l'eau autour du bâtiment qui disparaissait peu à peu dans les eaux noires. Les vies des pirates s'étaient éteintes.

Pitt, debout, comme en transes, contemplait la passe où, quelques instants plus tôt, un navire fendait les eaux. Il ne se sentait guère envahi de remords. Ces hommes étaient des tueurs prêts à assassiner la totalité des cinquante personnes qui peuplaient le navire de recherches. Le *Deep Encounter* et tous ses occupants étaient désormais hors de danger. Dans l'esprit de Pitt, c'est tout ce qui comptait.

Il lança l'engin meurtrier à l'eau, loin par-dessus le bord de la falaise. La douleur de ses pieds coupés et ensanglantés revint le tourmenter, et il grimpa en boitillant jusqu'au poste de garde. Il fouilla parmi les placards et finit par dénicher une trousse de secours. Quelques minutes plus tard, après s'être tamponné avec une abondante dose d'antiseptique, il enroula autour de ses pieds, qui lui causaient une douleur lancinante, des bandages assez épais pour qu'il puisse marcher. Il se mit alors à fouiller les tiroirs du placard installé sous le matériel de communications et n'y trouva qu'un carnet. Il le parcourut en hâte et en conclut que toutes les notes avaient été rédigées par le garde. Il le fourra dans la poche de son short. Il vida ensuite sur le sol la moitié d'un bidon d'essence destiné au générateur portatif qui fournissait le chauffage et l'éclairage du poste de garde et découvrit une boîte d'allumettes dans un cendrier débordant de mégots fumés jusqu'au filtre.

Il sortit alors du poste, enflamma une allumette et la jeta à l'intérieur par la porte ouverte. Tandis que le petit bâtiment s'embrasait, Pitt boitilla le long du sentier qui descendait jusqu'au lagon. Lorsqu'il arriva enfin, Giordino et Misty l'attendaient sur la plage. Un canot était là, sa proue enfoncée dans le sable, avec deux hommes de l'équipage du navire de recherches à son bord.

Giordino alla à la rencontre de son ami et le serra dans ses bras.

— Pendant un petit moment, j'ai bien cru qu'une pulpeuse indigène t'avait détourné de tes devoirs !

— Je dois avouer qu'il n'aurait pas fallu tarder une seconde de plus ! répondit Pitt en lui rendant son étreinte.

— Et le garde ?

— Au fond de la passe avec ses copains.

— Bon boulot.

— Des blessés ou des avaries à bord ?

— Deux ou trois bosses et quelques égratignures, rien de sérieux.

Misty courut vers Pitt et lui passa les bras autour du cou.

— Je n'arrive pas à croire que vous soyez encore en vie !

Pitt l'embrassa sur la joue et parcourut le lagon du regard.

— Vous êtes venus avec le canot ?

Misty hocha la tête.

— Le vieux monsieur a accosté le *Deep Encounter* et m'a prise à son bord.

— Où est-il ?

— Il a eu une brève conversation avec le capitaine Burch, répondit Misty en haussant les épaules, et il est parti poursuivre sa croisière autour du monde.

— Je n'aurai pas l'occasion de le remercier, constata Pitt avec regret.

— C'était un drôle de vieux type, intervint Giordino. Il a dit que nous allions sans doute nous rencontrer à nouveau.

— Qui sait ? conclut Pitt d'un air songeur. Tout est possible.

DEUXIÈME PARTIE

Le gardien des enfers

LE FORD ET LE FOKKER

Chapitre 21

Le 25 juillet 2003,
Nuku'alofa, Tonga

Sur ordre de l'amiral Sandecker, le capitaine Burch mit directement le cap sur la ville portuaire de Nuku'alofa, capitale de la nation insulaire de Tonga, dernière monarchie polynésienne. Une voiture attendait Pitt et Giordino pour les emmener aussitôt à l'aéroport international de Fua'amotu, où ils devaient embarquer immédiatement pour Hawaï à bord d'un avion de ligne de la « Royal Tongan ». De là, un jet de la NUMA les enverrait à Washington.

Les adieux avec les hommes et les femmes du *Deep Encounter* furent empreints d'émotion et d'affection. En dépit des terribles épreuves subies, presque tous avaient voté en faveur du retour dans la zone de travail et de la reprise de l'étude des grands fonds de la fosse de Tonga. Misty pleurait, Giordino ne cessait de se moucher, les yeux de Pitt étaient humides ; Burch et House eux-mêmes arboraient la même expression que s'ils avaient perdu leur chien familier. Pitt et Giordino durent enfin se séparer de leurs amis et sauter dans la voiture qui les attendait.

Après avoir pris place à bord du 747, ils eurent tout juste le temps de s'installer et d'attacher leurs ceintures ; le gros appareil s'élançait déjà en grondant sur la piste et s'élevait en une courbe paresseuse. Le paysage vert luxuriant de Tonga s'évanouit vite derrière eux, et ils grimpèrent au-dessus d'une mer indigo et dépassèrent les nuages disséminés qui semblaient assez épais pour qu'on puisse les fouler du pied. Trente minutes après le début du vol, Giordino s'était endormi sur son siège en bord d'allée. Assis près d'un hublot, Pitt tira la mallette du docteur Egan de sous le siège devant lui et défit les attaches. Il souleva le couvercle avec prudence, méfiant à l'idée de voir le bagage une fois de plus rempli d'huile. Quelle idée ridicule, songea-t-il, amusé. Une simple farce, rien de magique dans un tel exploit !

La mallette ne contenait qu'une serviette et les cassettes du *Dauphin d'Emeraude* prises par les caméras vidéo de l'*Abyss Navigator*. Il déplia doucement la serviette et prit l'étrange objet difforme et verdâtre ramassé sur le sol de la chapelle du paquebot. Il le tourna et le retourna dans sa main. C'était la première fois qu'il avait l'occasion de l'observer de si près.

L'objet se caractérisait par une consistance vaguement grasse. Il n'était pas déchiqueté ni rugueux, contrairement à la plupart des objets non-organiques après incinération ; au contraire, il était arrondi, doux au toucher, et tordu en spirale. Pitt n'avait pas la moindre idée de sa composition. Il remit l'objet au creux de la serviette, qu'il replia et rangea dans la mallette. Les chimistes de la NUMA parviendraient à l'identifier, il en était certain. En ce qui le concernait, dès qu'il leur aurait remis le matériau, il en aurait fini avec ce mystère.

Le petit déjeuner arriva, mais il s'excusa de son manque d'appétit et se contenta d'un café accompagné d'un jus de tomate. La faim semblait le fuir. Tout en buvant son café à petites gorgées, il regarda par le hublot. Une île paraissait dériver sous l'appareil, loin et bas, comme un éclat d'émeraude sur une mer turquoise. Il l'observa un moment et reconnut les contours de Tutuila, l'une des îles américaines des Samoa. Il distinguait le port de Pago Pago, où il avait visité les installations navales bien des années plus tôt en compagnie de son père, membre du Congrès en circuit – payé par le contribuable – autour du Pacifique.

Il se souvenait bien de ce voyage. Il était alors en pleine adolescence et s'était efforcé de profiter de toutes les occasions possibles de pratiquer la plongée autour de l'île où son père inspectait les installations navales, glissant parmi le corail et les poissons aux couleurs brillantes avec son fusil à harpon. Il laissait rarement se détendre la bande de caoutchouc qui retenait la pointe, et préférait étudier ou photographier les merveilles qu'il découvrait sous la surface. Après une journée passée à profiter de la mer, il se détendait sur la plage de sable, sous un palmier, et réfléchissait à son avenir.

Il se souvenait aussi d'une autre plage, sur l'île d'Oahu, à Hawaï. A l'époque, il était encore dans l'Armée de l'Air. Il se revit jeune homme, en compagnie d'une femme dont le souvenir ne l'avait jamais quitté depuis. Summer Moran était la femme la plus belle qu'il ait jamais connue. Il se rappelait tous les détails de leur première rencontre au bar de l'hôtel Ala Moana, sur Waikiki Beach. Ses yeux gris ensorcelants, ses longs cheveux d'un roux éclatant, son corps parfait serré dans une robe orientale en soie fendue sur les côtés. Puis vint la vision de sa mort, telle qu'il l'avait vue et revue des milliers de fois. Il l'avait perdue au cours d'un tremblement de terre dans une ville sous-marine construite par son père dément, Frederik Moran. Elle était redescendue en plongée pour le sauver, mais n'était jamais remontée.

Pitt tira le rideau sur cette partie de ses souvenirs, ainsi qu'il l'avait fait si souvent dans le passé, et contempla son reflet dans le hublot. Ses yeux brillaient toujours avec une intensité qui ne s'était jamais démentie, et pourtant, quelques traces de vieillissement et de fatigue semblaient chercher à s'y installer. Il se demanda quelle sensation il éprouverait s'il se rencontrait lui-même, à l'âge de vingt ans. Il imagina un Dirk Pitt plus jeune de deux décennies venir le rejoindre et s'installer à ses côtés sur un banc. Comment recevrait-il le jeune gars aux brillants états de service de pilote de l'Armée de l'Air ? Le reconnaîtrait-il seulement ? Et comment le jeune homme verrait-il le vieux Dirk Pitt ? Pourrait-il prévoir les folles aventures, les déchirements atroces, les rencontres sanglantes et les blessures ? Le vieux Pitt en doutait. Le jeune Pitt éprouverait-il un sentiment de répulsion en voyant cet avenir et se détournerait-il de ce qui l'attendait en suivant une tout autre voie ?

Pitt se détourna, ferma les yeux et écarta la vision de sa jeunesse et de tous les « si » possibles. Recommencerait-il de la même manière si on lui donnait la chance d'un nouveau départ ? Pour la plus grande part, la réponse serait positive. Oh, bien sûr, il procéderait à quelques changements et réglerait mieux certains épisodes de son existence, mais dans l'ensemble, elle lui avait apporté de grandes satisfactions et des succès réels. Il éprouvait de la reconnaissance à la simple idée d'être en vie, et cela suffisait bien.

Ses pensées furent interrompues par les soubresauts de l'avion qui passait dans une zone de turbulences. Il s'exécuta lorsque les panneaux lumineux demandèrent aux passagers de boucler leurs ceintures. Il demeura éveillé et se plongea dans la lecture des magazines jusqu'à ce que l'appareil se pose sur la piste de l'aéroport international John Rodgers, à Honolulu. Lui et Giordino furent accueillis par un pilote de la NUMA qui devait les conduire jusqu'à Washington, et qui les aida à récupérer leurs bagages avant de les emmener vers un jet turquoise de la NUMA, à l'autre bout de l'aéroport. Lorsqu'ils décollèrent, le soleil déclinait à l'ouest, et à l'est, le bleu de la mer virait lentement au noir.

Pendant la plus grande partie du voyage, Giordino dormit comme une souche, alors que Pitt ne s'assoupissait que de temps à autre. Lorsqu'il s'éveillait, son esprit se remettait sans cesse au travail. En ce qui le concernait, la tragédie du *Dauphin d'Emeraude* était-elle terminée ? Sans aucun doute, l'amiral Sandecker l'affecterait à un nouveau projet. Il décida d'argumenter au maximum, le temps venu, contre cette possibilité. Il préférait voir le mystère s'éclaircir jusqu'au bout. Ceux qui avaient provoqué ce terrible incendie devaient payer. Il fallait les pourchasser, mettre à jour leurs mobiles, et les châtier.

Lentement, ses pensées passèrent des horreurs inhumaines qu'il avait côtoyées à l'envie de s'endormir dans son lit aux garnitures de plumes d'oie, dans le hangar à avions qui lui servait d'appartement. Il se demanda si son amie Loren Smith, membre du Congrès, son amoureuse du moment, l'accueillerait à l'atterrissage, comme c'était si souvent le cas. Loren, avec ses cheveux cannelle et ses yeux aux couleurs de violettes... Ils étaient passés bien près du mariage, en plusieurs occasions, mais ne s'étaient jamais vraiment résolus à franchir le pas. Il était peut-être temps. Dieu seul le sait, se dit Pitt, mais je ne peux continuer à écumer les océans et à me bercer d'illusions pendant des années encore. L'âge, il le savait, envahissait son corps comme une couche de mélasse, et il allait peu à peu le ralentir, de manière infinitésimale, jusqu'au jour où il se réveillerait en se disant : « Mon Dieu, je suis mûr pour l'assistance aux personnes âgées ! »

— Non ! prononça-t-il à haute voix.

Giordino se réveilla et se tourna vers lui.

— Tu as appelé ?

— Je parlais dans mon sommeil, lui répondit Pitt en souriant.

Giordino haussa les épaules, se recroquevilla sur le côté, et réintégra le pays des songes.

Non, se dit Pitt, cette fois-ci en silence. Je ne suis pas encore mûr pour la retraite, loin s'en faut. Il existerait toujours un nouveau projet sous-marin, une autre recherche maritime à mener à bien. Il ne deviendrait inactif que le jour où l'on refermerait son cercueil.

Lorsqu'il s'éveilla pour la dernière fois, l'appareil se posait sur la piste de la base aérienne de Langley. La journée était sombre et pluvieuse, et des gouttes d'eau venaient battre les hublots. Le pilote les conduisit jusqu'au terminal de la NUMA et s'arrêta tout près d'un hangar ouvert. Lorsque Pitt mit le pied sur l'asphalte, il s'arrêta un instant et lança un regard vers le parking tout proche. Ses espoirs furent déçus.

Loren Smith n'était pas là pour l'accueillir.

*
* *

Giordino se rendit à son appartement d'Alexandria pour y faire un peu de ménage et appeler une volée de petites amies afin de leur faire savoir qu'il était à nouveau dans les parages. Pitt préféra remettre à plus tard les plaisirs domestiques et prit une Jeep de la NUMA pour se rendre au quartier général de l'agence, sur les collines qui dominaient le Potomac, à l'est. Il gara la voiture sur le parking et prit l'ascenseur jusqu'au dixième étage, le domaine de Hiram Yaeger, génie informatique de l'agence, qui était à la tête d'un vaste réseau. Sa bibliothèque informatique contenait tous les faits scientifiques et tous les événements maritimes de tous les océans depuis le début de l'histoire connue, et un peu plus encore...

Yaeger venait de Silicon Valley et travaillait pour la NUMA depuis presque quinze ans. Il ressemblait à un vieux hippie, avec ses cheveux grisonnants noués en arrière en queue-de-cheval. Son uniforme se composait ce jour-là d'un pantalon et d'une veste en jean, et de bottes de cow-boy. A le voir ainsi vêtu, personne n'aurait cru qu'Hiram vivait dans une maison élégante d'un quartier résidentiel plutôt chic du Maryland. Il conduisait une BMW 740 I.L., ses filles réussissaient leurs études avec force mentions et étaient des cavalières émérites. Il avait créé et conçu un ordinateur de pointe dénommé Max qui semblait presque humain. Il avait programmé des photographies de sa femme pour composer l'image holographique qui apparaissait lorsque l'on s'adressait à Max.

Yaeger étudiait les derniers résultats envoyés du Japon par une expédition de la NUMA qui forait le fond marin à la recherche de formes de vie sous le limon de la roche fracturée, lorsque Pitt pénétra dans le Saint des Saints.

Yaeger leva les yeux et sourit en lui tendant la main.

— Eh bien, on dirait que le fléau des grands fonds est de retour parmi nous !

Il éprouva une certaine surprise devant l'apparence de Pitt. Le directeur des Programmes Spéciaux de la NUMA évoquait une âme en peine tout droit sortie de la rue. Son short et sa chemise à fleurs étaient minables, et ses pieds abondamment bandés étaient chaussés de pantoufles. Ses yeux paraissaient fatigués et délavés malgré les quelques heures de sommeil grappillées au cours des vols. Son visage était couvert d'une barbe rebelle d'une semaine. De toute évidence, il s'agissait d'un homme qui en avait vu de dures.

— Pour l'homme du jour, tu ressembles plutôt à un chien écrasé sur le bord d'une route !

— Je suis venu directement de l'aéroport pour te harceler, lui répondit Pitt en lui serrant la main.

— Je n'en doute pas une seconde, dit Yaeger en couvrant Pitt d'un regard de pure admiration. J'ai lu le rapport au sujet de cette incroyable opération de sauvetage que vous avez organisée, toi et l'équipage du *Deep Encounter*, et de votre bataille avec les pirates. Comment fais-tu pour toujours te trouver mêlé à de telles embrouilles ?

— Ce sont *elles* qui me trouvent, répliqua Pitt en levant les mains dans un geste de modestie. Pour parler sérieusement, la part du lion revient à tout le personnel du navire de recherches ; ils ont bossé comme des damnés pour sauver les passagers. Pour ce qui est du sauvetage de l'équipage de l'*Encounter*, c'est Giordino qui a fait le plus gros du boulot.

Yaeger connaissait bien l'aversion de Pitt pour les compliments et les louanges. Ce gars est bien trop embarrassé de ses succès, se dit-il. Il évita toute autre mention des événements récents et fit signe à Pitt se s'asseoir.

— Tu as déjà vu l'amiral ? Il a au moins cinquante interviews prévues pour toi.

— Je ne me sens pas encore prêt à affronter le monde. Je le verrai demain matin.

— Et qu'est-ce qui t'amène dans mon univers de manipulation électronique ?

Pitt posa la mallette du docteur Egan sur le bureau de Yaeger et l'ouvrit. Il déplia la serviette qui contenait l'objet découvert dans la chapelle du paquebot et la lui tendit.

— J'aimerais faire identifier et analyser cela, dit-il.

Yaeger examina pendant un moment l'objet aux formes étranges.

— Je vais demander au labo de chimie de plancher là-dessus. Je devrais avoir une réponse d'ici deux jours, si la structure moléculaire n'est pas trop complexe. Autre chose ?

Pitt lui passa les vidéocassettes de l'*Abyss Navigator*.

— Affine-les à l'ordinateur et fais-les digitaliser en trois dimensions.

— Faisable.

— Une dernière chose avant de rentrer chez moi, ajouta Pitt en posant un dessin sur le bureau. Tu as déjà vu un logo d'entreprise qui ressemble à ça ?

Yaeger examina le croquis grossier d'un chien à trois têtes doté d'un serpent en guise de queue, surmontant le mot « Cerbère ». Il regarda Pitt d'un air intrigué.

— Tu ne vois pas de quelle boîte il s'agit ?

— Non.

— Où as-tu vu ce logo ?

— Sur les flancs du transporteur pirate. Il était camouflé.

— Un transporteur multi usages de plate-forme pétrolière.

— Oui, ce genre-là, répondit Pitt. Tu t'y connais ?

— Oui, dit Yaeger d'un ton solennel. Si tu établis un lien entre le piratage et la Cerbère Corporation, tu risques de tomber sur un sacré sac de nœuds.

— La Cerbère Corporation, répéta Pitt en prononçant avec lenteur chaque syllabe. Je suis stupide ! Le conglomérat qui possède la plupart des champs pétrolifères américains, des mines de fer et de cuivre, et dont la branche « chimie » fabrique un millier de produits différents. C'est le chien à trois têtes qui m'a induit en erreur. Je n'ai pas fait le rapprochement.

— Tout cela est pourtant logique, quand tu y penses.

— Pourquoi un chien à trois têtes sur un logo d'entreprise ?

— Chacune des têtes représente une des branches du conglomérat, répondit Yaeger. Une pour le pétrole, une pour les mines, et une pour la chimie.

— Et la queue en forme de serpent ? demanda Pitt d'un air facétieux. Cela représente-t-il quelque chose de sombre, de sinistre ?

— Qui sait ? dit Yaeger en haussant les épaules.

— D'où vient cette histoire de chien ?

— Cerbère... C'est grec, je crois.

Yaeger s'assit devant son ordinateur et se mit à taper sur les touches de son clavier. Dans un compartiment installé juste en face de sa console, le visage et la silhouette d'une femme séduisante apparurent en trois dimensions. Elle était vêtue d'un maillot de bain.

— Tu as appelé, dit-elle.

— Bonjour, Max. Tu connais Dirk Pitt.

Les yeux vagues passèrent des pieds de Pitt à son visage.

— Oui, je le connais bien. Comment allez-vous, monsieur Pitt ?

— Pas trop mal. Et vous, Max, comment allez-vous ?

Le visage afficha une moue de colère.

— Ce stupide maillot de bain que Hiram me fait porter ! Il ne m'avantage pas du tout.

— Tu préférerais autre chose ? demanda Yaeger.

— Un bel ensemble Armani, de la lingerie Andra Gabrielle et des sandales Tods à talons hauts avec une boucle sur la cheville me conviendraient très bien.

— Quelle couleur ? demanda Yaeger d'un air suffisant.

— Rouge, répondit Max sans hésiter.

Les doigts de Yaeger tourbillonnèrent sur le clavier, puis il s'enfonça contre son dossier pour admirer son œuvre.

L'image de Max s'estompa un moment, puis elle réapparut vêtue d'un élégant ensemble rouge – veste, corsage et jupe.

— C'est beaucoup mieux, dit-elle d'un ton joyeux. Je n'aime pas paraître quelconque lorsque je travaille.

— Maintenant que tu es de bonne humeur, j'aimerais que tu nous fournisses des données sur un sujet qui nous intéresse.

— Il suffit de demander, répondit Max en parcourant des doigts ses nouveaux vêtements.

— Que peux-tu me dire de Cerbère, le chien à trois têtes ?

— Cela vient de la mythologie grecque, répondit aussitôt Max. Hercule, ou Héraclès, ainsi que le nommaient les Grecs, dans un accès de folie temporaire, assassina sa propre femme et ses enfants. Le dieu Apollon lui ordonna de servir le roi Eurysthée de Mycènes pendant douze ans, en châtiment de son acte terrible. Une partie de sa condamnation consistait pour Hercule à effectuer douze travaux, des exploits si difficiles qu'ils paraissaient impossibles à réaliser. Il lui fallait vaincre toutes sortes de monstres hideux, dont le plus dangereux était le chien Cerbère – Kerberos en grec. C'était l'épouvantable bête à trois têtes qui gardait les portes de Hadès, les Enfers, et empêchait les âmes de s'échapper du royaume des morts. Les trois têtes représentent le passé, le présent et l'avenir. J'ignore la signification de la queue en forme de serpent.

— Hercule est-il parvenu à vaincre Cerbère ? demanda Pitt.

— Près des portes de l'Achéron, l'une des cinq rivières qui s'écoulaient vers les Enfers, il combattit le monstre à mains nues après avoir été mordu, non par les mâchoires de Cerbère, mais par le serpent de sa queue. Hercule amena alors Cerbère à Mycènes pour l'y exhiber avant de le renvoyer au royaume des morts. C'est à peu près tout, en résumé, sauf une chose : la sœur de Cerbère était Méduse, la dévergondée dont les cheveux étaient des serpents.

— Que pouvez-vous me dire de la Cerbère Corporation ?

— Laquelle ? Il doit y avoir une douzaine d'entreprises dans le monde enregistrées sous ce nom.

— Un conglomérat très diversifié, qui travaille aussi bien dans le pétrole que dans l'extraction minière et la chimie.

— Ah, celle-là ? dit Max avec une expression édifiée. Vous avez une dizaine d'heures devant vous ?

— Vous disposez d'une si grande quantité d'informations à leur sujet ? demanda Pitt, qui se laissait toujours surprendre par l'énorme quantité de données auxquelles avait accès Max.

— Pas encore, mais ce sera le cas lorsque je me serai infiltrée dans leur système informatique et dans celui des compagnies avec lesquelles ils travaillent. Un certain nombre de gouvernements possèdent sans doute des dossiers complets au sujet de la compagnie, car ses intérêts s'étendent sur une bonne partie du globe.

Pitt se tourna vers Yaeger et lui lança un regard méfiant.

— Depuis quand le piratage des systèmes informatiques des entreprises est-il légal ?

Yager prit une expression de renard rusé.

— Une fois que j'ai donné à Max l'ordre d'effectuer une recherche, je ne vais certainement pas interférer avec ses méthodes.

— Je vais vous laisser, Max et toi, me trouver les réponses, dit Pitt en se levant de son siège.

— Nous allons nous y mettre.

— Allez, au revoir, Max, dit Pitt en se tournant pour croiser le regard de l'image en trois dimensions. Vous êtes sensationnelle avec cet ensemble !

— Merci, monsieur Pitt. Je vous aime bien. Quel dommage que nos circuits ne puissent s'intégrer les uns aux autres.

Pitt s'approcha de Max et lui tendit la main, qui traversa l'image.

— On ne sait jamais, Max. Peut-être un jour, Hiram sera-t-il en mesure de vous remodeler en chair et en os.

— Je l'espère, monsieur Pitt, répondit Max d'une voix rauque. Oh, à quel point je l'espère !

*
* *

Le vieux hangar à avions, construit dans les années 30 pour une compagnie aérienne depuis longtemps disparue, était situé à l'un des coins de l'aéroport international Ronald Reagan, à l'extérieur de l'enceinte. Le toit et les murs de tôle ondulée étaient recouverts de taches de rouille brun-orange. Ses quelques fenêtres étaient barrées par des planches, et la porte qui donnait sur ce qui était autrefois le bureau était usée par les intempéries, la peinture décolorée et écaillée. La structure arrondie du toit était plantée tout au bout du chemin de terre qui servait aux véhicules d'entretien de l'aéroport, non loin d'une porte gardée.

Pitt gara la Jeep de la NUMA dans les mauvaises herbes, à l'extérieur du hangar, et s'arrêta un instant à la porte. Il jeta un coup d'œil à la caméra de surveillance installée au sommet d'un mât, de l'autre côté de la route, afin de s'assurer qu'elle cesse son mouvement pivotant et se fixe droit sur lui, puis il composa une suite de chiffres, attendit quelques déclics dans le hangar, et tourna le loquet de cuivre. L'antique porte s'ouvrit sans bruit. L'intérieur était sombre ; seules quelques fenêtres à tabatière, à l'étage de l'appartement en mezzanine, laissaient passer le jour. Il alluma la lumière.

L'effet était éblouissant. Trois rangées d'automobiles anciennes superbement restaurées étaient mises en valeur dans leur élégante magnificence par les plafonniers étincelants, les murs blancs et le sol en époxy. De manière quelque peu incongrue, mais tout aussi saisissante que les autres, une Ford T 1936 customisée était garée au bout de l'une des rangées. Vers un côté du hangar, un chasseur à réaction allemand de la Seconde Guerre mondiale côtoyait un trimoteur de transport qui datait de 1929. Au-delà, on distinguait un compartiment de chemin de fer Pullman du tournant du siècle dernier, un curieux bateau à voiles monté sur un radeau de caoutchouc et une baignoire équipée à l'une de ses extrémités d'un moteur hors-bord.

Cette collection de chefs-d'œuvre mécaniques automoteurs représentait les étapes de la vie de Pitt. Ses pièces étaient des reliques de son histoire personnelle. Il les chérissait, les entretenait, et ne les dévoilait qu'à ses amis les plus proches. Aucun automobiliste passant devant l'aéroport Ronald Reagan par la Mount Vernon Memorial Highway n'aurait pu imaginer, en jetant un coup d'œil au hangar déglingué perdu en bout de piste, l'incroyable palette de merveilles qu'il recelait.

Pitt referma la porte, puis il la verrouilla. Il se livra à une brève tournée d'inspection, comme à chacun de ses retours d'expédition. Au cours des derniers mois, plusieurs chutes de pluie torrentielles avaient maintenu la poussière à un niveau acceptable. Le lendemain, il passerait un coup de chiffon à lustrer sur les peintures brillantes et les débarrasserait de la fine couche qui s'était infiltrée dans le hangar pendant son absence. Une fois son tour d'horizon terminé, il grimpa les marches de l'escalier circulaire en fer forgé qui menait à son appartement perché en mezzanine contre le mur opposé du hangar.

L'intérieur de l'appartement était tout aussi extraordinaire que l'éclectique collection du rez-de-chaussée. On y trouvait toutes sortes d'antiquités maritimes. Aucun décorateur d'intérieur qui se respecte n'y aurait mis les pieds, et surtout pas l'un de ceux qui se complaisent dans les espaces confinés. La surface de cent mètres carrés habitables comportait une salle de séjour, une salle de bains, une cuisine et une chambre, et toutes ces pièces étaient remplies d'objets de récupération ou trouvés sur de vieux navires coulés en mer. On pouvait admirer la barre de gouvernail en bois d'un vieux clipper, une boîte à compas d'un ancien vapeur de tramping oriental, des cloches de navires, des casques de scaphandre en cuivre ou en laiton. Le mobilier se composait d'un assemblage de meubles anciens issus de bâtiments du XIXe siècle. Des modèles réduits dans des vitrines de verre étaient posés sur des étagères basses, et des marines de Richard DeRosset, peintre des mers réputé, montraient des navires de toutes sortes voguant sur les mers du globe.

Après avoir pris une douche et s'être rasé, Pitt effectua une réservation dans un petit restaurant français qui se trouvait à un peu plus d'un kilomètre du hangar. Il aurait pu appeler Loren, mais il avait décidé de dîner seul. Le temps des retrouvailles et des contacts viendrait plus tard, lorsqu'il se sentirait plus détendu. Un repas agréable pris seul, puis une nuit dans son grand lit au matelas de plumes d'oie le revigoreraient pour affronter la journée du lendemain.

Il s'habilla, et constata qu'il lui restait une vingtaine de minutes à tuer avant de se rendre au restaurant. Il prit le morceau de papier sur lequel il avait noté le téléphone de Kelly Egan et composa le numéro. Cinq sonneries plus tard, il allait raccrocher, tout en se demandant pourquoi aucun répondeur ne se mettait en marche, lorsque Kelly lui répondit enfin.

— Allô ?

— Allô, Kelly Egan ?

Pitt entendit Kelly retenir son souffle à l'autre bout du fil.

— Dirk ! Vous êtes de retour !

— Je viens de rentrer et j'ai pensé que je pourrais vous appeler.

— J'en suis ravie !

— Je profite de quelques jours de vacances. Vous êtes très occupée ?

— Je suis plongée jusqu'au cou dans le travail bénévole, répondit-elle. Je préside l'organisation locale des enfants handicapés. Nous avons bientôt notre fête aérienne annuelle, et je m'occupe de l'organisation de la journée.

— Je risque de paraître stupide, mais qu'entendez-vous par « fête aérienne » ?

— C'est comme un meeting aérien classique, répondit Kelly en riant. Les gens volent à bord de vieux avions de collection et emmènent les enfants avec eux.

— Voilà un travail taillé sur mesure pour vous !

— Vous m'en direz tant, dit-elle avec un rire qui semblait à peine forcé. Le propriétaire d'un DC-3 vieux de soixante ans devait survoler Manhattan avec les enfants, mais il a un problème avec son train d'atterrissage et ne pourra participer à la journée.

— Où le rassemblement se passera-t-il ?

— Dans le New Jersey, juste de l'autre côté de l'Hudson, sur un terrain privé, près d'une ville appelée Englewood Cliffs. Ce n'est pas loin de la ferme et du laboratoire de papa, répondit Kelly d'une voix où perçait la tristesse.

Pitt s'avança sur le balcon de son appartement, son téléphone portable à la main, et contempla sa collection en contrebas. Son regard tomba sur le vieux trimoteur de transport de 1929.

— Je crois que je peux vous donner un coup de main pour votre projet, dit-il.

— Vraiment ? s'exclama-t-elle d'une voie redevenue joyeuse. Vous savez où trouver un vieil avion de transport ?

— Quand le rassemblement aura-t-il lieu ?

— Dans deux jours. Mais comment pourrez-vous vous arranger dans un délai aussi bref ?

Pitt se gratifia d'un sourire intérieur.

— Je connais quelqu'un qui a le contact facile avec les jolies femmes et les enfants handicapés.

Chapitre 22

PITT se leva tôt le lendemain matin, se rasa et enfila un costume sombre. Sandecker tenait à ce que ses collaborateurs de la direction soient toujours soignés. Il avala un petit déjeuner rapide, prit sa voiture et traversa la rivière pour se rendre au quartier général de la NUMA. La circulation était dense, comme à l'accoutumée, mais il n'était pas trop pressé et en profita pour rassembler ses pensées et organiser le programme de la journée. Il se gara dans le parking du sous-sol et prit directement l'ascenseur jusqu'au quatrième étage, où se trouvait son bureau. Lorsque les portes s'ouvrirent, il foula un sol de mosaïques ornées de scènes de navigation. L'endroit était désert. Il était le premier arrivé.

Il entra dans son bureau au bout du couloir, ôta son manteau et le suspendit à un vieux portemanteau démodé. Pitt passait rarement plus de six mois par an dans cette pièce. La paperasserie n'était pas sa tasse de thé, et il préférait travailler sur le terrain. Il prit deux heures pour consulter et trier son courrier, et pour traiter les problèmes de logistique de prochaines expéditions scientifiques de la NUMA. En tant que directeur des Programmes Spéciaux, il supervisait les projets qui concernaient l'aspect « engineering » de la recherche océanographique.

A neuf heures précises, Zerri Pochinsky, sa secrétaire depuis de nombreuses années, entra dans le bureau. Lorsqu'elle aperçut Pitt, elle se précipita vers lui et l'embrassa sur la joue.

— Bienvenue au quartier général. J'ai entendu dire qu'il y avait des félicitations dans l'air...

— Vous n'allez pas vous y mettre, vous aussi, marmonna Pitt, tout heureux de revoir Zerri.

Tout juste âgée de vingt-cinq ans et célibataire lorsqu'elle avait été embauchée comme secrétaire de Pitt, Zerri était désormais mariée à un lobbyiste de Washington. Le couple, sans enfants, avait adopté cinq orphelins. Vive et intelligente à l'extrême, Zerri ne travaillait que quatre jours par semaine; c'était un arrangement que Pitt était heureux de lui concéder, car elle maîtrisait parfaitement sa tâche, au point d'être toujours largement en avance sur lui. Zerri était la seule secrétaire de sa connaissance à maîtriser encore la sténographie.

Pleine de vivacité, dotée d'un sourire séduisant et de deux yeux noisette, ses cheveux colorés en blond foncé lui tombaient sur les épaules, et elle n'avait jamais changé son style de coiffure depuis que Pitt la connaissait. Au début, ils flirtaient souvent, mais dans son travail, Pitt s'en tenait à des règles strictes. Ils étaient restés amis, sans autre attache sentimentale.

Zerri passa derrière le bureau de Pitt, lui passa les bras autour du cou et le serra.

— Vous ne pouvez pas savoir à quel point je suis heureuse de vous revoir en chair et en os. Je m'inquiète toujours comme une mère lorsque j'apprends que vous êtes porté manquant en mission.

— Les mauvaises herbes repoussent toujours.

Zerri se redressa, lissa sa jupe et son ton devint plus formel.

— L'amiral Sandecker vous attend à la salle de conférences à onze heures précises.

— Giordino aussi ?

— Giordino aussi. Et ne prévoyez rien pour l'après-midi. L'amiral a organisé une série d'interviews. Ils étaient fous furieux de n'avoir sous la main aucun témoin direct de l'incendie du *Dauphin d'Emeraude*.

— J'ai déjà dit tout ce que je savais en Nouvelle-Zélande.

— Pour le moment, vous êtes non seulement aux Etats-Unis, mais à Washington. La presse et la télévision vous considèrent comme un héros. Il faut jouer le jeu et répondre à leurs questions.

— L'amiral devrait demander à Giordino de subir le bin's à ma place. Il adore que les gens fassent attention à lui.

— Il travaille sous vos ordres, et c'est donc vous qui êtes en première ligne.

Pendant les deux heures qui suivirent, Pitt rédigea un rapport détaillé des événements des deux semaines précédentes, depuis la vision du navire de croisière en feu jusqu'à la bataille contre les pirates et l'évasion du *Deep Encounter*. Il laissa de côté le problème de la possible implication de la Cerbère Corporation, car en l'état actuel de ses connaissances, il ignorait quel lien pouvait unir le conglomérat avec cette affaire. Mieux valait laisser Hiram Yaeger dévider cette bobine-là...

A onze heures, Pitt pénétra dans la salle de conférences et ferma la porte derrière lui. Sandecker et Rudi Gunn étaient déjà installés à la longue table, construite à partir du bois récupéré sur un schooner coulé dans le lac Erié en 1882. La vaste pièce était recouverte de panneaux de teck, et mise en valeur par un tapis turquoise et un manteau de cheminée victorien. Les peintures suspendues au mur retraçaient les batailles navales historiques des Etats-Unis. Les pires craintes de Pitt se virent confirmées lorsque deux hommes se levèrent de leur siège pour l'accueillir.

Sandecker resta assis pour procéder aux présentations.

— Dirk, j'aimerais vous présenter ces deux messieurs.

Un grand blond moustachu aux yeux bleu pâle serra la main de Pitt.

— Heureux de vous voir, Dirk. Cela fait combien de temps, deux ans, n'est-ce pas ?

Pitt rendit sa poignée de main à Wilbur Hill, l'un des directeurs de la CIA.

— Plutôt trois, je crois.

Charles Davis, l'adjoint particulier au directeur du FBI, fit un pas en avant. Il atteignait presque les deux mètres, et était de loin l'homme le plus grand de l'assistance. Aux yeux de Pitt, son visage évoquait toujours un chien au regard triste et las à la recherche de sa gamelle.

— La dernière fois que nous avons travaillé ensemble, c'était à l'occasion de cette affaire d'immigration chinoise.

— Je m'en souviens fort bien, répondit Pitt d'un ton cordial.

Ils discutaient brièvement du bon vieux temps lorsque Giordino et Yeager entrèrent.

— Eh bien je crois que nous sommes tous là, annonça Sandecker. Nous pouvons commencer ?

Yaeger fit passer des dossiers qui contenaient des copies de photographies de l'épave du *Dauphin d'Emeraude*.

— Pendant que vous les étudiez, je vais mettre le magnétoscope en marche.

Un énorme moniteur à trois faces descendit d'une niche cachée dans le plafond. Yaeger appuya sur un bouton de la télécommande et les images prises par les caméras vidéo du *Sea Sleuth* commencèrent à défiler en trois dimensions sur une scène installée en face des écrans. L'épave prenait une apparence pathétique et fantomatique sur le fond de mer.

Pitt commenta les images prises par le submersible qui se déplaçait le long de la coque du navire de croisière.

— L'épave gît à une profondeur de six mille cinq cent quatre-vingts mètres sur une pente douce de la fosse de Tonga. Le navire s'est brisé en trois parties. L'épave et les débris couvrent un champ d'un mille nautique carré. La poupe et une partie de la section centrale se trouvent à un quart de mille de la majeure partie de l'avant. C'est là que nous avons concentré le gros de nos recherches. Au départ, nous pensions que le navire s'était brisé en raison de l'impact sur le fond, mais si vous examinez les cavités de la coque, qui se sont projetées vers l'avant, il paraît évident que ce sont des explosions en série qui l'ont détruite sous la ligne de flottaison pendant que l'épave était remorquée par un bâtiment de la Quest Marine. Nous pouvons raisonnablement en déduire que sa structure interne, affaiblie par une série de détonations synchronisées, s'est rompue au cours de sa descente.

— La coque n'aurait-elle pas pu exploser après que le feu a atteint les réservoirs de carburant du navire, alors qu'il était en remorque ? demanda Davis.

Le regard de Wilbur Hill passait des photographies aux images du moniteur.

— Je possède une certaine expérience des enquêtes concernant les explosions de bombes terroristes, et je crois me baser sur des arguments solides pour me ranger à l'opinion de Dirk Pitt. La coque du *Dauphin d'Emeraude* ne s'est pas brisée sous l'effet d'une explosion concentrée en un point. Ainsi que le montrent les photographies et la vidéo, la coque a explosé en plusieurs endroits, ce que démontrent aussi les déchirures des panneaux de coques, projetées vers l'extérieur. Il semblerait également que les charges explosives aient été équidistantes. Cela prouve que la destruction du navire a bien été planifiée.

— Dans quel but ? demanda Davis. Pourquoi se donner tant de peine pour couler une épave ? Et puis, qui aurait pu faire cela ? Lorsque le navire a été pris en remorque, il ne restait personne de vivant à bord.

— C'est inexact, intervint Gunn. Le commandant du remorqueur

(Gunn s'interrompit pour consulter un carnet de notes), Joe McDermott, a déclaré avoir embarqué à son bord l'un des officiers du navire aussitôt après que celui-ci a été envoyé par le fond.

Davis paraissait sceptique.

— Comment cet homme aurait-il pu survivre à l'incendie ?

— Bonne question, répondit Gunn en tapotant son carnet du bout de son stylo. McDermott était incapable de fournir une explication à ce mystère. Selon lui, l'homme a paru être en état de choc jusqu'au moment où le remorqueur a atteint le port de Wellington. Il s'est alors faufilé à terre avant de subir un interrogatoire, et il a disparu depuis.

— McDermott en a-t-il donné un signalement ?

— Nous savons seulement qu'il s'agissait d'un individu de race noire.

Sandecker ne demanda à personne la permission de fumer. Le quartier général de la NUMA était son territoire, et il alluma l'un des cigares qu'il chérissait tant, et qu'il n'offrait quasiment jamais à personne, même à ses amis les plus proches. Il exhala un nuage de fumée vers le plafond et prit la parole d'une voix lente.

— Le point primordial, c'est que le *Dauphin d'Emeraude* a été coulé de façon délibérée, afin d'empêcher toute enquête des compagnies d'assurances quant aux causes du sinistre. Le fait d'envoyer l'épave par le fond était une opération de camouflage, c'est tout au moins ce qu'il me semble.

— Si votre théorie est juste, amiral, répondit Davis en se tournant vers Sandecker, cela nous conduit à envisager la terrible possibilité que l'incendie lui-même ait été un acte criminel. Je ne parviens pas à concevoir pour quel motif des gens – et même des terroristes – auraient pu vouloir détruire un navire de croisière et tuer deux mille cinq cents passagers et membres d'équipage. Surtout en l'absence de toute revendication de la part d'un groupe terroriste, et nous n'en avons reçu aucune.

— Je reconnais que cela peut paraître incompréhensible, admit Sandecker, mais ce sont les faits, et c'est sur cette base que nous devrons travailler.

— Quels faits ? insista Davis. Il est impossible de découvrir la moindre preuve d'une implication humaine dans l'incendie ; il peut s'agir d'un accident ou d'un défaut dans la conception du navire.

— Selon les témoignages des officiers survivants, aucun des systèmes de lutte contre l'incendie n'a fonctionné, dit Rudi Gunn.

Ils nous ont raconté quel était leur sentiment de frustration lorsqu'ils ont dû assister aux ravages de l'incendie sans disposer d'aucun moyen pour contenir sa progression. Nous parlons ici d'une douzaine de systèmes différents, et des systèmes de secours. Combien de chances auraient-ils pu avoir de tous tomber en panne ensemble, au même moment ?

— A peu près autant de chances qu'un cycliste de gagner les 500 Miles d'Indianapolis, remarqua Giordino d'un ton cynique.

— Je crois que Dirk et Al nous ont fourni un élément qui permet de prouver que l'incendie était un acte délibéré, intervint Yaeger.

Tous les regards se tournèrent vers lui avec une expression d'attente, mais ce fut Pitt qui prit la parole.

— Notre laboratoire a-t-il identifié le matériau que nous avons remonté de l'épave ? demanda-t-il.

— Ils ont travaillé jusqu'au petit matin et ils ont fini par trouver, répondit Yaeger, triomphal.

— De quoi donc parlez-vous ? demanda Hill.

— D'une substance que nous avons découverte lorsque nous avons fouillé l'épave, répondit Giordino. Nous l'avons repérée près de la chapelle, où l'incendie avait débuté, selon tous les rapports, et nous en avons remonté un échantillon.

— Je ne vais pas vous ennuyer en vous faisant un cours sur la manière dont nous avons pu séparer les éléments de cette substance, poursuivit Yaeger, mais les scientifiques de la NUMA l'ont identifiée comme étant un matériau hautement incendiaire, connu sous le nom de Pyrotorch 610. Une fois enflammé, il est presque impossible à éteindre. Cette substance est si instable que les militaires eux-mêmes préfèrent ne pas y toucher.

Yaeger se délectait à la vue de l'expression des visages qui l'entouraient. Pitt étendit le bras et serra la main de Giordino.

— Bon travail, mon pote.

Giordino sourit avec fierté.

— Il semblerait que notre petit voyage à bord de l'*Abyss Navigator* ait été fructueux, commenta-t-il.

— Dommage que Misty ne soit pas là pour entendre les nouvelles !

— Misty ? demanda Davis.

— Misty Graham, lui répondit Pitt. C'est une spécialiste de biologie marine. Elle nous a accompagnés, Al et moi, lorsque nous avons plongé à bord du submersible.

D'un geste paresseux, Sandecker fit tomber les cendres de son cigare dans un gros cendrier de laiton.

— Selon toute probabilité, ce que nous considérions comme une terrible tragédie s'avère être un crime monstrueux...

Sandecker s'arrêta soudain et son visage passa instantanément de l'ébahissement à l'exaspération.

Giordino venait de sortir de sa poche de poitrine un cigare tout à fait similaire à celui de l'amiral. Il l'alluma avec lenteur.

— Vous disiez... souffla Hill, qui ignorait tout des tenants et aboutissants de la comédie des cigares entre Sandecker et Giordino. L'amiral était presque sûr que Giordino lui volait des cigares, mais il était incapable d'en apporter la preuve. Aucun ne semblait jamais manquer dans sa réserve. Il ne lui était jamais venu à l'idée que Giordino pouvait acheter ses cigares à la même source que lui, au Nicaragua.

— Je disais, reprit Sandecker d'une voix lente, en jetant un œil mauvais vers Giordino, que nous avons un crime atroce sur les bras. *(Il marqua une pause avant de s'adresser à Hill et Davis, de l'autre côté de la table.)* J'espère, messieurs, que vous et vos agences respectives allez lancer une enquête approfondie et immédiate sur ces atrocités et présenter les coupables à la justice.

— Maintenant que nous sommes certains qu'un crime a été commis, dit Davis, je suis sûr que nous allons tous travailler de concert afin de trouver les réponses.

— Vous pouvez commencer par le piratage du *Deep Encounter*, intervint Pitt. Tous ces événements sont liés, j'en suis absolument certain.

— J'ai lu un bref rapport à ce sujet, dit Hill. Vous et Al avez fait preuve d'un grand courage en sauvant votre navire et en mettant les pirates en déroute.

— Ce n'étaient pas des pirates dans le sens strict du terme. Des tueurs à gages ou des mercenaires, voilà qui serait plus proche de la réalité.

Hill ne semblait pas emballé à cette idée.

— Pour quelle raison auraient-ils pu vouloir voler un navire de la NUMA ?

— Ce n'était pas un simple vol, loin de là, répliqua Pitt d'un ton acide. Ils avaient l'intention de couler le bâtiment et de tuer tous les hommes et toutes les femmes qui se trouvaient à bord – cinquante personnes. Vous voulez des motifs ? Ils cherchaient à nous empêcher de mener à bien une étude en eaux profondes de l'épave. Ils craignaient que nous découvrions quelque chose.

— Qui pourrait être responsable de telles atrocités ?

— Vous pourriez peut-être commencer par la Cerbère Corporation, dit Yaeger en jetant un regard entendu à Pitt.

— C'est absurde ! grogna Davis. Une des entreprises les plus importantes et les plus respectées du pays impliquée dans une tentative de meurtre de plus de deux mille personnes à l'autre bout du monde ? Vous imaginez la General Motors, Exxon ou Microsoft commettre des meurtres de masse ? Moi pas.

— Je suis parfaitement d'accord avec vous, dit Sandecker. Mais la Cerbère Corporation n'a pas vraiment les mains propres. Ils ont été impliqués dans des transactions plutôt opaques.

— Des enquêtes ont été menées par des commissions du Congrès en plusieurs occasions, ajouta Gunn.

— Rien de tout cela n'a dépassé le stade des rêvasseries politiciennes, rétorqua Davis.

— Il est assez difficile pour le Congrès de réprimer un conglomérat qui donne aux deux partis politiques, à chaque élection, plus d'argent qu'il n'en faudrait pour faire décoller dix pays du tiers-monde, fit remarquer Sandecker.

— Des preuves solides sont indispensables avant que j'envisage d'enquêter sur la Cerbère.

Yaeger prit alors la parole, et Pitt distingua une lueur particulière dans le regard de l'informaticien.

— Cela pourrait-il vous aider si je vous disais que ce sont les scientifiques de la branche « chimie » de Cerbère qui ont créé le Pyrotorch 610 ?

— Vous ne pouvez pas être certain de cela, répondit Davis d'un ton chargé de doute.

— Aucune autre compagnie au monde n'a réussi à reproduire les caractéristiques du Pyrotorch 610.

Davis revint aussitôt à l'attaque.

— Le matériau a sans doute été volé. N'importe qui aurait pu s'en emparer.

— Au moins, le FBI sait par où commencer, dit Sandecker à Davis, avant de se tourner vers Hill. Et pour ce qui est de la CIA ?

— La première chose à faire, je crois, est d'organiser une opération de récupération de l'épave du navire pirate et de voir ce qu'elle peut nous apprendre.

— La NUMA peut-elle vous aider pour ce projet ? demanda Pitt.

— Non, je vous remercie. Nous nous adressons toujours à la même compagnie pour nos enquêtes en milieu subaquatique.

— Fort bien, dit Sandecker entre deux bouffées de cigare. Si vous avez besoin de nos services, il suffit d'un coup de fil. La NUMA coopérera pleinement avec vous.

— Si vous m'en donnez l'autorisation, demanda Davis, j'aimerais que nos gens puissent interroger l'équipage du *Deep Encounter*.

— Accordé, répondit Sandecker sans la moindre hésitation. Autre chose ?

— Une question, dit Hill. Qui était le propriétaire du *Dauphin d'Emeraude ?*

— Il naviguait sous pavillon britannique, répondit Gunn, et appartenait à la Blue Seas Cruise Lines, une entreprise basée en Grande-Bretagne, mais dont les actionnaires majoritaires sont américains.

Hill gratifia Davis d'un léger sourire.

— Un acte de terreur commis à la fois sur le plan intérieur et international ? Je crois que nos deux agences *devront* travailler en collaboration étroite.

Davis et Hill quittèrent la salle de conférences en même temps. Une fois la porte refermée, Sandecker se rassit. Ses yeux brillants de détermination se plissèrent.

— Le crime a été commis en mer, et la NUMA ne se laissera en aucun cas écarter de l'enquête. Nous allons suivre notre propre route sans faire chavirer les barques du FBI et de la CIA. *(Il se tourna vers Pitt et Giordino.)* Prenez trois jours de vacances et reposez-vous. Ensuite, revenez et mettez-vous au travail.

Pitt prit un air candide pour rendre son regard à l'amiral.

— Par où commençons-nous ?

— J'établirai un plan pour votre retour. Pendant ce temps-là, Rudi et Hiram rassembleront toutes les données possibles.

— Quel est votre programme de relaxation ? demanda Gunn à Pitt et à Giordino.

— Avant de partir pour le Pacifique, j'avais acheté un voilier de douze mètres qui est resté dans une marina près d'Annapolis. Je crois que je vais inviter deux ou trois amies à m'accompagner jusqu'à Chesapeake Bay.

— Et toi ? demanda Gunn en se tournant vers Pitt.

— Moi ? répondit Pitt en haussant les épaules d'un air indifférent. Je dois me rendre à un rassemblement aérien.

Chapitre 23

Le rassemblement aérien au profit des enfants handicapés n'aurait pu se tenir sous de meilleurs auspices. Plus de dix mille personnes y assistaient sous un ciel d'un bleu cobalt, vierge de tout nuage. Une brise légère soufflait de l'Atlantique et rafraîchissait la température estivale.

Gene Taylor Field était un terrain privé situé au beau milieu d'un lotissement dont les résidents possédaient tous des avions. Les rues étaient disposées de telle sorte que les familles puissent faire rouler leur avion de chez eux à la piste et inversement. Contrairement au cas de la plupart des aérodromes privés, le terrain tout proche de la piste était parsemé de petits buissons, de haies et de parterres de fleurs. Des hectares de gazon entouraient la majeure partie de la zone réservée au parking et au pique-nique. Les foules se rassemblaient sur des pelouses abondantes pour observer les évolutions des avions et voir les pilotes exécuter leurs acrobaties, ou circulaient parmi les appareils de collection garés à l'autre extrémité de la piste.

Les enfants handicapés étaient pris en charge par des familles, des écoles et des hôpitaux de quatre Etats différents. Les volontaires ne manquaient pas. C'était un événement chargé d'émotion, et chacun était fier d'y prendre part.

Kelly était à bout de nerfs. Elle savait que sa tension allait atteindre le point de non-retour. Jusqu'à présent, tout s'était fort bien passé ; pas de pépins techniques, pas de problèmes, les volontaires se montraient serviables à un point incroyable. Les propriétaires et les pilotes des quatre-vingt-dix avions étaient heureux de donner de leur temps et de participer au rassemblement, à leurs propres frais. Pleins de bonne volonté, ils autorisaient de bonne grâce les enfants à s'asseoir dans les cockpits tout en leur expliquant l'histoire de leur modèle et le contexte historique de l'époque de sa fabrication.

Cependant, l'avion sur lequel Kelly comptait le plus, celui qui devait survoler Manhattan avec les enfants, ne s'était pas montré. Elle était sur le point d'annoncer la triste nouvelle aux enfants lorsque son amie et collègue Mary Conrow s'approcha.

— Je suis navrée, dit-elle avec bienveillance. Je sais que tu comptais sur lui.

— Je suis sûr que Dirk m'aurait appelée s'il n'avait pas réussi à trouver un avion, murmura Kelly avec découragement.

Mary était une femme très séduisante d'une bonne trentaine d'années, coiffée et habillée avec classe, à la dernière mode. Ses cheveux d'un blond feuille d'automne étaient arrangés en longues anglaises qui se déployaient jusqu'à recouvrir ses épaules. Ses grands yeux vert pâle contemplaient le monde avec une assurance qui mettait en valeur ses pommettes hautes et son menton effilé. Elle était sur le point de dire quelque chose puis soudain, elle s'abrita les yeux de la main et désigna le ciel.

— Quel est cet avion qui semble venir du sud ?

Kelly regarda dans la direction indiquée par Mary.

— Je n'arrive pas à bien le distinguer.

— On dirait un vieil avion de ligne ! s'exclama Mary, tout excitée. Je crois qu'il vient par ici !

Un sentiment d'intense soulagement déferla dans les veines de Kelly, et son pouls s'accéléra.

— C'est sûrement lui ! s'écria-t-elle. Dirk ne m'a pas fait faux bond !

Les deux femmes, les enfants et toute la foule observaient l'étrange appareil ancien qui traversait lourdement le ciel à seulement deux ou trois cents mètres de la cime des arbres. Il volait avec lenteur, et ne dépassait guère cent trente kilomètres à l'heure. Il y avait une sorte de grâce maladroite dans son vol, ce qui lui avait valu le surnom de *Tin Goose* – « L'oie d'étain ». C'était l'un des avions de ligne et de commerce les plus populaires de son temps.

Le 5-AT Trimotor était fabriqué par la Ford Motor Company à la fin des années 20 et au début des années 30. Celui de Pitt était l'un des rares survivants à figurer encore parmi les musées ou les collections privées. La plupart portaient les emblèmes de leurs anciennes compagnies aériennes. Le sien gardait son aspect d'argent pur avec ses ailes et son fuselage en métal ondulé, et il n'affichait que son numéro d'immatriculation et le logo Ford.

C'était le seul avion en vol à ce moment-là, aussi la foule et les pilotes s'arrêtèrent-ils tous pour contempler l'appareil de légende qui virait sur l'aile et s'alignait sur la piste. Les hélices brillaient au soleil et fouettaient l'air avec un vrombissement reconnaissable entre tous.

Deux moteurs étaient accrochés aux ailes tandis que le troisième dépassait de la proue du fuselage. Les grandes ailes épaisses paraissaient pouvoir soulever un engin deux fois plus lourd. Le vitrage en « V » à l'avant du cockpit était presque comique, mais les vitres latérales étaient vastes et offraient au pilote un large champ de vision. La machine intemporelle sembla un instant suspendue, comme une oie avant que ses pattes n'entrent en contact avec la surface de l'eau, puis lentement, très lentement, elle se posa au sol, ses gros pneus mordant l'asphalte dans un petit nuage de fumée blanche et un couinement à peine audible.

Une Jeep de la Seconde Guerre mondiale conduite par un bénévole guida le trimoteur jusqu'à l'emplacement qui lui était réservé, presque au bout d'une rangée d'appareils de collection. Pitt se rangea entre un triplan Fokker DR. 1 de la Première Guerre mondiale, peint en rouge vif comme celui du célèbre baron von Richthofen, et un amphibie Sikorsky S-38 bleu de 1932, capable de se poser aussi bien sur l'eau que sur la terre ferme.

Kelly et Mary se rendirent vers le Ford à bord de la Cadillac 1918 d'un autre bénévole. Elles sautèrent de la voiture et attendirent jusqu'à ce que les hélices à pales doubles s'immobilisent enfin. Une minute plus tard, la portière s'ouvrit et Pitt se pencha hors de l'appareil. Il laissa glisser un petit marchepied de débarquement avant de descendre.

— Vous ! s'écria Kelly. Vous ne m'aviez pas dit que cet appareil vous appartenait !

— Je pensais vous faire la surprise, répondit Pitt avec un sourire de diablotin. J'espère que vous excuserez mon retard. J'ai rencontré de forts vents contraires en venant de Washington. *(Son regard obliqua vers Mary.)* Bonjour !

— Oh, je suis désolée ! s'exclama Kelly. Je vous présente mon excellente amie Mary Conrow. Elle est mon adjointe à la présidence du comité d'organisation. Et voici...

— Oui, je sais. Le fameux Dirk Pitt dont tu ne cesses de me parler.

Mary mesura Pitt du regard et fut aussitôt captivée par ses yeux verts.

— C'est un plaisir de vous rencontrer, murmura-t-elle.

— Tout le plaisir est pour moi.

— Les enfants sont tellement excités à l'idée de voler à bord de votre avion, dit Kelly. Il ne parlent de rien d'autre depuis qu'ils vous ont vu arriver. Nous organisons déjà les files d'attente !

Pitt contempla la foule des enfants handicapés, dont beaucoup circulaient en fauteuils roulants, qui se rassemblaient pour les vols.

— Combien d'entre eux veulent-ils monter à bord ? demanda-t-il. L'avion ne peut transporter que quinze personnes à la fois.

— Nous en avons une soixantaine, répondit Mary. Il faudra prévoir quatre voyages.

— Cela peut s'arranger, dit Pitt en souriant, mais si je dois embarquer des passagers, il me faut un copilote. Mon ami Al Giordino n'a pas pu venir.

— Pas de problème, dit Kelly. Mary travaille comme pilote pour Conquest Airlines.

— Depuis longtemps ?

— Douze ans à bord de 737 et de 767.

— Combien d'heures de vol avec des avions à hélices ?

— Plus d'un millier.

— Très bien, répondit Pitt en hochant la tête. Grimpez dans le cockpit et nous allons procéder à un petit contrôle avant le vol.

Le visage de Mary s'illumina comme celui d'un enfant le matin de Noël.

— Un trimoteur Ford ! Tous mes amis pilotes seront verts de jalousie !

Dès qu'ils furent installés dans les sièges baquets du cockpit, Pitt entreprit d'expliquer à Mary le fonctionnement des contrôles de vol. Le tableau de bord avant était un modèle de simplicité et de sobriété. Plusieurs boutons essentiels et à peine plus d'une douzaine d'instruments indispensables étaient répartis de manière stratégique sur un grand panneau noir en forme de pyramide. Seuls ceux qui concernaient le moteur de l'avant du fuselage étaient présents sur le panneau. Curieusement, les tachymètres, les jauges de pression d'huile et de température des deux moteurs extérieurs étaient installés en dehors du cockpit, sur les montants de fixation.

Les trois manettes des gaz se trouvaient entre les sièges. Les colonnes de contrôle arboraient des volants aux rayons de bois qui manœuvraient les ailerons et ressemblaient à ceux des automobiles anciennes. Toujours attentif à ne pas gaspiller un sou, Henry Ford avait insisté pour que son entreprise économise de l'argent en se servant des volants des Ford modèle « T » existantes. L'assiette était assurée par une petite manivelle au-dessus de la tête du pilote. Le gros levier de freins qui servait aussi à guider l'avion au sol en le manœuvrant à gauche ou à droite se dressait entre le siège du pilote et celui du copilote.

Pitt fit démarrer les moteurs, les regarda s'ébrouer et vibrer sous leurs supports en toussant et pétaradant, jusqu'à ce que la combustion se stabilise enfin à un rythme régulier. Après les avoir fait chauffer un moment, Pitt roula jusqu'au bout de la piste. Il expliqua à Mary les procédures de décollage et d'atterrissage, puis il lui passa les commandes en lui rappelant qu'elle volait à bord d'un avion équipé d'une roulette de queue, et non d'un avion à réaction muni d'un train à trois roues.

Les gestes de Mary étaient légers et gracieux, et elle apprit très vite les excentricités d'un vol à bord d'un appareil vieux de soixante-douze ans. Pitt lui montra comment et pourquoi l'avion calait à cent kilomètres à l'heure, lui expliqua qu'il pouvait voler sur deux moteurs, et garder assez de puissance pour pouvoir effectuer un atterrissage contrôlé avec un seul.

— Cela paraît étrange, dit-elle d'une voix forte pour couvrir le vrombissement du triple échappement, de voir ses moteurs à ciel ouvert, sans aucun carénage.

— Ils étaient conçus pour affronter les éléments.

— Quelle est l'histoire de cet appareil ?

— Il a été construit en 1929 par la Stout Metal Airplane Company, une division de la Ford Motor Company. Ford en construisit cent quatre-vingt-seize, et c'étaient les premiers avions entièrement métalliques construits aux Etats-Unis. Celui-ci est le cent cinquante-huitième. Il existe encore dix-huit appareils de ce type, dont trois volent encore. Il a commencé son service à la Transcontinental Air Transport, qui devint plus tard la TWA. Il assurait la liaison New York-Chicago. Il a transporté de nombreuses célébrités de l'époque – Charles Lindbergh, Amelia Earhart, Gloria Swanson, Douglas Fairbanks senior et Mary Pickford. Franklin Roosevelt l'a affrété pour se rendre à la convention démocrate de Chicago. Tous ceux qui comptaient vraiment à l'époque ont volé à son bord. En termes de confort et de commodité d'usage, il n'existait pas de meilleur appareil à l'époque. Le Ford Trimotor était aussi le premier avion à disposer de toilettes et à embarquer une hôtesse. Vous ne vous en rendez peut-être pas compte, mais vous êtes assise dans un avion qui a ouvert la voie à l'aviation commerciale moderne. La première reine des cieux !

— Voilà un intéressant pedigree !

— Lorsque le Douglas DC-3 apparut en 1934 sur le marché, on arrêta la production des « Old Reliables », ainsi qu'on les surnommait à l'issue de leur carrière. Pendant plusieurs années, celui-ci a transporté des voyageurs au Mexique. De manière tout à fait inattendue, il est réapparu en 1942 sur l'île de Luzon, aux Philippines, pour évacuer une vingtaine de nos soldats qui faisaient des sauts de puce d'île en île pour rejoindre l'Australie. Ensuite, on l'a vu en Islande ; il appartenait à un mécanicien qui apportait des vivres et des fournitures à des fermes ou des villages isolés. Je l'ai acheté en 1987 et je l'ai ramené à Washington, où je l'ai restauré, non sans peine.

— Quelles sont ses spécifications techniques ?

— Trois moteurs Pratt & Whitney de quatre cent cinquante chevaux, expliqua Pitt. Il transporte assez de carburant pour un parcours de plus de huit cents kilomètres à une vitesse de croisière de cent quatre-vingt-cinq kilomètres à l'heure. Si on le pousse un peu, il peut atteindre presque deux cent vingt km/h. Il peut grimper à trois cent cinquante mètres en une minute et atteindre un plafond de vol de cinq mille sept cent cinquante mètres. Son envergure est de vingt-cinq mètres cinquante et il mesure seize mètres de long. Ai-je oublié quelque chose ?

— Il me semble que votre exposé était assez complet, répondit Mary.

— Il est tout à vous, lui dit Pitt en éloignant ses mains des instruments de contrôle, mais attention, il faut le contrôler en permanence. C'est un pilotage de tous les instants.

— Je vois ce que vous voulez dire, répondit Mary, qui dut peiner pour tourner le volant et manœuvrer les gros ailerons.

Après quelques tours et quelques virages sur l'aile, elle se prépara à atterrir.

Pitt l'observa tandis qu'elle descendait et se posait avec un très léger bruit sourd avant de laisser la roulette de queue mordre l'asphalte.

— Très bien, la complimenta-t-il. Une vraie pro des trimoteurs !

— Je vous remercie, *sir*, dit-elle en riant de ravissement.

Une fois le trimoteur garé, les enfants commencèrent à monter à bord. Beaucoup d'entre eux devaient être hissés par des bénévoles qui les déposaient dans les bras de Pitt. Celui-ci les emmenait alors jusqu'à leurs sièges et bouclait leur ceinture.

Pitt se sentait profondément ému de voir à quel point ces enfants souffrant de handicaps sévères montraient du courage et faisaient preuve d'humour, en dépit de leurs tristes infirmités. Kelly les accompagna afin de pourvoir à leurs besoins, de rire et plaisanter avec eux. Après le décollage, elle leur montra de loin Manhattan tandis que Pitt survolait l'Hudson pour gagner la ville.

Le vieil appareil était parfait pour apprécier la vue. Sa vitesse lente et les grandes vitres carrées offraient une large vision panoramique. Les gamins installés dans leurs sièges en osier aux coussins rembourrés jacassaient, excités, en voyant les immeubles grandir en venant à leur rencontre.

Pitt effectua trois vols puis, pendant que l'avion faisait le plein de carburant, il partit admirer le triplan Fokker de la Première Guerre mondiale rangé tout près du trimoteur. Au cours de la guerre, cet appareil, piloté par les as de l'aviation qu'étaient le baron von Richthofen, Werner Voss et Hermann Göring, avait été le fléau des armées de l'air alliées. Selon von Richthofen, il grimpait comme un singe et manœuvrait comme un diable.

Pitt examinait les mitrailleuses montées sur la carlingue du moteur lorsqu'un homme vêtu d'une vieille tenue d'aviateur s'approcha de lui.

— Qu'en dites-vous ? lui demanda-t-il.

Pitt tourna la tête et son regard rencontra les yeux vert olive d'un homme à la peau sombre, dont les traits anguleux évoquaient ceux d'un Egyptien. Son allure générale semblait presque impérieuse. D'assez grande taille, il se tenait droit et Pitt se dit que sa posture avait quelque chose de martial. Ses yeux étaient étranges, avec une dureté qui paraissait se concentrer droit devant lui, sans jamais dévier.

Les deux hommes s'étudièrent un moment, et remarquèrent que leur taille et leur poids étaient presque similaires.

— Je suis toujours surpris de constater à quel point les chasseurs anciens paraissent petits en image, mais deviennent assez imposants lorsque vous vous en approchez réellement, dit enfin Pitt, qui désigna d'un geste les doubles mitrailleuses montées en arrière de l'hélice.

— Ils ressemblent fort aux originaux.

— Spandau 7 millimètres 92 ; d'origine, confirma l'homme.

— Et les bandes chargeur ? Les mitrailleuses sont chargées.

— Seulement pour impressionner les badauds, répondit l'homme à la peau sombre. C'était une excellente machine à tuer, pour son époque. C'est une image que j'aime conserver. *(Il ôta un gant d'aviateur qui ressemblait à une sorte de gantelet et tendit la main à Pitt.)* Je suis Conger Rand, le propriétaire de cette machine. Vous êtes le pilote du trimoteur ?

— En effet, répondit Pitt qui ne pouvait se défaire de l'idée que cet homme le connaissait. Je m'appelle Dirk Pitt.

— Je sais, répondit Rand. Vous travaillez pour la NUMA.

— Nous sommes-nous déjà rencontrés ?

— Non, mais nous avons une connaissance commune.

— Nous sommes prêts à embarquer pour le dernier vol ! cria Kelly avant que Pitt n'ait eu le temps de répondre.

Il se retourna et s'apprêtait à prendre congé lorsqu'il s'aperçut que le pilote du Fokker s'était éclipsé pour disparaître derrière son appareil.

Les réservoirs du Ford était pleins et refermés, et aussitôt après le départ du camion-citerne, le trimoteur se remplit d'enfants prêts pour l'ultime survol de la ville. Pitt laissa les commandes à Mary pendant qu'il se rendait à l'arrière pour discuter avec les gosses, leur montrait la statue de la Liberté et Ellis Island qu'ils survolaient à trois cents mètres d'altitude. Il regagna ensuite le cockpit, reprit le manche et se dirigea vers l'East River et le pont de Brooklyn.

La température extérieure avoisinait les trente-cinq degrés, et Pitt fit glisser la vitre latérale pour laisser l'air s'engouffrer dans l'habitacle. S'il n'avait pas eu les enfants à son bord, il aurait peut-être tenté de passer *sous* le vénérable vieux pont, mais cela risquait de lui coûter son brevet. Ce ne serait pas très sage, se dit-il avec raison.

Son attention fut soudain distraite par une ombre parallèle au fuselage, légèrement au-dessus du trimoteur.

— Nous avons de la visite, remarqua Mary, tandis que les enfants poussaient des cris de joie dans la cabine des passagers.

Pitt leva les yeux et aperçut une tache lumineuse rouge vif qui se détachait sur le ciel d'un bleu aveuglant. Le pilote du Fokker agita la main depuis son cockpit, à moins de cinquante mètres du trimoteur. Il portait un casque d'aviateur en cuir, des lunettes de vol, et un ruban de soie flottait, attaché au sommet de sa tête. Le vieux Fokker était si proche que Pitt voyait briller les dents du pilote dont la bouche était fendue en un sourire presque maléfique. Il s'apprêtait à lui rendre son salut lorsque le vieil appareil vira soudain et changea de direction.

Pitt vit le triplan rouge exécuter un looping et revenir brusquement vers le trimoteur Ford en s'orientant par rapport à l'avant gauche de l'appareil.

— Mais que fabrique ce cinglé ? s'exclama Mary. Il ne peut pas faire d'acrobaties au-dessus de la ville !

La réponse ne tarda pas. Deux rafales lumineuses comme des lasers jaillirent des canons des doubles mitrailleuses Spandau. L'espace d'un court instant, Mary crut qu'il s'agissait d'une mise en scène aérienne destinée au show aérien, mais le verre de la vitre du cockpit explosa en morceaux ; aussitôt après, le moteur central cracha un nuage de gouttes d'huile et de la fumée apparut brusquement.

Chapitre 24

PITT avait senti le danger avant que la pluie de balles n'atteigne l'appareil. Il opéra un brusque virage sur l'aile à 360 degrés et grimpa aussi vite que possible ; un instant plus tard, il vit le Fokker voler plus bas, à sa gauche, puis virer et revenir à l'attaque. Il poussa à fond les gaz et tenta de le suivre, dans l'espoir de s'accrocher à sa queue, mais l'affaire était perdue d'avance. Avec trois moteurs en ordre de marche, Pitt aurait pu donner au Fokker et à son pilote une bonne leçon. La vitesse du trimoteur était supérieure de plus de cinquante kilomètres heure à celle du vieux chasseur, mais désormais, avec un moteur hors d'usage, l'avantage était annulé par la manœuvrabilité de l'agile Fokker.

De la fumée fusait des tuyaux d'échappement du moteur central, qui risquait de prendre feu d'une seconde à l'autre. Pitt plongea la main sous ses jambes, verrouilla le bouton d'alimentation en carburant, puis coupa le contact sur un panneau installé sous les gaz ; l'hélice du moteur central se figea en position horizontale.

Le visage de Mary était rouge de stupeur et d'incompréhension.

— Il nous tire dessus ! s'écria-t-elle.

— Ne prenez surtout pas la peine de me demander pourquoi, lui répliqua aussitôt Pitt.

Kelly apparut à l'entrée du cockpit.

— Pourquoi vous amusez-vous à nous envoyer rebondir dans tous les coins du ciel ? s'exclama-t-elle, furieuse. Vous effrayez les enfants !

Elle aperçut soudain le moteur fumant, la vitre brisée, et sentit l'air s'engouffrer dans le cockpit.

— Que se passe-t-il ?

— Nous sommes attaqués par un cinglé.

— Il tire sur nous à balles réelles ! dit Mary d'une voix forte en levant la main pour se protéger de l'afflux d'air.

— Mais nous avons des enfants à bord !

— Il le sait et ne semble pas s'en soucier. Retournez là-bas et calmez les gosses. Faites-les chanter. Trouvez quelque chose pour leur occuper l'esprit et leur faire oublier le danger. *(Il tourna légèrement la tête vers Mary et lui adressa un signe d'encouragement.)* Prenez la radio et lancez un S.O.S. Si quelqu'un répond, qui que ce soit, signalez notre situation.

— Quelqu'un peut-il nous aider ?

— Cela prendrait trop de temps.

— Qu'allez-vous faire ?

Pitt vit le triplan rouge effectuer un autre virage sur l'aile pour revenir à l'attaque.

— Essayer de maintenir tout le monde en vie.

Kelly et Mary s'émerveillaient toutes deux du calme imperturbable de Pitt, et de la détermination acharnée qui se lisait dans son regard. Mary se mit à hurler un message de détresse dans le micro de la radio tandis que Kelly retournait en hâte rejoindre les enfants.

Pitt scrutait le ciel à la recherche de nuages pour semer le Fokker, mais les seuls qui flottaient dans le ciel étaient à des kilomètres de là et à sept mille mètres du sol, trois mille de plus que le plafond de vol du trimoteur. Aucun nuage où se cacher, aucun moyen de s'échapper... Le vieil avion était aussi impuissant qu'un agneau dans une pâture où rôde un loup. Pourquoi le pilote avec qui il avait parlé au sol agissait-il ainsi ? La cervelle de Pitt bouillonnait de questions, mais aucune réponse ne s'offrait à elle.

Il aurait pu tenter de descendre vers l'East River. S'il se posait sur l'eau sans blesser les enfants ni détruire l'appareil, et si l'avion flottait assez longtemps pour que tout le monde puisse en sortir indemne... Il rejeta l'idée aussi vite qu'elle lui était venue. Avec le train d'atterrissage rigide de l'avion, les probabilités d'un accident étaient beaucoup trop importantes et le pilote du Fokker pouvait fort bien mitrailler les passagers en rase-mottes s'ils sortaient indemnes de la manœuvre. S'il était prêt à tirer en vol, se dit Pitt, ce type n'aurait guère de scrupules à abattre les passagers dans l'eau.

Pitt prit sa décision et vira vers le pont de Brooklyn.

Le Fokker rouge semblait se maintenir dans le ciel sur le bout des ailes ; il suivit le trimoteur qui rebroussait chemin le long de la rivière. Pitt relâcha un peu les gaz et permit à son assaillant de gagner du terrain. Contrairement aux pilotes des chasseurs modernes équipés de missiles capables d'abattre un avion ennemi à presque deux kilomètres de distance, les as de la Première Guerre attendaient pour tirer de se trouver à moins de cent mètres de leur cible. Pitt comptait sur le pilote du Fokker pour attendre la dernière minute avant d'ouvrir le feu.

Comme aux jours historiques du front occidental, les avertissements des pilotes alliés ne se démentaient pas. Pitt songea au vieil adage : « Gare aux Huns sous le soleil ». Il était tout aussi juste qu'à l'époque. Le pilote du Fokker releva le museau de son appareil et grimpa en pente raide, presque suspendu à son hélice, avant d'effectuer un court plongeon en s'éloignant du soleil. A cent mètres du trimoteur, il ouvrit le feu et passa au-dessus de sa victime. Les balles déchirèrent le métal ondulé de l'aile droite, derrière le moteur. Mais il était trop tard; les doubles Spandau étaient dans la ligne de tir deux secondes avant que Pitt ne lance le trimoteur dans un plongeon presque vertical.

L'avion dégringola vers l'eau, le Fokker juste derrière lui; le pilote de l'avion allemand ne tira pas, préférant attendre que le Ford se trouve à nouveau dans sa ligne de mire. Pitt continua à descendre jusqu'à un niveau tel que les gens qui marchaient sur chaque rive, ceux qui se massaient sur le pont supérieur d'un bateau d'excursions touristiques et les pompiers qui se trouvaient à bord d'un de leurs bateaux étaient persuadés qu'il allait s'abîmer dans la rivière. Pourtant, au dernier moment, Pitt ramena brusquement vers lui le manche à balai et envoya le trimoteur s'élancer à un angle qui le menait tout droit sous le pont de Brooklyn.

Le célèbre édifice surgit, telle une toile d'araignée géante avec son labyrinthe de câbles de soutien. Terminé en 1883, l'ouvrage transportait plus de cent cinquante mille voitures, deux mille cyclistes et motocyclistes et trois cents piétons par jour. La circulation s'était arrêtée et la foule ahurie regardait les deux antiques machines foncer vers la travée. Les piétons et les cyclistes qui se trouvaient sur l'allée de bois, au-dessus du flot de la circulation automobile, se figèrent un instant avant de se précipiter vers la balustrade. Personne ne parvenait à croire que l'antique chasseur de la Première Guerre tirait à balles réelles sur le trimoteur.

— Oh, mon Dieu ! murmura Mary. Vous n'allez pas passer sous le pont ?

— Regardez, vous allez voir, répondit-il d'un ton opiniâtre.

Pitt prêta à peine attention aux tours qui s'élevaient dans le ciel à quatre-vingt-dix mètres de hauteur. Il évalua rapidement la distance qui séparait la surface de l'eau et la partie du pont où circulaient les voitures à cinquante mètres – il se trompait de peu, car elle était en réalité de quarante-cinq mètres. L'appareil fonça sous le pont en traînant dans son sillage la fumée de son moteur central et jaillit à l'air libre en esquivant un remorqueur qui poussait deux chalands devant lui.

Captivés par la vision du pont passant au-dessus de leurs têtes, les enfants croyaient que cela faisait partie du spectacle. Kelly décida de leur faire chanter une chanson. Les gosses, à cent lieues de se douter de la gravité de la situation, joignirent leurs voix à la sienne.

Les contrôleurs aériens de La Guardia Airport, Kennedy Airport et des autres aéroports de dimensions plus modestes reçurent tous le S.O.S. lancé par Mary, et les ondes des radios de la police étaient saturées de rapports concernant la bataille aérienne. Le contrôleur en poste à Kennedy Airport appela son supérieur hiérarchique.

— J'ai reçu un S.O.S. d'une femme à bord d'un vieux trimoteur Ford qui participe au rassemblement d'aujourd'hui. Elle prétend être attaquée par un chasseur de la Première Guerre mondiale.

— Bien sûr, lui répondit son chef en riant, et les Martiens vont bientôt débarquer sur la statue de la Liberté.

— Il doit pourtant se passer quelque chose. Je capte des appels de la police selon lesquels un triplan rouge a poursuivi un vieux trimoteur sous le pont de Brooklyn et a détruit l'un de ses moteurs.

L'éclat de rire du chef cessa brusquement.

— Savez-vous si le trimoteur transporte des passagers ?

— Selon la police, quinze enfants handicapés se trouveraient à bord. *(Le contrôleur marqua une pause avant de poursuivre.)* Je... je les entends chanter.

— Chanter ?

Le contrôleur hocha la tête en silence.

Le visage du contrôleur en chef prit une expression douloureuse. Il se dirigea vers la rangée d'écrans radar et posa la main sur l'épaule du contrôleur en charge des vols qui arrivaient vers l'aéroport.

— Vous voyez quelque chose au-dessus de Manhattan ?

— J'avais deux appareils qui survolaient l'East River, mais le plus gros vient de sortir de l'écran.

— Il s'est écrasé ?

— On dirait, oui.

Les yeux du responsable exprimaient une horreur indicible.

— Ces pauvres gosses... murmura-t-il, accablé.

*
* *

Le pilote du Fokker grimpa en flèche et fila par-dessus l'arche de câbles du pont en le frôlant à moins d'un mètre, puis plongea droit devant lui pour prendre de l'élan, vira à cent quatre-vingts degrés et se lança sur le trimoteur.

Plutôt que d'attendre d'être abattu comme au stand de tir, Pitt fit porter tout le poids de l'appareil sur l'extrémité de l'aile droite et effectua un virage aussi serré que possible avant de se diriger vers les quais onze et treize et de traverser Franklin Delano Roosevelt Drive et South Street à un angle de quatre-vingt-dix degrés. A moins de soixante-dix mètres au-dessus de Wall Street, il se redressa et se lança vers la statue de la prestation de serment de George Washington, tandis que le vrombissement des moteurs Pratt & Whitney se réverbérait sur les immeubles en faisant vibrer les vitres. Avec son envergure de vingt-cinq mètres cinquante, le vieux Ford passait à peine entre les façades des immeubles et Pitt tentait à grand-peine de prendre de l'altitude pour échapper au canyon de verre et de béton.

Mary était assise, sous le choc, et du sang coulait de sa joue coupée par un éclat de verre qui avait volé à travers le cockpit.

— C'est de la folie...

— Désolé, dit Pitt d'une voix monocorde. Je n'ai pas l'embarras du choix.

Lorsqu'il aperçut une rue d'une grande largeur – la partie inférieure de Broadway –, Pitt tira sur le manche. Tout en sachant qu'il ne disposait que d'un mètre ou deux de marge de manœuvre, il effectua un virage sur l'aile et rasa l'avenue à une rue seulement de Wall Street, au-delà de Saint Paul, en face de City Hall Park. Les voitures de patrouille de la police, sirènes hurlantes, essayaient de suivre le parcours de l'avion, mais leurs efforts étaient vains. Il leur était impossible de se faufiler à travers le flux de la circulation, même à une vitesse deux fois inférieure à celle du trimoteur.

Le pilote du Fokker perdit provisoirement Pitt dans la jungle d'immeubles. Il vola en cercles au-dessus de l'East River avant de grimper à trois cents mètres et de se diriger vers le bas de Manhattan. Il survola les grands navires de South Street Seaport, et se pencha hors du cockpit pour tenter de retrouver le trimoteur. Il aperçut soudain un éclat argenté reflété par la lumière du soleil. Il releva ses lunettes sur le front et contempla, incrédule, le Ford qui remontait Broadway, sous le niveau des toitures.

Pitt n'ignorait pas qu'il mettait des vies en danger, et que si le Fokker parvenait à l'abattre et qu'il descende en flammes avec les enfants à bord, il placerait aussi la population qui fréquentait les rues dans une situation plus que périlleuse. Son seul espoir consistait à échapper à la catastrophe assez longtemps pour prendre une avance substantielle et fuir la ville en laissant le pilote dément du Fokker se débrouiller avec les hélicoptères de la police.

Lorsque Pitt entendit à nouveau les enfants reprendre le refrain en chœur, sa décision de tout faire pour les sauver se renforça encore.

Soudain, il vit la chaussée, sous l'appareil, exploser en un nuage d'asphalte et le Fokker virer sur l'aile en lâchant une rafale. Les projectiles se forèrent un passage à travers le capot d'un taxi et dans une boîte aux lettres, sans blesser personne. Pendant un moment, Pitt crut que le trimoteur s'en était tiré sans autre dégât, mais il sentit alors un manque de réponse évident des instruments de contrôle. Une vérification rapide lui permit de constater que la gouverne tardait à obéir à ses sollicitations et que le gouvernail de profondeur refusait tout service. Seuls les ailerons fonctionnaient sans problèmes. Pitt en conclut qu'une balle avait frappé les poulies qui partaient du cockpit pour aboutir à la gouverne et au gouvernail de profondeur, à l'extérieur du fuselage.

— Que se passe-t-il ? demanda Mary.

— La dernière rafale a endommagé le gouvernail de profondeur. Je ne peux plus prendre d'altitude.

Dans sa tactique d'approche, le pilote du Fokker s'était montré proche de la perfection, mais la vision des bâtiments qui s'élevaient au-dessus de ses ailes déstabilisa le pilote et il tira un peu trop haut, avant que ses balles puissent infliger au Ford des dégâts irrémédiables. Il se lança alors dans une ascension presque verticale et exécuta une manœuvre d'Immelmann en faisant un tonneau pour repartir aussitôt en sens inverse. Pitt comprit très vite que son adversaire n'avait pas l'intention de perdre son temps en lançant une attaque frontale. Il se contenterait de venir de l'arrière, en altitude, et de viser l'imposante queue du trimoteur.

— Pouvez-vous le garder dans votre champ de vision ? demanda Pitt à Mary.

— Pas quand il est juste derrière nous, répondit-elle d'un ton calme en détachant sa ceinture afin de pouvoir se retourner sur son siège.

— Bien, très bien.

Kelly apparut à l'entrée du cockpit.

— Les enfants sont incroyables. Ils prennent vraiment la situation avec calme.

— Ils ignorent que le temps nous est compté.

Pitt baissa les yeux et supposa à juste titre qu'ils survolaient Greenwich Village. Ils en ressortirent en fonçant droit sur Union Square Park. Times Square approchait déjà. Le quartier des théâtres n'était qu'à une rue de là, sur sa gauche. Les immenses affiches lumineuses clignotaient dans son sillage tandis qu'il dépassait la statue de George M. Cohan. Il voulut prendre de l'altitude pour s'élever au-dessus de la ville, mais les commandes du gouvernail de profondeur ne répondaient plus. Dans l'immédiat, Pitt devait se contenter d'une trajectoire droite, à altitude constante. Tant que Broadway suivait son tracé en s'écartant légèrement vers l'ouest, tout allait bien, mais lorsqu'elle prit un coude au niveau de la Quarante-Huitième Rue, il comprit qu'il se trouvait dans une situation plus que délicate. Le gouvernail de profondeur ne répondait pas, et il lui fallait peser de toutes ses forces sur le palonnier pour obtenir la moindre réaction. Il ne disposait plus que des ailerons, mais la moindre erreur de calcul, le moindre geste excessif sur les volants de contrôle enverrait aussitôt l'appareil s'écraser au coin d'un immeuble. Il en était réduit à maintenir une trajectoire droite dans Broadway en se servant des instruments qui lui restaient.

Pitt transpirait avec abondance et ses lèvres étaient sèches. Les murs à pic des immeubles new-yorkais semblaient si proches qu'il lui aurait presque suffi d'étendre le bras pour les toucher. La rue devant lui paraissait interminable et il éprouvait le sentiment qu'elle se refermait sur l'appareil en se rétrécissant. La foule de piétons qui arpentait les trottoirs et traversait aux carrefours se pétrifiait, ébahie, en voyant le trimoteur voler au beau milieu de Broadway, dix étages seulement au-dessus de la chaussée. Le rugissement des deux moteurs était assourdissant, et ils l'entendaient venir à plusieurs rues de distance. Les employés de bureau qui assistaient au spectacle par leurs fenêtres se figeaient, incrédules, devant la vision surréaliste qui s'offrait à eux. Tous ceux qui suivaient la progression de l'appareil étaient persuadés qu'il allait s'écraser.

Pitt essayait avec l'énergie du désespoir de relever le nez de l'avion, mais les commandes lui refusaient purement et simplement tout service. Il tenta de réduire l'allure à cent dix, juste dix kilomètres à l'heure au-dessus de la vitesse où les moteurs risquaient de caler. Le pilote du Fokker rouge connaissait bien son affaire et se montrait rusé comme un renard. Pitt était engagé dans une bataille qui exigeait de lui un immense courage et un total mépris du danger. On assistait là à un conflit entre deux hommes d'un niveau technique équivalent, d'une habileté, d'une patience et d'une ténacité égales. Pitt ne se battait pas seulement pour sa propre vie, mais aussi pour celle de deux femmes et de quinze enfants handicapés, et Dieu seul savait combien mourraient si le trimoteur s'écrasait et explosait dans les rues surpeuplées de New York.

Derrière lui, les enfants commençaient à ressentir l'emprise de la peur à la vue des immeubles si proches, et pourtant, ils parvenaient encore à chanter, encouragés par Kelly, trop effrayée pour oser regarder à l'extérieur les immeubles de bureaux qui filaient comme dans un tourbillon et les visages des employés stupéfaits derrière leurs fenêtres.

Trois cents mètres plus haut, le pilote du Fokker observait le trimoteur qui se faufilait en contrebas entre les magasins et les immeubles de Broadway. Sa patience était celle du diable qui attend de prendre enfin possession de l'âme d'un homme d'honneur. Il ne ressentait pas le besoin de plonger à nouveau pour mitrailler le vieux Ford. Selon toute probabilité, celui-ci finirait par s'écraser tout seul. Fasciné, il vit un hélicoptère de la police apparaître et se joindre à la course, juste au-dessus des toits, entre le Fokker et le Ford.

Froid et précis, il poussa le manche en avant et le nez du Fokker descendit droit sur l'appareil de la police. Il aperçut à bord un policier qui criait, frénétique, et le désignait au pilote. L'hélicoptère se balança pour se préparer à l'attaque, mais les armes de poing des policiers ne pouvaient rivaliser avec les rapides mitrailleuses dont les doubles canons crachaient des balles qui vinrent s'encastrer dans le moteur, juste sous le rotor. L'attaque fut menée avec une sauvagerie et une brutalité résolues. Le crépitement des mitrailleuses ne dura que trois secondes, mais ces trois secondes suffirent à transformer l'élégant hélicoptère en une épave lacérée qui alla tout droit s'écrouler sur le toit d'un immeuble.

Sur les trottoirs, plusieurs personnes furent atteintes par des éclats coupants, mais aussi incroyable que cela puisse paraître, il n'y eut à déplorer aucun mort ni blessé grave. Les deux policiers, extraits de leur appareil par des employés du service d'entretien de l'immeuble, souffraient de fractures multiples, mais leur vie n'était pas en danger.

Tout cela était inhumain. Un acte barbare commis sans le moindre motif. Le pilote du Fokker aurait très bien pu mettre un terme à sa poursuite, alors qu'il était persuadé que le Ford ne pourrait poursuivre son vol pendant plus de quelques minutes. S'il avait abattu l'hélicoptère de la police, ce n'était en aucun cas pour se préserver lui-même du danger. C'était un acte de pure jouissance, commis de sang-froid. Le pilote prit à peine le temps de jeter un coup d'œil au résultat de son œuvre de destruction avant de reprendre sa chasse.

Pitt ne s'était pas rendu compte de la catastrophe qui venait d'avoir lieu dans son sillage. Mary, qui regardait vers l'arrière, avait assisté à la scène, mais elle garda le silence. La rue déviait en une courbe légère et Pitt se concentra pour négocier le virage.

Broadway tournait sur la gauche en traversant Columbus Circle. Pitt appuya le plus fort possible sur la commande de gouverne de direction et fit déraper le Ford vers la droite, échappant ainsi au gouffre qui séparait les rangées d'immeubles. L'extrémité de l'aile gauche passa à moins de trois mètres de la statue de Christophe Colomb, haute d'un peu moins de vingt-cinq mètres, en virant au-dessus de Central Park et de la Cinquante-Neuvième Rue. Vers l'entrée sud-ouest du parc, Pitt esquiva le monument érigé en l'honneur des victimes du *Maine* et poursuivit sa course en survolant le parc. Sur la piste cavalière, les hommes et les femmes devaient se débattre pour rester en selle, car les chevaux se cabraient, effrayés par le vrombissement des moteurs.

Les milliers de personnes qui profitaient d'un après-midi d'été pour se détendre au parc cessèrent toute activité et assistèrent au drame qui se déroulait au-dessus d'eux. Des voitures de police provenant de tous les coins de la ville convergeaient vers Central Park dans le mugissement des sirènes. D'autres hélicoptères de la police fonçaient à l'intérieur du parc en venant de la Cinquième Avenue, accompagnés par un escadron d'appareils des chaînes de télévision.

— Il revient, cria Mary. Il est à deux cent cinquante mètres au-dessus de nous et il plonge sur notre empennage.

Pitt pouvait légèrement incliner l'avion sur une aile et virer de manière imperceptible, mais il lui était impossible de gagner ne serait-ce que cinquante centimètres d'altitude avec son gouvernail de profondeur criblé de balles et bloqué au point mort. Une ébauche de plan commença à se former dans son esprit, mais il ne réussirait que si le Fokker passait au-dessus de lui en le mitraillant avant de le dépasser. Il se pencha et actionna les boutons de carburant et de contact du moteur central. Le moteur mitraillé toussa plusieurs fois, puis finit par se mettre en marche. Alors, il fit virer le Ford sur la droite, sachant que son assaillant fondait sur lui au même moment. Le changement de cap inattendu déconcerta le pilote du Fokker, et les deux sillons tracés par les balles des mitrailleuses passèrent largement à gauche du Ford.

En termes de manœuvrabilité, le vieil appareil n'était pas de taille à rivaliser avec le triplan utilisé avec tant de succès quatre-vingts ans plus tôt par les meilleurs pilotes de l'Allemagne impériale. Le Fokker rétablit aussitôt sa course et Pitt sentit le choc des balles qui déchiraient la partie supérieure de son aile et s'enfonçaient dans le moteur droit. Des flammes jaillirent dans la nacelle située derrière le moteur, mais ses pistons battaient toujours vaillamment dans les cylindres. Pitt força le vieil avion à virer dans l'autre sens, attendant avec une infinie patience le moment propice à une contre-attaque.

Soudain, un ouragan de balles balaya le cockpit et vint s'écraser sur le tableau de bord. Le pilote dément anticipait chacun des mouvements de Pitt. L'homme était rusé, mais alors que le Fokker survolait les vitres pulvérisées du cockpit et se lançait droit devant, Pitt comprit que c'était à son tour de jouer.

Il poussa à fond les gaz des trois moteurs. Avec deux moteurs seulement, la vitesse de l'avion correspondait à celle du Fokker, toutefois grâce au moteur central qui crachait des nuages d'huile et de fumée, mais dont tous les cylindres fonctionnaient encore, le trimoteur bondit en avant comme un véritable pur-sang.

Le visage de Pitt dégoulinait de sang, car des éclats de verre éjectés du pare-brise s'étaient enfoncés dans ses joues et son front ; maculé d'huile, à peine capable de voir devant lui à travers la fumée, il n'en défia pas moins le pilote du Fokker.

— Que le Diable vous emporte, Baron Rouge ! hurla-t-il.

Trop tard, la tête recouverte d'un casque de cuir se retourna dans le cockpit rouge et aperçut le trimoteur argenté qui transperçait l'espace à six ou sept mètres de lui. Il se lança dans un violent virage, en prenant appui sur le bout de l'aile. C'était le mauvais choix. Pitt s'était montré plus malin que lui. S'il avait grimpé en pente raide, le trimoteur aurait été incapable de le suivre, mais à un angle de quatre-vingt-dix degrés, avec sa triple aile droite vers le ciel, le Fokker devenait vulnérable. L'une des grosses roues du train d'atterrissage du Ford enfonça et lacéra le bois et le tissu de l'aile supérieure.

Pitt eut juste le temps de jeter un coup d'œil au pilote catapulté dans une pirouette incontrôlable. En un geste d'une folle audace, celui-ci brandit le poing vers lui. Pitt perdit alors de vue l'engin rouge qui tourbillonna avant d'aller s'écraser dans un arbre, vers les Shakespearean Gardens. L'hélice de bois se pulvérisa en une centaine d'éclats en heurtant le tronc d'un orme de taille respectable. Le fuselage et les ailes se froissèrent comme ceux d'un modèle réduit en balsa et en papier. En l'espace de quelques minutes, le lieu du crash fut entouré de voitures de police, leurs gyrophares rouges et bleus étincelants comme des éclairs colorés.

Avec une détermination que Pitt n'aurait même pas cru possible, Kelly continuait à faire chanter les enfants tandis que le trimoteur se battait pour se maintenir en vol.

Pitt arrêta le moteur de droite et le moteur central avant qu'ils ne transforment l'appareil en torche. Comme un vétéran blessé qui continue à charger sans faiblir, le vieil engin se battait pour s'accrocher à l'air qui le portait. Laissant derrière lui un sillage de fumée et de feu, son unique moteur valide à plein régime, Pitt effectua un virage à plat et pointa le nez de l'appareil vers le plus grand espace dégagé en vue, une grande étendue d'herbe connue sous le nom de Sheep Meadows.

Des hordes de gens, occupés à pique-niquer ou étendus au soleil pour une séance de bronzage, se dispersèrent soudain comme des fourmis lorsqu'ils virent l'avion criblé de balles perdre de l'altitude et s'approcher. Il était évident qu'il pouvait fort bien s'écraser au milieu de la foule... Pitt, penché par la vitre latérale pour éviter la fumée qui envahissait le cockpit, scruta l'herbe en plissant les yeux et se positionna pour l'atterrissage. Dans des circonstances normales, il était capable de poser l'appareil sur un mouchoir de poche, mais en l'absence de presque tous les instruments de contrôle, le pari était beaucoup plus risqué. Il tira doucement la manette des gaz et dirigea lentement le Ford vers le sol.

Deux mille personnes demeuraient figées en silence, sous le choc ; beaucoup priaient pour que l'avion blessé, noyé dans la fumée et les flammes, puisse atterrir sans exploser sous l'impact. Fascinés, ils contemplaient la scène en écoutant le rugissement de l'unique moteur. Hébétés par l'excitation, la peur et l'incrédulité, ils ne pouvaient détacher leurs regards de l'appareil qui rasait la cime des arbres en bordure de la prairie. Des années plus tard, aucun des témoins de la scène ne serait en mesure de la décrire avec précision. A tenter de visualiser l'antique appareil approchant péniblement de la prairie couverte d'herbe, leurs souvenirs se brouillaient soudain et sombraient dans la confusion.

Dans la cabine des passagers, les enfants chantaient toujours.

L'avion vacilla lorsque Pitt le fit glisser sur l'aile, puis il sembla un moment rester suspendu en l'air avant que les grosses roues ne prennent enfin contact avec le sol et rebondissent à deux reprises ; l'appareil se posa alors et sa roue arrière toucha l'herbe presque aussitôt. A la grande surprise de l'assistance, le trimoteur ne parcourut que cinquante mètres avant de s'arrêter. Personne n'aurait cru un tel exploit possible.

En voyant la foule affluer vers le trimoteur, Pitt coupa le contact du dernier moteur valide, regarda l'hélice ralentir avant de s'immobiliser, les pales en position verticale. Il se tourna vers Mary et voulut dire quelque chose, la féliciter pour son intrépide assistance, mais il se tut lorsqu'il vit son visage, d'où toute couleur s'était retirée. Il tendit le bras et passa les doigts autour du cou de la jeune femme, à la recherche de son pouls. Sa main retomba, puis son poing se serra.

Hors d'haleine, Kelly se pencha à l'intérieur du cockpit.

— Vous avez réussi ! s'écria-t-elle d'une voix joyeuse.

— Les enfants ? demanda Pitt d'une voix lointaine.

— Aucun d'entre eux n'est blessé.

Kelly aperçut soudain le dos du siège de copilote de Mary, le réseau d'impacts de balles presque parfaitement espacés laissé par les mitrailleuses Spandau du Fokker. Kelly demeura absolument immobile, choquée, tandis que Pitt secouait la tête. Au début, Kelly refusa de croire que Mary était partie, que son amie de si longue date était morte, mais elle baissa les yeux, vit la mare de sang qui s'élargissait sur le sol du cockpit, et comprit enfin la terrible vérité.

Une expression de profond chagrin envahit son visage tandis que son regard semblait noyé d'incompréhension.

— Pourquoi ? murmura-t-elle, comme absente Pourquoi fallait-il que cela arrive ?

Des gens affluaient de toutes les rues avoisinantes et du parc pour contempler, incrédules, le vieil appareil criblé de balles. Des milliers d'entre eux criaient et agitaient les mains vers le cockpit. Mais Pitt ne les voyait pas, ne les entendait pas. Il se sentait submergé, non par la foule qui entourait l'avion, mais par un terrible sentiment d'inutilité. Il leva les yeux pour croiser le regard de Kelly.

— Elle n'est pas la seule victime de l'homme qui pilotait cet avion. Beaucoup d'autres ont aussi perdu la vie sans raison.

— Tout cela est tellement stupide, murmura Kelly, qui pleurait en se couvrant le visage de ses mains.

— Cerbère, dit Pitt d'une voix calme, à peine audible dans les clameurs qui jaillissaient à l'extérieur de l'avion. Quelqu'un – je ne sais pas encore qui – ira le rejoindre aux Enfers.

Chapitre 25

Les enfants qui souffraient de bleus et de bosses après avoir été quelque peu secoués au cours de l'affrontement furent confiés aux soins d'une équipe d'auxiliaires médicaux avant d'être rendus à leurs parents. Pitt resta aux côtés de Kelly, accablée, pendant que le corps de son amie Mary Conrow était évacué de l'appareil et conduit vers une ambulance. La police établit un cordon de sécurité autour du vieux Ford, puis escorta Pitt et Kelly vers les voitures de patrouille afin de les emmener vers le poste le plus proche.

Avant de partir, Pitt fit le tour du trimoteur Ford, stupéfait et attristé à la vue du châtiment infligé au vieil appareil. Pourtant, il avait vaillamment tenu l'air jusqu'à l'atterrissage sur la prairie. Il examina la queue du fuselage déchirée par les balles, les trous nettement dessinés sur la partie supérieure des ailes, les culasses cabossées des deux moteurs Pratt & Whitney qui crépitaient encore sous l'effet de la chaleur en émettant de légers tourbillons de fumée.

Il posa la main sur l'aile de l'une des roues du train d'atterrissage.

— Merci, murmura-t-il.

Il demanda ensuite à l'officier de police en charge de l'affaire s'il était possible de s'arrêter un moment sur le lieu de chute du Fokker avant de rejoindre les locaux de la police. L'officier hocha la tête et se dirigea vers une voiture de patrouille.

Le Fokker rouge ressemblait à un cerf-volant brisé encastré parmi les branches d'un orme, à six ou sept mètres du sol. Les pompiers, installés sur l'échelle d'un camion, examinaient l'appareil démantelé. Pitt sortit de la voiture et s'approcha pour contempler le moteur arraché de ses fixations qui gisait sur le sol, en partie enfoncé dans l'herbe. Il constata avec surprise qu'il ne s'agissait pas d'un moteur modernisé ou récent, mais d'un Oberursel 9 cylindres d'origine, capable de développer 110 chevaux. Il leva ensuite les yeux vers le cockpit à ciel ouvert.

Il était vide.

Pitt fouilla les branches du regard, puis étudia le sol sous l'appareil. Un blouson de pilotage en cuir, un casque et des lunettes de protection aux verres tachés de traînées de sang, c'était tout ce qui restait du pilote.

Comme par miracle, il avait disparu.

*
* *

Pendant que les officiers de police interrogeaient Kelly, Pitt put appeler une entreprise locale d'entretien et de réparation de matériel aéronautique, et trouva un accord avec eux pour que le Fokker soit démonté et emmené à Washington, où il le ferait réparer et restaurer par des experts en avions anciens. Il téléphona ensuite à Sandecker et lui exposa la situation.

Une fois ses appels téléphoniques passés, Pitt s'installa tranquillement près d'un bureau vide et entama les mots croisés du *New York Times* jusqu'au moment où il fut appelé pour l'interrogatoire. Il embrassa Kelly qui quittait la pièce où attendaient quatre enquêteurs, près d'un bureau en bois de chêne éraflé dont la surface constellée de multiples brûlures de cigarettes trahissait l'âge vénérable.

— Monsieur Pitt ? demanda un petit homme au visage orné d'une fine moustache. L'homme, en bras de chemise, portait des bretelles étroites.

— C'est bien mon nom.

— Je suis l'inspecteur Mark Hacken. Mes collègues enquêteurs et moi-même souhaiterions vous poser quelques questions. Voyez-vous un inconvénient à ce que nous enregistrions cette conversation ?

— Pas du tout.

Hacken ne prit pas la peine de lui présenter les trois autres policiers présents dans la pièce. Aucun d'entre eux ne ressemblait à des enquêteurs, tels qu'on les voit dans les séries télévisées. Ils évoquaient plutôt des voisins ordinaires qui passent leurs samedis après-midi à tondre leur pelouse.

Hacken débuta l'entretien en demandant à Pitt de se présenter succinctement, de dire en quoi consistait son travail pour la NUMA, et d'expliquer par quel concours de circonstances il en était venu à amener son vieil appareil au rassemblement aérien organisé au profit des enfants handicapés. Les autres enquêteurs posaient une question de temps à autre, mais se contentaient en général de prendre des notes, tandis que Pitt décrivait le vol, depuis l'embarquement des enfants jusqu'à l'atterrissage dans Sheep Meadow, au beau milieu de Central Park.

L'un des enquêteurs leva les yeux vers Pitt.

— Je suis moi-même pilote, dit-il, et j'espère que vous êtes conscient du fait que vous pourriez aller en prison pour avoir volé aux commandes de cette antiquité, sans parler de la suppression de votre brevet de pilote.

Pitt croisa le regard de son interlocuteur en affichant l'ébauche d'un sourire assuré.

— Si le fait de sauver quinze enfants handicapés est un acte criminel, alors, oui, je suis un criminel.

— Vous auriez pu accomplir le même exploit en évitant de bifurquer au niveau de la rivière et de survoler les rues de la ville.

— Si je n'étais pas remonté vers Wall Street à ce moment-là, nous aurions sans doute été abattus et nous nous serions écrasés dans la rivière. Si je vous affirme qu'il n'y aurait pas eu de survivants, vous pouvez me croire.

— Vous devez cependant admettre que vous avez pris de terribles risques.

Pitt haussa les épaules d'un air indifférent.

— De toute évidence, je ne serais pas assis ici si je n'avais pris aucun risque.

— Avez-vous la moindre idée de la raison qui a poussé l'autre pilote à risquer de détruire un appareil d'un million de dollars, à l'équiper d'armes d'origine en parfait état de fonctionnement, et attaquer un avion rempli de gosses handicapés ? demanda Hacken.

— J'aimerais vraiment le savoir, répondit Pitt en éludant la question.

— Moi de même, répliqua Hacken d'un ton sarcastique.

— Avez-vous la moindre idée de l'identité du pilote ? demanda à son tour Pitt.

— Nous l'ignorons totalement. Il s'est mêlé à la foule et s'est enfui.

— Le numéro d'immatriculation de son appareil devrait permettre de remonter jusqu'au propriétaire.

— Nos experts n'ont pas encore eu le temps d'examiner l'avion.

— Les responsables du rassemblement aérien ont sans doute des documents justificatifs, dit Pitt. Tous les pilotes doivent les remplir pour les assurances. Cela devrait vous permettre d'en savoir un peu plus.

— Sur ce plan-là, nous travaillons avec les forces de l'ordre du New Jersey. Tout ce qu'ils ont pu nous dire à ce stade de leur enquête, c'est qu'un collectionneur d'avions anciens les a appelés pour leur dire qu'un appareil identique se trouvait habituellement dans un hangar d'un petit terrain d'aviation près de Pittsburgh. Selon lui, le propriétaire était connu sous le nom de Raul St. Justin.

— Un faux nom, peut-être.

— C'est ce que nous pensons, répondit Hacken. Connaissiez-vous St. Justin, ou celui qui portait ce nom ?

— Non, répondit Pitt sans détourner le regard. Nous avons échangé quelques mots avant le décollage.

— De quoi avez-vous parlé ?

— De son triplan. J'ai toujours été fasciné par les avions anciens. Rien de plus.

— Vous ne l'aviez donc jamais rencontré avant ?

— Non.

— Pourriez-vous nous le décrire et aider l'un de nos collaborateurs à en dresser un portrait-robot ?

— Je collaborerai volontiers avec la police.

— Nous sommes navrés d'avoir dû vous importuner, mademoiselle Egan et vous, mais avec la mort de Mary Conrow, nous avons là une enquête pour meurtre, en plus des charges concernant la mise en danger du public. C'est un miracle si personne n'a été tué lorsque l'avion rouge vous a mitraillé dans les rues de la ville et qu'un de nos hélicoptères a été abattu tout près d'un carrefour très fréquenté.

— C'est en effet un véritable soulagement, répondit Pitt avec sincérité.

— Je pense que ce sera tout pour l'instant, dit Hacken. Vous et mademoiselle Egan devrez bien sûr demeurer dans les limites de la ville jusqu'à la fin de nos recherches.

— Je crains que ce soit impossible, inspecteur.

Hacken leva les sourcils. Il n'était guère habitué à ce qu'un témoin d'une affaire importante lui annonce son intention de quitter la ville.

— Puis-je savoir pourquoi ?

— Parce que je participe à une enquête gouvernementale sur l'incendie qui a eu lieu à bord du navire de croisière le *Dauphin d'Emeraude* et sur le piratage d'un navire de recherches de la NUMA. Ma présence à Washington est indispensable. *(Pitt marqua une pause pour appuyer ses propos.)* Bien entendu, vous souhaiterez sans doute éclaircir tout cela avec mon supérieur hiérarchique, l'amiral Sandecker, de l'Agence Nationale Maritime et Sous-marine, la NUMA, ajouta-t-il en sortant son portefeuille de sa poche et en tendant sa carte à Hacken. Voici son numéro de téléphone.

Hacken passa en silence la carte à l'un de ses collègues, qui quitta la pièce.

— En avez-vous terminé avec moi ? J'aimerais raccompagner mademoiselle Egan chez elle.

Hacken hocha la tête et désigna la porte d'un geste de la main.

— Voulez-vous attendre dehors jusqu'à ce que nous obtenions confirmation de vos liens avec le gouvernement et cette enquête ?

Pitt découvrit Kelly recroquevillée sur un banc de bois ; elle évoquait l'image d'une petite fille misérable assise sur les marches d'un orphelinat.

— Vous êtes sûre que ça va aller ? demanda-t-il.

— Je n'arrive pas à surmonter le choc de la mort de Mary, répondit-elle d'un ton accablé. C'était une amie de mon père depuis tant d'années.

Pitt balaya du regard le poste de police affairé afin de s'assurer que personne n'écoutait leur conversation.

— A quel point Mary était-elle proche de votre père ? demanda-t-il, après avoir constaté que personne ne pouvait les entendre.

Kelly lui lança un regard de colère.

— Ils étaient amants depuis des années, si c'est ce que vous souhaitez entendre.

— Ce n'est pas ce que je *veux* savoir, dit Pitt d'une voix douce. Connaissait-elle les travaux de votre père ?

— Elle n'y était pas étrangère. J'avais ma propre carrière et j'étais souvent partie, aussi tenait-elle le rôle de proche confidente, de secrétaire, de femme de chambre et de gouvernante lorsque son travail pour les compagnies aériennes lui en laissait le temps.

— Votre père vous a-t-il jamais parlé de ses recherches ?

— Papa était un homme très secret, répondit Kelly en secouant la tête. Il disait toujours qu'il lui était impossible d'expliquer ses travaux à un non-scientifique. Nous n'en avons discuté qu'une seule fois, à bord du *Dauphin d'Emeraude*. Il était fier de ses nouveaux concepts en matière d'ingénierie, qui lui avaient permis de mettre au point les moteurs du navire, et il m'avait expliqué leur fonctionnement magnéto-hydrodynamique un soir, au cours du dîner.

— Il ne vous a jamais dit autre chose ?

— Après quelques Dry Martinis dans le salon, il m'a dit, en effet, qu'il venait de faire une découverte capitale, la « découverte du siècle », répondit Kelly en haussant les épaules avec un regard mélancolique. Je croyais que c'était le gin qui parlait par sa bouche.

— Ainsi Mary était la seule personne au courant de ses activités ?

— Non, dit Kelly en levant les yeux comme si elle venait d'apercevoir quelqu'un. Josh Thomas.

— Qui ?

— Le docteur Josh Thomas était l'ami de mon père et parfois son assistant. Ils avaient étudié ensemble au Massachusetts Institute of Technology et y avaient passé leur doctorat, papa en ingénierie et Josh en chimie.

— Savez-vous comment le contacter ?

— Oui, répondit Kelly.

— Où le laboratoire de votre père se trouve-t-il ?

— Chez lui, pas très loin de Gene Taylor Field.

— Pourriez-vous appeler le docteur Thomas ? J'aimerais le rencontrer.

— Pour une raison en particulier ?

— Disons que je meurs d'impatience à l'idée de savoir en quoi consistait cette découverte du siècle...

Chapitre 26

L'AMIRAL Sandecker, debout sur une estrade, répondait aux questions que lui lançaient les journalistes. S'il était une chose que l'on ne pouvait reprocher à l'amiral, c'était d'être un narcisse du monde des médias. Il entretenait certes de bonnes relations avec les journalistes de la presse et de la télévision et appréciait leur compagnie lorsqu'il accordait une interview, mais il ne se sentait vraiment pas à son aise sous les feux de la rampe ni lorsqu'il devait éluder des questions indiscrètes ou tourner autour du pot. Parfois, Sandecker se montrait tout simplement trop honnête et direct pour le petit monde de la bureaucratie et des médias de Washington.

Après quarante minutes de questions pressantes au sujet du rôle de la NUMA dans l'enquête sur la perte tragique du *Dauphin d'Emeraude*, Sandecker constata avec soulagement que la conférence de presse touchait à sa fin.

— Pouvez-vous nous dire ce que vos hommes ont découvert à l'intérieur de l'épave au cours de leur investigation à bord d'un submersible ? demanda une journaliste de télévision connue dans le pays tout entier.

— Nous pensons avoir découvert des éléments qui suggèrent que l'incendie a été délibérément allumé.

— Pouvez-vous nous décrire ces éléments ?

— Une substance qui ressemble fort à un matériau incendiaire a été trouvée dans la partie du navire où l'incendie a débuté, selon les témoignages des membres d'équipage.

— Avez-vous identifié cette substance ? demanda un journaliste du *Washington Post*.

— Elle se trouve en ce moment même dans un laboratoire du FBI. Nous devrions obtenir rapidement des résultats.

— Que pouvez-vous nous dire au sujet du détournement terroriste de votre navire de recherches, le *Deep Encounter* ? demanda un reporter de CNN.

— Pas grand-chose que vous n'ayez déjà appris par les comptes rendus antérieurs. J'aimerais pouvoir vous révéler la raison pour laquelle des éléments criminels ont détourné un navire de la NUMA, mais par malheur, aucun des pirates responsables de cet acte n'a survécu pour nous raconter l'histoire.

Une femme d'ABC News vêtue d'un ensemble bleu leva la main.

— Comment l'équipage du navire de recherches a-t-il réussi à détruire le navire pirate et à tuer tous ses opposants ?

Sandecker s'attendait à ce que la question vienne tôt ou tard, et il s'y était préparé. Non sans répugnance, il mentit pour empêcher que les scientifiques et les membres d'équipage du *Deep Encounter* ne soient catalogués comme des tueurs patentés.

— Pour autant que nous le sachions, l'un des pirates, qui gardait l'entrée du lagon, a tiré un missile dans l'obscurité sur le *Deep Encounter*. Il a manqué sa cible et le missile a atteint le navire pirate.

— Qu'est devenu ce garde ? insista la journaliste. N'a-t-il pas été arrêté ?

— Non. Il est mort accidentellement au cours d'une lutte avec mon directeur des Programmes Spéciaux, qui cherchait à l'empêcher de tirer un second missile sur notre bâtiment.

Un reporter du *Los Angeles Times* attira l'attention de Sandecker.

— Pouvez-vous imaginer un possible rapport entre les deux événements ?

Sandecker leva les mains et haussa les épaules.

— Cela reste un mystère en ce qui me concerne. Vous auriez sans doute plus de chances d'obtenir des réponses de la CIA et du FBI, qui mènent actuellement leur enquête.

L'homme du *L.A. Times* fit un geste pour signaler qu'il souhaitait poser une autre question. Sandecker hocha la tête.

— Ce directeur des Programmes Spéciaux est-il bien l'homme qui s'est porté au secours des deux mille cinq cents naufragés du *Dauphin d'Emeraude*, qui a sauvé votre navire de recherches de la destruction, ainsi que les vies de ces enfants handicapés, hier, à New York, au cours d'un combat aérien ?

— Oui, répondit avec fierté Sandecker. Il s'appelle Dirk Pitt, comme vous le savez déjà.

Une femme qui se trouvait au fond de la salle dut crier pour faire entendre sa question.

— Pensez-vous qu'il y ait un rapport... ?

— Non, je ne le crois pas, l'interrompit Sandecker. Et je vous en prie, ne me posez plus de questions à ce sujet, car je n'ai pas parlé à monsieur Pitt depuis l'incident et tout ce que je sais, je l'ai lu dans la presse ou entendu à la télévision. *(Il s'arrêta un instant, recula pour s'éloigner de l'estrade et leva les mains.)* Mesdames et messieurs, c'est tout ce que je sais. Je vous remercie de votre courtoisie.

Hiram Yaeger attendait Sandecker à la réception du bureau de l'amiral. La vieille mallette de cuir du docteur Egan était posée par terre à côté de lui. Il éprouvait un faible pour le vieux bagage et avait commencé à l'utiliser pour ramener du travail chez lui le soir, car il était plus grand et plus pratique que les serviettes habituelles. Il se leva et suivit Sandecker dans son bureau.

— Qu'avez-vous trouvé pour moi ? lui demanda l'amiral en s'asseyant.

— J'ai pensé que vous aimeriez connaître les derniers développements du programme de recherches subaquatiques de la CIA sur le navire pirate, répondit Yaeger en ouvrant la mallette, dont il retira une chemise cartonnée.

Sandecker leva les sourcils et dévisagea Yaeger à travers les verres de ses lunettes de lecture.

— Où avez-vous trouvé ces informations ? La CIA n'a rien laissé filtrer jusqu'à présent. Ce dont je suis sûr, c'est qu'ils ne sont en plongée sur l'épave que depuis... *(il marqua une pause pour consulter sa montre...)* dix heures.

— Le responsable du programme tient à ce que les données soient mises à jour toutes les heures. Nous pouvons considérer que nous serons tenus au courant de leurs découvertes aussi vite qu'eux.

— S'ils s'aperçoivent que Max pirate des dossiers secrets de la CIA, nous allons au-devant de sacrés problèmes !

— Croyez-moi, amiral, répondit Yaeger avec un sourire retors, ils ne le sauront jamais. Max obtient ses données à partir de l'ordinateur du navire de sauvetage avant qu'elles soient cryptées et envoyées pour analyse à leur quartier général de Langley.

L'amiral souriait à son tour d'un air roué.

— Dites-moi ce que Max a découvert.

Yaeger ouvrit la chemise cartonnée et commença sa lecture.

— Le navire des pirates a été identifié : il s'agit d'un transporteur multi-usages (matériel et équipages) de quarante-cinq mètres construit par les chantiers navals Hogan and Lashere à San Diego, en Californie. Ce bâtiment a été conçu pour desservir les plates-formes pétrolières offshore en Indonésie. C'est un navire qui se caractérise par une grande souplesse d'utilisation et une vitesse élevée.

— Ont-ils réussi à savoir qui en était le propriétaire ?

— Sa dernière immatriculation indique qu'il appartient à la Barak Oil Company, une filiale de Colexico.

— *Colexico*, répondit Sandecker comme en écho. Je pensais qu'ils avaient été rachetés et avaient cessé toute activité.

— Une situation qui n'a guère été appréciée par le gouvernement indonésien, qui a vu alors disparaître la principale source de revenus pétroliers du pays.

— Qui a acheté Colexico ?

Yaeger regarda l'amiral en souriant.

— La Colexico a été reprise, puis démantelée par la Cerbère Corporation.

Sandecker se renfonça dans son fauteuil, l'air satisfait.

— J'aimerais bien voir la tête de Charlie Davis lorsqu'il apprendra cela.

— Ils ne trouveront pas de lien direct, objecta Yaeger. La propriété du navire n'a jamais fait l'objet d'un transfert officiel. Selon nos propres données, on ne trouve aucune trace de ce bâtiment entre 1999 et maintenant. Et il est fort peu probable que les pirates aient laissé à bord des éléments de preuve qui puissent permettre de remonter jusqu'à la Cerbère Corporation.

— Les hommes de la CIA ont-ils identifié certains des pirates ?

— Il ne reste pas grand-chose des corps, et le garde du lagon est tombé à l'eau au moment de la marée. Ainsi que le pense Dirk, avec les empreintes digitales et les fichiers dentaires, nous découvrirons sans doute qu'il s'agit d'anciens gars des Forces Spéciales qui ont quitté leurs fonctions et se sont engagés comme mercenaires.

— C'est ce que font souvent les militaires, de nos jours.

— Malheureusement, il y a plus d'argent à gagner dans le privé que dans l'armée.

— Max a-t-il pu élaborer une hypothèse quant aux mobiles qui auraient poussé les dirigeants de la Cerbère Corporation à commettre de tels massacres ?

— Max ne parvient pas encore à créer un scénario crédible à ce sujet.

— Le docteur Egan est sans doute la clef du mystère, dit Sandecker d'un air pensif.

— Je vais demander à Max de se pencher sur le passé de cet excellent docteur.

*
* *

Yaeger regagna son vaste service informatique et s'installa devant son clavier. Il appela Max et passa un moment à contempler le vide pendant que l'image holographique se composait. Il finit par lever les yeux au-dessus de son ordinateur.

— Y a-t-il eu du nouveau pendant que je discutais avec l'amiral ?

— Selon le dernier rapport des plongeurs, ils n'ont quasiment rien trouvé en ce qui concerne les pirates. Pas d'objets personnels, pas de carnets de notes, seulement des vêtements et des armes. Celui qui a organisé cette opération était un maître en matière de camouflage.

— J'aimerais que tu abandonnes cette recherche dans l'immédiat et que tu te consacres à une biographie approfondie du docteur Elmore Egan.

— Le scientifique ?

— Lui-même.

— Je vais voir ce que je peux trouver, en dehors de la biographie classique.

— Merci, Max.

Yaeger se sentait fatigué. Il décida de partir et de rentrer tôt chez lui. Depuis qu'il était impliqué dans les suites de « l'incident du *Dauphin d'Emeraude* », selon le terme désormais consacré, il négligeait quelque peu sa famille. Il allait emmener sa femme et ses filles dîner au restaurant avant d'aller au cinéma. Il posa la mallette sur un coin libre de la console et l'ouvrit pour y déposer quelques dossiers et divers papiers.

Yaeger n'était pas homme à se laisser surprendre. Il était réputé aussi calme et détendu qu'un chien limier, mais ce qu'il vit le laissa pantois. Avec prudence, comme s'il mettait la main dans un piège à ours, il plongea la main dans la mallette. Il frotta la substance qu'il y découvrit entre le pouce et l'index.

— De l'huile, murmura-t-il en regardant d'un air ébahi le liquide qui remplissait la moitié du bagage. Ce n'est pas possible, se dit-il, en pleine confusion.

Il n'avait pas lâché la mallette une seule seconde depuis qu'il était sorti du bureau de Sandecker.

Chapitre 27

KELLY remontait la Highway 9 sur la rive ouest de l'Hudson. La journée était saturée d'humidité, et le vent lançait des rafales de pluie contre la voiture. Elle manœuvrait sa Jaguar XK-R *hardtop* avec aisance sur la chaussée mouillée. Avec un moteur surcompressé de 370 chevaux sous le capot, une suspension activée par ordinateur et un régulateur de traction installé sous le châssis, Kelly n'hésitait pas à lancer l'engin à des vitesses qui dépassaient de loin les limites autorisées.

Assis sur le siège en cuir moelleux du côté passager, Pitt savourait la promenade, mais ses yeux se portaient à l'occasion sur le compteur de vitesse. Il voulait croire en les capacités de conduite de Kelly, mais il ne la connaissait pas depuis assez longtemps pour savoir comment elle pilotait par temps pluvieux. A son grand soulagement, la circulation, tôt en ce dimanche matin d'été, était fluide. Il se détendit et revint à sa contemplation du paysage qui défilait devant ses yeux. Au-delà des clôtures, les terres rocheuses étaient vertes, et boisées de grands arbres si épais que son champ de vision ne dépassait jamais les quatre cents mètres, sauf lorsque la route débouchait sur des terrains agricoles.

Pitt en était arrivé à compter deux douzaines de magasins d'antiquités lorsque Kelly vira à droite et emprunta une route étroite proche de Stony Point, au nord de New York. Ils dépassèrent plusieurs maisons pittoresques aux jardins fleuris et aux pelouses entretenues avec soin. La route serpentait avant d'aboutir devant un portail. Ce n'était pas le genre d'entrée à laquelle on aurait pu s'attendre dans un environnement aussi rural. Les grands murs de pierre qui s'étendaient de chaque côté paraissaient assez rustiques, malgré leur hauteur de trois mètres. Quant au portail lui-même, il formait une muraille bardée d'acier qui aurait pu stopper un semi-remorque chargé de plomb. Des caméras de télévision étaient fixées au sommet de deux mâts, en face de la route et vingt mètres derrière le portail. Le seul moyen de les neutraliser consistait à prendre un fusil de précision et à bien viser.

Kelly se pencha par la fenêtre et pianota un code sur un boîtier encastré dans un pilier près de la route. Elle prit ensuite une télécommande dans la boîte à gants et composa une nouvelle combinaison de chiffres. Alors seulement, le portail s'ouvrit avec lenteur. Une fois la Jaguar passée, elle le referma rapidement afin d'éviter qu'un autre véhicule ne se faufile dans son sillage.

— Votre père se préoccupait visiblement des problèmes de sécurité, remarqua Pitt. Son système est beaucoup plus sophistiqué que le mien.

— Nous n'en avons pas encore terminé avec son système de surveillance, répondit Kelly. Vous ne pouvez pas les voir, mais quatre gardes sont présents dans la propriété.

La route serpentait à travers des champs de maïs et de luzerne. Kelly et Pitt passaient au beau milieu d'un vignoble aux ceps chargés de grappes lorsqu'une grande barrière surgit soudain devant la voiture. Kelly s'attendait à rencontrer l'obstacle, car elle avait déjà commencé à ralentir. A l'instant même où elle s'arrêta, un homme jaillit d'un gros tronc d'arbre creux, un fusil automatique à la main ; il se pencha à la vitre et examina l'intérieur de la voiture.

— Cela fait toujours plaisir de vous voir, mademoiselle Egan.

— Bonjour, Gus ! Comment va la petite ?

— Nous l'avons jetée avec l'eau du bain.

— Sage décision, commenta Kelly en désignant une maison à peine visible à travers les taillis. Josh est-il là ?

— Oui, mademoiselle. Monsieur Thomas n'est pas sorti d'ici depuis la mort de votre père. Je suis vraiment navré. C'était quelqu'un de bien.

— Merci, Gus.

— Bonne journée !

A peine avait-il fini de parler que le garde se confondait déjà à nouveau avec son tronc d'arbre.

Pitt se tourna vers Kelly avec un regard interrogateur.

— Que signifiait cette histoire de bébé et d'eau du bain ?

— Un code, expliqua Kelly en riant. Si j'avais demandé des

nouvelles du petit, et non de la petite, il aurait compris que j'étais retenue en otage et vous aurait abattu avant d'alerter les autres gardes.

— Vous avez grandi dans cet environnement ?

— Grand Dieu, non ! dit Kelly en riant. Lorsque j'étais petite, toutes ces précautions n'étaient pas nécessaires. Ma mère est morte lorsque j'avais dix ans, et comme mon père passait de longues heures à travailler et s'y consacrait totalement, il a pensé qu'il valait mieux que je vive en ville avec ma tante. J'ai grandi sur les trottoirs de New York.

Kelly gara la voiture sur une allée circulaire, devant une maison de style colonial à deux étages au porche flanqué de hautes colonnes. Ils sortirent de voiture et Pitt suivit Kelly jusqu'à une double porte massive sur laquelle étaient gravées des images de Vikings.

— Quelle en est la signification ? demanda Pitt.

— Il n'y a rien là de bien mystérieux, répondit Kelly. Papa adorait étudier l'histoire viking. C'était l'une de ses nombreuses marottes, en dehors de son travail. *(Elle tenait une clef à la main, mais préféra sonner.)* Je pourrais entrer, mais je préfère prévenir Josh.

Moins de trente secondes plus tard, un homme chauve d'une petite soixantaine d'années ouvrit la porte. Il portait un gilet sur une chemise rayée et un nœud papillon. Les rares cheveux qui garnissaient encore son crâne étaient gris, et ses yeux bleus limpides étaient ceux d'un homme perdu dans ses pensées. Il arborait une moustache grise taillée avec soin sous un long nez arrondi, rougi par l'alcool.

Lorsqu'il aperçut Kelly, il la gratifia d'un large sourire ; il s'avança vers elle et la prit dans ses bras.

— Kelly, c'est merveilleux de te revoir, lui dit-il avant de relâcher son étreinte. Je suis désolé pour Egan, poursuivit-il, le visage assombri par la peine. Cela a dû être horrible pour toi de le voir mourir.

— Merci, Josh, lui répondit Kelly d'un ton calme. Je sais quel choc cela a représenté pour toi.

— Je n'aurais jamais pu imaginer qu'il puisse nous quitter, pas de cette manière... Ce que je craignais le plus, c'est qu'*ils* lui portent un coup fatal.

Pitt se promit de demander à Josh Thomas qui étaient ces « *ils* », puis il serra la main tendue du scientifique tandis que Kelly procédait aux présentations. La poignée de main n'était pas aussi ferme que Pitt l'eût souhaité, mais Thomas semblait cependant être un homme affable.

— Enchanté de vous rencontrer. Kelly m'a beaucoup parlé de vous au téléphone. Je vous remercie de lui avoir sauvé la vie, et cela à deux reprises !

— J'aurais aimé pouvoir secourir le docteur Egan, lui aussi.

Le visage de Thomas exprimait un terrible chagrin, et il passa le bras autour des épaules de Kelly.

— Et Mary... Quelle femme merveilleuse ! Qui aurait pu vouloir la tuer ?

— C'est une grande perte pour nous deux, dit Kelly d'un ton grave.

— Kelly m'a dit que vous étiez très proche de son père, dit Pitt, qui cherchait à passer à un sujet moins funèbre.

Thomas les fit entrer dans la maison.

— Oui, oui, en effet, Elmore et moi travaillions ensemble par périodes depuis plus de quarante ans. Je n'ai jamais connu d'homme aussi intelligent que lui. Il aurait pu jouer à Einstein et à Tesla un tour à sa façon ! Mary elle aussi était brillante. Elle aurait pu devenir une scientifique de tout premier plan si elle n'avait pas aimé autant l'aviation.

Thomas les conduisit dans une confortable salle de séjour au mobilier victorien et leur proposa un verre de vin. Il revint quelques minutes plus tard avec un plateau garni d'une bouteille de chardonnay et de trois verres.

— C'est une curieuse impression de recevoir Kelly dans sa propre maison.

— Cela prendra un bon moment avant que la propriété me revienne, dit Kelly. En attendant, considère-toi comme chez toi, ajouta-t-elle en levant son verre. A votre santé !

— Dites-moi, monsieur Thomas, dit Pitt en contemplant le contenu de son verre, sur quel projet travaillait le docteur Egan au moment de sa disparition ?

Thomas se tourna vers Kelly, qui hocha la tête.

— Il avait un grand projet : la conception et le développement d'un moteur magnéto-hydrodynamique fiable et efficace. *(Il s'arrêta un instant de parler et regarda Pitt droit dans les yeux.)* Selon Kelly, vous êtes ingénieur naval pour la NUMA ?

— Oui, c'est exact, répondit Pitt, qui ne pouvait se défaire de l'impression que Josh Thomas protégeait quelque secret.

— Kelly vous a-t-elle dit que le docteur Egan participait au voyage inaugural du *Dauphin d'Emeraude* ? Le navire était équipé des moteurs qu'il avait créés et dont il avait supervisé la construction.

— Kelly me l'a révélé, en effet. Ce que j'aimerais savoir, c'est en quoi la contribution du docteur Egan était capitale. Les moteurs magnéto-hydrodynamiques en sont au stade expérimental depuis des années. Les Japonais ont construit un navire qui utilisait ce type de propulsion.

— C'est vrai, mais il ne fonctionnait pas de manière satisfaisante. Il était trop lent et les Japonais n'ont jamais pu le rentabiliser. Elmore avait créé une source d'énergie qui allait révolutionner le domaine de la propulsion maritime. Il a conçu ses moteurs à partir de rien, en un peu plus de deux ans. Un exploit étonnant, si l'on considère qu'il travaillait seul. La recherche et le développement auraient dû prendre une décennie, mais il a construit un prototype opérationnel en moins de cinq mois. Les moteurs expérimentaux d'Elmore allaient bien au-delà de la technologie magnéto-hydrodynamique. Ils étaient autosuffisants.

— J'ai expliqué à Dirk que les moteurs de papa pouvaient se servir de l'eau de mer comme source de carburant et créer une force énergétique capable de pomper l'eau et de la réinjecter dans les propulseurs.

— L'idée était révolutionnaire, poursuivit Thomas, mais les premiers moteurs n'ont pas donné toute satisfaction et le degré très élevé de frottement accumulé les usait prématurément. Je suis venu travailler avec Elmore pour résoudre le problème. En joignant nos compétences, nous avons réussi à découvrir une nouvelle formule d'huile qui ne se dissocie pas sous l'effet du frottement et de la chaleur. La voie était ouverte pour la création de moteurs capables de fonctionner indéfiniment sans tomber en panne.

— Ainsi, vous avez conçu tous les deux une sorte de « super-huile » ?

— Oui, on peut voir les choses ainsi.

— Quels seraient les avantages de cette huile si elle était utilisée pour des moteurs à combustion interne ?

— En théorie, une automobile pourrait parcourir trois millions de kilomètres avant de devoir subir la moindre réparation, répondit

Thomas comme si sa réponse allait de soi. Les moteurs diesels à usage industriel pourraient parcourir en toute efficacité quinze millions de kilomètres. Pour ce qui est de l'aéronautique, ce serait une solution singulièrement profitable, car les moteurs à réaction dureraient beaucoup plus longtemps avec un entretien beaucoup moins exigeant.

— Sans parler des unités de propulsion des bateaux, ajouta Pitt.

— Jusqu'au moment où l'on mettra au point de nouvelles technologies énergétiques qui ne se baseront pas sur des pièces mécaniques en mouvement, notre formule, qu'Elmore et moi avions baptisée « Slick Sixty-six », aura d'énormes conséquences pour toutes les sources de puissance qui dépendent de l'huile pour leur lubrification.

— Le processus de raffinage et de production est-il coûteux ?

— Me croirez-vous si je vous dis que cette huile coûte trois *cents* de plus par gallon qu'une huile de moteur ordinaire ?

— J'imagine que les compagnies pétrolières ne seront guère enthousiasmées par votre découverte. Elles pourraient fort bien perdre des milliards de dollars dans l'affaire, et même des billions sur une vingtaine d'années. Sauf, bien sûr, s'ils achètent votre formule et l'exploitent eux-mêmes.

Thomas secoua lentement la tête.

— Cela n'arrivera jamais, dit-il d'un ton décidé. Elmore n'a pas songé un seul instant à gagner un sou avec cette découverte. Il voulait l'offrir au monde gratuitement, sans conditions.

— Si je vous suis bien, la formule était en partie la vôtre. Etiez-vous d'accord pour en faire don pour le bien commun de l'humanité ?

Thomas émit un rire tranquille.

— Je suis âgé de soixante-cinq ans, monsieur Pitt. J'ai du diabète, je souffre d'une arthrite aiguë, d'une maladie appelée hémochromatose, due à une surcharge de fer dans l'organisme, et d'un cancer du pancréas et du foie. J'aurai de la chance si je foule encore le sol de cette Terre dans cinq ans. Que ferais-je d'un milliard de dollars ?

— Oh, Josh, s'exclama Kelly d'un air abattu. Tu ne m'avais jamais dit...

Thomas étendit le bras et posa la main sur celle de Kelly.

— Ton père lui-même n'était pas au courant. Je l'ai gardé pour moi jusqu'à présent. Cela n'a plus d'importance, désormais. *(Thomas se tut un moment et empoigna la bouteille de vin.)* Encore un peu de vin, monsieur Pitt ?

— Pas maintenant, je vous remercie.

— Kelly ?

— Volontiers. Après ce que tu viens de dire, j'ai besoin de reprendre un peu de courage.

— J'ai constaté que vous disposiez d'un système de sécurité performant, dit Pitt.

— C'est vrai, reconnut Thomas. Nous avons été l'objet, Elmore et moi, de menaces de mort, à de nombreuses reprises. J'ai été blessé à la jambe après qu'un voleur a tenté de s'introduire dans notre laboratoire.

— Quelqu'un a essayé de voler votre formule ?

— Pas seulement « quelqu'un », mais tout un conglomérat industriel.

— Vous savez de qui il s'agit ?

— De l'entreprise qui nous a mis à la porte, Elmore et moi, après vingt-cinq ans de travail dévoué.

— Vous avez tous les deux été licenciés ?

— A l'époque, papa et Josh travaillaient encore au perfectionnement de leur formule, répondit Kelly. Les dirigeants de la compagnie ont commencé prématurément à mettre sur pied des projets de production de l'huile *Slick Sixty-six* dans le but de l'introduire sur le marché et de réaliser ainsi d'énormes bénéfices.

— Elmore et moi ne voulions pas en entendre parler, reprit Thomas. Nous étions tous deux d'accord : cette huile était trop précieuse pour qu'on la vende seulement à ceux qui en avaient les moyens financiers. Les dirigeants ont bêtement cru que leurs chimistes et ingénieurs seraient en mesure d'en assurer eux-mêmes la production, et ils nous ont flanqué à la porte en nous interdisant d'aller au terme de nos expérimentations, sous peine d'être traînés en justice et ruinés. On nous a aussi adressé des menaces de violences et de mort voilées. Nous avons tout de même poursuivi nos recherches.

— Pensez-vous que c'est votre ancienne compagnie qui a tenté de vous tuer et de s'emparer de votre formule ?

— Qui d'autre ? demanda Thomas comme si Pitt connaissait la réponse. Qui d'autre avait un tel mobile ? Qui était prêt à tirer profit de notre découverte ? Ils n'ont pas réussi à trouver la clef de la formule, et leurs projets ont tourné au désastre. C'est alors qu'ils s'en sont pris à nous.

— Qui sont-ils ?

— La Cerbère Corporation.

Pitt eut soudain l'impression qu'il venait de recevoir un coup de maillet sur le crâne.

— La Cerbère Corporation... répéta-t-il dans un murmure.

— Vous les connaissez ? demanda Thomas.

— Selon nos indices, ils seraient liés à l'incendie du *Dauphin d'Emeraude*.

Thomas ne parut pas particulièrement choqué par la réponse de Pitt.

— Je ne pense pas que cela les gênerait d'accomplir un acte de ce genre, affirma-t-il d'un ton égal. L'homme qui possède et dirige la compagnie ne se laissera arrêter par rien au monde pour protéger ses intérêts, même si cela implique l'incendie d'un navire et la mort de tous ses passagers, hommes, femmes et enfants.

— Ce n'est pas, semble-t-il, le genre d'homme que l'on souhaite avoir pour ennemi. Et les actionnaires ? N'ont-ils pas la moindre idée de ce qui se trame derrière leur dos ?

— Pourquoi s'en soucieraient-ils, alors qu'ils empochent d'énormes dividendes ? D'un autre côté, ils n'avaient pas grand-chose à dire. Curtis Merlin Zale, l'homme qui est à la tête de l'empire, possède quatre-vingts pour cent des actions.

— C'est tout de même terrible de voir une grande compagnie américaine recourir à des massacres pour s'assurer des profits...

— Il se passe beaucoup plus de choses que vous ne l'imaginez, monsieur Pitt. Je pourrais vous citer des noms de gens qui étaient en relation avec la Cerbère et qui, pour une raison quelconque, ont été découverts morts par « accident ». Certains se sont prétendument suicidés.

— Il est surprenant que le gouvernement ne se soit pas livré à une enquête sur leurs agissements criminels.

— La Cerbère a une griffe plantée dans toutes les agences de l'Etat et du gouvernement fédéral. Ils n'hésitent pas à offrir un million de dollars à un fonctionnaire subalterne pour qu'il travaille clandestinement à leur service et leur fournisse des informations utiles. Si un politicien franchit la ligne rouge à leur profit, il sera riche, et disposera d'une fortune déposée sur un compte bancaire offshore lorsqu'il prendra sa retraite. *(Thomas se tut un instant pour se resservir un verre de vin.)* Et n'allez pas imaginer que quelqu'un puisse informer les agences officielles parce qu'il se sent floué ou parce qu'il éprouve le besoin de redevenir honnête. La Cerbère a mis au point toute une organisation pour éviter que son linge sale soit lavé en public. La famille de l'informateur recevra des menaces de coups et blessures et un fils ou une fille se retrouvera avec une jambe ou un bras cassé à la suite d'un simple accident... Si cela ne suffit pas, l'informateur risque de mourir « suicidé ». Ou peut-être succombera-t-il à une maladie mortelle injectée dans son organisme par un inconnu dans un endroit public bondé. Vous seriez surpris si vous saviez combien d'enquêtes menées par des journalistes d'investigation ont été annulées par les patrons de presse ou des chaînes de télévision après des entretiens avec les dirigeants de la Cerbère. L'un d'entre eux les avait fichus à la porte de son bureau ; il est rentré dans le rang lorsque l'on a retrouvé l'une de ses filles sévèrement passée à tabac à la suite d'une prétendue agression. Croyez-moi, monsieur Pitt, ces gens ne sont pas sympathiques.

— A qui s'adressent-ils pour leur sale boulot ?

— A une organisation clandestine connue sous le nom de « Vipères ». Je le sais, car Elmore a été secrètement informé par un vieil ami membre des Vipères que nous figurions tous deux sur la liste des gens à abattre.

— Qu'est devenu ce vieil ami ?

— Il a disparu, répondit Thomas d'un ton désinvolte, comme si la réponse allait de soi.

Une idée se frayait un chemin dans l'esprit de Pitt.

— La queue de Cerbère, le gardien des Enfers...

Thomas lui lança un regard intrigué.

— Vous connaissez le chien à trois têtes ?

— Le logo du conglomérat. La queue du chien se termine en tête de serpent.

— C'est devenu le symbole de la compagnie, dit Thomas.

— Comment décririez-vous le moral des employés de la compagnie ?

— Dès leur embauche, ils sont endoctrinés comme les recrues d'une secte. L'entreprise se décarcasse pour leur proposer une semaine de quatre jours, d'importantes primes de fin d'année, et des avantages qui vont bien au-delà de ce que proposent les entreprises concurrentes. C'est comme s'ils étaient réduits en esclavage sans même le savoir.

— La Cerbère ne rencontre-t-elle pas de problèmes avec les syndicats ?

— Les syndicats n'ont jamais réussi à ouvrir la moindre brèche. Si des responsables syndicaux cherchent à recruter des membres, on fait courir le bruit que ceux qui se syndiqueront ne seront pas virés, mais perdront leurs primes et leurs avantages sociaux ou en nature qui sont, ainsi que je vous le disais, considérables. Lorsqu'un employé âgé meurt ou part à la retraite, son job revient en général à l'un de ses enfants. Les relations sociales, de la direction jusqu'aux gardiens, sont similaires à celles qui lient les paroissiens d'une église. L'adoration de la compagnie est devenue une religion. Aux yeux des travailleurs, la Cerbère ne *peut pas* faire de mal.

— Comment vous et le docteur Egan avez-vous réussi à survivre si longtemps après votre départ de la compagnie ?

— Parce que l'homme qui dirige les opérations de la compagnie nous a laissés tranquilles ; il prévoyait de voler la formule de notre huile et les plans du moteur magnéto-hydrodynamique d'Elmore lorsqu'il le jugerait opportun.

— Mais pourquoi attendre que les moteurs soient déjà mis au point et installés à bord du *Dauphin d'Emeraude* ?

— Afin de pouvoir détruire le navire et en rejeter la faute sur ses moteurs, expliqua Thomas. S'ils parvenaient à ruiner la réputation de fiabilité des moteurs, cela découragerait les éventuels acheteurs et ils auraient pu racheter les brevets pour une bouchée de pain.

— Pourtant, l'incendie ne s'est pas déclaré dans la salle des machines.

— Je n'étais pas au courant de cela, répondit Thomas, stupéfait. Si ce que vous affirmez est exact, on peut penser que l'opération de sabotage ne s'est pas passée comme prévu, mais il ne s'agit que d'une hypothèse.

— C'est peut-être la bonne, acquiesça Pitt. Nous avons découvert des matériaux incendiaires dans la chapelle du navire, où l'incendie a débuté, selon les membres de l'équipage. Une série d'incendies devait sans doute se déclencher, depuis la salle des machines jusqu'au pont supérieur pour finir dans la chapelle, mais ainsi que vous le suggérez, quelque chose est allé de travers.

Pitt préféra ne pas en parler, mais l'impossibilité de rejeter la faute de l'incendie sur les moteurs constituait un mobile supplémentaire pour vouloir couler le *Dauphin d'Emeraude* avant qu'une enquête officielle soit diligentée.

Lorsque Thomas reprit la parole, sa voix avait baissé d'un ton, et Pitt parvint à peine à saisir ses propos.

— Je ne peux qu'espérer et prier pour que ces criminels ne s'en prennent pas au *Golden Marlin*.

— Le nouveau sous-marin de luxe conçu comme un submersible de croisière ?

— Oui. Il doit appareiller pour son voyage inaugural dans deux jours.

— Pourquoi t'inquiètes-tu à son sujet ? demanda Kelly.

— Tu n'es pas au courant ? demanda Thomas en se tournant vers elle.

— Au courant de quoi ? insista Pitt.

— Le *Golden Marlin* appartient à la Blue Seas Cruise Lines. Il est lui aussi équipé des moteurs que nous avons développés, Elmore et moi.

Chapitre 28

PITT avertit aussitôt l'amiral Sandecker, qui envoya un jet de la NUMA le chercher au terrain d'aviation Gene Taylor. Sur le chemin du retour, Kelly conduisit plus vite encore qu'à l'aller, et ils arrivèrent quelques minutes avant l'atterrissage de l'appareil. Elle insista sur le fait que sa présence pouvait s'avérer utile, et aucun des arguments de Pitt ne put l'empêcher d'embarquer à bord de l'avion et de l'accompagner jusqu'à Washington.

Lorsque le jet arriva à son emplacement de garage à Langley Field, Giordino et Rudi Gunn les attendaient sur le tarmac. A peine arrivé, l'avion repartit vers Fort Lauderdale, en Floride, où se trouvait le quartier général de la Blue Seas Cruise Line*s*. Gunn s'était arrangé pour qu'une Lincoln Town Car les attende à l'arrivée, et quelques minutes après l'atterrissage à Fort Lauderdale, ils repartaient déjà vers le port, Giordino au volant.

L'immeuble de la Blue Seas dominait le front de mer d'une hauteur de trois cents mètres, sur une île où venaient mouiller les navires de la compagnie. La forme de l'immeuble évoquait un voilier gargantuesque. Les ascenseurs extérieurs étaient logés dans une construction cylindrique qui s'élevait vers le ciel comme le mât d'un navire. Le reste du bâtiment, recouvert en grande partie de verre, était cambré comme une voile géante. Les murs de verre étaient bleus, et une muraille d'étoffe blanche tendue au centre de l'ensemble pouvait résister à des vents de deux cent cinquante kilomètres à l'heure. Les quarante étages inférieurs étaient réservés aux bureaux de la compagnie, tandis que les cinquante niveaux supérieurs abritaient un hôtel pour les passagers, afin qu'ils puissent y attendre avant d'embarquer sur l'un des bâtiments de la flotte.

Giordino emprunta un tunnel qui passait sous la surface de l'eau pour atteindre l'île où se trouvait l'énorme bâtiment. Un chasseur prit la voiture en charge ; ils pénétrèrent dans l'un des ascenseurs extérieurs et montèrent trois étages avant d'atteindre le hall principal, situé sous un atrium qui s'élevait à une hauteur de deux cent trente mètres. La secrétaire du directeur général attendait. Elle les accompagna jusqu'à l'ascenseur privé réservé aux dirigeants de la firme et ils grimpèrent jusqu'au quarantième étage, qui abritait le bureau directorial. Warren Lasch, président de la Blue Seas Cruise Lines, se leva de son bureau et vint les accueillir à la porte.

Rudi Gun procéda aux présentations, puis chacun prit un siège.

— Eh bien, messieurs...

Lasch, un homme de grande taille aux cheveux grisonnants, plutôt corpulent, ressemblait à un ancien joueur universitaire de football américain. Ses yeux bruns inquisiteurs, sombres, couleur café, passaient de Pitt à Kelly, Giordino et Gunn comme une caméra panoramique.

— Pourquoi tant d'histoires ? L'amiral Sandecker a vivement insisté au téléphone pour que nous retardions l'appareillage du *Golden Marlin.*

— Nous craignons que le bâtiment subisse un destin similaire à celui du *Dauphin d'Emeraude*, répondit Gunn.

— Je n'ai pas encore lu de rapport affirmant qu'il s'agissait d'autre chose qu'un accident, dit Lasch, dont le visage exprimait un doute profond. L'éventualité d'une autre catastrophe me paraît exclue.

Pitt se pencha légèrement en avant sur son siège.

— Je peux vous assurer, monsieur, que la NUMA a découvert des preuves irréfutables de l'origine criminelle de l'incendie et des éléments qui montrent de façon claire que des explosifs ont été utilisés pour couler le navire alors qu'il était en remorque.

— C'est la première fois que j'entends parler de cela, rétorqua Lasch, dont la voix avait pris un accent distinct de colère. Les compagnies d'assurance ne m'ont jamais dit, pas plus qu'à mes collaborateurs, que le feu avait été allumé de façon délibérée. Tout ce que l'on m'a affirmé, c'est que les systèmes de lutte contre l'incendie, pour une raison quelconque, n'ont pas fonctionné correctement. Bien entendu, la Blue Seas va poursuivre en justice les entreprises qui ont conçu et installé ces systèmes.

— Cela risque de poser problème si des preuves concluantes

indiquent que ces systèmes ont été mis volontairement hors d'usage.

— Je ne crois pas un mot de ce conte de fées.

— Croyez-moi, insista Pitt, cela n'a rien d'un conte de fées.

— Quel mobile aurait pu pousser quelqu'un à détruire le *Dauphin d'Emeraude* et à condamner à mort des milliers de passagers ?

— Nous pensons que le mobile était la destruction des nouveaux moteurs magnéto-hydrodynamiques créés par le docteur Egan.

— Pourquoi quelqu'un souhaiterait-il s'en prendre à la technique de propulsion la plus révolutionnaire du siècle ? demanda Lasch, visiblement perplexe.

— Pour éliminer toute concurrence.

— Franchement, messieurs – et madame, dit Lasch en se tournant vers Kelly, je ne peux m'empêcher de penser que votre histoire relève de la pure affabulation.

— J'aimerais pouvoir vous expliquer tout cela de manière plus détaillée, dit Gunn, mais pour le moment, nous avons les mains liées tant que le FBI et la CIA n'auront pas rendu publiques les conclusions de leur enquête.

Lasch n'était pas homme à se laisser berner.

— En ce qui vous concerne, dit-il, il ne s'agit donc pas d'une enquête officielle ni autorisée.

— En toute honnêteté, répondit Gunn, non.

— J'espère que vous n'avez pas l'intention de rendre publiques vos spéculations hasardeuses ?

— L'amiral Sandecker est d'accord pour qu'aucun rapport ne soit publié avant les conclusions des enquêtes des agences fédérales, le rassura Pitt. Je peux même vous préciser que selon lui, si les médias commençaient à faire du battage autour de la catastrophe avec des histoires de terroristes qui détruisent des navires et tuent les passagers, l'industrie touristique maritime risquerait d'en pâtir grandement.

— Voilà un point avec lequel je suis en parfait accord, concéda Lasch. Mais pourquoi empêcher le *Golden Marlin* de naviguer ? Si le naufrage du *Dauphin d'Emeraude* était un acte criminel, pourquoi ne pas alerter toutes les compagnies de croisières touristiques au monde ? ajouta-t-il en levant les mains. Vous ne parviendrez pas à me convaincre de reporter le voyage inaugural du *Golden Marlin*. C'est le tout premier navire de croisière submersible, et il nous fera entrer dans une nouvelle ère des voyages de luxe. Certaines personnes ont réservé depuis deux ans ! En toute conscience, je ne peux décevoir quatre cents passagers qui ont déjà réservé leurs cabines. Beaucoup d'entre eux sont déjà arrivés et logent à l'hôtel. Je suis désolé, mais le *Golden Marlin* appareillera demain comme prévu.

— Puisque nous n'avons pas réussi à vous convaincre, dit Pitt, pouvons-nous cependant espérer trouver un accord ? Nous pourrions améliorer la sécurité à bord du navire et envoyer une équipe d'inspecteurs maritimes pour vérifier en permanence le matériel et les systèmes de secours pendant le voyage ?

— *Bateau*, corrigea Lasch en souriant. Les submersibles sont des *bateaux*, pas des navires.

— Le *Golden Marlin* n'est-il pas un navire de croisière ?

— Lorsqu'il navigue en surface, oui, mais il est conçu pour fonctionner sous l'eau.

— Serez-vous d'accord pour cette sécurité renforcée et pour l'équipe d'inspection ?

— Oui, je suis tout à fait d'accord, répondit Lasch d'un ton affable.

Pitt tenait à présenter une dernière requête.

— J'aimerais également qu'une équipe de plongeurs inspecte la coque sous la ligne de flottaison.

Lasch hocha sèchement la tête.

— Je peux organiser cette opération. Nous disposons d'une équipe de plongeurs pour les réparations et l'entretien du bâtiment et des navires.

— Merci de votre coopération, dit Gunn.

— Même si je pense que ces précautions sont inutiles, je veux bien entendu éviter la répétition de la tragédie du *Dauphin d'Emeraude*. Si nous n'avions pas eu un contrat d'assurance avec la Lloyds de Londres, la Blue Seas aurait été acculée à la faillite.

— Giordino et moi-même souhaiterions embarquer à bord du *Golden Marlin* pour la durée du voyage, si vous n'y voyez pas d'objection, demanda Pitt.

— Moi aussi, insista Kelly. Je suis personnellement intéressée par les travaux de mon père.

— Cela ne pose aucun problème, dit Lasch en se levant de son siège. En dépit de nos divergences d'opinions, je serai heureux de vous réserver des cabines. Toutes celles des passagers sont prises, mais il est possible qu'il y ait des désistements de dernière minute.

Sinon, je suis sûr que nous pourrons trouver de la place dans les quartiers de l'équipage. Le bateau sera à quai près de l'hôtel à sept heures. Vous pourrez embarquer à ce moment-là.

Gunn serra la main de Lasch.

— Je vous remercie, monsieur Lasch. J'espère que nous ne vous avons pas alarmé sans raisons, mais l'amiral Sandecker pensait qu'il valait mieux que vous soyez au courant de tout danger potentiel.

— Je suis parfaitement d'accord. Je vous prie de dire à l'amiral que je lui suis reconnaissant de sa sollicitude, mais je ne prévois aucun problème sérieux. Le *Golden Marlin* a passé des tests très exigeants en mer, et les moteurs du docteur Egan ainsi que les systèmes de sécurité se sont parfaitement comportés.

— Merci, monsieur Lasch, dit Pitt. Nous vous tiendrons informé de la suite des événements.

Lorsqu'ils eurent quitté le bureau de Lasch pour gagner l'ascenseur, Giordino poussa un soupir.

— Eh bien, nous aurons tout de même tenté le coup...

— Cela ne me surprend pas, fit remarquer Gunn. Avec le désastre du *Dauphin d'Emeraude*, la compagnie s'est retrouvée le dos au mur. S'ils avaient dû retarder la croisière du *Golden Marlin*, ils pouvaient mettre la clef sous la porte. Lasch et ses cadres dirigeants n'avaient pas d'autre choix que d'assurer le voyage inaugural en espérant que tout se passe au mieux.

*
* *

Après le départ de Gunn pour l'aéroport où l'attendait un vol en partance pour Washington, Pitt, Giordino et Kelly réservèrent des chambres à l'hôtel de la compagnie par l'intermédiaire du secrétariat privé de Warren Lasch. Pitt s'installa et appela Sandecker aussitôt après.

— Nous n'avons pas réussi à persuader Lasch de reporter le voyage inaugural du *Golden Marlin*, lui expliqua Pitt.

— C'est bien ce que je craignais, soupira Sandecker.

— Nous embarquerons, Al et moi, ainsi que Kelly, à bord du submersible.

— Avez-vous réglé ce point avec Lasch ?

— Il a accepté sans discuter.

A l'autre bout du fil, Pitt entendait l'amiral brasser des papiers sur son bureau.

— J'ai du nouveau pour vous, reprit Sandecker. Le FBI pense avoir identifié l'homme qui serait à l'origine de l'incendie du *Dauphin d'Emeraude*, grâce au signalement fourni par des rescapés.

— Qui est-ce ?

— Un vrai salopard, celui-là. Son véritable nom est Omo Kanai. Né à Los Angeles. A dix-huit ans, il s'était déjà offert un casier judiciaire de cinq pages avant de s'engager dans l'armée afin d'échapper à des poursuites pour coups et blessures. Il s'est débrouillé pour se hisser dans la hiérarchie et il est passé officier avant d'être transféré dans une organisation militaire ultra-secrète appelée CEASE.

— Je n'en ai jamais entendu parler.

— Si l'on considère leur rôle, bien peu de gens au gouvernement en ont entendu parler, répondit Sandecker. Le sigle signifie *Covert Elite Action for Select Elimination.*

— Cela ne me dit toujours rien.

— Au départ, cette organisation a été créée pour combattre le terrorisme en assassinant des meneurs avant que leurs actions menacent les citoyens américains. Cependant, il y a de cela une dizaine d'années, le Président a mis un terme à leur programme et a exigé le démantèlement de l'organisation, ce qui n'était pas forcément une bonne idée, comme on peut le constater désormais. Hautement entraîné pour les meurtres politiques clandestins, Omo Kanai, qui a quitté l'armée avec le grade de lieutenant, a démissionné avec douze de ses hommes et fondé une entreprise commerciale spécialisée dans les assassinats.

— Meurtres S.A., en quelque sorte...

— C'est à peu près cela. Ils proposent leurs services pour commettre des homicides. Il existe toute une liste de morts inexpliquées au cours des deux dernières années, et qui va des hommes politiques aux P.-D.G. en passant par des célébrités diverses. Ils s'en sont même pris à des caïds de la mafia.

— Ne font-ils pas l'objet d'une enquête ?

— Le FBI possède des dossiers sur eux, mais ces gars sont forts. Ils ne laissent derrière eux aucune trace compromettante. Les agents qui s'en occupent se sentent plutôt frustrés, car ils n'ont pas encore réussi à s'approcher de près ni de loin de Kanai et de son gang. On craint de plus en plus que les futures guerres économiques ne provoquent l'apparition d'escadrons de la mort.

— Le meurtre et les mutilations sont rarement la préoccupation principale des conjoncturistes...

— Aussi abominable que cela puisse paraître, poursuivit Sandecker sur le ton de la conversation, certains patrons de grandes entreprises, ici ou là, ne reculent devant rien pour asseoir leur pouvoir et leur monopole.

— Ce qui nous ramène vers la Cerbère Corporation.

— C'est exact, répondit Sandecker. Il apparaît de plus en plus clairement que non seulement Kanai est à l'origine de l'incendie du *Dauphin d'Emeraude* et des explosions qui ont fait éclater sa coque alors que le navire était en remorque, mais aussi que c'est *lui*, en se faisant passer pour un officier, qui a saboté les systèmes de secours.

— Un homme seul n'aurait jamais pu y parvenir, objecta Pitt.

— Kanai ne travaille pas forcément seul. C'est pourquoi je vous recommande, à vous et à Giordino, de faire preuve d'une vigilance de tous les instants lorsque vous serez à bord du *Golden Marlin*.

— Nous serons à l'affût de tout comportement suspect de la part des membres d'équipage.

— Soyez aussi à l'affût d'Omo Kanai lui-même.

— Je ne vous suis plus, avoua Pitt, perplexe.

— Son ego est surdimensionné. Il ne laissera pas un subalterne se charger d'une affaire aussi importante. Je vous parie qu'il dirigera lui-même les opérations.

— Avez-vous la moindre idée de son signalement ?

— Vous devriez le connaître. Vous l'avez rencontré.

— Je l'ai rencontré ? Mais où ?

— Je viens de recevoir des nouvelles des enquêteurs de New York. Omo Kanai est l'homme qui a tenté de vous abattre à bord du vieux triplan.

Chapitre 29

Le *Golden Marlin* ne ressemblait à aucun bâtiment construit de mémoire d'homme. Il était dépourvu de ponts promenade, les cabines ne disposaient pas de balcons et on ne voyait ni cheminée ni mât de dégazage. Sa superstructure était couverte de rangées de grands hublots circulaires. Les seules caractéristiques saillantes étaient, au-dessus de la proue, un dôme qui abritait la passerelle et la salle de commandement et, à la poupe, un aileron surélevé où étaient aménagés un salon et un casino luxueux disposés en cercle et équipés de hublots panoramiques.

Long de cent trente-cinq mètres et large de treize, il appartenait à la même catégorie de bateaux que les navires de croisière de luxe. Jusqu'à présent, les excursions touristiques subaquatiques s'effectuaient à bord de submersibles plus petits et moins performants en termes de profondeur et d'autonomie. Le *Golden Marlin* allait écrire une nouvelle page de l'histoire des croisières. Grâce à ses moteurs autosuffisants conçus par le docteur Egan, il pouvait traverser la mer des Antilles à des profondeurs pouvant atteindre trois cents mètres, pendant deux semaines d'affilée, avant de devoir faire escale.

Compte tenu de l'insatiable appétit du public pour les loisirs et d'un système économique qui remplissait ses poches d'argent disponible, les croisières étaient devenues un segment en pleine expansion (trois milliards de dollars) du marché du tourisme et des voyages internationaux. Désormais, grâce à ce sous-marin, l'horizon des voyages subaquatiques allait s'étendre au-delà des limites imaginables.

— Il est superbe ! s'exclama Kelly qui attendait sur le quai en contemplant le bâtiment d'exception dans la lumière du matin.

— Toutes ces dorures, cela fait un peu surchargé, marmonna Giordino, ébloui par les reflets du soleil sur la superstructure du sous-marin, en ajustant ses lunettes.

Pitt, silencieux, examinait les formes lisses de la coque en titane. Contrairement à celles des bâtiments plus anciens, celle-ci n'offrait au regard ni panneau ni rivet. Le grand sous-marin était une merveille de technologie navale. Alors que Pitt admirait la qualité de la fabrication, un officier qui venait de franchir la passerelle de débarquement vint à sa rencontre.

— Je vous prie de m'excuser ; vous êtes bien les passagers de la NUMA ?

— C'est exact, répondit Giordino.

— Je m'appelle Paul Conrad, et je suis le second du *Golden Marlin.* Monsieur Lasch a prévenu le capitaine Baldwin que vous alliez participer à notre croisière inaugurale. Avez-vous des bagages ?

— Tout est ici avec nous, répondit Kelly, impatiente de se retrouver à l'intérieur du sous-marin.

— Vous disposerez d'une cabine particulière, mademoiselle Egan, annonça l'officier d'un ton courtois. Messieurs Pitt et Giordino devront se partager une autre cabine dans les quartiers de l'équipage.

— Juste à côté des girls qui assurent le spectacle au théâtre du bord ? demanda Giordino avec un sérieux imperturbable.

— Vous n'aurez pas cette chance, je le crains, répondit Conrad en riant. Veuillez me suivre.

— Je vous rejoins dans un instant, dit Pitt.

Il se retourna et longea le quai jusqu'à une échelle qui descendait vers la surface de l'eau. Un homme et une femme vêtus de combinaisons vérifiaient leur équipement de plongée.

— Vous faites partie de l'équipe chargée d'inspecter le bas de la coque ? demanda Pitt.

Un bel homme à la silhouette fine le regarda et lui sourit.

— Oui, c'est bien nous.

— Je m'appelle Dirk Pitt. C'est moi qui ai demandé que l'on fasse appel à vous.

— Franck Martin.

— Et madame... ?

— Mon épouse, Caroline. Ma chérie, voici Dirk Pitt, de la NUMA. Nous pouvons le remercier, c'est grâce à lui que nous avons obtenu ce boulot.

— Enchantée de faire votre connaissance, dit une adorable blonde dont la combinaison de plongée mettait les formes en valeur.

Pitt lui serra la main et éprouva quelque surprise en constatant la poigne de la jeune personne.

— Je suppose que vous êtes une experte de la plongée subaquatique ?

— Cela fait quinze ans que je la pratique.

— Elle plonge aussi bien que n'importe quel homme, approuva Martin avec un accent de fierté dans la voix.

— Pouvez-vous nous dire exactement ce que nous devons rechercher ? demanda Caroline.

— Cela ne servirait à rien d'éluder la question, répondit Pitt. Vous devez signaler n'importe quel objet fixé à la coque, en particulier un engin ou une substance explosive.

— Et si nous en trouvons un ? demanda Martin, impassible.

— Si vous en trouvez un, vous en trouverez d'autres. Ne les touchez pas. Nous prendrons des mesures pour qu'une équipe de déminage les neutralise.

— A qui devons-nous faire état d'une éventuelle découverte ?

— Au commandant du *Golden Marlin*. Cela relève de sa responsabilité.

— Ce fut un plaisir de vous rencontrer, monsieur Pitt, dit Martin.

— Pour moi également, ajouta Caroline avec un charmant sourire.

— Bonne chance, dit Pitt d'un ton chaleureux. Ce sera une bonne journée pour moi si vous ne trouvez rien.

Lorsque Pitt rejoignit l'échelle de coupée, les Martin plongeaient déjà sous la coque du *Golden Marlin*.

Le second traversa en compagnie de Kelly un luxueux solarium. Ils empruntèrent un ascenseur de verre orné de gravures de poissons tropicaux pour gagner une confortable cabine privée sur le pont « Manta ». L'officier conduisit ensuite Pitt et Giordino dans une petite cabine des quartiers de l'équipage, sous les ponts réservés aux passagers.

— J'aimerais rencontrer le capitaine Baldwin dès que possible, s'il peut me consacrer un moment, dit Pitt.

— Le commandant vous attend pour le petit déjeuner au carré des officiers dans une demi-heure. Les officiers du bateau seront présents, ainsi qu'une équipe d'inspection envoyée par le constructeur naval ; ils ont embarqué tard hier soir.

— Je souhaiterais que mademoiselle Egan assiste à ce petit déjeuner, plaida Pitt en adoptant un ton officiel.

Conrad parut soudain mal à l'aise, mais il retrouva vite sa contenance.

— Je vais demander au commandant que madame soit autorisée à assister à cet entretien.

— Ce bâtiment n'aurait pas existé sans le génie de son père, insista sèchement Giordino. Sa présence me paraît aller de soi.

— Je suis certain que le commandant approuvera ce point de vue, répondit précipitamment Conrad, avant de sortir de la cabine dont il referma la porte derrière lui.

Giordino procéda à une brève inspection de la cabine chichement meublée et dont les dimensions évoquaient celles d'un placard.

— J'ai l'impression que nous ne sommes pas les bienvenus, fit-il remarquer à son ami.

— Bienvenus ou non, il nous faut assurer la sécurité du bâtiment et de ses passagers, répondit Pitt, qui fouilla dans son sac de marin et en tira une radio portative. Tu peux me contacter si tu trouves la moindre chose. J'agirai de même.

— Par quoi allons-nous commencer ?

— Si tu voulais envoyer ce bâtiment par le fond avec tous ses passagers, comment t'y prendrais-tu ?

Giordino demeura pensif quelques instants.

— Si j'avais réussi à m'en tirer après avoir mis le feu au *Dauphin d'Emeraude*, je serais tenté d'opérer de la même manière. Mais si je voulais couler ce bateau avec plus de discrétion, je m'attaquerais à la coque ou aux water-ballasts.

— C'est bien mon avis. Commence par ce scénario et fouille le sous-marin à la recherche d'explosifs.

— Et toi, que vas-tu chercher ?

Pitt gratifia son ami d'un sourire sans humour.

— Je vais chercher l'homme qui va mettre le feu aux poudres.

*

* *

Si Pitt s'était imaginé que le commandant du *Golden Marlin* allait faire preuve d'un esprit exemplaire de coopération harmonieuse, il s'était trompé. Le capitaine Morris Baldwin était un homme qui ne déviait jamais de la ligne qu'il s'était fixée. Il dirigeait un bâtiment où l'espace était mesuré, et il n'aimait pas l'idée de voir des intrus embarquer à son bord et déranger sa routine. Le bateau qu'il commandait était son seul foyer. S'il avait été marié (ce qui n'était pas le cas) ou s'il avait possédé une maison (ce qu'il considérait comme une perte de temps), on aurait pu le comparer à une huître loin de sa coquille.

Son visage était un masque sévère, rouge, congestionné, et dépourvu de toute joie de vivre. Ses yeux de fouine d'un brun sombre, enfouis derrière des paupières lourdes, examinaient choses et gens d'un regard dur. Seule sa crinière argentée lui donnait un air d'autorité sophistiquée. Ses épaules étaient aussi larges que celles de Giordino, mais son tour de taille dépassait celui de l'ami de Pitt de vingt-cinq centimètres au moins. Assis à la table du carré des officiers, il tambourinait des doigts et dévisageait Pitt sans détourner les yeux. Ce dernier lui rendait son regard sans ciller.

— Selon vous, ce bâtiment serait en danger ?

— En effet, dit Pitt, et c'est aussi l'avis de l'amiral Sandecker et d'un certain nombre de responsables de la CIA et du FBI.

— C'est absurde, affirma Baldwin, tandis que les jointures de ses doigts pâlissaient sur son accoudoir. Le simple fait qu'un de nos navires ait été victime d'une catastrophe ne signifie pas que celle-ci doive forcément se reproduire. Ce bâtiment cst on ne peut plus sûr. J'en ai inspecté moi-même le moindre centimètre carré, et bon Dieu, j'en ai même supervisé la construction ! *(Il balaya d'un regard coléreux ses invités du petit déjeuner : Pitt, Giordino et les quatre membres de l'équipe d'inspection envoyés par le constructeur.)* Faites ce que vous pensez devoir faire, mais je vous préviens, ne vous mêlez pas de la marche de ce bâtiment pendant le voyage. Sinon, je promets de vous débarquer au prochain port, quelles que soient les réprimandes que je doive encourir de la part de la direction.

Rand O'Malley, un homme à peu près aussi avenant que Baldwin, sourit d'un air sardonique.

— En tant que chef de l'équipe d'inspection, je peux vous assurer, Capitaine, que nous ne vous gênerons pas. Cependant, votre coopération sera nécessaire si nous devions nous trouver confrontés à un problème de sécurité.

— Recherchez ce que vous voulez, marmonna Baldwin. Je vous assure que vous ne trouverez rien qui puisse causer le moindre danger au *Golden Marlin*.

— Je vous suggère d'attendre le rapport des plongeurs qui inspectent le bas de la coque, intervint Pitt.

— Je ne vois aucune raison d'attendre ! aboya Baldwin.

— Il n'est pas impossible qu'ils décèlent la présence d'éléments étrangers fixés à la coque.

— Nous parlons de la réalité, monsieur Pitt, rétorqua Baldwin en feignant l'indifférence, pas d'un scénario télévisé fantaisiste.

Pendant peut-être trente secondes, un silence total régna. Soudain, Pitt se leva, bras tendus, les mains appuyées sur la table, ses lèvres fendues en un sourire à la fois vif et glacé. Son regard semblait transpercer Baldwin.

C'étaient là des symptômes que connaissait bien Giordino. *Et voilà ! Ce bon vieux Dirk !* songea Giordino avec délice. *Envoie donc au diable ce crétin arrogant !*

— Il semblerait que vous n'ayez pas la moindre idée du danger que court votre sous-marin, commença Pitt d'un ton grave. Je suis la seule personne présente à avoir été témoin du terrible désastre créé par l'incendie du *Dauphin d'Emeraude*. J'ai vu des hommes, des femmes et des enfants mourir par centaines ; certains ont péri brûlés vifs dans d'atroces souffrances, d'autres se sont noyés avant que l'on puisse se porter à leur secours. Le fond des mers est jonché de navires que leurs commandants croyaient invincibles, à l'abri de toute catastrophe. Les officiers qui commandaient le *Titanic*, le *Lusitania* ou le *Morro Castle* ont tous ignoré les signes précurseurs du danger, et ils ont payé le prix fort. Lorsque le moment du danger viendra, capitaine Baldwin, et il viendra, soyez-en sûr, pour ce bateau et tous ceux qui naviguent à son bord, il arrivera aussi vite que l'éclair, et ni vous ni votre équipage ne serez en mesure de réagir. Ce drame éclatera avec une rapidité absolue, et il viendra d'un endroit que vous n'auriez jamais pu prévoir. A ce moment-là, il sera trop tard. Le *Golden Marlin* aura sombré et tous ses passagers et ses membres d'équipage seront morts, et vous en endosserez la complète responsabilité.

Pitt marqua une pause et se redressa.

— Ceux qui sont déterminés à détruire votre sous-marin sont sans doute déjà à bord en ce moment même. Ils se font peut-être passer pour des officiers, des hommes d'équipage, ou des passagers. Comprenez-vous la situation, capitaine Baldwin ? La comprenez-vous ?

Contrairement à toute attente, le capitaine Baldwin ne montra aucun signe de colère. Son expression était lointaine, et ne trahissait aucune émotion.

— Merci de m'avoir fait part de votre opinion, monsieur Pitt, dit-il enfin d'une voix tendue. Je ne manquerai pas de la prendre en considération. *(Il se leva et se dirigea vers la porte.)* Merci, messieurs. Nous appareillerons dans exactement trente-sept minutes.

Tout le monde quitta la pièce, excepté Giordino, Pitt et O'Malley. Giordino se renfonça dans son siège et d'un mouvement quelque peu irrévérencieux, croisa les pieds sur la table.

— « Nous appareillerons dans exactement trente-sept minutes », lança-t-il en imitant la voix du commandant. Un sacré vieux hibou, vous ne trouvez pas ?

— Construit cent pour cent béton et fumier, ce type-là, observa O'Malley.

Pitt se prit aussitôt d'affection pour le chef de l'équipe d'inspection, imité en cela par son ami Giordino.

— J'espère que vous prenez la situation plus au sérieux que le capitaine Baldwin, lui dit-il.

— Si vous avez vu juste, et je ne prétends pas le contraire, répondit O'Malley en souriant de toutes ses dents, je n'ai pas l'intention de mourir à bord de ce bâtiment extravagant construit à la gloire de la cupidité humaine.

— Vous ne semblez guère aimer ce sous-marin, remarqua Pitt, amusé.

— Il est surchargé d'éléments inutiles, grogna O'Malley. On a investi plus d'argent, de temps et de travail dans ce décor de palace que dans les tripes du bâtiment, dans sa conception mécanique. Que les essais en mer aient été ou non couronnés de succès, je ne serais pas surpris qu'il plonge pour ne plus jamais remonter.

— Je dois dire que je n'aime guère entendre ce genre de propos de la part d'un expert en construction navale, marmonna Giordino.

Pitt se croisa les bras sur la poitrine.

— Mon principal souci, c'est de savoir que le désastre sera provoqué par une intervention humaine.

O'Malley tourna son regard vers Pitt.

— Savez-vous dans combien d'endroits un cinglé pourrait cacher un explosif capable d'envoyer cette baignoire par le fond ?

— En eaux profondes, une rupture en n'importe quel point de la coque ferait l'affaire.

— La coque ou une perforation des water-ballasts...

— Je n'ai pas eu le temps d'étudier les plans et les caractéristiques techniques du bâtiment, dit Pitt, mais il doit exister un système d'évacuation des passagers, même en plongée.

— Il existe, en effet, et c'est un bon système. Au lieu de s'installer à bord de canots de sauvetage, les passagers entrent dans la nacelle qui leur est assignée, et qui peut accueillir cinquante personnes. La porte d'entrée est alors fermée et scellée. Au même moment, les portes extérieures s'ouvrent, un fort courant d'air est envoyé dans le système d'éjection et les nacelles remontent flotter à la surface. Croyez-moi, ce système est efficace. Je le sais, car j'ai travaillé comme consultant sur le projet.

— Si vous vouliez rendre inutilisable ce système d'évacuation, comment vous y prendriez-vous ?

— Ce n'est pas une idée très plaisante.

— Il nous faut envisager toutes les éventualités.

— Je provoquerais une panne dans le système d'éjection par air, répondit O'Malley en se grattant la tête.

— Je vous serais très reconnaissant si vous pouviez, vous et votre équipe, vérifier avec soin tous les changements ou altérations possibles à ce niveau, demanda Pitt.

O'Malley se tourna vers lui, les yeux mi-clos.

— Je n'ai pas l'intention de procéder à une inspection bâclée, d'autant plus que ma propre vie en dépend.

Giordino semblait plongé dans l'examen de ses ongles.

— Voilà ce qui s'appelle parler franc et clair, du moins je l'espère, conclut-il enfin.

*
* *

Les hommes chargés de la manœuvre à quai retirèrent des bollards les aussières d'amarrage qui furent promptement hissées et enroulées à bord du *Golden Marlin*. Quelques secondes plus tard, les propulseurs de tribord se mirent en marche et le sous-marin commença à s'éloigner du quai par le côté. Plus d'un millier de personnes étaient venues pour assister au départ du tout premier submersible de croisière ayant jamais sillonné les mers. Installés sur l'estrade officielle, le gouverneur de l'Etat de Floride et autres notables et célébrités tenaient des discours convenus. L'orchestre de l'université de Floride joua un pot-pourri de chansons de mer, aussitôt suivi par un steel band caribéen accompagné de marimbas. Tandis que le sous-marin s'éloignait avec lenteur, les deux orchestres, ainsi que celui du bord, joignirent leurs instruments pour interpréter la fameuse chanson de marins *Until We Meet Again*. Serpentins et confettis fusèrent alors que les passagers et les badauds criaient en échangeant de grands signes de la main. C'était un spectacle fort émouvant. Pitt fut surpris du nombre de femmes qui essuyaient des larmes. Kelly elle-même semblait bouleversée par ces adieux enthousiastes.

Pitt ne vit aucun signe de la présence des deux plongeurs. Ses appels au commandant installé sur la passerelle demeuraient sans réponse ou n'étaient pas transmis. Il se sentait très nerveux, mais il lui était impossible de différer l'appareillage.

Le submersible se trouvait encore dans le chenal qui menait au large des côtes de la Floride, lorsqu'une annonce demanda à tous les passagers de se rendre au théâtre du bord. Là, le second Paul Conrad leur expliqua le fonctionnement du sous-marin et celui du système d'évacuation. Kelly était assise d'un côté, au premier rang, tandis que Pitt avait trouvé une place de l'autre côté, vers le fond. Six familles de race noire figuraient parmi les passagers, mais personne parmi elles ne ressemblait, même de loin, à Omo Kanai. Une fois la conférence terminée, des gongs résonnèrent et l'on dirigea les passagers vers les nacelles d'évacuation.

Giordino travaillait avec l'équipe d'inspection menée par O'Malley à la recherche d'explosifs ou d'éléments de matériel endommagés, pendant que Pitt et Kelly aidaient le commissaire de bord à répartir selon leurs noms les passagers dans leurs cabines privées. Il s'agissait d'un travail lent. A l'heure du déjeuner, ils n'en étaient pas encore à la moitié de leur liste de passagers, sans même mentionner les membres d'équipage.

— Je commence à me demander s'il se trouve vraiment à bord, dit Kelly d'un air las.

— Peut-être joue-t-il les passagers clandestins, suggéra Pitt en étudiant les clichés des passagers pris par le photographe du bord lors de l'embarquement. Il leva une photo vers la lumière et l'examina avant de la tendre à Kelly.

— Ce visage vous est-il familier ?

Kelly regarda le cliché avec attention pendant quelques secondes, lit le nom qui y était inscrit et le rendit à Pitt en souriant.

— La ressemblance est réelle ; le seul problème, c'est que ce monsieur Jonathan Ford est un Blanc.

— Je sais, répondit Pitt en haussant les épaules. Eh bien, nous n'avons plus qu'à recommencer depuis le début.

A seize heures, un carillon retentit dans tout le bâtiment aux accents de la chanson *By the Sea, By the Beautiful Sea*. Ce signal indiquait que le *Golden Marlin* était sur le point de plonger. Les passagers se hâtèrent de trouver des sièges près des hublots panoramiques. On ne ressentait ni vibration ni ralentissement tandis que le submersible s'enfonçait avec lenteur sous la surface. La mer semblait s'élever au fur et à mesure que le bâtiment descendait vers le fond dans un maelström de bulles et que le ciel et le soleil éclatant laissaient place à un vide liquide d'un bleu profond.

Les moteurs magnéto-hydrodynamiques fonctionnaient en silence, sans à-coup. Si ce n'était le passage de l'eau qui défilait devant les hublots, les passagers n'auraient pas éprouvé la moindre sensation de mouvement. Les régénérateurs débarrassaient l'atmosphère de toute trace de gaz carbonique et rafraîchissaient l'air ambiant.

Au départ, le spectacle n'offrait rien de très attrayant, mais les passagers restaient cependant absorbés dans leur contemplation d'un monde si différent de celui auquel ils étaient habitués. Très vite, des poissons apparurent, visiblement peu intéressés par l'énorme engin qui s'introduisait ainsi dans leur royaume. Des poissons tropicaux brillants aux couleurs rouge, violet ou bleu fluorescentes nageaient devant les hublots panoramiques. Les habitants des eaux salées étaient beaucoup plus spectaculaires que leurs cousins d'eau douce des lacs et rivières. Ils disparurent bientôt au-dessus du sous-marin qui s'enfonçait de plus en plus profond sous la mer.

Un banc de barracudas dont les longs corps lisses brillaient comme s'ils étaient recouverts d'argent évoluaient avec paresse le long du *Golden Marlin*, leur lèvre inférieure en avant, leurs yeux noirs et morts scrutant les eaux à la recherche de nourriture. Ils nageaient sans effort, et réglaient leur allure sur celle du sous-marin. Soudain, en un clin d'œil, ils s'élancèrent comme des flèches et disparurent.

A bâbord, les passagers se régalaient à la vue d'un imposant poisson-lune, souvent appelé *Mola Mola*. Son énorme corps ovale, long de trois mètres et presque aussi haut, et dont le poids avoisinait sans doute les deux tonnes, possédait un éclat métallique blanc et orange. C'était un animal d'apparence étrange, avec ses hautes nageoires dorsales et anales, et l'on aurait pu croire qu'il avait oublié de croître en longueur. Sa grande queue commençait juste derrière sa tête. Le débonnaire géant des profondeurs se laissa bientôt distancer par le sous-marin.

Les spécialistes en biologie marine du bord décrivirent le poisson et expliquèrent ses caractéristiques, son comportement et ses habitudes migratoires. Le poisson-lune était suivi par deux petits requins-marteaux dont la longueur dépassait à peine un mètre cinquante. Les passagers s'émerveillèrent à la vue de cet animal dont les globes oculaires étaient perchés aux extrémités de la large protubérance qui lui barrait le devant de la tête. Les deux squales curieux voguaient de conserve avec le submersible en restant au niveau des hublots et contemplaient d'un œil les étranges créatures, de l'autre côté du vitrage. Tout comme les autres, ils finirent par se lasser de l'intrus, ondulèrent de la queue en un mouvement gracieux et propulsèrent leurs corps élancés vers l'obscurité.

Des jauges à affichage digital installées près de chacun des hublots indiquaient la profondeur du bâtiment. Conrad annonça par haut-parleur que le *Golden Marlin* se trouvait à deux cents mètres sous le niveau de la mer et s'approchait du fond. D'un seul mouvement, tous les passagers se penchèrent vers les hublots et baissèrent les yeux tandis que la surface sous-marine se matérialisait et s'étendait avec lenteur sous le bâtiment ; c'était un paysage qui avait autrefois abrité du corail, avant que le niveau des océans ne s'élève, et il était désormais recouvert de vieux coquillages, de vase et de tout un fatras de roches volcaniques, demeure de nombreuses créatures marines. A une telle profondeur, les couleurs vives, les rouges, les jaunes, disparaissaient, et la surface sous-marine présentait une teinte brun-vert. Les passagers contemplaient émerveillés ce monde étranger, et profitaient d'une visibilité de plus de soixante mètres.

A l'intérieur du dôme qui tenait lieu de passerelle et de salle de commandement, le capitaine Baldwin guidait le *Golden Marlin* avec précaution à quinze mètres au-dessus du fond marin qu'il surveillait constamment, à l'affût de tout changement inopiné de configuration de terrain. Le radar et le scanner à effet latéral opéraient une lecture du sol jusqu'à huit cents mètres en avant et sur les côtés, ce qui permettait aux hommes chargés de la manœuvre de dévier la course du submersible et de remonter si un affleurement rocheux venait à surgir. L'itinéraire des dix premiers jours avait été calculé avec un soin extrême. Une étude océanographique confiée à une entreprise privée avait permis d'étudier le fond entre les îles qui parsemaient le chenal menant au large et d'évaluer les profondeurs sur l'ensemble du parcours. Le bâtiment suivait désormais l'itinéraire fixé grâce à ses ordinateurs de bord.

Une descente abrupte apparut soudain ; le submersible poursuivit sa route au-dessus d'une fosse marine qui s'enfonçait jusqu'à mille mètres de profondeur, soit sept cents de plus que la limite fixée par les architectes navals, compte tenu du degré de résistance de la coque à la pression. Baldwin passa la barre à son quartier-maître et se tourna vers un officier radio qui lui tendait un message. Tandis qu'il le lisait, son visage prit une expression interrogatrice.

— Trouvez monsieur Pitt et demandez-lui de me rejoindre sur la passerelle.

Pitt et Kelly n'avaient pas pris le temps de profiter du paysage sous-marin. Ils étaient encore terrés dans le bureau du commissaire de bord et étudiaient les dossiers des membres d'équipage. Lorsque l'on annonça à Pitt que le commandant l'attendait, il quitta Kelly et gagna la passerelle. A peine avait-il franchi la porte que Baldwin lui tendait le message.

— Que pensez-vous de cela ? lui demanda le commandant d'un ton péremptoire.

Pitt lut le texte à haute voix.

Veuillez prendre note du fait que les corps des deux plongeurs engagés pour vérifier l'état de votre coque ont été découverts, attachés aux piliers du quai, sous la surface de l'eau. Les premières investigations démontrent qu'ils ont été assassinés par une ou plusieurs personnes inconnues qui les ont poignardés par-derrière, la lame pénétrant dans le cœur des victimes. Attendons réponse de votre part.

La signature était celle du lieutenant Del Carter, des services de police de Fort Lauderdale.

Pitt se sentit brusquement envahi d'un sentiment de culpabilité ; c'était lui qui avait sans le savoir envoyé Frank et Caroline Martin à la mort.

— Quelle est notre profondeur ? demanda-t-il d'un ton brusque.

— Profondeur ? répéta Baldwin, stupéfait. Nous avons franchi le plateau continental et naviguons en eaux profondes. *(Il désigna du doigt la jauge de profondeur installée au-dessus du vitrage.)* Jugez par vous-même. Le fond se trouve à huit cents mètres sous notre quille.

— Faites demi-tour immédiatement ! ordonna sèchement Pitt. Gagnez des eaux peu profondes avant qu'il ne soit trop tard !

Le visage de Baldwin se durcit.

— Mais de quoi parlez-vous donc ?

— Les plongeurs ont été assassinés parce qu'ils avaient découvert des explosifs attachés à la coque. Je ne vous demande pas votre avis, Capitaine. Sauvez les vies des passagers et des membres d'équipage de ce bâtiment ; changez de cap et rejoignez des eaux moins profondes.

— Et si je refuse ? le provoqua Baldwin.

Les yeux de Pitt devinrent aussi froids que l'Arctique et transpercèrent le commandant comme deux pics à glace. Lorsqu'il parla, ce fut comme si le démon lui-même prenait la parole.

— Dans ce cas, et au nom de l'humanité, je vous jure que je vous tuerai avant de prendre le commandement du bateau.

Baldwin fit un bond en arrière comme s'il venait d'être frappé par la pointe d'une lance. Avec une infinie lenteur, il recouvra ses esprits et ses lèvres pâlies s'entrouvrirent en un sourire tendu. Il se tourna vers l'homme de barre figé par la surprise, les yeux grands ouverts comme des soucoupes.

— Faites demi-tour. Pleine vitesse. Satisfait, monsieur Pitt ?

— Je vous suggère de donner l'alarme et d'ordonner aux passagers de se rendre aux nacelles d'évacuation.

— Considérez que c'est déjà fait, répondit Baldwin en hochant la tête, avant de s'adresser à Conrad. Videz les water-ballasts. Une fois en surface, nous pourrons doubler notre vitesse.

— Il ne reste plus qu'à espérer que nous remonterons à temps, dit Pitt d'un ton un peu moins tendu. Sinon, nous aurons le choix entre mourir noyés ou étouffés en regardant passer les poissons.

*
* *

Kelly, assise dans le bureau du commissaire de bord, passait au peigne fin les dossiers personnels des membres de l'équipage lorsqu'elle prit conscience d'une présence dans la pièce. Elle leva les yeux et aperçut un homme qui venait d'entrer sans le moindre bruit. Un sourire inquiétant flottait sur son visage. Kelly le reconnut aussitôt : c'était un homme au sujet duquel Pitt et elle s'étaient brièvement entretenus un peu plus tôt. Un sentiment d'horreur croissant s'empara d'elle tandis qu'elle étudiait le visage de l'homme silencieux.

— Vous êtes Jonathan Ford.

— Vous me connaissez ?

— Non, pas... pas vraiment, balbutia-t-elle.

— Vous avez tort. Nous nous sommes rencontrés à bord du *Dauphin d'Emeraude*.

Kelly se sentait perdue. L'homme ressemblait beaucoup à l'officier qui avait tenté de tuer son père et elle-même, mais celui qu'elle contemplait maintenant en face d'elle était un Blanc.

— Vous ne pouvez pas être...

— Je le suis pourtant, répondit l'homme dont le sourire s'élargit. Je vois que vous êtes perplexe.

Il se tut et sortit un mouchoir de l'une de ses poches de pantalon. Il en tamponna un coin sur le bout de la langue et en frotta le dessus de sa main gauche. Le maquillage s'effaça et révéla une peau brune couleur café.

Chancelante, Kelly se leva de son siège et tenta de gagner la porte, mais l'homme la saisit par les bras et la poussa contre le mur.

— Mon nom est Omo Kanai. Je dois vous emmener avec moi.

— M'emmener où ? demanda-t-elle d'une voix rendue rauque par la terreur, en espérant contre tout espoir que Pitt et Giordino entrent dans la pièce.

— Eh bien, à la maison, bien entendu.

La réponse semblait dépourvue de sens. Kelly n'eut soudain plus conscience que du regard diabolique de l'homme qui pressait contre sa bouche un tissu trempé d'un liquide à l'odeur étrange. Soudain, un puits noir s'ouvrit sous ses pieds et elle sombra dans le néant.

Chapitre 30

Il s'agissait désormais d'une course contre la mort. Pour Pitt, le fait que quelqu'un ait placé des explosifs sur la coque était une certitude. Les Martin les avaient découverts, mais ils avaient été assassinés avant de pouvoir prévenir le capitaine Baldwin. Pitt appela Giordino sur sa radio portative.

— Tu peux cesser les recherches et convoquer les inspecteurs. Les explosifs ne se trouvent pas à bord.

Giordino se contenta de prendre acte de la nouvelle et se hâta vers la passerelle.

— Que sais-tu que nous ignorons ? demanda-t-il à Pitt en s'engouffrant dans la pièce, suivi par Rand O'Malley.

— Nous venons d'apprendre que les plongeurs ont été assassinés.

— Eh bien, c'est complet ! marmonna Giordino d'une voix chargée de colère.

— Ceux qui inspectaient le fond de la coque ? demanda O'Malley.

Pitt hocha la tête.

— Les explosifs ont sans doute été programmés pour exploser en eaux profondes.

— Ce qui est le cas, commenta Giordino en jetant un regard inquiet vers la jauge de profondeur.

Pitt se tourna vers Baldwin qui se tenait vers la console de navigation, près de l'homme de barre.

— Dans combien de temps arriverons-nous dans des eaux peu profondes ?

— D'ici vingt minutes, nous serons au-dessus du bord de la fosse et atteindrons la pente continentale, répondit Baldwin. *(Son visage reflétait des signes d'angoisse, car il comprenait désormais que le bâtiment dont il assurait le commandement se trouvait en réel danger.)* Il nous faudra dix minutes de plus pour remonter à la surface, où nous pourrons augmenter notre vitesse de cinquante pour cent.

Le marin qui surveillait la console interrompit soudain son supérieur.

— Commandant, nous avons un problème avec les nacelles d'évacuation.

Baldwin et O'Malley s'approchèrent et contemplèrent la console, sous le choc. Les seize lumières qui représentaient les nacelles d'évacuation étaient rouges, à l'exception d'une seule, restée verte.

— Elles ont été activées, haleta Baldwin.

— Et avant qu'aucun passager n'ait pu y embarquer, ajouta O'Malley d'un ton grave. Il nous sera maintenant impossible de procéder à l'évacuation.

La perspective d'une explosion de la coque, de l'eau s'engouffrant à l'intérieur du bâtiment qui coulerait alors vers les abysses avec sept cents personnes à son bord, était trop horrible pour que l'on puisse l'envisager, mais trop plausible pour être d'emblée écartée.

Celui qui avait activé les nacelles s'était sans doute enfui à bord de l'une d'elles, ce qui signifiait que des explosions pouvaient maintenant retentir à n'importe quel moment. Pitt s'approcha de l'écran radar, à côté de celui du sonar à effet latéral. La pente continentale permettait au sous-marin de perdre de la profondeur, mais pas assez vite. Ils naviguaient encore au-dessus de plus de trois cents mètres d'eau. La coque du *Golden Marlin* était conçue pour résister à une telle pression, mais tout espoir de sauvetage deviendrait illusoire en cas de catastrophe. Tous les regards étaient fixés sur la jauge de profondeur, et chacun comptait les secondes.

Le fond s'élevait avec une lenteur désespérante. Il ne restait plus qu'une trentaine de mètres à parcourir pour retrouver la surface. Un soupir de soulagement collectif se fit entendre dans la salle de commandement lorsque le *Golden Marlin* dépassa le rebord de la pente continentale et que le fond ne fut plus qu'à deux cents mètres de la coque. La mer, de l'autre côté des hublots, devint beaucoup plus claire et l'on pouvait voir sa surface agitée étinceler sous le soleil.

— Profondeur sous la coque : cent quatre-vingt-cinq mètres ; nous remontons toujours, annonça Conrad.

Les mots avaient à peine eu le temps de franchir ses lèvres qu'un violent frisson secoua le bâtiment. Le temps manquait pour réagir. Le sous-marin se balança, échappant à tout contrôle. Ses moteurs du dernier cri technologique finirent par s'arrêter tandis que les flots coléreux s'engouffraient par les deux plaies causées à la coque par les explosifs.

Le *Golden Marlin* demeura alors inerte et dériva dans le courant léger, mais il entamait une inexorable descente, mètre par mètre, vers le fond. Des tonnes d'eau commencèrent à envahir la coque en des endroits impossibles à repérer. La surface paraissait si tentante, si proche, que l'on aurait cru pouvoir la toucher.

Baldwin ne se berçait pas d'illusions ; son bateau sombrait.

— Appelez la salle des machines et demandez à l'ingénieur en chef d'évaluer les dégâts ! aboya-t-il à l'adresse du second.

La réponse arriva presque aussitôt.

— L'ingénieur en chef signale des voies d'eau dans la salle des machines. La soute à bagages est inondée elle aussi, mais la coque y est intacte. Les pompes fonctionnent au maximum de leur rendement. Selon lui, le système de pompage des ballasts a été endommagé par l'eau qui s'est engouffrée par l'avant et se déverse dans les réservoirs par le système d'échappement. L'équipage tente d'endiguer le flot, mais le niveau s'élève trop vite. Ils vont peut-être devoir évacuer la salle des machines. Je suis désolé, *sir*, mais l'ingénieur en chef précise qu'il ne peut plus empêcher le bâtiment de perdre son équilibre de flottaison.

— Oh, mon Dieu... murmura un jeune officier qui se tenait près de la console. Nous allons couler.

Baldwin recouvra rapidement son sang-froid.

— Dites à l'ingénieur en chef de fermer toutes les portes étanches en bas du bâtiment et de continuer à faire fonctionner les générateurs aussi longtemps que possible. *(Il se tourna soudain vers Pitt, sans exprimer la moindre émotion.)* Eh bien, monsieur Pitt, vous pouvez maintenant me rappeler que vous m'aviez prévenu.

Le visage de Pitt était figé, à la fois concentré et glacial – le visage d'un homme qui examine tous les risques, étudie toutes les possibilités de sauver le bateau et ses passagers. Giordino avait déjà vu son ami sous cet aspect en bien des occasions au cours des années.

Pitt secoua lentement la tête.

— Je ne me réjouis nullement d'avoir eu raison.

— Le fond se rapproche.

Conrad n'avait pas quitté un seul instant des yeux les écrans du radar et du sonar. A peine avait-il prononcé ces mots que le *Golden Marlin* heurtait le sol à grand renfort de craquements. La coque s'enfonça dans la vase en faisant jaillir un vaste nuage marron qui réduisit à zéro toute visibilité.

Les passagers n'avaient guère besoin d'un scénario de film catastrophe pour comprendre que quelque chose de tragique se préparait à bord. Pourtant, aussi longtemps que les ponts qui leur étaient réservés se trouvèrent à l'abri de l'eau et qu'aucun membre d'équipage ne montra de signe de frayeur, personne ne céda à la panique – il est vrai qu'il s'agissait de leur premier voyage à bord d'un sous-marin, et qu'ils ne se doutaient pas de la nature du danger qui les menaçait. Le capitaine Baldwin fit une annonce au micro et rassura les passagers en les assurant que même si le *Golden Marlin* ne disposait plus pour l'instant de système de propulsion, la situation reviendrait bientôt à la normale. Son explication ne rassura cependant pas les passagers et les membres d'équipage, qui avaient pu constater que presque tous les compartiments des nacelles étaient vides. Certains erraient à bord, désemparés. D'autres restaient près des hublots et contemplaient les poissons qui étaient apparus lorsque le nuage de vase était retombé. D'autres encore se réfugiaient au salon-bar et commandaient des boissons – offertes par le commandant.

Le capitaine Baldwin et ses officiers se plongèrent dans l'étude de procédures d'urgence tout droit sorties de manuels rédigés par des constructeurs eux-mêmes incapables de sauver un sous-marin échoué avec sept cents personnes à son bord. Pendant que l'on sondait la coque afin de s'assurer qu'elle demeurait à peu près étanche, et que les portes des cloisons se fermaient normalement, l'équipe de l'ingénieur en chef actionnait les pompes pour éviter une complète inondation de la salle des machines et de la soute à bagages. Par chance, seul le système de propulsion semblait affecté par les dégâts dus à l'explosion.

Baldwin, hébété, était assis dans la salle de communications. Au prix d'un violent effort, il se décida à entrer en contact avec Lasch au siège de la compagnie, avec les garde-côtes, et avec tous les bâtiments naviguant dans un rayon de cinquante milles – le tout dans cet ordre précis. Il lança un S.O.S. et donna la position du *Golden Marlin*. Il se rassit ensuite et plongea sa tête entre ses mains. Il commença par s'inquiéter de voir venir la fin de sa longue carrière en mer. Il se rendit vite compte que dans les circonstances présentes, sa carrière ne comptait guère ; il devait avant tout se consacrer aux passagers et aux hommes d'équipage.

— Au diable ma carrière... marmonna-t-il. Il se leva et quitta la passerelle pour se rendre tout d'abord à la salle des machines afin d'y recevoir un rapport complet et détaillé de la situation, puis il parcourut le sous-marin pour assurer aux passagers qu'ils ne se trouvaient pas confrontés à un danger immédiat. Il leur annonça qu'un problème était apparu dans les réservoirs de ballast, et que les réparations étaient en cours.

Ensemble, Pitt, Giordino et O'Malley gagnèrent le pont des nacelles d'évacuation. O'Malley commença par ouvrir les panneaux de contrôle et vérifier le fonctionnement du système. Il y avait quelque chose de curieusement rassurant chez cet Irlandais massif. Il connaissait son boulot sur le bout des doigts et travaillait sans un geste inutile. Moins de cinq minutes après le début de son inspection, il s'éloigna des panneaux ouverts, s'assit sur une chaise et poussa un soupir.

— Celui qui a activé les nacelles d'évacuation maîtrisait son affaire. Il a neutralisé les circuits qui communiquent avec la passerelle et mis en marche les nacelles en se servant des commandes manuelles d'urgence. Par bonheur, il semble que l'une des nacelles n'a pas été éjectée.

— Maigre consolation, marmonna Giordino.

Découragé, Pitt secoua lentement la tête.

— Ils ont pris deux pas d'avance sur nous dès le départ. Je dois admettre qu'ils méritent vingt sur vingt pour la préparation de leur opération.

— Qui sont-ils ? demanda O'Malley.

— Des gens prêts à assassiner des enfants avec autant de facilité que vous et moi écraserions une mouche.

— Mais c'est absurde !

— Aux yeux de gens sains d'esprit, oui.

— Il nous reste une nacelle pour les enfants, dit Giordino.

— C'est au commandant que revient ce genre de décision, répondit Pitt en regardant l'unique nacelle restante. Le problème, c'est de savoir combien de personnes nous pourrons y mettre...

*
* *

Une heure plus tard, un patrouilleur des garde-côtes hissa à son bord la balise flottante orange équipée d'une ligne de téléphone éjectée par le *Golden Marlin* et entra en communication avec le submersible. Ce ne fut qu'alors que Baldwin donna l'ordre de rassembler les passagers dans la salle de théâtre pour leur exposer la situation. Il s'efforça de minimiser le danger et déclara qu'en renvoyant en priorité les plus jeunes à la surface, il ne faisait que se conformer aux règles en vigueur dans sa compagnie. Rien de tout cela n'était bien convaincant. Des passagers posèrent des questions. Des esprits s'échauffèrent, et le commandant ne pouvait rien dire qui puisse désamorcer la colère et la peur.

Avant de procéder à l'embarquement, Pitt et O'Malley s'installèrent devant un ordinateur dans le bureau du commissaire de bord et tentèrent d'estimer le nombre de personnes que la nacelle était en mesure d'accueillir, au-delà des limites de sécurité précisées par le fabricant, mais en lui permettant tout de même de remonter à l'air libre dans de bonnes conditions de sécurité.

Ils s'absorbèrent dans leur travail, et Giordino les quitta pour partir à la recherche de Kelly.

— Combien d'enfants y a-t-il à bord ? demanda O'Malley.

Pitt calcula le total d'après la liste des passagers du commissaire de bord.

— Nous avons cinquante-quatre personnes de moins de dix-huit ans.

— Les nacelles sont conçues pour transporter cinquante personnes d'un poids moyen de soixante-douze kilos, ce qui nous donne un total de trois tonnes six. Si nous dépassons ce poids, ils ne remonteront pas à la surface.

— Nous pouvons diviser le poids total par deux ; la plupart de ces gosses ne devraient pas peser plus de trente-six kilos.

— Puisque nous sommes revenus sous la barre des deux tonnes, cela permettra d'embarquer certaines des mères, dit O'Malley, qui éprouvait un sentiment étrange à s'entendre calculer ainsi le nombre de vies qui allaient être sauvées.

— Si l'on prend un poids moyen de soixante-quatre kilos, nous disposons d'assez de place pour presque vingt-neuf mères.

O'Malley entreprit aussitôt de comparer le nombre de familles à celui des enfants.

— Nous avons vingt-sept mères à bord, annonça-t-il avec une

pointe d'optimisme dans la voix. Dieu merci, nous pourrons toutes les évacuer avec leurs enfants.

— Il nous faudra ignorer la nouvelle règle qui veut que l'on sauve des familles entières, remarqua Pitt. Les hommes pèseront trop lourd.

— Je suis d'accord, approuva O'Malley d'un ton décidé.

— Ce qui nous laisse de la place pour une ou deux personnes supplémentaires.

— Il n'est guère envisageable de demander aux six cent dix-sept passagers et membres d'équipage restants de tirer à la courte paille...

— C'est vrai, admit Pitt. Il nous faut envoyer quelqu'un, l'un d'entre nous, qui puisse fournir un rapport détaillé de la situation à bord. Les communications entre le sous-marin et la surface ne sont pas suffisantes pour cela.

— Je pense être plus utile ici, déclara O'Malley d'une voix ferme.

Giordino revint dans le bureau au même moment. L'expression de son visage n'indiquait pas une bonne nouvelle.

— Kelly a disparu, se contenta-t-il d'annoncer. J'ai rassemblé une équipe pour la rechercher, mais nous n'avons rien trouvé.

— Nom de Dieu ! jura Pitt.

Il ne posa aucune question à Giordino, et ne douta pas un seul instant de la disparition de Kelly. Son instinct le plus profond l'avertissait qu'il s'agissait bien là de la vérité. Soudain, le souvenir de la photographie d'un passager lui traversa l'esprit. Il rechercha la liste des passagers sur l'ordinateur et tapa le nom de Jonathan Ford.

Une photographie de Ford au moment où il quittait l'échelle de coupée s'afficha sur l'écran. Pitt appuya sur une touche et attendit qu'une image en couleur sorte de l'imprimante. Pendant que Giordino et O'Malley attendaient à ses côtés en silence, il examina le visage et le compara avec celui du pilote du Fokker rouge qu'il avait rencontré lors du rassemblement aérien, avant leur combat en altitude. Il posa la reproduction sur un bureau, prit un crayon et assombrit la tête de l'homme. Lorsqu'il eut terminé, il éprouva l'impression qu'il venait de recevoir un coup dans l'estomac.

— Il était ici, à bord, et je ne l'avais même pas remarqué.

— Mais de qui parlez-vous ? demanda O'Malley, totalement perdu.

— De l'homme qui a failli me tuer, ainsi que tous les enfants que je convoyais à bord d'un avion, à New York. Le même homme qui nous a envoyés par le fond, celui qui a activé les nacelles d'évacuation. Je crains qu'il se soit échappé à bord d'une des nacelles en emmenant Kelly avec lui.

Giordino posa une main sur l'épaule de Pitt. Il comprenait fort bien les sentiments de ce dernier. Lui aussi se sentait coupable, et cette idée le hantait.

Pitt nota mentalement le numéro de cabine de Ford et se précipita dans la coursive, suivi par O'Malley et Giordino. Il n'était pas d'humeur à perdre son temps et demander les clefs à une hôtesse. D'un coup de pied, il enfonça la porte. L'hôtesse avait préparé la chambre, mais on ne voyait nulle part de bagages. Pitt ouvrit les tiroirs des commodes. Ils étaient vides. Giordino ouvrit le placard et vit un objet blanc sur l'étagère la plus haute. Il étendit le bras et ramena un épais rouleau de papier qu'il étendit sur le lit.

— Les plans du sous-marin, marmonna O'Malley. Où a-t-il pu se les procurer ?

Pitt se sentit parcouru d'un frisson lorsqu'il comprit que l'enlèvement de Kelly faisait depuis le début partie de la mission de Ford.

— Cet homme est secondé par un dispositif de renseignements de tout premier plan. Il a pu se familiariser avec chaque système automatique, chaque élément du matériel de bord, chaque pont, chaque cloison ou structure, dans les moindres détails.

— Ce qui explique qu'il savait où disposer les explosifs et comment activer manuellement les nacelles d'évacuation, ajouta O'Malley.

— Nous ne pouvons rien faire de plus ici, coupa Giordino, sinon prévenir les garde-côtes pour qu'ils recherchent un bateau qui croiserait dans la zone et qui aurait pu prendre ce type et Kelly à son bord une fois leur nacelle remontée.

Pitt était forcé d'accepter la terrible réalité, et il ressentait un sentiment d'impuissance et d'inutilité. Il ne pouvait rien faire pour porter secours à Kelly ni pour l'aider. Découragé, il se laissa tomber sur un siège. Un frisson plus terrible encore lui parcourut la colonne vertébrale. Toutes les nacelles étaient parties, et il n'existait aucun moyen de les récupérer et de les installer à nouveau. Il ne voyait que peu d'espoir de sauver les centaines d'autres occupants du sous-marin. Il resta assis quelques secondes, comme s'il avait perdu tout ressort, puis regarda le visage silencieux, plein d'attente, d'O'Malley.

— Vous connaissez le moindre recoin de ce bâtiment, dit-il doucement, non pas sur un ton interrogatif, mais plutôt comme s'il constatait un fait.

O'Malley hésita, ne sachant quelles étaient les intentions de Pitt.

— Oui... Je le connais aussi bien qu'on peut le connaître, admit-il enfin.

— Existe-t-il un système d'évacuation autre que les nacelles ?

— Je ne vois pas très bien où vous voulez en venir.

— Le constructeur a-t-il installé un système de sas pour une opération de secours ?

— Vous voulez dire, un sas avec un panneau d'écoutille spécialement conçu et installé sur le dessus du sous-marin ?

— C'est cela.

— Oui, un tel système existe, mais il nous sera impossible de sauver plus de six cents personnes avant le moment où nous commencerons à manquer d'air.

— Comment cela se fait-il ? demanda Giordino. Au moment où nous parlons, les opérations de secours sont déjà en préparation.

— Vous n'êtes pas au courant ?

— Nous le serons lorsque vous nous aurez informés, répondit sèchement Pitt.

— Le *Golden Marlin* n'a pas été conçu pour rester sous l'eau plus de quatre jours avant de refaire surface, car après ce délai, l'air deviendrait très vite irrespirable.

— Je croyais que les régénérateurs d'air purifiaient l'atmosphère intérieure indéfiniment, s'étonna Giordino.

— Ils sont très efficaces, répondit O'Malley en secouant la tête. Ils rafraîchissent l'air de façon remarquable, mais au bout d'un moment, le gaz carbonique émis par sept cents êtres humains dans un espace confiné est trop concentré pour les filtres et les épurateurs, et le système de purification cesse de fonctionner. D'ailleurs, toutes ces spéculations ne mènent à rien, si l'on envisage le cas où l'inondation gagnerait les générateurs, ce qui nous priverait de courant, ajouta-t-il en haussant les épaules d'un air sombre. Tout le système d'épuration de l'air s'arrêterait aussitôt.

— Quatre jours, avec un peu de chance, dit Pitt d'une voix lente. Ou plutôt trois et demi, car nous sommes en plongée depuis presque douze heures.

— L'US Navy dispose d'un véhicule de submersion en eaux profondes qui pourrait faire l'affaire, suggéra Giordino.

— C'est vrai, mais il faut compter le temps nécessaire à la mise à disposition, au transport de l'engin avec son équipage, à l'élaboration des procédures de sauvetage ; tout cela peut très bien prendre quatre jours... objecta O'Malley d'une voix lente, presque emphatique. Lorsqu'ils auront descendu l'engin et se seront connectés au sas, ils ne pourront sauver qu'une poignée d'entre nous.

Pitt se tourna vers Giordino.

— Al, il faudra que tu remontes à la surface avec les femmes et les enfants.

Pendant peut-être cinq secondes d'incrédulité, Giordino demeura comme ahuri.

— Le fils de madame Giordino n'est pas un froussard, répondit-il d'une voix indignée lorsqu'il se rendit enfin compte de ce que lui demandait Pitt. Je ne vais pas ficher le camp en me cachant derrière les jupes des femmes !

— Crois-moi, mon vieil ami, l'implora Pitt, si tu travailles avec moi depuis la surface, tu seras beaucoup plus en mesure de sauver les passagers qu'en restant à bord.

Giordino s'apprêtait à demander à son ami « Pourquoi ne pars-tu pas, dans ce cas ? », mais il réfléchit un instant et finit par admettre la justesse du raisonnement de son compagnon.

— Très bien. Et lorsque j'aurai atteint la surface, que serai-je censé faire ?

— Il nous faut absolument un câble creux pour amener de l'air de la surface jusqu'ici.

— Et où crois-tu que je vais dégoter deux cents mètres de tuyau, une pompe capable de fournir assez d'air pour garder six cent dix-sept personnes en vie en attendant les sauveteurs, sans parler d'un moyen de la relier au sous-marin ?

Pitt regarda celui qui était son ami depuis presque quarante ans et sourit.

— Je te connais, tu trouveras bien une idée.

Chapitre 31

Moins de cinq heures après l'accident, quatre navires arrivèrent sur le site. Le *Joseph Ryam*, patrouilleur Garde-côtes ; le pétrolier *King Zeus* ; l'*Orion*, remorqueur de haute mer de l'US Navy ; et enfin, le cargo de cabotage *Compass Rose*. Ils furent vite rejoints par toute une flotte de voiliers, de yachts et de hors-bord de Miami ou de Fort Lauderdale, qui s'étaient déplacés sur les lieux plus par curiosité que mus par un réel désir de participer au sauvetage.

Le *Mercury*, le véhicule de submersion en eaux profondes de l'US Navy, son équipage et son navire-mère, l'*Alfred Aultman*, se dirigeaient à pleine vitesse vers les lieux du désastre, en provenance de Porto Rico, où ils effectuaient une mission d'entraînement. Des messages s'échangeaient entre le patrouilleur Garde-côtes, le commandant de l'*Aultman* et le capitaine Baldwin afin d'évaluer avec précision chacun des aspects de la situation à bord du sous-marin, et l'état de celui-ci.

Tout au fond, à bord du *Golden Marlin*, les enfants et leurs mères étaient embarqués dans la nacelle d'évacuation restante, après que O'Malley eut réparé son système d'éjection. On assista à des adieux bouleversants avec les pères et, dans de nombreux cas, des parents plus âgés, grands-pères ou grands-mères. Beaucoup de gamins versèrent des torrents de larmes lorsqu'ils durent pénétrer dans l'espace confiné de la nacelle. Il était difficile, pour ne pas dire impossible, de les calmer.

Giordino tentait de faire taire ceux qui hurlaient et de calmer leurs mères, et il en paraissait d'autant plus désespéré d'être le seul homme à évacuer le sous-marin.

— Je me sens dans la peau d'un naufragé du *Titanic* qui aurait trouvé une place à bord d'un canot de sauvetage en portant une robe de femme.

Pitt passa son bras autour des épaules de son ami.

— Tu seras beaucoup plus utile aux opérations de sauvetage là-haut.

— Je ne pourrai jamais digérer une chose pareille, grogna Giordino. Tu as intérêt à t'en sortir, tu m'entends ? Si tout va de travers et que tu ne réussis pas à...

— Je réussirai, le rassura Pitt, mais seulement si tu diriges les secours au moment crucial.

Ils se serrèrent la main une dernière fois pendant que Pitt poussait Giordino vers le dernier siège vacant de la nacelle d'évacuation. Pitt fit de son mieux pour réprimer un sourire en voyant une mère débordée mettre brusquement l'un de ses gosses en larmes dans les bras d'un Giordino qui serait volontiers rentré dans un trou de souris. Le petit dur Italien semblait aussi mal à l'aise que s'il avait dû s'asseoir sur du verre pilé. Pitt ne l'avait encore jamais vu arborer une mine aussi mélancolique qu'au moment où la porte de la nacelle se referma en sifflant. La procédure de lancement fut activée et, soixante secondes plus tard, on entendit un *whoosh* puissant, et la nacelle prit son départ vers la surface, en s'élevant avec lenteur, car elle était chargée à la limite de flottabilité.

— Eh bien, il ne nous reste plus qu'à attendre, dit O'Malley, qui se tenait juste derrière Pitt.

— Non, répondit Pitt. Il faut nous préparer.

— Par quoi allons-nous commencer ?

— Par le sas d'évacuation.

— Que voulez-vous savoir ?

— Le panneau d'écoutille est-il compatible avec celui du véhicule de submersion de l'US Navy ?

— Je sais qu'il a été conçu selon les spécifications de la Navy afin qu'il puisse s'adapter à leur véhicule de submersion ou aux cloches de sauvetage pour les cas d'urgence tels que le nôtre.

— Montrez-moi le chemin, dit Pitt qui ouvrait déjà la porte. Je veux vérifier tout cela moi-même.

O'Malley le conduisit par l'ascenseur jusqu'au pont supérieur où se trouvait la salle à manger, puis à travers la cuisine où le maître-coq et ses commis s'affairaient à préparer le repas comme si le voyage n'avait jamais été interrompu. La scène paraissait terriblement irréelle, au vu des circonstances. Pitt suivit l'ingénieur et gravit un escalier étroit qui menait à un petit compartiment où des bancs étaient installés contre une cloison. Au centre se trouvaient des marches qui débouchaient sur une plate-forme. Au-dessus de la plate-forme, une échelle disparaissait dans un tunnel qui grimpait jusqu'à une écoutille d'un mètre de diamètre. O'Malley escalada les barreaux de l'échelle et examina l'écoutille. Il sembla à Pitt que l'ingénieur passait un temps infini dans le tunnel. O'Malley redescendit enfin et s'assit d'un air découragé sur la plate-forme, avant de lever les yeux vers Pitt.

— Votre ami semble être quelqu'un de très minutieux.

— Que voulez-vous dire ?

— L'encadrement est tordu et bloque le panneau d'écoutille. Il faudrait une charge de plastic de cinq kilos pour dégager l'accès.

Le regard de Pitt s'éleva vers le tunnel, et il distingua le panneau voilé et déformé. Il lui fallut reconnaître la vérité avec un sentiment proche de l'horreur.

— Il est impossible de s'échapper pour gagner un véhicule de secours.

— En effet. On ne peut pas passer par ici, répondit O'Malley, qui comprenait que tout espoir de sauver six cent dix-sept vies venait de s'envoler. Pas par ici, répéta-t-il en contemplant le pont. Par nulle part.

*
* *

Pitt et O'Malley se rendirent sur la passerelle pour annoncer les désastreuses nouvelles au capitaine Baldwin. Celui-ci réagit avec stoïcisme.

— Vous en êtes sûrs ? On ne peut pas forcer l'ouverture de l'écoutille ?

— On pourrait la découper au chalumeau, répondit Pitt, mais nous ne pourrions plus la refermer. A cette profondeur, nous avons une pression d'environ dix-sept atmosphères. Si l'on compte à peu près une atmosphère pour onze mètres, la pression de l'eau sur la coque correspond à plus de dix-sept kilos par centimètre carré. En aucun cas les passagers ne pourront résister à un tel torrent avant de rejoindre le submersible de secours.

Le visage de Baldwin ne faisait guère plaisir à voir. C'était un homme aux émotions rares, et il ne parvenait pas à croire que tous les passagers du *Golden Marlin*, ainsi que lui-même, allaient mourir.

— Il ne nous reste donc aucun espoir de secours ? demanda-t-il.

— Il existe toujours un espoir, répondit Pitt avec courage, mais pas par les méthodes habituelles.

Les épaules de Baldwin s'affaissèrent tandis qu'il contemplait le pont d'un regard vide.

— Dans ce cas, il ne nous reste plus qu'à survivre le plus longtemps possible.

Conrad tendit un combiné de téléphone à Pitt.

— Monsieur Giordino appelle de la surface.

Pitt porta l'appareil à son oreille.

— Al ?

— Je suis à bord du Garde-côtes, lui répondit la voix familière parmi les parasites.

— Comment la remontée s'est-elle passée ?

— Je n'ai pas l'habitude des gamins hurleurs. Je crois qu'ils m'ont fait exploser les tympans.

— L'opération s'est-elle bien déroulée ?

— Les enfants et leurs mères sont tous sains et saufs. Ils ont été embarqués à bord d'un cargo de cabotage qui disposait de meilleures installations pour les recevoir que le patrouilleur. Ils sont en route pour le port le plus proche. Je peux te dire que les femmes n'étaient guère heureuses à l'idée d'abandonner leurs maris derrière elles. J'ai eu droit à plus de regards meurtriers qu'un serpent à sonnette dans un salon de thé.

— Des nouvelles du véhicule de submersion en eaux profondes ? Quand doit-il arriver ?

— Ici, on pense qu'il sera là dans trente-six heures, répondit Giordino. Quelle est la situation, en bas ?

— Mauvaise. Notre ami Kanai était à bord et il a bloqué l'écoutille de secours avant de quitter le sous-marin.

— C'est grave ? demanda Giordino après un long moment de silence.

— L'écoutille est solidement coincée. Selon O'Malley, il est impossible de la forcer sans provoquer l'inondation de la moitié du sous-marin.

Giordino ne pouvait admettre que tout était perdu.

— Tu en es certain ?

— Tout à fait certain.

— Ce n'est pas maintenant que nous allons jeter l'éponge, promit l'Italien d'un ton décidé. Je vais appeler Yaeger et lui demander de faire plancher Max sur le problème. Il doit exister un moyen de vous sortir de là.

Pitt sentait l'émotion envahir son ami. Il jugea préférable de ne pas insister pour l'instant.

— Garde le contact, dit-il sur le ton de la plaisanterie, mais évite d'appeler en PCV !

*
* *

A bord du sous-marin défunt, l'équipage et les passagers ne se doutaient en rien de ce qui se préparait au-dessus de leurs têtes. Après avoir inondé pendant une semaine journaux et télévisions d'un déluge de récits sur la tragédie du *Dauphin d'Emeraude*, les reporters revinrent comme une lame de fond pour couvrir le naufrage du *Golden Marlin* et la course contre la montre engagée pour sauver les occupants du submersible. Des célébrités et des hommes politiques s'autorisèrent eux aussi quelques apparitions.

Des bateaux remplis de cameramen se matérialisèrent comme par magie, de même qu'une horde de journalistes embarqués à bord d'avions légers ou d'hélicoptères. Il ne s'était pas passé deux jours depuis que le *Golden Marlin* s'était laissé glisser au fond que déjà, une flotte de presque une centaine d'embarcations de toutes sortes envahissait le site. Très vite, ils furent tous chassés par les garde-côtes, à l'exception de ceux qui accueillaient à leur bord des journalistes dûment accrédités.

L'incendie du *Dauphin d'Emeraude* avait eu lieu dans une zone lointaine de l'océan Pacifique. Le cas était maintenant bien différent. L'accident était arrivé à quatre-vingt-dix-sept milles seulement des côtes de Floride. Le moindre fait exploitable était monté en épingle. L'excitation se muait en frénésie fiévreuse au fur et à mesure que les heures passaient et que la fin se rapprochait pour ceux qui se trouvaient si loin sous la surface de l'eau. Au troisième jour, le cirque médiatique passa à la vitesse supérieure pour le dernier acte de la tragédie.

Les médias tentèrent toutes les ruses possibles pour entrer en contact avec les occupants du sous-marin. Certains essayèrent de mettre sur écoute la ligne téléphonique reliée à la balise flottante, mais les garde-côtes les en empêchèrent. On assista même à des tirs contre les proues des bateaux afin de les empêcher de gêner ceux qui travaillaient comme des forcenés à sauver les six cent dix-sept personnes restées à bord du sous-marin.

Les femmes et les enfants qui étaient remontés grâce à la nacelle d'évacuation furent soumis à des vagues incessantes d'interviews. Les journalistes essayèrent d'interroger Giordino, mais celui-ci avait embarqué à bord du navire de recherches de la NUMA dès son arrivée et refusé tout contact. Il se mit aussitôt au travail avec l'équipage afin de mouiller le *Sea Scout*, un ROV * cousin du *Sea Sleuth*, pour une mission de recherche et d'inspection de l'extérieur de la coque du *Golden Marlin*.

Giordino guidait l'engin à l'aide d'une télécommande posée sur ses genoux ; il se trouva à nouveau envahi d'un sentiment de désespoir impuissant lorsque le *Sea Scout* passa au-dessus de l'écoutille de secours, sur la partie supérieure de la coque. Les images qui s'affichaient sur le moniteur vidéo ne faisaient que confirmer les dires de Pitt. L'écoutille était hors d'usage et irrémédiablement close. Seuls des explosifs ou un chalumeau à découper auraient permis d'en venir à bout, mais l'eau de mer s'y serait aussitôt engouffrée avant même que les naufragés n'aient pu sortir. Il était impossible au ROV de construire un passage hermétique, et il n'existait pas d'autre voie de sortie pour ceux qui se trouvaient enfermés de l'autre côté de la coque.

Le lendemain matin, le navire de la Navy qui transportait le véhicule de submersion en eaux profondes arriva sur place. Giordino transféra ses activités à bord de l'*Alfred Aultman*, dont l'équipage, sans perdre une minute, prépara le véhicule pour sa mission. Le commandant du navire, le capitaine de corvette Mike Turner, accueillit Giordino dès son arrivée.

— Bienvenue à bord de l'*Aultman*, dit-il en serrant la main de Giordino. La Navy est toujours heureuse de collaborer avec la NUMA.

La plupart des commandants de la Navy ont souvent une attitude plutôt circonspecte, comme s'ils avaient payé leur navire de leurs propres deniers et le considéraient comme un havre pour ses invités triés sur le volet. L'expression de Turner était amicale, et ses manières dénotaient une profonde intelligence. Il contemplait

* ROV : Remote Operated Vehicle (Véhicule opéré à distance).

le monde à travers ses yeux noisette, sous un crâne couvert de cheveux blonds clairsemés taillés en « V » sur le front.

— J'aurais préféré que nous nous rencontrions dans des circonstances moins tragiques, répondit Giordino.

— Je suis bien d'accord avec vous, admit Turner d'un ton grave. L'un de mes officiers va vous conduire à vos quartiers. Vous souhaitez peut-être manger quelque chose ? Nous n'allons pas mouiller le *Mercury* avant une heure.

— J'espère que vous m'accorderez la permission de participer à sa mission, si je n'occupe pas de place indue.

— Nous disposons d'assez de place pour vingt personnes, répliqua Turner en souriant. Vous ne nous encombrerez pas le moins du monde.

— *Nous ?* s'étonna Giordino, surpris de constater que le commandant n'envoyait pas un officier subalterne à bord du *Mercury*. Vous participez vous-même à la mission ?

Turner hocha la tête, et son sourire amical disparut.

— Ce ne sera pas la première fois que j'emmène le *Mercury* se porter au secours d'un bâtiment en situation dangereuse.

*
* *

Le *Mercury*, peint en jaune avec une bande rouge en diagonale sur sa coque, était suspendu au-dessus du pont de travail de l'*Aultman*, telle une représentation artistique moderne d'une énorme banane à la peau recouverte d'étranges protubérances. Il mesurait treize mètres de long, trois mètres cinquante de haut, trois mètres de large, avec un déplacement de trente tonnes. Il pouvait atteindre une profondeur maximale de quatre cents mètres et sa vitesse était de deux nœuds et demi.

Le capitaine Turner monta à bord par une échelle fixée à l'écoutille, suivi par un membre d'équipage. Il présenta à Giordino son copilote, le maître-principal Mack McKirdy, un vieux loup de mer grisonnant, aux yeux bleus et au visage orné d'une barbe qui évoquait celle des anciens matelots des clippers. Il prit acte de la présence de Giordino d'un bref hochement de tête accompagné d'un clin d'œil.

— J'ai entendu dire que vous étiez un familier des submersibles, dit-il à Giordino.

— J'y ai passé pas mal de temps, en effet.

— On dit que vous avez exploré l'épave du *Dauphin d'Emeraude* à plus de six mille mètres de fond...

— Oui, c'est vrai, admit Giordino. Avec mon excellent ami Dirk Pitt et Misty Graham, notre spécialiste en biologie marine de la NUMA.

— Eh bien, cette plongée à cent quatre-vingts mètres devrait être une promenade de santé, pour vous !

— Pas avant que nous ne soyons parvenus à nous arrimer à l'écoutille de secours du *Golden Marlin*.

McKirdy sentit le sentiment de gravité qui se lisait dans le regard de Giordino.

— Nous vous emmènerons droit dessus. Ne vous inquiétez pas, ajouta-t-il, comme pour rassurer l'Italien. Si quelqu'un est capable d'ouvrir un panneau d'écoutille faussé, c'est bien moi, avec le *Mercury*. Nous disposons de tout le matériel nécessaire pour cela.

— Je l'espère, murmura Giordino. Oh mon Dieu, à quel point je l'espère !...

*
* *

Le *Mercury*, avec le maître principal McKirdy aux commandes, atteignit le sous-marin échoué en moins de quinze minutes. Le maître-principal fit glisser le véhicule le long de la coque du sous-marin, qui ressemblait à quelque immense animal privé de vie. Les trois hommes éprouvèrent une sensation irréelle en contemplant les hublots et en apercevant derrière eux des visages qui leur rendaient leurs regards. Devant l'un de ces hublots, Giordino crut voir Pitt lui adresser des signes de la main, mais le véhicule était passé trop vite pour qu'il en soit certain.

Ils mirent trois heures à procéder à une inspection minutieuse du bâtiment qui gisait sur le fond de vase. Les caméras vidéo filmaient en permanence, et des appareils de photographies à vues fixes prenaient des clichés toutes les deux secondes.

— Intéressant, remarqua Turner d'un ton calme. Nous avons parcouru chaque centimètre carré de la coque, et je n'ai vu que très peu de bulles.

— En effet, c'est *très* inhabituel, reconnut McKirdy. Grâce au ciel, nous n'avons effectué jusqu'à présent que deux opérations de secours sur des submersibles, le sous-marin allemand *Seigen* et le russe *Tavda*. Les deux ont sombré à la suite d'une collision avec des navires de surface. A chaque fois, les bulles remontaient en torrents des déchirures de la coque, bien après la collision.

Giordino contempla la scène morbide à travers un hublot.

— L'eau n'a envahi que la salle des machines et la soute à bagages, qui doivent être complètement inondées ; il n'y reste sans doute plus d'air.

McKirdy guida le véhicule plus près des endroits endommagés, où les explosions avaient enfoncé les panneaux vers l'intérieur de la coque. Il pointa un doigt vers le hublot.

— Il est curieux de constater à quel point les avaries sont petites.

— Assez grandes tout de même pour le faire sombrer...

— Les réservoirs de ballast ont-ils éclaté ?

— Non, répondit Giordino. Ils sont restés intacts, mais lorsque le capitaine Baldwin les a vidés, le bâtiment a continué d'être entraîné vers le fond par l'eau qui s'engouffrait dans les brèches de la coque. Les pompes ne parvenaient pas à contenir le flot ; au contraire, elles perdaient du terrain. Ce qui a permis de sauver le sous-marin, c'est le fait que nous ayons fermé les portes étanches, limitant ainsi l'inondation à la salle des machines et la soute à bagages.

— Une terrible tragédie, commenta Turner d'une voix lente en désignant les deux failles dans la coque. Si elles avaient été plus petites de quelques dizaines de centimètres, le *Golden Marlin* aurait pu remonter à la surface.

— *Sir*, je suggère que nous allions vérifier l'écoutille de secours, intervint McKirdy, avant qu'il ne soit temps de refaire surface.

— Affirmatif. Positionnez-nous juste au-dessus de l'écoutille, et nous verrons si nous pouvons installer un passage étanche. Avec de la chance, nous pourrons revenir avec une équipe de travail et commencer à libérer la voie.

McKirdy guida le véhicule au-dessus du *Golden Marlin* et s'immobilisa juste à côté de l'écoutille. Lui et Turner examinèrent les dégâts causés par les explosifs.

— Ce n'est guère encourageant, commenta McKirdy.

Turner, lui non plus, ne semblait pas optimiste.

— Le collet d'étanchéité, vers le bas du panneau, est en lambeaux. Il nous sera impossible d'utiliser le sas pour effectuer les réparations, car la coque est trop endommagée pour que nous puissions installer un sas, pomper l'eau et envoyer une équipe travailler avec des chalumeaux de découpe.

— Et des plongeurs ? suggéra Giordino. Il n'est pas rare qu'ils plongent à de telles profondeurs.

— Il faudrait qu'ils travaillent en équipes vingt-quatre heures sur vingt-quatre en logeant dans un caisson de décompression. Nous aurions besoin de quatre jours pour amener le matériel sur place et effectuer les réparations. Seulement...

Les trois hommes continuèrent à contempler la partie métallique dévastée qui entourait l'écoutille pendant un temps qui leur parut interminable. Giordino reconnut soudain les symptômes évidents de la fatigue. Etait-elle due à l'air de plus en plus irrespirable ou au sentiment de frustration qui l'envahissait ? Il était lui-même un ingénieur assez qualifié pour savoir qu'il était hors de question de forcer l'écoutille sans laisser passer un flot d'eau qui condamnerait tous les occupants du sous-marin. Toute tentative eût été vaine. McKirdy laissa planer le submersible une minute de plus au-dessus du *Golden Marlin*.

— Il nous faudra faire descendre un caisson pressurisé sur la coque, former un passage hermétique, puis percer dans les panneaux un trou assez large pour évacuer les passagers, expliqua Turner, qui décrivait le processus en des termes si simples que l'on eût pu le confondre avec un maître d'école annonçant les devoirs à faire à la maison.

— Combien de temps cela prendra-t-il ? demanda Giordino.

— On devrait pouvoir terminer le travail en quarante-huit heures.

— Trop tard, répondit Giordino sans y mettre les formes. Il ne leur reste plus que pour trente heures d'air. Vous allez ouvrir un passage vers un gigantesque cercueil.

— Vous avez raison, admit Turner, mais selon les plans du sous-marin que nous a envoyés le constructeur par hélicoptère avant notre appareillage, il existe un raccord d'air extérieur prévu pour des urgences de ce type. Il s'agit d'un raccord pour un conduit relié à la surface, et il est situé juste en avant de l'aileron de poupe. Nous avons le conduit et une pompe d'une puissance de soixante-dix kilos par centimètre carré. Nous pouvons installer le matériel pour qu'il soit prêt à fonctionner dans... *(Il se tut un instant et consulta sa montre...)* trois heures au maximum.

— Au moins, dit McKirdy, il sera possible de garder ces pauvres diables en vie jusqu'au moment où nous rentrerons par le passage hermétique pour les faire évacuer le bâtiment.

— Oui, je suis au courant de l'existence de ce système d'arrivée d'air d'urgence, objecta Giordino, l'éternel pessimiste, mais il vaut mieux vérifier ce raccord avant de faire des paris sur l'avenir.

McKirdy n'attendit pas l'ordre de Turner et fit opérer au submersible un brusque virage pour se diriger vers la partie avant de l'aileron qui se dressait vers la surface et abritait le salon du bord. Il laissa le véhicule suspendu au-dessus d'un petit compartiment arrondi fixé à la coque, à la base de l'aileron.

— Est-ce le logement prévu pour le raccordement ? demanda-t-il.

— Il semblerait que oui, répondit Turner en étudiant les plans du *Golden Marlin*.

— Il paraît intact.

— Dieu soit loué ! lança McKirdy, soudain allègre. Ainsi, nous allons être en mesure de raccorder le conduit et de pomper assez d'air pour garder tous ces gens en vie jusqu'à ce qu'ils soient tirés d'affaire.

— Puisque vous disposez de bras manipulateurs, proposa Giordino, qui n'était pas encore disposé à crier victoire, pourquoi ne pas soulever le panneau de fermeture afin de nous assurer que votre conduit peut s'adapter au raccord.

— Je suis d'accord, dit Turner. Puisque nous sommes dans les parages, autant préparer le raccordement et gagner du temps pour la suite des opérations.

Il se détourna de la console de bord, prit une télécommande munie de petits leviers articulés et se mit en devoir de manœuvrer l'un des deux bras manipulateurs. Avec un soin extrême, il défit les quatre loquets de fermeture, un de chaque côté du compartiment, puis il souleva enfin le bord opposé aux charnières.

Ce qu'ils virent ne correspondait pas à leur attente. La partie femelle du système de raccordement, qui devait s'adapter à la partie mâle installée sur le conduit, manquait à l'appel. On aurait dit qu'elle avait été détruite et arrachée avec une masse et un ciseau.

— Qui a bien pu faire une chose pareille ? s'exclama Turner, désespéré.

— Un ami très astucieux, grommela Giordino, la haine au cœur.

— L'air commencera à manquer avant que nous ayons reçu une

pièce de remplacement et effectué la réparation, dit McKirdy en examinant avec soin le raccord endommagé.

— Vous n'allez pas me dire que plus de six cents personnes vont mourir pendant que nous resterons plantés là comme des statues pour assister au spectacle ? martela Giordino, son visage sombre impassible.

Turner et McKirdy se dévisagèrent comme deux hommes perdus dans le blizzard. Il ne leur restait plus rien à dire. Ils étaient submergés par l'incrédulité en voyant à quel point toutes leurs tentatives avaient été contrecarrées à chaque étape, et par avance. Le tort causé défiait toute prévision. L'étendue de la traîtrise allait bien au-delà de leur entendement.

Giordino éprouvait un sentiment d'irréalité. Il est déjà intolérable de perdre un ami à la suite d'un accident subit, mais il est totalement inacceptable d'attendre qu'une personne en parfaite santé meure, pour la simple raison que l'on est incapable de lui porter secours, et parce qu'il se trouve hors d'atteinte de la science et de la technologie modernes. Un homme meurtri de chagrin est souvent porté à défier les dieux. Giordino décida de tenter quelque chose, même s'il fallait pour cela plonger lui-même à cent quatre-vingts mètres de fond.

Avec un sentiment de grave appréhension, et sans attendre les ordres de Turner, McKirdy vida les water-ballasts, ajusta la stabilité de l'engin qu'il envoya vers la surface. Les trois hommes savaient, même s'ils se refusaient à visualiser la scène, que les passagers et l'équipage du *Golden Marlin* voyaient le submersible s'estomper jusqu'à se perdre dans le vide opaque, ignorant que leurs espoirs et leurs illusions disparaissaient avec lui.

Chapitre 32

L'AMBIANCE, à bord du *Golden Marlin*, était sinistre. Les passagers mangeaient selon les horaires prévus, ils jouaient au casino, buvaient des cocktails au bar-salon, lisaient dans la bibliothèque et allaient se coucher, comme si la croisière ne s'était jamais interrompue. Qu'auraient-ils pu faire d'autre ? Si certains percevaient la lente raréfaction de l'oxygène, personne ne le montrait. Ils discutaient de la situation comme s'il s'agissait de la pluie ou du beau temps. Ils paraissaient s'évertuer à nier la réalité.

Ceux qui demeuraient à bord étaient surtout des personnes du troisième âge, des couples plus jeunes, mais sans enfants, deux douzaines de célibataires des deux sexes, ainsi que les pères qui étaient restés à bord après l'évacuation des femmes et des enfants. Le personnel vaquait à ses occupations habituelles, assurait le service de table, la préparation des repas, nettoyait les cabines ou donnait des représentations théâtrales. Seule l'équipe de la salle des machines travaillait sans discontinuer et entretenait les pompes et les générateurs qui permettaient de disposer encore d'électricité. Par chance, ce type de matériel occupait un local séparé de la salle des machines, isolé aussitôt après les explosions.

Les pires craintes de Pitt se trouvèrent confirmées après qu'il eut assisté au spectacle du départ du véhicule de secours vers la surface, lorsque Giordino lui annonça les mauvaises nouvelles au téléphone. Quelques heures plus tard, il était assis à la table des cartes, dans la salle de commandement de la passerelle, et étudiait sans relâche les plans du bâtiment, à la recherche du moindre élément pouvant susciter quelque espoir. Baldwin s'approcha et s'installa de l'autre côté de la table. Il avait regagné un peu de son calme, mais les sombres perspectives pesaient lourdement sur son esprit. Sa respiration était devenue distinctement laborieuse.

— Vous n'avez pas fermé l'œil depuis trois jours, fit-il remarquer à Pitt. Pourquoi n'allez-vous pas dormir un peu ?

— Si je vais dormir, si l'un d'entre nous va dormir, nous ne nous réveillerons pas.

— J'ai continué à mentir en prétendant que l'arrivée des secours était imminente, expliqua Baldwin, qui peinait à masquer son angoisse, mais ils commencent à comprendre la situation. La seule chose qui empêche une sérieuse confrontation d'éclater, c'est le fait qu'ils se sentent trop faibles pour agir.

Pitt frotta ses yeux rougis, avala une gorgée de café froid et se replongea pour ce qui lui semblait être la centième fois dans l'étude de ses plans.

— Il doit y avoir une solution, dit-il à voix basse. Il doit exister un moyen d'attacher un conduit et de pomper de l'air à l'intérieur du sous-marin.

Baldwin sortit un mouchoir de sa poche et s'essuya le front.

— Pas avec l'écoutille et le raccord détruits. Toute tentative pour percer un trou dans la coque reviendrait à inonder le reste du bâtiment. Il nous faut regarder la réalité en face : lorsque la Navy aura réussi à réparer les dégâts, à installer un sas hermétique et à entrer dans le sous-marin, nous n'aurons déjà plus d'air.

— Nous pourrions arrêter les générateurs. Cela nous donnerait quelques heures de plus.

Baldwin secoua la tête, découragé.

— Il vaut mieux garder le courant et laisser ces pauvres gens vivre de manière aussi normale que possible jusqu'à la fin. D'ailleurs, il faut que les pompes continuent à endiguer le trop-plein des compartiments inondés.

Le docteur John Ringer entra dans la salle de commandement. Le médecin du *Golden* Marlin était débordé par l'afflux des passagers qui venaient se plaindre de maux de tête, d'étourdissements et de nausées. Il faisait de son mieux pour les soulager dans la mesure de ses moyens, sans anticiper sur la fin inéluctable de leurs tourments.

Pitt dévisagea le médecin, de toute évidence épuisé et au bord de l'effondrement.

— Ai-je aussi mauvaise mine que vous, docteur ?

— Encore pire, s'il vous est possible de le croire, répondit Ringer en se forçant à sourire.

— Je vous crois.

Ringer se laissa tomber sur un siège.

— Ce qui nous guette, c'est l'asphyxie. Une respiration insuffisante due à une inspiration insuffisante d'oxygène et une expiration insuffisante de gaz carbonique.

— Quels sont les niveaux tolérables pour l'organisme ?

— Vingt pour cent d'oxygène. Trois pour mille de gaz carbonique.

— Quelles sont les proportions actuelles ?

— Dix-huit pour cent d'oxygène, répondit Ringer, et un peu plus de quatre pour cent de gaz carbonique.

— Et les proportions limites ?

— Seize pour cent et cinq pour cent. Au-delà, la proportion de gaz carbonique devient très dangereuse.

— Dangereuse, pour ne pas dire mortelle... conclut Pitt.

Baldwin posa au médecin la question à laquelle aucun d'entre eux ne souhaitait se trouver confronté.

— De combien de temps disposons-nous encore ?

— Vous constatez déjà, tout comme moi, l'effet du manque d'oxygène, expliqua Ringer d'un ton tranquille. Deux heures, peut-être deux heures trente, certainement pas plus.

— Merci pour cet avis franc et clair, Docteur, lui répondit Baldwin non sans honnêteté. Pouvez-vous garder certains passagers en vie un peu plus longtemps à l'aide des respirateurs de l'équipe de pompiers du bord ?

— Une dizaine de passagers sont âgés de moins de vingt ans. Je leur fournirai de l'oxygène jusqu'à épuisement des réserves, répondit Ringer en se levant. Je ferais mieux de retourner à l'infirmerie. Les passagers doivent y faire la queue.

Après le départ du médecin, Pitt reprit son examen des plans du sous-marin.

— A problème complexe, solution simple, dit-il avec philosophie.

— Lorsque vous l'aurez trouvée, ne manquez pas de m'en avertir, répondit Bladwin, qui tentait de ne pas perdre tout humour. Il est temps que je fasse une apparition à la salle à manger. Bonne chance, conclut-il en se levant pour se diriger vers la porte.

Pitt se contenta d'un bref hochement de tête silencieux.

Une peur paralysante commençait à s'infiltrer dans son esprit. Il ne craignait pas pour sa vie, mais il redoutait d'échouer, alors que tant de vies dépendaient d'une solution que lui seul pouvait trouver. Pendant quelques courts instants, cette crainte aiguisa ses sens et le remplit d'une extraordinaire clarté d'esprit. Alors survint la révélation qui le frappa avec une telle force qu'il en demeura stupéfait. La solution *était* simple. Elle lui était venue d'un seul coup, avec une incroyable facilité. Il ne put que se demander pourquoi il n'y avait pas songé plus tôt.

Il se leva d'un bond et renversa le tabouret en se précipitant vers le téléphone relié à la ligne qui remontait jusqu'à la balise flottante.

— Al ! Tu es là ?

— Je suis là, répondit Giordino d'un ton grave.

— Je crois que j'ai la réponse ! Non, je suis *sûr* que j'ai la réponse !

Giordino fut sidéré de l'enthousiasme de Pitt.

— Un instant ; je vais brancher le haut-parleur de la passerelle pour que le capitaine Turner et son équipage t'entendent. *(Il y eut un court instant de silence.)* Tu peux y aller.

— Combien de temps vous faudrait-il pour assembler le conduit et le descendre jusqu'ici ?

— Vous savez, bien sûr, qu'il nous est impossible d'opérer un raccordement ? objecta Turner, dont le visage était gris comme un nuage par temps de pluie.

— Oui, oui, je sais tout cela, répondit Pitt avec impatience. Combien de temps avant que vous puissiez pomper de l'air ?

Turner se tourna vers McKirdy, de l'autre côté de la passerelle. Le maître-principal contemplait le pont comme s'il voyait à travers.

— Nous pourrons commencer dans trois heures.

— Deux heures, sinon, ce n'est plus la peine.

— A quoi cela servira-t-il, si nous ne pouvons pas nous raccorder ?

— Votre pompe peut-elle exercer une pression supérieure à celle de l'eau qui nous entoure ?

— Sa force est de soixante-dix kilos par centimètre carré, répondit McKirdy. Deux fois la pression de l'eau à la profondeur où vous vous trouvez.

— Jusque-là, ça va, dit Pitt, dont la voix était rauque et qui se sentait au bord de l'étourdissement. Faites descendre le conduit en vitesse. Les passagers commencent à perdre courage. Préparez-vous à utiliser les bras manipulateurs du véhicule de submersion.

— Ne pouvez-vous pas nous dire ce que vous avez en tête ? demanda Turner.

— Je vous expliquerai tout en détail lorsque vous serez sur place. Appelez-moi lorsque vous arriverez et je vous donnerai de plus amples explications.

O'Malley était arrivé en trébuchant, les jambes flageolantes, dans la salle de commandement, juste à temps pour entendre la conversation de Pitt avec l'*Alfred Aultman*.

— Quel lapin avez-vous donc sorti de votre chapeau ?

— Une idée magnifique, répondit Pitt, dont l'optimisme allait croissant. L'une des meilleures que j'aie eues jusqu'à présent !

— Comment comptez-vous faire entrer de l'air jusqu'ici ?

— Je n'en ai pas l'intention.

O'Malley contempla Pitt comme s'il venait d'expirer devant lui.

— Dans ce cas, qu'y a-t-il de si magnifique dans votre idée ?

— C'est très simple, commença Pitt d'un air détaché. *Si Mahomet ne peut aller à la montagne...*

— Mais c'est absurde !

— Vous verrez bien, dit Pitt avec une expression de conspirateur. C'est la plus simple des expériences de physique que l'on puisse trouver dans les manuels scolaires.

*
* *

Le *Golden Marlin* était sur le point de se transformer en crypte sous-marine. La qualité de l'air s'était détériorée à un point effrayant, et l'atmosphère était si viciée que les passagers et les membres d'équipage n'étaient plus qu'à quelques minutes de la perte de conscience, premier pas vers le coma, puis la mort. Le niveau de gaz carbonique atteignait rapidement le seuil critique. Pitt et O'Malley, seuls présents sur la passerelle, ne tenaient debout que par miracle.

Les passagers, l'esprit engourdi par le manque d'oxygène, étaient de véritables zombies, incapables de la moindre pensée rationnelle. En ces temps si proches de la fin, personne à bord ne cédait à la panique, car personne ne se rendait vraiment compte que l'épilogue était là. Baldwin parlait à ceux qui se trouvaient encore dans la salle à manger, les encourageait par des paroles qu'il savait lui-même vides de sens. Il s'apprêtait à regagner la passerelle lorsqu'il s'affaissa sur les genoux et s'effondra sur la moquette. Un couple âgé passa par là, regarda le capitaine tombé à terre avec des yeux vides et poursuivit son chemin en titubant vers sa cabine.

Dans la salle de commandement, O'Malley murmurait encore des propos cohérents, mais il n'était plus très éloigné de l'inconscience. Pitt prenait de grandes inspirations afin d'absorber le maximum d'oxygène.

— Où êtes-vous ? haleta-t-il au téléphone. Nous sommes presque au bout.

— Nous arrivons, annonça Giordino d'une voix où perçait le désespoir. Regarde par le hublot. Nous approchons du dôme de la salle de commandement.

Pitt tituba vers le hublot principal, devant la console de bord, et vit le *Mercury* qui descendait vers le sous-marin.

— Vous avez le conduit ?

— Prêt à pomper où et quand vous en donnerez l'ordre, répondit le maître-principal McKirdy. *(Le capitaine Turner était resté à bord de l'Aultman pour diriger l'opération depuis la surface.)*

— Descendez jusqu'à ce que vous frôliez le fond et dirigez-vous vers la brèche de la coque qui est devant la salle des machines.

— Nous y allons, dit Giordino sans émettre de doutes sur les intentions exactes de son ami.

— Nous sommes au niveau de la déchirure causée par l'explosion, annonça Turner cinq minutes plus tard.

Pitt parvint à sourire intérieurement de l'ironie de la situation : se battre pour respirer, alors que tout l'air qu'il pourrait inhaler pendant sa vie entière ne se trouvait qu'à quelques mètres de lui. Il dut haleter pour forcer les mots à franchir ses lèvres.

— Utilisez les bras manipulateurs pour enfoncer le bout du conduit dans la déchirure de la coque jusqu'à l'extrémité opposée de la salle des machines.

A bord du *Mercury*, Giordino et MacKirdy échangèrent des regards et haussèrent les épaules. Giordino se mit au travail et commença à insérer le conduit dans la brèche à l'aide des bras manipulateurs, tout en veillant avec soin à ne pas le couper sur les bords déchiquetés et déchirés de la brèche. Il travaillait aussi vite que possible, mais il lui fallut attendre presque dix minutes avant de sentir que le bout du conduit atteignait la cloison du fond de la salle et se coinçait entre les châssis des moteurs.

— Le conduit est prêt, annonça Giordino.

— Très bien... commence à pomper, dit Pitt avec peine, comme s'il inhalait un mot pour exhaler le suivant.

Une fois de plus, les deux hommes obéirent sans discuter. McKirdy transmit l'ordre à Turner, en surface, et deux minutes plus tard à peine, un flot d'air jaillit du conduit pour envahir la salle des machines.

— Que diable sommes-nous en train de faire ? demanda Giordino, déconcerté et fou de chagrin en entendant ce qu'il pensait être les dernières paroles de son ami.

— Un bâtiment sombre lorsque de l'eau sous pression chasse l'air qui se trouve à l'intérieur de la coque, lui répondit Pitt d'une voix qui n'était plus guère qu'un murmure. Mais à cette profondeur, l'air que votre pompe éjecte a une pression deux fois supérieure à celle de l'eau, qu'il force ainsi à sortir en la renvoyant à la mer.

Son explication épuisa ses dernières ressources d'énergie et il s'affaissa sur le sol, à côté de O'Malley, qui s'était déjà laissé glisser dans l'inconscience.

Giordino vit brusquement ses espoirs renaître lorsqu'il vit l'eau jaillir de la salle des machines, renvoyée à la mer par la pression venue de la surface, cent quatre-vingts mètres plus haut.

— Ça marche ! cria-t-il. L'air forme une bulle !

— C'est vrai, mais l'air ne peut s'échapper pour gagner les autres parties du sous-marin.

Derrière l'apparente folie du projet de Pitt, Giordino en avait saisi le principe.

— Il ne cherche pas à purifier l'air. Ce qu'il veut, c'est hisser le sous-marin à la surface.

McKirdy baissa les yeux et vit le bas de la coque du *Golden Marlin* enfoncée dans la vase. Il doutait que le bâtiment puisse lutter contre la force de succion et s'élever du fond.

— Votre ami ne répond pas, nota-t-il après un moment de silence.

— Dirk ! rugit Giordino au téléphone. Parle-moi !

Il n'y eut aucune réponse.

*

* *

A bord de l'*Alfred Aultman*, le capitaine Turner faisait les cent pas sur la passerelle en prêtant l'oreille au drame qui se jouait plus bas. Lui aussi comprenait l'idée brillante qui se cachait derrière le stratagème de Pitt. A ses yeux, le système était tellement simple qu'il ne pouvait fonctionner. Comment la loi de l'Emmerdement Maximum allait-elle interférer avec le rasoir d'Occam * ?

Ils étaient huit sur la passerelle. Un sentiment de peur et d'échec pesait sur la pièce comme un drap trempé. Chacun pensait que la fin était arrivée et que le *Golden Marlin* était sur le point de devenir un titanesque cimetière. Ils ne pouvaient croire que six cent dix-sept personnes étaient en train d'aspirer leurs dernières goulées d'air à seulement cent quatre-vingts mètres de là. Ils se rassemblèrent autour du haut-parleur, et discutèrent à voix basse, comme s'ils se trouvaient dans une église, en attendant le moindre signe de vie du *Mercury*.

— Vont-ils récupérer les corps ? demanda l'un des officiers de Turner d'un air songeur.

Turner haussa les épaules, lugubre.

— A cette profondeur, une opération de récupération coûterait des millions de dollars. On les laissera sans doute reposer là où ils sont.

Un jeune enseigne de vaisseau tapa brusquement du poing.

— Pourquoi ne nous tiennent-ils pas au courant ? Pourquoi McKirdy ne nous appelle-t-il pas pour nous dire ce qui se passe ?

— Du calme, jeune homme. Ils ont assez de soucis comme cela, sans que nous allions les harceler de surcroît.

Quatre mots jaillirent soudain des lèvres de l'opérateur du sonar à effet latéral, qui n'avait pas levé les yeux une seule seconde de son écran.

— Il monte ! Il monte !

Turner se pencha sur son épaule et contempla l'écran, bouche bée. L'image du *Golden Marlin* bougeait.

— Il monte, c'est exact, confirma-t-il.

Un grondement puissant résonna dans le haut-parleur, signe infaillible que le métal de la coque travaillait et se distendait au fur et à mesure que le *Golden Marlin* s'arrachait du fond de vase.

---

* Le rasoir d'Occam est un principe philosophique selon lequel « les choses essentielles ne doivent pas être multipliées sans nécessité » (*pluralitas non est ponenda sine necessitae*). C'est le « principe de simplicité ». Source : *www.pckado.com*

— Il s'est détaché du fond, bon Dieu ! rugit la voix de MacKirdy à bord du *Mercury*. Il monte vers la surface ! Le pompage de l'air dans la salle des machines a réussi ! Le sous-marin a acquis assez de flottabilité pour s'arracher à la succion de la vase...

— Nous essayons de rester au même niveau que lui, l'interrompit Giordino, pour nous assurer que le conduit amène toujours de l'air ; sinon, il risque de redescendre.

— Nous sommes parés ! aboya Turner.

Il donna l'ordre à son équipe de techniciens de grimper à bord du *Marlin* dès qu'il apparaîtrait à la surface, et de découper un trou au-dessus de la coque pour pomper de l'air et réanimer passagers et membres d'équipage. Il lança ensuite un appel à tous les navires qui se trouvaient dans un rayon de vingt milles afin qu'ils mettent le cap sur le site pour mettre au service de l'opération tout le matériel de réanimation dont ils disposaient. Il réquisitionna aussi tous les médecins pour qu'ils se préparent à embarquer à bord du sous-marin dès que les techniciens parviendraient à entrer. Le temps était précieux. Il allait falloir pénétrer très vite à l'intérieur du submersible pour réanimer les passagers et les membres d'équipage tombés dans le coma ou évanouis.

Parmi la flotte présente sur la zone, l'ambiance évolua en quelques minutes du sombre découragement à la plus totale jubilation lorsque le bruit courut que le sous-marin remontait à la surface. Un millier d'yeux observait l'étendue d'eau déserte autour de laquelle les bateaux formaient un cercle. Soudain, un monstrueux bouillonnement de bulles s'éleva à la surface et éclata en un arc-en-ciel de couleurs dans le soleil matinal, et le *Golden Marlin* fit surface. Il jaillit de l'eau droit sur sa quille, comme un immense bouchon, avant de se caler à la surface dans une énorme gerbe qui envoya une vague puissante vers les navires alentour, bousculant les plus petits comme les feuilles d'un arbre en plein ouragan.

— Il est arrivé ! s'exclama Turner, radieux, qui craignait presque d'être victime d'un mirage.

— Les canots de sauvetage ! cria-t-il au mégaphone, debout sur l'aileron de passerelle. Allez-y, vite !

Des acclamations firent vibrer l'air que ne troublait aucun souffle de vent. Les gens criaient jusqu'à s'enrouer, sifflaient, toutes les sirènes et les cornes résonnaient de concert. La résurrection était si brusque, si soudaine, que beaucoup, et Burch le premier, ne parvenaient pas à croire au miracle. Les cameramen de la presse, à bord des bateaux, des avions et des hélicoptères, ignorèrent très vite les menaces de Turner et du commandant du patrouilleur Garde-côtes, et foncèrent comme un essaim d'abeilles. Certains étaient même déterminés à monter à bord du *Golden Marlin.*

A peine le sous-marin installé sur l'eau comme un oiseau dans son nid, l'armada des sauveteurs se précipita vers lui. Les canots de l'*Alfred Aultman* arrivèrent les premiers et s'amarrèrent à son flanc. Turner annula ses ordres quant au matériel de découpage et ordonna simplement à ses hommes d'entrer par les écoutilles d'embarquement et de fret, accessibles de l'extérieur, maintenant que tout danger d'inondation était écarté.

Le *Mercury* fit surface juste à côté de l'imposant bâtiment. McKirdy manœuvrait le submersible de telle sorte que le conduit solidement installé dans la salle des machines continuait à pomper l'air et à chasser l'eau de la salle des machines et de la soute à bagages. Giordino ouvrit l'écoutille et, avant que McKirdy ne puisse l'arrêter, il plongea dans l'eau et nagea vers un canot qui transportait l'équipe chargée de déverrouiller le panneau de l'écoutille d'embarquement à tribord. On lui aurait intimé l'ordre de s'éloigner si, par bonheur, l'un des membres d'équipage ne l'avait reconnu. On le hissa à bord, et il put mettre ses muscles à l'œuvre pour forcer la charnière collée par la vase.

En tirant de toutes leurs forces, ils parvinrent à la soulever d'un centimètre. Ils redoublèrent d'effort. Cette fois, le panneau tourna sur ses gonds et alla reposer contre la coque. Pendant un instant, tous demeurèrent muets et se contentèrent de regarder à l'intérieur, angoissés, tandis qu'une odeur viciée s'insinuait dans leurs narines. Ils savaient que cet air était irrespirable. Les générateurs étaient toujours en marche, mais ils s'étonnèrent cependant du spectacle étrange de l'intérieur illuminé du sous-marin.

Au même instant, la seconde équipe ouvrait l'écoutille bâbord, permettant ainsi une circulation d'air frais. En entrant, les deux équipes découvrirent des corps allongés sur le sol et entreprirent de les réanimer. Giordino reconnut le capitaine Baldwin parmi eux.

Giordino savait quelle était la priorité, et ne perdit pas une seconde. Il se précipita dans le hall principal, vira et se lança le long d'une coursive vers la poupe avant de grimper quatre à quatre les escaliers qui menaient à la salle de commandement. Il courait le cœur en proie à l'angoisse, en respirant l'air nauséabond qui ne se régénérait que trop lentement. Il jaillit dans la salle de commandement, une peur sans cesse croissante aux tripes, la peur d'arriver trop tard pour sauver son ami.

Il enjamba le corps inerte d'O'Malley et s'agenouilla près de Pitt, qui gisait étendu au sol, les yeux clos. Il ne paraissait pas respirer. Giordino ne perdit pas de temps à prendre son pouls, mais se pencha pour effectuer une réanimation au bouche-à-bouche. Brusquement, à sa grande surprise, les grands yeux presque hypnotiques de Pitt cillèrent, puis s'ouvrirent, et une voix murmura :

— J'espère que la partie « divertissement » du programme est enfin terminée...

*
* *

Jamais autant de gens ne furent si proches de la mort au même instant, et ne jouèrent ensemble un tel vilain tour à la Faucheuse et au chien à trois têtes, gardien des Enfers. C'était presque un miracle qu'aucun des membres d'équipage ou des passagers du *Golden Marlin* ne meure ce jour-là. Seuls dix-sept d'entre eux, pour la plupart des personnes âgées, durent être évacués par hélicoptère vers les hôpitaux de Miami, et tous en ressortirent sans la moindre séquelle, sauf deux, qui quittèrent leurs unités de soins une semaine plus tard, après avoir souffert de traumatismes et de sévères maux de tête.

La plupart des passagers reprirent conscience lorsque l'air frais put à nouveau circuler à l'intérieur du bâtiment. Seules cinquante-deux personnes durent être réanimées à l'aide de masques à oxygène. Le capitaine Baldwin fut célébré par les médias et la direction de la Blue Seas Cruise Lines comme un héros, comme celui qui était parvenu à empêcher une immense tragédie. Le médecin de bord, John Ringer, fut lui aussi encensé, à juste titre, car ses efforts avaient contribué de manière inestimable à maintenir le taux de mortalité à bord à zéro. Le capitaine Turner et son équipage recueillirent félicitations et honneurs de la Navy pour leur participation au sauvetage.

Peu de gens connaissaient le rôle réel que Pitt et Giordino avaient joué dans le sauvetage du sous-marin, de son équipage et de ses passagers. Lorsque les médias apprirent que le sauveteur de plus de deux mille passagers du *Dauphin d'Emeraude* venait de jouer un rôle crucial dans l'affaire du *Golden Marlin*, Pitt et Giordino étaient déjà partis ; un hélicoptère de la NUMA les avait embarqués sur l'aire de décollage de la poupe de l'*Alfred Aultman.*

Aucune des tentatives des journalistes pour recueillir une interview de Pitt ne fut couronnée de succès, comme s'il avait disparu dans un trou aussitôt rebouché...

TROISIÈME PARTIE

La piste millénaire

LA PIERRE RUNIQUE

Chapitre 33

Le 31 juillet 2003,
Tohono Lake, New Jersey

PARMI les lacs du New Jersey, celui de Tohono était particulièrement bien situé, à l'écart des sentiers battus. Il se trouvait sur des terrains privés que la Cerbère Corporation mettait à la disposition des membres de sa haute direction. Un autre lac, à une cinquantaine de kilomètres de là, pourvoyait aux distractions des employés. En raison de son isolement, Tohono Lake n'était pas entouré de clôtures. La seule mesure de sécurité consistait en la présence d'un portail fermé, sept ou huit kilomètres plus loin, sur une route qui serpentait parmi les collines basses et les terrains boisés avant d'atteindre une opulente maison en rondins de trois étages, qui donnait sur le lac et était pourvue d'un embarcadère et d'une remise à bateaux. Aucune embarcation motorisée n'était admise sur le lac.

Fred Ames ne faisait pas partie de la direction de la Cerbère Corporation ; il n'en était même pas l'un des employés subalternes. C'était l'un des rares habitants de la région à ignorer les panneaux d'interdiction et à se rendre à pied jusqu'au lac pour pêcher.

Fred installa un campement sommaire derrière un rideau d'arbres, en bordure du lac. Celui-ci regorgeait de perches à grande bouche et l'on y pêchait rarement. Il était donc facile pour un vieux « pro » d'attraper plusieurs perches de cinq à dix livres avant midi. Fred s'apprêtait à entrer dans l'eau avec ses cuissardes et lancer sa ligne lorsqu'il vit une grosse limousine noire s'arrêter près de la remise à bateaux. Deux hommes en sortirent, munis de leur matériel de pêche, tandis que le chauffeur tirait à l'eau l'une des embarcations alignées près de l'embarcadère.

Il était assez inhabituel pour des dirigeants d'entreprises de pêcher à bord d'une barque et non d'un hors-bord, remarqua Ames. L'un des deux hommes rama jusqu'au centre du lac, puis il laissa dériver la barque ; les deux compères installèrent leurres et hameçons, puis ils lancèrent leurs lignes. Ames se recula à l'abri de la forêt et décida de se faire chauffer du café sur son réchaud Coleman et de se plonger dans un livre de poche en attendant le départ des deux richards.

Celui qui était installé au milieu de la barque mesurait un peu moins d'un mètre quatre-vingts et paraissait plutôt svelte pour un homme d'une soixantaine d'années. Ses cheveux d'un brun roux, sans la moindre trace de gris, surmontaient un visage hâlé. Tout en lui semblait avoir été sculpté dans le marbre par un artiste grec de l'Antiquité. Sa tête, son nez, ses mâchoires, ses oreilles, ses jambes, ses pieds et ses mains étaient proportionnés à la perfection. Les yeux étaient presque de la même teinte bleu-blanc que ceux d'un husky, mais son regard n'avait rien de glacial. Son expression douce était souvent perçue comme le signe d'une personnalité chaleureuse et amicale, alors qu'il disséquait tour à tour chacun de ses interlocuteurs. Ses mouvements – qu'il rame, attache son leurre et son hameçon ou lance sa ligne – étaient mesurés avec précision, sans un geste superflu.

Curtis Merlin Zale était un perfectionniste. Il ne restait rien chez lui du gamin qui arpentait les champs de maïs pour venir à bout de sa besogne. Après la mort de son père, lorsqu'il avait douze ans, il avait laissé tomber l'école pour s'occuper de la ferme familiale, et il s'était éduqué tout seul. Quand il atteignit ses vingt ans, il était à la tête de la plus grande ferme du comté et loua les services d'un régisseur pour la diriger au profit de sa mère et de ses trois sœurs.

Preuve d'un esprit rusé et d'une astucieuse ténacité, il falsifia son dossier scolaire afin d'être admis dans la plus prestigieuse école de commerce de Nouvelle-Angleterre. En dépit de ses lacunes en matière d'éducation, Zale était doté d'un esprit brillant et d'une mémoire photographique. Il obtint sa licence avec mention et passa un doctorat en économie.

A partir de là, sa vie se déroula toujours selon le même schéma : il lançait des entreprises, les gérait jusqu'à ce qu'elles soient très rentables, puis il les vendait. A trente-huit ans, il était le neuvième sur la liste des Américains les plus riches, avec une fortune nette qui se chiffrait en milliards de dollars. Il acquit alors une compagnie pétrolière dont les bénéfices étaient faibles, mais riche en baux d'exploitation dans l'ensemble du pays, Alaska compris. Dix ans plus tard, il opéra une fusion avec une entreprise ancienne et prospère de produits chimiques. Enfin, il regroupa ses holdings pour donner naissance à un conglomérat géant appelé Cerbère Corporation.

Personne ne connaissait vraiment Curtis Merlin Zale. Il ne se liait pas d'amitié, n'assistait à aucune fête ou réception; il ne s'était jamais marié et n'avait pas d'enfant. Son seul amour était le pouvoir. Il achetait et vendait les politiciens comme des chiens de race. Il était impitoyable, dur, et aussi froid que la calotte polaire. Aucun de ses adversaires en affaires n'avait jamais réussi à l'emporter contre lui. La plupart d'entre eux finissaient vaincus et brisés, victimes de coups déloyaux qui allaient bien au-delà de ce qu'admet l'éthique du monde des affaires.

Grâce à sa prudence et à son habileté, personne ne se douta jamais que Curtis Merlin Zale était parvenu au faîte du succès par le chantage et le meurtre. Fait curieux, aucun de ses associés, aucun organe de presse ou aucun de ses ennemis ne trouva jamais de raison sérieuse de s'étonner du décès de ceux qui croisaient le fer avec lui. Beaucoup de ceux qui se mettaient en travers de son chemin mouraient de causes apparemment naturelles – crises cardiaques, cancers ou autres maladies assez répandues. Certains mouraient dans des accidents – dans leur voiture, par noyade, ou à cause d'un tir malencontreux. Quelques-uns disparaissaient tout simplement. Aucune piste ne menait jamais jusqu'à la porte de Curtis Merlin Zale.

L'homme était un sociopathe à sang froid, dépourvu de toute conscience. Il était capable de tuer un enfant avec autant de facilité que s'il piétinait une fourmi.

Ses yeux bleu-blanc se portèrent vers son responsable de la sécurité, qui tentait avec maladresse de démêler sa ligne.

— Je trouve tout à fait curieux que trois projets vitaux conçus avec tant de méticuleuse prévoyance, à l'aide d'analyses informatisées, aient connu l'échec.

Contrairement au stéréotype classique de l'Asiatique, James Wong n'était jamais parvenu à acquérir un regard énigmatique. De grande taille pour un homme de ses origines, c'était un ancien commandant des Forces Spéciales, hautement discipliné, vif et meurtrier, à mi-chemin entre le mamba noir et la vipère heurtante. Il supervisait les basses œuvres de Zale par le biais de son organisation de coercition, les Vipères.

— Certains événements ont échappé à notre contrôle, répondit-il, exaspéré par l'enchevêtrement de sa ligne. Lorsque le *Dauphin d'Emeraude* s'est brisé, ces scientifiques de la NUMA sont apparus sans crier gare et sont parvenus à plonger pour étudier l'épave. Et puis, lorsque nous avons piraté leur navire et son équipage, ils ont réussi à s'échapper. Et maintenant, selon mes sources de renseignements, il apparaît que le personnel de la NUMA a joué un rôle primordial dans le sauvetage du *Golden Marlin*. Ils surgissent n'importe où, n'importe quand, comme la peste.

— Comment expliquez-vous cela, monsieur Wong ? Il s'agit d'une organisation océanographique, et non d'une agence gouvernementale militaire ou de renseignements. La NUMA se consacre à la recherche. Comment ont-ils pu déjouer les projets conçus et exécutés par les meilleurs mercenaires professionnels du marché ?

Wong posa sa canne et son moulinet.

— La ténacité de la NUMA était imprévisible. Nous avons joué de malchance.

— Je ne prends pas les erreurs à la légère, avertit Zale d'une voix atone. La place laissée au hasard relève toujours de mauvais calculs, et les bourdes relèvent de l'incompétence.

— Personne ne déplore l'échec autant que moi, dit Wong.

— Je trouve également que le coup d'esbroufe de Kanai à New York était particulièrement malvenu. Je ne comprends toujours pas comment il a pu perdre un avion d'un tel prix en voulant abattre un appareil chargé d'enfants. Qui a autorisé cette initiative ?

— Lui seul, après avoir rencontré Pitt par hasard. Ainsi que l'indiquent de façon claire vos directives, ceux qui font obstacle à nos projets doivent être éliminés. Et puis, bien sûr, Kelly Egan était à bord.

— Pourquoi la tuer ?

— Elle aurait pu reconnaître Kanai.

— Vous avez eu de la chance que la police n'ait pas réussi à remonter la piste jusqu'aux Vipères, puis jusqu'à la Cerbère.

— Ils ne risquent pas de réussir, promit Wong. Nous avons disposé un écran de fumée assez épais pour brouiller la trace à jamais – comme nous l'avons déjà fait cent fois dans le passé.

— Cette fois-ci, j'aurais pour ma part agi différemment, répliqua Zale d'un ton soudain plus glacé encore.

— Ce sont les résultats qui importent, argumenta Wong. Les moteurs d'Egan ne seront jamais pris au sérieux, tout au moins jusqu'à la conclusion des enquêtes en cours sur le *Dauphin d'Emeraude* et sur le *Golden Marlin*, ce qui pourrait prendre un an, voire plus. Il est mort, et la formule de l'huile « Slick Sixty-six » vous appartiendra très bientôt.

— A condition que vous me la remettiez en main propre.

— C'est comme si c'était fait, affirma Wong avec assurance. J'ai confié cette mission à Kanai. Il n'osera pas encourir le risque d'un nouvel échec.

— Et Josh Thomas ? Il n'acceptera jamais de nous livrer la formule.

Wong éclata de rire.

— Ce vieux poivrot nous donnera la formule dans les plus brefs délais, je peux vous le garantir.

— Vous me paraissez bien confiant...

— Kanai a rattrapé ses entreprises hasardeuses en kidnappant Kelly Egan à bord du *Golden Marlin* après avoir organisé le naufrage. Il l'emmène en avion à la maison de son père dans le New Jersey.

— Et une fois arrivé là-bas, j'imagine qu'il va la soumettre à la torture en présence de Thomas pour l'encourager à nous révéler sa formule ?

— Ce n'est pas un plan bien ingénieux, mais il nous garantit une bonne moisson de renseignements.

— Et les gardiens de la ferme ?

— Nous avons trouvé le moyen d'infiltrer leur système de sécurité sans déclencher d'alarme ; ils ne se douteront de rien.

— Kanai a eu beaucoup de chance que vous l'ayez rappelé ici avant que ses hommes et son navire ne partent en fumée dans les îles Kermadec.

— J'avais besoin de sa présence ici pour d'autres raisons.

Zale demeura assis en silence un moment avant de répondre.

— Je veux que le problème soit réglé une fois pour toutes. Nos projets doivent être menés à bien sans être interrompus par des influences extérieures. Nous ne pouvons envisager d'autres échecs. Peut-être devrais-je trouver quelqu'un qui soit en mesure de diriger les opération des Vipères sans complications inutiles.

Avant que Wong puisse répondre, une perche mordit à l'hameçon et la canne à pêche de Zale se plia en « U ». La perche jaillit à la surface avant de replonger dans une gerbe d'éclaboussements. Zale jugea qu'il devait peser dans les sept livres. Il fatigua lentement le poisson, puis commença à le ramener au moulinet vers la barque. Pendant tout ce temps, les deux hommes n'échangèrent pas une parole. Lorsque le bass arriva tout près de l'embarcation, Wong le recueillit à l'aide d'une épuisette et le regarda se débattre entre ses pieds avant de féliciter son patron.

— Belle prise, complimenta-t-il.

Le président-directeur général de la Cerbère arborait un air satisfait tandis qu'il ôtait l'hameçon et le leurre rouge et blanc de la gueule de la perche.

— Un vieux *Bassarino*, il n'y a que cela de vrai – ils réussissent à coup sûr. *(Au lieu de préparer sa ligne pour un nouveau lancer, Zale ouvrit la boîte où se trouvait son matériel de pêche et fit semblant de rechercher un nouveau leurre.)* Le soleil est haut, maintenant. Je crois que je vais essayer un *Winnow*.

Une alarme se déclencha dans le cerveau de Wong ; il croisa le regard de Zale en essayant de deviner ce qui se tramait dans son esprit.

— Vous suggériez que j'étais désormais inutile en tant que chef des Vipères ?

— Je pense que d'autres se montreraient peut-être capables de diriger nos projets futurs et les concluraient de façon plus productive.

— Je vous ai servi avec loyauté pendant plus de douze ans, fit remarquer Wong d'un ton de colère maîtrisée. Et tout cela compterait pour rien ?

— J'éprouve de la reconnaissance à votre égard, croyez-le...

Brusquement, Zale désigna la surface du lac derrière Wong.

— Je crois que vous avez une touche.

Wong se retourna pour vérifier, et il se rendit compte trop tard que sa ligne était emmêlée et qu'il ne l'avait pas lancée. En un mouvement aussi vif que l'éclair, Zale attrapa une seringue dans sa boîte, plongea l'aiguille dans le cou de Wong et enfonça le piston.

Le poison eut un effet presque immédiat. Avant que Wong ne puisse esquisser un geste de résistance, l'engourdissement l'envahit, aussitôt suivi par la mort. Il retomba dans la barque, les yeux écarquillés de surprise, et les muscles de son corps se relâchèrent.

D'un geste tranquille, Zale vérifia l'absence de pouls, puis il lia autour des chevilles de Wong le cordage fixé à une grosse boîte métallique remplie de béton durci, qui tenait lieu d'ancre à la barque. Il passa la boîte par-dessus bord et le corps de Wong ensuite. Il observa la surface de l'eau d'un air indifférent jusqu'à la disparition des dernières bulles.

Le poisson se débattait toujours au fond de la barque, mais ses mouvements devenaient de plus en plus faibles. Zale le lança à l'eau et le laissa rejoindre Wong.

— Désolé, mon ami, dit-il en scrutant l'eau verte, mais l'échec engendre l'échec. Lorsque vos sens s'émoussent, cela signifie qu'il est temps de vous remplacer.

*
* *

Fred Ames commençait à perdre patience. Il s'avança avec prudence vers le bord du lac, tout en demeurant à l'abri des arbres. Lorsqu'il atteignit le bord, il aperçut à la surface de l'eau le pêcheur solitaire qui ramait en direction de la limousine.

— C'est tout de même curieux, marmonna-t-il à sa seule intention. J'aurais juré qu'ils étaient deux à bord de cette barque...

Chapitre 34

Les membres des Vipères, maintenant dirigés par Omo Kanai, avaient observé l'heure de la relève des gardiens de la ferme du docteur Egan et noté à quel moment précis les nouveaux gardes entraient dans la propriété tandis que les autres rentraient chez eux. A l'aide de photographies vidéo aériennes, ils avaient pu les suivre jusqu'à leurs postes camouflés. A bord d'une voiture maquillée en véhicule de patrouille, ils avaient ensuite réussi à pénétrer dans l'enceinte de la ferme en se faisant passer pour des adjoints du shérif local. Après avoir tué le gardien de la route d'accès qui, à l'abri de son arbre, ne se doutait de rien, ils entrèrent dans la maison, capturèrent Josh Thomas et convoquèrent les autres gardiens en arguant d'une réunion concernant de nouvelles mesures de sécurité.

Une fois les gardiens rassemblés, ils furent exécutés sans autre cérémonie et leurs corps jetés dans une cave située sous la grange.

Lorsque Omo Kanai arriva à l'aéroport voisin dans un avion privé sans marque distinctive, propriété de la Cerbère Corporation, il jeta Kelly, droguée, dans le coffre de sa voiture, et la mena à la ferme de son père, désormais tenue par son gang de mercenaires. Il porta la jeune femme à l'intérieur, puis la laissa tomber devant Josh Thomas, bâillonné et ligoté sur un siège.

Thomas tentait de se débattre et marmonnait des malédictions inintelligibles à travers son bâillon, avec pour seul résultat l'hilarité des cinq hommes réunis dans la pièce, qui s'étaient débarrassés de leurs faux uniformes pour enfiler leur costume noir habituel.

— Tout s'est bien passé ? demanda Kanai.

Un homme d'une carrure impressionnante, haut de plus d'un

mètre quatre-vingt-quinze et d'un poids proche de cent trente kilos, hocha la tête.

— Les gardes d'Egan n'étaient pas des gros calibres. Quant à l'histoire du shérif, ils ont tout gobé : l'hameçon, la ligne et la canne à pêche !

— Où sont-ils ?

— On s'en est débarrassés.

Kanai étudia le sourire en coin de son efficace collègue et son visage marqué de cicatrices, rendu plus avenant encore par un nez cassé, une dent manquante sur le devant et une oreille en chou-fleur, et lui adressa un signe de tête pour marquer sa satisfaction.

— Bon travail, Darfur.

Des yeux sombres et mauvais luirent sous l'épaisse tignasse noire. Kanai et Darfur travaillaient ensemble depuis de nombreuses années ; ils s'étaient rencontrés au cours d'une opération d'élimination d'un groupe terroriste en Iran. Le gros Arabe fit un geste en direction de Thomas.

— Je vous fais observer que nous n'avons laissé aucune marque, et pourtant, je crois que nous l'avons assez adouci pour qu'il révèle ce que vous souhaitez savoir.

Kanai examina Thomas et remarqua son expression grimaçante de douleur, résultat plus que probable d'un passage à tabac. Darfur avait brisé les côtes du scientifique, Kanai n'en doutait pas. Il décela aussi la colère dans les yeux de Thomas à la vue de Kelly droguée et presque inconsciente étendue sur le sol. Kanai adressa un sourire à Thomas, puis s'approcha de Kelly et lui expédia un brutal coup de pied à l'estomac. Une expression de terrible douleur se répandit sur les traits de la jeune femme, qui émit un gémissement pathétique en cillant des yeux.

— Réveillez-vous, mademoiselle Egan. Il est temps pour vous de persuader monsieur Thomas de nous révéler la formule de l'huile de votre père.

Kelly se roula en boule et agrippa son ventre, le souffle coupé. La douleur était différente de toutes celles qu'elle avait pu subir jusqu'alors. Lorsqu'il s'agissait de placer le bout d'une botte au meilleur endroit pour provoquer une souffrance intolérable, Kanai était un expert. Au bout d'une minute, elle se débattit pour se redresser sur le coude et tourner son regard vers Thomas.

— Josh, ne dis pas à ce salaud...

Elle ne put prononcer un mot de plus. Sa respiration fut à nouveau coupée lorsque Kanai poussa sa botte contre son cou et plaqua sa tête contre le sol.

— Vous êtes une jeune obstinée, lui dit-il d'un ton froid. Prenez-vous plaisir à souffrir ? Car ce n'est que le début, soyez-en sûre...

L'un des hommes de Kanai entra dans la pièce, une radio portative à la main.

— On me signale qu'une voiture s'approche du portail. Faut-il lui refuser l'accès à la propriété ?

Kanai réfléchit un instant.

— Il vaut mieux les laisser entrer et savoir qui ils sont plutôt que d'éveiller des soupçons.

*
* *

— Très bien, puisque c'est toi le cerveau, dit Giordino en bâillant, encore épuisé après le vol de Miami, comment comptes-tu t'y prendre pour ouvrir le portail ?

— Je vais composer le code, répondit Pitt, installé au volant d'un vieux pick-up Ford loué à un marchand de matériel agricole.

— Tu le connais ?

— Non.

— Tu me traînes jusqu'ici moins d'une heure après que je t'ai sorti du *Golden Marlin*, sous prétexte que Kanai a enlevé Kelly Egan pour l'amener au laboratoire de son père, et tu ne connais pas le code de sécurité ?

— Du point de vue de Kanai, il n'y a pas de meilleur endroit pour soutirer des renseignements à Kelly et à Josh Thomas. La formule doit être cachée quelque part dans le labo.

— Quel dispositif miraculeux vas-tu utiliser pour nous permettre d'entrer ? demanda Giordino en examinant les hauts murs et le portail massif.

Pitt ne répondit pas aussitôt, mais se pencha par la vitre et appuya sur une série de boutons.

— Il faudra bien que cela fasse l'affaire. Kelly avait d'ailleurs une télécommande avec un code différent.

— Suppose que Kanai et ses larbins aient réussi à neutraliser le système de sécurité et les gardiens ? Pourquoi nous ouvriraient-ils ?

— Parce que j'ai composé le mot Cerbère en guise de code.

— Si j'avais le moindre gramme de bon sens, lança Giordino en roulant des yeux, je ficherais le camp immédiatement.

Les yeux verts de Pitt brillaient d'un éclat dur.

— Si je me trompe, la porte ne s'ouvrira pas, nous serons venus de Miami en pure perte, et Kelly sera perdue pour de bon.

— Nous la trouverons, affirma Giordino avec courage. Nous la chercherons jusqu'à ce que nous l'ayons découverte.

Les deux amis étaient sur le point de quitter les lieux lorsque le portail commença à s'ouvrir.

— Je crois que nous avons touché la corde sensible, remarqua Pitt.

— Tu sais, bien entendu, qu'ils se tiennent en embuscade pour nous descendre ?

Pitt enclencha une vitesse et passa le portail.

— Nous sommes armés, nous aussi.

— Mais bien sûr ! Tu as ton vieux Colt .45, et moi, je n'ai qu'un tournevis que je viens de trouver dans la boîte à gants. Les types que nous allons affronter ont des armes d'assaut à ne plus savoir qu'en faire.

— Nous trouverons peut-être quelque chose en chemin...

Pitt dépassa les terrains agricoles et ralentit en arrivant vers le vignoble, en attendant que la barrière se lève, ce qui fut fait en parfaite synchronisation. L'un des hommes de Kanai vêtu d'un uniforme de gardien marcha vers la voiture et se pencha à la vitre ; il tenait un fusil d'assaut qui lui barrait le torse.

— Puis-je vous renseigner, messieurs ?

— Où est Gus ? demanda Pitt d'un ton innocent.

— Il a appelé pour prévenir qu'il était malade, répondit le garde, dont le regard scrutait l'intérieur de la voiture à la recherche d'armes. N'en voyant aucune, il se détendit quelque peu.

— Et comment va sa gamine ?

Les sourcils du garde s'élevèrent de quelques millimètres.

— Elle va bien, aux dernières nouvelles, et...

Il ne put finir sa phrase. Pitt empoigna par le canon le Colt glissé sous sa cuisse droite et lui fit décrire un arc de cercle avant de l'abattre sur le front du garde. Les yeux de l'homme louchèrent, sa tête et ses épaules disparurent de l'encadrement de la vitre, et il s'affaissa au sol.

Aussitôt, Pitt et Giordino sortirent de la voiture, le tirèrent à travers les vignes jusqu'à un gros tronc d'arbre. Celui-ci était creux et un escalier de huit marches conduisait à une salle de surveillance vidéo souterraine. Vingt moniteurs étaient installés sur un mur, et leurs caméras balayaient les champs et les vignes de la ferme aussi bien que l'intérieur de la maison. Pitt se paralysa brusquement à la vue de Thomas ligoté et de Kelly qui se tordait de douleur sur le sol. Il était furieux de la voir ainsi maltraitée, mais heureux de savoir qu'elle n'était qu'à quelques centaines de mètres de là. Les cinq « Vipères » ne semblaient pas se douter qu'ils étaient filmés par une caméra.

— Nous l'avons trouvée ! s'écria Giordino, soudain soulagé.

— Elle est toujours en vie, dit Pitt, qui sentait la rage monter en lui, mais ces ordures lui font passer un sale quart d'heure.

— Il vaut mieux ne pas donner la charge comme le Septième de Cavalerie à Little Big Horn, suggéra Giordino. Grâce au système de sécurité, nous pouvons couvrir toute la propriété, ainsi que la maison ; nous allons ainsi localiser tous les hommes de Kanai.

— Il va falloir se dépêcher. Ils attendent un rapport du garde sur notre compte.

Au moment où Giordino s'installait devant la console, Pitt découvrit la combinaison noire que le sbire de Kanai avait ôtée au moment de revêtir l'uniforme de garde. Il baissa les yeux vers le corps inanimé et constata qu'il était à peu près de la même taille que le mercenaire. Il prit le temps d'ôter ses vêtements de ville et enfila le pantalon et le sweater noirs. Les bottes étaient un peu étroites, mais il réussit à y glisser les pieds ; il se couvrit la tête et le visage d'une cagoule noire pour compléter l'ensemble.

— Pour ce qui est d'assassiner leur prochain, ces types ne souffrent pas de la moindre inhibition, remarqua Giordino alors qu'un des écrans révélait les cadavres des gardiens entassés comme des sacs dans la cave de la grange. Il passait d'une caméra à l'autre à la recherche des hommes de Kanai.

— Mis à part les cinq qui se trouvent dans la maison, j'en vois deux autres, annonça-t-il. Le premier garde la porte de derrière, qui donne sur la rivière, et l'autre est près de la grange.

— Ce qui nous donne un total de huit, en comptant notre ami ici présent.

— Ce ne serait peut-être pas une mauvaise idée d'appeler des renforts...

Pitt désigna d'un mouvement de la tête les trois téléphones posés près de la console.

— Préviens le bureau du shérif, explique-leur la situation et demande-leur d'envoyer des policiers.

— Et toi ? Quel numéro vas-tu nous jouer ?

— Ainsi vêtu, ils me prendront pour l'un des leurs. Ça ne fera pas de mal d'avoir une présence amicale sur place quand l'enfer se déchaînera.

— Et moi ? demanda Giordino.

— Reste ici, surveille ce qui se passe sur les écrans, et dirige les policiers.

— Kanai va appeler et demander où sont passés les occupants de la voiture...

— Joue le rôle. Tu n'auras qu'à raconter que c'étaient des représentants en engrais agricoles et que tu t'es occupé d'eux.

— Comment vas-tu t'y prendre ?

— Le vignoble longe la maison à courte distance. Je m'approcherai à l'abri des vignes, et je gagnerai l'entrée principale en me cachant derrière les colonnes. Le seul point délicat, c'est la petite étendue d'herbe à découvert.

— Fais bien attention à ne pas nous flanquer dans le pétrin, Stan Laurel, dit Giordino, pince-sans-rire.

— Je te promets d'être sage, Ollie.

Giordino revint à ses écrans, tandis que Pitt grimpait les escaliers jusqu'au vieux tronc d'arbre et se glissait parmi les vignes.

*
* *

L'esprit de Pitt enregistrait deux émotions de nature différente : la crainte de ne pouvoir sauver Kelly à temps, et la pulsion de vengeance. Comment pouvait-il y avoir autant de cadavres abandonnés dans le sillage de la Cerbère Corporation ? Pour quel motif ? L'obsession du pouvoir ? Personne ne vivait assez vieux pour profiter bien longtemps de satisfactions aussi délétères... Aux yeux de Pitt, il s'agissait de pure démence.

Il courait courbé entre les rangées de vignes en prenant garde de ne pas dépasser des branches les plus hautes, et ses bottes s'enfonçaient dans la terre meuble. Il n'avait pas pris le fusil automatique du mercenaire. Il se servait rarement d'un fusil et préférait se déplacer à son aise, armé seulement de son vieux .45 et de deux chargeurs de rechange. La journée estivale était chaude et moite et la transpiration perlait sous sa cagoule. Il préféra ne pas l'ôter, car elle faisait partie de l'uniforme standard des Vipères, et il ne tenait pas à éveiller les soupçons.

Il parcourut ainsi plus d'une centaine de mètres jusqu'au bout des rangées de vignes, près de la façade de la maison. Il ne lui restait à franchir qu'une étroite bande de pelouse. Il était hors de vue du mercenaire qui gardait la grange et de celui qui surveillait l'arrière de la maison ; dans le cas présent, il ne s'agissait pas seulement d'être discret, mais plutôt de jouer les hommes invisibles. Il jeta un coup d'œil vers les fenêtres et détecta des mouvements dans la maison, ce qui signifiait qu'une fois privé de l'abri des pieds de vigne, il serait clairement repérable de l'intérieur.

Une quinzaine de mètres le séparait de la première colonne du portique, quinze mètres de pelouse à découvert sous un soleil éclatant. Il s'avança jusqu'au bout de la rangée de vignes. S'il se lançait d'un seul coup, quelqu'un pourrait percevoir le mouvement, aussi traversa-t-il l'étendue d'herbe avec une extrême lenteur, attentif au moindre signe de présence du garde de la porte de derrière. Il se déplaçait pas à pas, comme un chat qui s'apprête à bondir sur un oiseau distrait.

Cinq marches de bois donnaient accès au portique à colonnades. Pitt les gravit calmement, avec douceur, craignant à chaque instant d'entendre un craquement qui aurait trahi sa présence. Quelques secondes plus tard, son dos se pressait contre le mur, près du coin de la maison, à cinquante centimètres de la fenêtre en saillie de la salle de séjour. Il s'étendit sur le ventre et rampa sous la fenêtre. Lorsqu'il atteignit l'autre côté, il se releva et s'approcha de la porte, qu'il entrouvrit. Le vestibule était désert ; il se glissa à l'intérieur comme une ombre.

Pitt entra dans la salle de séjour en passant par une ouverture voûtée. Une poterie d'où s'élevait une petite plante tropicale était posée sur un piédestal au coin du passage. Il prit le temps d'examiner la pièce, afin de bien fixer dans son esprit la position de chacun.

Josh Thomas était affalé et ligoté sur un siège au centre de la pièce. Du sang coulait des petites plaies qui entaillaient son front, son nez et ses oreilles. Pitt reconnut Omo Kanai : il s'agissait bien du pilote du Fokker rouge. Il était assis au beau milieu d'un canapé, négligemment appuyé contre un accoudoir, et fumait un cigare. Deux des mercenaires des « Vipères », vêtus de noir, se tenaient de chaque côté de la cheminée, prêts à faire usage de leurs armes. Un autre était debout près de Josh Thomas, avec à la main un couteau levé à la hauteur des yeux du scientifique. Le cinquième personnage était une sorte de monstre ; il agrippait Kelly, qui se débattait autant qu'elle le pouvait, par ses longs cheveux et la maintenait en l'air, les pieds à plusieurs centimètres de la moquette. Pas un cri ne s'échappait de ses lèvres, mais elle gémissait de douleur.

Pitt se recula un instant derrière l'ouverture, tout en se demandant si Giordino le suivait sur un des moniteurs de la salle de surveillance. Il aurait été ridicule de croire qu'il suffisait d'entrer, de déclamer « Hors de ma vue, vermines, allez rejoindre votre Créateur », puis de se contenter de vivre heureux jusqu'à un âge avancé. Les hommes qui se trouvaient là l'auraient volontiers abattu cent fois s'il avait agi de la sorte. Ils s'étaient entraînés au meurtre pendant des années et ne perdraient pas un dixième de seconde en réflexions inutiles. Tuer était un acte aussi naturel pour eux que de se brosser les dents. Pitt devait se préparer à tuer, lui aussi. Cela lui était déjà arrivé en état de légitime défense, mais le goût du sang n'était pas dans sa nature. Il fallait qu'il rassemble ses forces. Sa détermination était pleinement justifiée : il allait sauver deux vies, celle de Josh Thomas et celle de Kelly... mais seulement s'il sortait vainqueur de l'affrontement. Quelle que soit l'issue, les perspectives demeuraient sombres.

La surprise était de son côté, d'autant qu'il était vêtu de son uniforme des « Vipères ». Il décida pourtant de s'assurer d'un avantage supplémentaire en commençant par tirer masqué au moins en partie par la plante tropicale. Ses adversaires ignoreraient l'origine des coups de feu et seraient ainsi plus lents à réagir. Il pourrait alors choisir ses cibles par ordre de priorité.

Il rejeta pourtant vite cette idée. Il aurait pu atteindre deux ou trois « Vipères », mais les autres le cribleraient de balles avant qu'il puisse en finir. Et puis, il y avait la possibilité bien réelle que Josh et Kelly soient atteints par une balle perdue. Après réflexion, Pitt se dit qu'il valait mieux chercher à gagner du temps et attendre les renforts de police. Il posa son Colt sur la table, derrière un vase, entra discrètement dans la salle de séjour et attendit.

Au début, personne ne le remarqua. Tous les regards se concentraient sur Kelly, qui se débattait contre Darfur. La douleur intolérable lui faisait couler les larmes des yeux, et Pitt souffrait le martyre en assistant à la scène. Il évaluait à cinq minutes le temps nécessaire avant l'arrivée des forces de l'ordre, mais il ne pouvait se contenter de rester là sans agir.

— Dites au gros bonhomme de la lâcher, dit-il à Kanai d'une voix calme.

Kanai se tourna vers les lui, les sourcils arqués par la surprise.

— Qu'est-ce que vous venez de dire ?

— Je vous ai dit d'ordonner à votre gros tueur d'ôter ses mains visqueuses de cette fille, répéta Pitt en faisant glisser sa cagoule.

Toutes les armes se levèrent d'un seul mouvement pour viser la poitrine de Pitt.

— *Vous!* murmura Kanai, stupéfait. Attendez ! cria-t-il à l'adresse de ses sbires. Ne le tuez pas. Pas encore.

Kelly oublia sa souffrance et le dévisagea avec une expression de totale surprise.

— Non, non, vous n'auriez pas dû venir, haleta-t-elle entre ses lèvres serrées.

— Vous serez le prochain à mourir, Kanai, avertit Pitt, glacial, s'il ne la relâche pas immédiatement.

Kanai adressa à Pitt un regard perplexe.

— Vraiment ? Et qui va me tuer ? Vous, peut-être ?

— Un détachement de police va arriver d'une seconde à l'autre. La route est la seule issue. Vous êtes piégés.

— Vous me pardonnerez, monsieur Pitt, si j'ai du mal à vous croire. Aide cette jeune femme à se lever, poursuivit-il avec un signe de tête à l'adresse du géant, avant de se tourner à nouveau vers Pitt. Avez-vous tué l'un de mes hommes ?

— Non, répondit Pitt. Je me suis contenté de flanquer votre copain dans la salle de surveillance vidéo et je lui ai emprunté ses vêtements.

— J'ai un compte à régler avec vous, monsieur Pitt. Vous êtes certainement d'accord avec moi sur ce point ?

— En ce qui me concerne, je crois que j'aurais mérité une médaille pour m'être mis en travers de vos projets. Vous et vos amis devriez retourner dans les bourbiers de l'âge jurassique.

— Votre mort sera lente et douloureuse.

Kanai venait d'annoncer la couleur. Il allait prendre son temps pour se débarrasser de Pitt. Dans l'esprit du tueur, l'heure de la revanche avait sonné. Pitt se rendit parfaitement compte qu'il se trouvait dans une situation périlleuse. Que pouvait bien penser

Giordino en assistant à la scène sur l'un des écrans de surveillance ? Les représentants de la loi allaient arriver. De cela au moins, il était sûr, mais quand ? Il allait devoir gagner autant de temps que possible.

— Ai-je interrompu quelque chose en m'invitant à votre petite réception ?

Kanai lui adressa un regard calculateur.

— J'étais plongé dans une conversation amicale avec mademoiselle Egan et monsieur Thomas. Nous parlions des travaux du docteur Egan.

— *Trouver la formule*, c'est toujours la même vieille rengaine, n'est-ce pas ? commenta Pitt d'un ton dédaigneux. Voilà qui est bien peu créatif de votre part, Kanai. On dirait que tout le monde dans ce pays connaît la formule de l'huile, sauf vous et vos amis de la Cerbère.

Les yeux de Kanai s'agrandirent de quelques millimètres.

— Vous êtes bien informé.

— Tout est question d'interprétation, répondit Pitt en haussant les épaules.

Kelly s'était rapprochée de Thomas. Elle ôta son bâillon et commença à essuyer le sang de son visage à l'aide de son sweater, révélant ainsi son soutien-gorge. Thomas leva ses yeux éteints vers elle en murmurant des remerciements. L'énorme Darfur se tenait derrière Pitt, tel un coyote qui vient de piéger un lapin dans un fossé.

— Votre arrivée est peut-être une bénédiction, après tout, dit Kanai. Et maintenant, mademoiselle Egan, poursuivit-il en se tournant vers la jeune femme, vous allez gentiment me donner cette formule. Sinon, je tirerai sur cet homme en visant d'abord les genoux, puis les coudes, et je lui ferai ensuite exploser les oreilles.

Kelly lança à Pitt un regard angoissé. C'était le coup de grâce. Kanai menaçait à la fois Pitt et Thomas, et elle savait que sa détermination ne lui permettrait pas de tenir bon. Elle céda soudain.

— La formule est cachée dans le laboratoire de mon père.

— Où ? demanda Kanai. Nous l'avons déjà fouillé de fond en comble.

Kelly s'apprêtait à répondre, mais Pitt l'interrompit.

— Ne lui dites pas. Il vaut mieux que nous mourions tous plutôt que de donner à ses amis assassins de la Cerbère un filon qu'ils ne méritent pas.

— Cela suffit, aboya Kanai, en tirant de son holster un pistolet automatique dont il braqua le canon sur le genou de Pitt. Je crois que mademoiselle Egan a besoin d'être convaincue.

Darfur s'approcha et se plaça devant Pitt.

— *Sir*, ce serait un honneur pour moi si vous me permettiez d'exercer mon savoir-faire sur ce chien.

— Je suis coupable de négligence, répondit Kanai en souriant. J'avais oublié vos talents de persuasion, mon vieil ami. Il est à vous.

Darfur se tourna pour poser son fusil contre une chaise. Pitt, qui feignait la peur, détendit soudain ses muscles comme un crotale et son genou frappa Darfur à l'entrejambe. Le choc aurait dû lui faire perdre conscience, ou tout au moins paralyser le monstre pendant un moment, mais Pitt avait à peine dévié son coup et le gros de l'impact heurta Darfur juste à côté des testicules.

Darfur fut pris par surprise et se cassa en deux avec un halètement rauque de douleur qui ne dura qu'un instant. Il recouvra presque aussitôt ses esprits et frappa Pitt à la poitrine, des deux mains jointes. Ce fut un véritable coup de masse qui expulsa en une seconde tout l'air des poumons de Pitt, qui s'effondra sur une table avant de s'affaisser sur la moquette. Pitt n'avait jamais reçu un choc pareil. Il se rétablit sur ses genoux et tenta d'aspirer de l'air. Encore une punition du même genre et il deviendrait un candidat parfait pour la morgue. Jamais il ne parviendrait à abattre le géant avec ses pieds ou ses poings, et il lui aurait fallu des muscles larges comme des canalisations d'égout pour amorcer ne serait-ce qu'un semblant de résistance. Il avait besoin d'une arme, n'importe laquelle. Il prit une table basse, la souleva en l'air et la fit retomber sur la tête de Darfur. La surface de bois vola en éclats, mais le monstre devait posséder un crâne de métal ; ses yeux devinrent vagues et il chancelait sans parvenir à retrouver son équilibre. Pitt se dit qu'il avait son compte et s'apprêtait à bondir pour s'emparer du pistolet de Kanai, mais Darfur s'ébroua, se frotta la tête, concentra son regard et repartit à l'attaque.

Pitt menait le combat de sa vie, et il le perdait. Dans le monde de la boxe, on dit qu'un bon boxeur de petite taille ne peut vaincre un bon boxeur de gros gabarit. Pas dans un combat à la loyale. Pitt, éperdu, cherchait quelque objet à lancer. Il s'empara d'une lourde lampe en céramique posée sur une autre table basse et la balança des deux mains. La lampe rebondit sur l'épaule droite de Darfur comme une pierre sur un char Patton. Pitt continua avec un téléphone, puis un vase, suivis par une horloge qui trônait sur la cheminée. Il aurait tout aussi bien pu jeter des balles de tennis. Aucun des projectiles ne semblait affecter le corps massif de Darfur.

Il croisa le regard froid et mort, et comprit que le géant était fatigué de jouer. Darfur se lança à travers la pièce, mais Pitt était encore assez agile pour faire un pas de côté et le laisser foncer comme une locomotive pour aller s'écraser contre un piano. Il courut ramasser le tabouret de l'instrument et se prépara à le fracasser sur la tête de son ennemi, mais le coup ne partit jamais.

Les mains de Kelly étaient serrées autour du cou de Kanai. Ce dernier les écarta comme si la jeune femme n'était qu'un inoffensif rongeur et abattit son arme sur la nuque de Pitt. Le coup ne l'assomma pas, mais déchaîna une vague de douleur qui le fit s'agenouiller et perdre un instant conscience. Il reprit vite ses esprits, et à travers l'obscurité qui brouillait sa vision, il se rendit compte que Kelly hurlait. Dès qu'il put à nouveau accommoder, il s'aperçut que Kanai la maintenait à distance en lui tordant le bras, qui était à un millimètre de la fracture. Kelly venait de tenter de lui arracher son arme pendant que son attention se concentrait sur le combat inégal entre Darfur et Pitt.

Pitt prit soudain conscience d'être hissé de force par Darfur, qui lui entoura la poitrine de ses bras, joignit ses mains par-devant et commença à serrer. Le souffle de Pitt était irrémédiablement comprimé à l'intérieur de ses poumons, comme s'il était la proie d'un boa constrictor. Sa bouche était ouverte, mais il ne pouvait pas émettre le moindre son. L'obscurité gagnait son cerveau, et il ne se berçait pas d'illusions quant à ses chances de contempler à nouveau la lumière. Il sentait ses côtes sur le point de craquer, et il était à deux doigts d'abandonner le combat lorsque la pression se relâcha, et que l'étreinte des bras de Darfur se desserra.

Comme dans un rêve, il vit Giordino entrer dans la pièce et frapper le monstre aux reins, par-derrière. Le géant se plia en deux de douleur. Kanai laissa tomber son arme et lâcha la main de Kelly.

Les autres « Vipères » se figèrent, leurs armes désormais pointées en direction de Giordino, attendant l'ordre de tir de Kanai.

Darfur examina l'intrus d'un regard plein d'appréhension, et lorsqu'il constata que celui-ci n'était pas armé, son visage prit une expression de dédain.

— Laissez-le-moi, dit-il d'un ton de diabolique menace.

En un seul mouvement, il laissa Pitt s'affaler sur la moquette, avança de deux pas et souleva Giordino du sol en une étreinte de grizzli et le maintint ainsi les pieds en l'air. Les deux hommes se regardaient, leurs visages à quelques centimètres l'un de l'autre. Les lèvres de Darfur étaient retroussées, et ses yeux brillaient d'un éclat mauvais, alors que le visage de Giordino demeurait impassible et ne trahissait aucun signe de peur.

Lorsque Darfur l'avait saisi pour le soulever, il avait levé les bras, qui étaient restés libres et s'élevaient en l'air au-dessus de la tête de la brute. Darfur semblait vouloir les ignorer et concentrait toute sa force à étouffer l'Italien râblé jusqu'à lui ôter son dernier souffle.

Pitt, encore étourdi et en proie à une terrible douleur, rampa à travers la pièce en prenant de grandes inspirations. Sa tête et sa poitrine meurtries l'élançaient sans pitié. Kelly bondit sur le dos de Darfur, lui couvrit les yeux de ses mains et le frappa, le forçant à balancer la tête d'avant en arrière. D'une seule main, le géant réussit cependant à la faire lâcher prise et la rejeta au loin comme un vulgaire mannequin ; la jeune femme alla s'affaisser sur le canapé avant même que le tueur ne resserre l'étau de ses bras autour de la poitrine de Giordino.

Giordino pouvait se passer de secours. Il baissa les bras et serra ses doigts autour de la gorge de Darfur. Le géant prit tout à coup conscience du fait que c'était lui, désormais, qui voyait la mort en face. La crainte transforma l'expression mauvaise de son visage en un rictus apeuré. L'air se refusait à franchir le barrage de ses poumons et tantôt il martelait la poitrine de Giordino de ses poings, tantôt il tentait avec désespoir de desserrer l'étreinte de ses mains autour de sa gorge. Giordino était impitoyable, et ne semblait pas vouloir lâcher prise. Il s'accrochait comme un bouledogue acharné tandis que Darfur se débattait à travers la pièce comme un pantin.

Après un gémissement haletant, le corps inerte de Darfur s'effondra comme un tronc d'arbre, Giordino accroché à son dos. Au même instant, un convoi de véhicules de patrouilles et de camionnettes de la police freina sur l'allée de graviers. Des hommes en uniforme lourdement armés se dispersèrent autour de la maison. Le son de rotors d'hélicoptères résonnait à travers les fenêtres.

— Par-derrière ! cria Kanai à ses hommes.

Il attrapa Kelly par la taille et commença à la traîner hors de la pièce.

— Si vous lui faites le moindre mal, l'avertit Pitt d'une voix aussi glacée que la pierre, je vous arracherai les membres un par un.

Il comprit que Kanai calculait ses chances d'évasion en compagnie d'une prisonnière qui ne cessait de se débattre.

— Ne vous inquiétez pas, répondit Kanai d'un ton moqueur en poussant Kelly au milieu de la pièce. Elle est à vous pour l'instant. Jusqu'à notre prochaine rencontre, car nous allons nous revoir.

Pitt tenta de le suivre, mais il dut s'arrêter pour s'appuyer sur une crédence en attendant que sa vision s'éclaircisse et que sa douleur s'apaise. Au bout d'une minute, il revint vers la salle de séjour où il trouva Giordino occupé à couper les liens qui entravaient Josh Thomas, pendant que Kelly tamponnait les blessures au visage du scientifique à l'aide d'un morceau de tissu imbibé de Jack Daniel's.

Pitt baissa les yeux vers le corps inerte de Darfur.

— Il est mort ?

— Pas tout à fait, répondit Giordino en secouant la tête. J'ai pensé qu'il valait mieux qu'il reste en vie. On peut peut-être le persuader de raconter ce qu'il sait à la police et au FBI.

— Il était temps que tu arrives, non ? lui demanda Pitt avec un sourire tendu.

Giordino le regarda en haussant les épaules.

— J'étais sur le départ deux secondes après t'avoir vu malmener, mais j'ai dû m'arrêter au passage pour m'occuper du garde posté près de la grange.

— Je te suis très reconnaissant, dit Pitt, sincère. Sans toi, je ne serais plus là.

— C'est vrai, mes interventions commencent à devenir monotones.

Avec Giordino, il était en général impossible d'avoir le dernier mot. Pitt se dirigea vers Josh Thomas, qu'il aida à se lever.

— Comment allez-vous, mon vieux ?

Thomas sourit non sans courage.

— Après quelques points de suture, je serai comme neuf.

Pitt passa un bras autour des épaules de Kelly.

— Vous êtes une vraie dure, mademoiselle ! la complimenta-t-il.

— Il s'est enfui ?

— Kanai ? J'en ai peur, à moins que les hommes du shérif ne parviennent à le capturer.

— Pas lui, répondit-elle avec une expression d'inquiétude dans le regard. Ils ne le trouveront pas. Il reviendra pour tuer, par vengeance, et ses patrons de la Cerbère ne connaîtront pas de répit avant d'obtenir la formule de mon père.

Pitt regarda par la fenêtre comme s'il cherchait quelque chose au loin, au-delà de l'horizon. Quand il parla, ce fut d'une voix tranquille, comme s'il s'attardait sur chaque syllabe.

— J'ai la curieuse impression que la formule de l'huile n'est pas la seule chose qui les intéresse...

Chapitre 35

L'APRÈS-MIDI touchait à sa fin. Darfur et les deux « Vipères » neutralisés par Pitt et Giordino furent menottés, transférés au poste de police à bord des voitures de patrouille, et mis en examen pour meurtre sur la personne des gardiens de la propriété. Kelly et Thomas livrèrent leur témoignage aux enquêteurs, suivis par Pitt et Giordino. Kelly n'avait pas tort lorsqu'elle affirmait que jamais les adjoints du shérif ne parviendraient à rattraper Kanai. Pitt suivit sa trace jusqu'aux hautes falaises qui dominent l'Hudson, et il y découvrit une corde qui descendait jusqu'à la surface de l'eau.

— Un bateau devait les attendre, observa Giordino.

Pitt se tenait en compagnie de son ami au bord de la rambarde d'un belvédère ; les deux hommes contemplaient la rivière en contrebas. Pitt porta son regard sur l'autre rive, vers les vertes collines et les forêts. Des petits villages perdus parsemaient la région new-yorkaise dans cette partie de la vallée de l'Hudson rendue célèbre par Washington Irving.

— Il est étonnant de constater à quel point Kanai relève chaque défi, et fait face à tous les imprévus.

— Crois-tu que les « Vipères » vont parler ?

— Je ne crois pas que cela fasse une grande différence, répondit Pitt d'une voix lente. Leur organisation fonctionne sans doute par cellules, chacune ignorant les activités des autres, le tout sous l'autorité de Kanai. En ce qui les concerne, la chaîne de commandement s'arrête à lui. Je parierais que pas un seul ne sait que ses vrais patrons sont confortablement installés au siège de la Cerbère.

— C'est logique ; ils sont trop malins pour laisser une piste qui nous amènerait jusqu'à eux.

— Les procureurs ne trouveront jamais assez de preuves tangibles pour les faire condamner, ajouta Pitt en hochant la tête. S'ils sont jamais punis pour leurs crimes, ce ne sera pas par la loi.

Kelly traversa la pelouse pour venir les rejoindre.

— Avez-vous faim, tous les deux ?

— J'ai toujours faim, répondit Giordino en souriant.

— J'ai improvisé un repas léger pendant que Josh préparait les apéritifs. Ses margaritas sont diaboliques.

— Margarita ? dit Pitt en lui passant le bras autour de la taille. Vous venez de prononcer le mot magique.

*
* *

C'eût été un euphémisme de dire que les goûts du docteur Egan en matière de décoration intérieure étaient éclectiques. Le mobilier de la salle de séjour était de style néocolonial, la cuisine avait selon toute vraisemblance été conçue par un ingénieur high-tech plus passionné par d'exotiques appareils électroménagers que par la gastronomie, et la salle à manger semblait venir tout droit d'une ferme viking, avec ses tables en chêne massif et ses chaises assorties, sculptées et gravées de motifs complexes.

Pendant que Pitt, Giordino et Thomas savouraient des margaritas assez fortes pour pouvoir s'échapper de leur verre et se promener toutes seules, Kelly leur servit un ragoût de thon avec une salade de chou cru. En dépit des épreuves de la journée, tous mangèrent de bon appétit.

Ils se retirèrent ensuite à la salle de séjour et rangèrent les quelques meubles renversés pendant que Thomas leur servait un porto de quarante ans d'âge.

— Vous avez dit à Kanai que la formule de votre père se trouvait dans le laboratoire, dit Pitt en se tournant vers Kelly.

La jeune femme regarda Thomas, comme pour lui demander la permission de parler. Le scientifique hocha la tête avec un léger sourire.

— La formule se trouve dans un classeur, dans un compartiment caché à l'intérieur de la porte.

Giordino faisait lentement tourner son verre entre ses doigts.

— Je me serais laissé berner. Je n'aurais jamais pensé regarder *dans* une porte !

— Votre père était un homme intelligent.

— Et Josh est un homme courageux, ajouta Giordino d'un ton respectueux. Malgré son passage à tabac, il n'a rien dit à Kanai.

— Croyez-moi, répondit le scientifique en secouant la tête, si Dirk n'était pas entré au bon moment, j'aurais parlé pour épargner de nouvelles tortures à Kelly.

— Peut-être, dit Pitt, mais lorsqu'ils se sont aperçus qu'ils ne pouvaient rien tirer de vous, ils se sont rabattus sur elle.

— Ils pourraient revenir, peut-être même ce soir, dit Kelly, non sans inquiétude.

— Non, la rassura Pitt. Kanai a besoin de temps pour mettre une nouvelle équipe sur pied. Il ne fera pas d'autre tentative de sitôt.

— Nous allons prendre des précautions, intervint Thomas d'un ton grave. Kelly doit quitter la maison et se cacher.

— Je suis d'accord, approuva Pitt. Kanai supposera sans doute que vous avez caché la formule ailleurs que dans la ferme ; pour lui, vous êtes encore l'unique clef du problème.

— Je pourrais aller à Washington avec vous et Al, suggéra Kelly, une lueur malicieuse dans le regard. Sous *votre* protection, je serais en sécurité.

— Je ne suis pas sûr que nous retournions à Washington, dit Pitt en posant son verre vide. Pourriez-vous nous montrer le laboratoire du docteur Egan ?

— Il n'y a pas grand-chose à voir, remarqua Thomas. *(Il les conduisit à la grange, à l'intérieur de laquelle se trouvaient trois plans de travail équipés du matériel habituel des laboratoires de chimie.)* Rien de tout cela n'est bien excitant, mais c'est là que nous avons formulé et créé l'huile « Slick Sixty-six ».

Pitt fit le tour de la pièce.

— Ce n'est pas vraiment ce à quoi je m'attendais.

— Je ne vous suis pas, dit Thomas en regardant bizarrement Pitt.

— Cet endroit ne peut pas être celui où le docteur Egan a conçu ses moteurs magnéto-hydrodynamiques, répondit Pitt d'un ton ferme.

— Pourquoi dites-vous cela ? demanda Thomas avec prudence.

— Cette pièce est un laboratoire de chimie, rien de plus. Le docteur Egan était un ingénieur. Je ne vois ici ni tables à dessin, ni ordinateurs capables de reproduire des composants mécaniques en trois dimensions, ni de machines susceptibles de réaliser des prototypes ou des modèles réduits opérationnels. Je suis désolé, mais ce n'est pas ici qu'un esprit inventif pourrait réaliser une percée significative dans la technologie de la propulsion. *(Pitt marqua une pause et regarda Thomas et Kelly, dont les yeux restaient fixés sur le sol de bois taché.)* Ce que je ne parviens pas à comprendre, c'est pourquoi vous me passez tous les deux de la pommade de la sorte.

— Kelly et moi ne vous cachons rien, monsieur Pitt, répondit Thomas d'un ton grave. La vérité, c'est que nous ignorons où Elmore a mené ses recherches. C'était un homme charmant et un très bon ami, mais son goût du secret confinait parfois à l'obsession. Elmore disparaissait pendant des jours, parfois des semaines, dans un laboratoire de recherches dont lui seul savait où il se trouvait. A différentes reprises, Kelly et moi avons tenté de le suivre, mais il s'est toujours arrangé pour nous semer, comme un fantôme capable de disparaître à volonté.

— Vous ne pensez pas que le laboratoire puisse se trouver dans l'enceinte de la ferme ?

— Nous n'en savons rien, répondit Kelly. Lorsque papa partait en voyage, Josh et moi cherchions partout, mais nous n'avons jamais découvert le moindre indice.

— Quel était l'objet de ses recherches avant sa mort ?

Thomas haussa les épaules en un geste d'impuissance.

— Je n'en ai pas la moindre idée. Il refusait de se confier à moi. Il m'a seulement dit que ses recherches allaient révolutionner la science et la technologie.

— Vous étiez son ami le plus proche, dit Giordino. Il est étrange qu'il ne vous ait jamais confié ses secrets.

— Il incarnait deux personnages. L'ami et le père distrait, mais adorable, et l'instant d'après, un ingénieur paranoïaque qui n'accordait sa confiance à personne, pas même à ses proches.

— Prenait-il parfois le temps de se distraire ? questionna Pitt.

Kelly et Josh échangèrent un regard.

— Il nourrissait une passion incroyable pour les Vikings, dit Thomas.

— C'était aussi un fanatique de Jules Verne, ajouta Kelly. Il avait lu et relu toute son œuvre.

Pitt continuait à arpenter le laboratoire.

— Je ne vois ici nulle trace de telles passions, commenta-t-il.

— Vous n'avez pas encore vu sa bibliothèque ! lança-t-elle en riant

— J'aimerais la visiter.

— Elle se trouve dans un bâtiment séparé qui donne sur la rivière. Papa l'a construite il y a presque vingt ans de cela. C'était son havre, à l'écart de chez lui, son refuge lorsqu'il voulait fuir les tensions de son travail.

Le bâtiment qui abritait la bibliothèque du docteur Egan était construit en pierres et son architecture semblait inspirée d'un moulin du XVIIIe siècle. Le toit était recouvert d'ardoises, et du lierre grimpait le long de ses murs. Seule concession au confort moderne, la toiture était équipée de fenêtres à tabatière. Thomas ouvrit l'épaisse porte de chêne à l'aide d'une grosse clef d'aspect démodé.

L'intérieur de la bibliothèque était tel que Pitt l'avait imaginé. Les rangées d'étagères en acajou et les panneaux muraux respiraient la culture et le raffinement. Les gros fauteuils rembourrés à craquer étaient en cuir, et des documents étaient encore étalés sur un énorme bureau-cylindre en bois de rose. L'ambiance était toute d'aisance et de confort. Cette pièce devait aller au docteur comme un gant douillet, songea Pitt. C'était le lieu idéal pour y mener des recherches.

Pitt fit le tour des rayonnages qui s'élevaient du sol au plafond. Une échelle dont la partie supérieure était équipée de roulettes se déplaçait le long d'un sillon creusé dans le bois, permettant ainsi d'atteindre les rayons les plus hauts. Des peintures de vaisseaux vikings occupaient les espaces libres des murs. Sur une table, sous les tableaux, était posé un modèle réduit de sous-marin de plus d'un mètre de long, à l'échelle d'un quart de pouce pour un pied. Ingénieur naval lui-même, Pitt étudia le modèle de près et en apprécia le travail extrêmement soigné. Le bâtiment était arrondi à chaque extrémité, équipé de hublots sur ses flancs et d'une petite tourelle installée non loin de la proue. La forme des hélices du propulseur évoquait celle de pagaies plutôt que celle des modèles incurvés de conception moderne.

C'était la première fois que Pitt voyait un bâtiment de ce genre. Il ne disposait que d'un seul point de comparaison : le schéma, qu'il avait eu l'occasion d'examiner autrefois au cours de ses études, d'un sous-marin construit par les confédérés pendant la guerre de Sécession.

Sur le socle, une plaque de cuivre était ainsi rédigée :

Nautilus
Longueur : soixante-dix mètres.
Largeur : huit mètres.
Lancé en 1863

— Un superbe modèle... commenta Pitt. C'est le sous-marin du capitaine Nemo dans *Vingt Mille Lieues sous les mers*, n'est-ce pas ?

— Papa l'a dessiné à partir d'un croquis d'une édition originale du livre et il s'est adressé à un maître-constructeur de modèles réduits, Fred Torneau, pour le réaliser.

— Très beau travail classique, approuva Giordino, dont l'expression exprimait l'admiration.

Pitt poursuivit son inspection, et examina les titres des ouvrages rangés sur les rayonnages. Ils couvraient l'époque viking de 793 à 1450. Un section entière était consacrée à l'alphabet runique utilisé par les Germains et les Scandinaves du IIIe au XIIIe siècle de notre ère.

Kelly prit note de l'intérêt de Pitt. Elle vint le rejoindre et le prit par le bras.

— Papa était devenu un véritable expert ; il traduisait les caractères découverts sur les pierres runiques dans tout le pays.

— Selon lui, les Vikings venaient d'aussi loin au sud ?

— Il en était convaincu, lui répondit-elle en hochant la tête. Lorsque j'étais petite, il nous a traînées, maman et moi, dans la moitié des Etats du Middle West à bord d'un vieux camping-car. Il recopiait et étudiait les inscriptions de toutes les pierres runiques qu'il découvrait.

— Elles ne devaient pas être nombreuses.

— Il a recopié les inscriptions en caractères runiques anciens de trente-cinq pierres, dit Kelly en désignant un rayon entier de carnets et de classeurs. Elles sont toutes là.

— Il n'a jamais eu l'intention de publier ses découvertes ?

— Pas que je sache. Il y a de cela une vingtaine d'années, il a perdu tout intérêt pour les Vikings, d'un seul coup.

— Il est passé d'une fixation à une autre, intervint Thomas en balayant de la main un rayonnage de livres. Après les Vikings, Elmore s'est plongé dans les œuvres de Jules Verne. Il collectionnait tous les livres, tous les récits écrits par Verne.

Pitt prit un livre et l'ouvrit. L'ouvrage était relié de cuir. Le titre était inscrit en lettres d'or sur la couverture et sur le dos : *L'Ile mystérieuse*. Un grand nombre de pages était souligné d'un trait épais. Il le remit à sa place et recula d'un pas.

— Je ne vois ni dossiers ni carnets concernant Jules Verne. Le docteur Egan lisait sans doute ses livres, mais sans rédiger de commentaires.

Josh Thomas paraissait épuisé par les événements traumatisants de la journée. Il se laissa glisser dans un fauteuil de cuir.

— La passion d'Elmore pour les Vikings, puis pour Jules Verne, demeure quelque peu mystérieuse à nos yeux. Ce n'était pas le genre d'homme à se spécialiser dans un domaine donné par pur plaisir. A mon avis, il n'aurait jamais fait l'effort d'acquérir un savoir s'il n'avait eu un but précis en tête.

Pitt se tourna vers Kelly.

— Vous a-t-il jamais dit pourquoi il s'intéressait tant aux Vikings ?

— Il se passionnait moins pour leurs traditions et l'histoire de leur civilisation que pour les inscriptions runiques.

Giordino prit l'un des carnets du docteur Egan sur les Vikings et l'ouvrit. Ses yeux cillaient tandis qu'il feuilletait les pages, et son visage exprimait la plus grande perplexité. Il parcourut un second carnet, puis un troisième. Enfin, totalement déconcerté, il passa les carnets à Pitt, Kelly et Thomas.

— Il semblerait que le docteur Egan ait été encore plus énigmatique que vous l'imaginiez...

Ils examinèrent tous les carnets, puis se regardèrent, en proie à l'incompréhension la plus complète.

— Je ne comprends pas, murmura Kelly, qui semblait perdue.

— Moi non plus, ajouta Thomas.

Kelly ouvrit deux autres carnets, vierges eux aussi.

— Je me souviens très bien de nos excursions familiales, lorsque nous arpentions les forêts à la recherche de pierres runiques. Lorsqu'il en découvrait une, il passait les fontes au talc pour les faire ressortir avant de les photographier. Ensuite, alors que nous campions le soir dans le voisinage, il traduisait les textes. Je le harcelais sans cesse, et il me chassait pour continuer à prendre des notes. Je l'ai vu écrire de mes propres yeux.

— Il ne les a pas rédigées dans ces carnets-ci, dit Pitt. Les pages ne paraissent pas avoir été enlevées, puis remplacées par des pages vierges. Votre père a dû cacher les carnets originaux dans un autre endroit.

— Ils croulent sans doute sous la poussière dans ce laboratoire perdu dont nous parlions, dit Giordino, dont le respect pour le docteur Egan avait baissé de quelques degrés.

L'adorable visage de Kelly était rouge de stupéfaction, et ses yeux bleu saphir paraissaient fixer un objet absent.

— Pourquoi papa aurait-il agi de la sorte ? Je l'ai toujours connu comme un homme honnête et droit. Il n'avait en rien l'esprit tortueux.

— Il devait avoir une bonne raison, tenta de la rassurer Thomas.

Pitt tourna vers elle un regard de compassion.

— Il se fait tard. Nous n'allons pas donner une réponse à toutes nos questions ce soir. Je suggère que nous allions nous coucher. Demain, peut-être trouverons-nous une explication à la lumière du jour...

Personne ne songea à discuter le conseil de Pitt. Chacun était épuisé, sauf lui. Il quitta en dernier la bibliothèque, et fit semblant de verrouiller la porte avant de remettre la clef à Thomas. Plus tard, alors que les autres dormaient, il revint s'installer dans la pièce. Il alluma la lumière et commença à fouiller toute la documentation du docteur Egan. Une piste et une histoire apparurent peu à peu.

A quatre heures du matin, Pitt avait découvert ce qu'il cherchait. Beaucoup de réponses lui échappaient encore, mais la vase de l'eau s'éclaircissait juste assez pour qu'il puisse distinguer le fond. Enfin satisfait, il s'endormit dans l'un des confortables fauteuils en cuir de la pièce en respirant le parfum fané des vieux livres.

Chapitre 36

GIORDINO créa la surprise en préparant le petit déjeuner. Pitt, fatigué, les yeux bouffis par le manque de sommeil, prit soin d'appeler Sandecker pour le tenir informé. L'amiral ne disposait d'aucun élément nouveau quant à l'enquête sur les activités de la Cerbère. Il mentionna au passage le fait que Hiram Yaeger était tout à fait ébahi par l'adresse avec laquelle Pitt avait rempli à son insu la mallette du docteur Egan d'huile. Pitt n'était pas moins surpris, et se demandait ce qui se cachait derrière cette diablerie.

Giordino rejoignit Thomas, qui devait effectuer quelque travail au laboratoire, pendant que Kelly et Pitt se rendaient à nouveau dans la bibliothèque. Kelly remarqua les livres et les feuilles de papier empilés sur le bureau-cylindre.

— On dirait qu'une fée a veillé ici une bonne partie de la nuit.

— Il ne s'agissait pas d'une fée, vous pouvez me croire.

— Je comprends maintenant pourquoi vous avez une tête de lendemain de fête, lui dit-elle en souriant, avant de s'approcher et de l'embrasser sur la joue. Je pensais que vous auriez pu me rendre visite hier soir, plutôt que de fouiller la bibliothèque de papa.

Pitt allait lui répondre sur le mode « le travail passe avant le plaisir », mais il eut la bonne idée de se raviser.

— Je ne suis pas un as pour parler romance lorsque mon esprit est à des millions de kilomètres...

— ... et à un millier d'années dans le passé, ajouta-t-elle en examinant les livres posés sur le bureau. Mais que cherchiez-vous donc ?

— Vous m'avez dit que votre père avait voyagé dans tout le pays et trouvé trente-cinq pierres runiques.

— A une ou deux près. Je ne me souviens pas du nombre exact.

— Vous souvenez-vous des endroits où il les a découvertes ?

Kelly balança la tête en réfléchissant ; ses longs cheveux érable descendaient en cascade sur ses épaules. Elle leva enfin les mains, comme pour évoquer la notion de vide.

— Cinq ou six lieux me reviennent en mémoire, mais ils se trouvaient tellement à l'écart des sentiers battus que je serais incapable de m'en souvenir avec précision.

— Ce ne sera pas nécessaire.

— Où voulez-vous en venir ? le défia-t-elle.

— Nous allons lancer une expédition pour suivre les traces de votre père jusqu'aux pierres, et nous ferons traduire les inscriptions.

— Dans quel but ?

— Appelez cela l'instinct si vous voulez, répondit Pitt, mais si votre père arpentait tout le pays à la recherche d'inscriptions runiques, ce n'était pas pour ensuite cacher ou détruire ses traductions par plaisir. Il cherchait à accomplir quelque chose. Je crois que cela a un rapport avec ses expériences.

Les lèvres de Kelly formaient une moue dubitative.

— Si c'est le cas, cela signifie que vous voyez quelque chose que, pour ma part, je ne vois pas.

Pitt lui sourit.

— On peut toujours essayer, cela ne peut pas faire de mal.

— Papa a détruit ou caché toutes les notes qui indiquaient les directions à prendre pour trouver les pierres. Comment allez-vous les retrouver ?

Pitt se pencha sur le bureau, prit un livre et le tendit à la jeune femme. L'ouvrage était intitulé *Les messages des anciens Vikings* et le docteur Marlys Kaiser en était l'auteur.

— Cette femme a dressé un répertoire complet de plus de quatre-vingts pierres runiques sur le territoire de l'Amérique du Nord, avec les traductions. Ses premiers ouvrages sont ici, dans la bibliothèque de votre père. Je crois que je vais rendre visite au docteur Kaiser.

— Quatre-vingts pierres... *(Kelly se tut aussitôt, comme si une pensée lui travaillait l'esprit.)* Mais mon père n'en a étudié que trente-cinq. Pourquoi s'est-il arrêté là au lieu d'étudier les quarante-cinq autres ?

— Parce qu'il ne s'intéressait qu'aux inscriptions qui avaient un rapport avec le projet spécifique qu'il avait en tête à l'époque.

Il y eut une lueur dans les yeux bleus de Kelly, que la curiosité rongeait de plus en plus.

— Pourquoi mon père n'a-t-il pas laissé de trace écrite de ses traductions ?

— J'espère que le docteur Kaiser nous fournira les réponses à ces questions, lui dit Pitt en lui étreignant la main.

— Quand allons-nous partir ? demanda-t-elle, de plus en plus excitée à cette perspective.

— Cet après-midi, ou bien dès que vos nouveaux gardiens seront installés à leurs postes autour de la ferme.

— Où habite le docteur Kaiser ?

— Dans une petite ville du nom de Monticello, à une centaine de kilomètres au nord-ouest de Minneapolis.

— Je ne suis jamais allée dans le Minnesota.

— Nous y verrons pas mal d'insectes, en cette saison.

Kelly leva les yeux vers les livres sur les Vikings alignés sur les rayonnages.

— Je me demande si mon père connaissait le docteur Kaiser...

— Il aurait été logique qu'il la consulte, dit Pitt. Nous aurons des réponses d'ici dimanche, vers cette heure-ci.

— Dans quatre jours, remarqua Kelly en regardant Pitt d'un air interrogateur. Pourquoi cela ?

Il sortit avec elle de la bibliothèque et ferma la porte.

— Tout d'abord, je dois passer cinq ou six coups de téléphone. Ensuite, nous prendrons l'avion pour Washington. Il y a des gens là-bas sur la compétence desquels je peux compter. Il faut rassembler le maximum de données avant de partir.

*
* *

Cette fois, lorsque le jet de la NUMA atterrit à l'aéroport de Langley Field, Loren Smith, amie de Pitt et membre du Congrès, était là pour l'accueillir. Lorsqu'il posa le pied sur le tarmac, elle l'enlaça, passa ses doigts dans ses cheveux noirs ondulés et attira sa tête pour qu'il puisse l'embrasser.

— Bonjour, marin ! lui lança-t-elle d'une voix sensuelle. Mon vagabond est enfin de retour !

Kelly hésita à la sortie de l'avion, en voyant Pitt et Loren se regarder dans les yeux. Elle comprit vite que ce qui les unissait allait au-delà de la simple amitié, et en ressentit une pointe de jalousie. Loren était une femme très séduisante. Son visage et son corps rayonnaient d'une aura de santé qui lui venait de son enfance passée dans un ranch, sur les pentes occidentales du Colorado. Cavalière accomplie, elle s'était présentée aux élections pour un siège au Congrès et avait remporté la victoire. Elle en était à son sixième mandat.

Loren avait choisi des vêtements décontractés pour la chaleur humide de Washington, et elle était superbe, habillée d'un short terre de Sienne, de sandales dorées et d'un chemisier jaune. Les pommettes proéminentes sous ses yeux couleur violette et le visage encadré par des cheveux cannelle, elle aurait très bien pu passer pour un modèle professionnel plutôt que pour un serviteur de l'Etat. Au cours des dix dernières années, ses rapports avec Pitt étaient passés d'une relation intime à des liens platoniques, avec de nombreux allers et retours. Ils avaient même envisagé le mariage, mais l'un comme l'autre étaient trop attachés à leur travail pour qu'une vie commune soit possible.

Kelly les rejoignit, et les deux femmes se jaugèrent immédiatement. Pitt fit les présentations, et en bon mâle, ne vit rien du conflit de territoire sous-jacent qui n'allait pas manquer de les opposer.

— Kelly Egan, permettez-moi de vous présenter Loren Smith, membre du Congrès.

— C'est un honneur de vous rencontrer, répondit Kelly avec un petit sourire tendu.

— Appelez-moi Loren, je vous en prie. Tout l'honneur est pour moi. Je connaissais votre père. Veuillez accepter mes condoléances ; c'était un homme brillant.

Le visage de Kelly s'épanouit.

— Vous connaissiez mon père ?

— Il a témoigné devant ma commission, qui s'intéressait à la détermination illégale des prix parmi les compagnies pétrolières. Nous nous sommes aussi rencontrés plusieurs fois en privé pour discuter de problèmes de sécurité nationale.

— Je savais que mon père se rendait de temps à autre à Washington, mais il ne m'a jamais parlé de ses rencontres avec des membres du Congrès. J'ai toujours pensé que ses déplacements concernaient plutôt les ministères du Commerce et des Transports.

Giordino descendit d'avion au même moment et prit Loren dans ses bras. Ils s'embrassèrent sur les joues.

— Toujours aussi superbe, à ce que je vois ! lança-t-il en contemplant le mètre soixante-dix de Loren de son propre mètre soixante.

— Comment va mon Romain préféré ?

— Toujours en guerre contre les barbares. Et toi ?

— Toujours en lutte contre les Philistins dans la capitale.

— Nous devrions parfois échanger nos rôles.

— Je crois vraiment que c'est moi qui ai hérité du meilleur lot, répondit-elle en riant.

Elle embrassa Pitt sur les lèvres.

— C'est toujours au moment où je crois que tu es parti pour l'au-delà que je te vois réapparaître !

— Avec quelle voiture es-tu venue ? lui demanda Pitt, qui savait que Loren venait toujours le chercher à bord de l'une de ses voitures de collection.

Loren désigna d'un mouvement de la tête une élégante Packard 1938 vert foncé aux longues ailes arrondies, avec ses deux roues de secours sanglées et bien installées au creux de leurs logements. Les lignes magnifiques de la carrosserie dessinée par Earle C. Anthony, concessionnaire réputé de la marque pendant cinquante ans, symbolisaient l'essence même de l'automobile classique. C'était un luxueux modèle « Town Car » 1607, avec un écartement d'essieux de 139 pouces et un moteur V-12 de 7751 cm^3, d'une magnifique puissance tranquille, que Pitt avait « gonflé » pour qu'il développe deux cents chevaux.

Une sorte d'histoire d'amour érotique unit une femme et une automobile d'exception. Kelly parcourut des doigts le cormoran de chrome, emblème de la marque fixé au sommet du radiateur, et ses yeux brillaient d'un profond respect à l'idée de pouvoir toucher un tel chef-d'œuvre d'ingénierie. Son père aurait apprécié une telle merveille.

— Elle est très belle, dit-elle, mais un simple mot ne peut lui rendre justice.

— Vous voulez la conduire ? demanda Loren en gratifiant Pitt d'un regard impérieux. Je suis sûre que Dirk n'y verra aucun inconvénient.

Pitt se rendit compte que son avis ne comptait guère en la circonstance, et il se résolut à aider Giordino à embarquer les bagages dans le coffre avant de s'installer à l'arrière en compagnie de Loren. Giordino s'assit à l'avant à côté de Kelly, qui était aux anges derrière l'imposant volant.

La vitre de séparation entre l'avant et l'arrière fut vite relevée. Loren dévisagea Pitt d'un air provocant.

— Est-ce qu'elle va loger chez toi ?

— Quel esprit mal tourné tu as parfois ! lui répondit Pitt en riant. J'espérais en fait qu'elle puisse rester avec toi...

— Tu n'es plus le vieux Dirk Pitt que je connaissais jadis...

— Je suis navré de te décevoir, mais sa vie est en danger et elle sera plus en sécurité chez toi. La Cerbère Corporation est dirigée par des maniaques qui n'hésiteront pas à la tuer pour mettre la main sur la formule d'une huile révolutionnaire conçue par son père. Je suppose qu'ils m'ont suivi à la trace jusqu'au hangar. Pour cette raison, il est plus sage qu'elle reste un peu à l'écart.

Loren prit les mains de Pitt dans les siennes.

— Que feraient les femmes du monde entier si tu n'étais pas là ?

— Cela t'ennuie de garder Kelly ?

— Un peu de compagnie féminine ne me fera pas de mal, répondit Loren en riant. Pour parler sérieusement, je ne savais pas que tu étais mêlé à une affaire qui concerne la Cerbère Corporation, ajouta-t-elle, son sourire disparu.

— L'enquête est menée en toute discrétion par la CIA et le FBI.

— En toute discrétion, en effet. Je n'en ai vu aucun écho dans la presse ou à la télévision. Que sais-tu que j'ignore ?

— La NUMA a prouvé de manière irréfutable que l'incendie et le naufrage du *Dauphin d'Emeraude*, ainsi que l'explosion qui a envoyé le *Golden Marlin* par le fond, étaient dus à des actes délibérés. Nous sommes certains que la Cerbère et les « Vipères », leur organisation clandestine, sont à l'origine de ces catastrophes.

Loren le fixa sans détourner le regard.

— Tu es sûr de tout cela ?

— Al et moi sommes dans cette histoire jusqu'au cou depuis le début.

Loren se renfonça sur le dossier de l'opulente banquette de cuir et regarda au-dehors un instant, puis elle se retourna vers Pitt.

— Il se trouve que je dirige la commission qui enquête sur les pratiques déloyales de la Cerbère Corporation. Selon nous, ils essayent d'établir un monopole en rachetant la plus grande partie des compagnies pétrolières et des puits d'Amérique du Nord.

— Dans quel but ? demanda Pitt. Presque quatre-vingt-dix pour cent de notre pétrole provient de pays producteurs étrangers. Ce n'est un secret pour personne que les producteurs américains ne peuvent rivaliser avec eux sur le prix du baril.

— C'est vrai, reconnut Loren. Nous ne pouvons nous permettre de produire le pétrole nécessaire à notre consommation intérieure. Avec le jeu dangereux des producteurs étrangers qui consiste à baisser la production pour faire grimper les prix, tous les pays du monde pourraient se trouver confrontés à de sévères pénuries. Ce qui fait que la situation est encore pire aux Etats-Unis, c'est que nos réserves et nos stocks disponibles se sont littéralement asséchés. Les producteurs américains ne sont que trop heureux de pouvoir vendre leurs baux et leurs champs pétrolifères à la Cerbère et se contenter de raffiner le brut envoyé d'outre-mer. Entre le sous-sol, le stockage, les supertankers, un nouveau stockage et les raffineries, la chaîne est longue. Si cette chaîne est rompue en raison d'une production décroissante, il faudra entre trois et cinq mois pour qu'elle fonctionne à nouveau à plein rendement.

— Si j'en juge par tes propos, il s'agirait d'un désastre économique de tout premier plan.

Les lèvres de Loren se pincèrent.

— Les prix des carburants vont grimper en flèche. Les tarifs des compagnies aériennes vont crever le plafond. Les prix à la pompe vont exploser, et l'inflation risque de quadrupler. Je parle d'une augmentation des prix du pétrole telle que le baril pourrait atteindre quatre-vingts dollars.

— Je ne parviens pas à imaginer un prix de carburant supérieur à cinq dollars le gallon, dit Pitt.

— C'est pourtant ce qui risque d'arriver.

— Cela ne nuirait-il pas également aux producteurs étrangers ?

— Pas s'ils réduisent une production coûteuse pendant que leurs bénéfices se multiplient par trois. Les pays de l'OPEP, pour ne citer qu'eux, sont furieux de la manière dont les pays occidentaux les ont manipulés pendant des années. Ils vont jouer un jeu serré et refuser toute demande d'augmentation de production à des prix plus bas. Ils vont aussi ignorer nos menaces.

Pitt contempla par la vitre les petits bateaux qui voguaient sur le Potomac.

— Ce qui nous ramène à la Cerbère... Quel est leur angle d'attaque dans cette affaire ? S'ils cherchent à obtenir le monopole du brut aux Etats-Unis, pourquoi ne pas racheter aussi les raffineries ?

Loren leva la main en signe d'ignorance.

— Il est tout à fait possible qu'il y ait eu des négociations secrètes avec les propriétaires des raffineries en vue de leur rachat. Si j'étais à leur place, je ne me fierais certainement pas au hasard.

— Ils doivent avoir un motif, et un motif sérieux, sinon, ils ne laisseraient pas tant de cadavres derrière eux.

Kelly suivit les indications de Giordino et vira pour emprunter l'entrée isolée de l'aéroport international Ronald Reagan et conduire la vieille Packard sur un chemin de terre jusqu'au vieux hangar à avions. Pitt baissa la vitre de séparation pour s'adresser à Giordino.

— Pourquoi ne conduirais-tu pas ces dames jusqu'à la maison de Loren avant de passer chez toi pour te rafraîchir un peu ? Tu viendras tous nous chercher vers sept heures. Je m'occupe de réserver une table pour dîner.

— Quel programme merveilleux ! s'exclama Kelly, qui se retourna sur son siège et sourit à Loren. J'espère que je ne vous dérange pas trop ?

— Pas du tout, lui répondit Loren de bonne grâce. J'ai une chambre d'amis, et vous y serez la bienvenue.

Kelly se tourna ensuite vers Pitt, les yeux rayonnants.

— J'ai adoré conduire cette voiture !

— Ne vous y attachez pas trop, lui répondit-il en souriant. Je tiens à la voir revenir !

Tandis que la Packard remontait le chemin dans un silence presque complet, Pitt composa le code de sécurité sur sa télécommande, pénétra dans le hangar, posa ses bagages et consulta sa montre. Les aiguilles indiquaient deux heures trente. Il passa la main par la vitre ouverte d'une Jeep de la NUMA et y prit un radiotéléphone sur lequel il composa un numéro.

Une voix profonde, musicale, aux accents élégants, lui répondit.

— Oui, je vous écoute ?

— St. Julien.

— Dirk ! rugit St. Julien Perlmutter, conteur, gourmet et historien maritime de renom. J'espérais avoir de tes nouvelles. Je suis heureux d'entendre le son de ta voix ! On m'a appris que tu étais à bord du *Golden Marlin*.

— En effet.

— Toutes mes félicitations. Vous l'avez échappé belle !

— St. Julien, je me demandais si tu avais un peu de temps à consacrer à une recherche ?

— J'ai toujours du temps disponible pour mon filleul préféré.

— Puis-je passer te voir ?

— Oui, bien sûr. J'ai l'intention de goûter un porto de soixante ans d'âge que j'ai reçu du Portugal. J'espère que tu me tiendras compagnie.

— Je serai chez toi dans un quart d'heure.

Chapitre 37

PITT remontait une rue de Georgetown bordée d'élégantes maisons du début du XXe siècle. Il tourna pour emprunter une ruelle, longea une énorme bâtisse de brique aux murs couverts de lierre et arriva près d'un ancien relais de poste spacieux, avec une cour couverte à l'arrière de la maison. Le bâtiment qui abritait autrefois les attelages du manoir, puis les automobiles, était une vaste maison à un étage qui abritait la plus grande bibliothèque maritime jamais rassemblée par un collectionneur privé.

Pitt gara la Jeep, se dirigea vers la porte et donna un coup sec du heurtoir de bronze en forme de voilier. La porte s'ouvrit aussitôt. Un homme de cent quatre-vingts kilos, imposant, vêtu d'un pyjama de cachemire bordeaux sous une robe de chambre assortie, emplissait l'encadrement de porte. Il n'y avait rien chez lui de gras ou de mou. Son tour de taille était bien découpé et il se mouvait avec une grâce surprenante. Ses cheveux flottants étaient gris, tout comme sa longue barbe surmontée d'un nez rose-rouge en tulipe et de deux yeux d'un bleu ciel profond.

— Dirk ! s'exclama-t-il.

Il gratifia Pitt d'une étreinte écrasante avant de reculer d'un pas.

— Viens, entre, entre ! Je ne te vois plus très souvent, ces derniers temps !

— C'est vrai, j'avoue que ta merveilleuse cuisine me manque !

Pitt suivit St. Julien Perlmutter à travers des pièces et des vestibules remplis de livres sur la mer et les bateaux du sol jusqu'aux hauts plafonds. C'était une immense bibliothèque très convoitée par les musées et les universités, mais Perlmutter entendait bien conserver chacun des volumes qui la composaient jusqu'à son dernier jour. Alors seulement, ses dernières volontés et son testament révéleraient le nom de l'héritier.

St. Julien Perlmutter conduisit Pitt dans une grande cuisine où étaient rangés assez de bocaux, d'ustensiles et de vaisselle pour satisfaire les besoins d'une dizaine de restaurants. Il fit signe à Pitt de prendre place sur une chaise, à côté d'une table de marine ronde à panneau mobile, au centre de laquelle se dressait l'habitacle d'un compas de route.

— Installe-toi pendant que j'ouvre cette bouteille. Je la gardais pour une occasion exceptionnelle.

— Ma présence chez toi n'est tout de même pas une occasion exceptionnelle, dit Pitt en souriant.

— Toutes les occasions sont exceptionnelles, pourvu que je ne sois pas obligé de boire seul, glousse Perlmutter.

C'était un homme d'un caractère agréable qui riait souvent et il était rare de le voir abandonner son sourire jovial. Il déboucha la bouteille de porto et versa le liquide d'un rouge profond dans des verres appropriés. Il en tendit un à Pitt.

— Qu'en penses-tu ?

Pitt savoura le porto et huma ses arômes en le faisant tourner avec douceur autour de sa langue, avant de déglutir et d'exprimer son approbation.

— Un nectar digne des dieux !

— C'est l'un des grands plaisirs de la vie, répondit Perlmutter qui vida son verre et s'en versa un second. Tu m'as parlé d'un projet de recherches ?

— As-tu entendu parler du docteur Elmore Egan ?

Perlmutter tourna un regard intense vers Pitt.

— En effet, j'en ai entendu parler. Cet homme était un génie. Ses moteurs magnéto-hydrodynamiques efficaces et rentables sont une merveille de la technologie. Quel dommage qu'il se soit trouvé parmi les nombreuses victimes de la catastrophe du *Dauphin d'Emeraude*, et cela à la veille de son triomphe. Pourquoi cette question ?

Pitt se détendit sur son siège, dégusta son second verre de porto, et entreprit de raconter à Perlmutter tout ce qu'il savait, de l'incendie à bord du *Dauphin d'Emeraude* jusqu'à la bataille avec Kanai et ses hommes dans la maison d'Egan.

— Quel est mon rôle dans cette histoire ? demanda Perlmutter.

— Le docteur Egan était un admirateur de Jules Verne, et en

particulier de son roman *Vingt Mille Lieues sous les mers*. Je me suis dit que si quelqu'un connaissait bien le sous-marin du capitaine Nemo, le *Nautilus*, ce ne pouvait être que toi.

Perlmutter s'appuya contre son dossier et contempla le plafond décoré de la cuisine.

— Il s'agit d'un ouvrage de fiction; c'est pourquoi je ne l'ai jamais placé sur la liste de mes sujets de recherches. J'ai relu ce roman il y a quelques années. Verne était soit en avance sur son temps, ou alors il possédait le don de prédire l'avenir, car le *Nautilus* était techniquement très avant-gardiste pour 1866.

— Quelqu'un, ou un pays, aurait-il pu construire un sous-marin doté d'au moins une partie des qualités techniques du *Nautilus*? demanda Pitt.

— Le seul dont je me souvienne et qui a prouvé ses capacités réelles avant les années 1890 était le sous-marin confédéré *H.L. Hunley*.

— Je m'en souviens, dit Pitt. Il a coulé un aviso, le *Housatonic*, au large de Charleston, en Virginie, en 1864. C'est le premier sous-marin dans l'histoire à avoir coulé un navire de guerre.

— En effet, dit Perlmutter en hochant la tête. Il a fallu attendre cinquante ans pour que le *U-21* coule le HMS *Pathfinder* dans la mer du Nord le 14 août 1914. Le *Hunley* est resté enterré dans la vase pendant cent trente-six ans avant d'être découvert, renfloué et placé dans un caisson-laboratoire isolé afin de pouvoir le montrer au public. Lorsque l'on procéda à une première inspection, une fois ôtées la vase et les dépouilles de l'équipage, on s'aperçut que sa conception était beaucoup plus moderne qu'on se l'était imaginé. Son carénage était bien profilé, et il disposait d'un système de schnorchel rudimentaire et de soufflets pour pomper l'air, de water-ballasts munis de pompes, d'ailerons de plongée et de rivets à tête perdue pour améliorer l'hydrodynamisme. On pensait d'ailleurs que ce dernier élément n'avait jamais été utilisé avant que Howard Hughes n'installe ce type de rivets sur un aéroplane conçu vers le milieu des années 30. Le *Hunley* a même expérimenté des moteurs électromagnétiques, mais cette technologie n'était pas encore au point, et huit hommes devaient actionner une manivelle pour faire tourner l'hélice de propulsion. Après cela, la technique sous-marine a stagné jusqu'à ce que John Holland et Simon Lake commencent à construire et à tester des sous-marins reconnus par plusieurs pays, dont les Etats-Unis et l'Allemagne. Le résultat de ces efforts aurait paru bien grossier comparé au *Nautilus* du capitaine Nemo.

Perlmutter commençait à s'essouffler et s'apprêtait à saisir la bouteille de porto lorsqu'un souvenir lui revint soudain à l'esprit.

— Je viens de penser à une chose, dit-il, en soulevant avec aisance son imposante carcasse.

Il disparut pendant plusieurs minutes, puis réapparut, un livre à la main.

— C'est une copie du compte rendu de la commission d'enquête sur le naufrage de la frégate *Keasarge*, de l'US Navy.

— Le navire qui a coulé le fameux navire confédéré *Alabama* ?

— Celui-là même, confirma Perlmutter. J'avais oublié les étranges circonstances dans lesquelles il s'est échoué sur les récifs de Roncador Reef, au large du Venezuela, en 1894.

— Les circonstances étranges, dis-tu ?

— Oui ; selon le commandant, le capitaine Leigh Hunt, le navire a été attaqué par un engin sous-marin de fabrication humaine qui ressemblait à une baleine. L'engin a été poursuivi, puis il a plongé sous l'eau avant de faire surface et d'éperonner le *Keasarge* en forant un trou de grande taille dans la coque. Le navire a tout juste eu le temps de gagner Roncador Reef avant de s'échouer.

— Le bon capitaine avait peut-être passé un peu trop de temps à inspecter la réserve de rhum du bord, plaisanta Pitt.

— Oh non, il était tout à fait sérieux. D'ailleurs, l'équipage tout entier a corroboré ses dires. Tous les témoins ont raconté exactement la même histoire dans les moindres détails. Leur témoignage décrit un grand monstre de métal insensible aux différentes salves de canon qui ont été tirées sur lui par le *Keasarge* – les projectiles se contentaient de rebondir ! Ils mentionnent aussi une sorte de tourelle pyramidale équipée de hublots sur le dos du bâtiment. Le capitaine Hunt a juré à l'époque avoir distingué le visage d'un homme barbu qui le regardait à travers l'un des hublots.

— Les témoins ont-ils parlé de la taille du bâtiment ?

— Les membres de l'équipage étaient d'accord sur le fait que l'engin avait la forme d'un cigare, cylindrique, avec les extrémités coniques. Bien sûr, les estimations quant à sa taille varient entre trente et cent mètres, avec une largeur comprise entre sept et quinze mètres.

— La vérité se situe probablement entre ces chiffres, dit Pitt d'un air songeur. Sans doute un peu plus de soixante mètres de long et huit mètres de large. Ce n'était pas précisément le genre d'engin qui pouvait passer inaperçu en 1894.

— Cela me revient maintenant : le *Keasarge* n'est pas le seul navire à avoir sombré suite à l'attaque d'un monstre sous-marin.

— Le baleinier *Essex*, au large de Nantucket, fut éperonné et coulé par une baleine, suggéra Pitt.

— Mais il s'agissait d'une véritable baleine, corrigea Perlmutter d'un ton grave. Je fais allusion à un autre navire de l'US Navy, l'*Abraham Lincoln*, qui a fait état d'une rencontre avec un engin sous-marin qui aurait détruit son gouvernail en l'éperonnant.

— Quand cela s'est-il passé ?

— En 1866.

— Vingt-huit ans plus tôt.

Perlmutter contempla la bouteille de porto, qui était maintenant aux deux tiers vide.

— A cette époque, de nombreux navires ont disparu dans des circonstances mystérieuses. La plupart étaient des navires de guerre britanniques.

Pitt posa son verre sur la table, mais refusa lorsque Perlmutter lui proposa de le remplir.

— Je ne parviens pas à croire qu'un bâtiment quasiment surnaturel, avec une avance technologique de plusieurs dizaines d'années sur son temps, a été construit par des particuliers.

— C'est pourtant le cas du *Hunley*, corrigea Perlmutter. C'était d'ailleurs le troisième bâtiment réalisé par Horace Hunley et ses ingénieurs. Chacun d'entre eux présentait des aspects novateurs par rapport à son prédécesseur.

— Il me semble tout de même exagéré d'en conclure que le mystérieux monstre marin n'a pas été conçu et construit par une nation industrielle, dit Pitt, dubitatif.

— Qui sait ? dit Perlmutter dans un haussement d'épaules indifférent. Jules Verne avait peut-être entendu parler d'un tel engin et s'en était inspiré pour créer le capitaine Nemo et son *Nautilus* ?

— Il paraît invraisemblable qu'un tel bâtiment, s'il a jamais existé, puisse écumer les mers pendant presque trente ans sans qu'il ait été signalé plus souvent, ou sans que l'un de ses membres d'équipage déserte et raconte son histoire. Et s'il éperonnait et coulait ainsi les navires, comment se fait-il que si peu de survivants aient fait état de ces incidents ?

— Je ne saurais le dire, répondit Perlmutter d'une voix lente. Je ne sais que ce que j'ai appris dans l'histoire maritime dûment répertoriée, mais il peut très bien exister d'autres rapports qui n'aient pas encore été exploités par des chercheurs, dans des archives disséminées dans le monde entier.

— Et Jules Verne ? demanda Pitt. Il doit y avoir un musée, une maison, ou des parents, des descendants, qui ont rassemblé ses documents, ses notes de recherches et ses lettres.

— En effet. On trouve des spécialistes de Jules Verne dans un grand nombre de pays, mais le docteur Paul Hereoux, un Français, président de la Société Jules Verne d'Amiens, où Verne a vécu de 1872 jusqu'à sa mort en 1905, est considéré comme l'homme le mieux documenté sur la vie de l'écrivain.

— Est-il possible d'entrer en contact avec lui ?

— Nous pouvons faire mieux encore ; d'ici quelques jours, je dois me rendre à Paris pour étudier des archives afin de recueillir des informations sur le navire de John Paul Jones, le *Bonhomme Richard*. Je ferai un saut à Amiens et je parlerai au docteur Hereoux.

— Que demander de plus ? dit Pitt en se levant. Il faut que je me dépêche ; je dois me rafraîchir un peu avant de dîner avec Al, Loren et la fille du docteur Egan, Kelly.

— Tu peux leur transmettre mes amitiés.

Avant même que Pitt ait franchi la porte d'entrée, Perlmutter débouchait une seconde bouteille de vieux porto.

Chapitre 38

De retour à son appartement, au-dessus du hangar, Pitt appela l'amiral Sandecker. Il prit ensuite une douche, se rasa et passa un pantalon décontracté et une chemise. Au son du Klaxon de la Packard, il enfila un blouson de sport en tissu léger et quitta le hangar. Il se glissa sur le siège de cuir, côté passager, et salua d'un hochement de tête Giordino, vêtu à l'identique, même si son blouson était posé sur la banquette, en raison de la chaude température vespérale et du taux d'humidité de quatre-vingt-quinze pour cent qui règne en général à Washington.

— Tu es prêt ? demanda Giordino.

— L'amiral a mis sur pied un petit dispositif de sécurité, en cas de problème, répondit Pitt.

— Tu es armé ?

Pitt releva un pan de son blouson et dévoila son vieux Colt enfoncé dans son holster.

Giordino se déhancha pour exhiber son automatique calibre 40, un Ruger P94 à double mécanisme, caché sous son bras.

— J'espère que nous péchons par excès de prudence, commenta-t-il.

Sans ajouter un mot, il appuya sur la pédale d'embrayage, enclencha le long levier recourbé au pommeau d'onyx en première et embraya lentement en poussant du pied l'accélérateur. La grande Packard glissa vers la sortie de l'aéroport.

Quelques minutes plus tard, Giordino arrêta la voiture devant la maison de Loren à Alexandria. Pitt descendit sonner à la porte. Peu après, les deux femmes se présentèrent à l'entrée. Loren, étourdissante avec une tunique à col montant fendue sur les côtés et une jupe droite qui lui descendait jusqu'aux chevilles, paraissait détendue et rayonnante. Kelly portait une robe-chemisier de crêpe Georgette brodée et ourlée de dentelle, qui mettait en valeur sa féminité.

Ils s'installèrent dans la Packard, Kelly à l'avant avec Giordino, qui se tourna vers Pitt et Loren, à l'arrière.

— Où allons-nous ?

— Prends Telegraph Road jusqu'à la petite ville de Rose Hill. Il y a là un restaurant, le Knox Inn. Ils servent des plats d'inspiration campagnarde qui vous envoient les papilles gustatives au septième ciel.

— Après une telle recommandation, ils ont intérêt à se montrer à la hauteur de la tâche ! dit Loren.

— L'inspiration campagnarde me convient fort bien, approuva Kelly. Je suis affamée.

Ils profitèrent du trajet pour discuter de tout et de rien. Personne ne mentionna leurs expériences passées, pas plus que le nom de la Cerbère. Les deux femmes parlèrent surtout des endroits qu'elles avaient eu l'occasion de visiter au cours de leurs voyages, tandis que Pitt et Giordino observaient avec soin les voitures et la route devant eux, prêts à faire face à toute complication éventuelle.

Le soleil estival se couchait tard, et les passagers des autres véhicules regardaient la vieille Packard glisser sur la route comme une digne douairière se rendant au bal de la plantation. Elle ne roulait certes pas aussi vite que les automobiles modernes, mais Pitt savait qu'il aurait fallu un camion de bonnes dimensions pour chasser ses trois tonnes de la route. Elle était bâtie comme un char d'assaut. Son énorme châssis et sa carrosserie offraient aux passagers une solide protection en cas de collision.

Giordino tourna pour entrer dans le parking de l'auberge. Loren et Kelly quittèrent la voiture sous l'œil vigilant des deux amis. Pitt et Giordino balayèrent du regard le parking qui entourait l'établissement, mais ne décelèrent aucun signe d'activité suspecte. Ils entrèrent dans le restaurant, un ancien relais de diligences créé en 1772, et le maître d'hôtel les conduisit dans la cour intérieure pour les installer à une table ombragée sous un grand chêne.

— Pour ce qui est de la commande, dit Pitt, je suggère que nous oubliions vins et cocktails, et dégustions une bière de toute première qualité, brassée sur place.

Pitt et Giordino finirent par se détendre et le temps passa alors comme un éclair ; Giordino puisa dans son répertoire d'histoires drôles et les deux femmes rirent de bon cœur. Pitt se contenta de sourire poliment, car il les avait déjà toutes entendues une cinquantaine de fois. Il sondait des yeux les murs de la cour intérieure et observait les autres clients du restaurant, mais il ne vit rien qui soit susceptible d'éveiller sa méfiance.

Ils commandèrent un assortiment de porc et de poulet au barbecue, du gruau de maïs aux crevettes et au crabe, une salade de chou cru et des épis de maïs. Ce ne fut qu'à la fin du repas, alors qu'ils dégustaient leur dessert, une tourte aux petits citrons verts, que Pitt sentit la tension renaître en lui. Un homme au visage hâlé et aux cheveux brun-roux, flanqué de deux sbires sans expression, qui auraient tout aussi bien pu porter des badges « Tueur à gages », s'approcha de leur table. L'intrus était vêtu d'un coûteux costume sur mesure et de solides souliers anglais, bien différents des chaussures légères à l'italienne. Tandis qu'il louvoyait entre les tables, ses yeux bleu-blanc se fixèrent sur Pitt. Il se déplaçait avec grâce, mais son attitude arrogante laissait entendre qu'il n'était pas loin de se considérer comme le maître du monde.

Une alarme se déclencha dans l'esprit de Pitt. Il tapota du pied la jambe de Giordino et ébaucha un geste que l'Italien râblé comprit aussitôt.

L'homme se dirigea droit vers leur table et s'arrêta. Son regard passait d'un visage à l'autre comme s'il cherchait à les classer dans sa mémoire pour une future occasion.

— Nous n'avons pas encore eu l'occasion de nous rencontrer, monsieur Pitt. Mon nom est Curtis Merlin Zale.

Personne à la table de Pitt ne reconnut Zale, mais son nom leur était familier. Leurs réactions à la vue du monstre légendaire en chair et en os furent diverses. Loren le dévisagea avec une curiosité amusée, tandis que l'intérêt de Giordino se concentrait sur les deux gardes du corps. Pitt observait Zale avec une indifférence affichée malgré la sensation de froid qui lui envahissait le ventre. Par-dessus tout, il se sentait dégoûté devant cet homme qui semblait jouir de sa cruauté barbare. Il ne fit aucun effort pour se lever de son siège.

Zale fit un court salut aristocratique à Loren et Kelly.

— Mademoiselle Egan, mademoiselle Smith, c'est un plaisir de vous rencontrer enfin. Messieurs, poursuivit-il en se tournant vers Pitt et Giordino, vous faites preuve d'un entêtement hors du commun. Vos ingérences ont mis tout le monde sur les nerfs au siège de ma compagnie.

— Votre réputation de sociopathe mû par l'avidité vous a précédé, répondit Pitt d'un ton acide.

Les deux gardes du corps avancèrent d'un pas, mais Zale leur intima d'un geste l'ordre de rester en arrière.

— J'espérais que nous pourrions avoir une conversation sympathique, pour notre profit mutuel, répondit-il sans le moindre signe apparent de malveillance.

Ce type est lisse, songea Pitt, lisse et glissant comme un charlatan.

— Je ne vois pas ce que nous pourrions avoir en commun, lui rétorqua-t-il. Vous assassinez des hommes, des femmes et des enfants. Al et moi-même ressemblons tout à fait aux citoyens respectueux des lois et aux contribuables victimes de votre projet d'établir un monopole pétrolier dans ce pays.

— Projet qui jamais ne se réalisera, ajouta Loren.

Si Zale éprouva quelque dépit en constatant que ses projets grandioses étaient éventés, il ne le montra pas.

— Vous comprenez, j'en suis sûr, que mes moyens sont largement supérieurs aux vôtres. Cela devrait paraître évident, même pour vous.

— Vous entretenez beaucoup d'illusions si vous vous croyez plus puissant que le gouvernement des Etats-Unis, affirma Loren. Le Congrès vous arrêtera avant même que l'un de vos projets voie le jour. Dès demain matin, je demanderai la constitution d'une commission d'enquête officielle du Congrès sur votre implication dans les catastrophes du *Dauphin d'Emeraude* et du *Golden Marlin*.

Zale gratifia Loren d'un sourire condescendant.

— Etes-vous sûre que ce soit une décision sage ? Aucun personnage politique n'est à l'abri d'un scandale... ou d'un accident.

Loren se leva si brusquement qu'elle en renversa sa chaise.

— C'est une menace ? siffla-t-elle.

Zale ne recula pas ; son sourire ne quitta pas son visage.

— Voyons, bien sûr que non, je me contente d'évoquer des possibilités... Si vous êtes décidée à détruire la Cerbère, il faut vous préparer à en assumer les conséquences.

Loren était indignée. Elle parvenait à peine à croire qu'un membre élu du Congrès puisse être menacé de déshonneur et peut-être même de mort. Elle se rassit lentement, après que Pitt eut relevé son siège, et jeta un regard dur à Zale. Pitt paraissait calme et ne fit pas de commentaires ; on aurait presque pu penser qu'il prenait plaisir à la joute verbale qui se déroulait devant lui.

— Vous êtes fou ! cracha Loren à l'intention de Zale.

— Je suis parfaitement sain d'esprit. Je sais exactement où j'en suis à chaque instant de ma vie. Croyez-moi, ne comptez pas trop sur le soutien de vos collègues du Congrès. J'ai plus d'amis que vous au Capitole.

— Des gens que vous avez soumis par le chantage et la corruption, dit Pitt.

— En effet, insista Loren, dont les yeux lançaient des éclairs, et lorsque nous saurons qui vous avez payé, et combien, vous et vos complices serez inculpés, et devrez faire face à un acte d'accusation qui fera passer celui de John Gotti pour une plaisanterie.

— Je ne le pense pas, dit Zale avec un vigoureux hochement de tête.

— Je suis en parfait accord avec monsieur Zale sur ce point, intervint Pitt. Il ne passera jamais en procès.

— Vous êtes plus intelligent que je ne l'imaginais, reconnut Zale.

— Non, poursuivit Pitt avec un sourire sardonique. Vous ne serez jamais condamné pour vos crimes, car vous mourrez avant cela. Personne ne mérite autant de mourir que vous, Zale, vous et chacun des membres de votre racaille meurtrière, les « Vipères ».

La froideur des yeux vert opaline de Pitt sembla provoquer une sorte de fêlure dans le calme forcé de Zale.

— A ce propos, vous devriez prendre garde, monsieur Pitt. Vous me paraissez trop bien informé pour atteindre le troisième âge, dit-il, aussi glacé qu'un iceberg.

— Il vous plaît de croire que vous êtes au-dessus des lois, mais pour ceux qui travaillent en marge de la loi, vous êtes tout à fait vulnérable. Une organisation tout aussi dévastatrice que vos « Vipères » est en train de travailler pour vous éjecter du circuit, Zale. C'est à votre tour, désormais, de devoir surveiller ce qui se passe derrière votre dos.

Zale ne s'était pas attendu à une telle sortie. Il se demanda si Pitt et Giordino étaient *seulement* des ingénieurs maritimes de la NUMA. Il commença par se dire que Pitt bluffait. Si tel était le cas, son visage ne trahissait aucune peur, mais bien une froide colère. Il décida de combattre le feu par le feu.

— Maintenant que je sais à quoi m'en tenir, je vais vous laisser déguster votre dessert. Mes amis resteront ici.

— Où veut-il en venir ? demanda Kelly, apeurée.

— Dès qu'il aura pris la route, bien en sécurité dans sa limousine, ses porte-flingues vont tenter de nous abattre.

— Ici, devant tout le monde ? lança Giordino. Sans masques ? Vos talents pour les mises en scène dramatiques ne sont pas du meilleur goût.

Les yeux bleu-blanc de Zale trahissaient sa méfiance. Ceux de Pitt demeuraient insondables. Giordino, faussement modeste, était assis, les mains sur les genoux. Il héla un serveur et commanda un Rémy Martin. Seules les deux femmes paraissaient tendues et nerveuses.

Zale s'était senti déstabilisé. C'était le genre d'homme qui tient à toujours contrôler la situation, mais les deux ingénieurs ne réagissaient pas selon ses attentes. Ils ne semblaient pas craindre la mort. Son esprit habituellement résolu se trouvait dans l'impasse, et ce n'était pas une expérience qu'il appréciait.

— Maintenant que nous avons vu le visage de l'ennemi, dit Pitt d'une voix aussi sinistre qu'une pierre tombale, je suggère que vous quittiez cette auberge tant que vous êtes en mesure de marcher et que vous oubliiez ne serait-ce que la moindre tentation de faire du mal à mademoiselle Egan, ou à quiconque assis à cette table.

Ce n'était pas une menace abstraite, mais le simple énoncé d'un fait.

Zale contrôla à merveille sa fureur croissante.

— Même si j'apprécie peu votre immixtion dans mes affaires, je vous respecte, monsieur Giordino et vous, car vous êtes des adversaires de valeur. Pourtant, je m'aperçois que vous êtes des idiots, beaucoup plus que je ne l'aurais imaginé.

— Que sont censés signifier vos propos ? demanda Giordino d'un ton sarcastique et regardant Zale par-dessus son verre à dégustation.

Une lueur mauvaise s'alluma dans les yeux de Zale, qui évoquaient ceux d'un reptile. Il jeta un coup d'œil aux clients des autres tables, mais aucun ne semblait s'intéresser à leur conversation. Zale hocha la tête à l'adresse de ses gardes du corps et se prépara à sortir.

— Adieu, mesdames et messieurs. Quel dommage que votre avenir soit si compromis.

— Avant que vous ne décampiez, lança Pitt, il serait sage

d'emmener vos hommes avec vous. Sinon, ils risquent de vous suivre en ambulance.

Zale se retourna pour dévisager Pitt, tandis que ses hommes avançaient d'un pas et plongeaient la main sous le revers de leur veste. Comme s'il s'agissait d'une scène parfaitement répétée, Pitt et Giordino levèrent leurs armes, qui étaient restées cachées sous leur serviette, de sous la table.

— Adieu, monsieur Zale, murmura Giordino, le visage fendu en un sourire dur. La prochaine fois... conclut-il en laissant la fin de sa phrase en suspens.

Les assassins échangèrent un regard, mal à l'aise. Ce n'était plus le meurtre élémentaire qu'ils avaient prévu. Nul besoin de s'appeler Einstein pour comprendre qu'ils seraient morts avant d'avoir pu sortir leurs propres armes.

— Je regrette de vous avoir traités d'idiots, dit Zale en étendant les mains en signe d'apaisement. Je vois que vous êtes venus dîner avec votre matériel.

— Al et moi étions scouts dans notre enfance, dit Pitt. Nous aimons être préparés à ce qui peut arriver. *(Nonchalant, il tourna le dos à Zale pour piquer sa tourte au citron de sa fourchette.)* J'espère que lors de notre prochaine rencontre, vous serez ligoté à une table en attendant l'injection létale.

— Vous aurez été prévenus, dit Zale, qui maîtrisait son expression, mais dont la couleur du visage trahissait la rage. Il tourna le dos et quitta la cour, puis traversa la salle de restaurant pour gagner le parking. Il pénétra dans une limousine Mercedes noire, tandis que ses sbires dépassaient plusieurs voitures avant de grimper à bord d'une Lincoln Navigator, où ils s'installèrent et attendirent.

Loren tendit le bras et posa sa main sur celle de Pitt.

— Comment peux-tu être aussi calme ? Il me donne la chair de poule.

— Cet homme respire le mal par tous les pores de sa peau, renchérit Kelly, dont la peur se reflétait encore dans les yeux.

— Zale nous a dévoilé son jeu, alors que rien ne le forçait à le faire, remarqua Pitt. Je me demande pourquoi.

Loren fixait l'entrée de la cour intérieure comme si elle s'attendait à voir réapparaître les hommes de Zale.

— C'est vrai, pourquoi un dirigeant d'entreprise tel que lui s'abaisserait-il à discuter avec de vulgaires agitateurs ?

— La curiosité, suggéra Giordino. Il voulait voir de ses propres yeux le visage de ceux qui s'étaient mis en travers de ses projets.

— Cette tourte au citron vert est excellente ! proclama Pitt.

— Je n'ai plus faim, murmura Kelly.

— On ne peut pas laisser perdre un aussi bon dessert, déclara Giordino, qui se mit en devoir de finir l'assiette de la jeune femme.

Après les cafés, Pitt régla l'addition. Giordino se mit debout sur une chaise et scruta le parking par-dessus le mur de la cour, la tête cachée derrière une touffe de lierre.

— Hekyll et Jekyll sont installés dans un 4 × 4 garé sous un arbre.

— Nous devrions appeler la police, plaida Loren.

— Tout est prévu, répondit Pitt en souriant. *(Il sortit un téléphone de sa poche de blouson, composa un numéro, prononça tout au plus quatre mots, coupa la communication et adressa un nouveau sourire à Loren et Kelly.)* Allez nous attendre à l'entrée pendant que nous récupérons la voiture.

Loren arracha les clefs de la Packard des mains de Pitt.

— Al risque de se retrouver dans une situation délicate, dit-elle. Il vaut mieux que ce soit moi qui prenne la voiture. Ils n'oseront pas s'en prendre à une femme sans défense.

— Je ne compterais pas trop là-dessus, à ta place, lui conseilla Pitt, qui s'apprêtait à refuser, mais se ravisa ; au fond de lui-même, il savait que Loren avait raison. Les hommes de Zale étaient des tueurs, mais ce n'étaient pas des idiots de village. Ils n'abattraient pas une femme seule ; ce qu'ils voulaient avant tout, c'était les réunir tous les quatre à leur merci. Il hocha la tête.

— Très bien, mais ne va pas trop vite entre les rangées de voitures. Nos amis sont à l'extrémité opposée du parking. S'ils démarrent et s'approchent avant que tu aies mis le contact, nous te rejoindrons aussitôt, Al et moi.

Loren et Pitt avaient souvent eu l'occasion de courir ensemble. Loren était rapide. Lorsqu'ils piquaient un sprint, il la battait en général de moins d'un mètre sur un parcours de cent mètres. Loren baissa la tête, démarra comme une flèche et atteignit la Packard en moins d'une minute. Elle connaissait les commandes de la voiture, et tourna la clef en même temps qu'elle appuyait sur le bouton du démarreur. Le gros V-12 s'ébroua aussitôt. Loren passa la première, écrasa un peu trop fort l'accélérateur, et un tourbillon de graviers jaillit sous les roues de taille imposante. Elle freina à l'entrée du restaurant, se glissa du côté passager de la banquette tandis que Pitt, Giordino et Kelly s'installaient.

Pitt enfonça l'accélérateur; la voiture s'élança sur la route, et prit progressivement de la vitesse en montant en régime. La Packard n'était pas un dragster et elle n'aurait pas brillé sur une piste de vitesse. Elle était conçue pour l'élégance, le silence, et non pour la course. Il fallut presque huit cents mètres à Pitt pour la mener jusqu'à cent trente kilomètres à l'heure.

La route était droite, et Pitt prit tout son temps pour observer dans le rétroviseur la grosse Navigator qui sortait du parking avec force roulis, sa peinture noire brillant sous les réverbères. Ce fut à peu près tout ce qu'il put distinguer, car l'obscurité tombait sur la route de campagne. La Navigator semblait gagner de la vitesse, tous feux éteints.

— Ils nous poursuivent, annonça Pitt, du ton monocorde d'un chauffeur de bus qui demande à ses passagers de s'écarter de la porte.

La route était presque déserte; ils ne croisèrent que deux autres voitures. Les fourrés et les arbres qui enserraient la route paraissaient sombres et inhospitaliers. Seul un homme rendu fou par la peur se serait caché en pareil lieu. A une ou deux reprises, il lança un regard vers Loren, dont les yeux brillaient du reflet des lumières du tableau de bord, et dont les lèvres étaient retroussées en une ébauche de sourire sensuel. De toute évidence, elle prenait plaisir à l'excitation et au danger de la poursuite.

La Navigator gagnait vite du terrain sur la vieille Packard. A huit ou neuf kilomètres du restaurant, le chauffeur avait réussi à réduire l'écart à une centaine de mètres. La Navigator demeurait presque invisible, mais Pitt l'apercevait dans le rétroviseur lorsque des voitures roulant en sens opposé lui adressaient un appel de phares pour signaler à son chauffeur qu'il roulait sans lumières.

— Couchez-vous au sol, avertit Pitt, ils ne vont pas tarder à nous accoster.

Les deux femmes obéirent. Giordino se contenta de se baisser et braqua son Ruger par la vitre arrière sur le 4 × 4 des tueurs. Un virage s'annonçait, et Pitt tira du gros V-12 de la vénérable automobile toutes ses réserves de puissance. La Navigator arrivait sur le côté, son chauffeur virant sans la moindre prudence vers la voie de circulation opposée. Trente secondes plus tard, Pitt négocia le virage en provoquant des hurlements de protestation des gros pneus qui dérapaient et s'approchaient dangereusement de l'accotement de la route.

A l'instant même où Pitt redressait la Packard en arrivant sur une portion droite de la route, il regarda dans le rétroviseur, juste à temps pour voir deux grosses Chevrolet Avalanche foncer hors des bois comme des fantômes juste devant la Navigator lancé à pleine vitesse. L'apparition des deux Chevrolet, équipées de mitrailleuses montées sur leurs plates-formes de chargement et servies chacune par un artilleur, était aussi inattendue que soudaine.

Le chauffeur de la Navigator fut pris au dépourvu ; il braqua d'un geste brusque et la voiture partit en travers de la route dans un dérapage incontrôlé qui se termina sur l'accotement herbeux. Ses roues perdirent toute puissance motrice et elle effectua trois tonneaux avant de disparaître dans les épais sous-bois sous un nuage de poussière et une gerbe de feuilles et de branches. Des hommes armés en tenue de combat de nuit camouflée s'éjectèrent des deux Chevrolet et encerclèrent la Navigator qui gisait sur le toit.

Pitt relâcha sa pression sur la pédale d'accélérateur et la Packard ralentit jusqu'à quatre-vingts kilomètres à l'heure.

— La poursuite est terminée, annonça-t-il. Vous pouvez vous détendre et respirer normalement.

— Que s'est-il passé ? demanda Loren en contemplant par la vitre arrière le rayon des phares en travers de la route et le nuage de poussière qui se déposait peu à peu.

— L'amiral Sandecker a appelé quelques amis qui ont accepté de monter un petit numéro à l'intention des gros bras de monsieur Zale.

— Il était temps, d'ailleurs, commenta Giordino.

— Il fallait que l'opération ait lieu à un croisement entre deux routes de campagne pour que nos sauveteurs puissent nous laisser passer avant de coincer nos poursuivants.

— Je dois admettre que tu m'as fait peur, pendant une minute, le morigéna Loren en se glissant vers lui sur la banquette et en lui prenant le bras avec l'expression de quelqu'un qui ne doute nullement de ses droits de propriétaire.

— La partie était plus serrée que je ne l'aurais souhaité.

— Petits cachottiers ! lança Loren à l'adresse de Pitt et de Giordino. Vous ne nous aviez pas dit que les marines attendaient cachés là pour nous venir en aide !

— La nuit est devenue soudain magnifique, fit remarquer Kelly en humant l'air qui soufflait par-dessus le pare-brise et par la vitre de séparation. J'aurais dû me douter que le déroulement des hostilités était sous bon contrôle.

— Je vais tous vous raccompagner chez vous, dit Pitt en se dirigeant vers les lumières de la ville. Demain, nous allons devoir encore prendre la route.

— Où comptez-vous aller ? demanda Loren.

— Pendant que tu mettras sur pied une commission d'enquête sur le sabotage criminel d'un navire de croisière et d'un sous-marin, Al, Kelly et moi allons nous rendre dans le Minnesota pour y admirer de vieilles pierres runiques.

— Qu'espérez-vous découvrir ?

— La réponse à une énigme, répondit Pitt. Une clef qui pourrait bien ouvrir plus d'une porte...

Chapitre 39

LORSQU'ELLE entendit le bruit à la fois sourd et strident d'un hélicoptère qui approchait de sa ferme de Monticello, dans le Minnesota, Marlys Kaiser quitta sa cuisine et sortit sous la véranda. Sa maison était typique de l'architecture du Middle West : une structure et un revêtement extérieur en bois, une cheminée qui s'élevait de la salle de séjour et traversait la chambre à coucher, à l'étage, et un toit pointu à deux pignons. Une grange rouge, qui paraissait presque neuve, était plantée de l'autre côté d'une vaste pelouse herbeuse. La propriété était autrefois une exploitation laitière, mais la grange servait désormais de bureau à Marlys et les trois cents acres de blé, de maïs et de tournesol étaient cultivés par des métayers qui commercialisaient leurs récoltes. Derrière la ferme, le terrain descendait en pente vers la rive du lac Bertram. Les eaux bleu-vert étaient ceinturées d'arbres, et les zones peu profondes des bords étaient parsemées de feuilles de nénuphars. Les gens venaient de Minneapolis pêcher dans cet endroit régulièrement repeuplé de poissons chats, de brochets, et de perches. Il abritait aussi un grand banc de crapets Arlequin qui commençaient à mordre après le coucher du soleil.

Marlys se protégea les yeux de l'éclat du soleil matinal en regardant l'hélicoptère turquoise flanqué du sigle de la NUMA passer par-dessus le toit de la grange et rester un instant suspendu avant de poser ses roues sur l'herbe. La plainte des doubles turbines mourut peu à peu et les pales du rotor ralentirent, puis s'arrêtèrent. Une porte s'ouvrit et une échelle dont le dernier échelon atteignait presque le sol fut dépliée.

Marlys s'avança vers l'appareil au moment où une jeune femme en descendait, ses cheveux brun clair brillant sous le soleil, suivie par un homme râblé aux cheveux noirs bouclés dont l'origine italienne ne faisait guère de doute. Un dernier passager sortit enfin, un homme de haute taille à la chevelure ondulée. Il traversa la distance qui les séparait d'un pas résolu qui rappela à Marlys son mari disparu. Alors que l'homme approchait, son regard se plongea dans les yeux les plus verts qu'il lui ait jamais été donné de voir.

— Madame Kaiser ? dit l'homme d'une voix douce. Mon nom est Dirk Pitt. Je vous ai téléphoné hier soir pour vous demander si nous pouvions venir de Washington pour vous parler.

— Je ne vous attendais pas si tôt.

— Nous avons pris l'avion tard hier soir pour nous rendre à une station de recherches de la NUMA, sur le lac Supérieur. Nous avons emprunté leur hélicoptère pour gagner Monticello.

— Je constate que vous n'avez pas eu de mal à trouver la ferme.

— Vos indications étaient parfaites, dit Pitt avant de se tourner vers Kelly et Giordino pour effectuer les présentations.

Marlys gratifia Kelly d'une étreinte maternelle.

— La fille d'Elmore Egan... Quel plaisir de vous rencontrer ! Je suis vraiment heureuse. Votre père et moi étions de grands amis.

— Je sais, répondit Kelly en souriant. Il parlait souvent de vous.

Le regard de Marlys passait de l'un à l'autre.

— Vous avez pris un petit déjeuner ?

— Nous n'avons rien mangé depuis notre départ de Washington, avoua Pitt avec franchise.

— Je vais vous préparer des œufs, du bacon et des pancakes qui seront prêts dans une vingtaine de minutes, dit Marlys d'une voix chaleureuse. Pourquoi n'iriez-vous pas vous promener un peu vers les champs et le lac ?

— Vous tenez la ferme vous-même ? demanda Kelly.

— Oh, mon Dieu, non ! Un voisin y travaille comme métayer. Il me verse un pourcentage lorsque la récolte est vendue au prix du marché, ce qui ne représente pas grand-chose par les temps qui courent.

— Si j'en juge par l'entrée de la pâture, de l'autre côté de la route, par la porte d'accès à la partie inférieure de la grange et le grenier à foin au-dessus, il s'agissait d'une exploitation laitière, fit remarquer Pitt.

— Vous êtes très observateur, monsieur Pitt. Mon mari a en effet tenu cette exploitation laitière pendant la plus grande partie de sa vie. Vous semblez avoir un peu d'expérience vous-même...

— J'ai passé un été à la ferme de mon oncle, dans l'Iowa. Je m'étais débrouillé pour acquérir le bon mouvement des doigts pour que le lait arrive dans le seau, mais je n'ai jamais compris comment le faire sortir du pis des vaches !

— Je vous appellerai lorsque le petit déjeuner sera prêt, dit Marlys en riant.

Pitt, Giordino et Kelly se promenèrent le long des champs et descendirent au bord de l'eau, vers un appontement où ils empruntèrent l'une des barques que Marlys louait aux pêcheurs ; Pitt prit les rames et ils voguèrent un moment sur le lac. Ils étaient sur le point de regagner la berge lorsqu'ils entendirent Marlys les appeler depuis la véranda.

— C'est vraiment très aimable de votre part, madame Kaiser, dit Kelly lorsqu'ils furent attablés dans la pittoresque cuisine campagnarde.

— Marlys. Je vous en prie, considérez-moi comme une vieille amie de la famille.

Au cours du petit déjeuner, ils abordèrent toutes sortes de sujets, de la pêche aux dures conditions économiques auxquelles se trouvaient confrontés les paysans dans tout le pays. Ce ne fut qu'après avoir débarrassé la table avec l'aide de Giordino, qui se chargea de remplir le lave-vaisselle, qu'ils abordèrent le sujet des pierres runiques.

— Mon père ne m'a jamais dit pourquoi il se passionnait pour ces inscriptions, dit Kelly. Ma mère et moi l'accompagnions lors de ses excursions, mais nous nous intéressions plus aux charmes du camping et des randonnées qu'à la recherche de vieilles pierres couvertes de caractères incompréhensibles.

— La bibliothèque du docteur Egan comporte un très grand nombre de livres sur les Vikings, mais nous n'avons trouvé aucune trace de ses notes, ajouta Pitt.

— Scandinaves, monsieur Pitt, le corrigea Marlys. Le mot *Viking* désigne les pillards qui écumaient les mers, des hommes qui ne connaissaient pas la peur, des combattants acharnés. Quelques siècles plus tard, on les aurait appelés pirates ou flibustiers. L'ère viking a débuté à l'époque où ils ont pillé le monastère de Lindisfarne, en Angleterre, en 793. Ils surgissaient du nord comme des fantômes, mettant à sac et pillant l'Ecosse et l'Angleterre jusqu'à ce que Guillaume le Conquérant, un Normand dont les ancêtres étaient scandinaves, gagne la bataille d'Hastings et soit sacré roi d'Angleterre. A partir de l'an 800, les flottes vikings écumèrent toute l'Europe et la Méditerranée. Leur règne fut de courte durée, et vers le XIIIe siècle, leur pouvoir s'était affaibli de façon considérable. Le dernier épisode de leur saga fut écrit lorsque le dernier d'entre eux quitta le Groenland en 1450.

— Savez-vous pourquoi on a découvert autant de pierres runiques dans la région du Middle West ? demanda Giordino.

— Les sagas scandinaves, et surtout celles d'Islande, parlent des marins et des habitants du Groenland et d'Islande qui ont tenté de coloniser la côte nord-est des Etats-Unis entre les années 1000 et 1015. Nous pouvons tenir pour acquis le fait qu'ils ont lancé des expéditions au cœur du pays.

— Pourtant, jusqu'à présent, leur implantation de l'Anse aux Meadows, à Terre-Neuve, est la seule preuve tangible de leur venue en Amérique, objecta Pitt.

— Ils ont voyagé et établi des colonies en France, en Russie, en Angleterre, en Irlande et dans des contrées lointaines de la Méditerranée. Ils pouvaient tout aussi facilement pénétrer au milieu de l'Amérique du Nord en descendant le Saint-Laurent ou par la Floride, en entrant dans le golfe et en remontant le Mississippi. Ils pouvaient alors se servir des cours d'eau pour explorer de vastes zones du pays.

— Comme l'indiquent les pierres aux inscriptions runiques qu'ils ont laissées derrière eux, suggéra Giordino.

— Pas seulement les Scandinaves, dit Marlys. De nombreux représentants des peuples du Vieux Monde ont visité l'Amérique avant Leif Eriksson et Christophe Colomb. D'anciens marins de cultures diverses ont traversé l'Atlantique pour explorer nos côtes. Nous avons découvert sur des pierres des inscriptions en hiéroglyphes égyptiens, en écriture chypriote, en lettres et en chiffres nubiens, en écriture punique carthaginoise, ou en ogham ibérique. On a trouvé et traduit sur des pierres plus de deux cents inscriptions en alphabet ogham, lequel était surtout utilisé par les Celtes d'Ecosse, d'Irlande et d'Espagne. Le pays est jonché de pierres gravées d'inscriptions que nous ne sommes pas encore parvenus à identifier. Les gens des temps anciens sont peut-être venus dans nos régions à des époques remontant à quatre mille ans. *(Marlys se tut un instant pour souligner son propos.)* Et les inscriptions alphabétiques ne sont qu'une partie de ce qu'ils ont laissé.

Kelly ouvrait de grands yeux, incrédule.

— Qu'ont-ils laissé de plus ?

— Les pétroglyphes, hasarda Pitt.

— Les pétroglyphes, répéta Marlys en hochant la tête. Nous avons des centaines d'exemples répertoriés d'images gravées sur la pierre et représentant des animaux, des dieux et des déesses. On y distingue des visages barbus identiques à ceux de la Grèce antique ; des têtes presque similaires à celles du pourtour méditerranéen de l'époque classique. Les plus courants sont des oiseaux en vol, ainsi que des chevaux et des bateaux. Il existe même des pétroglyphes d'animaux inconnus en Amérique, comme les rhinocéros, les lions ou les éléphants. Un grand nombre d'images sont d'inspiration astronomique, avec des étoiles et des constellations dont les positions correspondent à celles qu'elles occupaient dans le ciel il y a plusieurs milliers d'années.

— Ainsi que je vous l'ai expliqué au téléphone, dit Pitt, nous cherchons à comprendre la fascination du père de Kelly pour une série de pierres runiques qu'il a découvertes et étudiées il y a de cela une quinzaine d'années.

Marlys leva les yeux au plafond en essayant de retrouver ses souvenirs.

— Les études du docteur Egan concernaient une série de trente-cinq inscriptions ; elles racontaient l'histoire d'un groupe de Scandinaves qui avaient exploré le Middle West en l'an 1035. Je me souviens qu'il était obsédé par ces inscriptions qui devaient le conduire, croyait-il, jusqu'à une grotte. Où ? Je n'en ai pas la moindre idée.

— Avez-vous conservé des notes sur ces inscriptions ?

Marlys battit des mains.

— C'est votre jour de chance ! Accompagnez-moi jusqu'à mon bureau dans la grange. C'est là que je les ai classées.

*

* *

Ce qui fut une grange jadis avait été transformé en un immense bureau. Le grenier à foin avait disparu et le haut plafond était ouvert aux regards. Des rayonnages occupaient la moitié de l'espace disponible. Une énorme table carrée trônait au milieu de la pièce, et une ouverture donnait accès à son centre, où Marlys travaillait derrière deux ordinateurs. Sur la table étaient entassés des photographies, des classeurs, des livres et des fichiers reliés. Au-delà du bureau était installé un écran de taille respectable, sous lequel étaient rangés des cassettes vidéo et des CD-Rom. Le vieux parquet en planches était lissé par l'usure et l'on apercevait encore les entailles causées par les sabots des vaches. Un encadrement de porte laissait deviner un laboratoire, dont les murs et le sol étaient couverts de poussière blanche.

L'un des murs de la vaste pièce était peuplé d'objets divers, de vasques en céramique en forme de pots, de têtes et de personnages humains ou d'animaux. Plusieurs d'entre eux offraient une représentation créative et presque comique d'êtres humains saisis dans des positions étranges et parfois acrobatiques. Une centaine d'objets plus petits, souvent difficiles à identifier, étaient exposés dans une grande vitrine de verre. Pitt fut particulièrement frappé par l'aspect de certains masques, très proche de ceux qu'il avait pu voir à Athènes. Aucun de ces objets n'aurait pu être sculpté ou gravé par un Indien d'Amérique pour représenter un membre de sa propre tribu. Tous les bas-reliefs étaient des images d'hommes aux barbes bouclées; intéressant phénomène, car les Amérindiens, qu'ils viennent d'Amérique du Nord, du Sud ou d'Amérique centrale, avaient la chance de ne jamais devoir se raser.

— Tous ces bas-reliefs ont-ils été découverts aux Etats-Unis? demanda Pitt.

— Dans tous les Etats du pays, du Colorado à l'Oklahoma en passant par la Géorgie.

— Et ces objets, dans la vitrine?

— Surtout des outils, avec quelques pièces de monnaie et des armes, pour faire bonne mesure.

— Votre collection est tout à fait étonnante!

— Tout ce que vous voyez reviendra à des archives universitaires et des musées lorsque je disparaîtrai.

— C'est incroyable que tant de peuples anciens soient venus dans cette région du monde, murmura Kelly, très impressionnée.

— Nos ancêtres étaient tout aussi curieux que nous de savoir ce qui peut se trouver derrière l'horizon, répondit Marlys en leur faisant signe de s'asseoir sur les fauteuils et le canapé tandis qu'elle fouillait les rayonnages. Mettez-vous à votre aise pendant que je cherche les copies des inscriptions qui intéressaient tant le docteur Egan.

Moins d'une minute plus tard, elle découvrit ce qu'elle cherchait et sortit deux classeurs métalliques qu'elle vint poser sur le bureau. L'un d'eux contenait une centaine de photographies, et l'autre, plus volumineux, des papiers.

Marlys sortit une photographie qui représentait une grosse pierre portant une inscription ; la chercheuse posait à côté de la pierre pour donner une idée de ses dimensions.

— Voici la pierre de Bertram, découverte de l'autre côté du lac par un pêcheur en 1933. *(Marlys se dirigea vers un grand placard et en sortit ce qui ressemblait à un moulage en plâtre blanc.)* En général, je prends des photographies après avoir fait ressortir les inscriptions avec du talc ou de la craie, mais lorsque cela est possible, j'applique plusieurs couches de latex liquide. Après séchage, je l'emmène dans mon laboratoire et je prépare un moule avec du plâtre humide. Lorsqu'il sèche, je le reproduis grâce au procédé Ozalid en accentuant le contraste pour la netteté des images ou des caractères. Je peux ainsi déchiffrer des lettres ou des symboles qui n'étaient pas visibles à l'œil nu sur la pierre érodée.

Pitt examina les inscriptions en formes de brindilles.

— Certaines de ces lettres sont similaires à celles de notre alphabet, remarqua-t-il.

— Cette écriture est une combinaison du vieil alphabet germanique Futhark et de l'alphabet scandinave Futhork, plus récent. Le premier employait vingt-quatre runes ou lettres, et le second seize. L'origine de l'écriture runique s'est perdue dans la nuit des temps. Il existe une certaine similarité avec le grec et le latin anciens, mais les spécialistes considèrent que l'alphabet runique de base a vu le jour au premier siècle de notre ère, lorsque certaines cultures germaniques ont opéré un lien avec le langage teutonique de l'époque. Au IIIe siècle, il avait déjà migré vers les pays nordiques.

— Comment pouvez-vous être sûre que les écritures sur ces pierres ne procèdent pas de falsifications ? interrogea le toujours matérialiste et sceptique Giordino.

— J'en suis sûre pour un certain nombre de raisons, répondit Marlys d'une voix douce. Premièrement, des experts en contrefaçon de la police ont examiné plusieurs de ces pierres et ont été unanimes à déclarer que les inscriptions avaient été gravées de la même main. Toutes les caractéristiques sont identiques. Deuxièmement, qui irait parcourir des milliers de kilomètres pour graver des inscriptions runiques relatives à une expédition scandinave qui n'aurait jamais eu lieu ? Pour quelle raison ? Et puis, si elles étaient fausses, elles seraient l'œuvre d'une personne capable de maîtriser à la perfection ce langage et cet alphabet, ainsi que l'attestent des experts contemporains, qui n'ont découvert aucune variation incorrecte dans les lettres. Troisièmement, la pierre runique de Bertram a d'abord été découverte, selon les historiens locaux, par une tribu Ojibway, dont les membres en ont parlé aux premiers colons en 1820. Des trappeurs français ont ensuite recopié les inscriptions. Il semble très peu vraisemblable que quelqu'un d'autre ait gravé ces pierres longtemps avant l'installation de colons sur place. Enfin, et quatrièmement, même si la datation au carbone ne fonctionne qu'avec des matières organiques, mais pas avec la pierre, il existe une méthode, qui consiste à étudier l'érosion de la roche au fil des années. Le degré d'usure des inscriptions et la dureté de la pierre, compte tenu de son exposition aux éléments, peut donner une idée de l'époque à laquelle elles ont été gravées. En l'occurrence, cette méthode les fait remonter à une date comprise entre l'an 1000 et l'an 1050, ce qui paraît plausible.

— Des objets ont-ils été trouvés près des pierres ? insista Giordino.

— Rien n'a survécu aux années d'exposition aux intempéries.

— Cela n'est guère surprenant, intervint Pitt. On a retrouvé fort peu de choses le long de la piste de Coronado, des siècles après son équipée du Mexique jusqu'au Kansas.

— Et maintenant, la question à un million de dollars, poursuivit Giordino. Que signifie l'inscription gravée sur la pierre ?

Marlys prit un CD-Rom et l'inséra dans son unité centrale. Au bout de quelques instants, les lettres, mises en évidence par le moulage préparé après l'application de latex liquide, apparurent sur l'écran, dévoilées dans leurs moindres détails. Le texte comportait quatre lignes et presque cent quarante lettres.

— Il est possible que nous ne parvenions jamais à une traduction exacte, dit Marlys, mais six spécialistes des runes, américains et scandinaves, sont d'accord sur le sens de cette inscription :

Magnus Sigvatson est passé par ici en l'année 1035. Il a revendiqué la propriété des terres de ce côté-ci de la rivière au nom de son frère, Bjarne Sigvatson, chef de notre tribu. Helgan Siggtrygg a été assassiné par des Skraelings.

« Le terme *Skraeling* désigne un barbare ou un païen paresseux ou bien, dans le vieux langage vernaculaire, un miséreux, poursuivit Marlys. Nous devons supposer que Siggtrygg a été tué au cours d'un affrontement avec les indigènes amérindiens, les ancêtres des Sioux ou des Ojibways.

— Magnus Sigvatson... prononça Pitt à voix lente, en accentuant chaque syllabe. Le frère de Bjarne.

Marlys soupira d'un air songeur.

— Il existe une saga qui mentionne une expédition partie du Groenland pour l'ouest et menée par Bjarne Sigvatson, avec plusieurs bateaux de colons. Des sagas plus tardives prétendent que Sigvatson et ses colons ont été engloutis par l'océan et qu'on ne les a jamais revus.

— Et les trente-quatre autres pierres, que révèlent-elles ?

— La plupart d'entre elles semblent avoir été utilisées pour marquer une frontière. Magnus Sigvatson proclamait qu'un quart des Etats-Unis actuels appartenait à son frère Bjarne et sa tribu. *(Marlys se tut un instant pour afficher une autre inscription sur l'écran.)* Celle-ci signifie :

C'est en ce lieu qu'a débarqué Magnus Sigvatson.

— Où cette pierre a-t-elle été découverte ?

— A Bark Point, une avancée de terre à l'intérieur de la baie de Siskiwit.

Pitt et Giordino échangèrent des regards amusés.

— Nous ne connaissons pas bien ces noms de lieu, s'excusa Pitt.

— Je suis désolée, dit Marlys en riant. La baie de Siskiwit se trouve sur le lac Supérieur, dans le Wisconsin.

— Et les autres pierres ? demanda Kelly.

— Ces Scandinaves étaient plutôt prolixes, si l'on considère que sans doute moins d'un quart des pierres gravées par leurs soins ont été localisées et leurs inscriptions traduites. La première et dernière a été trouvée à Crown Point, à l'extrémité sud du lac Champlain. Cet endroit se situe dans la partie nord de l'Etat de New York, conclut Marlys en s'adressant à Pitt d'un air entendu.

— Oui, je sais, répondit Pitt avec un sourire courtois.

— A partir de là, poursuivit Marlys, trois pierres ont été découvertes dans différents sites des Grands Lacs, ce qui laisse à penser qu'ils empruntaient les cours d'eau du Nord pour aller vers le

Saint-Laurent. Ils ont ensuite traversé les lacs avant d'aborder à Siskiwit Bay. Une fois débarqués, je pense qu'ils ont transporté leurs bateaux d'un lac ou d'un cours d'eau à l'autre et c'est ainsi qu'ils ont fini par atteindre le Mississippi, d'où ils ont entamé leur descente vers le sud.

— Le lac Bertram ne se trouve pourtant pas sur le passage du fleuve, objecta Kelly.

— Non, mais il n'en est distant que d'un peu plus de trois kilomètres. Selon moi, les Scandinaves menaient de courtes incursions vers l'intérieur des terres avant de continuer à descendre le courant des rivières.

— Jusqu'où sont-ils allés ? interrogea Giordino.

— On a trouvé des inscriptions qui correspondent à un parcours sinueux à travers l'Iowa, le Missouri, l'Arkansas et le Kansas. La pierre la plus éloignée a été découverte par un groupe de boy-scouts près de Sterling, dans le Colorado. Nous pensons qu'ils sont ensuite revenus vers le Mississippi, où ils avaient laissé leurs bateaux. On a exhumé une pierre sur la rive ouest du fleuve, en face de Memphis. L'inscription était la suivante :

Les navires demeurent ici sous la garde de Olafson et de Tyggvason.

« A partir de cet endroit, poursuivit Marlys, ils ont dû remonter l'Ohio et l'Allegheny, puis passer sur le lac Erié avant de reprendre la route qu'ils avaient déjà empruntée et revenir au lac Champlain.

Kelly paraissait perplexe.

— Je ne comprends pas très bien ce que vous voulez dire par « la première et dernière pierre »...

— Pour autant que nous puissions l'établir avec certitude, la pierre runique du lac Champlain était la première pierre à avoir été gravée, au début de l'expédition. Il en existe sans doute d'autres, mais elles sont restées introuvables. Lorsqu'ils sont revenus presque un an plus tard, ils ont gravé une seconde inscription sous la première.

— Pouvons-nous les voir ? demanda Pitt.

Marlys pianota sur son clavier, et une roche de grandes dimensions apparut à l'écran. D'après la taille de l'homme qui posait assis sur son sommet, elle devait mesurer près de trois mètres de hauteur, et était placée au fond d'un profond ravin.

Le pétroglyphe d'un navire viking gréé, avec ses voiles, ses rames et ses boucliers sur les flancs, était gravé au-dessus d'une dizaine de lignes de texte.

— Celle-ci est particulièrement délicate, dit Marlys. Aucun des épigraphistes qui ont étudié l'inscription n'a pu s'entendre à cent pour cent avec les autres, mais les traductions sont tout de même très similaires quant à la teneur du texte :

Après six jours de voyage en remontant le fjord et en nous éloignant de nos familles restées à la colonie, Magnus Sigvatson et ses cent camarades se reposent en ce lieu et proclament que toute terre à portée de vue de l'eau est propriété de mon parent et chef de tribu, Bjarne Sigvatson, et de nos enfants.

Cette terre est beaucoup plus vaste que nous le croyions. Plus vaste même que notre terre natale aimée. Nous sommes bien ravitaillés et nos quatre petits navires sont bien pleins et en bonne condition. Nous ne reprendrons pas cette route avant de nombreux mois. Puisse Odin nous protéger des Skraelings.

« Ces traductions sont très vagues et elles ne restituent sans doute pas le sens original du texte, poursuivit Marlys ; mais voici la seconde inscription, gravée lors du retour de l'expédition :

Quatorze mois après avoir quitté nos familles, nous ne sommes plus qu'à quelques jours de navigation le long du fjord avant d'atteindre la grotte, dans les hautes falaises, et nos foyers. Nous étions cent, et nous sommes quatre-vingt-quinze à revenir. Puisse Odin être béni pour la protection qu'il nous a accordée. La terre dont j'ai revendiqué la propriété au nom de mon frère est plus vaste que nous le croyions. Nous avons découvert le paradis. Magnus Sigvatson.

« Ensuite vient cette date, 1036, conclut Marlys.

— Six jours de navigation le long du fjord, dit Pitt d'un air pensif. Cela suggérerait l'existence d'une colonie scandinave sur le territoire actuel des Etats-Unis.

— Un site de ce genre a-t-il jamais été trouvé ? demanda Giordino.

— Les archéologues n'ont encore rien trouvé au sud de Terre-Neuve.

— La question se pose donc de savoir pourquoi ce site a disparu de façon aussi complète.

— Certaines légendes indiennes parlent d'une grande bataille contre d'étranges sauvages venus de l'ouest, avec de longs poils au menton et des têtes brillantes.

— Des têtes brillantes ? répéta Kelly, perplexe.

— Leurs casques, répondit Pitt en souriant. Ils faisaient sans doute allusion aux casques que portaient les Vikings au combat.

— Il est tout de même curieux qu'aucune preuve archéologique de leur présence n'ait jamais été retrouvée, s'étonna Kelly.

— Votre père savait où se trouvait ce site, dit Pitt en tournant son regard vers la jeune femme.

— Qu'est-ce qui vous fait croire cela ?

— Sinon, pourquoi se serait-il lancé avec tant de fanatisme à la recherche des pierres ? Selon moi, votre père voulait découvrir la grotte mentionnée dans la dernière inscription. S'il a d'un seul coup abandonné ses recherches, c'est qu'il avait trouvé ce qu'il cherchait.

— Nous n'avons ni ses notes ni ses dossiers, objecta Giordino, et nous ne disposons d'aucune indication. Sans base de départ, nous allons travailler à l'aveuglette.

— Vous ne possédez aucune note ou courrier du docteur Egan qui puisse nous donner une piste quant aux données qu'il avait accumulées ? demanda Pitt en se tournant vers Marlys.

— Ce n'était pas le genre d'homme à entretenir une correspondance ou à envoyer des e-mails. Je n'ai même pas un bout de papier avec sa signature. Lorsque nous échangions des informations, c'était par téléphone.

— Cela ne me surprend guère, murmura Kelly d'un ton résigné.

— Et pour cause, intervint Giordino, si l'on considère ses démêlés avec la Cerbère.

Le regard de Pitt errait dans le vague ; il se fixa soudain sur Kelly.

— Vous et Josh avez fouillé la ferme de votre père à la recherche du laboratoire caché, et vous n'avez rien trouvé.

— C'est vrai, admit Kelly en hochant la tête. Nous avons passé au peigne fin le moindre centimètre carré de la propriété, ainsi que les habitations voisines. Sans succès.

— Et les murs des falaises qui donnent sur la rivière ?

— C'est l'un des premiers endroits que nous ayons vérifiés.

Nous avons même invité des clubs d'escalade à venir explorer les falaises. Ils n'ont pas vu trace de grotte, de chemin ou d'escalier qui permette d'accéder aux parois.

— Si la seule inscription à mentionner une grotte se trouvait sur la première pierre, pourquoi écumer tout le pays pour en dénicher d'autres, qui ne lui ont rien appris de nouveau ?

— C'est un élément qu'il ignorait lorsqu'il s'est lancé dans ses recherches, conjectura Pitt. Il espérait sans doute que d'autres pierres lui fourniraient plus d'indices, mais sa quête s'est avérée vaine...

— Qu'est-ce qui a motivé sa recherche, au départ ? demanda Giordino à Kelly.

— Je n'en ai pas la moindre idée, répondit-elle en secouant la tête. Il n'a jamais révélé ce qu'il cherchait, ni à ma mère, ni à moi.

— « La grotte dans les hautes falaises », prononça Pitt à voix lente.

— Selon vous, c'est cette grotte qu'il cherchait ?

— Oui, c'est ce que je crois, affirma Pitt.

— Pensez-vous que sa recherche ait été couronnée de succès ?

— Oui, je le pense.

— Mais il n'y a *pas* de grotte, protesta Kelly.

— Je crois qu'il s'agit de regarder au bon endroit. Et si nous la trouvons, une porte s'ouvrira sur tout un ensemble de mystères, et en particulier sur les projets secrets de votre père.

— Vous pourriez entamer vos recherches dans une nouvelle direction, dit Marlys.

— Que suggérez-vous ?

— Je suis persuadée qu'un entretien avec le docteur Jerry Wednesday pourrait vous être utile.

— Le docteur Wednesday est...

— Un expert reconnu des anciennes tribus indiennes de la vallée de l'Hudson. Il serait peut-être en mesure d'éclaircir certains points en ce qui concerne les Scandinaves.

— Où pouvons-nous le joindre ?

— A New York, au Marymount College, à Tarrytown. Le docteur Wednesday enseigne l'histoire des cultures et des civilisations.

— Je connais Marymount, dit Kelly. C'est un établissement féminin d'enseignement supérieur catholique, juste en face de la ferme de mon père, de l'autre côté de la rivière.

— Qu'en penses-tu ? demanda Pitt en se tournant vers Giordino.

— Lorsque l'on veut découvrir un trésor historique, aucune recherche n'est superflue.

— C'est ce que je dis toujours.

— Il me semblait bien que j'avais déjà entendu ça quelque part.

Pitt se tourna vers Marlys et lui serra la main.

— Merci beaucoup, Marlys. Merci pour votre aide et votre hospitalité.

— Je vous en prie. Vous m'avez donné de quoi alimenter les commérages des voisins !

Une main levée en guise de visière pour se protéger du soleil, Marlys regarda l'hélicoptère de la NUMA s'élever dans le ciel sans nuages et prendre son cap au nord-est, vers Duluth. Ses pensées la ramenèrent au docteur Egan. C'était un authentique excentrique, un farfelu, mais il était adorable, se remémora-t-elle. Elle espérait sincèrement que ses conseils aideraient Kelly, Pitt et Giordino à mener à bien leur quête, et que le docteur Wednesday serait en mesure de leur fournir l'ultime indice dont ils avaient besoin.

Chapitre 40

UNE Chevrolet Suburban, des 4 × 4 Jeep et Dodge Durango poussiéreuses, mais d'allure anodine, roulaient le long de la voie privée qui menait à la maison en rondins de la Cerbère, près du lac Tohono. Aucun de ces véhicules n'était neuf, et aucun n'avait moins de huit ans. Ils avaient été choisis pour se fondre parmi les automobiles conduites par les habitants de la région. Lorsqu'elles traversaient les petites villes proches en se rendant au lac, personne ne portait la moindre attention à leurs passagers, vêtus comme des pêcheurs.

Ils arrivèrent avec dix ou quinze minutes d'écart et pénétrèrent dans la maison avec leurs sacs de pêche, leurs cannes et leurs moulinets. Curieusement, aucun ne daigna jeter un coup d'œil au petit embarcadère ni aux bateaux qui y étaient amarrés. Leur mission dépassait de loin les plaisirs tranquilles de la pêche.

Ils ne prirent pas la peine de se rassembler dans la grande salle à l'énorme cheminée patinée et au haut plafond en poutres apparentes, ni de savourer un instant de détente au creux des fautcuils et des canapés recouverts de tapis navajos, parmi le décor de style Western rehaussé par les peintures et les sculptures de bronze de Russel et de Remington. Au lieu de cela, ils se rassemblèrent dans une grande pièce du sous-sol, séparée par une épaisse porte métallique d'un tunnel de sortie qui conduisait plus de deux cents mètres plus loin à un coin abrité des regards, dans la forêt. De là partait un sentier qui parcourait huit cents mètres avant de se terminer dans un champ découvert, où des hélicoptères pouvaient atterrir à n'importe quel moment. Des systèmes d'alarme surveillaient la route et les alentours de la maison à la recherche d'éventuels intrus. Le cadre se voulait discret et d'apparence anodine, mais les précautions les plus strictes étaient prises pour contrecarrer la surveillance des agents du gouvernement ou des forces de l'ordre locales.

Installés dans le luxueux sous-sol, six hommes et deux femmes étaient assis à une table de conférences, ronde, en bois de pin. La neuvième personne, Curtis Merlin Zale, présidait la séance, seul au bout de la table. Il fit passer plusieurs chemises reliées de cuir et se renfonça dans son fauteuil pendant que les autres prenaient connaissance des documents.

— Ne vous fiez qu'à votre mémoire pour ce qui est de ces fichiers, indiqua-t-il. Lorsque nous quitterons ce lieu demain soir, toutes les notes seront détruites.

Il était vital pour les intérêts de l'empire Cerbère que ces réunions, destinées à mettre en place la stratégie du groupe, se tiennent dans le plus grand secret. Les hommes et les femmes assis autour de la table étaient les directeurs généraux des compagnies pétrolières les plus importantes de l'hémisphère nord ; ils se retrouvaient afin d'élaborer la politique de la Cerbère pour les mois à venir. Aux yeux des économistes, des fonctionnaires du ministère du Commerce et des journalistes du *Wall Street Journal*, ces géants de l'industrie pétrolière se contentaient de superviser la marche d'entreprises autonomes placées sous leur direction indépendante. Seuls ceux qui assistaient ce jour-là à la réunion savaient qu'ils étaient liés en coulisses à Curtis Merlin Zale et au long bras de la Cerbère Corporation. Un monopole s'était établi, sans commune mesure avec les tentatives du passé. Ses paramètres se caractérisaient par leur rigidité.

Les magnats du pétrole avaient tous gagné des milliards du fait de leur alliance avec la Cerbère, et aucun d'entre eux n'était en danger de se retrouver en prison pour activités criminelles. Une enquête intensive du ministère de la Justice aurait sans nul doute révélé l'existence du plus grand cartel formé pour accaparer le marché pétrolier depuis Rockefeller et la Standard Oil, mais des mesures étaient prises afin d'étouffer dans l'œuf toute tentative d'investigation. Il n'existait qu'une seule menace réelle : l'un d'entre eux pouvait négocier des informations avec le ministère de la Justice au sujet des menées criminelles du cartel. Cependant, les déserteurs potentiels savaient fort bien qu'eux-mêmes et les membres de leur famille risquaient de disparaître très vite ou de mourir au cours d'un malheureux accident une fois connue la nouvelle de leur défection. Quand on était entré dans le cercle, il était impossible d'en sortir.

Si le risque pouvait paraître lourd, les retombées de leur implication dans le cartel étaient mirifiques. Ces gens savaient sans avoir à solliciter leur imagination au-delà du raisonnable que le rendement de leur inavouable entreprise allait transformer leurs milliards de dollars en billions. Au-delà de l'appât du gain, le pouvoir qui accompagnait le succès total de leurs entreprises pouvait se mesurer à l'emprise qu'ils exerçaient sur le gouvernement des Etats-Unis, ses législateurs et son exécutif.

— Vous connaissez tous les prévisions, dit Zale en ouvrant la séance. Je m'empresse d'ajouter qu'il ne s'agit pas là de chiffres falsifiés. Entre 1975 et 2000, la population de la planète a augmenté de cinquante pour cent. La demande en pétrole brut a suivi en conséquence. D'ici 2010, c'est-à-dire dans moins de sept ans, la production totale aura atteint un pic. A partir de cette année-là et jusqu'en 2050, la production ne représentera qu'une petite partie de ce qu'elle est actuellement.

Le PDG de la Zenna Oil, Rick Sherman, un homme de quarante-six ans aux allures d'instituteur, qui était à la tête de la troisième compagnie pétrolière du pays, dévisagea Zale à travers ses lunettes.

— Les statistiques sont en dessous de la réalité, dit-il. Une pénurie chronique de pétrole s'est déjà installée, avec dix ans d'avance sur les prévisions. La demande a dépassé la production globale, qui risque désormais de décliner brutalement.

— Si les perspectives de production sont sombres, la récession qui s'ensuivra sera dramatique, intervint Jesus Morales, le PDG de la CalTex Oil Company. Le choc aura un effet paralysant sur l'économie et cet effet risque d'être permanent. Les prix vont grimper en flèche, sur un fond d'hyperinflation et même de rationnement. Je frémis à l'idée des prix que vont atteindre les coûts de transport.

— Je suis d'accord, approuva Sally Morse, qui essuyait les verres de ses lunettes de lecture en étudiant le rapport de Zale. *(La patronne de la Yukon Oil, le plus important producteur canadien de pétrole, était la dernière recrue de la cabale menée par Zale; elle s'y était intégrée cinq ans plus tôt, mais commençait à nourrir quelques doutes.)* Il n'y aura pas à l'avenir de découvertes importantes de gisements pétrolifères. Depuis 1980, et ce malgré les prévisions des écologistes, un très petit nombre de puits récents produit plus de dix millions de barils. Les mille trois cent onze champs pétrolifères les plus importants contiennent quatre-vingt-quatorze pour cent des réserves mondiales connues. Au fur et à mesure que ces réserves iront en diminuant, les prix du pétrole et de l'essence suivront une courbe ascendante brutale et permanente.

— Il faut aussi tenir compte du fait que pour chaque baril nouvellement découvert, nous en consommons dix, ajouta Zale.

— C'est une situation qui ne peut qu'empirer, prophétisa Morales.

— C'est précisément pour cette raison que nous avons noué cette alliance, approuva Zale en hochant la tête. Les capacités industrielles de la Chine et de l'Inde exigent de plus en plus de pétrole, et la concurrence entre ces deux pays, la Communauté européenne et les Etats-Unis va très vite se transformer en une âpre bataille des prix.

— Pour le plus grand profit de l'OPEP, souligna Sherman. Si la demande mondiale s'accroît à grande vitesse, les producteurs de l'OPEP tenteront de tirer le maximum de profit de chaque baril produit.

— Le contrôle de la situation doit désormais rester entre nos mains. En regroupant nos ressources, nos champs pétrolifères et nos raffineries sur l'ensemble des Etats-Unis, nous sommes en mesure de dicter nos prix et nos conditions. Il nous est également possible de doubler notre production en effectuant des forages dans des zones dont le gouvernement nous avait jusqu'ici interdit l'accès. Notre nouveau système d'oléoducs permettra d'assurer le transport par voie terrestre du pétrole sans avoir recours à de coûteux camions-citernes. Si notre stratégie s'avère aussi efficace que nous le pensons, on ne vendra au nord du Mexique que du pétrole américain et canadien. En termes plus simples, quatre-vingt-seize pour cent des sommes dépensées pour le pétrole serviront à augmenter les profits de nos diverses entreprises.

— Les pays de l'OPEP ne l'entendront pas de cette oreille, objecta Gunnar Machowsky. *(Le vieux pionnier du pétrole avait débuté sa carrière en tant qu'ouvrier sur une plate-forme pétrolière et s'était ruiné à deux reprises sur des puits à sec avant de découvrir d'énormes réserves au beau milieu du Nevada. C'était un homme de forte carrure, avec un ventre rond et une couronne de cheveux blancs qui entourait son crâne chauve. Il était l'unique propriétaire de la Gunnar Oil, une compagnie connue pour sa comptabilité draconienne, et qui ne manquait jamais d'afficher des profits confortables.)* Je vous parie qu'ils proposeront des prix au baril sacrifiés à la moindre occasion, pour nous couper l'herbe sous le pied.

— Je n'en doute pas un seul instant, répondit Zale en souriant. Si nous devions alors nous aligner sur leurs prix, nous serions tous acculés à la faillite, mais notre projet consiste à rendre le pétrole étranger si impopulaire auprès des citoyens américains que nos élus devront tenir compte des protestations et décréter un embargo sur le pétrole étranger.

— Combien de législateurs avons-nous dans notre poche ? demanda un homme à lunettes, Guy Kruse, le directeur décontracté, à la voix douce, de l'entreprise Eureka Offshore Oil Ventures.

Zale se tourna vers Sandra Delage, l'administratrice principale du cartel. Les apparences modestes et séduisantes de cette femme aux cheveux blond cendré et aux yeux d'un bleu velouté étaient trompeuses. Son esprit vif comme l'éclair et ses redoutables talents d'organisatrice faisaient d'elle une personnalité crainte et respectée par chacun des participants à la réunion. Elle consulta un grand carnet de notes avant de lever les yeux.

— Nous pouvons compter de manière certaine sur trente-neuf sénateurs et cent dix membres de la Chambre des Représentants, qui voteront selon vos vœux.

— On dirait que notre distribution d'argent de poche a fonctionné au-delà de nos espérances, constata Kruse en souriant.

— On peut considérer sans grand risque de se tromper que la Maison Blanche tiendra compte, elle aussi, de vos conseils, ajouta Delage.

— Il ne nous reste plus qu'à affronter les lobbies écologistes, et les sénateurs et députés qui s'acharnent à sauver les castors, dit Machowsky d'un ton bourru.

Zale se pencha sur la table et agita un crayon qu'il tenait entre ses doigts.

— Leurs protestations seront balayées par le tollé soulevé dans le public lorsque les pénuries et les hausses des prix frapperont le pays pour de bon. Nous disposons déjà d'assez de votes pour exploiter de nouveaux champs pétrolifères de l'Alaska à la Floride en dépit des protestations des écologistes. Les gouvernements des Etats-Unis et du Canada n'auront pas d'autre choix que de nous laisser un accès étendu aux terrains fédéraux ; nous procéderons ainsi à des forages dans des zones où les géologues ont découvert de vastes réserves.

« Au cas où nous risquerions de l'oublier, le gouvernement a creusé sa propre tombe en ouvrant la *Strategic Petroleum Reserve*. Nous y avons eu cinq fois recours, et il y reste à peine de quoi satisfaire les besoins du pays pendant trois semaines.

— Il s'agit d'une véritable plaisanterie de la part des politiciens, affirma Machowsky d'un air renfrogné. Nos raffineries fonctionnent déjà à plein rendement. Cela n'a servi qu'à faire croire à un public crédule que le gouvernement lui accordait une faveur.

— Sans le savoir, ils ont fait notre jeu, approuva Sally Morse en hochant la tête.

Sam Riley, le président de la *Pioneer Oil*, une compagnie qui possédait d'importantes réserves sur tout l'ensemble du Middle West, prit la parole pour la première fois.

— Même si nous avions su prédire l'avenir, nous n'aurions pas pu tomber mieux.

— C'est vrai, reconnut Zale, nos prévisions étaient fondées, et en plus, nous avons eu de la chance. *(Il se tourna vers Dan Goodman, de la compagnie Diversified Oil Ressources.)* Que disent les derniers rapports au sujet de l'exploitation du schiste dans le Colorado * ?

Goodman, un général en retraite qui s'était trouvé un temps à la tête du commandement des approvisionnements en carburant, était âgé de dix ans de plus que tous les autres participants. Obèse – il pesait plus de cent quinze kilos –, il était encore doté d'une puissance physique considérable et d'un sens de l'humour maussade.

— En raison de nouvelles percées technologiques, notre opération démarrera dans une semaine. Tous les systèmes de récupération de l'huile de schiste ou « shale », ainsi que le matériel, ont subi des

* C'est seulement au cours de ces dernières années que les chimistes ont appris à extraire le pétrole contenu dans ces couches sédimentaires de montagne. Le procédé exige une « cuisson » de six heures à la température de 800 degrés. Le minerai n'est pas à proprement parler du schiste mais un mélange de caillasse et de « kérogène », sorte de paraffine jaunâtre dont le craquage thermique fournit du pétrole. Ce pétrole brut est lui-même transformé, par l'alchimie moderne du raffinage, en essence à haut indice d'octane, carburant pour moteurs à réaction, huile diesel, mazout et autres produits dérivés. Ce traitement permet de ramasser également en cours d'opération des sous-produits dont on fait du coke, de la paraffine, du soufre, de l'azote et divers résidus bitumineux, servant de matière première à l'industrie pétrochimique, qui entrent dans la composition du caoutchouc synthétique, des boyaux d'arrosage et autres plastiques. Source : « L'Or Noir des Montagnes Rocheuses », de Franck J. Taylor. *site.ifrance.com.*

tests sévères et sont prêts à l'emploi. Je peux vous assurer que nous disposons désormais d'une énorme source potentielle d'hydrocarbures, ainsi que de combustible solide, en quantité peut-être supérieure à nos réserves de charbon. Nos prévisions en ce qui concerne le rendement – quarante gallons de pétrole par tonne de roche exploitée – paraît tout à fait atteignable.

— A combien estimez-vous le gisement ?

— Deux billions de barils.

Le regard de Zale se tourna vers Goodman.

— Pouvez-vous répéter ?

— Deux billions de barils, et c'est une estimation modeste.

— Bon Dieu, murmura Sherman. C'est bien en dessous des estimations officielles du gouvernement en ce qui concerne les sources d'énergie !

— Leurs chiffres étaient falsifiés, répondit Goodman avec un éclat rusé dans le regard.

— Si vous parvenez à baisser vos prix en dessous de cinquante dollars le baril, dit Riley en riant, vous allez tous nous mettre à la rue !

— Pas encore. Dans l'immédiat, nous estimons nos prix aux alentours de soixante dollars le baril.

Morales fit basculer son fauteuil sur deux pieds et joignit ses mains derrière la tête.

— Eh bien, avant de débuter notre opération, il ne nous reste plus qu'à terminer la mise au point de notre système d'oléoducs.

Zale ne répondit pas aussitôt. Il hocha la tête à l'adresse de Sandra Delage, qui appuya sur le bouton d'une télécommande ; un vaste écran descendit du plafond. L'instant suivant apparaissait une carte de l'Alaska, du Canada et des quarante-huit Etats *. Une série de lignes noires traversait les frontières nationales, celles des différents Etats, et reliait les champs pétrolifères, les raffineries et les grandes villes.

— Mesdames et messieurs, voici notre système de transport pétrolier. Cinquante-neuf mille cinq cents kilomètres d'oléoducs souterrains. La dernière partie, qui partira des champs pétrolifères de la Pionner Oil de Sam Riley, au Nebraska, au Wyoming, au Kansas et dans les deux Etats du Dakota sera prête à transporter du pétrole d'ici la fin du mois.

* Etats des Etats-Unis, hors Alaska et Hawaï.

— C'était un coup brillant de circonvenir les écologistes en installant des oléoducs souterrains, commenta Riley.

— Le matériel d'excavation et de pose des pipelines mis au point par les ingénieurs de la Cerbère a permis à nos équipes de travailler vingt-quatre heures sur vingt-quatre et de poser plus de quinze kilomètres d'oléoducs par jour.

— Il s'agit d'un concept ingénieux, intervint Morales. Obtenir des chemins de fer un bail sur le droit de passage et installer les oléoducs le long des voies ferrées...

— Je dois admettre que cela nous a permis d'économiser des milliards de dollars de frais de contentieux avec les propriétaires, privés et publics, reconnut Zale. Avec l'avantage de pouvoir approvisionner les grandes villes des USA et du Canada sans restrictions et sans se soucier des directives gouvernementales.

— C'est un miracle que nous ayons pu aller aussi loin sans l'intervention du ministère de la Justice, fit remarquer Sally Morse.

— Nous avons bien recouvert les pistes, dit Zale. Nos taupes au ministère de la Justice agissent de telle sorte que toute mention ou question de la part de leurs fonctionnaires ou du FBI s'égare ou soit classée en vue d'un éventuel futur rapport...

— J'ai cru comprendre, dit Guy Kruse en se tournant vers Zale, qu'une commission du Congrès menée par Loren Smith allait lancer une enquête sur les activités de la Cerbère.

— Son enquête ne mènera nulle part, affirma Zale d'un ton ferme.

— Comment pouvez-vous en être aussi sûr ? demanda Sally Morse. En tant que membre du Congrès, Loren Smith n'est certainement pas de notre côté.

Zale la regarda de ses yeux froids.

— Le problème sera réglé.

— De la même manière que pour le *Dauphin d'Emeraude* et le *Golden Marlin* ? demanda Machowsky, sarcastique.

— En l'occurrence, la fin justifiait les moyens, rétorqua Zale. Notre but ultime a été atteint : la responsabilité des désastres a été mise sur le compte des dysfonctionnements des moteurs d'Elmore Egan. Tous les contrats d'installation par des chantiers navals de moteurs magnéto-hydrodynamiques ont été dénoncés. Elmore Egan est mort, désormais, et ce n'est qu'une question de jours avant que nous mettions la main sur la formule de son huile. Dès que nous en aurons démarré la production, nous contrôlerons et mettrons en commun les profits générés par la fabrication et les ventes des moteurs. Ainsi que vous pouvez le constater, nous couvrons tous les secteurs du marché.

— Pouvez-vous nous garantir qu'il n'y aura plus aucune interférence de la part de la NUMA ? interrogea Sherman.

— Il ne s'agit que d'une situation temporaire. Ils n'ont aucun mandat leur permettant de s'immiscer dans nos affaires commerciales.

— Ce n'était pas une décision très sage de pirater leur bateau et leur équipage, dit Riley.

— C'est un épisode qui s'est malheureusement retourné contre nous, mais qui appartient désormais au passé. Aucune piste ne permet de remonter à la Cerbère Corporation.

Dan Goodman leva la main.

— En ce qui me concerne, je ne peux qu'applaudir à cette campagne qui a permis de focaliser la hargne du public contre la vente aux Etats-Unis de pétrole étranger. Pendant des décennies, personne ne se souciait de savoir d'où provenait le carburant, mais avec les catastrophes provoquées par votre groupe de « Vipères » à Fort Lauderdale, Newport Beach, Boston et Vancouver, où des millions de litres de pétrole se sont déversés sur des régions riches et peuplées, l'indignation du public a atteint des proportions énormes.

— Avec ces « accidents » qui se sont succédé en l'espace de quelques mois, le désastre de l'*Exxon Valdez* en Alaska apparaîtra presque comme une péripétie mineure, renchérit Morales.

Zale haussa les épaules d'un air indifférent.

— C'était une tragique nécessité. Plus long sera le nettoyage des dégâts, plus forte sera la demande en pétrole américain.

— Cependant, n'avons-nous pas vendu notre âme au diable pour établir notre position sur le marché et créer un monopole ? demanda Sally Morse.

— *Monopole* est un terme déplaisant, ma chère, la corrigea Zale. Je préfère parler de *coopération commerciale dans le cadre des lois du marché*.

— Quand je pense à tous ces gens, ces oiseaux, ces animaux, ces poissons qui sont morts pour que nous parvenions à nos buts, répondit Morse, la tête entre ses mains, cela me rend malade.

— Le moment n'est guère approprié pour les débats de conscience, l'admonesta Zale. Les généraux, les amiraux, les chars, les sous-marins ou les bombes nucléaires ne servent peut-être à rien, mais pour gagner, il nous faut satisfaire l'insatiable appétit du public pour les carburants. Bientôt, très bientôt, nous serons en mesure de dire à quiconque vit au nord du Mexique quel carburant acheter, quand l'acheter, et à quel prix. Nous n'aurons de comptes à rendre à personne. En temps voulu, nos efforts nous permettront de remplacer un Etat gouvernemental par un Etat-entreprise. Ce n'est pas le moment de faiblir, Sally.

— Un monde sans politiciens, murmura Guy Kruse, songeur. Cela paraît presque trop beau pour être vrai.

— Nous sommes sur le point d'assister à des manifestations de masse contre le pétrole étranger, dit Sherman. Un incident supplémentaire suffirait pour que les foules franchissent le pas.

Un sourire de renard traversa le visage de Zale.

— J'ai un pas d'avance sur vous, Rick. Un incident de ce genre aura lieu d'ici trois jours.

— Encore une marée noire causée par un supertanker ?

— Bien pire encore.

— Qu'est-ce qui pourrait être pire ? demanda innocemment Morales.

— Un déversement amplifié par une explosion, répondit Zale.

— Au large d'une côte ?

— Non, répondit Zale en secouant la tête. Dans l'un des ports les plus actifs du pays.

Le silence se fit pendant que les conspirateurs prenaient conscience des conséquences terribles d'un tel acte. Enfin, Sandra Delage se tourna vers Zale.

— Puis-je... ? demanda-t-elle d'une voix tranquille.

Zale hocha la tête.

— Samedi prochain, poursuivit Sandra Delage, à environ quatre heures trente du matin, un transporteur de brut de très grandes dimensions, le plus gros tanker au monde, le *Pacific Chimera*, long de cinq cent trente mètres et large de soixante-dix-huit, pénétrera dans la baie de San Francisco. Il mettra le cap sur Point San Pedro Mooring pour y mouiller et décharger sa cargaison. Le problème, c'est que le tanker ne s'arrêtera pas. Il poursuivra sa route vers le centre de la ville à pleine vitesse et touchera terre au World Trade Terminal de Ferry's Building. On peut estimer qu'il se creusera un chemin sur deux rues avant de s'immobiliser. Des charges explosives seront alors activées, et le *Pacific Chimera*, ainsi que son chargement de cinq cent soixante mille tonnes de brut, dévasteront tout le front de mer de la région de San Francisco.

— Oh, mon Dieu, murmura Sally Morse, soudain très pâle. Combien de personnes vont-elles mourir ?

— Sans doute des milliers, car l'accident aura lieu à une heure de pointe, répondit Kruse, cynique.

— Quelle importance, d'ailleurs ? demanda Zale d'un ton glacé, comme un médecin légiste refermant la porte de la chambre froide d'une morgue. Des guerres parfaitement inutiles ont causé beaucoup plus de victimes. Nos desseins seront ainsi favorisés et nous finirons tous par en bénéficier, poursuivit-il en se levant de son siège. Je pense que nous en avons assez discuté pour aujourd'hui. Nous reprendrons demain au même point, nous réfléchirons à la stratégie à adopter vis-à-vis de nos gouvernements respectifs, et mettrons la dernière main à nos projets pour l'année à venir.

Les plus puissants magnats de l'industrie pétrolière des deux nations se levèrent et suivirent Zale dans la salle à manger où des cocktails les attendaient.

Seule Sally Morse demeura sur place. Elle tentait de visualiser les atroces souffrances qui allaient s'abattre sur des milliers d'hommes, de femmes et d'enfants innocents de la région de San Francisco. Tandis qu'elle restait assise, solitaire, sur son siège, une décision s'imposa à elle, décision qui lui coûterait peut-être la vie, mais sa résolution était ferme et elle finit par quitter la pièce, déterminée à aller jusqu'au bout.

*
* *

Lorsque sa Jeep s'arrêta devant le Lockheed Jetstar de son entreprise, après la fin de la conférence, le pilote attendait en bas de la passerelle d'embarquement.

— Etes-vous prête à embarquer pour Anchorage, madame Morse ?

— Changement de programme : je dois me rendre à Washington pour une autre conférence.

— Je vais établir un nouveau plan de vol, répondit le pilote. Nous pourrons décoller dans quelques minutes.

Sally s'installa dans un haut fauteuil de cuir devant un bureau équipé d'un ordinateur et d'une série de téléphones et de fax ; elle savait qu'elle venait de pénétrer dans un labyrinthe dont il était impossible de trouver la sortie. C'était une femme pleine de ressources; elle avait dirigé la Yukon Oil après la mort de son mari, mais elle ne disposait d'aucune expérience qui pût l'aider à affronter cette nouvelle réalité. Elle s'apprêtait à décrocher un téléphone, mais se ravisa aussitôt lorsqu'elle comprit que les agents de Kanai intercepteraient peut-être sa conversation.

Afin de raffermir sa résolution, elle demanda un Martini à son steward, se débarrassa de ses chaussures, et se mit à réfléchir au moyen de saper les projets criminels de Curtis Merlin Zale.

*
* *

Le pilote du Boeing 727 de Zale était installé dans le cockpit et lisait un magazine en attendant que son employeur manifeste sa présence. Il jeta un coup d'œil au-dehors et observa distraitement le jet de la Yukon Oil qui roulait sur la piste, puis s'élevait dans le ciel parsemé d'épais nuages blancs. L'avion vira soudain sur l'aile et mit le cap au sud.

Etrange, songea-t-il. Il s'était attendu à ce que le pilote de Sally Morse prenne la direction du nord-ouest, vers l'Alaska. Il quitta le cockpit et pénétra dans la cabine principale avant de s'arrêter devant un homme plongé dans le lecture du *Wall Street Journal*, les jambes croisées.

— Excusez-moi, monsieur, mais j'en pensé que vous seriez intéressé par le fait que le jet de la Yukon Oil se dirige vers le sud, en direction de Washington, et non vers l'Alaska.

Omo Kanai posa son journal et sourit.

— Merci de vous montrer si observateur. C'est une nouvelle intéressante, en effet...

Chapitre 41

TARRYTOWN, nichée dans le comté de New York's Westchester, est l'une des villes les plus pittoresques de la vallée de l'Hudson. Ses rues bordées d'arbres regorgent de magasins d'antiquités de style colonial, de petits restaurants accueillants et de boutiques d'artisanat local. Les quartiers résidentiels abritent des hôtels particuliers et des demeures de grand style retirées. L'étape la plus célèbre est Sleepy Hollow, immortalisée par Irving Washington dans la « Légende du Val Dormant ».

Pitt, avachi sur la banquette arrière d'une voiture de location conduite par Giordino, piquait un somme, tandis que Kelly, assise à côté de l'Italien, admirait le paysage. Giordino négociait les virages d'une route étroite qui menait jusqu'aux dix hectares du campus de Marymount, perché au sommet d'une colline qui surplombait l'Hudson et le Tappan Zee Bridge.

Fondé en 1907 par un ordre d'enseignants catholiques, les religieux du Cœur Sacré de Marie, Marymount College fut le premier d'un réseau d'établissements catholiques disséminés dans le monde entier. La fondatrice, mère Joseph Butler, consacra sa vie entière à créer des lieux où les femmes pouvaient recevoir une éducation susceptible de les préparer à exercer des fonctions d'autorité et de responsabilité dans tous les pays du globe. Institutions universitaires indépendantes, dans la tradition catholique, et spécialisées dans les sciences humaines, les divers collèges Marymount connaissaient une croissance et un développement parmi les plus rapides de tous les établissements pédagogiques des Etats-Unis.

Les bâtiments, construits pour la plupart en brique couleur terre de Sienne, étaient austères. En empruntant l'allée principale du campus, Giordino ne pouvait s'empêcher d'admirer les jolies filles qui se dépêchaient de passer d'une salle de cours à une autre. Il dépassa Butler Hall, un vaste bâtiment orné d'un dôme dominé par une croix, et s'arrêta sur un parking près de Gerard Hall, dont les bureaux de l'université occupaient les deux premiers niveaux.

Pitt, Giordino et Kelly gravirent les marches de l'entrée de Gerard Hall et se dirigèrent vers le bureau d'accueil. Une jeune étudiante blonde d'une vingtaine d'années leva les yeux vers Pitt, qui lui adressa un sourire.

— Puis-je vous aider ? demanda-t-elle avec courtoisie.

— Je cherche le département d'anthropologie. Le bureau du docteur Jerry Wednesday.

— Montez les escaliers à votre gauche, puis tournez à droite. La porte au fond du couloir donne sur le département d'anthropologie.

— Merci.

— Lorsque je vois toutes ces somptueuses créatures, cela me donne envie de retourner à l'école, soupira Giordino alors qu'ils croisaient une volée de jeunes filles dans les escaliers.

— Tu n'as pas de chance, dit Pitt. C'est une école de filles. Accès interdit aux hommes !

— Je pourrais peut-être y enseigner...

— On te flanquerait à la porte en moins d'une semaine pour comportement lubrique.

Une étudiante du département d'anthropologie les fit entrer dans le bureau du docteur Wednesday. Lorsque Pitt, Giordino et Kelly s'avancèrent dans la pièce encombrée qui sentait le renfermé, un homme occupé à retirer un livre d'un rayonnage bourré à craquer se retourna et leur sourit. Le docteur Jerry Wednesday n'était guère plus grand que Giordino, mais il était beaucoup plus mince. Il n'arborait aucun des signes classiques de l'appartenance au monde universitaire, tels que la veste de tweed aux coudes renforcés, et ne fumait pas la pipe ; il était vêtu d'un sweat-shirt, d'un jean et de chaussures de randonnée. Son visage étroit était rasé de près, et les cheveux clairsemés sur son front trahissaient la fin de la quarantaine. Ses yeux étaient gris sombre, et son sourire dévoilait des dents droites, blanches et bien plantées qui auraient fait l'admiration d'un orthodontiste.

— L'un de vous est sans doute la personne qui m'a appelé ? lança-t-il d'un ton jovial.

— C'est moi qui vous ai contacté, répondit Pitt. Je m'appelle Dirk Pitt, et voici Kelly Egan et Al Giordino.

— Prenez place, je vous en prie. Vous tombez au bon moment. Je n'ai pas de cours à assurer pendant les deux prochaines heures, dit-il avant de se tourner vers Kelly. Seriez-vous la fille du docteur Elmore Egan, par hasard ?

— C'était mon père, en effet.

— J'ai été navré d'apprendre son décès, dit Wednesday avec une évidente sincérité. Je l'ai rencontré et j'ai aussi correspondu avec lui, vous savez. Il effectuait des recherches sur une expédition viking qui, selon lui, aurait traversé l'actuel emplacement de New York en... 1035, je crois.

— Oui, mon père s'intéressait aux pierres runiques que les Vikings avaient laissées sur leur passage.

— Nous venons de rendre visite à Marlys Kaiser dans le Minnesota, dit Pitt. C'est elle qui a suggéré que nous pourrions nous adresser à vous.

— Une grande dame... commenta Wednesday en s'asseyant derrière son bureau en désordre. Je suppose que Marlys vous l'a expliqué : le docteur Egan était persuadé que les Vikings qui s'étaient installés dans la région avaient été massacrés par les Indiens dans la vallée.

— Marlys a en effet abordé ce sujet, dit Kelly en hochant la tête.

Wednesday fouilla dans un tiroir ouvert de son bureau et en tira une liasse de papiers froissés.

— Nous savons fort peu de choses des Amérindiens qui vivaient le long de l'Hudson. La première mention de leur existence et les premières descriptions remontent à Giovanni da Verrazano, en 1524. Au cours de son voyage épique le long de la côte est, il a pénétré dans le port de New York, où il a établi son mouillage et qu'il a exploré pendant deux semaines, avant de remonter au nord vers Terre-Neuve et de regagner la France.

Wednesday se tut un instant pour consulter ses notes.

— Verrazano nous décrit les indigènes comme des hommes et des femmes aux traits anguleux, avec des yeux sombres et de longs cheveux noirs. Ils étaient vêtus de peaux de renards et de cervidés et se paraient de bijoux de cuivre. Il nota qu'ils taillaient des canoës dans des troncs entiers et vivaient dans des maisons longues ou rondes faites de rondins de bois fendus et recouvertes de longues herbes et de branches. Si l'on excepte les récits de Verrazano, ces anciens Indiens n'ont pas laissé aux archéologues grand-chose à découvrir, à étudier ou à classifier. On ne peut que se livrer à des conjectures quant à leur mode de vie.

— Ainsi, l'histoire des Amérindiens débute en 1524 ? questionna Giordino.

— L'histoire documentée, argumentée, oui. L'autre grand explorateur à avoir laissé un compte rendu de son expérience était Henry Hudson, en 1609. Il entra dans le port et remonta la rivière qui porte maintenant son nom. Il réussit à aller jusqu'à Cohoes, à seize kilomètres au nord d'Albany, avant d'être arrêté par les chutes. Il décrivit les Indiens qui vivaient sur les rives inférieures de la rivière comme des êtres forts et belliqueux, tandis que ceux qui vivaient plus au nord étaient courtois et amicaux.

— Quelles étaient leurs armes ?

— Des arcs et des flèches munies de pointes de pierre affûtées et fixées avec de la résine durcie. Ils sculptaient aussi des massues et fabriquaient des hachettes à partir de gros morceaux de silex.

— Quelle était la base de leur alimentation ? demanda Kelly.

— Toutes sortes de gibiers, et le poisson que l'on trouvait en abondance, en particulier l'esturgeon, le saumon, ainsi que les huîtres. Ils cultivaient de grandes étendues de maïs qu'ils faisaient cuire avec des courges, des tournesols et des haricots. Ils produisaient du tabac, qu'ils fumaient dans des pipes en cuivre. Ce métal était d'ailleurs abondant dans tout le Nord, vers les Grands Lacs, et c'était le seul que savaient travailler les Indiens. Ils connaissaient le fer, mais ignoraient comment le transformer.

— Leur mode de vie semblait assez confortable...

— Hudson n'a observé aucun signe de famine ou de malnutrition parmi les Indiens, répondit Wednesday, avant d'arborer un léger sourire. Ce qui est intéressant, c'est le fait qu'aucun des premiers explorateurs n'ait signalé la présence de scalps, de prisonniers ou d'esclaves, ce qui tendrait à prouver que ces répugnantes pratiques ont été introduites par les étrangers venus d'outre-mer.

Pitt joignit ses mains d'un air pensif.

— Les premiers explorateurs ont-ils décelé des signes de contacts antérieurs avec des Européens ?

— Quelques éléments de réponse ont été remarqués par Hudson et d'autres. Le premier, c'est que les Indiens n'ont montré aucun signe de la surprise qu'ils auraient dû éprouver en voyant pour la première fois ces étranges navires et ces hommes à la peau blanche et aux cheveux blonds ou roux. L'un des hommes d'équipage de Verrazano raconte qu'il a vu des Indiens porter des ornements de fer qui ressemblaient à de vieilles lames de couteaux rouillées. Un autre prétend avoir remarqué une hache de fer pendue au mur d'une maison indienne. Une rumeur a aussi circulé, selon laquelle un homme aurait découvert une sorte de coupe de fer concave que les Indiens utilisaient comme cuvette.

— Un casque viking, hasarda Giordino.

Wednesday sourit avec patience et poursuivit ses explications.

— Il fallut attendre que les Hollandais commencent à coloniser la vallée en construisant en 1613 un fort, près de l'actuelle Albany, et qu'ils se mettent à apprendre les langues indiennes, pour que les légendes du passé remontent à la surface.

— Et que révélaient ces légendes ?

— Il est difficile de faire la part de la réalité et celle du mythe, répondit Wednesday. Les légendes transmises oralement au fil des générations étaient très vagues, bien sûr, et il ne restait aucune preuve susceptible de les étayer. L'une des principales évoquait des hommes sauvages et barbus, à la peau blanche et aux têtes dures qui brillaient au soleil ; ces hommes étaient arrivés et avaient installé une colonie dans la vallée. Lorsque certains d'entre eux se lancèrent dans un long voyage...

— Magnus Sigvatson et ses cent hommes, partis explorer l'ouest, l'interrompit Kelly.

— Oui, je connais bien les pierres runiques découvertes par votre père, ainsi que leurs traductions, poursuivit Wednesday, imperturbable. L'histoire raconte que lorsque les Indiens, pour qui le vol n'était pas un crime, commencèrent à voler et à abattre le bétail qui avait franchi les mers à bord des navires vikings, il y eut des représailles. Les hommes sauvages aux visages couverts de poils, ainsi qu'ils les appelaient, récupérèrent les bêtes encore vivantes et coupèrent la main des voleurs. Par malheur, l'un de ceux-ci était le fils d'un chef de tribu local. Le chef furieux convoqua alors les autres tribus de la vallée. L'une d'entre elles était la tribu Munsee Lenape, ou Delaware, qui avait des liens culturels étroits avec les Algonquins. Leurs forces combinées attaquèrent la colonie étrangère, la détruisirent et personne n'échappa au massacre. Une version de la légende suggère que quelques femmes et enfants furent capturés et réduits en esclavage, mais ce type de pratique n'est intervenu chez les Indiens que beaucoup plus tard.

— Magnus Sigvatson et ses hommes ont dû éprouver un choc considérable lorsqu'ils se sont aperçus que leurs amis et leurs familles étaient morts.

— Nous ne pouvons que nous livrer à des hypothèses, répondit Wednesday en hochant la tête, mais c'était à leur tour de réclamer vengeance. La légende décrit une grande bataille avec les sauvages aux crânes brillants, qui ont tué plus d'un millier d'Indiens avant de succomber jusqu'au dernier.

— Ce n'est pas une histoire très réjouissante, murmura Kelly.

— Qui sait si elle est véridique ou non ? dit Wednesday en levant les bras au ciel d'un air interrogateur.

— Il est étrange que l'on n'ait jamais découvert la moindre trace de la colonie viking, observa Pitt.

— Toujours selon la légende, les Indiens, qui selon toute probabilité, étaient dans une rage folle, auraient détruit et brûlé la colonie jusqu'au dernier objet, sans rien laisser derrière eux qui puisse intéresser les archéologues à venir.

— La légende mentionne-t-elle l'existence d'une grotte ?

— A ma connaissance, seule la pierre runique découverte par le docteur Elmore Egan y faisait allusion.

Pitt se tourna sans rien dire vers Wednesday et attendit. Le professeur saisit l'occasion qui se présentait à lui.

— Il subsiste cependant certains phénomènes inexpliqués. Par exemple, un changement significatif du mode de vie des Indiens de la vallée de l'Hudson s'est opéré vers l'an 1000. Les habitants de la région ont assez brusquement découvert l'agriculture et se sont mis à cultiver leurs légumes. La culture est devenue un moyen de subsistance, au même titre que la chasse, la pêche et la cueillette. A peu près à la même époque, les Indiens ont commencé à fortifier leurs villages avec des rochers et des rondins verticaux renforcés par des remblais de terre. Ils ont construit des maisons ovales avec des plates-formes de couchage encastrées dans les murs, ce qu'ils n'avaient jamais fait dans le passé.

— Ainsi, vous pensez que les Vikings leur auraient appris à faire pousser des récoltes et à construire des maisons robustes ? Les Indiens, après la grande bataille, auraient élevé des palissades pour se protéger d'une éventuelle attaque massive d'étrangers ?

— J'essaie d'être réaliste, monsieur Pitt. Je ne suggère rien. Ce que je vous ai dit relève de la légende et de suppositions. Nous ne pourrons considérer ces histoires que comme des légendes et des mythes, rien de plus, tant que nous ne disposerons pas de preuves irréfutables ; les inscriptions gravées sur les pierres runiques ne prouvent rien, et leur authenticité est d'ailleurs mise en doute par la plupart des archéologues.

— Je suis persuadée que mon père avait trouvé la preuve de l'existence d'une colonie viking, affirma Kelly d'une voix calme, mais il est mort avant d'avoir révélé le résultat de ses recherches, et nous ne parvenons pas à retrouver ses notes ou son journal de recherches.

— J'espère vraiment que vos efforts aboutiront, répondit Wednesday avec sincérité. J'aimerais beaucoup croire que la vallée de l'Hudson a été visitée et colonisée six siècles avant l'arrivée des Espagnols et des Hollandais. Ce serait assez drôle de réécrire tous les livres d'histoire !

Pitt se leva, se pencha au-dessus du bureau et serra la main du docteur Wednesday.

— Merci beaucoup, docteur. Nous vous sommes reconnaissants de nous avoir consacré tout ce temps.

— Mais cela m'a beaucoup intéressé, répondit Wednesday avant de sourire à Kelly. Surtout, tenez-moi au courant si vous disposez d'éléments nouveaux.

— J'aurais une autre question à vous poser...

— Oui ?

— Des objets vikings ont-ils été jamais découverts, en dehors de ceux mentionnés par les premiers explorateurs ?

Wednesday réfléchit un instant en silence.

— Maintenant que j'y pense, un paysan a déclaré avoir trouvé une vieille cotte de mailles rouillée dans les années 20, mais j'ignore ce que cet objet est devenu, et s'il a été ou non examiné par un scientifique.

— Merci encore, docteur.

Après avoir pris congé du professeur, Pitt, Giordino et Kelly quittèrent le bureau et se dirigèrent vers le parking. De sombres nuages se rassemblaient et une averse paraissait imminente. Ils atteignirent la voiture et s'y installèrent juste au moment où les premières gouttes commençaient à tomber. L'ambiance était morose alors que Giordino mettait le contact et démarrait le moteur.

— Mon père a découvert cette colonie, affirma Kelly. Je le sais.

— Le problème, répondit Giordino, c'est que je ne parviens pas à établir le moindre rapport entre la colonie et la grotte. Selon moi, sans la grotte, il n'y a pas de colonie.

— Même si toute trace de la colonie a été détruite, je suis prêt à parier qu'il y avait une grotte, et qu'elle existe encore, intervint Pitt.

— J'aimerais tellement savoir où, murmura Kelly d'un air mélancolique. Josh et moi ne l'avons jamais localisée.

— Les Indiens ont très bien pu en boucher l'accès, suggéra Giordino.

Par la fenêtre, Kelly regardait les arbres qui entouraient le parking.

— Dans ce cas, nous ne la verrons jamais...

— Je propose que nous débutions notre recherche à partir de la rivière, sous les falaises, suggéra Pitt d'un ton assuré. A l'aide d'un scanner à effet latéral, il est tout à fait possible de repérer une cavité dans la roche, sous la surface. Nous pouvons emprunter un bateau et un détecteur à la NUMA et nous tenir prêts à commencer après-demain.

Giordino passait une vitesse et s'apprêtait à quitter le parking de Marymount College lorsque son téléphone portable sonna.

— Giordino. *(Il se tut un instant avant de poursuivre.)* Oui, il est ici avec nous, dit-il enfin avant de tendre l'appareil à Pitt, installé à l'arrière sur la banquette. C'est l'amiral Sandecker.

— Oui, Amiral, dit Pitt. *(Pendant les trois minutes qui suivirent, il demeura silencieux en écoutant son interlocuteur.)* Oui, Amiral, nous sommes en route, reprit-il ensuite avant de rendre le téléphone à Giordino. L'amiral veut que nous rentrions à Washington aussi vite que possible.

— Un problème ?

— Plutôt une urgence.

— A-t-il expliqué de quoi il s'agissait ?

— Il semblerait que Curtis Merlin Zale et ses amis de la Cerbère soient sur le point de provoquer une catastrophe encore pire que celle du *Dauphin d'Emeraude*.

QUATRIÈME PARTIE

Illusion

LE MONGOL INVADER
méthanier

LE CORAL WANDERER
submersible de luxe

Chapitre 42

Le 8 août 2003,
Washington, D.C.

LOREN Smith se sentait aussi brisée que si on l'avait attachée à un cheval sauvage et traînée à travers le désert. Les directeurs de la Cerbère avaient été assignés à comparaître devant la Commission d'Enquête du Congrès pour pratiques commerciales illégales, mais ils ne s'étaient pas déplacés. Ils avaient choisi de se faire représenter par une armée d'avocats d'affaires qui s'étaient fait un plaisir de recouvrir l'ensemble de la procédure d'un opaque écran de fumée.

— Raconter des salades et gagner du temps, voilà leur tactique, murmura-t-elle à sa seule intention, tout en frappant la table de son marteau pour clore l'audition des parties en cause et ajourner la séance jusqu'au lendemain matin. Ils ne pourront guère être plus répugnants demain qu'ils l'étaient aujourd'hui.

Elle était encore assise, en proie à la colère et à la frustration, lorsque Leonard Sturgis, élu démocrate du Dakota du Nord, s'avança vers elle et lui posa la main sur l'épaule.

— Ne te décourage pas, Loren.

— Je ne peux pas dire que tu aies été d'un grand secours aujourd'hui, lui répliqua-t-elle d'un ton dur. Tu as semblé d'accord avec tout ce qu'ils nous ont raconté, alors que tu sais parfaitement bien que tout cela n'est que désinformation et mensonge.

— Les faits mentionnés dans leurs témoignages sont licites, tu ne peux pas le nier.

— Je veux voir Curtis Merlin Zale comparaître devant cette commission, ainsi que son conseil d'administration, et non une bande d'escrocs qui passe son temps à vous jeter de la poudre aux yeux !

— Je suis certain que monsieur Zale se déplacera lui-même en temps voulu, dit Sturgis. Tu t'apercevras qu'il s'agit d'un homme tout à fait raisonnable, j'en suis sûr.

Loren lui adressa un regard méprisant.

— Zale a grossièrement interrompu mon dîner au restaurant, l'autre soir, et il m'a semblé être la pire des vermines.

Sturgis fronça les sourcils, geste très inhabituel chez lui. Il était rare de ne pas le voir sourire. Dans l'enceinte du Congrès, il était connu comme le pacificateur par excellence. Il avait le visage hâlé des gens qui passent la plus grande partie de leur vie à la campagne. Ses frères exploitaient toujours la ferme familiale de Buffalo, dans le Dakota du Nord, et Sturgis était toujours réélu en raison de son éternel combat pour les modes de vie des paysans traditionnels. Le seul handicap de sa personnalité, dans l'esprit de Loren, résidait dans son intimité avec Curtis Merlin Zale.

— Tu as rencontré Zale ? lui demanda-t-il, sincèrement surpris.

— Cet homme « raisonnable » m'a menacée de mort si je n'abandonnais pas mon enquête.

— Je trouve cela difficile à croire.

— Tu peux pourtant me croire ! lança Loren, sarcastique. Je vais te donner un conseil, Leo. Prends tes distances avec la Cerbère Corporation. Ils vont plonger, et plonger pour de bon, et Zale aura de la chance s'il ne termine pas sa carrière dans les couloirs de la mort.

Sturgis la regarda se détourner et partir à grandes enjambées, parfaitement élégante dans son ensemble de tweed beige sanglé à la taille d'une ceinture en daim. Elle portait une serviette de cuir dont la couleur était assortie à celle de l'ensemble. C'était là sa « marque de fabrique ».

Il était tard, et Loren gagna aussitôt le parking réservé aux membres du Congrès, sous l'immeuble qui abritait son bureau. Son esprit passait en revue les événements de la journée, tandis qu'elle faufilait sa voiture dans les embouteillages de l'heure de pointe. Quarante-cinq minutes plus tard, elle arrivait devant sa maison d'Alexandria. Alors qu'elle s'arrêtait et actionnait la télécommande de sa porte de garage, une femme surgit de l'ombre et s'approcha du côté passager. Sans manifester aucune crainte, Loren se tourna vers elle et baissa la vitre.

— Madame Loren Smith. Pardonnez-moi de vous déranger, mais il faut que je vous parle de toute urgence.

— Qui êtes-vous ?

— Mon nom est Sally Morse. Je suis la présidente du conseil d'administration de la Yukon Oil Company.

Loren Smith examina la femme vêtue d'un jean et d'un sweat-shirt en coton bleu. La sincérité qui se lisait dans le regard de Sally Morse lui plut aussitôt.

— Venez avec moi, entrez.

Loren gara sa voiture et ferma la porte du garage.

— Suivez-moi, lui dit-elle en la conduisant vers la salle de séjour. Le décor était ultramoderne, et tous les éléments de mobilier avaient été spécialement conçus et fabriqués par des artisans.

— Asseyez-vous, poursuivit Loren. Voulez-vous une tasse de café ?

— Je vous remercie, mais je crois que j'apprécierais quelque chose d'un peu plus fort.

— Choisissez votre poison, lui répondit Loren en ouvrant un bar de salon dont les portes de verre étaient décorées sur les bords de motifs floraux exotiques.

— Whisky glace ?

— Voilà qui est parler.

Loren versa une rasade de Cutty Sark sur des glaçons et tendit le verre à Sally Morse. Elle se décapsula une bouteille de bière Coors et s'assit en face de Sally près d'une table basse.

— Eh bien, madame Morse, pourquoi cette visite ?

— Parce que vous dirigez la Commission d'Enquête du Congrès sur les activités de la Cerbère Corporation et leur impact sur les marchés pétroliers.

Le cœur de Loren se mit à battre plus fort et elle se força à garder son calme.

— Dois-je en conclure que vous détenez des informations que vous souhaiteriez partager avec moi ? demanda-t-elle.

Sally avala une bonne lampée de scotch, fit la grimace et prit une grande inspiration.

— Tout d'abord, il faut que vous compreniez une chose. A partir de cet instant, ma vie est en grave danger, et mes biens seront sans doute anéantis ; la réputation et la position sociale auxquelles j'ai consacré tant de temps et de travail seront ruinées à jamais.

Plutôt que de presser Sally à aller de l'avant, Loren préféra opter pour la patience.

— Vous êtes une femme très courageuse.

— Pas vraiment, répondit Sally en secouant tristement la tête. J'ai tout simplement la chance de ne pas avoir de famille que Curtis Merlin Zale puisse menacer ou assassiner.

Loren sentait l'adrénaline monter en elle. La seule mention du nom de Zale lui faisait l'effet d'un coup de tonnerre.

— Vous êtes au courant de ses activités criminelles, hasarda-t-elle.

— En effet, depuis le jour où il m'a recrutée pour former le cartel avec d'autres dirigeants des grandes compagnies pétrolières.

— Je ne connaissais pas l'existence d'un tel cartel, murmura Loren, qui commençait à se rendre compte qu'elle touchait là au cœur du problème.

— Il existe bel et bien, dit Sally. Le projet de Zale consistait à opérer une fusion secrète entre nos compagnies respectives afin de parvenir à une situation où la nation ne serait plus dépendante du pétrole étranger. Au départ, la cause semblait juste, mais très vite, il est apparu évident que les projets de Zale allaient bien au-delà de la suppression des importations venant des pays de l'OPEP.

— Quel est son but ultime ?

— Devenir plus puissant que le gouvernement des Etats-Unis. Imposer ses projets à un pays dépendant d'un pétrole à prix raisonnable et d'abondantes réserves au point d'applaudir à toutes ses manœuvres, sans se douter qu'un jour, il se fera couper l'herbe sous le pied, dès que Zale se sera assuré d'une situation de monopole et que tout pétrole étranger sera banni du pays.

— Je ne vois pas comment cela serait possible, objecta Loren, incapable de saisir toute la portée des propos de Sally. Par quel moyen pourrait-il parvenir à établir un tel monopole sans exploiter de nouveaux champs pétrolifères de grandes dimensions sur le territoire des Etats-Unis ?

— En faisant lever toutes les restrictions américaines et canadiennes au forage et à l'exploitation des terrains publics. En écartant d'emblée toute forme de préoccupation écologique. En soudoyant et en contrôlant le personnel politique de Washington. Pire encore, en convainquant les Américains de manifester et d'aller jusqu'à l'émeute pour s'opposer à toute importation de pétrole étranger.

— Impossible ! lança Loren. Personne n'est en mesure d'asseoir un pouvoir semblable au détriment d'une population entière !

— Les manifestations de protestation ont déjà commencé, répondit Sally d'un air sombre. Les émeutes ne sont pas loin... Mais vous allez comprendre lorsque je vous aurai expliqué la dernière catastrophe que Zale a programmée. A l'heure où je vous parle, il n'a jamais été aussi proche d'un monopole complet sur le marché du pétrole.

— C'est impensable...

Sally eut un sourire amer.

— C'est vraiment un cliché de dire que rien ni personne ne peut se mettre en travers de son chemin ou qu'il n'hésitera sur aucun moyen de parvenir à ses buts, même s'il s'agit de meurtre de masse, mais c'est malheureusement la vérité.

— Le *Dauphin d'Emeraude* et le *Golden Marlin.*

Sally leva les yeux vers Loren, stupéfaite.

— Vous êtes au courant de son implication dans ces deux tragédies ?

— Puisque vous me parlez avec franchise de ce que vous savez, je me sens suffisamment en confiance pour vous apprendre que le FBI, en étroite collaboration avec la NUMA, a prouvé que ces événements n'étaient pas dus à des accidents, mais avaient été provoqués par des agents de la Cerbère, les « Vipères ». Selon les éléments que nous avons pu rassembler, la responsabilité de l'incendie du navire et de l'envoi par le fond du submersible devaient être mis sur le compte des moteurs magnéto-hydrodynamiques du docteur Elmore Egan. Zale voulait faire cesser leur fabrication, car le docteur Egan avait inventé une nouvelle huile révolutionnaire capable d'éliminer virtuellement tout phénomène de frottement. Si cette huile était disponible sur le marché, elle provoquerait une baisse des ventes de pétrole. Pour les raffineries, cela représentait un risque de passer d'une économie de profits à une économie de pertes.

— J'ignorais que les enquêteurs du gouvernement étaient au courant de l'existence du cercle de tueurs à la solde de Zale, murmura Sally, toujours sous le coup de la surprise.

— Tant que Zale lui-même l'ignore...

Sally étendit les mains d'un air découragé.

— Il le sait.

— Comment ? demanda Loren, qui paraissait en douter. L'enquête est menée dans le plus grand secret.

— Curtis Merlin Zale a dépensé plus de cinq milliards de dollars pour corrompre toutes les personnalités importantes de Washington susceptibles de l'intéresser. Il a mis dans sa poche plus d'une centaine de membres de la Chambre des Représentants et du Congrès, ainsi que des hauts fonctionnaires de tous les ministères, dont celui de la Justice.

— Connaissez-vous des noms ?

Le visage de Sally Morse prit soudain une expression presque diabolique. Elle tira une disquette informatique de son sac à main.

— Tout est là. Deux cent onze noms. Je ne saurais vous dire combien ils ont empoché, ni quand, mais j'ai reçu par erreur un fichier, sous pli scellé, destiné à Sandra Delage, l'administratrice du cartel. Après en avoir fait des copies, j'ai renvoyé le fichier à Sandra. Par chance, elle ne s'est pas inquiétée de savoir si j'avais des doutes en ce qui concernait mon implication dans les projets déments de Zale et de la Cerbère. Elle n'a pas montré le moindre signe de méfiance.

— Pouvez-vous me citer quelques-uns de ces noms ?

— Les chefs de partis des deux Chambres, par exemple, et trois responsables de haut rang de la Maison Blanche.

— Leonard Sturgis, membre du Congrès ?

— Il apparaît sur la liste, en effet.

— C'est bien ce que je craignais, lança Loren avec colère. Et le Président ?

— A ma connaissance, répondit Sally en secouant la tête, il refuse d'entretenir la moindre relation avec Zale. Le Président n'est peut-être pas parfait, mais il voit assez clair dans le jeu de Zale pour savoir que celui-ci est pourri jusqu'à la moelle.

Loren et Sally continuèrent à discuter jusqu'à presque trois heures du matin. Loren fut horrifiée lorsque Sally lui révéla que Zale avait l'intention de faire exploser un supertanker dans le port de San Francisco. Loren inséra alors la disquette dans le lecteur de son ordinateur et en imprima le contenu. Le volume de papier équivalait à celui du tirage du manuscrit d'un livre de petit format. Les deux femmes mirent la disquette en lieu sûr et rangèrent les feuillets imprimés dans un coffre-fort que Loren avait fait installer dans son sous-sol, sous une armoire.

— Vous pouvez rester ici pour la nuit, proposa Loren à Sally, mais il va falloir que nous vous trouvions un endroit sûr pour la durée de l'enquête. Lorsque Zale comprendra que vous avez l'intention de dénoncer ses opérations criminelles, il mettra tout en œuvre pour vous réduire au silence.

— « Silence », c'est une expression plus agréable que « meurtre »...

— Ils ont déjà essayé de torturer Kelly Egan, la fille du docteur Egan, afin de lui extorquer la formule de l'huile.

— Ont-ils réussi ?

— Non, elle a été secourue avant que les « Vipères » de Zale ne soient parvenus à lui soutirer le moindre renseignement.

— J'aimerais la rencontrer.

— C'est tout à fait possible. Elle logeait chez moi, mais après que Zale nous ait surpris ensemble au restaurant, j'ai dû la cacher ailleurs, elle aussi.

— Je n'ai amené avec moi qu'un petit sac de voyage. Il ne contient que des articles de maquillage, deux ou trois bijoux et quelques sous-vêtements de rechange.

Loren évalua du regard la silhouette de Sally et hocha la tête.

— Nous sommes presque de la même taille. Vous pouvez emprunter tout ce qui vous convient dans ma garde-robe.

— Je serai une femme heureuse lorsque toute cette affaire sera terminée.

— Vous devez comprendre qu'en agissant de la sorte, vous allez devoir témoigner devant la justice et comparaître devant la Commission d'Enquête du Congrès.

— J'assume toutes les conséquences de mes actes, répondit Sally Morse.

Loren lui passa un bras autour des épaules.

— Je le répète : vous êtes une femme très courageuse.

— C'est l'une des rares occasions de ma vie où j'ai décidé de faire passer mes bonnes intentions avant mon ambition.

— Je vous admire, déclara Loren avec sincérité.

— Où voulez-vous que je me cache à partir de demain ?

— Zale dispose d'un trop grand nombre de taupes au ministère de la Justice, et il serait imprudent de vous laisser loger dans une cache du gouvernement, répondit Loren avant de sourire d'un air entendu. Mais j'ai un ami qui pourrait vous loger dans un vieux hangar à avions équipé de systèmes de sécurité dignes de Fort Knox. Il s'appelle Dirk Pitt.

— Peut-on lui faire confiance ?

— Ma chère, dit Loren en riant, si le vieux philosophe grec Diogène errait toujours avec sa lanterne à la recherche d'un honnête homme, il serait sûr de mener sa quête à bien en allant sonner chez Dirk Pitt.

Chapitre 43

Une fois Kelly débarquée de l'avion à Washington, on l'escorta jusqu'à une camionnette banalisée qui la conduisit vers une cache située à Arlington. Pitt et Giordino prirent congé d'elle, rejoignirent une Lincoln Navigator de la NUMA et se détendirent enfin lorsque le chauffeur prit la direction de Landover, dans le Maryland. Vingt minutes plus tard, ils virèrent sur Arena Drive et pénétrèrent sur le vaste parking de FedEx Field, le stade de l'équipe des Washington Redskins. Construit en 1997, le stade peut accueillir quatre-vingt mille cent seize fans dans des sièges confortables et spacieux. Les restaurants, de chaque côté, proposent une large palette de spécialités exotiques. Deux immenses écrans vidéo pour les reprises de séquences et quatre tableaux d'affichage permettent aux supporters de suivre les moments essentiels du jeu.

La Navigator s'enfonça dans le parking souterrain réservé aux personnalités et s'arrêta près d'une porte gardée par deux hommes de la sécurité en tenue de combat et équipés de fusils automatiques. Ils comparèrent les visages de Pitt et de Giordino avec les photographies fournies par le service de sécurité de la NUMA avant de les laisser emprunter un long couloir qui s'étirait entre les rangées de sièges du stade.

— Quatrième porte sur votre gauche, messieurs, leur annonça l'un des gardes.

— Tu ne trouves pas qu'ils en font un peu trop ? demanda Giordino à son ami.

— Connaissant l'amiral, il doit avoir de bonnes raisons pour cela.

Ils atteignirent la porte et tombèrent sur un nouveau garde, qui se contenta de les examiner rapidement avant d'ouvrir la porte et de s'effacer pour leur laisser le passage.

— Je pensais que la guerre froide était terminée depuis longtemps, marmonna Giordino.

Les deux hommes furent quelque peu surpris de se retrouver dans le vestiaire des équipes visiteuses. Plusieurs personnes étaient déjà installées dans le bureau des dirigeants de l'équipe. Loren était présente, en compagnie de Sally Morse. L'amiral Sandecker, Rudi Gunn et Hiram Yaeger représentaient la NUMA. Pitt reconnut l'amiral Amos Dover, des garde-côtes, le capitaine Warren Garnet, des Marines, et le capitaine de frégate Miles Jacobs, un vétéran des opérations Terre-Air-Mer de la Navy. Pitt et Giordino avaient eu l'occasion de travailler à plusieurs reprises avec eux dans le passé.

La seule personne qui ne lui était pas familière était un homme de grande taille, d'apparence distinguée et aux manières qui évoquaient celles d'un commandant de navire de croisière. Son allure de marin était rehaussée par un bandeau qui lui couvrait l'œil gauche. Dirk évalua son âge à une bonne cinquantaine d'années.

Pitt oublia provisoirement le nouveau venu, salua ses collègues de la NUMA et serra la main des militaires. Dover, semblable à un gros ours, avait collaboré avec Pitt à l'occasion de l'opération « Deep Six ». Garnet et Jacobs étaient alors engagés dans un combat perdu d'avance contre le feu, dans l'Antarctique, lorsque Pitt et Giordino étaient arrivés à point nommé à bord du *Snow Cruiser* de l'amiral Byrd. Pitt attendit quelques échanges de civilités avant de concentrer à nouveau son attention sur l'invité inattendu.

— Dirk, dit Sandecker, j'aimerais vous présenter Wes Rader. Wes est un vieux compagnon de mer. Nous avons servi ensemble dans la Baltique, à l'époque où nous surveillions les activités des sous-marins soviétiques qui se dirigeaient vers l'Atlantique. Wes est directeur adjoint au ministère de la Justice ; il coordonnera tout l'aspect juridique de l'opération.

Les questions se bousculaient dans l'esprit de Pitt, mais il préféra attendre le moment approprié. Seul, il aurait enlacé Loren et l'aurait embrassée sur les lèvres, mais il s'agissait d'une réunion de travail et elle était membre du Congrès, aussi se contenta-t-il de lui adresser un salut discret et de serrer la main qu'elle lui tendait.

— Je suis enchanté de vous revoir, madame Smith.

— Moi de même, répondit Loren, avec un éclat complice dans le regard, avant de se tourner vers Sally. Voici l'homme dont je vous parlais. Sally Morse, je vous présente Dirk Pitt.

Sally croisa les yeux vert opaline de Pitt et vit ce que voyaient la plupart des femmes lorsqu'elles le rencontraient : un homme à qui l'on pouvait accorder toute sa confiance.

— J'ai beaucoup entendu parler de vous, dit-elle.

— J'espère que votre source n'en a pas trop raconté à mon sujet, répondit Pitt en échangeant un regard avec Loren.

— Si vous voulez bien vous asseoir et vous mettre à l'aise, mesdames et messieurs, annonça Sandecker, nous allons commencer.

Il s'installa sur un siège et sortit l'un de ses immenses cigares, mais par déférence pour les dames de l'assistance, s'abstint de l'allumer. Les dames en question n'auraient d'ailleurs sans doute élevé aucune protestation, car la fumée leur paraissait préférable aux effluves de sueur qui, depuis le dernier match, flottaient encore dans le vestiaire.

— Mesdames, messieurs, comme vous le savez sans doute, madame Morse est la directrice générale de la Yukon Oil Company. Elle va nous expliquer la menace qui pèse sur la sécurité nationale et sur les citoyens de ce pays, menace qui nous concerne tous. Je vous laisse la parole, conclut-il en se tournant vers Sally.

— Pardonnez-moi de vous interrompre, Amiral, lança Rader, mais j'ai du mal à comprendre à quoi riment toutes ces mesures de sécurité. Il me semble un peu tiré par les cheveux de devoir organiser une telle réunion dans les vestiaires d'un stade.

— Vous aurez la réponse à votre question dès que madame Morse aura pris la parole. Je vous en prie, madame.

Pendant les deux heures qui suivirent, Sally Morse exposa par le détail le grand complot conçu par Curtis Merlin Zale pour s'assurer le monopole du pétrole et engranger de fabuleuses richesses tout en dictant ses conditions au gouvernement des Etats-Unis.

Lorsqu'elle eut terminé, un sentiment d'incrédulité pesait comme un lourd nuage dans la pièce.

— Etes-vous certaine de la véracité de vos affirmations ? demanda enfin Wes Rader.

— Oui, au mot près, affirma Sally.

Rader se tourna alors vers Sandecker.

— Cette menace nous dépasse largement ; il faut immédiatement avertir d'autres gens : le Président, les chefs des partis du Congrès, les chefs d'Etats-majors interarmées, le ministre de la Justice – et d'autres encore.

— C'est impossible, coupa Sandecker, qui fit passer parmi l'assistance des copies d'une liste contenant des noms de membres du Congrès, de fonctionnaires des agences gouvernementales ou du ministère de la Justice et de proches conseillers du Président, dans l'aile ouest de la Maison Blanche. Telle est la raison de toutes ces précautions, ajouta-t-il à l'adresse de Rader. Ces gens dont vous avez les noms en main ont été achetés par la Cerbère Corporation et par Curtis Merlin Zale.

— C'est impossible, s'indigna Rader en parcourant la liste, abasourdi. Une telle entreprise de corruption aurait laissé des traces écrites.

— L'argent a été versé par le biais de compagnies étrangères appartenant à des entreprises elles-mêmes liées à la Cerbère, répondit Sally. Tous les capitaux mobilisés dans ce but se trouvent sur des comptes offshore ; il faudrait des années au ministère de la Justice pour parvenir à les retrouver.

— Comment un seul homme a-t-il pu réussir à corrompre le système tout entier ?

Loren répondit à la place de Sally Morse.

— Les membres du Congrès qui ont cédé aux avances de Zale n'étaient pas des gens riches. Peut-être n'auraient-ils pas trahi leurs idéaux et leurs principes pour un million de dollars, mais la tentation d'en gagner dix ou vingt était trop forte. Ceux qui sont tombés dans le piège ne connaissaient pas l'ampleur de son réseau. Jusqu'à présent, et grâce à Sally Morse, nous sommes les seuls, en dehors du cercle des dirigeants de la Cerbère Corporation, à connaître l'insidieuse influence qu'exerce Zale au sein des institutions.

— Sans compter les membres éminents du monde des médias, ajouta Sally. Ceux qui sont sous la coupe de Curtis Merlin Zale sont en mesure de manipuler l'information en sa faveur. Quant à ceux qui rechigneraient à s'exécuter, il peut les menacer de les démasquer ; une fois leur crédibilité réduite à néant, ils se retrouveraient à la rue en quelques heures.

— Je ne parviens toujours pas à croire qu'un homme seul puisse être à la tête d'une telle entreprise, quelle que soit sa fortune, insista Rader en secouant la tête.

— Il n'a pas agi seul. Zale bénéficie du soutien de tous les principaux barons de l'industrie du pétrole des Etats-Unis et du Canada. L'argent ne vient pas seulement de la Cerbère.

— Vient-il également de la Yukon Oil ?

— Oui, il vient aussi de la Yukon Oil, répondit Sally Morse d'un ton solennel. Je suis aussi coupable que les autres.

— En venant témoigner ici, vous avez fait plus que vous racheter, lui dit Loren en lui pressant la main.

— Pourquoi m'avoir fait venir ? demanda Rader. Je ne suis que le numéro trois du ministère de la Justice.

— Ainsi que vous pouvez le constater, votre nom n'est pas sur la liste, contrairement à celui de vos supérieurs directs, lui répondit Sandecker. Et puis je vous connais, votre épouse et vous, depuis des années. Vous êtes un homme honorable et vous ne vous laissez pas acheter.

— Quelqu'un a certainement tenté de vous approcher, dit Loren.

Rader leva les yeux vers le plafond en se concentrant pour fouiller ses souvenirs, puis il hocha la tête.

— Il y a deux ans de cela, je me promenais avec mon cocker près de chez moi lorsqu'une femme étrange, oui, il s'agissait bien d'une femme, m'a emboîté le pas et a commencé à me parler.

— Des cheveux blond cendré, demanda Sally en souriant, des yeux bleus, environ un mètre soixante-quinze, soixante kilos ? Une femme séduisante, d'un abord aisé ?

— Votre description me semble tout à fait fidèle.

— Son nom est Sandra Delage. Elle est l'administratrice en chef de Zale.

— Vous a-t-elle directement proposé de l'argent ? demanda Sandecker.

— Non, rien d'aussi grossier, répondit Rader. Pour autant que je m'en souvienne, elle a parlé en des termes plutôt vagues. Que ferais-je si je gagnais le gros lot à la loterie ? Etais-je satisfait de mon travail, et mes efforts étaient-ils appréciés à leur juste valeur ? Si je pouvais vivre ailleurs qu'à Washington, quel endroit me séduirait ? De toute évidence, de son point de vue, j'ai dû échouer à l'examen. Elle m'a quitté au carrefour pour monter dans une voiture qui passait là et s'est arrêtée pour la prendre. Je n'ai jamais rien entendu d'autre depuis.

— Mesdames et messieurs, c'est à vous de passer à l'action. Zale et ses amis doivent être traînés en justice et mis hors d'état de nuire, reprit Sandecker. Nous sommes confrontés à un scandale national d'une ampleur sans précédent.

— Par où allons-nous commencer ? l'interrogea Rader. Si la liste de madame Morse est exacte, je ne peux tout de même pas entrer dans le bureau du ministre de la Justice et lui annoncer que je l'arrête pour corruption !

— Si vous agissiez ainsi, intervint Loren, les « Vipères » feront en sorte que l'on retrouve votre corps dans les eaux du Potomac.

Sandecker hocha la tête vers Hiram Yaeger, qui ouvrit deux grosses boîtes de carton et se mit à distribuer à la ronde de volumineux fichiers.

— Grâce aux informations fournies par madame Morse et à nos propres recherches, menées à l'aide de nos systèmes informatiques, nous avons dressé un acte d'accusation complet, qui comporte des preuves tangibles en nombre suffisant pour convaincre des fonctionnaires honnêtes de mener jusqu'à son terme une action judiciaire. *(Son regard se porta alors vers Wes Rader.)* Wes, il vous faudra rassembler au ministère de la Justice une équipe d'une indéfectible loyauté afin de mettre sur pied une procédure dans la discrétion la plus absolue. Ces gens ne devront craindre aucune menace, tout comme les Incorruptibles qui ont permis autrefois de mettre un terme aux activités d'Al Capone. Si Zale se doute un seul instant de ce qui se trame, il vous enverra ses tueurs.

— Je ne puis croire qu'une pareille chose soit possible aux Etats-Unis.

— Il se passe beaucoup de choses abominables dans les coulisses des affaires et de la politique sans que le public en soit averti, dit Loren.

Rader examina avec un sentiment d'appréhension l'épais rapport posé devant lui sur la table.

— J'espère simplement que mes capacités seront à la hauteur.

— Je vous apporterai toute l'aide possible du Congrès, lui promit Loren.

— Notre priorité immédiate, dit Sandecker en se servant d'une télécommande pour faire apparaître un écran qui montrait une carte de San Francisco, consiste à empêcher ce supertanker de détruire la moitié de la ville. *(Il tourna son regard vers Dover, Garnet et Jacobs, qui s'étaient peu manifestés pendant la discussion.)* Et c'est là que vous entrez en scène.

— Les garde-côtes empêcheront le *Pacific Chimera* de pénétrer à l'intérieur de la baie, affirma Dover.

— Cela paraît simple, Amos, dit Sandecker en hochant la tête. Vous avez arrêté des milliers de bateaux qui transportaient des drogues, des clandestins ou des armes de contrebande, mais pour stopper l'un des plus gros tankers au monde, il ne suffira pas d'un tir de sommation vers sa proue ou d'un ordre lancé au mégaphone.

Dover sourit à Garnet et à Jacobs.

— Est-ce la raison pour laquelle les unités Terre-Air-Mer de la Navy et les Marines sont représentées ici aujourd'hui ?

— Vous resterez, bien entendu, à la tête des opérations, le rassura Sandecker. Mais si le commandant du tanker ignore vos ordres et poursuit sa route dans la baie, le nombre des options possibles sera réduit. Le navire doit être arrêté avant le Golden Gate, mais il est hors de question d'ouvrir le feu et de risquer une monstrueuse marée noire. En dernier recours, une équipe de combat pourra être larguée par hélicoptère sur le navire afin de neutraliser l'équipage.

— Où le *Pacific Chimera* se trouve-t-il en ce moment ?

Sandecker appuya sur un autre bouton de sa télécommande et la carte s'élargit pour montrer l'océan à l'ouest du Golden Gate Bridge. On voyait au large l'image d'un bateau approchant des côtes californiennes.

— A environ neuf cents milles au large.

— Ce qui nous laisse moins de quarante-huit heures.

— C'est seulement dans les premières heures de la matinée que nous avons appris ces terribles nouvelles de madame Morse et de madame Loren Smith, expliqua Sandecker.

— Des patrouilleurs seront prêts à intercepter le *Pacific Chimera* à cinquante milles au large, annonça Dover.

— Nous mettrons sur pied une équipe de secours aéroportée, ajouta Jacobs.

— Un commando Terre-Air-Mer se tiendra prêt à aborder le tanker par voie maritime, renchérit Garnet.

Dover dévisagea ce dernier d'un air sceptique.

— Vos hommes seraient en mesure d'aborder un supertanker lancé à pleine vitesse par voie maritime ? lui demanda-t-il.

— C'est un exercice que nous avons répété à de multiples reprises, répondit Garnet avec un très léger sourire.

— Il faut que je voie cela de mes propres yeux... dit Dover.

— Eh bien, Mesdames et Messieurs, dit Sandecker d'une voix

posée, en ce qui concerne la NUMA, nous ne pourrons guère aller plus loin. Nous vous apporterons toute l'aide que vous nous demanderez, et nous vous fournirons les preuves que nous avons accumulées en ce qui concerne l'incendie et l'envoi par le fond du *Dauphin d'Emeraude* et l'incident du *Golden Marlin*, qui a failli tourner à la tragédie, mais nous sommes une organisation océanographique et ne disposons pas des mêmes droits et moyens qu'une agence gouvernementale telle que la CIA ou le FBI. Je laisserai donc Wes et Loren rassembler un groupe de patriotes de confiance pour lancer la première phase de cette enquête confidentielle.

— Nous avons du pain sur la planche, murmura Loren à Rader.

— En effet, répondit celui-ci d'un ton calme. Certains des noms qui figurent sur cette liste sont ceux de mes amis. Je serai un homme seul lorsque tout ceci sera terminé.

— Vous ne serez pas le seul exclu, le rassura Loren avec un sourire tendu. Certains de mes amis figurent aussi sur cette liste.

Dover fit reculer son siège, se leva, et son regard se tourna vers Sandecker.

— Je vous tiendrai informé du déroulement des opérations, lui promit-il.

— Je vous en saurai gré, Amos. Merci beaucoup.

Un par un, les participants à la réunion quittèrent le vestiaire. Sandecker demanda à Pitt et Giordino, ainsi qu'à Rudi Gunn, de patienter. En sortant, Hiram Yaeger posa la main sur l'épaule de Pitt et lui demanda de passer au service informatique du Q.G. de la NUMA lorsqu'il aurait terminé.

Sandecker se détendit sur son siège et alluma son gros cigare. Il contempla Giordino d'un air ennuyé, car il s'attendait à le voir allumer lui aussi l'un de ses cigares, mais l'Italien se contenta de lui rendre son regard avec un sourire condescendant.

— Il semblerait que vous soyez sur la touche pour le restant de la partie !

— Je suis sûr que vous et Rudi ne nous laisserez pas faire de la figuration très longtemps, dit Pitt, dont le regard passait alternativement de Rudi Gunn à Sandecker.

— Nous envoyons une expédition dans le territoire de Frigate Shoals, au nord-ouest des îles d'Hawaï, afin de répertorier et d'étudier l'étendue de la destruction du corail. Nous aimerions qu'Al prenne la tête de cette opération.

— Et moi ? demanda Pitt.

— J'espère que vous avez gardé votre matériel de protection contre le froid depuis l'opération Atlantis, dit Sandecker d'un air narquois. Vous allez retourner dans l'Antarctique pour tenter de pénétrer sous la glace jusqu'au grand lac que les scientifiques situent sous la calotte polaire.

Une expression fugitive de mécontentement traversa le visage de Pitt.

— Je me conformerai bien entendu à vos directives sans discuter, Amiral. Je me permets cependant de vous demander cinq jours afin que j'éclaircisse avec Al un mystère en rapport direct avec le docteur Elmore Egan.

— S'agit-il de la recherche de son laboratoire secret ?

— Vous êtes au courant ?

— Je dispose de mes propres sources.

Kelly, songea Pitt. Le vieux démon avait joué le rôle de l'oncle attentionné en protégeant la jeune femme des hommes de main de Zale. Elle lui avait sans doute raconté qu'ils s'étaient lancés à la recherche des traces des Vikings et de la solution de l'énigme de la grotte perdue.

— Je suis intimement persuadé que la découverte de la teneur des travaux du docteur Egan au moment de sa mort revêt une importance capitale sur le plan de la sécurité nationale. Il faut que nous y parvenions avant Zale.

Sandecker lança un regard à Gunn.

— Qu'en pensez-vous, Rudi ? Laisserons-nous cinq jours à ces deux chenapans pour poursuivre leur chimère ?

Tel un renard surveillant deux coyotes, Gunn dévisagea Pitt et Giordino par-dessus la monture de ses lunettes.

— Je crois que nous pouvons nous montrer magnanimes, Amiral. Il va nous falloir au moins cinq jours pour terminer l'équipement et l'approvisionnement des deux navires de recherches prévus pour ces projets.

Sandecker souffla un nuage de fumée bleue et parfumée.

— Eh bien, tout est dit. Rudi vous fera savoir où et quand vous devrez vous présenter à bord de vos bâtiments respectifs. Je vous souhaite bonne chance dans vos recherches, poursuivit-il en abandonnant son ton bourru. Je dois admettre que je suis curieux de savoir quel lapin Elmore Egan allait sortir de son chapeau.

*
* *

Avachi sur son siège, Yaeger, les jambes étendues, pianotait sur son clavier d'ordinateur et conversait avec Max lorsque Pitt arriva du stade.

— Tu voulais me voir, Hiram ?

— En effet, répondit Yaeger en se redressant et en tirant la mallette du docteur Egan d'un placard tout proche. Tu arrives juste à temps pour le prochain acte.

— Quel acte ?

— Encore trois minutes.

— Je ne te suis pas.

— Toutes les quarante-huit heures, à treize heures quinze précises, cette mallette joue un tour de magie.

— Elle se remplit d'huile, hasarda Pitt.

— C'est exact.

Yaeger ouvrit le bagage et agita la main comme un prestidigitateur au-dessus du compartiment vide. Il le referma ensuite et referma les serrures. Il se mit alors à compter les secondes sur la trotteuse de sa montre avant de déverrouiller et d'ouvrir à nouveau la mallette. Celle-ci était remplie d'huile jusqu'à deux ou trois centimètres du bord.

— Je sais que tu ne te livres pas à la pratique de la magie noire, dit Pitt. La même chose m'est arrivée avec Al après que Kelly m'a remis la mallette à bord du *Deep Encounter*.

— Il doit y avoir un « truc » quelconque ! lança Yaeger avec un air de totale incompréhension.

— Ce n'est pas une illusion, dit Pitt. Tout cela est bien réel. *(Il trempa un doigt dans l'huile et le frotta contre son pouce.)* On ne sent aucun frottement. A mon humble avis, il s'agit bel et bien de la super-huile du docteur Elmore Egan.

— Et maintenant, la question à un million de dollars : d'où vient-elle ?

— Max s'est-elle penchée sur le problème ? demanda Pitt en regardant l'image holographique, de l'autre côté du bureau.

— Désolée, Dirk, mais je reste aussi perplexe que vous, répondit Max. J'ai quelques idées que j'aimerais approfondir si Hiram accepte de ne pas m'éteindre lorsqu'il rentrera chez lui ce soir

— A condition que tu n'entres pas dans des sites confidentiels ou privés, l'avertit Yaeger.

— Je serai une bonne fille, je te le promets, le rassura Max d'un ton quelque peu sournois.

Yaeger ne sembla pas apprécier l'humour de la situation. Max l'avait déjà placé en situation délicate dans le passé, en se faufilant dans des dédales informatiques interdits. Pitt ne put s'empêcher de rire.

— Tu n'as jamais regretté d'avoir fait de Max une créature féminine ?

Yaeger semblait aussi dégoûté de la vie qu'un homme qui vient de tomber dans un égout vêtu de son plus beau smoking.

— Tu peux te vanter d'avoir de la chance, lança-t-il à Pitt. Tu es célibataire. Non seulement je dois supporter Max, mais j'ai une femme et deux grandes filles à la maison.

— Tu ne le sais peut-être pas, Hiram, mais tu te trouves dans une situation très enviable.

— De ta part, c'est facile à dire ! Tu ne laisses jamais une femme investir ta vie.

— Non, admit Pitt avec une pointe de mélancolie. Je ne l'ai jamais fait.

Chapitre 44

PITT l'ignorait encore, mais ses jours de solitude et de célibat allaient être provisoirement interrompus. Il revint à son hangar et remarqua que ce vieux renard de Sandecker avait envoyé une équipe de sécurité patrouiller non loin de chez lui, dans la zone déserte du coin de l'aéroport. Il ne mettait pas en doute l'inquiétude de l'amiral quant à sa sécurité, mais pour sa part, il ne voyait pas l'utilité de telles mesures, même s'il en éprouvait de la reconnaissance. La véritable raison de ce déploiement ne lui apparut en pleine lumière que lorsqu'il pénétra dans le hangar et grimpa jusqu'à son appartement en mezzanine.

La musique diffusée par la chaîne stéréo provenait d'une station de radio spécialisée dans la musique légère, à l'opposé du modern jazz qu'il affectionnait tout particulièrement. Il sentit soudain des arômes de café. Il décela aussi les effluves d'un parfum féminin. Il jeta un coup d'œil vers la cuisine et aperçut Sally Morse qui remuait le contenu de toute une batterie de casseroles sur la cuisinière. Elle était pieds nus, et ne portait qu'une robe bain de soleil.

Qui vous a invitée ? Qui vous a dit que vous pouviez envahir mon domaine personnel comme s'il vous appartenait ? Comment vous êtes-vous arrangée pour entrer malgré les systèmes de sécurité ? Toutes ces questions affleuraient à son esprit, mais, en bon ingénieur naval bien éduqué, il se contenta de lancer :

— Hello ! Qu'avons-nous de bon à manger pour le dîner ?

— Du bœuf Strogonoff, répondit Sally, en se retournant avec un sourire suave. Cela vous plaît-il ?

— C'est l'un de mes plats préférés.

A son regard perdu, Sally comprit que Pitt ne s'était pas attendu à la trouver installée chez lui.

— Madame Loren Smith a pensé qu'il était plus sage que je vienne chez vous. Surtout depuis que l'amiral Sandecker a instauré un périmètre de sécurité autour de chez vous.

Après avoir ainsi obtenu les réponses à ses questions, Pitt ouvrit les portes du placard, au-dessus du bar, pour se servir un verre.

— Loren m'a confié que vous étiez amateur de tequila, aussi me suis-je permis de nous préparer des margaritas. Vous ne m'en voulez pas ?

Pitt appréciait ses tequilas de choix servies pures, sur glace, avec une touche de citron vert et de sel en bordure de verre, mais il ne dédaignait pas une margarita bien préparée, même si une tequila moins onéreuse suffisait à son goût pour la préparation du cocktail. A ses yeux, c'était un crime de diluer des marques de grande qualité pour confectionner des mélanges. Il jeta un regard morne à sa bouteille à moitié vide de *Juan Julio silver*, 100 % agave bleu. Soucieux de se montrer courtois, il complimenta Sally sur la qualité de la boisson et gagna sa chambre pour prendre une douche avant de passer un short et un tee-shirt douillets.

On aurait dit qu'une bombe venait d'exploser dans sa chambre. Des chaussures et divers atours féminins étaient disséminés sur le plancher de bois poli. Des flacons de vernis à ongles et autres cosmétiques étaient empilés sur sa commode et sur les deux tables de chevet. Pourquoi les femmes laissent-elles traîner leurs vêtements par terre ? se demanda-t-il. Les hommes prennent au moins la peine de les jeter sur une chaise ! Comment une femme seule pouvait-elle créer un tel chaos ? Il entendit soudain une voix fredonner dans la salle de bains.

La porte était entrouverte, aussi la poussa-t-il du bout du pied sans difficulté. Kelly se tenait devant un miroir à demi recouvert de buée, une serviette autour du corps et une autre, plus petite, sur les cheveux. Elle se maquillait le contour des yeux et les paupières. Elle aperçut le regard sans expression de Pitt et lui offrit un sourire charmant.

— Bienvenue chez vous. J'espère que Sally et moi ne dérangeons pas trop vos habitudes.

— On vous a conseillé de loger ici, vous aussi ?

— Loren a pensé que nous serions plus en sécurité que chez elle. De plus, les caches du gouvernement ne sont pas sûres, en raison de l'infiltration par Zale des services du ministère de la Justice.

— Je suis désolé, mais je ne dispose que d'une seule chambre à coucher. J'espère que vous et madame Morse ne verrez pas d'inconvénient à partager le lit.

— Il est largement assez grand, répondit Kelly en reprenant son maquillage comme si elle et Pitt avaient vécu ensemble pendant des années. Je suis navrée, dit-elle soudain comme en y repensant par hasard, vous vouliez peut-être utiliser la salle de bains ?

— Ne faites pas attention à moi, dit Pitt d'un ton narquois. Je vais prendre quelques vêtements et prendre une douche en bas, dans ce qui me sert de chambre d'amis.

— Je crains que nous ne vous importunions, dit Sally Morse, qui venait de sortir de la cuisine.

— Je survivrai, dit Pitt en fourrant quelques affaires dans un petit sac de voyage. Installez-vous, et faites comme chez vous.

Les deux femmes comprirent, en entendant le ton sec de Pitt, que celui-ci n'était pas transporté de joie par leur intrusion.

— Nous ferons notre possible pour ne pas vous gêner, promit Kelly.

— Ne vous méprenez pas, les rassura Pitt, qui se rendait compte du malaise qu'éprouvaient Sally et Kelly. Vous n'êtes pas les premières à demeurer ici et à dormir dans mon lit. J'adore les femmes et j'aime assez leurs manies étranges. Je suis un homme de la vieille école et je les ai toujours placées sur un piédestal ; n'allez pas me prendre pour un méchant vieux grognon. D'ailleurs, ajouta-t-il en souriant, ce sera un merveilleux plaisir d'héberger deux créatures aussi magnifiques que vous, ne serait-ce que pour faire la cuisine et mettre un peu d'ordre !

Il sortit de la chambre et descendit l'escalier en colimaçon qui menait au rez-de-chaussée.

Sally et Kelly le regardèrent disparaître en silence, puis elles se retournèrent, échangèrent un regard et éclatèrent de rire.

— Mon Dieu ! gloussa Sally. Des hommes comme lui existent vraiment ?

— Oh oui, vous pouvez me croire. Il est plus vrai que nature !

*
* *

Pitt installa ses quartiers dans le wagon Pullman *Manhattan Limited* garé sur ses rails contre un mur du hangar et qui provenait d'une opération de recherches dans l'Hudson menée quelques années plus tôt. Pitt l'utilisait comme chambre d'amis, et Giordino le lui empruntait pour la nuit lorsqu'il voulait impressionner l'une de ses nombreuses amies. Pour les femmes, le luxueux vieux wagon était un cadre très romantique pour une soirée en amoureux.

Pitt venait de sortir de la douche et commençait à se raser lorsque le téléphone installé dans le wagon sonna. Il souleva le combiné.

— Allô ?

— Dirk ! claironna la voix de St. Julien Perlmutter. Comment vas-tu ?

— Fort bien, St. Julien. D'où m'appelles-tu ?

— D'Amiens, en France. J'ai passé la journée à discuter avec des spécialistes de Jules Verne. Demain, j'ai rendez-vous avec le docteur Paul Hereoux, le président de la Société Jules Verne. Il m'a gentiment autorisé à procéder à des recherches dans les archives de la Société, dans la maison même où Verne a vécu et écrit jusqu'à sa mort en 1905. Verne était un homme étonnant, tu sais, je n'imaginais pas à quel point ! Un véritable visionnaire. Il a créé la science-fiction, bien sûr, mais il a aussi prédit les vols sur la Lune, les sous-marins capables de faire le tour du monde, le chauffage solaire, les tapis roulants et les escalators, les images holographiques en trois dimensions – il suffit de citer une découverte, Jules Verne l'avait anticipée. Il avait même prévu que des astéroïdes viendraient heurter la Terre en causant d'énormes dégâts.

— As-tu découvert des faits nouveaux sur le capitaine Nemo et le *Nautilus* ?

— Rien de plus que ce que Verne a écrit dans *Vingt Mille Lieues sous les mers* et *L'Ile mystérieuse*.

— *L'Ile mystérieuse* était la suite, n'est-ce pas ? Le roman qui racontait ce qui était arrivé au capitaine Nemo après la perte du *Nautilus* dans un maelström au large de la Norvège ?

— En effet, *Vingt Mille Lieues sous les mers* est paru en 1869 sous forme de feuilleton dans un magazine, et *L'Ile mystérieuse*, publié en 1875, révèle l'histoire et la biographie du capitaine Nemo.

— D'après ce que je sais des recherches du docteur Egan sur Jules Verne, il semblait fasciné par la manière dont l'auteur avait créé le personnage de Nemo et son sous-marin. Egan était sans doute persuadé qu'il s'était basé sur autre chose que sa brillante imagination. A mon avis, Egan croyait que le roman de Verne était construit autour d'un personnage réel.

— J'en saurai plus d'ici deux ou trois jours, répondit Perlmutter, mais ne te laisse pas entraîner par des espoirs illusoires. Les récits de Jules Verne, aussi intelligents et ingénieux qu'ils puissent être, sont des œuvres de fiction. Le capitaine Nemo est peut-être l'un des personnages les plus incroyables de la littérature, mais il n'était rien d'autre que le précurseur du savant fou qui cherche à se venger du tort qui lui a été causé. Le noble génie suivant la mauvaise voie.

— Pourtant, insista Pitt, il semble incroyable que Jules Verne puisse avoir créé une merveille technologique telle que le *Nautilus* à partir de rien, par la seule force de son esprit. A moins qu'il n'ait été le Léonard de Vinci de son temps, il a dû bénéficier de conseils techniques qui allaient bien au-delà de ce que l'on savait en 1869.

— Les conseils du *véritable* capitaine Nemo ? demanda Perlmutter, sarcastique.

— Ou de quelque autre génie de l'ingénierie... répondit Pitt d'un ton sérieux.

— Tu n'apprécies pas le vrai génie, déplora Perlmutter. Je glanerai peut-être quelques détails nouveaux dans les archives, mais je ne parierais pas mes économies sur ce qui en résultera.

— Cela fait bien longtemps que j'ai lu ses livres, dit Pitt, mais dans *Vingt Mille Lieues sous les mers*, Nemo reste un être énigmatique. Ce n'est qu'à la fin de *L'Ile mystérieuse* que Verne nous offre un réel aperçu du personnage.

— Dans le chapitre seize, cita Perlmutter de mémoire. Nemo était le fils d'un radjah des Indes. Le prince Dakkar, puisque tel était son nom, était un enfant doué d'une intelligence et de dons exceptionnels. Verne décrit un beau garçon qui grandit, devint extrêmement riche et entretint une terrible haine des Anglais qui avaient conquis son pays. Sa soif de revanche affecta son esprit, en particulier après qu'il eut dirigé la révolte des cipayes en 1857. En guise de vengeance, les agents britanniques capturèrent et assassinèrent son père, sa mère, sa femme et ses deux enfants.

« Pendant des années passées à ressasser la disparition de sa famille et la perte de son pays, il se lança dans l'ingénierie navale. Sur une lointaine île déserte du Pacifique, il installa un chantier grâce à sa fortune, et construisit le *Nautilus*. Selon Verne, Nemo exploitait l'énergie électrique bien avant que Tesla et Edison ne construisent leurs générateurs. Les moteurs du sous-marin le propulsaient indéfiniment sans qu'il soit besoin de recharger ou de régénérer l'énergie utilisée.

— Je me demande si Verne n'avait pas l'intuition de la possibilité de construire des moteurs magnéto-hydrodynamiques tels que ceux du docteur Elmore Egan.

— Après avoir achevé la construction de son navire submersible, poursuivit sans ciller Perlmutter, il engagea un équipage fidèle et disparut sous les mers. En 1867, il recueillit trois naufragés tombés d'une frégate de la flotte américaine qu'il avait attaquée. Les trois hommes étudièrent son existence secrète et voyagèrent autour du monde en sa compagnie. Les trois naufragés – un professeur, son domestique et un pêcheur canadien – parvinrent à s'échapper lorsque le *Nautilus* rencontra le maelström qui causa la disparition momentanée du capitaine Nemo. Lorsqu'il atteignit l'âge de soixante ans, les membres de son équipage étaient morts et ils furent ensevelis dans une sépulture de corail, sous les eaux. Seul avec son sous-marin qui lui était si cher, Nemo passa ses dernières années dans une caverne de Lincoln Island, sous un volcan. Après avoir protégé des naufragés des pirates et les avoir aidés à repartir vers leur pays, Nemo mourut de mort naturelle. Le volcan entra en éruption et enterra Nemo et son fabuleux *Nautilus* dans les profondeurs. Leur souvenir est désormais conservé avec dévotion dans les annales de la fiction.

— Etait-ce *vraiment* de la fiction ? se demanda Pitt à voix haute. Ou l'histoire était-elle basée sur des faits ?

— Tu n'arriveras pas à me faire croire que Nemo était plus qu'un produit de l'imagination de Jules Verne, affirma Perlmutter d'un ton assuré.

Pitt demeura un instant silencieux. Il ne se berçait pas d'illusions : il pourchassait des ombres.

— Si seulement je savais ce qu'avait découvert le docteur Egan au sujet des Vikings et du capitaine Nemo... dit-il enfin.

Perlmutter poussa un soupir patient.

— Je ne vois pas très bien le rapport entre ces deux sujets totalement différents.

— Egan était aussi enthousiasmé par l'un que par l'autre. Je ne peux m'empêcher de penser qu'ils sont liés, d'une manière ou d'une autre.

— Dans les deux cas, je doute qu'il soit parvenu à découvrir des éléments nouveaux. Rien qui n'ait déjà été répertorié, en tout cas.

— St. Julien, tu n'es qu'un vieux cynique.

— Je suis historien ; je n'écris et ne publie rien que je ne puisse argumenter sur la foi de documents sérieux.

— Eh bien, amuse-toi bien dans tes archives poussiéreuses, plaisanta Pitt.

— Rien ne m'excite davantage que de trouver un nouvel angle, une nouvelle perspective sur l'histoire, dans une lettre, un registre ou un journal oublié. Sans oublier le goût d'un grand vin, bien entendu. Ou un repas gastronomique préparé par un grand chef.

— Bien entendu, répondit Pitt en essayant de visualiser le tour de taille de St. Julien, résultat direct de son amour des vins fins et de la bonne chère.

— Je te préviendrai si je trouve des éléments intéressants.

— Merci beaucoup.

Pitt reposait le combiné lorsque Sally le héla de la mezzanine pour annoncer le dîner. Il répondit à l'appel, mais se garda de quitter immédiatement le Pullman pour rejoindre l'appartement.

Désormais privé de tout rôle actif dans les opérations destinées à mettre un terme aux activités de Zale, de son organisation criminelle et du cartel regroupé autour de la Cerbère, Pitt se sentait perdu, désorienté. Il n'était pas dans sa nature de rester assis, impuissant, et de se contenter d'un rôle de spectateur. Il venait de quitter la route – et il maudissait le ciel de ne pas avoir pris le bon virage plus tôt et d'avoir laissé passer la voie qui s'était alors offerte à lui.

Chapitre 45

Un vaste hôtel particulier construit en 1910 pour un riche sénateur californien abritait les bureaux de la Cerbère Corporation. Situé sur une quarantaine d'ares de terrain, en bordure de Bethesda, et entouré de hauts murs de brique couverts de vigne vierge, la bâtisse ne contenait aucun des bureaux spartiates souvent alloués aux ingénieurs, aux scientifiques et aux géologues de ce type d'entreprise. Les quatre étages de suites somptueuses étaient peuplés d'avocats d'affaires, de commentateurs politiques, de lobbyistes de haut vol, d'influents sénateurs et membres du congrès, tous au travail pour une cause unique : raffermir l'emprise de Zale sur le gouvernement des Etats-Unis.

A une heure du matin, une camionnette aux couleurs d'une entreprise de fournitures électriques s'arrêta devant le portail qu'un garde lui ouvrit. La sécurité était une affaire prise au sérieux. Deux hommes gardaient l'entrée du côté de la façade tandis que deux autres patrouillaient le terrain, accompagnés de chiens d'attaque. Un homme de grande taille, de couleur noire, se dirigea vers le portail avec une longue boîte qui contenait des tubes de néon fluorescents. Il apposa sa signature au bureau de la réception et prit l'ascenseur pour gagner le quatrième étage au sol de teck recouvert de luxueux tapis persans. Il n'y avait personne dans le vestibule attenant au vaste bureau du bout du couloir, car la secrétaire était repartie chez elle une heure plus tôt. L'homme traversa la pièce vide et pénétra dans une salle spacieuse dont la porte était ouverte.

Curtis Merlin Zale, assis dans un énorme fauteuil de bureau en cuir, étudiait le rapport sismique sur des champs pétrolifères et des gisements de gaz nouvellement découverts dans l'Idaho. Il ne leva pas le regard à l'entrée de l'électricien. Celui-ci, plutôt que d'installer ses néons, prit sans se gêner un siège en face de Zale. Alors seulement, le président de la Cerbère Corporation leva la tête pour croiser les yeux sinistres et sombres d'Omo Kanai.

— Votre méfiance s'est-elle avérée justifiée ? demanda ce dernier.

— Le poisson a mordu sans méfiance à l'appât, répondit Zale avec un sourire suffisant.

— Puis-je vous demander de qui il s'agit ?

— Sally Morse, de la Yukon Oil. J'ai commencé à nourrir des doutes sur son dévouement à notre cause lorsqu'elle a commencé à poser des questions sur notre projet de naufrage du supertanker en plein cœur de San Francisco.

— Vous pensez qu'elle a pu en parler aux autorités ?

— J'en suis certain. Son avion, au lieu de se diriger vers l'Alaska, a pris la direction de Washington.

— Un électron libre en plein Washington, voilà qui pourrait être dangereux...

— Elle ne possède aucun document, répondit Zale en secouant la tête. Seulement sa parole. Rien ne peut être prouvé. Elle est loin de se douter du service qu'elle nous rend en nous trahissant.

— Si elle témoigne devant le Congrès... commença Kanai sans aller jusqu'au bout de sa pensée.

— Si vous faites votre part de boulot, elle sera victime d'un accident avant d'être interrogée.

— Le gouvernement l'a-t-il placée dans une cache ?

— Nos sources au ministère de la Justice ignorent où elle se trouve.

— Personne n'en a la moindre idée ?

— Pas pour l'instant, dit Zale en haussant les épaules. Elle doit se cacher chez des particuliers.

— Dans ce cas, il ne sera pas facile de la dénicher.

— Je la trouverai pour vous, affirma Zale. Plus d'une centaine de nos gens la recherchent. Ce n'est qu'une question d'heures.

— Quand est-elle censée témoigner devant la Commission du Congrès ?

— Pas avant trois jours.

Kanai parut satisfait.

— Je veux croire que tout est en ordre, insista Zale. Nous ne pouvons tolérer ni négligences ni imprévus.

— Rien de tel ne me paraît plausible. Votre plan est brillant.

L'opération est prévue dans les moindres détails. Je ne vois aucune possibilité d'échec.

— Votre équipe de « Vipères » est-elle déjà à bord ?

— Tous, sauf moi. Un hélicoptère attend pour m'emmener jusqu'au tanker lorsqu'il se trouvera à cent milles de la côte, précisa Kanai en consultant sa montre. Si je dois diriger les derniers préparatifs, il faut d'ailleurs que je parte.

— Les militaires ne seront pas en mesure d'arrêter le tanker ? demanda Zale plein d'espoir.

— S'ils tentent de le faire, le réveil risque d'être brutal pour eux.

Les deux hommes se levèrent et échangèrent une poignée de main.

— Bonne chance, Omo. Lors de notre prochaine rencontre, ce seront de nouvelles mains qui tireront les ficelles du gouvernement des Etats-Unis...

— Et où serez-vous demain, au moment des « événements » ?

Un sourire tranchant retroussa les lèvres de Zale.

— Je serai en train de témoigner au Congrès devant la Commission de madame Loren Smith.

— Selon vous, est-elle au courant de vos desseins en ce qui concerne le pétrole américain ?

— Sally Morse lui a sans aucun doute fait part de notre programme à ce sujet. *(Zale se détourna et contempla un moment par la fenêtre les lumières scintillantes et les monuments illuminés de la capitale.)* Demain à cette heure-ci, cela n'aura plus d'importance. L'indignation du public contre le pétrole et le gaz étrangers se sera élevée comme une lame de fond à travers tout le pays et toute résistance contre la Cerbère aura été balayée.

*
* *

Lorsque Loren quitta son bureau du Congrès pour entrer dans la salle d'audience, elle éprouva un choc en voyant la table réservée aux personnes assignées à comparaître devant sa commission. Nulle armée d'avocats d'affaires au service de la Cerbère, aucun régiment de directeurs ou de responsables de la compagnie...

Curtis Merlin Zale était assis, seul, derrière la table.

Aucune note, aucun document n'était disposé devant lui ; pas de mallette à ses pieds. Il se détendait simplement sur son siège, et souriait aux membres du Congrès qui entraient et s'installaient à leurs bureaux surélevés qui dominaient le parterre. Ses yeux vinrent se fixer sur Loren tandis qu'elle s'asseyait et posait une liasse de documents devant elle. Elle surprit son regard, et se sentit soudain comme souillée. En dépit de son allure séduisante et de sa mise impeccable, Loren le trouvait repoussant, comme un serpent venimeux se chauffant sur un rocher au soleil.

Elle parcourut du regard les autres sièges afin de vérifier si tous les membres de la Commission étaient prêts à commencer les débats. Ses yeux croisèrent à plusieurs reprises ceux de Leonard Sturgis, qui hocha poliment la tête à son adresse, mais il paraissait tendu, comme réticent à l'idée de devoir interroger Curtis Merlin Zale sans compromis.

Loren ouvrit la séance par quelques paroles préliminaires et remercia Zale pour sa présence.

— Vous vous rendez compte, bien entendu, que vous pouvez comparaître ici assisté d'un conseil de votre choix, le prévint Loren.

— En effet, répondit Zale, mais dans un esprit de coopération et de franche communication, je préfère me présenter à vous en personne, prêt à répondre de manière approfondie à toute question que vous voudrez bien me poser.

Loren jeta un coup d'œil vers la grande horloge murale, à l'autre bout de la salle d'audience. Il était neuf heures dix.

— Il est possible que les débats durent la journée entière, informa-t-elle Zale.

— Je resterai à votre disposition aussi longtemps qu'il le faudra, répondit Zale d'un ton calme.

Loren se tourna vers Lorraine Hope, membre du Congrès et élue du Texas.

— Madame Hope, nous ferez-vous l'honneur de débuter les débats ?

Lorraine Hope, une femme noire de forte stature, hocha la tête et entama les débats. Loren savait que son nom ne figurait pas sur la liste des personnalités politiques achetées par Zale, mais elle n'aurait su dire avec certitude quelle était son opinion sur les activités de la Cerbère. Jusqu'à présent, ses investigations s'étaient avérées modérées et apparemment indépendantes. Maintenant qu'elle se trouvait confrontée à Zale en personne, la situation n'allait peut-être pas tarder à changer...

— Monsieur Zale, défendez-vous l'opinion selon laquelle la position des Etats-Unis serait grandement améliorée si nous devenions autosuffisants pour ce qui est du pétrole et si nous n'avions plus besoin d'importer du brut du Moyen-Orient et de l'Amérique latine ?

Oh, mon Dieu ! songea Loren. Lorraine Hope rentre directement dans le jeu de Zale...

— Notre dépendance, commença ce dernier, épuise notre économie. Depuis cinquante ans, nous sommes à la merci de l'OPEP, qui joue avec les prix du marché comme avec un Yo-Yo. Leur insidieux stratagème consistait au départ à élever le prix du baril de deux dollars, puis de le baisser d'un seul, et cela sur le long terme, permettant aux prix de continuer à monter lentement jusqu'à aboutir à la situation présente, où nous voyons le baril de brut importé atteindre soixante dollars. Les prix à la pompe sont scandaleux. Les compagnies de transport routier et les chauffeurs indépendants ne tiennent plus le coup. Les prix des billets de transport aérien ont grimpé en flèche en raison des tarifs des carburants utilisés dans l'aéronautique. Le seul moyen pour parvenir à mettre un terme à cette folie, qui risque à terme de briser notre économie, consiste à exploiter nos propres champs pétrolifères plutôt que de dépendre du brut étranger.

— Les réserves pétrolières souterraines sont-elles suffisantes pour satisfaire les besoins de la nation, et si oui, pour combien de temps ? demanda Lorraine Hope.

— Sans aucun doute, affirma Zale sans ambages. Nous avons plus qu'assez de pétrole sur le territoire des USA et du Canada, sans compter les réserves offshore, pour rendre les Etats-Unis autosuffisants pour les cinquante prochaines années. Je suis également en mesure de vous annoncer que nous pourrons dès l'an prochain transformer les immenses gisements de schiste bitumineux du Colorado, du Montana et du Wyoming en brut. Grâce à ces seuls gisements, nous pourrons nous passer de façon définitive de tout pétrole étranger. Peut-être, vers le milieu du siècle, des avancées technologiques nous permettront-elles de perfectionner des sources alternatives d'énergie.

— Voulez-vous dire que les considérations écologiques ne devraient pas entrer en ligne de compte en ce qui concerne l'ouverture et l'exploitation de nouveaux champs pétrolifères ?

— Les protestations des écologistes sont grandement exagérées, rétorqua Zale. Très peu de spécimens d'animaux ont disparu en raison des forages et de l'installation d'oléoducs – voire aucun. Les circuits migratoires des oiseaux peuvent être modifiés grâce au savoir-faire des experts en préservation de la flore et de la faune. Les opérations de forage ne causent aucune pollution, que ce soit dans le sol ou dans l'atmosphère. Plus important encore, en tenant à l'écart de nos côtes le pétrole étranger, nous écarterons toute possibilité de désastres, tels que celui de l'*Exxon Valdez* et autres marées noires, que la nation subit régulièrement depuis les quelques dernières années. Si les tankers n'ont plus besoin de transporter le pétrole vers les Etats-Unis, alors cette menace sera éliminée.

— Vos arguments sont convaincants, dit Sturgis. Pour ma part, je pencherais pour votre scénario. Je me suis toujours opposé au chantage des cartels pétroliers étrangers. Si les compagnies pétrolières américaines peuvent subvenir à nos besoins sans avoir à quitter nos côtes, alors je soutiens ce projet.

— Et les compagnies qui transportent du pétrole du monde entier et le débarquent dans nos ports et nos raffineries ? demanda Loren. Si leur activité commerciale avec les Etats-Unis est supprimée, elles risquent la faillite.

Zale ne parut pas le moins du monde troublé par l'argument de Loren.

— Dans ce cas, il faudra qu'elles vendent leur marchandise ou leurs services à d'autres pays, répondit-il.

Questions et réponses alternèrent ainsi pendant un bon moment. Zale, Loren pouvait le constater, n'était pas prêt à se laisser démonter. Il savait fort bien qu'il contrôlait trois des cinq membres de la Commission du Congrès sur les pratiques commerciales illicites, et il se sentait maître de la situation. Sauf lorsqu'il jetait à la dérobée un regard à sa montre, il demeurait imperturbable.

Tout aussi souvent, Loren consultait l'heure en levant les yeux vers la grande horloge. Il lui était presque impossible de chasser de son esprit le désastre qui approchait de San Francisco, et elle se demandait si les garde-côtes et les Forces Spéciales parviendraient à arrêter le supertanker à temps. Il était particulièrement frustrant pour elle de ne pouvoir confronter Zale aux faits qu'elle connaissait et l'accuser d'ores et déjà de tentative de meurtre à grande échelle.

Chapitre 46

La surface de la mer roulait et défilait sans fin. On n'apercevait aucune trace d'écume, et les creux se recourbaient comme les sillons d'un champ. Un étrange silence s'était installé. Une brume légère flottait sur les vagues, parvenant à peine à masquer les étoiles qui plongeaient à l'horizon, vers l'ouest. A l'est, les lumières de San Francisco luisaient contre le ciel obscur. Il restait une heure avant l'aube lorsque le patrouilleur Garde-côtes le *Huron*, à pleine vitesse, intercepta le gargantuesque supertanker *Pacific Chimera* à vingt milles à l'ouest du Golden Gate. Deux hélicoptères des garde-côtes tournaient autour de l'immense navire, accompagnés par la dernière addition au matériel aéronaval des Marines, un hélico *Goshawk* à bord duquel se trouvaient le capitaine Garnet et son commando de trente hommes. Un navire blindé de patrouille rapide de la Navy suivait le pétrolier près de sa poupe. A son bord, le capitaine de frégate Miles Jacobs et son commando Terre-Air-Mer se préparaient à lancer des grappins sur le vaste pont du tanker.

L'amiral Amos Dover, responsable de l'opération d'abordage, examinait le bâtiment, ses jumelles pressées contre les yeux.

— C'est un navire imposant, commenta-t-il. Long comme cinq stades de football, et plus encore, peut-être...

— C'est vraiment ce qui se fait de plus massif en matière de supertanker, observa le capitaine Buck Compton, commandant du patrouilleur. En trente-trois années passées parmi les garde-côtes, Compton avait servi dans le monde entier ; il avait commandé des patrouilleurs lors de dangereuses opérations de sauvetage ; il avait arraisonné des navires à bord desquels se trouvaient des cargaisons illégales, qu'il s'agisse de drogue ou d'immigrants clandestins.

— On ne devinerait jamais que quatre-vingts pour cent de sa

masse se trouve sous la ligne de flottaison. D'après ses caractéristiques techniques, il doit pouvoir transporter cinq cent cinquante milles tonnes de brut.

— Je n'aimerais guère me trouver dans un rayon de dix milles si sa cargaison de pétrole venait à exploser.

— Il vaudrait mieux que cela se passe ici plutôt que dans la baie de San Francisco.

— Son commandant n'essaie même pas d'entrer discrètement dans la baie, remarqua Dover d'un ton placide. Tous ses feux sont allumés, de la poupe à la proue. Comme s'il voulait annoncer sa présence... C'est étrange qu'il se signale aussi ouvertement, conclut-il en abaissant ses jumelles.

Compton continua à examiner le tanker ; il distingua clairement la silhouette du maître-coq qui déversait à la mer un seau d'ordures, tandis que des mouettes plongeaient vers l'eau en rasant la coque gigantesque.

— Ce bâtiment ne m'inspire pas confiance, se contenta-t-il d'observer.

Dover se tourna vers le radio qui se tenait à ses côtés, un appareil portatif branché sur le haut-parleur de la passerelle.

— Contactez notre hélicoptère et demandez-leur de se tenir à l'affût du moindre signe d'activité hostile.

Le radio obéit aux ordres et attendit qu'une voix s'élève dans le haut-parleur.

— Lieutenant Hooker, à bord de *Chase One*, Amiral. Mis à part quelques marins qui semblent vérifier les réglages de diverses canalisations et le cuisinier du bord, le pont paraît désert.

— La timonerie ? demanda Dover.

Le message fut relayé par le radio et la réponse ne tarda guère.

— L'aileron de passerelle est vide. Je parviens à distinguer deux officiers de garde derrière les vitres de la passerelle, mais rien de plus.

— Transmettez vos informations au capitaine Garnet et au capitaine Jacobs, et dites-leur de se tenir prêts pendant que j'arraisonne le navire.

— Il transporte à son bord quinze officiers et trente hommes d'équipage, les informa Compton, qui étudiait les données informatiques concernant le pétrolier. Enregistré au Royaume-Uni... si nous abordons un navire battant pavillon étranger sans autorisation officielle, l'enfer ne tardera pas à se déchaîner !

— C'est le problème de Washington. Nous avons des ordres stricts concernant cet abordage.

— Tant que vous et moi parvenons à nous tirer d'affaire...

— A vous l'honneur, Buck.

Compton prit l'émetteur des mains du radio.

— Au commandant du *Pacific Chimera.* Ici le commandant du patrouilleur Garde-côtes *Huron*. Quelle est votre destination ?

Le commandant du supertanker, installé à la passerelle alors que son bâtiment approchait des côtes américaines, répondit presque aussitôt.

— Ici le capitaine Don Walsh. Nous nous dirigeons vers les installations de pompage offshore de Point Saint Pedro.

— C'est bien la réponse que j'attendais, marmonna Dover. Demandez-lui de mettre en panne.

Compton hocha la tête.

— Capitaine Walsh, ici le capitaine Compton. Veuillez mettre en panne pour une inspection à votre bord.

— Est-ce bien nécessaire ? demanda le capitaine Walsh. S'il nous faut mettre en panne, cela coûtera du temps et de l'argent à la compagnie, sans compter le retard sur notre programme.

— Veuillez obtempérer, répondit Compton d'un ton autoritaire.

— Il flotte bas sur l'eau, observa Dover. Ses réservoirs doivent être remplis à ras bord.

Le capitaine Walsh ne confirma pas son intention d'obéir, mais au bout d'une minute, Dover et Compton s'aperçurent que le sillage creusé par le broiement des hélices du tanker diminuait. Son étrave traçait toujours la route dans une gerbe d'écume, mais les deux hommes savaient qu'il faudrait un bon mille avant que l'énorme masse ne parvienne à l'arrêt.

— Donnez l'ordre au capitaine Jacobs et au capitaine Garnet de procéder à l'abordage avec leurs commandos d'assaut.

— Vous ne préférez pas envoyer une équipe d'abordage du *Huron* ?

— Les hommes de Jacobs et Garnet sont mieux préparés que nous à faire face à une éventuelle résistance, répondit Dover.

Compton transmit l'ordre de Dover et ils regardèrent l'hélicoptère des Marines plonger et tournoyer autour de la poupe du tanker, ses pales battant l'air au-dessus de la superstructure jusqu'à ce que l'appareil soit bien à l'écart du mât d'antenne radar et de la cheminée. Il demeura ensuite une minute en surplace pendant que

Garnet examinait le pont à la recherche de traces d'activités hostiles. Satisfait de constater que l'immense surface était déserte, il fit signe au pilote d'aller se poser sur une zone dégagée, en avant de la superstructure.

En contrebas, à la surface de l'eau, le patrouilleur de Jacobs s'approchait en longeant la coque juste derrière la poupe. Un fusil pneumatique tira des grappins qui allèrent s'accrocher au bastingage. Les commandos Terre-Air-Mer grimpèrent en hâte le long des échelles de corde et se disséminèrent sur le pont en se dirigeant vers la superstructure principale, armes prêtes à ouvrir le feu. Ils ne trouvèrent de vivant qu'un homme d'équipage éberlué.

Plusieurs hommes, sous le commandement de Jacobs, découvrirent des bicyclettes placées là à l'intention des membres d'équipage et les enfourchèrent pour patrouiller le vaste pont et les tunnels des réservoirs à essence à la recherche d'explosifs. Garnet sépara ses hommes, envoya une équipe vers la salle des machines et conduisit l'autre à travers la superstructure de la poupe, regroupant ainsi l'équipage tout en s'approchant de la timonerie. Alors que Garnet pénétrait à l'intérieur de la passerelle, le capitaine Walsh se précipita vers lui, le visage crispé d'indignation.

— Que signifie tout ceci ? demanda-t-il. Vous ne faites pas partie des garde-côtes !

Garnet l'ignora.

— Amiral Dover, lança-t-il à la radio portative. Ici Equipe Un. Les quartiers de l'équipage et la passerelle sont sous bonne garde.

— Capitaine Jacobs ? demanda Dover. Je veux un rapport de l'Equipe Deux.

— Il nous reste encore beaucoup de surface à couvrir, Amiral, mais il n'y a aucune trace d'explosifs dans la partie des réservoirs que nous avons déjà fouillée.

A bord du patrouilleur, Dover se tourna vers Compton.

— Je vais me rendre sur place.

On mit un canot à l'eau pour conduire l'amiral jusqu'au tanker, où les hommes de Garnet venaient de larguer l'échelle d'embarquement du pilote. Dover grimpa sur le pont et monta cinq volées de marches jusqu'à la passerelle, où il se trouva confronté à un capitaine Walsh de fort méchante humeur.

Le commandant du *Pacific Chimera* parut plutôt déconcerté par la présence à son bord d'un amiral des garde-côtes.

— J'exige de savoir ce qui se passe ici, bon Dieu ! aboya-t-il.

— Selon nos informations, ce navire transporterait des explosifs, dit Dover. Nous nous livrons à une inspection de routine afin de savoir ce qu'il en est.

— Des explosifs ! fulmina Walsh. Vous êtes devenu fou ? Ce navire est un pétrolier. Il faudrait être dément pour amener des explosifs à bord !

— C'est ce que nous avons l'intention de vérifier, répondit Dover d'un ton calme.

— Vos informations sont ridicules. D'où viennent-elles ?

— D'un haut dirigeant de la Cerbère Corporation.

— Qu'est-ce que la Cerbère Corporation vient faire dans cette histoire ? Le *Pacific Chimera* appartient à la Berwick Shipping Company, une société britannique. Nous transportons du pétrole et des produits chimiques dans le monde entier, et ce pour un grand nombre de clients étrangers.

— A qui appartient le pétrole que vous transportez ? l'interrogea Dover.

— Pour ce voyage, à la Zandak Oil, une entreprise indonésienne.

— Depuis combien de temps la *Berwick* transporte-t-elle du pétrole pour le compte de la Zandak Oil ?

— Depuis plus de vingt ans.

— Equipe Un au rapport, les interrompit Garnet à la radio.

— Amiral Dover. Je vous écoute.

— Aucun signe de matériel explosif dans la salle des machines ou dans la superstructure de poupe.

— Très bien, dit Dover. Allez aider le capitaine Jacobs. Il a beaucoup plus de surface de recherche à couvrir que vous.

Une heure passa, pendant laquelle le capitaine Walsh fulmina tout en arpentant la passerelle en homme confronté aux affres de la plus profonde contrariété, sachant que chaque minute perdue à attendre coûtait à sa compagnie bon nombre de milliers de dollars.

Le capitaine Compton arriva bientôt, en provenance du *Huron*, et monta jusqu'à la passerelle.

— Je meurs d'impatience, annonça-t-il en souriant. J'espère que cela ne vous dérange pas si je reste un instant afin de voir comment les choses se passent ?

— Elles se passent mal, répondit Dover, exaspéré. Jusqu'à présent, pas la moindre trace d'explosifs ou de systèmes de mise à feu. Le commandant et les hommes d'équipage ne réagissent pas comme s'ils prenaient part à une mission suicide. Je commence à me demander si nous n'avons pas été trompés.

Vingt minutes plus tard, Jacobs fit son rapport.

— Rien à signaler sur ce bâtiment, amiral. Aucun élément qui puisse ressembler à du matériel explosif.

— Alors ! rugit Walsh. Je vous l'avais dit ! Vous êtes tous cinglés !

Dover ne tenta pas d'adoucir l'humeur du commandant du tanker. Il commençait à éprouver des doutes profonds quant à la véracité des informations de Sally Morse. Il se sentait cependant grandement soulagé de constater que le tanker n'avait aucune intention de détruire la moitié de San Francisco.

— Désolé pour cette intrusion et le retard qu'elle vous a causé, dit-il à Walsh. Nous allons maintenant vous laisser poursuivre votre route.

— Vous pouvez être sûrs que mon gouvernement élèvera une protestation en bonne et due forme, menaça Wash d'un ton coléreux. Vous n'aviez aucun motif légal pour immobiliser mon navire.

— Je vous présente mes excuses pour les torts que nous vous avons causés, dit Dover, dont l'expression trahissait un regret sincère. *(Il se tourna vers Compton alors qu'ils redescendaient de la passerelle, et s'adressa à lui à voix basse.)* Je n'ai guère envie de voir les regards de tous ces gens, à Washington, lorsque je leur annoncerai qu'ils ont été bernés.

Chapitre 47

PITT était assis à son bureau et le débarrassait des dossiers en cours de la NUMA avant de s'envoler pour la ferme d'Egan près de New York, lorsque l'amiral Sandecker passa brusquement devant Zerri Pochinsky, sa secrétaire, et entra dans la pièce. Pitt, surpris, leva les yeux. Lorsque l'amiral voulait l'entretenir des problèmes de la NUMA, il insistait toujours pour que Pitt vienne le rencontrer dans *son* bureau. De toute évidence, Sandecker était très perturbé. Ses lèvres étaient tendues entre sa moustache et sa barbe à la Van Dyck et l'on percevait le malaise dans le regard autoritaire de ses yeux bleus.

— Zale nous a menés en bateau ! grommela-t-il avant que Pitt ait pu ouvrir la bouche.

— Je vous demande pardon ? répondit Pitt, perplexe.

— Le *Pacific Chimera* ne contenait rien de dangereux. L'amiral Dover vient de me faire son rapport. Aucun explosif à bord. Le navire était en ordre, et le commandant et son équipage parfaitement innocents. Soit nous avons été dupés, ou alors Sally Morse est victime d'hallucinations.

— J'ai confiance en Sally. Je préfère penser que nous avons été dupés.

— Pour quelle raison ?

Pitt prit un air songeur avant de répondre.

— Zale est rusé comme un renard. Il a très bien pu faire avaler une fausse histoire à Sally, tout en sachant qu'elle s'apprêtait à faire défection. Il s'est servi du vieux truc des prestidigitateurs : agiter une main pour distraire le public tout en utilisant l'autre pour son tour. Je pense que Zale a une autre surprise catastrophique dans sa manche, conclut-il en regardant Sandecker droit dans les yeux.

— Fort bien, répondit Sandecker. Je suis d'accord avec votre point de vue, mais où cela nous mène-t-il ?

— Je compte sur Hiram Yeager et sur Max pour nous fournir la réponse, dit Pitt ; au même moment, il se levait de son siège, contournait le bureau et franchissait la porte.

*
* *

Yaeger étudiait des pages entières de documents concernant les comptes bancaires étrangers infiltrés par Max. La somme globale des pots-de-vin versés par Zale à plus d'un millier de membres de l'administration américaine était tout simplement astronomique.

— Tu es sûre de ces totaux, Max ? demanda Yaeger, surpris de l'importance du chiffre. Ils me semblent quelque peu bizarres.

La silhouette holographique de Max haussa les épaules.

— J'ai fait de mon mieux. Il y a encore cinquante comptes, peut-être plus, que je n'ai pas encore découverts. Pourquoi cette question ? Ces montants te semblent-ils surprenants ?

— Vingt et un milliards deux cents millions de dollars... pour toi, ce n'est peut-être pas une somme importante, mais pour un informaticien misérable tel que moi, cela représente beaucoup.

— Je ne te vois pas vraiment comme un informaticien misérable.

Pitt, suivi à deux pas par Sandecker, s'engouffra dans le bureau de Yaeger comme s'il était poursuivi par un troupeau de bisons.

— Hiram, l'amiral et moi avons besoin de toi et de Max pour lancer une nouvelle enquête dès que possible !

Yaeger leva les yeux et saisit l'expression de gravité dans le regard des deux hommes.

— Max et moi sommes à votre disposition. Quelle recherche voulez-vous effectuer ?

— Vérifiez toutes les arrivées maritimes dans les principaux ports américains, à partir de maintenant et pour les dix prochaines heures, et concentrez-vous surtout sur les supertankers.

Yaeger hocha la tête et se tourna vers l'image de Max.

— Tu as entendu ?

— Je m'occupe de toi dans soixante secondes, répondit Max en gratifiant Yaeger d'un sourire enjôleur.

— Aussi vite ? demanda Sandecker, toujours émerveillé par les capacités de Max.

— Elle ne m'a jamais laissé tomber jusqu'à présent, répondit Yaeger avec un sourire entendu.

Tandis que l'image de Max semblait se vaporiser avant de disparaître, Yaeger tendit à Sandecker les résultats de sa dernière enquête.

— Voici. Tout n'est pas encore complet, mais ce rapport contient plus de quatre-vingt-quinze pour cent des éléments découverts, avec les noms, les coordonnées des comptes offshore et le montant des dépôts effectués.

Sandecker étudia les chiffres, puis leva la tête, interloqué.

— Ce n'est pas étonnant que Zale ait réussi à mettre tant de responsables de haut rang dans sa poche. Les sommes déboursées couvriraient le budget de la NUMA pour un siècle !

— Les garde-côtes et les Forces Spéciales ont-ils réussi à empêcher le tanker de pénétrer dans la baie de San Francisco ? demanda Yaeger, qui n'avait pas encore été tenu au courant des événements récents.

— Zale nous a fait passer pour des idiots, répondit Sandecker d'un ton sec. Le navire transportait une pleine cargaison de pétrole, c'est vrai, mais on n'y a pas trouvé le moindre explosif. Rien de suspect n'ayant été découvert à bord, il a poursuivi sa route jusqu'à son point de mouillage prévu, au sud de la baie.

— Tu penses qu'il s'agissait d'un leurre ? demanda Yaeger en se tournant vers Pitt.

— Je crois que cela faisait partie du plan de Zale. Ce qui m'intriguait depuis le début, c'est l'énorme tirant d'eau d'un bâtiment tel que le *Pacific Chimera*. La profondeur de la baie autour de San Francisco est trop faible pour qu'un navire de cette taille puisse la traverser. Il se serait échoué bien avant d'arriver près de la ville.

— Ainsi, selon toi, Zale a prévu d'envoyer un autre tanker dans un port différent ? hasarda Yaeger.

Les trois hommes se turent soudain lorsque la silhouette féminine de Max se matérialisa sur sa petite scène.

— Je crois que j'ai trouvé ce que vous cherchiez, messieurs.

— Vous avez vérifié toutes les prochaines arrivées de tankers dans les ports du pays ? demanda Sandecker, anxieux.

— Plusieurs gros tankers VLCC vont arriver dans divers ports ; parmi les très gros bâtiments, il y en a un qui doit mouiller en Louisiane, en provenance d'Arabie Saoudite, mais son terminal se trouve à cent milles de la grande ville la plus proche. Un autre se dirige vers la station de pompage au large du New Jersey, mais il ne sera sur place que demain. Enfin, un des plus gros supertankers s'approche de Long Beach, en Californie, mais il a encore deux jours de mer devant lui. C'est tout. On dirait que votre ami Zale a manqué l'occasion de se faufiler à la dérobée dans un autre pétrolier.

— Ainsi, toute notre opération n'a servi à rien, murmura Sandecker. Zale n'a jamais eu l'intention de dévaster San Francisco ni aucun autre port densément peuplé.

— J'en ai l'impression, en effet, dit Pitt d'un air découragé. Mais si tel est le cas, pourquoi ce subterfuge ? Qu'avait-il à y gagner ?

— Peut-être voulait-il nous tester ?

— Cela ne correspond guère à son *modus operandi*.

— Tu es sûre de ne pas avoir commis d'erreur ? demanda Yaeger à Max.

— J'ai infiltré les fichiers des autorités portuaires des quarante-huit Etats.

Sandecker se prépara à quitter le bureau.

— Je suppose que tout est dit, dit-il en secouant la tête d'un air las.

— Ces messieurs ont-ils jamais considéré qu'il pouvait s'agir d'un autre type de navire ? s'interrogea Max.

Pitt contempla la silhouette holographique avec intérêt.

— Qu'avez-vous donc à l'esprit, Max ?

— Je réfléchissais de mon propre chef. Un méthanier pourrait s'avérer beaucoup plus dangereux qu'un UULCC * en termes de dégâts.

La révélation frappa Pitt comme un coup de massue.

— Un navire de transport de gaz naturel liquéfié !

— L'un d'eux a explosé au Japon dans les années 40 avec presque la même puissance que la bombe d'Hiroshima, leur expliqua Max. Il y a eu plus d'un millier de morts.

— As-tu vérifié si l'un de ces transporteurs est attendu dans un port américain ?

---

* Bâtiments de transport pétrolier :
UULCC : Ultra Ultra Large Crude Carrier.
ULCC : Ultra Large Crude Carrier (port en lourd supérieur à 300 000 tonnes).
VLCC : Very Large Crude Carrier (port en lourd compris entre 160 000 et 300 000 tonnes).

— Tu ne sembles pas accorder une grande estime à mes talents d'intuition, répondit la silhouette holographique de Max en faisant la moue. Bien entendu, j'ai vérifié toutes les arrivées prévues de ce genre de bâtiments.

— *Alors ?* s'impatienta Yaeger.

— Le *Mongol Invader*, en provenance du Koweït, doit arriver à quai à New York à dix heures trente.

— Du matin ou du soir ? demanda Sandecker.

— Du matin.

L'amiral Sandecker consulta sa montre.

— Nous pouvons l'éliminer d'office. Il doit être arrivé depuis vingt minutes.

— Ce n'est pas le cas, objecta Max. Il a été retardé par des problèmes de générateurs et a dû mettre en panne jusqu'à la fin des réparations. Il aura cinq heures de retard.

Pitt et Sandecker échangèrent des regards accablés.

— Cela fait sans doute partie du plan de Zale. Utiliser le *Pacific Chimera* comme leurre sur la côte ouest et frapper New York à l'est avec le *Mongol Invader*.

Sandecker frappa la table du poing.

— Il nous a pris au dépourvu comme des bleus !

— Il ne reste plus beaucoup de temps pour l'arrêter avant qu'il n'atteigne la partie inférieure de la baie et se dirige vers la passe, fit remarquer Max.

— A quoi ressemble le *Mongol Invader* ? demanda Yaeger à Max.

Max fit apparaître sur un large écran une image du navire. Le bâtiment semblait sorti d'une bande dessinée de science-fiction. La coque offrait les mêmes lignes que celles d'un pétrolier, avec les moteurs et la superstructure installés à la poupe, mais la similitude s'arrêtait là. A la place du vaste pont principal des pétroliers, huit monstrueuses citernes sphériques identiques, mais indépendantes les unes des autres, s'élevaient de la coque.

Max commença à énumérer les caractéristiques techniques du navire.

— C'est le plus gros transporteur de GNL jamais construit. Il mesure six cent vingt mètres de long et cent vingt mètres de large, et n'embarque à son bord que huit officiers et quinze hommes d'équipage. Ce nombre réduit s'explique par le fait que le navire est presque entièrement automatisé. Ses moteurs cross-compound à double engrenage et turbines distribuent six mille chevaux à l'axe relié à chacune de ses deux hélices jumelles. Il est immatriculé en Argentine.

— Qui en est le propriétaire ? demanda Yaeger.

— J'ai pu retracer son pedigree à travers un méandre de compagnies écran et remonter jusqu'à l'empire Cerbère.

— C'est ce à quoi je m'attendais, commenta Jaeger en souriant, je me demande bien pourquoi.

— Les transporteurs de GNL ont un tirant d'eau bien inférieur à celui des pétroliers, en raison de la différence de poids entre le gaz et le pétrole, dit Sandecker. Ce bâtiment pourrait fort bien remonter l'Hudson, puis changer de cap et se diriger vers Lower Manhattan et se glisser entre les docks.

— Selon Sally Morse, le *Pacific Chimera* devait s'écraser vers le World Trade Terminal, dit Yaeger. Pouvons-nous supposer que Zale ait commis une erreur et qu'il ait eu en tête le World Trade Center de New York ?

— C'est précisément l'endroit où je frapperais Manhattan si je voulais causer le maximum de dégâts, approuva Sandecker.

— Quel volume de gaz transporte-t-il ?

— Deux cent douze mille mètres cubes.

— Ce n'est pas une bonne nouvelle, marmonna Yaeger.

— Et quelle est la nature de la cargaison ?

— Du gaz propane.

— De pire en pire, maugréa Yaeger.

— Cela pourrait provoquer une boule de feu effroyable, expliqua Max. Un train de transport de gaz a explosé à Kingman, dans l'Arizona, dans les années 70. Il contenait plus de trente mille litres de propane, et le champ incandescent s'est étendu sur plus de deux cents mètres. Un litre de propane peut produire soixante litres de gaz. Si l'on considère qu'il suffit de 0,028 mètres cube de propane liquide pour produire 4,5 mètres cubes de gaz, on peut craindre que la boule de feu s'étende sur plus de trois kilomètres.

— Et les dommages structurels ? demanda Sandecker à Max.

— Ils seront lourds. Des immeubles très importants tels que les gratte-ciel du World Trade Center tiendraient encore debout, mais l'intérieur en serait totalement ravagé. La plupart des autres bâtiments proches du centre de l'explosion seraient détruits. Je préfère ne pas spéculer sur le nombre de pertes en vies humaines.

— Tout cela parce que ce dément de Zale et son cartel veulent enflammer l'opinion américaine contre les importations de pétrole, marmonna Pitt d'un ton coléreux.

— Il faut à tout prix arrêter ce navire, martela Sandecker d'une voix glacée. Cette fois, nous ne pouvons nous permettre aucune erreur.

— L'équipage ne se laissera pas aborder comme celui du *Pacific Chimera*, dit Pitt à voix lente. Je parie un mois de salaire que Kanai a remis le contrôle du navire aux mains de ses « Vipères ». Zale ne confierait jamais une telle entreprise à des amateurs.

Sandecker consulta une fois de plus sa montre.

— Il nous reste quatre heures et demie avant son arrivée dans l'Hudson, non loin de Manhattan. Je vais avertir l'amiral Dover ; il préviendra les unités de garde-côtes de New York afin qu'ils lancent une opération d'interception.

— Vous pourriez peut-être faire appel à la Division Antiterroriste de l'Etat de New York, suggéra Max. Ils s'entraînent et procèdent à des simulations qui correspondent tout à fait à ce genre de cas de figure.

— Merci, Max, dit Sandecker, qui commençait à apprécier vraiment l'ordinateur de Yaeger et ses prouesses. *(Dans le passé, il le considérait toujours comme une charge pour le budget de la NUMA, mais il avait fini par comprendre que cette création valait chaque dollar de son prix, et bien plus encore.)* J'y veillerai, Max.

— Je vais aller chercher Al, annonça Pitt. En prenant l'*Aquarius*, notre nouveau jet à ailes pivotantes, nous devrions être sur les quais de la NUMA en moins d'une heure.

— Que comptez-vous faire lorsque vous serez arrivé là-bas ? interrogea un Max subitement curieux.

Pitt regarda l'image holographique comme si on venait de lui demander si un footballeur savait se servir d'un ballon.

— Empêcher le *Mongol Invader* de détruire Manhattan. Quoi d'autre ?

Chapitre 48

En observant un transporteur de gaz naturel liquéfié, on ne peut qu'arborer une expression de profonde perplexité ; il est en effet difficile d'imaginer qu'un navire d'apparence aussi grotesque puisse traverser les océans. Le *Mongol Invader*, avec ses huit énormes citernes qui s'élevaient de la partie supérieure de sa coque, était le plus gros bâtiment de ce type jamais construit et, alors qu'il creusait sa route vers le port de New York en fendant des eaux agitées, il ne semblait pas même appartenir au monde de la mer. De nature strictement utilitaire, peint d'une teinte brun brique, il était sans doute l'un des navires les plus laids à parcourir les mers.

Ses architectes l'avaient conçu pour envelopper, soutenir et protéger ses huit immenses citernes sphériques en aluminium, remplies d'un propane qui aurait dû être réfrigéré à une température de moins 165 degrés Celsius. Cependant, pour ce voyage depuis le Koweït, la température s'était peu à peu élevée jusqu'à se situer à seulement sept degrés du niveau d'alerte.

Véritable bombe flottante, dotée d'un potentiel capable de détruire une bonne partie de Manhattan, le *Mongol Invader* était propulsé à vingt-cinq nœuds à travers les vagues indisciplinées par ses deux grandes hélices de bronze, tandis que la partie immergée de sa proue rejetait de chaque côté les flots avec une aisance trompeuse. Des volées de mouettes tourbillonnaient autour du navire, mais sensibles sans doute à son aura menaçante, elles demeuraient curieusement silencieuses et ne tardaient guère à s'éloigner.

Aucun membre d'équipage n'explorait les citernes ni ne franchissait les longues passerelles qui séparaient leurs toits en forme de dômes. Les hommes restaient invisibles à leurs postes. Seuls quinze membres d'équipage étaient disséminés à travers le navire. Quatre s'occupaient des commandes dans la timonerie. Cinq travaillaient dans la salle des machines ; les six autres étaient armés de lance-missiles capables d'envoyer par le fond le plus imposant des patrouilleurs Garde-côtes ou d'abattre n'importe quel avion susceptible d'attaquer le navire. Les « Vipères » mesuraient très bien le prix d'une vigilance défaillante. Ils étaient forts de la certitude de pouvoir repousser sans difficulté toute tentative d'abordage par les Forces Spéciales – auxquelles la plupart d'entre eux avaient d'ailleurs appartenu dans le passé. Ils se savaient en mesure de couper court à n'importe quelle attaque avant que l'*Invader* atteigne les abords de la grande ville – et une fois que celui-ci serait passé sous le Verrazano Narrows Bridge, il n'était pas certain que le responsable de l'interception prenne le risque de mettre le feu à une telle bombe flottante.

Penché sur le bastingage tribord de l'aileron de passerelle, Omo Kanai contemplait les nuages menaçants qui dérivaient dans un ciel chargé. Il était sûr que quelles que soient les forces déployées contre lui, leurs chefs considéreraient comme bien peu probable que quinze hommes, qui n'étaient pas des terroristes fanatiques, mais simplement des mercenaires bien payés, puissent songer un seul instant à se suicider pour leur employeur. Il ne s'agissait pas d'un film de James Bond. Il s'adressa lui-même un sourire. Seuls les hommes présents à bord connaissaient l'existence du sous-marin fixé à la coque, une trentaine de mètres en avant du gouvernail et des deux hélices. Une fois le navire lancé vers Manhattan, Kanai et son équipe de « Vipères » embarqueraient à bord de l'engin et s'échapperaient en eau profonde pour fuir les effets de l'explosion.

Il revint sur la passerelle, croisa les bras et parcourut des yeux la route tracée sur la carte en suivant la ligne rouge qui dépassait Rockaway Point, puis Norton Point à Seagate, avant de passer sous le Verrazano Bridge qui reliait Brooklyn et Staten Island. A partir de là, la ligne rouge remontait Upper Bay par le centre pour continuer au-delà de la statue de la Liberté et d'Ellis Island. Une fois dépassé Battery Park, la ligne virait brusquement vers la droite pour approcher la rive et achevait sa course devant les tours du World Trade Center.

Son corps était sensible à la masse en mouvement du navire sous ses pieds, et il fit jouer les muscles de ses épaules. Personne n'arrêterait le *Mongol Invader* avant sa rencontre avec son ultime destin. Dans mille ans, on se souviendrait de lui comme du responsable du pire acte de barbarie jamais commis à l'encontre des Etats-Unis.

Le regard de Kanai s'éleva jusqu'à la vitre de la passerelle et observa de loin les voitures qui traversaient le pont, au-dessus d'une eau à laquelle les nuages noirs donnaient une teinte gris-vert. Les couleurs des carrosseries semblaient se mélanger et s'agiter comme des ailes d'insectes lorsqu'elles se croisaient. Il remarqua en consultant les instruments de bord de la console que de vifs vents de vingt-huit nœuds soufflaient du sud-est. Voilà qui était parfait pour étendre encore plus le champ meurtrier de l'explosion, songea-t-il.

La pensée des milliers de victimes carbonisées ne lui était jamais venue à l'esprit. Kanai était un homme incapable de ressentir la moindre émotion. Il était insensible à la mort et n'hésiterait pas à lui faire face lorsque son tour viendrait.

Son second, Harmon Kerry, un dur gaillard aux bras couverts de tatouages, le rejoignit sur la passerelle. Il prit une paire de jumelles qu'il dirigea à bâbord vers un cargo qui les croisait, le cap sur la pleine mer.

— Ce ne sera plus très long, maintenant, dit-il avec une impatience enjouée. Les Américains vont avoir une méchante surprise.

— Pas vraiment une surprise, marmonna Kanai, s'ils savent déjà que le *Pacific Chimera* était un leurre.

— Vous pensez qu'ils sont au courant de l'opération ?

— Il aurait fallu que Zale mette sur pied un plan parfait... dit Kanai d'une voix monocorde. Des événements imprévus ont empêché un total succès de nos entreprises. Quant à nous, jusqu'à présent, nous avons accompli du bon travail, mais certaines personnes, beaucoup peut-être, au sein du gouvernement, ont dû faire le rapprochement. Ces cinq heures de retard à cause de cette panne de générateurs nous ont coûté cher. Au lieu d'arriver par surprise au moment même de l'abordage du *Pacific Chimera*, juste avant l'aube et à l'abri de l'obscurité, il nous faudra maintenant faire face à toutes les forces qu'ils lanceront contre nous. Et vous pouvez parier que cette fois-ci, ils seront mieux préparés.

— J'attends avec impatience de voir une statue de la Liberté calcinée et fumante, dit Kerry avec un sourire diabolique.

— Quarante minutes avant d'atteindre le pont, annonça l'homme de barre.

Kanai contempla le pont qui approchait avec lenteur.

— S'ils n'essaient pas de nous arrêter maintenant, ils n'auront pas de deuxième chance.

*
* *

Quinze minutes après l'appel désespéré lancé par Sandecker, l'amiral Dover s'était embarqué à bord d'un jet de chasse de la Navy sur la base d'Alameda Naval Air Station, sur la côte ouest. Son pilote avait demandé un atterrissage d'urgence entre deux appareils commerciaux à l'aéroport international JFK. Un hélicoptère du NYPD l'avait alors embarqué jusqu'à la base des garde-côtes de Sandy Hook, où deux patrouilleurs rapides de trente-cinq mètres attendaient son arrivée pour intercepter le *Mongol Invader*.

Lorsqu'il entra dans la salle de conférences de la base, ses mains se serraient et se relâchaient tour à tour, de désespoir et d'angoisse. Il se força à réfléchir avec calme. Il ne pouvait se permettre de se laisser dominer par la ruse de Zale, ni de blâmer ses propres capacités de déduction pour avoir omis de comprendre des éléments qui, après coup, paraissaient limpides. Sandecker pouvait encore se tromper. Ils ne disposaient d'aucune base tangible pour procéder à une nouvelle interception, seulement des conjectures, mais il était déterminé à mener cette affaire à bonne fin. Si le *Mongol Invader* était une autre fausse alerte, eh bien tant pis. Ils continueraient à chercher jusqu'à ce qu'ils aient trouvé le bon navire.

Dover salua d'un mouvement de tête les dix hommes et les deux femmes réunis dans la pièce et se dirigea vers l'extrémité de la table. Il ne perdit pas de temps en mondanités.

— Les patrouilles aériennes de la police ont-elles survolé le navire ?

Un capitaine de la police qui se tenait debout contre le mur hocha la tête.

— Au moment où je vous parle, nous avons un hélico sur place. D'après son rapport, le navire se dirige vers le port à pleine vitesse.

Dover poussa un soupir de soulagement, mais réfréna tout sentiment d'optimisme. S'il s'agissait bien du bâtiment qui devait dévaster Lower Manhattan, il fallait à tout prix l'arrêter.

— Mesdames, messieurs, l'amiral Sandecker, à Washington, vous a expliqué la situation par téléphone ou par fax. Vous savez à quoi vous attendre. Si nous ne pouvons détourner le *Mongol Invader*, nous devrons le couler.

— *Sir*, intervint un capitaine de corvette des garde-côtes assis un peu plus loin que Dover, si nos tirs atteignent les citernes, nous risquons de provoquer une immense explosion. Il est vraisemblable que toute la flottille de bâtiments d'interception, ainsi que les pilotes des hélicoptères de patrouille de la police, seront pris dans le brasier.

— Mieux vaut mille morts qu'un million, répondit Dover de façon abrupte. Cependant, vous ne devrez en aucun cas tirer en avant de la superstructure de poupe. Si l'équipage refuse de mettre en panne, je n'aurai alors d'autre choix que d'ordonner aux chasseurs de l'US Navy de détruire le bâtiment avec des missiles air-sol. Dans cette éventualité, tous seront prévenus, avec une marge de temps suffisante pour mettre un maximum de distance entre leurs bateaux et le *Mongol Invader* avant l'explosion.

— Quelles sont nos chances de l'aborder, de maîtriser l'équipage et de désamorcer les détonateurs ? demanda un officier de police.

— Elles sont minces si le navire poursuit sa route à pleine vitesse. Malheureusement, lorsque nous nous sommes rendu compte que nous avions affaire au mauvais navire, les forces militaires dont nous disposions à San Francisco ont été déconsignées et ont reçu l'ordre de regagner leurs bases respectives. Nous n'avons pas eu le temps de les mobiliser à nouveau ou de faire venir de nouvelles unités à temps. Je sais que les équipes d'intervention antiterroriste de l'Etat de New York sont entraînées pour de telles urgences, mais je ne veux pas les impliquer tant que nous ignorons si l'équipage opposera une résistance. *(Il marqua une pause pour balayer du regard les hommes et les femmes présents dans la salle.)* Au cas où vous l'ignoreriez, la température maximale du propane en feu à l'air libre est de mille neuf cent quatre-vingt-deux degrés Celsius.

L'un des deux capitaines de bateaux-incendie du port de New York présents dans la salle leva la main.

— Amiral, puis-je ajouter que si le chargement de gaz du tanker était exposé au feu, l'explosion de vapeur qui en résulterait pourrait produire une boule de feu de plus de trois mille mètres de diamètre ?

— Raison de plus pour stopper ce méthanier avant qu'il puisse approcher de la ville, répondit Dover, laconique. D'autres questions ?

Il n'y eut pas de réaction dans la pièce.

— Eh bien je suggère que nous lancions immédiatement l'opération. Nous n'avons plus de temps à perdre.

Dover quitta la réunion, se rendit tout droit sur le quai et prit l'échelle de coupée du patrouilleur Garde-côtes *William Shea*. Un sentiment de profonde appréhension l'envahit soudain. Si le *Mongol Invader* refusait d'être abordé et si les chasseurs de la Navy ne parvenaient pas à l'envoyer par le fond avant qu'il n'atteigne son but, il était trop tard pour songer à faire évacuer Manhattan. Par malheur, à cette heure de la journée, les immeubles et les rues grouilleraient de monde. Si le transporteur de GNL explosait comme prévu, les dégâts et les pertes en vies humaines seraient terribles.

Une seule autre pensée lui traversa brièvement l'esprit : Sandecker avait mentionné le fait qu'en fin de compte, Al Giordino et Dirk Pitt participeraient à l'opération d'intervention. Pourtant, Dover ne les avait vus nulle part. Il se demanda ce qui avait pu les empêcher d'assister à la réunion, même si cela ne changeait pas grand-chose. Dover n'était pas certain que leur intervention puisse revêtir une importance cruciale.

Le soleil tentait de percer les nuages au moment où le *William Shea*, accompagné de son bâtiment-frère, le *Timothy Firme*, largua les amarres et quitta le port pour affronter le *Mongol Invader* et sa cargaison mortelle.

Chapitre 49

— Il ne ressemble à aucun sous-marin que je connaisse, remarqua Giordino en examinant l'engin élancé qui ressemblait plus à un yacht de luxe qu'à un submersible.

Pitt, debout sur le quai de Sheephead Bay, au sud de Brooklyn, admirait le bâtiment de vingt-huit mètres dont le style extérieur était celui d'un élégant hors-bord. Giordino n'avait pas tort ; au-dessus de la ligne de flottaison, il évoquait un yacht haut de gamme. Les seules différences visibles se situaient sous l'eau. Les grands hublots ronds installés à l'avant de la coque étaient identiques, en plus petit, à ceux du *Golden Marlin*.

Capable de loger onze passagers et membres d'équipage dans un confort luxueux, le *Coral Wanderer* était le plus grand modèle de la série *Ocean Diver* fabriquée par le Meridian Shipyard of Massachusetts. D'une jauge brute de quatre cents tonneaux, il était conçu pour se déplacer à une profondeur de quatre cents mètres, avec une autonomie de deux cents milles nautiques.

Le capitaine Jimmy Flett descendit du pont jusqu'au quai et s'approcha de Pitt, la main tendue. Il était petit, de carrure imposante, et son visage était rougi par de longues années de relations intimes avec le whisky, mais ses yeux bleus étaient pourtant toujours clairs et vifs. La peau de ses bras et de ses mains n'était pas hâlée comme l'on aurait pu s'y attendre chez un homme qui avait parcouru tant de mers chaudes et baignées de soleil. Il est vrai que Flett avait passé la plus grande partie de sa vie sur des navires en mer du Nord, et il en gardait l'allure dure et robuste du pêcheur qui rentre à terre avec de bonnes prises, sans souci des mers houleuses. Il avait reçu plus que sa part de coups durs et avait survécu à tous.

— Dirk ! lança-t-il en lui broyant la main. Cela fait combien de temps que nous n'avons pas foulé un pont de bateau et bu un scotch ensemble ?

— C'était sur l'*Arvor III*, en 88.

— Ah, lorsque nous recherchions l'épave du *Bonhomme Richard*, dit Flett d'une voix curieusement douce. Si j'ai bonne mémoire, nous ne l'avons jamais trouvée.

— C'est vrai, mais nous avons *vraiment* trouvé celle d'un chalutier-espion soviétique coulé lors d'une tempête.

— Je m'en souviens. La British Navy nous avait ordonné d'oublier notre découverte ! J'ai toujours pensé que quelques heures après que nous leur ayons donné sa position, leurs plongeurs l'exploraient déjà !

Pitt se tourna vers Giordino.

— Al, je te présente Jimmy Flett. Un excellent ami du bon vieux temps.

— Ravi de vous rencontrer, dit Giordino. Dirk m'a souvent parlé de vous.

— Rien de flatteur, je l'espère, répondit Jimmy en riant, tout en écrasant la main de Giordino, qui le lui rendit avec autant de force.

— Ainsi, tu t'es rangé ? Tu commandes des bâtiments de luxe ! dit Pitt avec chaleur en désignant le submersible d'un mouvement du menton.

— Je suis un marin ; je préfère la surface. Rien de ce qui se passe sous l'eau ne m'intéresse.

— Alors, pourquoi le faire ?

— La paye est bonne et le boulot facile. Je deviens vieux et je ne peux plus me battre avec les éléments comme dans le passé.

— Tu as pu t'arranger avec tes employeurs ? demanda Pitt.

— L'idée ne leur plaît pas beaucoup. Il subit encore des tests et n'est pas encore certifié. Dès qu'il sera parfaitement en règle, je dois traverser l'océan et l'emmener jusqu'à Monte-Carlo, où ses nouveaux propriétaires l'affréteront pour de riches Européens.

— Voilà qui est tout à fait ennuyeux.

Flett fixa les yeux verts de Pitt.

— Que voulez-vous en faire ? Tout ce que tu m'as dit au téléphone, c'était qu'il s'agissait de l'affréter pour le compte de la NUMA.

— Nous voulons l'utiliser comme bateau-torpille.

Flett regarda Pitt comme si son cerveau dégoulinait de l'une de ses oreilles.

— Je vois, murmura-t-il avec douceur, un bateau-torpille... Et quel navire as-tu l'intention d'envoyer par le fond ?

— Un transporteur de gaz naturel liquéfié.

Flett aurait pu croire que le cerveau de Pitt s'écoulait maintenant de ses deux oreilles.

— Et si je refuse ?

— Alors tu prendras la responsabilité de la mort de cinq cent mille personnes.

Flett comprit aussitôt que l'affaire était sérieuse.

— Ce tanker... des terroristes vont-ils tenter de le faire sauter ?

— Pas des terroristes au sens strict du terme. Il s'agit d'une bande de criminels qui comptent le faire échouer près des tours du World Trade Center avant de mettre le feu au propane qu'il contient.

Il n'y eut plus la moindre hésitation, la moindre question, la moindre protestation.

— Le *Wanderer* n'est pas équipé de torpilles. Quelle idée as-tu derrière la tête ?

— Tu as déjà entendu parler du *Hunley*, le sous-marin confédéré ?

— Oui.

— Eh bien nous allons lui emprunter une page de son histoire, répondit Pitt avec un sourire plein d'assurance, tandis que Giordino commençait à décharger une camionnette garée sur le quai.

*
* *

Vingt minutes plus tard, les trois hommes venaient de finir d'installer en guise d'espar un long tuyau qui dépassait de dix mètres de la proue du sous-marin. Deux autres étaient fixés le long du pont, sous la cabine surélevée. Sans perdre une minute, ils embarquèrent, et Flett mit en marche les moteurs diesels à turbines surcomprimés. Affairé à la proue, Giordino attacha des bombes magnétiques à chaque extrémité des espars supplémentaires. Une troisième était déjà montée, avec une charge de cent livres de plastic, résistante à l'eau, reliée à un détonateur.

Flett prit la barre tandis que Pitt et Giordino larguaient les amarres de proue et de poupe. Le vieux capitaine se tenait devant une console. Plusieurs leviers contrôlaient les ailerons de surface, de plongée, et les propulseurs directionnels, ainsi que les gaz.

La manette des gaz aux trois quarts, le *Coral Wanderer* traversa Sheepshead Bay comme une flèche pour gagner la pleine mer et se diriger vers le Verrazano Bridge. Les garde-côtes et une flotte de bâtiments de dimensions plus réduites s'étaient déjà disséminés loin devant la proue du *Wanderer*. Par-dessus leurs têtes, ils aperçurent deux hélicoptères des garde-côtes et deux autres de la police de New York qui tournoyaient comme des vautours au-dessus d'un énorme navire d'aspect repoussant peint d'une couleur chamois sale.

Flett poussa la manette à fond, et la proue du *Wanderer* bondit en avant en se soulevant hors de l'eau. Il rasa la rive nord en traversant la baie, contourna Norton Point à Seagate, puis traça une route qui le menait en diagonale vers le milieu de la coque du tanker.

— Quelle est sa vitesse maximale ? demanda Pitt à Jimmy Flett.

— Quarante-cinq nœuds en surface. Vingt-cinq en plongée.

— Nous allons avoir besoin de chaque nœud que tu pourras tirer de son moteur une fois que nous serons en plongée. La vitesse maximum du *Mongol Invader* est également de vingt-cinq nœuds.

— Le *Mongol Invader* ? C'est son nom ? demanda Flett en contemplant les énormes citernes serrées qui émergeaient de sa coque.

— D'une certaine façon, ça lui va plutôt bien, remarqua Pitt, sarcastique.

— Nous devrions arriver par son flanc avant qu'il n'atteigne le pont.

— Lorsqu'il aura gagné la passe, il sera difficile de l'intercepter par avion sans emporter la moitié de Brooklyn et de Staten Island.

— Ton plan façon *Hunley* fonctionnera mieux si les garde-côtes et la police de New York échouent.

— Toute l'équipe se rapproche, observa Pitt en désignant à travers la vitre l'armada de patrouilleurs.

*
* *

A bord du *William Shea*, l'amiral Dover prit contact avec le transporteur.

— Garde-côtes des Etats-Unis. Mettez en panne immédiatement et préparez-vous à une inspection à bord.

La tension sur la passerelle était rendue plus palpable encore par l'absence de toute conversation. Dover réitéra son ordre, puis une troisième fois, mais sans obtenir de réponse. L'*Invader* gardait son cap sans paraître vouloir ralentir. Sur le patrouilleur, l'équipage et le commandant tournaient leurs regards vers l'amiral, attendant l'ordre d'attaque.

Soudain, une voix calme et posée résonna sur la passerelle silencieuse.

— Garde-côtes, ici le commandant du *Mongol Invader*. Je n'ai pas l'intention de mettre en panne. Je vous avertis que toute tentative d'endommager mon bâtiment provoquera des conséquences dramatiques.

Toute incertitude et toute expectative furent aussitôt balayées. Plus aucun doute ne pouvait subsister. L'horreur était là. Dover aurait pu tenter de communiquer avec le commandant du tanker, mais le temps ne jouait pas en sa faveur. Les tactiques de temporisation ne présentaient que des inconvénients. Il donna l'ordre aux hélicoptères de faire atterrir leurs équipes sur la partie ouverte du pont de l'*Invader*, en avant des citernes. En même temps, il ordonna aux patrouilleurs de s'approcher des flancs du tanker, les artilleurs à leur poste.

Il prit ensuite ses jumelles et scruta la passerelle du navire d'apparence monstrueuse qui s'élançait vers le pont, en se demandant quelles pouvaient être les pensées de son commandant. L'homme devait être dément. Aucun homme sain d'esprit n'aurait pu tenter de dévaster une ville et un million d'innocents pour de simples motifs d'ordre financier. Ces gens n'étaient pourtant pas des terroristes liés à une quelconque cause ou religion.

Dover peinait à comprendre qu'un être humain puisse être aussi irrémédiablement et résolument pourri. Dieu merci, nous avons une mer calme, songea-t-il tandis que les hélicoptères faisaient du surplace au-dessus du tanker en se préparant à atterrir, et que les patrouilleurs filaient en souplesse en suivant un arc de cent quatre-vingts degrés pour approcher de l'imposant navire et l'encercler.

Les deux hélicoptères Dolphin rouge-orange, spécialement adaptés pour les missions des garde-côtes, prirent position derrière la poupe du méthanier tandis que le premier appareil Jayhawk bleu-noir de la police s'approchait de la proue au plus bas. Le pilote manœuvra les gaz et le réglage groupé des pales pour s'adapter à la vitesse du bâtiment ; il dériva ainsi au-dessus du bastingage de proue en un semblant d'immobilité afin de repérer d'éventuelles écoutilles, manches à air ou chaînes d'ancres qui auraient pu compromettre son atterrissage. Un haut mât de radar et de surveillance s'élevait entre l'extrémité supérieure de la proue et la première citerne. Le pilote, satisfait de constater qu'il disposait d'assez d'espace pour un atterrissage sans obstacle, fit descendre son appareil à seulement six ou sept mètres de la proue.

Il n'alla jamais plus loin.

Dover se pétrifia soudain, ses jumelles vissées à ses yeux, lorsqu'il vit un petit missile lancé du sommet de la première citerne déchirer la carlingue de l'hélicoptère et la faire éclater comme un pétard dans une boîte de conserve. Les flammes du réservoir de carburant déchiqueté enveloppèrent l'appareil qui resta un instant suspendu, en flammes, avant de sombrer dans la mer, emportant avec lui l'équipe de la police antiterroriste. En l'espace de quelques secondes, après qu'il eut sombré hors de vue, il ne resta plus que quelques débris flottant à la surface, et une spirale de fumée qui s'étirait dans le ciel matinal.

Chapitre 50

KANAI regardait avec une indifférence détachée le *Mongol Invader* forcer sa route à travers les pitoyables débris flottants de l'hélicoptère. Il n'éprouvait aucun sentiment de culpabilité à l'idée d'avoir ôté la vie à douze hommes en moins de dix secondes. Dans son esprit, l'attaque de l'hélicoptère n'était qu'une simple contrariété.

La flottille de patrouilleurs et de bateaux-pompes qui entourait son navire ne le décourageait pas non plus. Il se sentait en sécurité, sachant qu'ils n'oseraient jamais l'attaquer en tirant à tout-va – à moins que leur commandant en chef ne soit fou ou complètement stupide. Si un tir perdu pénétrait dans l'une des citernes et provoquait la combustion de son contenu, tous les navires et les hélicoptères ou avions dans un rayon d'un mille seraient détruits, sans parler des automobiles et de leurs passagers qui circulaient sur le pont, loin au-dessus d'eux.

Kanai leva les yeux vers le passage routier du pont, l'un des plus grands au monde. Le navire était presque assez proche pour qu'il puisse entendre le grondement de la circulation. Avec une satisfaction croissante, il vit que les autres hélicoptères s'éloignaient, car leurs pilotes comprenaient qu'ils étaient exposés et sans défense. Kanai reporta son attention sur les deux patrouilleurs, avec leurs coques et leurs superstructures blanches et les larges bandes oranges en diagonales, arborant le sigle « Coast Guard » sur des bandes bleues plus étroites. Les deux bâtiments approchaient du *Mongol Invader*, de chaque côté de sa coque massive. Leur intention était claire, mais leur armement semblait tristement inadapté...

C'était maintenant à son tour de jouer, songea-t-il, amusé. Cependant, avant qu'il puisse donner l'ordre aux « Vipères » de procéder à un tir de missiles contre les patrouilleurs, les mitrailleuses Bushmaster des deux navires ouvrirent le feu en même temps. Les mitrailleuses à double canon paraissaient insignifiantes par rapport à leur tâche, trop minuscules pour provoquer des dommages importants à l'énorme navire.

Le patrouilleur de tribord concentra ses tirs perforants sur les cloisons d'acier de trois huitièmes de pouce de la passerelle et de la timonerie, tandis que celui qui se trouvait à bâbord lâchait ses rafales sur la partie basse de la coque, vers la poupe, afin de tenter de percer les plaques de métal plus épaisses qui protégeaient la salle des machines. Les artilleurs, concentrés, évitaient de tirer trop près des citernes géantes.

Kanai se jeta au sol au moment où les rafales de projectiles de vingt-cinq millimètres arrosaient la passerelle, emportant les vitrages et déchiquetant la console de bord. L'homme de barre fut tué sur le coup. Un autre tomba, mortellement atteint lui aussi. Au mépris de la pluie de projectiles, Kanai se redressa et attrapa la radio sur la console de la passerelle.

— Lancez les missiles sol-sol ! Maintenant !

Il resta étendu au sol et regarda à travers les vitres brisées. Il restait moins d'un mille à l'*Invader* avant de passer sous le pont. Il remarqua aussi que la proue gîtait légèrement vers tribord. Réduites en pièces, la console de navigation s'était transformée en une masse déchiquetée, et les commandes assistées par ordinateur étaient incapables d'ordonner un cap au gouvernail.

Il appela la salle des machines.

— Rapport des avaries ?

Le responsable des machines, ancien ingénieur en chef sur des bâtiments de guerre utilisés pour des opérations secrètes, répondit d'une voix calme et assurée.

— Les tirs ont endommagé le générateur à bâbord, mais les moteurs sont intacts. L'un des hommes est mort, et un autre gravement touché. Les projectiles percent les cloisons comme de la grêle, mais ils sont plutôt abîmés lorsqu'ils atteignent les machines, ce qui permet de réduire les dégâts.

Kanai s'aperçut que le méthanier commençait à dévier hors du chenal et s'approchait d'une balise.

— Les commandes de la console sont hors d'usage. Dirigez le navire d'en bas. Ramenez le cap trente-cinq-cinq vers bâbord ou nous allons percuter une pile de pont. Ensuite, maintenez le cap jusqu'à nouvel ordre.

Il rampa alors hors de la passerelle, jeta un coup d'œil vers le bas, et vit l'un de ses hommes, appuyé sur le bastingage tribord, qui lançait des missiles à bout portant sur la proue du *Timothy Firme*. Le premier traversa le pont peu épais et la coque, et finit par exploser dans l'eau. Le second éclata contre le bastingage et envoya une cascade de métal déchiqueté qui dégringola sur le pont et alla faucher les artilleurs de la Bushmaster. Des morceaux de l'engin volèrent dans le ciel comme des feuilles brûlées.

Soudain, l'air fut comme déchiré, de l'autre côté du tanker, lorsqu'un autre missile vint s'enfoncer dans la cheminée du *William Shea*. Il frappa comme un marteau géant, faisant basculer le patrouilleur à un angle de dix degrés et envoyant une énorme gerbe de débris et un nuage de fumée noire épaisse. Pourtant, le Bushmaster solitaire de la proue continuait à arroser la coque de l'*Invader* autour de la salle des machines.

Un second missile vint heurter le *Timothy Firme* ; sa coque trembla et des flammes jaillirent de la poupe. Un instant plus tard, un autre engin plongea dans la superstructure, sous la passerelle. L'explosion lança à toute volée des échardes de métal sur l'avant du patrouilleur. Les navires des garde-côtes ne sont pas équipés d'un blindage très épais, contrairement à la plupart des bâtiments des forces armées, et les dommages furent sévères. La moitié des officiers était à plat ventre sur la passerelle. Le patrouilleur perdit de l'erre et commença à s'éloigner du tanker, avec deux incendies à bord, de la fumée s'échappant de toute sa structure, des avaries terribles et une dérive incontrôlable. De nouvelles explosions et des chocs secouèrent les deux bâtiments, tandis que de la fumée et des flammes tourbillonnaient dans le ciel.

Kanai venait de gagner l'avantage tactique.

Satisfait de voir la bataille tourner à son avantage, il jeta un coup d'œil vers l'arrière et vit les deux patrouilleurs, parmi les plus grands de la flotte des garde-côtes, meurtris, presque réduits à l'état de ruines fumantes, et dérivant sans espoir. Plus aucun souci en vue du côté des bâtiments de surface...

Les hélicoptères de la police se tenaient désormais à l'écart, mais il n'était pas encore arrivé à bon port ; pas encore. Le *Mongol Invader* était peut-être tout proche du Verrazano Bridge, mais Kanai était sûr d'une chose : celui qui commandait les opérations d'interception, quel qu'il soit, allait faire intervenir les avions de chasse avant que le navire ait pu atteindre une relative sécurité sous – ou au-delà – du pont.

*
* *

Dover se tâta à la recherche d'éventuelles blessures. Il saignait des coupures provoquées par les éclats de métal sur son épaule gauche et sur le côté de sa tête. Il porta la main à son oreille et s'aperçut qu'elle pendait par un lambeau de chair. Plus par sentiment de frustration qu'en raison de la douleur, il l'arracha et la mit dans sa poche, certain qu'un chirurgien pourrait la lui recoudre plus tard. Il avança avec précaution dans la timonerie. Partout, des morts et des blessés gisaient sur le sol. Ces jeunes gens ne méritaient pas une aussi terrible fin, songea-t-il. Il ne s'agissait pas d'une guerre contre un ennemi étranger des Etats-Unis. Ce n'était qu'une bataille économique interne au pays. Tout dans ce massacre lui paraissait absurde.

Les patrouilleurs avaient servi de cibles au feu concentré d'au moins quatre systèmes de lance-missiles guidés actionnés à l'épaule. Il sentit la vitesse décroître et le navire ralentir. Les dégâts sous la ligne de flottaison étaient graves, et le bâtiment commençait à couler.

Incapable d'évaluer les dommages subis par le *Timothy Firme*, de l'autre côté du *Mongol Invader*, mais supposant le pire, l'amiral Dover ordonna au seul officier encore debout de mettre le cap sur la rive la plus proche et de laisser le bâtiment s'échouer. Le combat des garde-côtes contre le méthanier de cauchemar était terminé.

Le dernier lancer de dés, se dit-il, l'esprit sombre. Il empoigna la radio et ordonna l'intervention des trois F-16 C de la Garde Nationale Aérienne qui s'étaient rassemblés et tournaient dans le ciel à quelques milles de là. Il se baissa instinctivement lorsqu'un missile tiré du méthanier apparut en face de la passerelle et explosa dans l'eau, une centaine de mètres avant d'atteindre son but, sans causer d'autre avarie. Il s'accroupit ensuite et jeta un coup d'œil au-dessus du bastingage.

Il changea alors la fréquence de la radio et dit d'une voix lente, en détachant les mots :

— *Blue Flight*, *Blue Flight*, ici *Red Fleet*. Si vous me recevez et si vous comprenez, attaquez le *Mongol Invader*. Je répète, attaquez le *Mongol Invader*. Mais pour l'amour du ciel, ne tirez pas sur les citernes.

— Bien reçu, *Red Fleet*, répondit le chef de patrouille. Nous allons concentrer nos tirs sur la superstructure de poupe.

— Essayez d'atteindre la salle des machines sous la cheminée, ordonna Dover. Faites tout ce qui est en votre pouvoir pour le stopper sans explosion.

— Bien reçu, *Red Fleet*. Attaque *maintenant*. Exécution !

Le chef de patrouille envoya ses deux pilotes à l'assaut, à cinq cents mètres de distance l'un de l'autre, tandis que lui-même effectuait des cercles pour observer les résultats de la frappe et se lancer à leur rescousse s'ils manquaient leur cible. Il craignait qu'en voulant se montrer prudents, ses pilotes tirent trop en arrière de la poupe pour éviter les citernes, et manquent complètement leur but. Mais les événements prirent une tournure différente, et si ses craintes étaient justifiées, ce n'était certes pas de la manière qu'il l'imaginait.

Le premier pilote vira sur l'aile et roula sur lui-même en effectuant un plongeon presque vertical. Tout en maintenant son chasseur droit sur la salle des machines, il bloqua son système de guidage de missiles sur sa cible, qui devenait de plus en plus indistincte derrière la fumée produite par les deux patrouilleurs incendiés. Une fraction de seconde avant qu'il presse le bouton de lancement, un missile sol-air tiré du tanker transforma son F-16 en un brasier géant et furieux. Il sembla rester un instant suspendu, mais ce qui était encore une seconde plus tôt un jet de chasse élancé s'était changé en un amas rougeoyant de débris déchiquetés qui éclata en mille morceaux et amorça une chute folle, se terminant dans une gerbe d'eau de mer.

— Décroche ! hurla le chef de patrouille au second pilote.

— Trop tard ! J'ai la cible en...

Silence. Son second pilote n'avait plus le temps de s'échapper, aucun moyen de dévier de sa trajectoire. Un autre missile jaillit de la gueule de son lanceur et le chasseur explosa en une seconde boule de feu, qui elle aussi demeura en suspens avant de plonger dans les bras de la mer apathique, à une centaine de mètres du linceul marin du premier F-16.

Le chef de patrouille se figea, incapable d'en croire ses yeux. Deux de ses amis les plus proches, des pilotes réservistes de la

Garde Nationale qui avaient répondu « présent » à l'appel d'urgence, tous deux des hommes d'affaires ayant une famille à charge, incinérés à quelques secondes d'intervalle et gisant désormais dans l'épave de leur appareil, au fond des eaux... Hébété, il se sentait trop pétrifié par le choc pour lancer une autre attaque ; il détourna son F-16 de la scène macabre et rentra vers le terrain d'aviation de la Garde Nationale, à Long Island.

Dover assista à la destruction des deux appareils avec une stupéfaction horrifiée. Il en comprit aussitôt les conséquences. Tous, à bord des patrouilleurs, des embarcations de sauvetage et des hélicoptères, tous savaient. La perte des pilotes était tragique, mais l'échec de leur mission, de leur tentative de stopper le *Mongol Invader* avant qu'il n'atteigne la partie supérieure du port, représentait un désastre.

Il se redressa soudain, stupéfait, en voyant l'un des petits navires de sauvetage des garde-côtes, long de douze mètres, se lancer sur la surface de l'eau à pleine vitesse en direction de la poupe du *Mongol Invader*. Les membres d'équipage, les mains crispées sur le col de leurs gilets de sauvetage, sautèrent par-dessus bord tandis que le skipper maintenait fermement la barre et gardait sa proue droit sur l'énorme navire, sans dévier sa trajectoire d'un pouce.

— C'est du suicide, se dit Dover, incrédule et admiratif. Du pur suicide, mais que Dieu le bénisse.

Des tirs d'armes légères jaillirent de l'*Invader*. Les balles s'abattirent sur le petit bâtiment comme un essaim de frelons et gémirent autour du jeune homme qui tenait la barre. Les éclaboussures causées par les projectiles semblaient couvrir chaque centimètre carré d'eau autour de la fine coque de fibre de verre. On voyait le jeune homme se débarrasser des gouttes d'une main tandis qu'il s'agrippait à la barre de l'autre. Le petit pavillon rouge, blanc et bleu flottait, raidi par la vitesse, dans la brise du matin.

Lorsqu'ils avaient vu les deux F-16 abattus, les automobilistes avaient arrêté leurs voitures sur le pont et s'étaient groupés en masse le long du parapet pour assister au drame qui se déroulait plus bas. Les regards des hommes qui se trouvaient dans les hélicoptères étaient eux aussi fixés sur le bateau de sauvetage ; tous priaient en silence pour que l'homme de barre saute par-dessus bord avant la collision.

— Un magnifique acte de défi, marmonna Dover à sa seule intention. Ça y est ! Tout près ! Vite, abandonnez le bateau !

Mais ce n'est pas ainsi que les choses devaient se passer. Alors que le skipper paraissait sur le point de bondir à l'eau, une pluie de balles l'atteignit en pleine poitrine et il tomba en arrière sur le pont. Un millier de personnes, pétrifiées, virent le bateau, ses moteurs montant toujours en régime, ses hélices faisant mousser l'écume derrière lui, heurter l'énorme gouvernail bâbord du méthanier.

Il n'y eut aucune explosion dramatique, aucun jaillissement de fumée ou de flammes. Le petit bâtiment se désintégra purement et simplement en venant frapper la massive structure d'acier. Un nuage de poussière et de débris qui retomba en gerbe à la surface, ce fut tout ce qu'il resta après le choc. Le monstre menaçant poursuivit sa route comme un éléphant harcelé par un moustique dont il ne sent même pas les piqûres.

Dover se redressa tant bien que mal, sans remarquer le sang qui coulait de sa chaussure, conséquence d'une autre blessure à la cheville droite. Il fixa du regard l'énorme méthanier qui tenait son cap sans coup férir. Sa proue se trouvait désormais presque sous le pont.

— Seigneur Dieu, ne le laissez pas nous échapper maintenant, murmura-t-il, envahi d'un sentiment de colère et de peur abjecte. Que Dieu nous vienne en aide s'il parvient à passer le pont.

Les mots venaient à peine de franchir ses lèvres lorsqu'une explosion retentit dans l'eau, sous la poupe du *Mongol Invader*. Incrédule, il vit la proue du géant entamer un mouvement circulaire vers bâbord, avec lenteur, inexorablement, en s'éloignant du pont. Tout doucement d'abord, puis plus vite, de plus en plus vite.

Chapitre 51

— LORSQUE l'on observe ce méthanier, on croirait voir huit femmes enceintes couchées sur le dos dans un club de remise en forme, lança Jimmy Flett, qui tenait la barre à la console tandis que le *Wanderer* approchait du *Mongol Invader*.

— Un hélicoptère, deux patrouilleurs et deux F-16 anéantis en moins de vingt minutes, grogna Giordino en observant les débris qui flottaient alentour, disséminés parmi les vagues par les embarcations plus petites qui les écartaient de leur proue. Il est aussi meurtrier que hideux.

— Ils ne parviendront plus à l'arrêter, maintenant, dit Pitt en observant avec des jumelles 30 × 30 le gros bâtiment qui poursuivait avec obstination sa route vers Manhattan et son rendez-vous avec le cauchemar et la dévastation.

— Il est à mille mètres environ du pont, évalua Flett. Il nous reste juste assez de temps pour foncer sur lui, plonger et nous attaquer à ses gouvernails et ses hélices.

Du point de vue de Giordino, c'était déjà chose faite.

— Nous ne pourrons opérer qu'un seul passage. Si nous le manquons, nous n'aurons jamais assez de temps pour faire demi-tour et revenir à l'attaque. Sa vitesse est trop élevée. Si nous devons refaire surface, le poursuivre, et plonger à nouveau pour un autre assaut, il aura dépassé le pont depuis longtemps.

Pitt se tourna vers lui en souriant.

— Il faut donc réussir du premier coup, c'est cela que tu veux dire ?

Le *Coral Wanderer* ricochait sur les vagues comme une pierre plate lancée par un expert. Pitt braqua ses jumelles sur les deux garde-côtes. Le *William Shea* s'approchait péniblement de la rive de Brooklyn, tandis que le *Timothy Firme* gîtait et s'enfonçait dans l'eau par la poupe. Les autres bateaux de sauvetage, de dimensions plus modestes, s'étaient rassemblés pour les opérations de secours. Les bateaux-pompes de New York arrivaient eux aussi, et leurs lances et leurs jets déversaient une pluie d'eau sur les parties en feu des deux bâtiments. La meute de chiens est parfois vaincue par l'ours, se dit-il. Il regrettait avec amertume de n'avoir pu arriver plus tôt et empêcher le désastre par une diversion.

Face à Giordino, il s'était montré optimiste et sûr de lui, mais au fond de lui-même, il sentait la peur glacée de l'échec. Il était déterminé à faire obstacle au *Mongol Invader* et à l'empêcher de pénétrer dans la partie supérieure du port, même si cela signifiait la mise en jeu de sa vie et de celles de ses amis.

Il était d'ailleurs trop tard pour reculer; le point de non-retour était atteint. Les appréhensions et les incertitudes devaient être laissées loin derrière. Il savait, avec une conviction calculée, que Kanai se trouvait à bord de l'*Invader*. Il avait un compte à régler, et sentait la rage monter en lui.

Il examina à la jumelle la timonerie dévastée du méthanier, sans apercevoir aucune silhouette à l'intérieur. La coque, sous la cheminée, était trouée comme une passoire, mais les orifices étaient de petite taille et les dégâts semblaient limités.

Le temps que mit le *Coral Wanderer* à franchir la distance lui parut durer une éternité. A deux cents mètres à tribord de la proue du tanker, Flett ralentit les gaz et actionna les pompes de ballast. Plus vite que Pitt ne l'aurait imaginé, le luxueux sous-marin se glissa sous la surface avec autant de douceur que s'il était guidé par une main géante. Une fois l'engin en plongée, Flett reprit de la vitesse, au-delà des recommandations des constructeurs. L'erreur n'était désormais plus permise.

Giordino demeura sur la passerelle avec Flett, tandis que Pitt se précipitait vers la cabine principale, puis vers la proue et son grand hublot panoramique. Confortablement installé sur un canapé recouvert de daim, il souleva un combiné de téléphone logé dans un accoudoir.

— Sommes-nous en contact ? demanda-t-il.

— Nous te recevons sur les haut-parleurs, lui répondit Giordino. Flett indiqua à Pitt les paramètres de la plongée.

— Cent cinquante mètres. Nous approchons.

— La visibilité ne dépasse pas douze mètres, annonça Pitt. Ne quittez pas le radar des yeux.

— Nous avons une image par ordinateur du méthanier en mouvement, dit Giordino. Je te préviendrai pour te dire avec quelle partie de la coque nous rentrerons en contact.

Trois minutes lancinantes s'écoulèrent tandis que Flett continuait à communiquer à Pitt les données de la plongée.

— Cent mètres. On aperçoit son ombre à la surface.

Pitt entendit le battement des moteurs du *Mongol Invader* et sentit un fort courant d'eau sous la quille. Il scruta les flots verts opaques et put à peine distinguer l'écume blanche qui glissait le long de la coque du méthanier. Enfin, les panneaux métalliques sortirent du néant dix mètres devant et trois mètres plus haut.

— Nous l'avons ! s'écria brusquement Pitt.

Flett mit aussitôt les deux hélices en marche arrière pour éviter une collision.

— Trois mètres, c'est ça, confirma Flett, qui fit directement filer le sous-marin sous le côté tribord de la coque du tanker.

Pour Pitt, installé dans la cabine d'observation de la proue, c'était une vision angoissante que de contempler cette grande coque qui glissait au-dessus du sous-marin comme un vent mauvais, un immense monstre mécanique sans âme ni conscience. Le battement des hélices lui parvenait comme une lointaine pulsation qui s'amplifia bientôt jusqu'à évoquer le vacarme d'une moissonneuse-batteuse. Quelque chose attira son regard, un objet de grande taille qui dépassait du fond de la coque près de la quille, mais il disparut de sa vue presque aussitôt.

Pitt agissait comme une extension de la vue de Jimmy Flett. Lui seul pouvait à une fraction de seconde près prononcer la sentence, au moment exact où les grandes hélices apparaîtraient. Le mouvement de l'*Invader* brouillait toute visibilité. Il s'étendit sur le sol couvert de moquette, le visage à moins de trois centimètres du hublot panoramique, les yeux à l'affût pour percer la buée et l'immensité verte et repérer la charge explosive magnétique au bout de l'espar de la proue, encore masquée par les eaux mouvantes.

— Prêt, Jimmy ?

— Quand tu veux, répondit Flett, solide comme le roc.

— Tu devrais apercevoir l'hélice tribord trois secondes seulement après moi.

Le sentiment d'attente et d'angoisse ne faisait que croître, mais plus un mot ne fut prononcé. L'esprit et le corps de Pitt étaient aussi tendus que les cordes d'un banjo, et ses articulations prirent la teinte de l'ivoire lorsqu'il agrippa le téléphone à deux centimètres de ses lèvres. Soudain, le grand rideau vert s'ouvrit dans une explosion de bulles.

— Maintenant ! hurla Pitt.

Flett réagit à la vitesse d'un éclair ; il fit accélérer les hélices jusqu'à ce qu'il sente une secousse à l'avant, puis les inversa, en priant pour que tout concorde à la seconde près.

Pitt ne pouvait que demeurer impuissant et exposé au danger, tandis que la charge magnétique se plaquait sur la coque du tanker, un instant avant que Flett ne reparte pleins gaz en arrière. L'hélice massive de l'*Invader* tournait comme un moulin fou, transformant l'eau de la baie en une mousse épaisse.

Installés sur la passerelle, Giordino et Flett regardaient avec une attention captivée, malgré la fatigue, les pales imposantes broyer l'eau devant eux. Pendant un instant, ils furent presque certains que jamais ils n'arriveraient à reculer à temps, et que les pales tailleraient le luxueux submersible en éclats et leurs corps en charpie. Pourtant, à la dernière seconde, les diesels du *Coral Wanderer* rugirent et ses propulseurs fouettèrent l'eau avec frénésie. Le sous-marin bondit en arrière au moment où les hélices d'un diamètre de seize mètres tournoyaient à moins de soixante centimètres du hublot panoramique de proue, faisant balancer le *Wanderer* comme un arbre dans une tornade.

Etendu au sol, bras levé et agrippant la rambarde de l'escalier circulaire d'une main, Pitt ne put distinguer que les flots enragés, rehaussés par le battement assourdissant des pales tournoyantes. Trente courtes secondes plus tard, le *Wanderer* retrouva une assiette plus équilibrée, les eaux se calmèrent et le martèlement des hélices s'adoucit peu à peu.

— Le moment n'est pas plus mal choisi qu'un autre, dit Pitt en se redressant.

— Tu penses que nous sommes assez loin ?

— Si ce bâtiment est conçu pour résister à la pression à une profondeur de trois cents mètres, elle endurera le choc d'une détonation à cent mètres.

Giordino, qui tenait une petite télécommande des deux mains, appuya sur un minuscule levier. Un bruit sourd et puissant résonna, amplifié par l'acoustique subaquatique. Le son fut suivi d'une vague de pression qui frappa le *Coral Wanderer* avec la force d'une houle de six ou sept mètres avant de le dépasser et de revenir l'encercler. Soudain, elle disparut et tout redevint calme.

Pitt passa la tête tout en haut de l'escalier.

— Tu peux remonter, Jimmy, nous allons voir si nous avons fait du bon boulot, lança-t-il avant de se tourner vers Giordino. Dès que nous atteindrons la surface, nous installerons une autre charge.

*
* *

Incapable de comprendre la provenance de l'explosion sous-marine assourdie, l'amiral Dover se sentit envahi d'un fugitif sentiment de soulagement en voyant le *Mongol Invader* s'écarter de la passe et entamer un large virage pour reprendre la direction d'où il venait. Il ne pouvait se douter que Pitt et Giordino, à bord d'une sorte de yacht sous-marin, en étaient responsables. Tous les hommes indemnes du *William Shea* étaient trop occupés pour avoir remarqué cette inhabituelle embarcation avant qu'elle s'enfonce sous la surface. L'explosion avait creusé un trou de près de trois mètres de diamètre dans la coque sous la base de l'arbre porte-hélice, le déchirant en deux, tandis que les montants de gouvernail, déjà endommagés par le suicide héroïque du jeune garde-côte, bloquaient celui-ci à un angle de quarante-cinq degrés à bâbord.

L'hélice avait plongé vers le bas, à peine soutenue par l'extrémité extérieure de son arbre en partie arraché, tandis que l'énorme moteur à turbine, dans le compartiment machines, triplait soudain son régime et s'emballait, incontrôlable, sans que l'ingénieur en chef puisse l'arrêter.

Avec une hélice bâbord tournant encore à pleine cadence et celle de tribord en piteux état, la proue du navire le tirait lentement, inéluctablement, vers Staten Island, en entamant un demi-tour qui le ramènerait vers la mer, ou le forcerait à tourner en rond.

Le pire avait été évité, songea Dover. Malgré tout, le dément qui présidait aux commandes du méthanier irait-il jusqu'au bout de son projet et le ferait-il exploser, sachant qu'il pouvait encore provoquer de terribles pertes en vies humaines et des milliards de dégâts ?

Après la défaite au combat, Dover s'était préparé à une catastrophe certaine, mais maintenant qu'un miracle soudain s'était produit, il priait pour que s'éloigne définitivement le spectre de la tragédie.

*
* *

Si l'amiral Dover était surpris de voir le *Mongol Invader* changer brusquement son cap, Omo Kanai fut précipité dans la plus totale confusion. Il avait senti et entendu la détonation sous la poupe du navire, mais il ne s'en était guère soucié, car il tenait pour certain qu'aucun bateau, avion ou hélicoptère dans un rayon de vingt milles n'oserait s'en prendre à lui. Lorsque l'*Invader* avait entamé son virage inattendu, il avait aussitôt appelé la salle des machines.

— Reprenez le cap ! Vous ne voyez donc pas que nous faisons demi-tour ?

— Nous avons perdu notre hélice tribord à la suite d'une explosion, lui répondit l'ingénieur en chef, qui paraissait fort inquiet. Avant que je puisse arrêter le moteur tribord, son hélice a fait virer le navire de bord.

— Compensez au gouvernail !

— Impossible ! Quelque chose l'a heurté à tribord, un débris d'épave, peut-être, et l'a bloqué, ce qui n'a fait qu'accentuer le virage.

— Qu'est-ce que vous me racontez ? lança Kanai qui, pour la première fois, commençait à perdre son sang-froid.

— De deux choses l'une, s'entendit-il répondre d'une voix à la fois assurée et teintée de fatalisme, soit nous continuons à tourner en rond, ou nous mettons en panne et dérivons. La vérité, c'est que nous n'allons nulle part.

C'était la fin de la route, mais Kanai se refusait à admettre la défaite.

— Nous sommes trop près du but pour abandonner. Une fois sous le pont, rien ne peut plus nous arrêter.

— Et moi, je vous dis qu'avec le gouvernail bloqué à un angle de quarante-cinq degrés vers bâbord et mon hélice tribord hors d'usage, sans parler de l'arbre cassé, plus tôt nous quitterons cette bonbonne de gaz, mieux cela vaudra.

Kanai comprit qu'il était vain d'argumenter avec son ingénieur en chef. Il leva le regard vers le grand pont. Il apercevait, presque à la verticale, la voie routière suspendue qui commençait à disparaître derrière lui. Quelques dizaines de mètres seulement entre la réussite et l'échec complet, lorsque le *Mongol Invader* avait été dévié de sa trajectoire par cette mystérieuse explosion... Il était arrivé si près du but en défiant la chance – il lui semblait impensable de se voir arracher la victoire alors que la fin triomphante s'annonçait si proche.

Son regard balaya la surface de l'eau. Il aperçut, dans le sillage de l'*Invader*, ce qui ressemblait à un yacht privé. Ce bâtiment me paraît étrange, songea-t-il. Kanai était sur le point de se détourner, mais lorsqu'un déclic se fit dans son esprit, il fixa tout à coup avec rage le yacht qui se glissa brusquement sous les vagues.

*
* *

— Parfait, Jimmy, dit Pitt au skipper du sous-marin. Nous l'avons détourné. Il nous reste à envoyer ces bonbonnes de gaz par le fond.

— J'espère seulement que ces salauds n'ont pas activé les charges, dit Flett en manœuvrant les commandes pour stabiliser le *Coral Wanderer* à dix mètres de fond et se préparer à une autre attaque contre le méthanier. Si le vieux marin était en proie à quelque hésitation, son visage coloré n'en montrait aucune trace. A dire vrai, il paraissait plutôt s'amuser pour la première fois depuis une éternité.

Le *Wanderer* glissait sous les vagues comme un poisson. Flett se sentait plus à l'aise, maintenant que tout risque d'avarie semblait devoir être épargné à son précieux bâtiment. Il jeta un coup d'œil sur les écrans radar et GPS afin de conserver une trajectoire en droite ligne vers le *Mongol Invader*.

— Où veux-tu que nous le frappions ? demanda-t-il à Pitt.

— Sous la salle des machines, à bâbord de la poupe, en prenant garde de ne pas provoquer une explosion sous les citernes de gaz. Si nous plaçons une charge trop loin en avant, le bâtiment tout entier risquerait de sauter, et avec lui, tout ce qui se trouve dans un rayon de deux milles.

— La troisième et dernière charge ?

— Dans la même partie du navire, mais du côté tribord. Si nous parvenons à percer deux gros trous dans sa poupe, il glissera sous l'eau assez vite, d'autant que son tirant d'eau n'est pas très important.

— Puisque nous n'avons pas d'équipage à affronter, dit Giordino avec une curieuse expression de satisfaction, cette attaque devrait être une partie de plaisir, comparée à la précédente.

— Ne vendons pas la peau de l'ours avant de l'avoir tué, le modéra Pitt, ainsi qu'il l'avait fait dans le passé à de multiples reprises. Nous ne sommes pas encore prêts à rentrer nous coucher.

Chapitre 52

— JOHN Milton Hay a écrit : « L'homme le plus chanceux est celui qui sait exactement quand se lever et rentrer chez lui », cita Jimmy Flett au moment où un missile lancé du *Mongol Invader* frôlait la cabine de contrôle du submersible en plongée pour exploser dans l'eau à moins de trente mètres derrière lui. Nous aurions peut-être dû suivre ses conseils.

— Il n'y a pas de doute, ils sont après nous, commenta Pitt.

— Ils doivent être fous furieux, maintenant qu'ils savent que nous sommes responsables de leurs avaries, plaisanta Giordino.

— Leur bateau a l'air d'un cadavre flottant.

— Je ne sais pas si leur équipage de rats quitte le navire, dit Giordino tandis que l'eau remontait par-dessus les vitrages, mais je ne les vois pas mouiller de canots.

Au moment où le *Coral Wanderer* disparaissait du champ de vision des occupants du tanker, Flett plongea à pleine vitesse et prit un virage serré vers tribord. Il était temps. Un bruit sourd retentit, très audible, et le luxueux sous-marin se balança alors qu'un missile venait frapper l'eau et exploser à l'endroit où ils se trouvaient un instant plus tôt.

Le skipper redressa et pointa sa proue sur la partie bâbord de la coque du tanker. Un autre missile éclata, mais trop loin. Les « Vipères » venaient de perdre leur dernière chance de détruire ceux qui venaient de leur infliger un châtiment mérité. Le *Coral Wanderer* était désormais invisible, masqué par les flots. Le faible sillage laissé par scs hélices avait déjà presque disparu lorsqu'il refit surface.

Pitt regagna son poste d'observation près du hublot panoramique de la proue et reprit son quart de veille. Le méthanier avait mis en panne, et le prochain assaut s'annonçait moins complexe et périlleux que le précédent. Les « Vipères » se préparaient sans doute à abandonner l'*Invader*, se dit-il, mais par où ? Ils n'amenaient pas les canots de sauvetage. Ils n'allaient tout de même pas s'échapper à la nage ! Soudain, quelque chose lui revint en mémoire.

Il n'était plus temps de tergiverser. Il lui fallait concentrer chacune de ses cellules grises, affûter son regard et se tenir prêt à avertir Flett. Brusquement, la coque du mammouth apparut en face du hublot près duquel se tenait Pitt. La tâche était cette fois plus facile. Flett ne franchit pas la distance à grande vitesse comme la première fois ; ils approchaient d'un navire immobile sans avoir à se garder du mouvement de ses hélices.

Une minute, puis deux ; enfin, Pitt vit la surface de la coque envahir le hublot.

— Nous sommes dessus, Jimmy.

Avec habileté, Flett inversa le sens des hélices pour ralentir et se mit en parallèle avec la coque de l'*Invader*. En une brillante démonstration de navigation, il s'approcha à moins de deux mètres du tanker, puis il accrut sa vitesse en avançant vers la section de la poupe qui abritait les compartiments-machines.

Dans la cabine, Giordino étudiait avec attention l'écran du système de radar sous-marin assisté par ordinateur. Lentement, il leva la main, puis l'agita.

— Encore dix mètres.

Flett opéra avec soin un virage jusqu'à ce que la charge, au bout de l'espar, se trouve tout contre les panneaux qui protégeaient la vulnérable salle des machines.

La charge magnétique claqua contre la coque, et le *Wanderer* entama une rapide marche arrière. Le visage de Giordino se fendit en un sourire lorsqu'ils atteignirent une zone sûre.

— Encore une fois, et on y met tout son cœur !

Il appuya alors sur le petit levier de la télécommande. Une sourde détonation se propagea sous l'eau tandis que le *Wanderer* essuyait la vague de pression.

— C'est un coup mortel, dit Flett. Avec ce matériel explosif ultramoderne que vous avez emmené à bord, le trou doit être plus important que celui qu'aurait pu faire une véritable torpille.

— Jimmy, je suppose que ton sous-marin dispose d'un sas de sortie ? demanda Pitt en entrant dans la cabine de contrôle.

— Bien sûr, répondit Flett en hochant la tête. C'est obligatoire pour tous les submersibles à usage commercial, selon les règlements maritimes internationaux.

— As-tu à bord du matériel de plongée ?

— Oui. J'ai quatre combinaisons avec leur équipement pour les passagers qui voudront plonger, lorsque le *Wanderer* sera exploité commercialement.

— Al, tu n'as pas envie de te mouiller un peu ? demanda Pitt en se tournant vers Giordino.

— J'allais te le suggérer, répondit Giordino comme si rien d'autre n'aurait pu lui plaire davantage. Il vaut mieux recharger l'espar en plongée que de risquer de recevoir un missile en pleine figure.

Les deux hommes n'enfilèrent même pas leurs combinaisons. Chaque minute était comptée et ils s'accordèrent à considérer qu'ils supporteraient l'eau froide, en short, le temps de disposer la troisième charge à l'extrémité de l'espar. Ils sortirent par le sas, assez large pour les laisser passer tous les deux, attachèrent la charge et revinrent à bord en moins de sept minutes, leurs corps engourdis par l'eau à dix-huit degrés.

Dès leur retour à l'intérieur du sas, Flett lança le *Wanderer* en avant pour l'ultime attaque. Avant que Pitt et Giordino n'aient eu le temps de regagner la cabine de pilotage, il avait déjà plaqué la charge contre la coque et effectué sa marche arrière.

Pitt posa la main sur l'épaule du skipper.

— Bon boulot, Jimmy.

— Je ne suis pas le genre de type à lambiner.

Giordino se sécha. Il prit la télécommande et actionna le petit levier ; la charge explosa en perçant un énorme trou dans la coque du *Mongol Invader*.

— Prenons-nous le risque de faire surface pour constater le résultat de nos travaux ? demanda Flett.

— Pas encore, répondit Pitt. Il y a un endroit que j'aimerais bien explorer d'abord.

*
* *

Le sol de la timonerie fit une embardée lorsque la seconde charge fora un trou béant dans la coque du méthanier. L'origine de l'explosion semblait se trouver juste sous les pieds de Kanai. La superstructure de la poupe frissonna sous le choc. Aux yeux de ceux qui observaient le tanker de la rive, du pont ou à bord de bateaux, la proue du tanker se soulevait de façon nette et visible de l'eau.

Kanai pensait au départ que le bâtiment survivrait à la première explosion et parviendrait à retrouver son cap. C'était prendre ses désirs pour des réalités. L'explosion suivante scella le destin du navire. Le *Mongol Invader* allait rejoindre le fond de la baie, soixante-cinq mètres plus bas. Kanai s'installa dans le fauteuil du commandant et essuya le sang qui coulait de son front sur ses yeux depuis qu'un éclat de verre lui avait entaillé la peau jusqu'à l'os.

Le grondement du moteur s'était tu quelques minutes plus tôt. Il se demandait si l'ingénieur en chef et ses hommes avaient réussi à s'échapper de la salle des machines avant que les deux explosions ne provoquent un déluge à l'intérieur du navire. Il parcourut la passerelle du regard ; elle paraissait avoir été saccagée par des émeutiers. Une serviette pressée contre le front, il se dirigea vers une armoire métallique, ouvrit la porte et contempla un panneau électrique constellé d'interrupteurs. Il régla le programmateur sur vingt minutes, l'esprit brumeux, sans même considérer la possibilité que le bâtiment coule avant que les charges disposées sous les citernes gargantuesques explosent. Il poussa enfin l'interrupteur du détonateur sur la position « ON ».

Harmon Kerry franchit les derniers échelons de l'escalier extérieur et entra. Du sang coulait d'une demi-douzaine de blessures, mais il ne semblait pas y prêter attention. Ses yeux étaient vitreux et il paraissait à bout de souffle, comme après un intense effort. Il s'agrippa à la console de navigation pour reprendre haleine.

— Vous n'avez pas pris l'ascenseur ? demanda Kanai, curieux, et comme détaché du saccage qui l'entourait.

— Il était hors d'usage, répondit Kerry d'une voix rauque. J'ai dû grimper dix étages. Un câble avait été arraché d'une poulie, mais j'ai pu le réparer. Je pense que l'on pourra le prendre pour descendre, en n'allant pas trop vite.

— Vous auriez dû aller directement au submersible.

— Je ne déserterai pas ce navire sans vous.

— Je vous suis très reconnaissant de votre loyauté.

— Vous avez programmé les charges explosives ?

— L'explosion aura lieu dans vingt minutes.

— Nous aurons la chance d'être assez loin, dit Kerry. Nous ferions bien de nous dépêcher.

Le navire fit une soudaine embardée et le sol bascula en arrière.

— Les hommes sont-ils à l'abri ? demanda Kanai.

— Pour autant que je le sache, ils ont quitté leurs postes pour rejoindre le submersible.

— Nous n'avons plus rien à faire ici.

Kanai jeta un dernier regard aux corps qui gisaient sur la passerelle. Un homme blessé respirait encore, mais Kanai considéra qu'il était moribond et l'enjamba pour gagner l'ascenseur. Juste au moment d'y entrer, il regarda pour la dernière fois le panneau du programmateur de charge explosive. Les chiffres rouges de l'horloge à affichage digital défilaient. Cette mission ne se soldait pas par un échec total, après tout. Quelques morts et quelques dégâts valaient mieux que rien, songea-t-il.

Après la fermeture des portes, Kerry appuya sur le bouton de l'étage de fond de cale et ne put qu'espérer que tout se passe au mieux. L'ascenseur tremblait et était agité de secousses, mais il descendit lentement tout en bas, juste au-dessus de la quille.

Lorsqu'ils atteignirent le sas ouvert du submersible, qui dépassait d'un passage étanche de la coque, ils barbotèrent dans un flot d'eau qui atteignait leurs genoux et durent se pencher en avant pour compenser l'inclinaison de plus en plus marquée de la poupe qui s'enfonçait peu à peu.

L'ingénieur en chef les attendait, couvert d'huile et de sueur.

— Il faut faire vite ! Le submersible risque d'être inondé. Le bâtiment coule, et il coule vite.

Kanai fut le dernier à entrer par l'écoutille dans la cabine principale. Six hommes, dont trois blessés, étaient installés sur des sièges en vis-à-vis – c'est tout ce qui restait de l'équipe des « Vipères ».

Après avoir verrouillé le panneau d'écoutille, Kanai pénétra dans le cockpit de pilotage en compagnie de l'ingénieur en chef, qui s'assit à son côté et enclencha les batteries.

Au-dessus de leurs têtes, ils entendaient le *Mongol Invader* gémir et hurler de protestation sous la tension tandis que sa proue s'élevait dans le ciel. Le navire était à deux doigts de sombrer par la poupe.

Kanai allait faire démarrer les moteurs lorsqu'il jeta un coup d'œil au-delà du vitrage en forme de bulle et vit un étrange engin qui s'approchait en face de lui à travers les eaux glauques. Tout d'abord, il crut qu'un yacht privé avait peut-être été pris dans la bataille et se trouvait en plein naufrage, mais il comprit vite qu'il s'agissait du bâtiment qu'il avait vu plus tôt s'enfoncer sous les vagues. Lorsque le curieux appareil fut plus près, il aperçut un long espar de métal jailli de sa proue et orienté vers la coque du submersible des « Vipères ». Il comprit trop tard les desseins du mystérieux sous-marin.

Celui-ci s'élança en avant jusqu'à ce que son espar vienne heurter le mécanisme qui maintenait le submersible fixé à la coque de l'*Invader* et en bloque effectivement les chevilles d'amarrage. Le visage de Kanai devint aussi rigide qu'un masque mortuaire. Frénétique, il tenta d'actionner le mécanisme. Sans succès. Les chevilles refusaient de sortir de leurs logements et de laisser le submersible s'échapper du ber fixé au fond de la coque.

— Pourquoi est-ce que nous ne nous détachons pas ? hurla l'ingénieur en chef, au bord de la terreur. Bon Dieu, mais dépêchez-vous avant que ce navire ne coule sur nos têtes !

Tout en concentrant toute sa force à tirer sur la manette de largage, Kanai scrutait à travers l'immensité verte le *Wanderer* suspendu dans l'eau juste au-delà de la courbure de la coque. Avec un sentiment croissant d'horreur, il reconnut l'homme installé derrière le vaste hublot panoramique de la proue du sous-marin. En raison du grossissement dû au hublot, il distinguait les yeux verts, les cheveux noirs, et le sourire diabolique.

— Pitt ! haleta-t-il.

*
* *

Avec une curiosité presque morbide, Pitt rendit son regard à Kanai. Le méthanier en plein naufrage émit un grondement imposant lorsque sa poupe heurta le fond à un angle aigu en produisant un énorme nuage de vase. Lentement, le reste de la coque commença à se poser, et le submersible ne fut plus qu'à un ou deux mètres du point où il allait se trouver écrasé dans la vase par le poids colossal de l'*Invader*.

L'expression d'horreur du visage de Kanai céda soudain la place à une furie noire. Il lança son poing en direction de Pitt, alors que la coque de l'*Invader* commençait à enfoncer le submersible. Pitt ne put se retenir d'en profiter avant qu'il ne soit trop tard. Ses lèvres se fendirent en un large sourire, et il agita la main en guise d'adieu, tandis que Jimmy Flett opérait une marche arrière afin que le *Coral Wanderer* ne se trouve pas lui aussi prisonnier du tanker.

Le submersible des « Vipères » et tous ses occupants disparurent alors dans un tourbillon d'eau boueuse, ensevelis pour l'éternité sous l'épave du *Mongol Invader*.

Kanai mourut, anéanti par la terreur dans une totale obscurité, ignorant à jamais que ses charges explosives n'avaient jamais provoqué la moindre explosion sous les monstrueuses citernes de propane. Il mourut sans savoir qu'un projectile tiré des canons de proue du *Timothy Firme* avait sectionné le fil qui conduisait au détonateur.

Le combat héroïque des garde-côtes n'avait pas été vain.

CINQUIÈME PARTIE

La boucle est bouclée

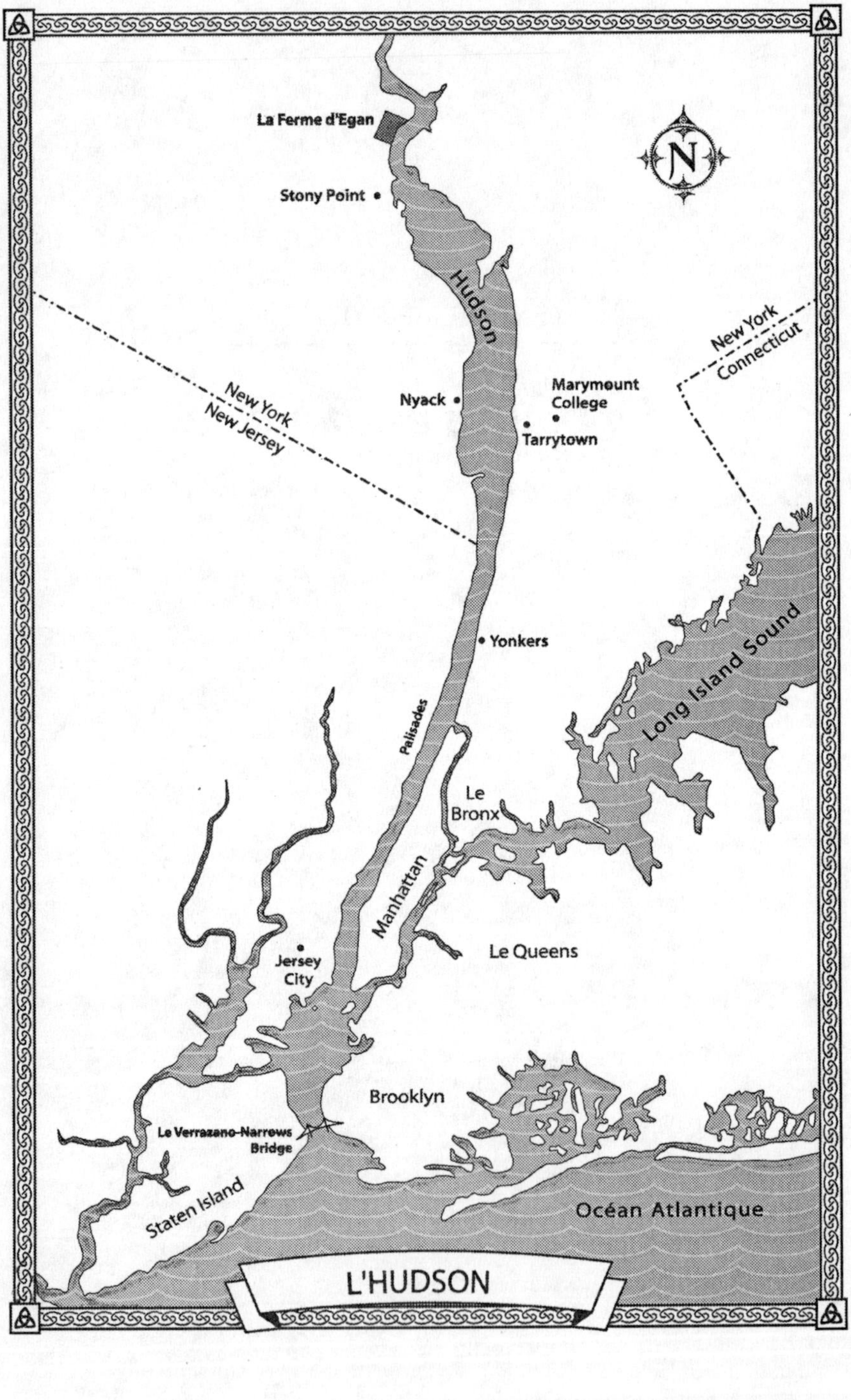
La Ferme d'Egan
Stony Point
Hudson
New York
Connecticut
New York
New Jersey
Nyack
Marymount College
Tarrytown
Yonkers
Long Island Sound
Palisades
Le Bronx
Manhattan
Le Queens
Jersey City
Brooklyn
Le Verrazano-Narrows Bridge
Staten Island
Océan Atlantique
L'HUDSON

Chapitre 53

Le 12 août 2003,
Amiens, France

La Rolls-Royce gris et argent glissait en silence, avec majesté, dans les rues de la ville d'Amiens. Situé dans la vallée de la Somme, au nord de Paris, le village originel existait bien avant que les Romains ne viennent s'installer dans la région. De nombreuses batailles furent livrées pendant des siècles, à l'intérieur et à l'extérieur de la ville, entre Celtes et Romains, pendant les guerres napoléoniennes, et au cours des deux guerres mondiales, lorsqu'elle était occupée par les Allemands.

La Rolls dépassa la splendide cathédrale d'Amiens, dont la construction commença en 1220 pour se terminer en 1270. Exemple éclatant de l'apogée du gothique, la cathédrale possède une façade ornée d'une magnifique rosace, de galeries ouvragées et de sculptures célèbres, rehaussées par trois portails et deux tours jumelles.

L'automobile continua au-delà de la Somme où des maraîchers, à bord de leurs barques, vendaient fruits et légumes.

St. Julien Perlmutter n'aimait pas voyager avec le *vulgum pecus*. Il détestait les avions et les aéroports, et préférait se déplacer en bateau en emmenant avec lui sa vieille Silver Dawn 1955, conduite par son chauffeur, Hugo Mulholland.

Lorsqu'ils eurent quitté les abords de la ville, Mulholland bifurqua pour emprunter une petite route et continua à rouler pendant un peu plus d'un kilomètre avant de s'arrêter devant un portail de fer forgé, entre de hauts murs de pierre recouverts de plantes grimpantes. Il pressa le bouton d'un interphone et prononça quelques mots. Personne ne répondit, mais le portail s'ouvrit lentement. Hugo suivit une allée de graviers qui se terminait en arc de cercle devant la façade d'un manoir traditionnel français.

Hugo se glissa hors de son siège et tint la porte ouverte tandis que Perlmutter extrayait son imposante carcasse de son siège et gravissait pesamment, avec l'aide de sa canne, les marches du perron. Quelques instants après qu'il eut tiré la chaîne de la sonnette, un homme grand, mince, avec un visage avenant sous une épaisse chevelure blanche coiffée en arrière, ouvrit la porte dont les panneaux de verre étaient ornés de gravures de voiliers. Ses yeux d'un bleu tendre examinèrent un instant Perlmutter, puis il s'inclina avec grâce en lui tendant la main.

— Bonjour, monsieur Perlmutter. Je suis Paul Hereoux.

— Docteur Hereoux, dit Perlmutter en enveloppant la main fine du Français de sa grosse patte charnue. C'est pour moi un honneur de rencontrer enfin l'estimé président de la Société Jules Verne.

— C'est moi, au contraire, qui suis très honoré de recevoir un historien aussi distingué dans ma maison.

— Une merveilleuse maison, d'ailleurs.

Hereoux conduisit Perlmutter le long d'un couloir jusqu'à une vaste bibliothèque qui contenait plus de dix mille ouvrages.

— Vous trouverez ici tous les écrits de Jules Verne et tout ce qui a été publié à son sujet jusqu'à sa mort. Les travaux plus récents se trouvent dans une autre pièce.

Perlmutter fit semblant d'être impressionné. La taille de la bibliothèque était extraordinaire, en effet, mais elle représentait moins du tiers de celle de Perlmutter, consacrée aux ouvrages maritimes. Il se dirigea vers des rayonnages où étaient rangés des manuscrits, mais il ne s'autorisa pas à les consulter ni même à les toucher.

— S'agirait-il de ses documents non publiés ?

— Vous êtes très perspicace. En effet, ce sont là des manuscrits non terminés, ou qu'il ne pensait pas dignes d'être publiés, répondit Hereoux en s'approchant d'un gros canapé devant une vaste baie vitrée qui donnait sur un jardin luxuriant.

— Asseyez-vous, je vous en prie. Puis-je vous offrir du thé, ou du café ?

— Je prendrais volontiers du café, merci.

Hereoux passa une commande par un interphone et vint s'asseoir en face de Perlmutter.

— Eh bien, St. Julien. Puis-je vous appeler par votre prénom ?

— Je vous en prie. Nous venons de nous rencontrer, mais il est vrai que nous nous connaissons depuis longtemps déjà.

— Dites-moi, en quoi puis-je vous aider pour vos recherches ?

Perlmutter fit tourner sa canne entre ses genoux écartés.

— J'aimerais creuser la question des recherches de Jules Verne en ce qui concerne le capitaine Nemo et le *Nautilus*.

— Vous parlez de *Vingt Mille Lieues sous les mers*, bien entendu.

— Non, du capitaine Nemo et de son sous-marin.

— Ils comptent en effet parmi les plus belles créations de Verne.

— Pourrait-on supposer qu'il s'agisse d'autre chose que de *créations* ?

Hereoux posa son regard sur St. Julien Perlmutter.

— Je crains de ne pas comprendre.

— L'un de mes amis est persuadé que Verne n'a pas créé Nemo à partir du néant. Il pense que l'écrivain a utilisé un modèle.

L'expression du visage de Hereoux demeura impassible, mais Perlmutter décela un léger tressaillement dans son regard bleu.

— J'ai peur de ne pouvoir vous aider en ce qui concerne cette théorie.

— Pouvoir ou vouloir ? demanda Perlmutter – la question était à la limite de l'insulte, mais il la fit passer en l'accompagnant d'un sourire bienveillant.

Un soupçon de mécontentement traversa le visage de Hereoux.

— Vous n'êtes pas le premier à venir me voir avec des propositions aussi étranges.

— Vous trouvez cela ridicule ? Peut-être, mais fascinant tout de même.

— En quoi puis-je vous aider, mon vieil ami ?

— Si vous m'autorisiez à consulter vos archives...

Hereoux se détendit soudain comme un joueur de cartes qui se voit distribuer une quinte flush.

— Je vous en prie, considérez cette bibliothèque comme la vôtre.

— Autre chose. Cela vous ennuierait-il que mon chauffeur ici présent me serve d'assistant ? Je ne parviens plus à grimper les barreaux d'une échelle pour atteindre les rayonnages supérieurs.

— Pas du tout. Je suis sûr qu'il s'agit d'un homme de confiance. Cependant, vous devrez endosser la responsabilité de tout dérangement éventuel.

Voilà un terme bien poli pour parler de dommages causés aux livres, ou de vols ! songea Perlmutter.

— Cela va sans dire, Paul. Je vous promets qu'il travaillera avec le plus grand soin.

— Dans ce cas, je vous laisse toute latitude pour mener vos recherches. Si vous avez la moindre question à me poser, je serai dans mon bureau, à l'étage.

— J'ai en effet une question à vous poser.

— Oui ?

— Qui a classé les ouvrages de la bibliothèque ?

— Mais c'est Jules Verne lui-même ! Tous les livres, dossiers et manuscrits se trouvent exactement là où il les a laissés à sa mort. Bien entendu, beaucoup de gens tels que vous sont venus effectuer des recherches, et j'insiste toujours pour qu'ils remettent chaque élément à la place où ils l'ont trouvé.

— Très intéressant, commenta Perlmutter. Tout est resté à la même place depuis quatre-vingt-dix-huit ans. Il y a là matière à réflexion...

Aussitôt après le départ de Hereoux de la bibliothèque, les yeux pensifs, circonspects, de Mulholland se tournèrent vers son maître.

— Avez-vous remarqué sa réaction lorsque vous avez laissé entendre que Nemo et le *Nautilus* avaient réellement existé ?

— Oui, le docteur Hereoux a paru déstabilisé. Je me demande s'il cache quelque chose, et *quoi*.

*
* *

Hugo Mulholland, le chauffeur de Perlmutter, était un personnage maussade, au regard triste et au crâne chauve.

— Avez-vous décidé quel serait votre point de départ ? demanda-t-il. Depuis une heure, vous restez assis à regarder ces livres, mais vous n'en avez pas sorti un seul des rayonnages.

— Patience, Hugo. Ce que nous cherchons ne se trouve pas dans un endroit évident, car sinon, d'autres chercheurs l'auraient trouvé avant nous.

— D'après ce que j'ai pu lire à son sujet, Verne était un homme compliqué.

— Non, pas compliqué, ni forcément brillant, d'ailleurs, mais il était doté d'un esprit visionnaire. Il est le fondateur de la science-fiction, vous savez. C'est lui qui a inventé le genre.

— Et H.G. Wells ?

— Il n'a écrit *La Machine à explorer le temps* que trente ans après *Cinq Semaines en ballon.*

Perlmutter changea de position sur le canapé et continua à examiner les rayonnages de la bibliothèque. Pour un homme de son âge, sa vue était étonnante. Les ophtalmologues s'émerveillaient de sa vision. Depuis le centre de la pièce, il parvenait à lire presque tous les titres inscrits au dos des livres, sauf lorsqu'ils étaient quasiment effacés ou imprimés en trop petits caractères. Son regard ne s'attardait pas sur les livres ou les manuscrits non publiés. Il s'intéressait beaucoup plus aux nombreuses notes.

— Vous pensez donc que Jules Verne s'est basé sur la réalité pour écrire *Vingt Mille Lieues sous les mers*, dit Mulholland en se servant une tasse du café que Hereoux leur avait amené en personne un peu plus tôt.

— Verne adorait la mer. Il fut élevé dans la ville portuaire de Nantes et s'enfuit comme matelot à bord d'un petit voilier, mais son père prit un steamer qui arriva le premier au port et il ramena son fils à la maison. Son frère Paul servait dans la flotte française, et Verne lui-même était un marin enthousiaste. Lorsqu'il connut le succès, il fit l'acquisition de plusieurs yachts et vogua sur toutes les mers d'Europe. Dans sa jeunesse, il écrivit un texte au sujet d'un voyage entrepris sur l'un des plus grands paquebots de l'époque, le *Great Eastern.* J'ai la tenace impression que quelque chose au cours de ce voyage est arrivé, qui a inspiré Jules Verne pour l'écriture de *Vingt Mille Lieues sous les mers.*

— Si Nemo a vraiment vécu dans les années 1860, où a-t-il puisé les connaissances scientifiques nécessaires à la construction d'un sous-marin, avec un siècle d'avance sur son temps ?

— C'est ce que j'aimerais découvrir. Le docteur Elmore Egan connaissait cette histoire. Je ne sais pas d'où il la tenait, c'est là que réside le mystère.

— Sait-on ce qui est arrivé au capitaine Nemo ?

— Six ans après la publication de *VINGT Mille lieues sous les mers*, Verne écrivit un roman appelé *L'Ile mystérieuse.* Dans ce livre, un groupe de naufragés s'installe sur une île déserte, où ils sont sans cesse harcelés par des pirates. Un mystérieux bienfaiteur, qui demeure invisible, laisse des vivres et des fournitures sur l'île à l'intention des malheureux. Il décime également la bande de pirates. Vers la fin du livre, les naufragés sont conduits dans un tunnel jusqu'à une caverne inondée, au cœur du volcan de l'île. Ils y découvrent le *Nautilus* et le capitaine Nemo, mourant. Celui-ci les prévient que le volcan est au bord de l'éruption. Ils parviennent à s'échapper à temps, et l'île se détruit en enterrant le capitaine Nemo et sa fabuleuse création pour l'éternité.

— Il est curieux que Verne ait pris tant de temps avant de rédiger la fin de son récit.

— Qui pourrait dire ce qu'il avait en tête ? répondit Perlmutter en haussant les épaules. A moins qu'il n'ait appris la mort du véritable Nemo que plusieurs années plus tard.

Hugo décrivit un cercle complet en contemplant les milliers de livres.

— Une aiguille dans une botte de foin... Mais il y a de multiples aiguilles ; laquelle est la bonne ?

— Nous pouvons éliminer les livres. Tout ce qui a été publié a été entre les mains des lecteurs du monde entier. Nous pouvons aussi écarter les manuscrits. Ils ont sans nul doute été fouillés de fond en comble par tous les passionnés de Jules Verne. Ce qui nous ramène à ses notes. Mais là encore, elles ont été étudiées tant et plus par les spécialistes.

— Alors, où cela nous mène-t-il ?

— Là où personne d'autre n'a songé à regarder, répondit Perlmutter, pensif.

— C'est-à-dire ?

— Jules Verne n'était pas le genre d'homme à cacher ses secrets dans un endroit facile à trouver. Comme la plupart des bons auteurs de fiction, il avait un esprit retors. Dans une bibliothèque, mon ami, où cacheriez-vous quelque chose si vous vouliez que personne ne le trouve avant un siècle ?

— Il me semble que vous avez déjà éliminé le moindre morceau de papier imprimé ou annoté.

— Précisément ! lança Perlmutter d'une voix forte. Une cachette qui ne fasse pas partie des livres ni des rayonnages.

— Un compartiment secret dans la cheminée, par exemple, dit Mulholland en examinant les pierres du manteau. C'est un endroit permanent.

— Vous sous-estimez Jules Verne. Son esprit imaginatif était d'une qualité supérieure. Les cachettes dissimulées dans les cheminées faisaient fureur dans les histoires mystérieuses de l'époque.

— Un meuble ou un tableau accroché au mur ?

— Les meubles et les tableaux n'ont rien de permanent par

nature. On peut les ôter ou les déplacer. Pensez à quelque chose qui demeure en permanence sur place.

Mulholland réfléchit un instant, puis son visage maussade s'illumina quelque peu et il baissa les yeux.

— Le plancher !

— Tirez les tapis et jetez-les sur le canapé, lui ordonna Perlmutter. Examinez avec soin les jointures des planches. Cherchez de petites encoches, au bout des lattes, qui nous indiqueront l'endroit où elles ont été soulevées.

Mulholland se retrouva à quatre pattes pendant une demi-heure et scruta avec minutie chacune des lattes du parquet. Soudain, il se releva, sourit et sortit une pièce de monnaie de sa poche. Il la glissa entre les extrémités de deux lattes et souleva l'une d'elles.

— Eurêka ! s'exclama-t-il avec excitation

Malgré son embonpoint, Perlmutter était encore capable d'enthousiasme au point de ramper par terre ; il s'étendit de côté et regarda sous la planche. Il y avait là un petit sac de cuir. Il le prit avec soin entre le pouce et l'index et le souleva avec douceur. Ensuite, non sans devoir recourir à l'aide de Mulholland, il se releva et alla s'effondrer sur le canapé.

Avec une attitude de profond respect, il défit le petit ruban de velours qui fermait le sac et l'ouvrit. Il en sortit un petit carnet de notes, guère plus grand qu'une pile de cartes postales, mais dont l'épaisseur atteignait tout de même sept ou huit centimètres. Il souffla sur la poussière de la couverture et se mit à lire à voix haute :

La Quête de l'ingénieux capitaine Amherst

Avec une infinie lenteur, Perlmutter entama la lecture du manuscrit dont les caractères ne dépassaient pas trois millimètres de haut. Perlmutter maîtrisait huit langues et n'éprouva aucune difficulté à comprendre le récit par Jules Verne des aventures d'un scientifique britannique à l'intelligence phénoménale, le capitaine Cameron Amherst.

Pendant que ses yeux déchiffraient le texte, son esprit évoquait les images de cet homme extraordinaire, que Jules Verne connaissait et dont il retraçait la vie. Deux heures plus tard, il referma le carnet, et se renfonça sur le dossier du canapé avec l'expression d'un homme amoureux dont une femme vient d'accepter la demande en mariage.

— Vous avez trouvé des éléments dignes d'intérêt ? lui demanda Mulholland. Quelque chose que personne jusqu'ici ne savait ?

— Avez-vous remarqué le ruban qui fermait ce sac ?

— Il ne peut guère avoir plus de dix ou douze ans, répondit Mulholland en hochant la tête. Si Verne avait été le dernier à toucher ce sac, le ruban serait parti en poussière depuis longtemps.

— Ce qui nous amène à la conclusion que le docteur Hereoux a appris il y a fort longtemps de cela le secret de Jules Verne.

— De quel secret s'agit-il ?

Perlmutter regarda dans le vide pendant quelques instants ; lorsqu'il reprit la parole, sa voix était douce et faible, comme si les mots venaient de très loin.

— Pitt avait raison.

Il ferma alors les yeux, poussa un long soupir et s'endormit presque aussitôt.

Chapitre 54

APRÈS huit heures passées devant la Commission du Congrès, Curtis Merlin Zale consultait fréquemment sa montre et ne tenait plus en place sur son siège. Ce n'était plus l'homme à la superbe assurance qui, peu de temps auparavant, tenait encore tête à Loren Smith et aux autres membres de la commission. Le sourire suffisant s'était lui aussi évanoui, remplacé par des lèvres pincées et serrées l'une contre l'autre.

L'annonce d'une catastrophe à New York aurait dû déjà circuler dans la salle d'audience. Et puis, pourquoi n'avait-il encore reçu aucune nouvelle de Kanai ?

William August, élu de l'Oklahoma, était en plein interrogatoire ; il questionnait Zale sur les prix exorbitants imposés par les raffineries des compagnies pétrolières lorsque Sandra Delage, vêtue d'un ensemble strict taillé sur mesure, s'approcha de Zale par-derrière et posa un morceau de papier sur son bureau. Zale s'excusa et parcourut rapidement le message. Ses yeux s'écarquillèrent et il se tourna vers Sandra Delage. Le visage de son administratrice était aussi sinistre que celui d'un entrepreneur de pompes funèbres. Zale masqua le micro de sa main et lui posa à voix basse plusieurs questions, auxquelles elle répondit à voix très basse, de telle sorte que personne près d'eux ne puisse l'entendre. Elle se détourna enfin et quitta la salle.

Zale n'était pas homme à se laisser abattre par la défaite, mais à cet instant, il devait ressembler à Napoléon Bonaparte après la bataille de Waterloo.

— Je suis désolé, murmura-t-il à l'adresse de William August. Pourriez-vous répéter la question ?

Loren était fatiguée. La fin d'après-midi s'était transformée en début de soirée, mais elle n'était pas prête à laisser Zale quitter la salle d'audience ; pas encore. Ses assistants l'avaient informée de l'interception du *Pacific Chimera* et du fait qu'aucune substance explosive ne se trouvait à son bord. Ce ne fut que deux heures plus tard qu'elle fut avertie des opérations destinées à arrêter le *Mongol Invader*. Elle n'avait reçu aucune nouvelle de Pitt ou de Sandecker depuis deux heures de l'après-midi, et s'était efforcée de combattre une peur lancinante au cours des quatre heures suivantes.

Son anxiété était encore renforcée par la froide colère qu'elle éprouvait à l'encontre de Zale, qui lui adressait avec détermination des réponses calculées, sans la moindre hésitation, et sans prendre la peine de se réfugier derrière une mémoire défaillante. Zale paraissait contrôler pleinement la situation et manœuvrer la procédure pour l'adapter à ses propres intérêts.

Loren savait pourtant que Zale se fatiguait, lui aussi, et elle se força à faire preuve de patience. Comme une lionne embusquée, elle attendait le moment adéquat pour frapper, grâce aux informations révélées par Sally Morse. Elle tira de sa serviette les papiers sur lesquels étaient notées les questions et les accusations qu'elle avait préparées, et attendit que William August termine son propre interrogatoire.

Au même moment, elle vit les visages de l'assistance regarder derrière elle. Des murmures commencèrent à s'échanger parmi les membres de la commission. Une main se posa alors sur son épaule. Elle se retourna et se trouva, incrédule, face au visage de Dirk Pitt. Il était vêtu d'un jean sale et d'un sweat-shirt fripé. Il paraissait épuisé, comme s'il venait de gravir une montagne. Ses cheveux formaient une tignasse informe et emmêlée et le bas de son visage était recouvert d'une barbe de trois jours. Un garde agrippait son bras et tentait de le faire sortir de la salle, mais Pitt le traînait derrière lui comme un saint-bernard obstiné.

— Dirk ! chuchota-t-elle. Que faites-vous donc ici ?

Pitt ne la regarda pas en répondant, mais fixa Zale avec un sourire fier ; il parla dans le micro de Loren d'une voix qui retentissait dans toute la salle.

— Nous avons arrêté un transporteur de gaz naturel liquéfié qui menaçait de faire sauter le port de New York. Le navire repose désormais au fond de la mer. Veuillez s'il vous plaît informer monsieur Zale que son équipe de « Vipères » a sombré avec le bâtiment. Madame Sally Morse, directrice générale de la Yukon

Oil, peut maintenant témoigner devant cette commission sans crainte de représailles.

Pitt, en un mouvement qui aurait pu paraître accidentel, frôla de la main la chevelure auburn de Loren et quitta la pièce.

Un énorme fardeau cessa soudain de peser sur les épaules de Loren.

— Messieurs et mesdames, annonça-t-elle, l'heure est tardive et si personne ne soulève d'objection, j'aimerais suspendre cette audience jusqu'à neuf heures demain ; j'appellerai alors un important témoin qui révélera toute la vérité sur les activités criminelles de monsieur Zale et...

— Ce sont là des paroles outrancières, ne pensez-vous pas ? l'interrompit Sturgis. Nous n'avons rien vu ou entendu ici qui apporte la moindre preuve d'une activité criminelle !

— Vous l'entendrez demain, répliqua Loren d'un ton calme, tout en fixant Sturgis d'un regard de pur triomphe, lorsque madame Morse nous révélera les noms des personnalités, ici à Washington et dans le reste du pays, qui ont accepté des pots-de-vin de monsieur Curtis Merlin Zale. Je vous le promets, l'ampleur de la corruption et des bakchichs, l'énormité des sommes qui ont été versées sur des comptes offshore, risquent d'ébranler le gouvernement jusque dans ses fondements, et choquer le public comme nul autre scandale dans le passé.

— Quel rapport existe-t-il entre madame Sally Morse et monsieur Zale ? demanda Sturgis, qui réalisa trop tard qu'il marchait sur des œufs.

— Madame Morse est un ancien membre du conseil interne de la Cerbère Corporation. Elle a conservé des procès-verbaux de réunions, ainsi que des preuves de versements illicites et de crimes. Beaucoup de noms sur sa liste devraient vous paraître familiers.

La coquille des œufs sur lesquels marchait Sturgis céda brusquement. Tandis que résonnait le marteau de Loren, il se leva de son siège avec précipitation et quitta la salle sans un mot. La séance fut suspendue jusqu'au lendemain.

L'assistance se trouva comme prise de folie. Les journalistes des différents médias accoururent autour de Zale et voulurent rattraper Loren Smith, mais Pitt attendait à la porte et lui fraya un chemin parmi la meute bruyante des reporters qui hurlaient leurs questions et tentaient de lui barrer le passage. Le bras autour de la taille de Loren, il réussit à lui faire traverser la foule, descendre avec elle les marches du Capitole et l'emmener jusqu'à une voiture de la NUMA qui attendait au bord du trottoir. Giordino se tenait près du véhicule dont il avait déjà ouvert les portières.

*
* *

Curtis Merlin Zale était assis à sa table, entouré d'une nuée de journalistes, d'appareils photographiques et de caméras, comme un homme perdu dans les abîmes d'un cauchemar.

Il finit par se lever en chancelant et réussit à retrouver son chemin dans la cohue. Grâce à l'aide de la police du Capitole, il regagna le refuge de sa limousine. Son chauffeur le conduisit à l'hôtel particulier qui abritait le quartier général de la Cerbère Corporation et l'observa tandis qu'il traversait le vestibule comme un vieillard avant d'entrer dans l'ascenseur qui menait à son luxueux bureau.

Aucun homme n'aurait pu être plus isolé de la réalité que l'était Zale. Il n'avait pas d'amis proches, pas de parents encore en vie. Omo Kanai, peut-être le seul homme avec lequel il aurait pu s'entendre, était mort. Zale était seul dans un monde où son nom était pourtant connu de tous.

Il s'assit à son bureau et regarda par la fenêtre la cour en contrebas ; il évalua son avenir et le jugea sombre, menaçant. Il allait sans aucun doute finir ses jours dans une prison fédérale, quoi qu'il fasse pour rester libre. Lorsque les membres du cartel se retourneraient contre lui pour sauver leur peau, les meilleurs, les plus coûteux des avocats spécialisés dans les affaires criminelles livreraient une bataille perdue d'avance. Le témoignage de ses anciens affidés était suffisant pour lui valoir la peine capitale.

Sa fortune serait probablement disséminée à la suite d'une avalanche de poursuites judiciaires, civiles et fédérales. Sa loyale équipe de « Vipères » n'existait plus. Ils gisaient tous au fond de la mer. Ils n'étaient plus là pour éliminer quiconque menaçait de témoigner contre lui.

Il ne pourrait jamais s'échapper, ni se cacher dans aucun pays au monde. Un homme de sa notoriété et de sa stature était une proie facile pour les enquêteurs, qu'il fuie vers le désert du Sahara ou dans une île perdue au milieu de l'océan.

Ceux qui étaient morts à cause de sa rapacité revinrent le hanter, non pas sous forme d'apparitions ou de fantômes monstrueux, mais plutôt comme une cohorte de personnages ordinaires défilant sur un écran. Il avait fini par perdre son grand coup de poker. Aucune voie ne lui permettrait de gagner un refuge. La décision n'était pas difficile à prendre.

Il se leva de son bureau, alla vers le bar, se servit un doigt de whisky de cinquante ans d'âge et le but à petites gorgées en revenant vers le bureau pour ouvrir un tiroir. Il en sortit ce qui ressemblait à une vieille tabatière. A l'intérieur se trouvaient deux comprimés, conservés depuis longtemps pour le cas peu probable où il se serait trouvé handicapé à la suite d'un accident ou victime d'une maladie débilitante. Il prit une dernière gorgée de whisky, mit les comprimés sous sa langue et se détendit dans son grand fauteuil de cuir.

Le corps de Curtis Merlin Zale fut découvert le lendemain matin. Il n'avait laissé aucune lettre sur son bureau exprimant sa honte ou ses regrets.

Chapitre 55

GIORDINO arrêta la voiture en face de l'immeuble de la NUMA. Pitt descendit sur le trottoir et dit à Loren :

— Il ne se passera pas longtemps avant qu'une armée de journalistes vienne assiéger ta maison d'Alexandria. A mon avis, il vaut mieux qu'Al t'emmène chez moi au hangar, au moins pour cette nuit. Tu pourras dormir avec Kelly et Sally et reprendre tes auditions demain. D'ici là, ton personnel aura mis sur pied une équipe de sécurité.

Loren se pencha au-dehors et posa un baiser léger sur les lèvres de Pitt.

— Merci, dit-elle d'une voix douce.

Pitt sourit et agita la main lorsque Giordino démarra pour rejoindre le flux de la circulation.

Pitt se rendit tout droit au bureau de Sandecker, où l'amiral l'attendait en compagnie de Rudi Gunn. Sandecker avait retrouvé sa bonne humeur et tirait d'un air satisfait des bouffées de l'un de ses cigares particuliers. Il traversa la pièce et gratifia Pitt d'une vigoureuse poignée de main.

— Bon boulot, bon boulot, répétait-il sans cesse. Quelle idée brillante, d'utiliser un espar avec des explosifs étanches dans des conteneurs magnétiques ! Vous avez fait sauter la moitié de la poupe sans mettre en danger les citernes de propane.

— Nous avons eu de la chance, répondit Pitt, modeste.

Gunn serra lui aussi la main de Pitt.

— Tu nous as laissé pas mal de ménage à faire !

— Cela aurait pu être pire.

— Nous commençons déjà à établir des contrats avec des entreprises de récupération pour renflouer le méthanier, dit Gunn. Son épave risquerait de rendre la navigation dangereuse.

— Et le propane ?

— Le sommet des citernes ne se trouve qu'à dix mètres de la surface, expliqua Sandecker. Les plongeurs devraient pouvoir sans trop de difficultés relier des pompes et des conduites à d'autres bâtiments.

— Les garde-côtes ont déjà balisé le périmètre, et un bateau-phare mouille à proximité afin d'avertir les navires qui circulent dans les deux sens, ajouta Gunn.

Sandecker regagna son fauteuil derrière son bureau et souffla un vaste nuage de fumée vers le plafond.

— Comment se sont passées les auditions de Loren Smith ?

— Elles se sont mal passées pour Curtis Merlin Zale.

Le visage de l'amiral prit une expression satisfaite.

— Est-ce que par hasard j'entendrais un bruit de verrou de porte de prison ?

Pitt esquissa un léger sourire.

— Je pense qu'après avoir été jugé et condamné, Curtis Merlin Zale finira ses jours dans un couloir de la mort.

— Une fin tout à fait appropriée pour un homme qui a assassiné des centaines de ses semblables pour l'argent et le pouvoir, commenta Gunn en hochant la tête.

— Nous verrons encore des personnages du même acabit, dit Pitt d'un air sombre. Ce n'est qu'une question de temps ; un nouveau sociopathe apparaîtra un jour ou l'autre.

— Vous feriez mieux de rentrer chez vous et de vous reposer, l'admonesta charitablement Sandecker. Ensuite, vous prendrez quelques jours de congé pour vous consacrer à vos recherches sur le docteur Elmore Egan.

— A propos, lança Gunn, Hiram Yaeger voudrait que tu passes le voir.

*
* *

Pitt descendit à l'étage du service informatique et trouva Yaeger assis dans une petite remise, plongé dans la contemplation de la mallette en cuir du docteur Egan. Il leva les yeux lorsque Pitt entra, leva la main et désigna l'intérieur du bagage ouvert.

— Le timing est parfait. Elle devrait à nouveau se remplir d'huile dans trente secondes.

— Elle fonctionne selon un emploi du temps précis ? demanda Pitt.

— Le remplissage s'effectue par séquences, lui expliqua Yaeger. Chaque arrivée d'huile se fait précisément quatorze heures après la précédente.

— Et pourquoi quatorze heures, selon toi ?

— Max est en train de plancher sur le sujet, répondit Yaeger en fermant une lourde porte d'acier qui évoquait celle d'un coffre-fort. C'est pourquoi je voulais que tu viennes ici, dans la réserve. C'est un endroit sûr, avec des murs en acier pour la protection de données importantes, en cas d'incendie. Les ondes radio, les micro-ondes, le son, la lumière, rien ne peut pénétrer à travers ces murs.

— Et pourtant, la mallette se remplit d'huile ?

— Attends ! Tu vas voir ! *(Yaeger consulta sa montre, puis entama un compte à rebours marqué par un mouvement de l'index.)* Maintenant ! s'exclama-t-il enfin.

Devant les yeux de Pitt, l'intérieur de la mallette en cuir du docteur Egan commença à se remplir d'huile, comme versée par une main invisible.

— Il doit y avoir un truc.

— Il n'y a pas de truc, répondit Yaeger en fermant la mallette.

— Comment est-ce possible ?

— Max et moi avons fini par trouver la réponse. La mallette du docteur Egan est un récepteur.

— J'avoue être un peu perdu, admit Pitt.

Yaeger ouvrit la lourde porte d'acier et précéda Pitt jusqu'à son système informatique hautement sophistiqué. L'image holographique de Max se tenait sur son estrade et sourit à leur arrivée.

— Bonjour, Dirk. Vous m'avez manqué.

— J'ai pensé à vous amener des fleurs, répondit Pitt en riant, mais vous ne pouvez pas les tenir.

— Ce n'est pas drôle de ne pas avoir de substance, croyez-moi.

— Max, dit Yaeger, raconte à Dirk ce que nous avons découvert au sujet de la mallette du docteur Egan.

— Il m'a fallu moins d'une heure pour trouver la solution, une fois mes circuits imprimés au travail. *(Max lança vers Pitt un regard qui paraissait presque amoureux.)* Hiram vous a-t-il dit que la mallette était un récepteur ?

— Oui, il me l'a dit, mais de quel genre de récepteur s'agit-il ?

— Téléportation quantique.

— C'est impossible. La téléportation est au-delà des possibilités de la physique actuelle.

— C'est ce que nous pensions, Hiram et moi, avant de commencer notre analyse, mais c'est un fait. L'huile qui apparaît dans la mallette est tout d'abord placée dans une chambre, quelque part, qui en mesure chaque atome, chaque particule. L'huile est alors altérée pour atteindre un état quantique et elle est envoyée sous cette forme dans le récepteur et reformée, au nombre d'atomes et de molécules près. Bien entendu, je simplifie à outrance. Ce qui me laisse perplexe, c'est comment l'huile parvient à passer à travers des solides, et ce à la vitesse de la lumière. J'espère qu'avec le temps, je trouverai la réponse.

— Vous savez vraiment ce que vous dites ? demanda Pitt, incrédule.

— Bien sûr, répondit Max d'un ton confiant. Cela présente une percée scientifique incroyable, mais il ne faut pas rêver. Il n'existera à l'avenir aucun moyen de téléporter un être humain. Même s'il était possible d'envoyer et de recevoir un homme à des milliers de kilomètres de distance, puis de recréer son corps, il nous serait impossible de téléporter son esprit, pas plus que les données accumulées au cours d'une vie. Il sortirait de la chambre de réception avec les schémas mentaux d'un nouveau-né. L'huile, en revanche, est faite d'hydrocarbures et d'autres minéraux liquides. Comparée à celle d'un être humain, sa structure moléculaire est beaucoup moins complexe.

Pitt s'assit et tenta désespérément de rassembler les pièces du puzzle.

— Cela paraît incroyable que le docteur Egan ait créé un moteur magnéto-hydrodynamique révolutionnaire et que dans le même laps de temps, il ait conçu un système de téléportation opérationnel.

— Cet homme était un génie, dit Max. Aucun doute à ce sujet. Ce qui le rend encore plus exceptionnel, c'est le fait qu'il ait réussi sans l'aide d'une armada d'assistants ou d'un énorme laboratoire financé par le gouvernement.

— C'est vrai, admit Pitt. Il a tout fait lui-même dans son laboratoire secret... dont nous ignorons toujours la localisation !

— J'espère que tu le trouveras, dit Yaeger. La découverte du docteur Egan ouvre des perspectives stupéfiantes. Des substances dont la structure moléculaire est simple, comme l'huile, le charbon, le fer ou le minerai de cuivre, ainsi que toute une variété de minéraux, pourraient être transportés sans avoir recours aux bateaux, aux camions ou aux trains. Son système de téléportation va bouleverser le monde des transports.

Pitt réfléchit un moment à l'immense potentiel de la découverte, puis il se tourna vers l'image holographique de Max.

— Dites-moi, Max, avec la mallette du docteur Egan, est-ce que vous disposez d'assez de données pour recréer un appareil de téléportation ?

Max secoua avec tristesse sa tête fantomatique.

— Non, je suis navrée de l'admettre. Il me manque trop de paramètres. J'ai la chambre réceptrice du docteur comme modèle, c'est vrai, mais la partie primordiale de l'ensemble se trouve avec l'émetteur. Je pourrais travailler des années sur le problème sans jamais trouver de solution.

Yaeger posa la main sur l'épaule de Pitt.

— J'aurais souhaité que nous puissions, Max et moi, te donner un aperçu plus détaillé du système.

— Vous avez fait un travail remarquable, et je vous en remercie, répondit Pitt avec sincérité. Maintenant, c'est à mon tour d'apporter des réponses.

*
* *

Avant de regagner son hangar, Pitt passa dans son bureau pour procéder à un rangement sommaire, lire son courrier et consulter les messages laissés sur son répondeur. Une heure plus tard, il luttait pour rester éveillé, aussi décida-t-il que la journée était pour lui terminée. Le téléphone sonna au même moment.

— Allô ?

— Dirk ! gronda la voix de St. Julien Perlmutter. Je suis content de te trouver là !

— St. Julien. Où es-tu ?

— En France, à Amiens. Le docteur Hereoux m'a gentiment permis de passer la nuit dans la maison de Jules Verne pour y étudier un carnet de notes que nous avons découvert, Hugo et moi. Il avait été caché par Verne lui-même il y a cent ans de cela.

— Ces notes t'ont-elles fourni des réponses ? demanda Pitt, dont la curiosité s'éveilla soudain.

— Tu étais sur la bonne piste. Le capitaine Nemo a *vraiment* existé, mais son véritable nom était Cameron Amherst. Il était capitaine dans la Royal Navy.

— Ce n'était pas Dakkar le prince indien ?

— Non, répondit Perlmutter. Selon toute vraisemblance, Verne éprouvait de la haine à l'encontre des Britanniques et il a changé le nom de Cameron et son pays d'origine.

— Et quelle était la *véritable* histoire de ce personnage ?

— Amherst venait d'une riche famille de constructeurs navals et d'armateurs. Il s'enrôla dans la Navy et s'éleva vite dans la hiérarchie, au point d'être nommé capitaine à l'âge de vingt-neuf ans. Né en 1830 et doté d'un esprit brillant, il était un prodige dès son plus jeune âge et devint un ingénieur de génie. Il découvrait sans cesse des nouvelles techniques pour les navires et leurs systèmes de propulsion. Par malheur, c'était aussi un semeur de discorde. Lorsque les vieux bonzes de l'Amirauté refusèrent de réfléchir à ses propositions, il alla voir les journaux et les vilipenda en les décrivant comme des couards effrayés par l'avenir. Il fut alors mis à la porte de la Navy sans autre cérémonie.

— Un peu comme Billy Mitchell * quatre-vingts ans plus tard...

— La comparaison est pertinente, poursuivit Perlmutter. Verne rencontra Amherst au cours d'un voyage transatlantique à bord du paquebot *Great Eastern*. Amherst régala Verne d'histoires et lui fit part de son désir de construire un bâtiment submersible capable de se déplacer partout sous les océans. Il dessina des plans sur le carnet de notes de Verne et lui décrivit en détail le système de propulsion révolutionnaire qu'il avait conçu pour faire fonctionner son sous-marin. Inutile de préciser que Verne fut aussitôt captivé

* Billy Mitchell : militaire américain, il dresse en 1917 un plan d'organisation de l'aéronautique américaine, jugé trop ambitieux par le département de la Guerre. Nommé ensuite conseiller pour l'aviation du général Pershing, il finit par rentrer aux USA en 1919, décoré de la « Distinguished Service Cross » et de la « Distinguished Service Medal ». Directeur adjoint de l'Air Service à une époque marquée par le retour en force de la doctrine isolationniste Monrœ, il s'oppose à ses supérieurs qu'il accuse de manquer de clairvoyance quant aux possibilités de l'aviation. Il s'adresse aux médias pour tenter de convaincre le public et les responsables militaires et politiques. En 1925, il est traduit en cour martiale et reconnu coupable d'insubordination et de comportement indigne d'un officier. Il est suspendu pour cinq ans du service actif, sans solde. Source : ISC *www.stratisc.org*

par le projet. Il entretint une correspondance fournie avec Amherst pendant quatre ans. Et puis soudain, les lettres cessèrent d'arriver. Verne continua à écrire des fictions très imaginatives, il devint célèbre, et ne pensa plus à Amherst.

« Verne adorait la mer, comme tu le sais, et il possédait plusieurs yachts, à bord desquels il naviguait sur toutes les mers d'Europe. Ce fut au cours de l'un de ces voyages qu'un grand navire ressemblant à une baleine s'éleva des flots et vogua de conserve avec le voilier de Verne. Celui-ci, accompagné de son fils Michel, vit le capitaine Amherst apparaître au sommet d'une tourelle à l'avant de l'engin, le saluer et l'inviter à se rendre à son bord. L'écrivain laissa le commandement du voilier à son fils et embarqua à bord de l'étonnant bateau submersible du capitaine Amherst.

— Le *Nautilus* a donc bel et bien existé...

Perlmutter hocha la tête avec une pointe de respect à l'autre bout de la ligne.

— Verne apprit ainsi que Amherst avait construit secrètement son sous-marin dans une grande caverne sous-marine située sous les falaises du domaine familial, en Ecosse. Lorsque l'engin fut terminé, et après qu'il eut subi avec succès ses essais en mer, Amherst rassembla un équipage de marins professionnels, célibataires et sans attaches familiales. Il parcourut ainsi les mers pendant trente ans.

— Combien de temps Verne passa-t-il à bord du *Nautilus* ?

— Verne ordonna à son fils de rentrer au port et de l'attendre à l'hôtel. Il se sentait flatté que son vieil ami soit ainsi venu le chercher en mer. Il demeura à bord du *Nautilus*, car c'est en effet le nom que lui donna Amherst, pendant presque deux semaines.

— Et non deux ans, comme les personnages du roman ?

— C'était largement suffisant pour que l'écrivain étudie chaque centimètre carré du bâtiment, tel qu'il l'a décrit avec exactitude dans son livre, malgré quelques licences littéraires çà et là. Quelques années plus tard, il publia *Vingt Mille Lieues sous les mers*.

— Qu'est-il arrivé à Amherst, en fin de compte ?

— Selon un récit du carnet de notes de Jules Verne, un mystérieux messager vint le voir chez lui en 1895 et lui remit une lettre du capitaine Amherst. La plupart des membres d'équipage étaient morts et il avait songé à regagner la demeure de ses ancêtres en Ecosse, mais par malheur, celle-ci avait été détruite par un incendie au cours duquel ses derniers parents avaient trouvé la mort. Catastrophe supplémentaire, la caverne où avait été construit le *Nautilus* s'était effondrée, et il lui était donc également impossible d'y revenir.

— A-t-il mis le cap vers l'île mystérieuse ?

— Non, affirma Perlmutter. Verne a inventé cette histoire afin que personne ne découvre la dernière demeure du capitaine Amherst et du *Nautilus*, tout au moins pas avant longtemps. La lettre se poursuivait et Amherst lui révélait qu'il avait découvert une caverne sous-marine similaire sur l'Hudson, dans la région de New York, qui leur servirait de tombeau, à lui et au *Nautilus*.

Pitt se raidit, incapable de réprimer un cri d'euphorie.

— L'Hudson ?

— C'est ce qui est écrit dans le carnet.

— St. Julien.

— Oui ?

— Je t'aime à mourir...

— Mon cher garçon, glousse Perlmutter, avec le corps colossal qui est le mien, jamais tu n'envisagerais une chose pareille.

Chapitre 56

La brume du petit matin semblait suspendue au-dessus de l'eau bleue de l'Hudson, tout comme un millier d'années plus tôt, lorsque les Scandinaves étaient arrivés. La visibilité était inférieure à cent mètres, et les petits voiliers et les hors-bord qui pullulaient en général sur la rivière les dimanches d'été n'étaient pas encore sortis de leurs embarcadères. La brume douce et légère comme le toucher d'une jeune fille s'enroulait autour du petit bateau qui glissait entre les falaises rocheuses. Ce n'était pas un navire très élégant, et ni sa proue ni sa poupe n'étaient ornés de menaçants dragons sculptés. C'était un bateau utilitaire de la NUMA, long de neuf mètres, efficace, fonctionnel et conçu pour l'étude côtière rapprochée.

Il traînait dans son sillage, à une vitesse constante de quatre nœuds, un détecteur jaune long et étroit, dont les signaux étaient transmis à l'unité de réception et d'enregistrement du sonar à effet latéral. Giordino examinait avec attention l'image tridimensionnelle colorée qui dévoilait le fond de la rivière et les rochers immergés au pied des falaises. En guise de plage, on ne voyait qu'une brève étendue de sable et de roches qui descendait en pente forte dès qu'elle atteignait la berge.

Kelly, à la barre, maintenait un cap régulier et ses yeux bleu saphir passaient de la rive, sur sa gauche, au cours de l'Hudson devant elle, prudents et emplis d'une crainte respectueuse à l'idée des rochers sous-marins qui menaçaient de déchirer la coque de l'embarcation, qui semblait à peine se mouvoir à la surface de l'eau. La manette des gaz du moteur Yamaha de 250 chevaux était réglée juste un cran au-dessus du point mort.

La jeune femme ne portait qu'un minimum de maquillage et ses cheveux tressés, dont la couleur évoquaient le miel et l'érable, retombaient sur ses épaules, parsemés de gouttelettes de brume qui étincelaient comme des perles. Elle était vêtue d'un court short blanc, mis en valeur par un sweater sans manches vert écume sous une veste légère en jersey de coton. Des sandales assorties au sweater chaussaient ses pieds joliment galbés. Ses longues jambes sculpturales s'écartaient légèrement et ses pieds étaient fermement plantés sur le pont pour s'adapter au roulis provoqué par d'autres bateaux de passage, invisibles dans le brouillard.

Giordino restait concentré sur le sonar, mais il ne pouvait s'empêcher de jeter un coup d'œil occasionnel vers les formes fermes et souples de Kelly. Pitt, confortablement installé dans une chaise longue à la proue, n'avait pas cette chance. Peu désireux d'impressionner ses semblables, il emmenait toujours ce siège avec lui, ainsi qu'un épais rembourrage de mousse, lors d'expéditions de ce genre. Il étendit la main vers le pont, prit une tasse au fond évasé, et avala quelques gorgées de café. Il reprit ensuite ses jumelles à grand angle, aux lentilles conçues pour l'observation détaillée, et continua à examiner les falaises.

A l'exception des endroits où la crête des roches volcaniques s'élevait en incroyables formations verticales, les pentes abruptes étaient couvertes de buissons et d'arbustes. Les falaises contenaient de l'argilite et des grès sédimentaires à la couleur rouge-brun caractéristique, utilisés pour construire les maisons et les hôtels particuliers de New York. Les escarpements les plus raides étaient composés de roches ignées très résistantes à l'érosion, et qui les paraient d'une grande beauté naturelle.

— Encore deux cents mètres, et nous passerons devant la ferme de mon père, annonça Kelly.

— Quoi de neuf au sonar, Al ? demanda Pitt par le pare-brise ouvert.

— Des rochers et de la vase, répondit Giordino. Des rochers et de la vase...

— Garde les yeux bien ouverts, pour le cas où tu verrais la trace d'un éboulement.

— Tu crois que l'entrée de la caverne aurait pu être bouchée par la nature elle-même ?

— Plutôt de main d'homme, à mon avis.

— Si Cameron est parvenu à faire entrer son sous-marin à l'intérieur des falaises, il devait y avoir une cavité sous-marine.

— La question est de savoir si elle existe toujours, répondit Pitt sans baisser ses jumelles.

— Des plongeurs sportifs auraient déjà dû la trouver, dit Kelly.

— Si cela avait été le cas, ç'aurait été par pur hasard, répondit Pitt. On ne trouve à proximité aucune épave qui puisse intéresser les plongeurs et ce n'est pas l'endroit idéal pour la pêche sous-marine.

— Cent mètres, avertit Kelly.

Pitt ajusta ses jumelles vers le sommet de la falaise, cent vingt mètres plus haut, et aperçut les toits de la maison et de la bibliothèque du docteur Egan qui s'élevaient au-dessus du bord. Il se pencha en avant, plein d'excitation, et examina avec soin la paroi de la falaise.

— J'aperçois des signes d'effondrement, dit-il en montrant un amoncellement de pierres qui avaient apparemment dévalé le long de la falaise.

Giordino jeta un rapide coup d'œil par la vitre latérale, puis se concentra à nouveau sur les images du sonar.

— Rien pour le moment, annonça-t-il.

— Ecartez-vous de six ou sept mètres du rivage, demanda Pitt à Kelly. Cela donnera un meilleur angle pour étudier la pente sous-marine.

Kelly consulta l'affichage du sondeur à écho.

— Le fond descend brusquement avant de reprendre sa pente vers le milieu de la rivière.

— Rien encore, répéta Giordino d'un ton calme. Les roches semblent être entassées les unes sur les autres.

— J'ai quelque chose, dit Pitt d'un ton presque détaché.

— Quel genre ? demanda Giordino en levant la tête.

— On dirait des marques sur la roche.

Kelly leva les yeux vers les parois de la falaise.

— Comme des inscriptions ?

— Non, répondit Pitt. Plutôt des marques de ciseau.

— Le sonar n'indique ni tunnel ni grotte, murmura Giordino d'un ton monocorde.

Pitt fit le tour de la cabine et sauta sur le pont de travail.

— Nous allons hisser le détecteur et mouiller l'ancre juste au large du rivage, dit Pitt.

— Tu penses que nous devrions plonger avant d'avoir repéré la cible ? demanda Giordino.

Pitt se pencha en arrière et examina la paroi.

— Nous sommes juste en dessous du cabinet de travail du docteur Egan. S'il existe une caverne cachée, elle ne doit pas être loin. Il nous sera plus facile de la repérer sous la surface.

Kelly opéra un virage serré d'une main experte et mit les gaz au point mort tandis que Pitt hissait le détecteur et mouillait l'ancre. Elle fit ensuite doucement marche arrière dans le sens du courant jusqu'à ce que les pattes de l'ancre touchent le fond. Elle arrêta alors le moteur.

— Ce lieu de mouillage vous convient-il ? demanda-t-elle avec un adorable sourire.

— Parfait, la complimenta Pitt.

— Puis-je vous accompagner ? J'ai obtenu mon certificat de plongée aux Bahamas.

— Nous allons descendre d'abord, Al et moi. Si nous découvrons quelque chose, je remonterai et je vous ferai signe de nous rejoindre.

C'était l'été, et l'eau de l'Hudson avoisinait les vingt-deux degrés. Pitt se décida pour une combinaison en Néoprène d'un quart de pouce d'épaisseur renforcée aux genoux et aux coudes. Il passa autour de sa taille une ceinture légèrement lestée pour compenser la flottabilité de la combinaison. Il enfila une paire de gants, ses palmes et mit son capuchon avant de cracher à l'intérieur de son masque et d'en passer l'attache derrière la tête, puis le plaça au sommet de son crâne en laissant pendre le tuba. La profondeur de la plongée ne dépasserait pas trois ou quatre mètres, aussi décida-t-il de se passer de gilet stabilisateur, préférant se sentir plus libre et plus mobile pour se déplacer parmi les rochers.

— Nous allons d'abord plonger en apnée et examiner un peu le paysage avant de prendre les blocs-bouteille.

Giordino hocha la tête en silence et disposa l'échelle contre la coque, à la poupe. Plutôt que de basculer en arrière, il descendit trois marches de l'échelle et effectua un saut droit dans l'eau. Pitt balança les jambes par-dessus le bastingage et se laissa glisser presque sans éclaboussures.

Sur une dizaine de mètres, l'eau était aussi claire que du verre, avant de s'assombrir en une teinte verdâtre en raison des nuages d'algues microscopiques. La température devint nettement plus froide. Pitt était un homme au sang chaud et il préférait plonger dans une eau à vingt-sept degrés. Si Dieu avait voulu que nous soyons des poissons, songea-t-il, il nous aurait octroyé une température corporelle de seize degrés plutôt que trente-sept cinq.

En hyperventilation, Pitt se pencha en avant, leva haut les jambes et utilisa leur poids pour se propulser vers le fond sans effort. Les grands rochers déchiquetés étaient amassés comme les pièces d'un puzzle mal assemblé. Il s'assura que les pattes de l'ancre étaient bien arrimées sur le fond sableux avant de remonter respirer en surface.

Le courant tirait les deux hommes, et ils durent se servir de leurs mains comme de deux ancres, en se tenant aux rochers et en traînant leurs corps sur les surfaces couvertes de mousse, soulagés d'avoir pensé à se munir de gants pour protéger leurs doigts des bords coupants de la roche. Ils s'aperçurent vite qu'ils ne se trouvaient pas au bon endroit, car la partie de la pente qu'ils exploraient disparaissait trop doucement vers le centre de la rivière.

Ils firent surface pour respirer et décidèrent de se partager le travail. Pitt remonterait le courant et Giordino le descendrait le long de la rive rocheuse. Pitt leva les yeux vers le ciel afin de s'orienter d'après les bâtiments, au-dessus de la crête. Il distinguait tout juste la cheminée de la maison. Il se mit à nager à contre-courant, selon une trajectoire parallèle à la maison et à la bibliothèque du docteur Egan, cent vingt mètres plus haut.

La brume se dissipait et le soleil commençait à jeter sur l'eau des éclats étincelants qui tachetaient de lumière les rochers gluants d'algues. La plupart des poissons qu'aperçut Pitt n'étaient guère plus grands que son petit doigt. Ils s'élançaient près de lui avec curiosité, sans montrer le moindre signe de crainte, sachant sans doute que cette étrange créature pataude était bien trop lente pour pouvoir les attraper. Il agita un doigt dans leur direction, mais ils se contentèrent de tourner joyeusement autour. Il continua à palmer à la surface en un mouvement paresseux ; il respirait lentement par son tuba en observant le fond escarpé.

Soudain, Pitt passa au-dessus d'une étendue vierge de tout rocher. Le fond était lisse et plat, comme une sorte de passe qui traversait les roches amoncelées. Au jugé, il décida que le dénivelé représentait une dizaine de mètres et se remit à palmer pour atteindre l'autre côté, où les rochers apparaissaient à nouveau. Il fit le même trajet en sens inverse, au-dessus de ce chenal inattendu, et en évalua la largeur à treize ou quatorze mètres. Il se profilait vers le rivage, à l'endroit où Pitt avait repéré les traces d'une chute de rochers. Il aspira une goulée d'air avant de retenir sa respiration et de plonger pour tenter de repérer une ouverture. Les roches, entassées les unes sur les autres, paraissaient sombres et froides comme si elles possédaient quelque aura maléfique, ou détenaient quelque inavouable secret.

Des herbes aquatiques se balançaient dans le courant comme les longs doigts d'une danseuse de ballet. Pitt aperçut un replat sans végétation qui portait d'étranges marques de ciseau sur sa surface dure. Son cœur fit un bond lorsqu'il reconnut l'image d'un chien, grossièrement gravée. Il sentit alors ses poumons se contracter, et remonta aspirer de l'air, avant de replonger.

Il observa un instant une perche à petite bouche qui sortait de sous une plaque rocheuse disposée en surplomb. Le poisson aperçut l'ombre de Pitt et s'enfuit aussitôt. Celui-ci plongea vers le bas et se lança à sa poursuite. Un tunnel sombre apparut et l'attira aussitôt. Il sentit un picotement sur sa nuque et remonta respirer avant de pénétrer avec prudence dans l'ouverture. Une fois entré, libéré de l'éblouissement du soleil, il constata que le passage s'élargissait en éventail trois mètres plus loin. C'était assez pour l'instant. Il expulsa l'air qui restait dans ses poumons et refit surface.

Al était déjà remonté à bord, n'ayant rien trouvé qui soit digne d'intérêt. Kelly était assise sur la cabine, les pieds sur le pont de la proue, et regardait dans la direction de Pitt. Celui-ci agita les deux bras en criant :

— J'ai trouvé un passage !

Kelly et Giordino n'eurent pas besoin de faire répéter leur ami. Moins de trois minutes plus tard, ils palmaient à ses côtés. Pitt ne prit pas la peine d'ôter l'embout de son tuba pour leur parler. D'un geste enthousiaste, il leur fit signe de le suivre. Kelly et Giordino prirent juste le temps de gonfler leurs poumons, puis ils suivirent le sillage des palmes de Pitt à travers le dédale de débris rocheux.

Ils traversèrent la partie étroite du tunnel ; leurs palmes frôlaient les parois et dissipaient la végétation aquatique en nuages verts diaphanes. Enfin, juste au moment où Kelly commençait à paniquer à l'idée de manquer d'air, le tunnel s'élargit et elle agrippa la cheville de Pitt et se servit de son élan pour se propulser à la surface.

Trois têtes jaillirent à l'unisson. Kelly, Giordino et Pitt recrachèrent l'embout de leurs tubas, soulevèrent leurs masques et découvrirent une immense caverne dont le toit culminait à soixante-dix mètres. Ils contemplaient la scène, abasourdis, sans en saisir pleinement l'importance.

Emerveillé, Pitt leva les yeux vers une tête de serpent au crochet acéré qui semblait le contempler de toute sa hauteur.

Chapitre 57

LA complexe gravure de la tête de serpent aux courbes gracieuses contemplait sans la voir l'eau qui s'écoulait dans la caverne, comme à la recherche d'un lointain rivage. Sur une énorme plate-forme rocheuse, à un mètre cinquante du bord, six navires de bois, maintenus droits sur leurs quilles et calés sur des bers, étaient alignés les uns à côté des autres. Le serpent s'élevait à la proue du plus imposant d'entre eux, le plus proche du bord de la plate-forme.

Les bâtiments étaient entièrement construits en bois, et le plus gros dépassait vingt mètres de long. Le reflet du soleil à travers le tunnel lançait des rubans de lumière duveteux contre les coques aux lignes élégantes. Les plongeurs apercevaient, en levant les yeux, les quilles, les vastes arches symétriques des coques et leur bordage à clin, toujours vaillant avec ses vieux rivets de fer rouillés. Près du râtelier qui maintenait autrefois les boucliers, des rames s'élançaient hors de petites ouvertures rondes. Comme agrippées par des mains fantomatiques, elles paraissaient suspendues dans l'attente d'un ordre de marche. Il paraissait inconcevable que des lignes de coque aussi esthétiques, aussi élégantes, aient pu être conçues mille ans plus tôt.

— Ce sont des navires vikings, murmura Kelly, émerveillée. Ils étaient là, depuis tout ce temps, et personne ne le savait.

— Votre père ne l'ignorait pas, corrigea Pitt. Il savait, pour avoir déchiffré les inscriptions vikings, qu'ils se trouvaient près des falaises qui dominent l'Hudson. C'est ce qui l'a conduit à la découverte du tunnel.

— Ils sont bien conservés, observa Giordino en jetant un regard admiratif sur les navires. En dépit de l'humidité, je vois peu de signes de pourriture.

Pitt désigna d'un geste de la main les mâts qui se dressaient toujours, avec leurs voiles de laine grossière rouges et blanches ferlées, puis le toit en forme d'arche de la caverne haut au-dessus de leurs têtes.

— C'est grâce au plafond élevé de la caverne qu'ils ont pu laisser les mâts gréés.

— On a l'impression qu'il suffirait de les remettre à l'eau, de hisser les voiles et d'appareiller... dit Kelly, le souffle coupé.

— Allons voir de plus près, suggéra Pitt.

Ils ôtèrent palmes, masques et ceintures lestées, puis grimpèrent le long d'un escalier taillé dans le roc jusqu'au sommet de la plate-forme et franchirent la passerelle qui la séparait du haut de la virure du plus important des navires. La passerelle était solide ; selon toute vraisemblance, c'est le docteur Egan lui-même qui l'avait installée.

La lumière était faible, mais ils distinguèrent vite les objets disséminés sur le vaigrage de fond. Une forme qui ressemblait à un corps était enserrée d'un linceul. De chaque côté se trouvaient des paquets de plus petite taille, eux aussi enveloppés d'un suaire. Un véritable trésor était éparpillé autour des corps. On y voyait des représentations de saints en bronze doré, une pile de manuscrits enluminés et rédigés en latin des Evangiles, des coffrets à reliques qui contenaient des pièces de monnaie et des calices en argent, probablement pillés dans des monastères au cours de raids en Angleterre et en Irlande. Des colliers d'ambre, des broches d'or et d'argent, des colliers, des bracelets en or et bronze aux motifs complexes reposaient dans des coffres de bois aux fines gravures. Des plats en bronze et des encensoirs venus d'Orient, des meubles, des textiles et du linge, ainsi qu'un traîneau superbement sculpté, destiné au chef pendant les mois d'hiver, complétaient l'ensemble.

— A mon avis, ce doit être Bjarne Sigvatson, dit Pitt.

Kelly jeta un regard attristé vers les deux petits corps.

— Ce sont sans doute ses enfants.

— Ce devait être un fameux guerrier, pour avoir accumulé pareil butin, murmura Giordino, fasciné par les trésors qui s'offraient à sa vue.

— J'ai lu les notes de recherches de mon père, dit Kelly, et j'en ai retenu que les grands chefs étaient envoyés au Walhalla après une mort glorieuse, avec leurs effets et leurs possessions terrestres, y compris les chevaux, le bétail et les serviteurs. Nous devrions voir sa hache d'arme, son épée et son bouclier, mais ils ne sont pas là.

— La cérémonie a dû être accomplie dans l'urgence, approuva Giordino.

— Allons voir les autres navires, suggéra Pitt en revenant vers la passerelle.

A la grande horreur de Kelly, des os, mêlés à des objets ménagers brisés étaient disséminés sur le vaigrage de fond des navires les plus proches. Quelques squelettes étaient intacts. La plupart semblaient avoir été taillés en pièces à coups de hache.

Pitt s'agenouilla et examina un crâne dont le sommet offrait à la vue un trou béant aux bords déchiquetés.

— Un terrible massacre a sans doute eu lieu, commenta-t-il.

— Ils se seraient battus les uns contre les autres ?

— Je ne le crois pas, répondit Giordino, en enlevant une flèche coincée entre deux côtes parmi un tas d'ossements. Ce sont des flèches indiennes.

— Les sagas suggèrent que Sigvatson et son peuple partirent du Groenland et qu'on ne les revit jamais, dit Pitt en essayant de visualiser un visage autour du crâne. Ceci donne également du poids à la théorie du docteur Wednesday, selon laquelle les Indiens auraient massacré tous les Vikings de la colonie.

— Voilà qui prouve qu'il ne s'agissait pas d'un mythe, dit Giordino d'une voix posée.

— Ainsi, la colonie viking... commença Kelly en se tournant vers Pitt.

— ... se trouvait à l'emplacement de la ferme de votre père, termina ce dernier. Il a découvert des objets qui ont exercé sur lui une influence prépondérante pour la réalisation de son projet.

Kelly se tordait les mains, le visage empreint de mélancolie.

— Pourquoi a-t-il gardé tout cela secret ? Pourquoi n'a-t-il pas fait appel à des archéologues afin de mener des fouilles ? Pourquoi ne pas prouver au monde que les Vikings étaient arrivés dans la région qui est aujourd'hui celle de New York pour y fonder une colonie ?

— Votre père était un homme d'une brillante intelligence, répondit Giordino. Il devait avoir une bonne raison de conserver pour lui ce secret. Il ne souhaitait certainement pas qu'une armée d'archéologues et de journalistes envahissent son intimité pendant qu'il se livrait à ses recherches.

Trente minutes plus tard, pendant que Kelly et Giordino visitaient les autres navires – ce qui n'était pas une tâche aisée compte tenu de la faible luminosité –, Pitt se mit à fureter autour de la plate-forme. Dans la semi-obscurité, il put distinguer un escalier, taillé dans la roche, qui menait à un nouveau tunnel. Il gravit les quatre premières marches en se guidant d'une main contre la paroi, et ses doigts rencontrèrent soudain un objet qui ressemblait à un commutateur électrique équipé d'un petit levier. Il le tâta doucement et conclut que le levier tournait dans le sens des aiguilles d'une montre. Curieux, il le manœuvra jusqu'à ce qu'il arrive à son point de butée.

Des lampes fluorescentes installées dans les murs de pierre illuminèrent soudain la caverne tout entière.

— Magnifique ! s'écria Kelly, stupéfaite. Enfin nous allons cesser de chercher à tâtons.

Pitt les rejoignit à bord de l'un des navires.

— Je connais la raison pour laquelle votre père tenait à ce que cet endroit reste secret, dit-il à Kelly d'une voix lente et posée.

Kelly ne parut qu'à moitié intéressée, mais Giordino se tourna aussitôt vers lui. Il connaissait Pitt depuis assez longtemps pour savoir qu'une révélation allait suivre. Il suivit alors la direction du regard de son ami.

Un bateau long et cylindrique était amarré à un dock, le long du mur opposé de la caverne. La coque était recouverte d'une fine couche de rouille. La seule protubérance visible était une petite tourelle équipée d'une écoutille située à un peu plus d'un mètre de la proue. Le bâtiment était resté invisible dans l'obscurité jusqu'à ce que Pitt ait allumé la lumière.

— Mon Dieu, mais quel est donc ce navire ? marmonna Kelly.

— Le *Nautilus*, déclara Pitt, une note de triomphe dans la voix.

*
* *

Leur stupéfaction à l'idée de se trouver sur un dock construit par le docteur Egan et de contempler le légendaire sous-marin était au moins égale à celle qui les avait saisis à la vue des navires vikings. La découverte soudaine d'une merveille de la technologie du XIXe siècle, que tous pensaient imaginaire, était un rêve devenu réalité.

Un tas de pierres qui évoquait la forme d'un sarcophage s'élevait du bas du dock jusqu'au bord de la plate-forme. A la lecture des mots gravés sur une plaque de bois, Kelly, Giordino et Pitt comprirent qu'il s'agissait là de la dernière demeure du créateur du *Nautilus*.

Ici repose la dépouille du capitaine Cameron Amherst
Rendu à jamais célèbre par les écrits de Jules Verne
Sous le nom du capitaine Nemo.
Que ceux qui, un jour, découvriront sa tombe
L'honorent avec le respect qu'il mérite.

— J'éprouve de plus en plus d'estime pour votre père, dit Pitt à Kelly. C'était un homme que l'on peut à bon droit admirer et envier.

— Je suis fière de savoir que mon père a construit ce monument de ses propres mains.

Giordino, qui était resté en arrière après avoir visité une grotte annexe, s'approcha du dock.

— J'ai trouvé la réponse au mystère qui me tracassait depuis un moment, annonça-t-il.

— Quel mystère ? demanda Pitt.

— Si le docteur Egan disposait d'un laboratoire caché, quelle était sa source d'énergie électrique ? J'ai trouvé dans une grotte trois générateurs, reliés à des batteries en nombre suffisant pour alimenter une petite ville. *(Il désigna le dock et la série de câbles électriques qui en parcouraient le bord avant de passer par l'écoutille de la tourelle du Nautilus.)* Je vous parie à dix contre un qu'il se servait du *Nautilus* comme laboratoire.

— Maintenant que je le vois de près, dit Kelly, il me paraît beaucoup plus grand que je l'imaginais.

— Il est plus imposant que la version Disney, en effet, ironisa Giordino. Son allure extérieure est simple et fonctionnelle.

Pitt hocha la tête, approbateur. Le sommet de la coque ne s'élevait qu'à un mètre de l'eau, et ne donnait qu'une très vague idée de la masse immergée.

— J'évaluerais sa longueur à quatre-vingt-cinq mètres et sa largeur à un peu plus de huit mètres, ce qui donne des dimensions plus importantes que celles du *Nautilus* de *Vingt Mille Lieues sous les mers*. Sa taille se rapproche du premier sous-marin militaire aux lignes hydrodynamiques lancé par l'US Navy en 1953.

— L'*Albacore*, lança Pitt. J'ai descendu la rivière York à son bord il y a de cela une dizaine d'années. Tu as raison. La ressemblance est réelle.

Giordino franchit la distance qui le séparait d'un panneau électrique installé au-dessus du dock, à côté de la passerelle qui menait à la tourelle. Il appuya sur deux boutons. L'intérieur du bâtiment se trouva aussitôt baigné d'une lumière qui rayonnait à travers une série de hublots alignés le long du toit ; d'autres, plus grands, étaient visibles sous la ligne de flottaison.

Pitt se tourna vers Kelly et indiqua la tourelle d'un geste de la main.

— Les dames d'abord.

Kelly posa les mains sur sa poitrine comme pour ralentir les battements de son cœur. Elle tenait à voir l'endroit où son père s'était consacré à ses travaux pendant toutes ces années, elle voulait voir l'intérieur du sous-marin, mais le premier pas était difficile. Il lui semblait devoir pénétrer dans une maison de fantômes. Enfin, mue par toute la force de sa volonté, elle entra par l'écoutille et descendit l'échelle.

Le compartiment d'entrée était de dimensions réduites. Kelly attendit que Pitt et Giordino la rejoignent. Une porte leur faisait face, qui semblait appartenir à une maison plutôt qu'à un sous-marin. Pitt tourna la poignée, ouvrit la porte et passa le seuil.

En silence, ils traversèrent une salle à manger de cinq mètres de longueur, richement meublée, dont le centre était occupé par une table en teck capable d'accueillir dix personnes ; les pieds finement sculptés représentaient des dauphins en position verticale. A l'autre bout de la pièce, une porte donnait sur une bibliothèque qui, selon l'évaluation de Pitt, contenait au moins cinq mille volumes. Il examina les titres. Les ouvrages scientifiques ou consacrés à l'ingénierie occupaient un pan de l'ensemble. Les rayonnages opposés étaient remplis d'éditions originales de classiques de la littérature. Pitt en sortit un livre de Jules Verne et l'ouvrit. La dédicace signée par Verne était adressée au « plus grand esprit de l'univers ». Il le remit en place avec soin et poursuivit son exploration.

Le compartiment suivant, assez vaste, s'étendait sur plus de dix mètres. Cet endroit, Pitt en était certain, était le grand salon décrit par Verne, rempli de joyaux artistiques et d'objets anciens glanés par Cameron au fond des océans. Le salon n'était cependant plus ce musée, cette galerie d'art dépeinte par l'écrivain. Elmore Egan l'avait transformé en atelier et en laboratoire de chimie. La pièce, large de quatre mètres, était équipée d'une multitude de plans de travail sur lesquels reposaient un appareil d'expérimentation chimique, un atelier complet comprenant des outils et machines de dimensions réduites, et trois ordinateurs différents, avec toute une collection d'imprimantes et de scanners. Seul l'orgue était encore sur place, trop massif pour que le docteur Egan ait pu le déménager. L'instrument, un chef-d'œuvre sur lequel Amherst avait joué les partitions des plus grands compositeurs, dénotait le travail d'un artisan d'une merveilleuse dextérité, avec ses tuyaux de bois et de cuivre à la finition superbe.

Kelly s'avança vers le plan de travail jonché de matériel de chimie et frôla d'un geste tendre les vases à bec et les éprouvettes en désordre, puis elle les assembla et les rangea proprement sur des étagères ou dans des casiers. Elle s'attardait dans le laboratoire, comme si elle respirait la présence de son père, tandis que Pitt et Giordino poursuivaient leur exploration en pénétrant dans un long couloir et dans un sas étanche avant de gagner le compartiment suivant, qui avait autrefois servi de cabine personnelle au capitaine Amherst. Egan avait converti la pièce en une sorte de bureau. Des plans, des exposés d'études, des dessins, ainsi qu'une centaine de carnets de notes, étaient empilés sur chaque centimètre carré de place disponible, autour d'une grande table à dessin.

— Voici donc le lieu où un grand homme a vécu, et où un autre grand homme a créé, commenta Giordino avec philosophie.

— Continuons, le pressa Pitt. Je veux voir l'endroit où il a construit sa chambre de téléportation.

Les deux hommes franchirent un nouveau sas et entrèrent dans le compartiment qui abritait jadis les réservoirs d'air du sous-marin. C'est là qu'Egan avait installé le matériel et les instruments de téléportation. On y voyait deux panneaux couverts d'interrupteurs et de cadrans, un ordinateur et une chambre d'isolation qui contenait l'unité émettrice.

Pitt ne put retenir un sourire lorsqu'il aperçut dans la chambre d'isolation un fût de deux cents litres étiqueté « Slick Sixty-six » Le fût était relié à un programmateur et à une série de tubes, eux-mêmes raccordés à un récipient rond installé au sol.

— Je me demande comment fonctionne tout ce matériel, dit Giordino en examinant l'unité émettrice.

— Il faudra trouver plus intelligent que nous pour le savoir.

— C'est incroyable de songer que cela fonctionne vraiment.

— Aussi grossier et élémentaire que cet appareillage puisse paraître, il représente une percée scientifique qui bouleversera tous nos systèmes de transport.

Pitt s'avança vers le panneau de contrôle où se trouvait le programmateur, et s'aperçut que les séquences étaient fixées à quatorze heures d'intervalle. Il régla le programmateur sur dix heures.

— Qu'est-ce que tu fais ? lui demanda Giordino.

Le coin des lèvres de Pitt se releva en un sourire malin.

— J'envoie un message à Hiram Yaeger et à Max.

Il était impossible de se rapprocher davantage de la proue, aussi les deux hommes firent-ils demi-tour pour regagner le salon. Kelly était assise sur une chaise et offrait l'apparence de quelqu'un qui se livre à une expérience de voyage extra-corporel.

Pitt lui secoua l'épaule avec gentillesse.

— Nous allons voir la salle des machines. Voulez-vous nous accompagner ?

De sa joue, Kelly frôla la main de Pitt.

— Avez-vous découvert quelque chose d'intéressant ?

— La chambre de téléportation de votre père.

— Il a donc bel et bien créé un appareil capable d'envoyer des objets à travers l'espace ?

— Oui, il a réussi.

Perdue dans un nuage d'euphorie, Kelly se leva et suivit les deux amis vers l'arrière du sous-marin.

Après avoir traversé une fois de plus la salle à manger et le compartiment d'entrée, ils passèrent par une cuisine qui donna à Kelly la chair de poule. Des récipients de nourriture en désordre encombraient les plans de travail, de la vaisselle et des ustensiles sales, verts de moisissure, croupissaient dans un évier, et de grands sacs de plastique remplis d'ordures et de rebuts étaient entassés dans un coin de la pièce.

— Votre père possédait de nombreuses qualités, commenta Pitt, mais la vertu de l'ordre semblait lui faire défaut.

— Il avait d'autres soucis en tête, répondit Kelly avec amour. Quel dommage qu'il n'ait pas partagé ses secrets avec moi ! J'aurais pu lui servir de secrétaire et de gouvernante.

La pièce suivante abritait les quartiers de l'équipage. Ce qu'ils y virent était encore plus époustouflant que tout le reste.

C'était là qu'Elmore Egan entreposait tous les trésors qui paraient autrefois le salon principal et la bibliothèque. Les toiles étaient si nombreuses qu'elles auraient pu remplir deux salles du Metropolitan Museum of Art. Léonard de Vinci, Titien, Rembrandt, Vermeer, Rubens et une trentaine d'œuvres d'autres peintres étaient empilés par rangées entières. Des sculptures antiques, en bronze et en marbre, étaient disposées dans des armoires ou dans les cabines de l'équipage. Pour couronner l'ensemble, Kelly et les deux hommes découvrirent tout ce que Cameron Amherst avait pu récupérer à bord d'épaves anciennes : des tas d'or et des lingots d'argent, des coffrets débordant de pièces de monnaie et de pierres précieuses. La valeur de cette collection atteignait sans doute un chiffre qui se situait bien au-delà de leur imagination, au-delà de leurs estimations les plus folles.

— Je me sens dans la peau d'Ali Baba après sa découverte de la grotte des quarante voleurs, dit Pitt d'une voix étouffée.

— Je n'ai jamais rêvé qu'un tel trésor puisse exister, s'exclama Kelly, tout aussi ébahie.

Giordino prit une poignée de pièces d'or et la laissa s'écouler entre ses doigts.

— Si l'on se demandait comment le docteur Egan finançait ses expériences, je crois que nous avons la réponse...

Ils passèrent près d'une heure à passer le fabuleux trésor au peigne fin avant de poursuivre leurs recherches. Après être passés par un nouveau sas, ils trouvèrent enfin la salle des machines. Longue de vingt mètres et large de sept, c'était la pièce la plus vaste du bâtiment.

Le labyrinthe de tuyaux, de réservoirs et de mécanismes à l'aspect étrange, dans lesquels Pitt et Giordino reconnurent un système de générateurs électriques, semblait issu du cauchemar d'un plombier. Un énorme système de roues aux dents d'acier dominait la partie arrière du compartiment. Alors que Kelly arpentait la pièce, bien moins fascinée que les deux hommes par toute cette machinerie, elle s'approcha d'une table haute, semblable à une estrade, sans la moindre chaise à proximité, et sur laquelle était posé un livre relié de cuir. Elle l'ouvrit et examina les lettres calligraphiées à l'ancienne à l'encre marron. Ce volume était le livre de bord de l'ingénieur. La dernière note remontait au 10 juin 1901.

Moteur arrêté pour la dernière fois.
Garderai les générateurs en marche jusqu'à ma disparition.

Le Nautilus, *qui m'a servi avec tant de fidélité pendant quarante ans, sera ma dernière demeure.*

Ceci est l'ultime note de ce livre de bord.

Cameron Amherst

Pendant ce temps, Pitt et Giordino étaient plongés dans l'examen de l'énorme moteur, de ses soupapes, de ses appareillages caractéristiques du XIXe siècle et de ses mécanismes de réglage peu familiers, dont la plupart étaient faits de laiton massif poli.

Pitt en profita pour inspecter la machine sous toutes ses coutures, de côté, par en dessous, sous tous les angles. Il finit enfin par se relever et gratta son menton mal rasé.

— J'ai étudié des centaines de moteurs de bateaux dans des centaines de bâtiments différents, y compris des vieux steamers, mais jamais je n'ai vu d'agencement comparable à celui-ci !

— Le générateur central ne provient pas d'une seule entreprise, dit Giordino, qui étudiait les plaques des fabricants boulonnées sur les différents éléments de machinerie. Amherst s'est sans doute adressé à une trentaine d'ingénieurs navals différents, en Europe et aux Etats-Unis, pour construire cette machine et l'assembler lui-même avec l'aide de son équipage.

— Et c'est ainsi qu'il est parvenu à construire le *Nautilus* dans le plus grand secret.

— Et la conception d'ensemble ?

— Selon moi, Amherst a mêlé l'énergie électrique de haute puissance et une forme rudimentaire d'énergie magnéto-hydrodynamique.

— Amherst a donc créé ce concept cent quarante ans avant sa redécouverte.

— Il ne possédait pas la technologie capable de faire passer l'eau de mer par un noyau magnétique conservé au zéro absolu par de l'hélium liquide – qui n'a été lancé sur le marché que soixante ans plus tard –, aussi s'est-il servi d'une sorte de convertisseur de sodium. Ce n'était pas aussi efficace, mais cela convenait aux buts qu'il s'était fixés. Amherst devait compenser ce manque par un volume massif d'énergie électrique, suffisant pour produire le courant nécessaire au fonctionnement de l'hélice.

— Le docteur Egan a donc sans doute utilisé le moteur d'Amherst comme base pour ses propres travaux.

— En effet, Amherst lui a certainement servi de source d'inspiration.

— Un travail phénoménal, jugea Giordino, admiratif devant l'ingéniosité que révélait la conception de l'énorme moteur, surtout si l'on songe qu'il a propulsé le *Nautilus* sur tous les fonds marins du monde pendant quarante ans.

Kelly s'approcha des deux hommes, le volume de cuir relié à la main. On aurait pu croire qu'elle regardait un fantôme.

— Si vous en avez terminé ici, j'aimerais voir le passage que mon père avait sans doute découvert, et qui lui permettait d'effectuer le trajet dans les deux sens entre la caverne et la maison.

Pitt hocha la tête et se tourna vers Giordino.

— Il faut que nous prenions contact avec l'amiral et que nous lui disions ce que nous avons découvert ici.

— Je suis sûr qu'il serait ravi de le savoir, répondit Giordino.

Il ne leur fallut que cinq minutes, pas une de plus, pour grimper le long du passage qui conduisait jusqu'au sommet des falaises. Pitt éprouvait une sensation étrange en songeant que les Vikings avaient emprunté le même chemin quelque mille ans plus tôt. Il parvenait presque à entendre leurs voix et à sentir leurs présences.

*
* *

Josh Thomas était installé dans le bureau d'Elmore Egan et lisait un magazine consacré aux problèmes liés aux analyses chimiques, lorsqu'il se figea soudain de terreur. Le tapis disposé au centre de la pièce s'éleva brusquement comme poussé par un fantôme, puis fut jeté de côté. Une trappe s'ouvrit et la tête de Pitt apparut comme un diable sorti d'une boîte.

— Navré de m'imposer ainsi, dit-il avec un joyeux sourire, mais je passais dans le coin...

SIXIÈME PARTIE

Un fantôme surgi du passé

Chapitre 58

Le 16 août 2003,
Washington, D.C.

PITT s'éveilla, sortit de son lit, enfila un peignoir et se servit une tasse du café préparé par Sally Morse. Il aurait préféré rester au lit toute la matinée, mais Sally et Kelly devaient quitter le hangar. Après son témoignage devant la commission du Congrès et ses dépositions au ministère de la Justice, qui lui valurent les remerciements chaleureux du Président, Sally Morse put rentrer chez elle et reprendre ses fonctions de directrice-générale de la Yukon Oil, jusqu'à la date fixée pour de nouveaux témoignages et les dernières auditions.

Lorsque Pitt, les yeux bouffis de sommeil, entra en chancelant dans la cuisine, Sally fredonnait en vidant le lave-vaisselle.

— Je n'aurais jamais cru devoir dire une chose pareille, mais je crois que cela va me manquer de ne plus vous avoir à proximité, Kelly et vous.

— C'est seulement parce que vous allez devoir à nouveau préparer vos repas, faire la vaisselle, votre lit, et laver vous-même votre linge, répondit Sally en riant de bon cœur.

— J'ai apprécié votre présence, je ne peux pas dire le contraire.

Sally était très avenante avec son sweat-shirt en soie couleur taupe à col boule et son jean marron en daim de fine texture. Ses longs cheveux blond cendré tombaient librement sur ses épaules.

— Vous devriez vous trouver une gentille femme qui prendrait soin de vous.

— Loren est la seule à vouloir de moi, mais la politique lui prend trop de temps. *(Pitt s'assit à table, récupérée à bord de l'épave d'un vieux steamer au fond des Grands Lacs, et prit une gorgée de café.)* Et vous ? La direction de votre entreprise est-elle trop prenante que vous trouviez un homme gentil ?

— Non, répondit Sally. Je suis veuve. Mon mari et moi avons créé ensemble la Yukon Oil. Lorsqu'il est mort dans un accident d'avion, j'ai repris la direction de la compagnie. Depuis, la plupart des hommes paraissent intimidés en ma présence.

— C'est le prix que doivent payer les femmes qui occupent des postes de haute responsabilité. Mais ne vous inquiétez pas. La chance vous sourira avant la fin de l'année.

— J'ignorais que vous saviez lire dans l'avenir.

— Je vois un homme grand, séduisant, aux cheveux sombres, de la même position sociale que vous. Il vous enlèvera et vous emmènera à Tahiti.

— Je meurs d'impatience.

Kelly entra, l'air insouciant, dans la cuisine. Elle portait un sweater décolleté sans manches, couleur ivoire, et un short en coton bleu.

— Je suis presque navrée de devoir quitter ce musée dédié à la folie de l'homme, plaisanta-t-elle.

— Vous recevrez un avis de loyer par courrier, rétorqua Pitt d'un air renfrogné. A propos, je ferais bien de compter mes serviettes de toilette avant que vous ne disparaissiez toutes les deux.

— Je dois remercier Sally, dit Kelly en refermant la fermeture Eclair de son sac de voyage. Elle m'a gentiment proposé de m'emmener à bord de son jet privé jusqu'au terrain d'aviation, près de la ferme de mon père.

— Vous êtes prête ? demanda Sally.

— Quels sont vos projets ? dit Pitt en se tournant vers Kelly.

— Je vais mettre sur pied une fondation philanthropique qui portera le nom de mon père. J'envisage aussi de faire don des tableaux et autres objets d'art à une sélection de musées.

— Très bonne idée, la complimenta Sally.

— Et le trésor en or et argent ?

— Une partie servira à créer et financer le Laboratoire Scientifique Elmore Egan, dirigé par Josh Thomas, qui recrutera les plus brillants jeunes cerveaux du pays. La majeure partie du reste ira à des œuvres humanitaires. Et bien entendu, une part vous est réservée, ainsi qu'à Al.

Pitt secoua la tête en agitant ses mains devant lui.

— Non, pas pour moi, je vous en prie. Je vis très bien comme je suis. Al acceptera peut-être une nouvelle Ferrari, mais je préférerais que vous gardiez ce que vous pensiez nous offrir pour un meilleur usage.

— Je commence à comprendre ce que Loren disait de vous, dit Kelly, impressionnée.

— Ah, et de quoi s'agissait-il ?

— Elle disait que vous étiez un honnête homme.

— Il y a des moments, comme maintenant, où je me déteste moi-même !

Pitt porta les bagages des deux femmes jusqu'à la limousine qui les attendait.

Sally s'avança vers Pitt, le prit dans ses bras et l'embrassa sur la joue.

— Au revoir. C'était un privilège de vous connaître.

— Au revoir, Sally. J'espère que vous allez trouver ce type qui vous attend quelque part.

Kelly l'embrassa avec chaleur sur la bouche.

— Quand vous reverrai-je ?

— Pas d'ici un moment. L'amiral Sandecker n'a pas l'intention de me laisser chômer. Il va me tenir occupé pour un bon bout de temps.

Pitt resta un moment sur place à agiter la main jusqu'à ce que la limousine bifurque vers l'entrée de l'aéroport, puis il ferma lentement la porte du hangar, remonta jusqu'à son appartement et retourna dans son lit.

*
* *

Lorsque Loren arriva avec l'intention de passer le week-end avec Pitt, elle le trouva penché sous le capot de la Packard 1938 verte. Loren paraissait fatiguée après une nouvelle journée d'auditions dans le cadre du scandale Zale, qui avait forcé le gouvernement à geler tous ses projets en matière énergétique. Elle était éblouissante dans son ensemble noir strict qui épousait ses formes à la perfection.

— Bonjour, grand chef ! Qu'est-ce que tu fais ?

— Les anciens carburateurs étaient conçus pour les carburants au plomb. Les nouvelles variétés sans plomb comportent tout un tas de produits chimiques étranges qui bousillent tout à l'intérieur. Lorsque je conduis des voitures anciennes, je dois refaire les carburateurs, car sinon, ils risquent de me lâcher entre les doigts.

— Qu'as-tu envie de manger ?

— Tu es sûre de ne pas vouloir dîner dehors, ce soir ?

— Les médias sont frénétiques, avec ce scandale. A leurs yeux, je suis la proie rêvée. Ma coiffeuse m'a conduite ici avec le pick-up de son mari, et j'étais quasiment assise par terre.

— Quelle chance d'être aussi populaire !

— Que dirais-tu d'un plat de pâtes avec des épinards et du jambon cru ? demanda-t-elle en répondant à Pitt par une grimace.

— Parfait.

Une heure plus tard, elle l'appela depuis l'appartement pour le prévenir que le repas était prêt. Après s'être débarbouillé, Pitt entra dans la cuisine. Elle ne portait d'autre vêtement qu'une veste d'intérieur en soie, offerte à Pitt pour Noël, mais qu'il ne portait jamais car selon lui, elle lui donnait l'air d'un gigolo. Il jeta un coup d'œil dans la casserole de pâtes.

— Elles sentent drôlement bon !

— C'est normal, j'y ai versé la moitié d'une bouteille de chardonnay.

— Dans ce cas, nous n'aurons pas besoin de cocktails.

Ils prirent plaisir à dîner ensemble sans cérémonie, en échangeant sarcasmes et petites piques, vieille habitude entre deux personnes d'intelligence et de vivacité d'esprit égales. Pitt et Loren constituaient à eux deux un démenti à la vieille maxime selon laquelle les contraires s'attirent. Ils étaient aussi proches qu'on peut l'être dans leurs goûts et leurs préférences.

— Tes auditions sont-elles terminées ?

— Elles finissent mardi. A partir de là, ce sera au ministère de la Justice de prendre le relais. Mon travail sera terminé.

— Tu as eu de la chance que Sally vienne te voir.

Loren leva son verre de chardonnay en hochant la tête.

— Sans elle, Zale serait encore là à provoquer crimes et meurtres pour son seul profit. Son suicide a permis de résoudre une multitude de problèmes.

— Quel sort la justice va-t-elle réserver à ses complices ?

— Les membres du cartel de la Cerbère seront inculpés. Tous les agents du ministère font des heures supplémentaires pour instruire les dossiers des milliers de bureaucrates et d'élus qui ont touché des pots-de-vin. Les conséquences du scandale se feront sentir pendant longtemps encore.

— J'espère que cela découragera d'autres gens de franchir un tel pas par simple soif du lucre.

— Une équipe impressionnante travaille sur la piste des investissements et des comptes offshore des suspects, retrouvés par Hiram Yaeger.

Pitt contempla un instant le contenu de son verre de vin en faisant tournoyer son verre.

— Et *nous ?* Où en sommes-nous ?

Loren lui caressa légèrement la main.

— Nous continuons comme avant.

— Toi au Congrès et moi sous les mers, dit Pitt d'une voix lente.

Les yeux violette de Loren prirent une nuance plus douce.

— Je croyais que c'était ce que nous avions décidé.

— Tant pis pour mes illusions si je croyais être un jour grand-père.

— Cela n'a pas toujours été facile pour moi de rivaliser avec un fantôme, dit Loren en retirant sa main.

— Summer ? demanda Pitt en prononçant le nom comme s'il apercevait quelque silhouette au loin.

— Tu ne t'en es jamais vraiment remis.

— Je le croyais, avant...

— Maeve.

— Lorsque Summer a disparu en mer et que Maeve est morte dans mes bras, cela a laissé un vide en moi, répondit Pitt en s'efforçant de chasser les souvenirs comme un chien mouillé qui s'ébroue. Je suis trop sentimental, et cela me nuit, poursuivit-il en contournant la table pour déposer un baiser léger sur les lèvres de Loren. J'ai une femme aimante, merveilleuse, et je ne sais pas l'apprécier comme je le devrais.

La sonnette vint interrompre ce tendre moment. Pitt leva les sourcils et se retourna vers le moniteur du système de surveillance discrètement installé à l'extérieur. L'image d'un jeune homme accompagné d'une jeune femme emplit l'écran. Ils se tenaient sur le seuil à côté d'une pile de bagages.

— On dirait qu'ils ont l'intention de s'installer, commenta Loren d'un ton ironique.

— Qui peuvent-ils être, je me le demande.

Loren empêcha d'un geste la main de Pitt d'appuyer sur le bouton de l'interphone.

— J'ai oublié mon sac sur l'aile de la Packard. Je descends, je le ramasse, et j'en profite pour me débarrasser d'eux.

— Que vont-ils penser lorsqu'ils te verront dans cette tenue ?

— Je passerai juste le bout du nez par la porte.

Pitt se détendit et termina son assiette de pâtes. Il s'apprêtait à prendre une dernière gorgée de vin lorsque la voix de Loren retentit dans l'interphone.

— Dirk, je crois que tu devrais descendre.

Une nuance dans le ton de sa voix le frappa, comme si Loren hésitait à parler. Il descendit en hâte l'escalier en spirale et traversa sa collection d'automobiles anciennes jusqu'à l'entrée. Loren, en partie cachée derrière la porte ouverte aux trois quarts, parlait au jeune couple.

Ils ne paraissaient pas âgés de beaucoup plus de vingt ans. L'homme possédait une réelle présence. Ses cheveux étaient noirs et ondulés et il mesurait quelques centimètres de plus que Pitt. Leurs poids et leurs carrures étaient similaires. Les yeux étaient d'un vert opale presque hypnotique. Pitt lança un regard à Loren, qui contemplait le jeune couple, comme envoûtée. Il examina de plus près le garçon et se figea soudain. Il avait l'impression de voir dans un miroir magique sa propre image, vingt-cinq ans plus tôt.

Il focalisa son attention sur la jeune femme, et sentit d'étranges picotements lui parcourir le corps tandis que son pouls s'accélérait. Elle était plutôt belle, grande et leste, avec de longs cheveux roux flamboyants. Ses yeux gris perle répondirent au regard de Pitt. Les souvenirs lui revinrent à la mémoire en un flot puissant, et il dut s'accrocher au montant de la porte pour empêcher ses genoux de faiblir.

— Monsieur Pitt, dit l'homme d'une voix profonde – c'était une affirmation, et non une question.

— Je suis Dirk Pitt.

Loren frissonna en voyant s'élargir sur les lèvres du jeune homme un sourire qu'elle avait si souvent vu sur celles de Pitt.

— Ma sœur et moi avons longtemps attendu avant de venir vous voir. Vingt-trois ans, pour être précis.

— Et maintenant que vous m'avez trouvé, en quoi puis-je vous aider ? demanda Pitt comme s'il craignait d'entendre la réponse.

— Notre mère avait raison. Nous nous ressemblons.

— Votre mère ?

— Elle s'appelait Summer Moran. Frederick Moran était notre grand-père.

Pitt sentait son cœur broyé comme entre les mâchoires d'un étau. Il parvint à peine à parler.

— Summer et son père sont morts au cours d'un séisme sous-marin au large d'Hawaï, il y a bien longtemps de cela.

— Notre mère a survécu, répondit la jeune femme, mais elle était grièvement blessée. Ses jambes et ses bras avaient été écrasés, et elle était défigurée. Elle n'a jamais pu marcher ensuite et a dû passer le restant de sa vie alitée.

— Je ne peux pas... non, je ne veux pas y croire. *(Les mots franchissaient les lèvres de Pitt comme s'il parlait à travers un voile.)* Je l'ai perdue en mer alors qu'elle plongeait pour retrouver son père.

— Croyez-moi, monsieur, dit la jeune femme, c'est la vérité. Après avoir été gravement touchée par un éboulement, elle fut sauvée par les hommes de mon grand-père, qui l'ont ramenée à la surface. Un bateau de pêche de l'île s'est porté à leur secours. On l'a transportée d'urgence vers un hôpital d'Honolulu, où elle a balancé pendant presque un mois entre la vie et la mort. Le plus souvent inconsciente, elle était incapable de dire aux médecins et aux infirmières qui elle était. Enfin, plus d'un an après, lorsqu'elle se fut assez bien remise pour qu'on la laisse sortir, elle retourna chez sa famille dans l'île de Kauai, où elle resta jusqu'à sa mort. Par bonheur, notre grand-père lui avait légué un domaine important, et elle fut soignée de manière merveilleuse par une équipe de gouvernantes et d'infirmières.

— Etes-vous nés, vous et votre frère, avant l'accident ? demanda Loren en serrant la veste d'intérieur sur son corps.

— Elle nous a donné naissance neuf mois plus tard, à une semaine près, répondit la jeune femme en secouant la tête.

— Vous êtes jumeaux ? l'interrogea Loren, surprise par la dissemblance entre les deux jeunes gens.

— Nous sommes de faux jumeaux, expliqua la jeune femme en souriant. Ces différences entre faux jumeaux ne sont pas inhabituelles. Mon frère ressemble à notre père. J'ai hérité des traits de ma mère.

— Elle n'a jamais essayé d'entrer en contact avec moi ? demanda Pitt, noyé par la peine et la douleur.

— Notre mère était certaine que si vous étiez mis au courant des suites du drame, vous vous précipiteriez à ses côtés. Elle ne voulait pas que vous voyiez son corps mutilé et son visage méconnaissable. Elle voulait que vous gardiez d'elle le souvenir de ce qu'elle était avant l'accident.

Un sentiment immérité de culpabilité et une confusion totale submergèrent l'esprit de Pitt.

— Mon Dieu, si seulement j'avais su...

Les souvenirs d'Hawaï affluaient à sa mémoire. Summer était une femme d'une beauté à couper le souffle, et elle hantait encore ses rêves.

— Ce n'est pas de ta faute, le rassura Loren en lui pressant le bras. Elle pensait avoir une bonne raison de garder le secret.

— Si elle est toujours en vie, où est-elle ? demanda Pitt d'un ton ferme. Je veux le savoir.

— Notre mère est morte le mois dernier, répondit le jeune homme. Vers la fin, elle était en très mauvaise santé. Elle a été enterrée sur une colline qui domine la mer. Elle s'est efforcée de rester en vie jusqu'à ce que nous obtenions nos diplômes, ma sœur et moi. C'est seulement après nos examens qu'elle nous a parlé de vous. Elle voulait que nous puissions nous rencontrer ; c'était sa dernière volonté.

— Mais pourquoi ? demanda Pitt, qui connaissait pourtant la réponse.

— J'ai pris le nom de ma mère. Je m'appelle Summer.

— Ma mère m'a donné le nom de mon père, ajouta le jeune homme en souriant. Moi aussi, je m'appelle Dirk Pitt.

Le cœur de Pitt était déchiré à la pensée que le corps brisé et meurtri de Summer avait donné naissance à deux enfants qui étaient aussi les siens, sans qu'il le sache tout au long de ces années. Il se sentait à la fois réjoui et accablé.

Il se força à reprendre contenance, s'avança d'un pas, passa ses bras autour des épaules de ses deux enfants et les étreignit longuement.

— Il faut me pardonner. Ce n'est pas une mince surprise de découvrir que l'on a deux grands enfants adorables.

— Père, vous ne pouvez pas savoir à quel point nous sommes heureux de vous avoir retrouvé, dit Summer, la voix tremblante d'émotion.

Tous sentirent les larmes leur monter aux yeux. Les deux enfants pleuraient sans pouvoir se retenir. Loren enfouit son visage dans ses mains. Les yeux de Pitt coulaient, comme un puits qui déborde.

Enfin, il les prit tous deux par la main et les emmena à l'intérieur du hangar, avant de reculer d'un pas avec un large sourire.

— Je préfère que vous m'appeliez papa. Nous ne sommes pas très portés sur les cérémonies, ici, surtout maintenant que vous êtes venus me voir.

— Ce n'est pas gênant que nous restions ici ? demanda innocemment Summer.

— Bien sûr que non, quelle question ! s'exclama Pitt. *(Il aida les deux jeunes gens à porter leurs bagages, et désigna d'un geste le grand wagon Pullman et son inscription en lettres d'or sur le flanc : Manhattan Limited.)* Vous avez le choix entre quatre luxueuses cabines privées. Dès que vous serez installés, venez nous rejoindre à l'étage. Nous avons beaucoup de temps à rattraper.

— Où avez-vous fait vos études ? demanda Loren.

— Summer a obtenu une maîtrise du Scripps Institute of Oceanography. J'ai obtenu la mienne, en ingénierie navale, au New York Maritime College.

— Je soupçonne votre mère d'être pour quelque chose dans vos cursus respectifs.

— En effet, répondit Summer. Elle nous a encouragés à étudier les sciences de l'océan.

— Votre mère était une femme de sagesse, approuva Pitt, qui savait fort bien que son ancien amour avait préparé ses enfants à travailler avec leur père.

Les deux jeunes gens s'arrêtèrent, ébahis, devant la collection d'automobiles et d'avions anciens.

— Ils vous appartiennent tous ? demanda Summer.

— Pour le moment, oui, répondit Pitt en riant, mais je peux dire sans grand risque de me tromper qu'un jour, ils vous appartiendront à tous les deux.

Le jeune Dirk contemplait, émerveillé, une immense automobile orange et marron.

— C'est une Duesenberg ? demanda-t-il d'un ton posé.

— Tu connais bien les voitures anciennes ?

— Je les aimais déjà lorsque j'étais petit. Ma première voiture était une Ford 1940 décapotable.

— Pas besoin de demander d'où lui vient cette passion ! s'exclama Loren en séchant ses larmes.

— Tu as déjà conduit une Duesenberg ? demanda Pitt, maintenant ému jusqu'aux tréfonds de son être par la présence de ses deux enfants.

— Oh non, jamais !

— Eh bien, tu en auras l'occasion, mon garçon, tu en auras l'occasion, promit Pitt d'une voix fière en passant le bras autour des épaules de son fils.

Dans la collection « Grand Format »

SANDRA BROWN
Le cœur de l'autre

CLIVE CUSSLER
Atlantide
L'or bleu
L'or des Incas
Onde de choc
Raz de marée
Serpent

MARGARET CUTHBERT
Extrêmes urgences

LINDA DAVIES
Dans la fournaise
L'initiée
Les miroirs sauvages
Sauvage

ALAN DERSHOWITZ
Le démon de l'avocat

JANET EVANOVICH
Deux fois n'est pas coutume
La prime

JOHN FARROW
La ville de glace
Le lac de glace

GIUSEPPE GENNA
Au nom d'Ismaël

GINI HARTZMARK
A l'article de la mort
Crimes au labo
Mauvaise passe
Le prédateur
La sale affaire
La suspecte

PAUL KEMPRECOS
Blues à Cap Cod
Le meurtre du Mayflower

ROBERT LUDLUM
La trahison Prométhée
Le complot des Matarèse
Opération Hadès
Le pacte Cassandre
Le protocole Sigma

STEVE MARTINI
L'avocat
Le jury
La liste
Pas de pitié pour le juge
Principal témoin
Réaction en chaîne
Trouble influence

PETER MOORE SMITH

Les écorchés

DAVID MORRELL

Démenti formel
Disparition fatale
Double image
In extremis
Le contrat Sienna

PERRI O'SHAUGHNESSY

Amnésie fatale
Entrave à la justice
Intentions de nuire
Intimes convictions
Le prix de la rupture

MICHAEL PALMER

De mort naturelle
Fatal
Le patient
Situation critique
Traitement spécial
Un remède miracle

JOHN RAMSEY MILLER

La dernière famille

LISA SCOTTOLINE

La bluffeuse
Dans l'ombre de Mary
Dernier recours
Erreur sur la personne
Justice expéditive
Rien à perdre

SIDNEY SHELDON

Crimes en direct
Matin, midi et soir
Racontez-moi vos rêves
Rien n'est éternel
Un plan infaillible

KARIN SLAUGHTER

Mort aveugle

Cet ouvrage a été imprimé par

FIRMIN DIDOT

GROUPE CPI

Mesnil-sur-l'Estrée

pour le compte des Éditions Grasset
en décembre 2003

Imprimé en France

Dépôt légal : janvier 2004
N° d'édition : 13061 – N° d'impression : 66508
ISBN : 2-246-63961-1
ISSN : 1263-9559